오빠랑

연애하면

1판 1쇄 찍음 2018년 2월 28일
1판 1쇄 펴냄 2018년 3월 8일

지은이 | 탐 나
펴낸이 | 정 필
펴낸곳 | (주)뿔미디어

기획·편집 | 이영은, 심은지, 박지희
표지 디자인 | 우물

출판등록 | 2002년 9월 11일 (제1081-1-132호)
주소 | 경기도 부천시 원미구 소향로 17, 303(두성프라자)
전화 | (032)651-6513 / 팩스 032)651-6094
E-mail | scarlets2012@hanmail.net
블로그 | http://blog.naver.com/dahyangs
비북스 | http://b-books.co.kr

값 10,000원

ISBN 979-11-315-8906-9 04810
ISBN 979-11-315-8905-2 04810(세트)

오빠랑
연애하면

1

탐나(TAMNA)
장편 소설

SCARLET ROMANCE STORY

Contents

1화

"이모! 여기 맥주에 소주 한 병 더!"

술을 들이켜던 단영이 호쾌하게 외쳤다. 붉게 물든 뺨. 턱을 받치고 있는 위태로운 손. 풀린 시선. 그녀는 현재 취기가 한껏 올라 있는 상태였다.

"하아……."

맞은편의 두 남자는 한 시간째 단영의 주사를 받아 주다 지친 듯, 동시에 한숨을 푹욱 내쉬었다. 보다 못해 팔을 뻗은 민재가 단영의 잔 위로 손을 얹었다.

"최단영. 이제 그만 마셔."

"그래, 너 계속 마시게 내버려 두면 도하준한테 괜히 우리만 욕먹는다."

세훈도 슬쩍 가세했다. 마치, 짜기라도 한 것처럼 행동하는 두 남자의 태도에 단영의 눈가가 게슴츠레 떠졌다.

그들은 단영을 끔찍하게 생각하고 있는 하준의 절친한 고등학교 동창생이었다.

　세훈은 현직 법조계에 몸을 담그고 있는 검사였고, 민재는 카페를 운영하고 있는 젊은 사장님이었다. 마지막으로 자리에 없는 하준까지 더하면 단영에겐 방패가 부럽지 않았다.

　"말끝마다 도하준, 도하준. 지겨워 죽겠다. 그 이름 좀 그만 들먹여. 도하준이 내 엄마라도 돼?"

　"오빠한테 도하준이 뭐냐, 도하준이. 한 살도 아니고 무려 네 살 차인데. 자식 농사 다 지어 놓으면 뭐 하냐고. 부질없다, 부질없어."

　민재가 오징어를 질겅질겅 씹어 대며 아줌마처럼 한탄했다.

　"누가 당신 자식이야."

　"오빠한테 정 없게 당신이 뭐야."

　서운함이 묻어난 민재의 말을 무시하고 단영이 술을 쭉 들이켰다.

　"벌써 내 나이가 스물여덟이다. 열여덟도 아니고 무려, 이십팔 살이라고."

　"하하. 우리 단영이, 지금 억양 좀 셌던 거 알지?"

　"연애고 나발이고 제대로 된 거 한 번을 못 하는 이유가 다 너희 때문이야. 알아?"

　"대체 뭘 어쨌다고. 우리 때문이 아니라, 도하준 때문이겠지."

　세훈이 들고 있던 생수를 내려놓으며 시큰둥하게 말했다.

　"아, 들었냐? 리틀 파파 억장이 와르르 무너지는 소리."

　그녀의 술주정은 익숙했지만, 민재는 못내 속상한 얼굴로 가슴팍을 부여잡으며 앓는 소리를 냈다.

　"리틀 파파는 얼어 죽을……."

　"최단영. 제발 말 좀 예쁘게 하자. 이게 다 그 직업 때문이라니까? 포토그래퍼인지 포토그래프인지 뭔지 하는 그거 때문에!"

"아니거든. 이거 다 그쪽한테 배운 거거든요. 왜 멀쩡한 남 직업 깎아내리고 그래?"

민재도 그 말엔 차마 반박할 거리가 없었다. 풀이 한껏 죽어 버린 민재를 관망하던 세훈은 어느 정도 수긍하며 고갤 끄덕였다.

"인정. 술버릇은 아주 하민재를 **빼**다 닮았지. 나쁜 것만 골라 배우는 것도 재주라면 재주다."

개자식. 피도 눈물도 없는 새끼. 대놓고 비아냥거리는 세훈 모르게 주먹을 꽉 쥔 민재가 고요히 욕을 내뱉었다.

"하민재. 다 들린다."

귀신같은 놈. 민재가 서둘러 입을 다물었다.

"민재 오**빠** 내 쪽에서 사양이야. 차라리 도하준이 백번 낫지."

그 말을 듣고 충격에 빠진 민재를 아는지, 모르는지. 단영은 태연스레 입 안으로 술을 털어 냈다.

"최단영. 너 자꾸 그런 식으로 오**빠** 편애하기 있어? 나 지금 되게 서운해지려 한다."

"그래, 그래."

단영이 흘러가듯 대충 대답했다.

"와하하. 그래, 그래? 뭐지, 방금? 나 좀 무시당하는 기분 들었는데?"

옥신각신하는 둘을 두고, 세훈은 깊은숨을 밀어 냈다. 별안간 그녀가 홱 고개를 추켜들었다.

"아, 깜짝아!"

화들짝 놀란 민재가 귀신이라도 본 사람처럼 어깨를 푸드득 떨었다.

"나, 이제야 깨달았어."

"뭐가."

대충 비위나 맞춰 주잔 식으로 세훈이 물었다. 단영은 가만히 그들을 바라보다 말문을 텄다.

"배경이며, 외모며 겉만 번지르르한 남자 새끼들은 하나같이 다 똑같다는 거."

대체 장르가 몇 번이나 바뀌는 건지 모르겠다. 단영의 의미 모를 말에 두 남자의 눈가가 동시에 일그러졌다.

"하하. 우리 최단영이, 갑자기 왜 그럴까? 오빠들 등골 서늘해지게."

얼굴이 뚫어질 만큼 민재를 부리부리하게 노려보던 단영이 천천히 입술을 떼어 냈다.

"섹스가 그렇게 중요해?"

"푸흡!"

"뭐?"

전자는 민재였고, 후자는 세훈이었다.

진정, 애지중지하며 키워 낸 단영의 입에서 나온 말이 성관계를 뜻하는 적나라한 단어가 맞나. 두 귀로 직접 듣고도 믿을 수 없어 기겁한 남자 둘은 사색이 됐다.

"이봐, 최, 최단영이 너 설마, 진짜로 한 건 아니지?"

"뭘!"

"그러니까 그거 그 뭐시기냐. 거시기하고 거시기한. 아, 아냐, 됐어. 그럴 리가 없……."

"섹스?"

"야, 이 계집애야! 오빠들 앞에서 부끄러운 줄도 몰라? 그래서 했어, 안 했어. 어떤 새끼야? 어떤 개자식이 감히……."

민재는 젓가락을 쥔 손을 부르르 떨었다.

"장담하는데, 이 사실 도하준 귀에 들어가면 크게 한번 터진다."

"내가 그걸 했으면, 시늉이라도 해 봤으면 이러고 있겠어? 차라리 모쏠이 낫지."

그녀가 한숨을 푹 내쉬었다.

"……나 헤어졌다?"

"또?"

"또라니? 처음이거든?"

세훈이 지겹다는 투로 말하자, 민재가 팔꿈치로 그의 옆구리를 푹 찔렀다. 검사란 놈이 눈치를 옆집에 팔아먹고 왔냐. 단영에게 들리지 않게끔 속삭였다.

인상을 찌푸린 세훈은 낮은 숨을 토해 내며 화제를 돌렸다.

"그래서. 어떤 자식인데."

괜히 말했나. 단영은 말 꺼낸 것을 금세 후회했다. 남자와 관련된 일이라면 유독 유난 떠는 이들을 잘 알기 때문이다.

"의사였어. 우리 스튜디오에 프로필 촬영하러 왔다가 만나게 됐고."

"직업은 좀 하네."

"그게 지금 와서 무슨 상관이야."

단영은 오늘 두 달 남짓 만난 애인과 헤어졌다. 길고 힘겨운 첫사랑을 정리한 뒤, 큰맘 먹고 시작한 첫 연애였다. 그런데 키스는커녕 손 한 번 못 잡아 보고 헤어진 것이다. 고작 두 달 만에.

사실, 연애라 할 것도 없었다. 사랑의 감정이 뭔지 제대로 생각해 볼 여유도 없었고, 이별의 감정도 솔직히 잘 모르겠다. 서로 일에 치여 사느라 어떻게 보면 헤어짐은 당연한 결과였다.

불편한 시작이었고 미적지근하게 이어지다, 간단히 끝났다.

"그래도 능력으로 따지면 우리 도 본부장이 훨씬 더 빵빵하지. 걔 봐라. 독하게 자수성가해서 본부장으로 특진한 걸로 모자라 이젠 또 겸임 교수다. 무려 투 잡이라고, 투 잡. 얼마나 완벽해. 단영아, 너 그거 알아야 된다? 배경보단 능력이야."

민재가 장난스레 웃으며 초를 쳤다. 그런 그를 슬쩍 노려보는 단영을 목격한 세훈이 서둘러 본론을 꺼냈다.

"그래서. 헤어지게 된 이유가 뭔데."

"불안정한 직업이 어쩌고, 스킨십이 어쩌고, 내 성격이 어쩌고. 결혼할 생각이 없어 보이네, 집안에서도 달가워하는 눈치는 아닌 것 같네 하면서 어쩌고저쩌고. 아, 몰라. 이 정도면 나 진짜 문제 있는 거 아닐까 싶어."

"……"

"까딱하면 그 짓거리만은 안 된다, 툭하면 성관계는 위험한 행위다, 연애해 봤자 언젠간 다 끝난다. 학생 때부터 부정적인 말들만 귀에 딱지 붙게 듣다 보니까 절로 거부감이 생겨 버린 걸 어떡해. 그렇다고 대학생 때 편하게 술 한 번을 먹게 했어, 맘껏 연애하게 자유를 줬어."

골치 아프게 된 상황에 세훈이 손을 들어 건조한 얼굴을 쓸어 냈다. 그러다 이내 단영을 빤히 주시했다.

단영은 화려한 외모까진 아니었으나, 수수하게 예쁘장한 편이었다. 다만, 매번 차여 오니 속이 상했다.

평소 같았다면 화장기 없는 얼굴이어야 했다. 어쩐지 오늘따라 꼼꼼히 입술을 채우고 있는 립스틱하며 얼씨구, 안 어울리게 분칠까지 하셨다.

……누가 보면 큰일 날 모습인 것은 분명했다.

"야, 하민재. 도하준 지금 어디래."

푹 고개를 떨어트린 단영을 안쓰럽게 바라보던 세훈이 고개를 돌렸다. 말문이 턱 막혀 버린 상황에서 구세주는 하준뿐이었다. 그녀가 술에 취할 때마다 하준을 찾는 모습은 어느덧 몇 년째 이어지고 있는 일상이었기에 익숙했다.

"여기 오면서 통화했을 땐 환영회 빌미로 교수들한테 잡혀 있다고 그러던데."

"그러니까, 걘 왜 답지 않게 쓸데없이 겸임 교수 제안을 선뜻 받아

선 고생을 사서 해."

"걔도 좋아서 했겠냐. 기업에서 되는대로 밀어붙였단다. 이때다 싶으니까 기업 제품 홍보다, 인재 채용이다 뭐다 하면서 살살 달랜 것 같은데. 어쩌겠어, 윗선에서 까라면 까야지."

민재가 입 안으로 남은 술을 털어 냈다. 크으, 눈을 질끈 감았다 떴다.

대한민국을 대표하는 대기업, 시오그룹은 전자, 금융, 자동차, 관광, 건설, 유통 등 문어발처럼 수많은 계열사를 품고 있었다. 그곳에서 하준은 시오전자 기획부서를 진두지휘하고 있는 본부장이었다.

유능한 두뇌와 깨어 있는 경영 방식 때문에 시오전자의 작년 4분기 매출은 기하급수적으로 올랐다. 그 이유로 하준을 스카우트하고자 호시탐탐 기회를 엿보고 있는 기업 또한 많았다.

"야. 단영이 맛 간 거 같은데, 어쩔래. 도하준한테 연락해 볼까? 최단영 일이라면 무슨 수를 써서라도 달려올 놈이잖아."

민재와 세훈이 대화를 주고받는 동안, 혼자 부어라 마셔라 반복하던 단영은 축 늘어지며 기어코 뻗고 말았다.

세훈은 안쓰러운 표정으로 그녀를 잠시 응시하다 시선을 올렸다.

"됐어. 안 그래도 피곤할 애를 뭐 하러 불러. 술 안 마셨으니까 내가 운전하면 돼. 차 키 줘."

세훈은 그 말을 끝으로 민재에게 차 키를 건네받고는 의자에서 엉덩이를 떼어 냈다. 다리를 굽혀 앉아 그녀와 시선을 맞췄다.

"야, 단영아. 눈 뜨고 오빠 좀 봐 봐."

"우음……."

"제대로 갔네, 안드로메다로 진작 갔어."

으차. 그가 단영의 어깨를 잡아 일으켰다.

목적지는 언제나 그랬듯 변함없이 하준의 오피스텔이었다.

민재는 허벅지가 당장 터질 것만 같았다. 가위바위보에 졌다는 이유로 세훈 대신 단영을 업어야 했다. 몇 번이고 고쳐 업어 봐도 줄줄 흘러내리는 그녀 덕분에 어금니가 부서지도록 이를 앙다물었다.

하준의 침실에 들어서자마자 민재는 단영을 던지듯 침대에 눕혔다.

하으, 힘들어 죽는 줄 알았네. 절로 앓는 소리가 터졌다.

"하민재, 빨리 가자. 도하준 오기 전에."

"어. 안 그래도 그럴 생……."

띠띠띠띠. 띠리릭.

스릴러 영화의 하이라이트 장면보다 더 두려운 순간이었다. 세훈과 민재는 귀신이라도 본 사람처럼 그 자리에 굳었다.

아, 망했어요.

세훈은 이마를 짚었고, 다리에 힘이 풀린 민재는 그대로 풀썩 주저앉았다.

"뭐 하냐, 너희."

방문을 열고 들어온 하준의 첫마디였다. 피곤이 잔뜩 묻어난 음성이었다. 침대에 벌러덩 누워 있는 단영에게로 건조한 시선이 천천히 옮겨졌다.

"쟨 또 왜 저래."

"아, 그게. 그러니까……."

민재가 망설이자, 하준이 미간을 좁혔다.

"술 먹였어?"

"먹이긴 누가 먹였다고 그러냐! 뭔 일 있나 걱정돼서 일 제쳐 두고 달려와 봤더니 이미 혼자 세 병째 까고 있더만, 뭐."

민재는 단영이 첫 연애를 시작하고, 두 달도 되지 않아 끝냈단 사실까진 언급하지 않았다. 후환이 두려웠기 때문이다. 모르는 게 약이 될 때도 있다고, 굳이 입 놀리지 말자.

민재는 그녀를 대변해 주기 위해 서둘러 말을 이었다.

"이런 일이 자주 있던 건 아니지만, 그렇다고 아예 없던 것도 아니었잖아. 뭘 그렇게까지 정색하고 그래."

아……. 하준의 잇새로 짜증 섞인 탄식이 흘러나왔다. 밀린 회사 업무며, 교수들 사이에서 받은 스트레스만 해도 한가득인데, 오랜만에 마주한 최단영은 취해 있다.

삐딱하게 선 하준이 손을 들어 머리칼을 거칠게 쓸어 넘겼다.

"단영이 일어나면 잔소리는 적당히 해. 이제 어린애도 아닌데, 가끔 술 마시고 취할 수도 있지. 너 그러는 거, 좀 과잉보호야."

언제 터질지 몰라 조마조마한 상황을 알면서도 세훈은 제 할 말을 똑똑히 전했다.

"그러니까, 필터링 없이 직구로 던지는 거 조심 좀 하라고. 자꾸 그러면 단영이 상처받아."

그녀가 열여섯 살이 되던 해였다. 그때, 하준을 통해 단영을 처음 알게 됐다. 그 후로 그들은 우열을 가릴 것 없이 단영을 친동생처럼 아꼈다. 무엇보다, 남 일에 사사건건 참견하는 걸 질색하던 하준이 데려온 여자애였다.

그의 등 뒤에 숨어 빼꼼 고개를 내밀던 어린 단영을 잊을 수 없다. 피투성이가 된 교복, 잔뜩 헝클어진 머리. 피멍으로 가득한 얼굴. 그 모든 걸 말이다.

"……고생했다."

무거운 침묵을 뚫고 하준이 고마움을 전했다. 평소 하준의 성격은 몹시 이성적인 편이었지만, 단영의 일이라면 유독 민감하게 굴었다. 쉽게 흥분했고, 감정적으로 변했다. 그럴 때마다 차분하게 중재시켜 주는 일이 세훈의 역할이기도 했다.

"고생은 무슨."

"고맙다. 너희들도 바쁠 텐데."

"됐어. 당연한 일을 네가 왜 고마워해. 그나저나 너도 좀 쉬어라. 투잡 두 번 뛰다간 사람 여럿 잡겠다."

그도 그럴 것이, 하준은 많이 지친 기색이었다. 오고 가는 그들의 대화 속엔 무심함뿐이었지만, 서로를 걱정하고 있음은 진심이었다. 그걸 알기에 하준은 머쓱한 미소를 걸치는 것으로 대답을 대신했다.

"오늘따라 예민한 거 보니까, 윗대가리들이랑 대차게 한판 했나 보다?"

"뭐…… 그렇지."

잦게 있는 일이었다. 본래 마케팅이라 하면 깨어 있는 사상이 필요한 법인데, 고지식한 시오전자 임직원들은 구닥다리 같은 틀에서 벗어나려 하지 않았다.

그런 이들과 맞서는 이는 회사 내에 오직 하준뿐이었다. 실질적으로 매출의 기준은 그의 손에 쥐어져 있으니, 임직원들도 쉬이 그에게 쓴소리 한 번 뱉을 수 없는 실정이었다.

"뭐, 어쨌든 수고해라. 우리 간다."

툭툭, 세훈은 나머지 뒤처리를 부탁한다는 뜻을 담아 하준의 어깨를 가볍게 두드렸다.

"어, 조심히 가라."

민재와 세훈 덕분에 그나마 떠들썩한 집 안은 금세 고요해졌다. 혼자 지내기엔 터무니없이 깨끗했고, 넓었다.

그들이 사라진 곳을 잠시 응시하다 말고, 하준은 천천히 걸음을 옮겨 침대로 다가갔다.

발을 멈춰 세운 그가 넥타이 사이로 손가락 두 개를 밀어 넣어 손목을 가볍게 흔들었다. 그제야 숨통이 트였다.

하준의 무심한 눈빛이 밑으로 떨어졌다.

태평하게 잘만 잔다. 어쩐지 괘씸하다 못해 억울할 지경이다.

"넌 지금 잠이 오냐."

그의 낮은 음성이 차분하게 가라앉았다. 단영이 가장 크게 사는 부분이었다. 성우처럼 차분하면서도 깊이 있는 목소리 하난 끝내주게 좋다면서.

하준은 세상모르고 편히 잠에 취한 단영을 흘기듯 바라보았다.

······화장했네.

"예뻐서 봐준다."

툭. 그가 손가락으로 부드러운 단영의 볼을 건드렸다.

그러자, 차분히 감겨 있던 눈이 반사적으로 찡그려졌다. 푹신한 침대를 포기해야 하는 건 내키지 않았지만, 상대가 최단영이라면 얼마든지 양보할 수 있다.

"잘 자, 최단영."

그 마음을 네가 알기나 할까.

하준의 입가가 삐뚜름하게 올라갔다.

2화

밝은 빛이 쏟아지듯 창문을 뚫고 들어와 단영을 괴롭혔다. 줄곧 뒤 척였지만, 끝내 참지 못하고 무거운 눈꺼풀을 어렵게 밀어 올렸다.

"으……."

아침마다 노곤함과 전쟁을 치르는 건, 매번 있는 일이었는데도 영 적응이 안 됐다.

포토그래퍼 직업 특성상 밤낮이 바뀌는 탓에 숙면 패턴도 엉망진창 이었다. 제시간에 일어나는 건 오랜만이었다.

"오빠들이 데려다줬나 보네."

술 마시고 또 난리를 부렸을 거다. 아, 빌어먹을 그놈의 주사.

단영은 휴대폰을 꺼내어 민재와 세훈에게 감사 인사를 전하기 위해 손가락을 바삐 움직였다.

[이번에도 나 때문에 고생 많았어. 나중에 술 쏘겠음.]

그날이 언제가 될진 모르겠다만.

전송 버튼을 누르자마자 답장은 곧바로 도착했다.

[ㅇㅇ! 네, 다음 구라쟁이.]

민재였다.

숫자 '2'가 사라진 것을 보아, 세훈은 읽고 무시한 듯하다.

단영은 피식 웃으며 휴대폰을 주머니에 넣고는 주변을 살폈다.

먼지 하나 없이 청결한 것만 봐도 집주인이 누군지 알겠다. 아마 깔끔 떠느라 바쁜 요주의 인물의 집일 것이다.

널찍한 평수, 우윳빛 침대, 아기자기함은 조금도 찾아볼 수 없는, 말 그대로 모던하기 짝이 없는 인테리어. 하준의 집에 처음 오는 것도 아닌데, 올 때마다 늘 낯설다.

침대의 유혹에서 어렵게 벗어난 단영이 침실 문을 열었다. 대리석 바닥을 밟고 선 발바닥에 뜨거운 열감이 전해졌다.

하준은 연예인보다 더 빽빽한 일정을 소화해야 하는 인물이라 집에 잘 들어오지 않았다. 그런데 보일러가 틀어져 있다는 건…….

단영의 걸음이 빨라졌다.

"도하……!"

반가움이 앞섰다. 하지만 그의 이름을 마저 부를 순 없었다.

얼마 만에 보는 귀한 얼굴인지 모른다. 하준은 팔을 머리맡에 끼워 넣은 채 소파에 누워 자고 있었다. 185cm의 장신인 그를 전부 담기엔 턱없이 부족한 공간이었다.

"지가 새우야, 뭐야. 침대 올라와서 자면 될 것이지……. 괜히 미안해지게."

단영이 다가가자, 고운 얼굴이 더 또렷하게 보였다. 그리웠던 머스크 향수 냄새도 은근하게 풍겼다. 그의 향수 냄새는 이제 엄마의 체향처럼 느껴질 정도였다.

"잠잘 땐 이렇게 예쁜데."

고동색 머리카락, 하얀 피부, 눈썹을 간지럽히는 앞머리. 바쁜 동안에도 철저한 운동으로 관리해 온 다부진 몸.

언뜻 보면 뚜렷한 이목구비 때문에 날카로운 인상처럼 보이지만, 지금처럼 무방비한 상태에선 풀어진 표정 속에 온기가 스며들어 있었다.

"그래서 학교 다닐 때 좀 불편했지."

덕 본 일은 많았으나, 그렇게 귀찮을 수가 없었다. 동급생들은 득달같이 달려들어 한 번만 하준을 만나게 해 달라며 끈질기게 졸라 댔다.

그뿐만 아니라, 길거리 캐스팅이니 뭐니 하는 사람들도 넘쳐 났다. 그 정도로 잘난 남자다 보니, 단영도 한때는 어린 마음에 잠깐 가슴 설레었던 적도 있었다.

물론, 그 또한 찰나의 감정이었다.

어느 날, 감히 비교도 안 될 만큼 지독하게 예쁜 언니와 연애를 시작했을 때 깔끔하게 지웠다. 일부러 더 '우리는 가족이잖아.' 란 말을 입에 달고 살았다.

그와는 12년 동안 가족처럼 알고 지낸 사이였다. 어느 땐 딸바보 아빠 같다가도, 그렇게 무서울 수 없는 엄격한 선생님 같기도 했다.

때로는 짓궂은 오빠처럼. 때로는 둘도 없는 친구처럼, 그는 단영에게 부족한 가족의 부재를 채워 준 소중한 사람이었다.

어둡고 소심했던 성격을 밝혀 준, 은인.

그녀가 무릎을 굽혀 앉았다. 무려 삼 주 만에 재회한 거였다.

"……."

그 순간, 얌전히 감겨 있던 하준의 눈꺼풀이 날렵하게 떠졌다.

"뭐 하냐."

바짝 건조하게 갈라진 음성이 나지막이 깔렸다.

"아, 깜짝이야!"

가까운 거리였다. 도둑질을 저지르려다 걸린 사람이 이런 심정이었을까.

화들짝 놀란 단영이 뒤로 기우뚱거리자, 하준은 순발력 있게 버둥거리는 그녀의 손목을 확 낚아챘다.

"안 본 사이에 이상한 취미가 생긴 것 같다, 최단영."

그런 거 아니거든? 단영이 인상을 찌푸리며 하준에게 잡혀 있던 손을 거칠게 빼내었다.

"오늘은 출근 안 해?"

"해."

"술김에 들어서 잘 기억은 안 나는데, 민재 오빠 말로는 교수 하기로 했다며."

"그게 벌써 네 귀에도 들어갔어?"

하준이 상체를 서서히 일으켰다.

"갑자기 무슨 바람이 들었대. 그래서 오늘 출근은 어디로 해? 대학교? 아님, 회사?"

"학교."

"회사는 어쩌고?"

"강의 없는 날 가야지."

그 말에 단영은 푸스스 웃었다. 언제부터 돈 욕심이 많아진 건지. 지금도 차고 넘치면서.

"이제부턴 본부장님이 아니라, 교수님이라 불러야겠네?"

"너까지 그러지 마라. 소름 돋는다. 그리고 교수 아니야. 겸임이지."

"겸임은 교수 아닌가? 학교 안에선 다 똑같을 텐데, 뭐."

안 그래도 어제저녁 회식에서부터 도 교수, 도 교수 하는 소리를 지겹도록 들어야 했다. 하준은 그 낯간지러운 호칭에 솜털이 삐죽 솟을

21

지경이었다.

"예쁘고 어린 애들 많을 텐데, 좋겠다? 간만에 회춘하는 기분 들겠어."

"됐다 그래. 너 다 가져."

"나도 이제 일자리 안정 찾았으니까 슬슬 장가갈 준비 하셔야죠, 도하준 씨. 언제까지 동생 뒷바라지만 하고 살래. 나이도 찼잖아."

"꼰대처럼 쓸데없이 남 걱정 하지 말고, 술이나 작작 마셔. 다 컸으니까 봐주고 있는 거야."

"하이고, 무서워라."

지금이야 농담처럼 넘길 수 있게 됐지만, 단영이 학창 시절 때 하준은 정말 무서웠다.

이후로도 영양가 없는 안부 대화가 이어졌다. 삼 주 동안의 부재인 만큼 나눌 주제는 차고 넘쳤다. 둘 사이에 어색함은 없었다.

"샤워하고 와, 밥 먹게."

단영의 말에 그제야 하준은 고갤 끄덕이며 자리에서 일어났다.

"저번처럼 부엌 태워 먹지 마."

"그럴 거 같아서 3분 카레 하려고."

"자랑이다. 그래서 시집이나 제대로 갈 수 있겠냐."

"네네. 걱정 마시죠. 셰프한테 시집가면 되니까."

"밖에서 질리도록 할 텐데, 집 들어와서 잘도 요리하겠다."

"정 안 될 것 같으면 도하준이나 잡고 늘어져 보지 뭐."

순간, 하준이 멈칫했다. 그러나 이내 입술 끝을 슬쩍 올리며 장난스레 응수했다.

"누가 너 만나 준다는데."

"야."

"야는 반말이고."

단영은 단 한 번도 하준에게 말싸움으로 이긴 적이 없었다. 그녀가 눈을 세모꼴로 추켜 뜨자, 하준은 무서워 죽겠네 하며 진심이라곤 한 스푼도 담겨 있지 않은 말을 뱉었다.

"……아, 진짜 싫어. 도하준."

"도하준은 이름이고."

"아, 좀! 사람 신경 그만 긁고 씻기나 해."

"오빠라 안 부르지."

"징그러워."

"하민재나 오세훈한테는 잘만 부르잖아."

"걔넨 걔네고."

"어쭈, 걔네?"

남자 셋, 그리고 단영의 막둥이 남동생까지 하면 남자만 무려 네 명이었다.

뭐, 당연한 일이겠지만, 아마 민재와 세훈이 듣게 된다면 대성통곡을 하게 될지도 모르는 일이다.

"어휴, 말을 말자."

결국 먼저 백기를 든 쪽은 단영이었다. 그녀는 절레절레 고갤 내저으며 부엌으로 멀어져 갔다.

……하여튼, 성격하고는.

그 모습을 넌지시 지켜보던 하준도 피식 웃으며 욕실로 향했다.

오랜만인 캠퍼스 교정을 걷다 보니 잊고 살았던 아련한 추억도 함께 샘솟았다. 캠퍼스는 끝도 없이 넓었다.

"……대학생 때로 돌아간 기분이네."

추억에 젖어 있던 것도 잠시, 자칫하면 지각할 위기였다. 촉박한 시간을 쪼개어 단영이 작업하는 스튜디오에 바래다준 탓이 컸다. 하준이 교정을 가로질러 빠른 보폭으로 걷기 시작하자, 뒤에선 수군거리는 여대생들의 잡음이 끊이질 않았다.

사사로운 것엔 일절 신경 쓰는 편이 아니었던지라, 하준은 그것들을 모두 가볍게 무시했다. 10분 정도 지체됐지만, 그는 의연하게 지정된 강의실 문을 열고 들어섰다.

"……."

떠들썩한 분위기가 하준의 등장으로 인해 일순 고요해졌다. 새 학기를 맞이해 초롱초롱 빛나는 햇병아리들의 눈빛이 퍽 부담스럽게까지 느껴졌다.

회사에선 평사원들에게 서류를 내던지며 '다시 컨펌.'을 외치던 까칠한 본부장님이었는데, 학교에서만큼은 그럴 수 없었다.

사회 초년생이 될 이들에게 꿈과 희망을 심어 줘야 할……. 뭐라 했더라. 어찌 됐든 교수들은 하준에게 끊임없이 당부했다. 까탈스러운 AE기획부서 본부장 이미지는 싹 지워 달라며.

비록 대타로 들어온 자리였지만, 첫 겸임 교수라, 소속은 경영학과였어도 실질적으로 맡게 된 과목은 전공이 아닌 교양 쪽이었다.

여러 학과 학생들이 모여 있었고, 1학년 강의가 아니라서 그런지, 그나마 연륜이 묻어난 2, 3학년 학생들이 대부분이었다. 4학년 졸업반은 거의 없었다.

뭐, 그래 봤자 하준의 눈엔 단영보다 어린 조막만 한 애들에 불과했지만 말이다.

"반갑습니다. 마케팅전략 교양 과목을 맡게 된, 겸임 교수 도하준입니다. 편의상, 말은 편하게 놓을 생각인데."

그가 차분하게 첫인사를 건네자, '좋아요!' 하며 기다렸다는 듯 여학생들의 아우성이 터져 나왔다.

사실, '겸임'이라는 단어는 겸임 교수들 사이에서 암묵적으로 쉬쉬하는 편이었다. 무시당할 게 뻔하다는 것이 이유였다. 그러나 하준은 일부러 더 제 위치를 상기시켰다. '대학교수'란 직급이 어지간히 부담스러웠다.

"봤어? 겁나 잘생겼어."

"와, 대박. 나 무슨 4학년 선배인 줄. 연예인 뺨 제대로 후려쳤어."

다 들린다. 이것들아.

하준은 도무지 적응할 수가 없었다. 은어와 비속어가 난무하는 강의실 실태가 심각할 정도였다. 서른이 넘은 나이였대도 기획부서 본부장으로 근무하며 비슷한 연령대의 사원들보단 깨어 있다 생각했는데, 새파랗게 젊은 대학생들의 대화 수준을 따라가기엔 무리였다.

"교수님! 교수님은 몇 살이에요?"

"몇 살은 반말."

습관적으로 단영에게 하는 말버릇이 튀어나왔다.

"그럼…… 연세?"

아, 그건 그거대로 듣기가 좀 거북한데. 하준이 눈가를 살짝 찌푸렸다. 그게 또 좋다며 마냥 신이 난 학생들이었다.

하준이 대학을 다니던 시절엔 아무리 겸임이라 할지라도 교수님이란 존재는 무척이나 높았다. 요즘 애들은 다 이런가. 적응 불가다.

"서른둘."

"와! 교수님 엄청 젊다! 애인 있어요?"

"너희들이 고등학생이냐."

교생 실습도 아니고. 하준은 어쩐지 괴롭힘당하는 기분이 들었다.

대충 넘어가자. 안 그래도 피곤해 죽겠는데.

하지만 그의 바람과 달리 학생들의 질문 세례는 끝이 없었다.

"교수님, 시오전자 기획부서 본부장님이라고 들었는데, 그거 사실이에요?"

"그래."

"와! 시오전자 입사하기 엄청 힘들기로 유명하잖아요. 선배들 하반기 공개 채용 때 떨어졌다고 우는 거 많이 봤어요."

그게 네가 될 수도 있어, 인마. 하준은 턱 끝까지 차오른 말을 애써 삼켰다. 희망. 그래, 희망을 심어 줘야 한다.

"왜, 졸업하면 면접 보러 오게?"

"가면 교수님 빽으로 취업시켜 줘요?"

"이제부터 말 같지도 않은 소리는 무시로 일관한다."

고분고분 들어 주다 보니, 철 덜든 것들의 건방짐에 휘발유를 들이붓고 있는 격이었다.

"그리고 말 좀 예쁘게 해. 빽이 뭐냐 빽이. 생긴 건 멀쩡하게 생겨가지고."

'멀쩡하게'라는 말이 조금 이상하게 들릴 법도 한데, 여학생들은 아무렴 상관없다는 듯이 꺅꺅거리고 난리도 아니다. 아마, '멀쩡하게'란 말이 '예쁘게'로 잘못 전달된 모양이다.

"자, 이제 그만 떠들고 집중."

강단에 선 하준이 한층 진중해진 음성으로 학생들을 압도했다. 마냥 잘생긴 교회 오빠쯤으로 편하게 여긴 모양인데, 그건 완벽한 착각이었다. 하준은 처음부터 교수들의 절절한 부탁을 들어줄 생각 자체가 없었다.

기선 제압엔 일가견이 있다는, 무려 시오전자 기획본부장 도하준이 아니던가.

뒤돌아선 하준이 화이트보드에 평가 기준과 점수를 적었다. 과목 첫 시간은 늘 그렇듯 오리엔테이션으로 시작됐다. 어떤 방식으로 강의가 진행될지, 대충 날려썼는데도 유려한 필체가 돋보였다.

"일단, 과목 이름은 번지르르하게 해 뒀는데, 별거 없어. 다큐를 찍든, 뭘 하든 너희가 좋을 대로 해. 회사 아니고 학교니까."

"네!"

"좋아. 다음 주부터 삼 주간은 이론 수업으로 진행될 거고, 그다음부턴 바로 PPT 팀플 과제 시작이다. 다른 건 몰라도, 나름 현직 실무진이니까 도움은 될 거야."

대학생들에게 '팀플 과제'는 지옥과 다름없었다. 사방에서 야유 섞인 탄식이 흘러나왔다. 하준은 대수롭지 않게 흘려들으며 말을 이었다.

"학기 성적은 작품, 발표 및 피드백 부분이 70점. 출석이 30점. 점수 낮다고 출석 무시하지 마라. 큰코다치는 수가 있어. 아, 물론 예외도 있다."

하준은 요즘 애들을 잘 파악하고 있었다. 단영의 남동생도 스물한 살 새내기라 뭘 가장 곤욕스러워하는지 안 봐도 뻔했다.

"남자 친구가 말도 없이 군대 휴가를 나왔다든가, 입대 날이라든가, 여자 친구가 바람을 피웠다든가, 오늘만큼은 죽어도 학교에 가기 싫다든가, 하필 오늘이 그날이라 손가락 하나 까딱하기도 싫다든가."

순간, 정적이 흘렀다.

"어떤 이유에서든 강의 제끼는 거 정확히 딱 두 번만 봐준다. 같잖은 거짓말로 핑계 대지 말란 뜻이야. 걸리면 얄짤없으니까."

시원시원했다. 획기적이면서도 파격적인 하준의 통보에 강의실 안으로 '와아아—!' 하는 함성이 가득 차올랐다.

역시 시오전자가 낳은 기획부서의 스타, 도하준! 도하준! 아이돌 콘서트에 온 팬들처럼 구호까지 붙여 가며 찬양했다. 그 가운데, 짓궂은 학생도 물론 존재했다.

"교수님, 그날이 뭔데요? 잘 모르겠어요."

하준은 그래? 하며 질문한 여학생을 향해 씨익 웃어 보였다.

"월경, 또는 생리. 사전적인 의미로는 성숙한 여성의 자궁에서 주기적으로 출혈하는 생리 현상을 뜻하는데, 더 말해 줘?"

일순 정적이 감돌았다.

"임신하지 않은 경우, 황체에서 호르몬 분비가 감소하기 때문에……."

"꺄— 됐어요. 이제 괜찮은 것 같아요!"

"그러니까 적당히 까불어."

엄마야, 적당히 까불래!

별난 교수 오빠가 왔다며 까르륵 자지러졌다. 졸지에 '교수 오빠'란 수식어가 붙게 생길 판국이다. 무심한 하준의 성격에 여학생들만 신이 났지, 남학생들은 무척이나 심드렁한 표정이었다.

"첫날이니까 출석은 건너뛴다. OT 때 교수가 자기애 과시하면서 세 시간 꽉 채우면 뒤에서 신랄하게 까고 놀 거 다 아니까 이쯤하고 끝낼 생각인데, 질문 있어?"

"교수님 휴대폰 번호요!"

"내 번호 비싸. 전달 사항 있으면 조교 통해서 할 거야. 강의 제끼는 사유도 조교한테 보고해."

"조교님 안 그래도 교수님들이 못살게 군다고 불만 엄청나던데요?"

"그래? 그럼 대표 한 명 정해서 연구실로 보내."

겸임 교수는 연구실이 없는 게 일반적이었으나, 어렵게 모셔 온 인물이다 보니 하준에게만 특별히 제공되었다. 한 번을 물러서지 않고 대응하는 하준은 결코 쉽지 않았다. 철벽도 저런 철벽이 없다.

"질문 없으면 끝. 그만 사라져."

마지막 인사마저 쿨내가 철철 넘친다.

CF 광고, 화보 포스터 촬영이 주 업무인 〈오브〉 스튜디오는 색다른 촬영 기법과 출중한 실력을 겸비하고 있어, 이 바닥에선 꽤 인정받고 있는 업체였다.

　스튜디오 직원들은 대부분 해외 촬영 때문에 자릴 비우는 일이 잦았다. 결국, 일정 오프로 당첨된 단영과 그녀의 대학 동문 후배인 은효 단둘이서 사무실을 지키고 있었다.

　평소 같았으면 꿈도 못 꿀 여유였다. 물론, 다음 주부턴 꽉 채워진 일정 때문에 숨 쉴 틈조차 없이 바빠지겠지만, 단영은 지금의 자유를 맘껏 누리고 싶었다.

　"아…… 비 오네."

　힐끔 날씨를 확인한 단영이 중얼거렸다.

　출근할 때부터 우중충한 날씨가 어째 위태롭다 했더니, 이내 떨어진 빗방울이 토옥, 톡 창문을 두드렸다. 반가운 봄비가 찾아왔다.

　"선배."

　자리로 다가온 은효를 발견한 단영이 손등에 괴고 있던 턱을 슬쩍 떼어 냈다.

　은효는 단영의 밑에서 포토그래퍼 일을 배우고 있는 남자 후배였다. 그를 볼 때마다 남동생 단태가 생각나, 부쩍 정을 주게 됐다.

　"응?"

　"저, 작업 다 끝나서 먼저 퇴근해 볼게요."

　"벌써?"

　그 말에 억울하다는 듯, 은효의 표정이 딱딱하게 굳었다.

　"벌써라뇨. 밤샘 작업 하느라 이틀째 집에도 못 들어갔는데."

　정말이었다. 그의 눈 밑으로 짙게 내려온 다크서클하며, 어제와 같은 옷차림, 부스스한 머리가 작업 과정이 얼마나 고됐는지를 대신 대변해 주고 있었다.

"일 때문에 정신없으면 그럴 수도 있지, 뭘 그렇게까지 정색하고 그러냐."

일은 무슨. 남자한테 대차게 차이고 다니느라 정신없었지.

바늘로 양심을 콕콕 찌르는 기분이 들었으나, 굳이 후배에게 치부를 드러낼 필요까진 없다고 판단한 단영은 급히 화두를 돌렸다.

"······어쨌든 수고 많았어. 아, 그리고 이번에 네가 작업한 그 여배우 있잖아. 누구였지?"

"서윤지요?"

"응. 퇴근하는 길에 서윤지 씨 매니저한테 작업 끝났다고 문자 하나 넣어 줘. 안 받으면 엔터로 직접 해 주고. 오늘까지 확답받아야 돼."

당연히 그렇게 하겠다고 할 줄 알았는데, 은효는 대답 대신 깊은숨을 푸욱 내쉬었다.

"선배. 저 다음부턴 서윤지 씨 일 또 들어오면 작업 패스하면 안 될까요?"

"갑자기 왜? 무슨 일 있었어?"

"말도 마세요. 다짜고짜 없는 가슴을 D컵으로 만들어 달라고 조를 때부터 알아봤어야 했는데, 하······. 기껏 키워 줬더니 뭐라는지 압니까?"

"뭐라는데?"

단영이 흥미로운 눈으로 물었다.

"그건 D컵이 아니라, B 85거든요? 여자 가슴 안 만져 봤어요? 이래요."

서윤지의 새침한 말투를 생동감 넘치게 표현한 은효가 우스워, 단영은 그만 깔깔 웃음을 터트리고 말았다.

"선배, 이건 웃을 일이 아니에요. B 85. 와, 나 진짜. 한 소리 하려다가 찡찡거리는 거 듣기 싫어서 대충 알겠다 했거든요? 근데 이번엔 축 처졌다고 다시 줄여 달라잖아요. 지가 원하는 모양은 이게 아니라면서. 뭐라더라, 물방울 모양? 지랄도 그런 지랄이 없었어요."

"……."

"대체 가슴 수정만 몇 번을 했는지 몰라요. 뭣보다 매번 새벽 시간대만 골라서 연락하는데, 기본 매너가 없는 건지, 대놓고 엿 먹이겠단 의도인 건지……."

씩씩거리며 분을 참지 못하는 은효 앞에서 단영은 어색하게 웃었다.

"네가 참아. 연예인들 까탈스러운 거, 한두 번 겪는 일도 아니잖아."

"거기서 끝났으면 말도 안 해요. 허벅지 줄여 달라, 턱 깎아 달라, 눈 키워 달라. 심지어는 발목까지 얇게 해 달라잖아요. 저 무슨 성형외과 의사라도 된 줄 알았다니까요."

은효의 불만은 좀처럼 끝날 기미가 보이지 않았다.

이대로 뒀다간 주야장천 밤새도록 신세 한탄할 게 뻔했다.

단영은 우쭈쭈, 그랬어? 내 새끼, 수고 많았어. 하며 어화둥둥 은효를 달래 주었다. 그제야 어느 정도 화기가 가라앉은 모양이다. 은효는 그만 가 보겠단 말을 끝으로 회사를 빠져나갔다.

"어휴……."

한차례 태풍이 휩쓸고 지나간 듯했다. 드디어 혼자 남게 된 단영은 기지개를 쭉 켰다. 때마침, 책상 위에 올려 둔 휴대폰이 진동했다.

"웬일이야?"

발신자는 하나뿐인 막둥이 혈육, 단태였다.

— 멀쩡한 집 버려두고 어디서 뭐 하고 다니는 건데.

퉁명스러웠지만 끝에 하나뿐인 남동생이라고, 외박한 누나가 걱정은 됐나 보다.

"아, 미안. 나 어제 술 많이 마셔서 도하준 집에서 잤는데, 말해 주는 걸 깜빡했다."

— 하준이 형이 누나 술 취한 거 보고도 가만히 있었어?

"말도 마. 안 그래도 출근할 때까지 주야장천 잔소리 들었으니까. 귀 떨어지는 줄 알았어."

— 잘하는 짓이다.

어쩐, 누군가를 절로 생각나게 할 법한 말투였다.

그도 그럴 것이, 단태는 유독 하준을 잘 따랐다. 어렸을 때부터 동경의 대상이라며 그렇게 노래를 부르고 다녔을 뿐만 아니라, 무슨 수를 써서라도 하준의 모교에 입학하고 말겠다며 밤낮 가리지 않고 공부했다.

'되겠어? 무려 한국대야.' 단영은 코웃음 쳤지만 그녀를 대놓고 비웃기라도 하듯 보란 듯이 한국대 수시에 덜컥 합격해 버렸다. 기어코 하준의 대학 후배가 되어 버린 것이다.

소식을 전해 듣게 된 민재는 뜻밖의 쾌거에 단태를 업고 방방 뛰었었다. 집안 경사가 났다면서. 물론, 무뚝뚝한 세훈과 하준은 수고 많았다며 단태의 어깨를 두드려 주는 것이 전부였지만.

단영이 컴퓨터 하단에 떠 있는 시간을 확인했다.

오후 12시 30분.

"학교야? 밥은?"

— 먹었어.

"군대는 언제쯤 갈 생각인데? 우편물 보니까 병무청에서 온 거 있더라."

— 1학년 종강하면 바로 갈 거야. 하준이 형 말로는 그때가 시기적으로 제일 좋댔어.

단영이 열여섯 살이었을 때, 단태는 고작 코찔찔이 아홉 살 난 초등학생이었다. 그 초딩이 언제 이렇게 커서……. 그녀는 새삼 세월이 참 빠르다는 걸 체감했다.

하준이 자신을 볼 때 이런 느낌이었을까. 어째 기분이 묘하다.

— 누나.

대뜸 단태의 목소리가 어울리지 않게 가라앉았다.

"왜?"

— 엄마랑 언제 마지막으로 연락했어?

그 말을 듣자마자 단영의 입술이 일자로 다물어졌다.

— 누나 일 바쁜 거 알고 입장도 이해하겠는데, 그래도 연락은 자주 좀 해. 미우나 고우나 엄마잖아. 하준이 형한테 미안해 죽겠어.

"네가 도하준한테 미안해할 일이 뭐가 있는데."

순간, 단영의 음성이 날카로워졌다. 단태가 한숨을 밀어 내며 말을 이었다.

— 엄마가 통화하면서 말해 줬는데, 하준이 형이 우리 대신 꼬박꼬박 잊지 않고 부산 다녀갔었대. 같이 밥도 먹고 얘기도 많이 나눴다더라. 솔직히 누나보단 형이 훨씬 더 바쁜 사람이잖아. 미안하지도 않아?

아, 도하준 진짜. 그는 매번 이런 식으로 뒤에서 자신을 나쁜 년, 불효녀 만드는 데 선수였다. 단영은 부글부글 속이 끓었다.

— 용돈도 드렸다는데, 워낙 큰돈이라 받기가 너무 미안해서, 엄마가 어쩔 줄 몰……

"무슨 소리야. 엄마 용돈은 내가 매달 보내 주고 있는데. 도하준은 왜 시키지도 않은 일을 해서 사람 몹쓸 년으로 만들고 있어."

— 오버하지 마. 그런 거 가지고 누나 몹쓸 년이라 생각할 사람 한 명도 없으니까.

단영이 입술을 꽉 물었다.

그때였다. 다시 한번 휴대폰이 부르르 떨렸다.

호랑이도 제 말 하면 온다더니, 하준이었다. 너 두고 보자. 단영은 속으로 이를 갈았다.

"최단태. 잠깐 전화 끊지 말고 기다려. 양반 되기 글러 먹은 인간한테 전화 왔어."

— 그냥 끊고 형 전화 받아. 누나가 그렇게 반응할 거 예상하고 형이 절대 말하지 말라 했는데……. 어쨌든 형한텐 뭐라 하지 마. 내 입장만 난감해지니까.

단영은 전화를 끊자마자 부재중으로 떠오른 하준의 전화번호를 물끄러미 바라보았다. 선뜻 통화 버튼을 누를 수 없었다.

"……."

그 당시의 엄마는 정신적으로 많이 피폐한 상태였다. 음주, 도박을 일삼느라 제정신이 아니었던 아버지와, 24시간 식당 주방 일을 해야 했던 엄마의 갈등은 점차 심해졌다.

도박에 필요한 밑돈이 부족해질 때면, 그는 매번 당연하다는 듯이 그녀에게서 돈을 갈취해 갔고, 엄마가 절대 안 된다며 극구 거절하기라도 하는 날엔, 온갖 가전제품과 물건들이 사방으로 날아다녔다.

어려서부터 제법 눈치가 빨랐던 단영은 그런 상황이 무척이나 두려웠지만, 애써 의연한 척 굴며 저보다 어린 단태를 옆집에 맡겨 놓곤 했다.

엉망진창이 되어 버린 빈집을 치우는 건, 늘 단영의 몫이었다.

"이해는 한다고, 나도……."

머리로는 알겠다. 엄마이기 이전에 지아비에게 맘껏 사랑받고 싶은 여자일 테고, 여자이기 전에 사람이란 걸. 그래서 아버지와 갈등을 빚던 도중에 도망친 그녀를 같은 여자의 심정으로 용서하고 이해하려 노력은 해 봤지만, 마음처럼 쉬운 일이 아니었다.

그녀가 큰 숨을 들이마셨다.

때마침 하준에게서 다시 전화가 걸려 왔다. 다 나를 생각해서 그런 거야. 도하준은 잘못한 게 없어. 단영은 마음을 다잡으며 휴대폰을 귓가로 가져갔다.

"어."

— 전화받는 태도 봐라.

낮은 음성이 단영의 고막을 울렸다.

"새삼스럽게 무슨."

— 흘려듣지 말고, 고칠 생각부터 해.

누가 교수 아니랄까 봐.

단태와의 통화로 진작 예민해진 상태에서 호통까지 듣게 되니 단영은 더 삐뚤어졌다. 짜증도 났고 미안하기도 했으며 고맙기도 했다. 이 감정은 대체 뭔지.

3분쯤 흘렀을까. 지금처럼 뜻하지 않게 찾아오는 침묵이 단영은 싫지 않았다. 그래서 일부러 정적을 깨려 하지 않았고, 하준 역시 그 시간을 방해하지 않았다.

무슨 일이냐며 닦달하거나 추궁한 적 없이 차분히 기다려 주곤 했는데, 그게 참 편안했다.

한 가지 주제를 두고 토론 아닌 토론이 벌어지거나, 미묘한 감정의 골 때문에 다툴 위기가 되면 이 방법이 명약이었다. 어느 정도 침착함이 찾아오자, 먼저 말문을 튼 쪽은 단영이었다.

"비 온다."

— 그러네.

다소 뜬금없는 말에도 하준은 아무렇지 않게 받아 주었다.

— 화는. 다 풀렸고?

"화난 적 없거든."

― 그래, 그렇다 쳐.

싱겁긴. 금방 포기할 거면서 묻긴 또 왜 물어봐. 단영은 괜히 궁금해졌다.

"궁금하지도 않아?"

― 앞으로 배고프면 말로 해. 짜증 부리지 말고.

"야."

― 오빠.

됐다. 말을 말자.

"학교는 어때? 애들이 짓궂게 굴거나 하진 않았어? 최소한 멘탈 정돈 나갔을 줄 알았는데, 생각보다 멀쩡하다?"

― 내가 너냐.

하여간, 뭔 말을 못 해요. 단영이 입술을 삐죽거리며 속으로 욕했다.

― 최단영. 너 지금 내 욕 했지.

귀신이 따로 없다. 괜히 덜미 잡혔다간 앞으로 지겹도록 휘둘려야 했기에, 하준의 질문을 무시하기로 했다.

"……밥은 먹었어? 설마, 같이 식당 갈 사람 없다고 혼자 화장실 가서 먹은 건 아니지?"

― 학생이며 교수며 하도 귀찮게 달라붙어서 할 수 없이 혼자 샌드위치 먹었다.

"변명 한번 참 절절하게 한다."

단영의 입가로 은근한 미소가 걸쳐졌다. 그와 동시에 픽, 하고 옅게 터진 하준의 웃음소리가 언뜻 들린 것 같기도 하다.

부슬부슬 내리던 비는 점차 거칠어졌다. 투두둑투두둑 창문에 부딪치는 빗줄기 속도가 제법 빨라졌다. 창가 쪽으로 고개를 돌린 그녀가 비 내리는 풍경을 응시했다.

"무슨 비가 저렇게 공격적으로 내려……. 장마철 되려면 아직 한참 남았는데."

— 우산은.

아, 우산. 그 말을 듣자마자 자리에서 일어난 단영이 다급하게 우산
꽂이 쪽으로 다가갔다.

"있을……."

우산은커녕 먼지 한 톨도 보이지 않는다.

"없네."

— 한 시간 뒤에 전화하면 내려와.

"됐어. 바로 밑에 편의점 있으니까 사면 돼."

그게 아니라. 하준이 말끝을 흐렸다. 잠시 뚝 끊긴 흐름은 얼마 가지
않아 다시 이어졌다.

— ……같이 밥 먹어 줘.

푸흡. 단영은 참지 못하고 웃음을 빵 터트렸다. 맞다. 도하준 왕따였
지.

"알겠어, 빨리 와. 개강한 기념으로 누나가 쏠게."

마치, 대학생 때로 돌아간 기분이다. 분명 교수님인데 학교에 있어
서 그런가. 단태의 동기처럼 느껴져 자꾸 웃음꽃이 피었다.

— 전화하면 나와. 먼저 나와서 기다리는 미련한 짓 하지 말고.

무심함이 뚝뚝 흘러넘쳤지만, 혹여 찬바람 때문에 감기라도 걸릴까
염려하고 있단 걸 안다. 단영은 그렇게 하겠다며 고분고분 순응했다.

— 먼저 끊어.

늘 그렇듯이 오늘도 하준은 그녀가 먼저 휴대폰을 내려 둘 때까지
기다렸다.

"응."

싫다 해도 소용없었다. 단영은 휴대폰을 책상 위에 내려놓고는 다시
금 바깥을 바라보았다. 비가 주룩주룩 시원하게 내린다.

단영은 비 오는 날을 참 좋아했다. 특별했던 그날이 자꾸만 생각나서.

도하준도 기억하고 있을까.

기억, 했으면 좋겠다.

3화

하준은 통화가 끊긴 액정을 가만히 내려다보다 말고, 고개를 들어 창문 밖을 응시했다. 비가 그칠 줄 모른다.

여전히 시선은 바깥에 두고 있었지만, 손에 들린 휴대폰은 빛을 잃어버릴 새도 없이 번쩍거렸다.

학교로 출근하는 날은, 본부장인 하준의 부재를 대신 맡아 줄 사람이 없었다. 때문에 회의 결과 보고나 결재 서류 사인 등을 목적으로 둔 직원들의 연락은 불가피했다.

그러나 지금 하준은 직원들의 간절한 연락을 받아 줄 생각이 없어 보였다.

"……시원하네."

살짝 열린 창문 틈 사이로 시원한 비바람이 설설 불어닥쳤다. 교수 연구실 창가에 걸려 있던 커튼이 살랑살랑 춤을 추자, 반박자 늦게 하준의 고동색 머리칼이 잘게 흔들렸다.

'비 오는 날'은, 하준과 단영에게 특별했다. 처음 만났던 날도 오늘처럼 비가 내렸으니까. 벌써 12년이나 지났지만, 바로 어제 있었던 일처럼 선연하기만 하다.

하준은 바깥 풍경을 감상하며, 엄지손가락으로 휴대폰 액정을 느리게 문질렀다. 기분 좋은 일을 떠올리는 모양인지, 그의 입술 끝이 미묘하게 올라갔다.

찰박찰박, 사람들의 걸음이 심상치 않다. 분명 오늘 아침 일기 예보에선 맑음이라 했는데, 봄비는 생각보다 훨씬 이른 시기에 찾아왔다.

난데없이 들이닥친 빗줄기로 인해 사람들은 혼비백산 움직였다.

평일이었음에도 불구하고 고속버스 터미널 입구는 인파로 붐볐다. 약속한 시간에 누군가를 기다리는 중이거나, 오랜만에 만난 지인과 반가운 대화를 나누고 있거나. 대부분 웃음이 가득했다.

울상이 된 얼굴로 구석에 쪼그려 앉아 있는 단영과, 짜증 섞인 표정을 한 하준을 제외하면 말이다.

"……."

주변을 훑던 하준의 시선이 문득 한곳에 멈췄다. 슬쩍 봐도 조막만한 여자애였다. 차양 밑이었지만, 점차 거세진 바람 때문에 사선으로 날아드는 비를 피할 순 없었다.

바들바들 떨리는 작은 어깨가 지금의 추위를 대신 말해 주고 있었다.

"얼어 죽든지, 말든지."

하준은 극히 무심한 성격이었다. 타인에게 먼저 관심을 보인다거나, 선뜻 도움을 베풀어 줄 만큼 다정하지 못했다.

속으로 '불쌍하다' 생각될 만도 한데, 아니었다. 그저 '무관심' 했다. 하준의 무미건조한 눈이 다시금 정면으로 향했다.

"아, 왜 이렇게 안 와."

손목을 들어 시간을 확인해 보니, 벌써 약속한 시간은 훌쩍 지나 있었다. 하준은 낮게 욕을 읊조렸다.

다짜고짜 우산이 없다며 데리러 나와 달라는 민재의 부탁 때문이었다. 한창 바빠야 할 재수생이었음에도 불구하고 부산으로 놀러 간 민재는 웬 연상녀와 눈이 맞았다고 했다.

만약 국대(국가 대표) 축구 선수 친필 사인만 아니었다면 뒤도 돌아보지 않고 무시했을 거다.

하준이 민재에게 전화를 걸어 볼 요량으로 휴대폰을 꺼내 들려는 찰나였다.

"학생, 괜찮아?"

웬 중년 여성의 큼지막한 음성에 반사적으로 다시금 하준의 고개가 돌아갔다. 아까 그 여자애다. 아주머니는 몇 번이고 그녀를 불렀지만, 돌아온 대답은 없었다. 초지일관 무릎을 꽉 껴안고는 얼굴을 푹 숙인 채였다.

"아이고, 이 상처 좀 봐! 아직 많이 어려 보이는데……. 119 불러 줄까? 아니면 경찰에 먼저 신고를 해야 하나?"

그 말에 하준은 눈가를 가늘게 좁혔다. 대충 봐서 몰랐는데, 자세히 뜯어보니 아주머니의 말처럼 도자기 같은 얼굴에 피멍과 상처가 군데군데 자리 잡고 있었다.

단영은 세차게 고개를 흔들었다. 신고하지 말아 달라는 뜻이다.

"아줌마가 도와줄게. 응? 일단 일어나 봐. 그러다 얼어 죽겠어, 학생."

단영은 들은 척도 하지 않고 꼼짝없이 자리를 지켰다.

당사자에게나 순수한 호의일 뿐이지, 받는 사람이 원하지 않는다면 귀찮기만 한 오지랖에 지나지 않을 텐데. 하준은 금세 흥미를 잃고 매정히 고개를 돌렸다.

일방적인 친절과 거절은 몇 번이나 반복됐다. 그러다 끝내 지친 모양이다. 아주머니는 고집스러운 단영을 이기지 못하고 마지못해 자리를 떴다.

"……."

하준은 이제야 좀 조용해질 수 있겠다 싶었지만, 그건 착각이었다. 주변은 귀가 아프도록 소란스럽기만 한데, 왜 하필 훌쩍이는 소리가 유난히 크게 들리는 건지.

처음은 애써 무시했다. 그렇게 5분, 10분. 시간은 쉬지 않고 흘러갔으나, 민재는 올 생각조차 없어 보였다. 찝찝함만 더욱 증폭될 뿐이다. 그의 미간에 잡힌 주름이 점차 깊어졌다.

집 나온 고양이 같기도 하고, 주인을 잃어버린 강아지 같기도 한 저 여자애가.

"아, 진짜……."

눈에 밟혀 짜증 난다.

그가 신경질적으로 머리칼을 흩트렸다.

우산. 우산만 주고 오자. 발을 떼어 내기까진 쉽지 않았으나 뭐라 형용할 수 없는 이 더러운 기분만 떨쳐 낼 수 있다면, 뭐가 됐든 빨리 처리하고 싶었다.

하준은 넓은 보폭으로 막힘없이 단영에게 다가갔다. 점점 거리가 좁혀지자, 그녀의 가슴팍 언저리에 새겨진 학교 마크가 가장 먼저 눈에 들어왔다. 어째 익숙한 교복이라 했는데, 근처 중학교였다.

"……전 괜찮다니까요."

하준이 무어라 물어보기도 전, 그녀는 울음기가 묻어난 음성으로 경계심부터 내비쳤다. 가깝게 다가온 인기척을 느끼고 방금 전에 저를 귀찮게 했던 아주머니라 여긴 듯하다.

"야."

'저기요.'도 아니고, '괜찮아요?'도 아니었다. 무뚝뚝함이 줄줄 흐르는 듯한 '야.', 그게 전부였다.

생각지도 못한 낮은 음성이 툭 튀어나오자, 단영이 느릿느릿 얼굴을 들었다. 처음으로 둘의 시선이 정통으로 마주친 순간이었다.

하준은 잠시 입을 다물었다. 가까이에서 보니, 눈이 참 인상적이다. 아직 눈물이 그렁그렁 맺혀 있어서 그랬는지 몰라도, 무척이나 깊이 있고 말갛다.

이상하게…… 숨이 잘 안 쉬어졌다.

하준은 하마터면 그 눈빛에 빨려 들어가 영영 헤어 나오지 못할 것 같은 착각이 들었다.

그녀의 눈동자가 갈 곳을 잃고 이리저리 헤매고 있었다. 몸은 전보다 더 심하게 떨었다.

하준은 아주머니를 대할 때와는 판이하게 다른 그녀의 반응이 무척이나 불쾌했다.

무서운 건가. 그는 최대한 사사로운 잡생각들을 지워 내고 무심히 물었다.

"아까부터 계속 누굴 기다리고 있는 건데."

신경 쓰이게.

"들어가서 기다리면 될 걸, 왜 굳이 밖에 나와서 그러고 있어."

그의 시니컬한 말투에도 단영은 답이 없었다. 그저 하준만 가만히 올려다볼 뿐이다. 파란색 우산을 어깨에 걸치고 있는 무섭게 생긴 오빠. 그게 첫인상이었다. 단영은 목이 뻐근해질 지경이었다.

그 찰나, 하준의 입술이 들썩였다.

"보니까, 입은 멀쩡한 것 같은데."

하준의 얼굴이 비스듬히 기울어졌다.

"왜 말을 안 해."

"……."

"아. 나랑은 말도 하고 싶지 않다, 뭐 그런 건가."

아무래도 그런가 보다. 결코 수다스러운 편이 아니었는데, 정신을 차리고 보니 혼자 주절주절 떠들고 있는 자신을 발견했다.

순간 어이가 없어 실소가 짧게 터졌다.

저 봐. 또 떤다.

단영을 본 하준이 별안간 무릎을 굽히고 앉았다. 그의 움직임을 따라 단영의 눈동자도 밑으로 내려왔다. 그제야 눈높이가 얼추 맞춰졌다. 단영은 뚫어져라 하준을 응시했다. 날렵한 눈매하며, 날카로운 이목구비가 더욱 단영의 어깨를 움츠리게 만들었다.

"다 봤어?"

그 말에 단영은 황급히 고개를 수그렸다. 아주 잠시였지만, 하준의 입술 끝이 슬쩍 올라섰다.

"그럼, 나도 이제 너 좀 볼게."

여전히 단영은 땅바닥을 바라보고 있었다.

하준은 무릎에 팔을 걸치고 그녀를 빤히 주시했다. 뺨 한쪽에 물들어 있는 피멍이 꽤 아플 것 같았다. 관자놀이와 입술엔 피딱지가 보였다. 확신하건대, 타인에 의한 외상이었다.

그의 잇새로 절로 한숨이 샜다. 이미 왼손은 바지 주머니 안을 배회하고 있었다. 하준은 연고를 쥐었다 폈다 하며 갈등했다.

줘? 말아? 이게 뭐라고 고민이다. 축구, 농구 할 것 없이 운동을 즐겨 하던 하준이라, 상처가 생기는 일 정돈 빈번했기에 늘 연고를 지니고 다녔던 것이 화근이었다.

"자."

결국 꺼냈다. 단영은 커다란 손 위에 놓인 연고를 멀뚱멀뚱 바라보기만 했다. 아, 상처. 단영은 뒤늦게 이해했다.

"괜찮아요."

"그럴 줄 알았다."

이미 예상하고 있었다는 듯, 하준은 민망한 기색 하나 없이 초연했다. 그가 단영의 손목을 덥석 잡아챘다.

그 악력이 어찌나 세던지, 무릎을 꼬옥 감싸고 있던 손이 쉽게 떨어졌다.

포기하고 돌아가리라 예측한 것이 완벽히 엇나가자, 당황한 그녀가 휘둥그레 눈을 떴다. 서늘한 체온이 그대로 전해져 으스스 소름이 돋았다.

"지, 지금 뭐 하는 거예요?"

"계속 물어봤자 대답 안 해 줄 거 같으니까, 듣는 건 포기할게."

작은 손바닥 위로 연고가 놓였다. 단영은 기분이 이상했다.

"자."

간지럽기도 했고, 울렁거리기도 했다. 그는 경찰이나 119에 신고하지도 않았고, 사정을 알려 달라며 유난을 떨지도 않았다. 이상했다.

"억지 부리지 말고 제때 발라."

정말이지 고작 연고 하나 따위에 마음이, 자꾸만 마음이 이상하다.

눈을 천천히 감았다 뜬 단영은 연고를 물끄러미 바라보았다.

"얼굴에 흉터 생기면 밉잖아."

"……."

끝까지 대답 안 하지. 됐다. 이만하면 충분했다. 할 만큼 한 거다. 적어도 버림받은 강아지 같은 저 여자애를 상대로 죄책감을 느껴야 할 일은 없어졌으니까.

하준은 미련 없이 자리에서 일어났다. 아니, 그러려고 했다.

"어, 엄마요."

바르르 떨리는 음성으로 더듬거리며 내뱉은 '엄마'란 말에, 하준은 움직이려다 말고 멈칫했다.

"뭐?"

"엄마를 기다리고 있었어요."

일단 무턱대고 저지르긴 했는데, 그다음부턴 어떻게 이어 가야 할지 몰라 단영은 혼란스러웠다.

"……아팠겠네."

그러나 정작 하준은 상황과 어울리지 않은 말을 뱉었다.

"네?"

"상처."

하준은 이유를 묻지 않았다. 한 번을 피하지 않고 단영의 눈만 똑바르게 주시했다. 그에 비해 단영은 그의 눈을 쉬이 마주치지 못했다.

"……이 상처는. 그러니까, 상처는 절대 맞아서 생긴 게 아니에요. 말리려고 움직이다가, 우연히 아빠가 던진 작은 어항에 맞아서 그래요. 엄마를 따라가다 넘어지기도 했고요. 제 불찰이었어요."

원망스럽단 말 한 번을 안 한다. 그래서 기특하긴 한데.

"안 물어봤어. 그렇게 생각해 본 적도 없고."

말투는 무심했지만, 하준의 표정은 부드러이 풀어져 있었다.

"아…… 네."

단영은 민망함이 밀려와 속눈썹을 파르르 떨며 입술을 꾹 씹었다. 그걸 용케 눈치챈 하준이 바람 빠진 웃음을 짧게 터트렸다.

"장난이야. 그래서?"

"네?"

"그래서 어떻게 됐냐고."

놀리는 것 같아 그만둘까 싶었지만, 이왕 이렇게 된 거 단영은 혼자 끙끙 앓고 있던 짐들을 잠시나마 내려놓고 싶었다.

어차피 한 번 보고 말 사람인데, 뭐 어때. 그런 가벼운 심정으로.

"주변 어른들이 신고해 주신 덕분에 경찰 아저씨가 아빠를 데려갔어요. 그 이후로 아빠는 집에 오지 않아요. ……물론, 엄마도요. 외할머니한테 저를 맡기고 가셨어요."

두서없이 이어진 그녀의 말을 하준은 보채지 않고 덤덤히 들어 주었다.

"할머니 전화도 안 받아서 무작정 파출소에 찾아가 부탁했더니, 경찰 아저씨가 엄마랑 통화를 할 수 있도록 도와주셨어요. 그래서 온다고 했는데…… 분명 오늘 오겠다고 그랬는데……."

끝내 단영이 울먹거리기 시작했다. 어떻게든 참으려고 입술을 씹던 치아에 힘을 주었다. 피가 통하지 않을 만큼 세게 주먹을 쥐기도 했다.

"울고 싶으면 울어. 그게 뭐가 창피하다고 참고 있어."

무심한 그의 말이 신호탄이었다. 단영은 가까스로 참고 있던 울음을 빵 터트렸다. 수도꼭지를 틀어 놓은 것처럼 엉엉 울었다.

어린 동생에게 들킬까, 늦은 새벽 홀로 끙끙 앓아야 했다.

어두운 집. 기댈 곳 없는 혼자.

모든 것이 막막했다. 쌓아 온 상념을 쏟아 내기라도 하듯이 그렇게 그녀는 하염없이 통곡했다.

원망보단 어떻게 해야 할지 몰라서. 미움보단 지금 당장 엄마의 품이 그리워서. 아주 잠시였지만 다정했던 아빠가 보고 싶어서. 그래서 울었다. 오늘까지만 울고, 내일부턴 웃으려고.

"……."

하준은 그런 단영을 위로해 주지 않았다. 토닥토닥 어깨를 두들겨 주지도, 괜찮아질 거란 희망 어린 말조차 건네지 않았다. 그저 가만히 마주 보고 있을 뿐이었다.

동정도, 연민도 없는 묘한 눈빛으로.

꽤 긴 시간이 흘렀다. 하준이 굽혔던 다리를 펴고 일어섰다.

"……어, 어디 가요?"

단영은 어지간히 놀란 모양인지, 울음을 뚝 그치고는 불안스레 떨리는 음성으로 물었다. 그러면서 하준의 바지 밑단을 작은 손으로 꽉 움켜잡는 걸 잊지 않았다. 절대 놓치지 않겠단 결의가 보였다.

"무리한 부탁이란 거 아는데…… 엄마 올 때까지만 같이 기다려 주시면 안 될까요? 할머니는 많이 편찮으시고, 집엔 어린 동생이 있어요. 자꾸 울어서, 오늘은 꼭 엄마 데리고 가겠다고 약속했거든요. 혼자 기다리면 조금 무서…… 아니, 심심해서 그래요."

순간, 하준은 누군가가 무거운 망치로 뒤통수를 세게 후려친 기분이 들었다. 이 작은 여자아이는 누군가의 호의가 싫었던 것이 아니다. 그보다 훨씬 더 절실한 것이었다.

황무지 같은 사막 한가운데에 뚝 떨어져 버린 자신에게 생명수를 건네줄 사람. 어쩌면, 너는 곁을 지켜 줄 어른이 필요했던 게 아닐까.

하준은 묵묵히 단영을 내려다보았다.

"얼마나 기다렸어."

그러다 이내 대답 듣길 포기하고 그녀의 팔을 잡아 억지로 일으켜 세웠다. 그러자 단영은 강한 힘에 이끌려 어정쩡한 자세로 휘청거렸다. 하준은 그녀가 넘어지지 않도록 순발력 있게 어깨를 받쳐 주었다.

상당히 오랜 시간을 기다린 모양이다. 손에 닿은 그녀의 교복 와이셔츠가 차가웠다. 하준의 눈가가 살풋 찡그려졌다.

"안 올 거야."

"뭐라고요?"

48

단영의 눈빛이 돌연 사나워졌다.

"너희 어머니. 안 오실 거라고."

지나가던 일곱 살 어린아이도 알 법한 해답이었다.

"와요! 반드시 올 거예요!"

아무것도 모르면서 확신하는 그의 말에 동의할 수 없다는 듯이 그녀가 소리쳤다. 그러나 돌아온 대답은 엉뚱한 질문이었다.

"너 이름이 뭐야."

"……."

"취미야? 두 번씩 묻게 만드는 거."

하준이 한쪽 다리에 힘을 풀고 삐딱하게 섰다.

"……단영이요."

"안 들려."

"최, 단영."

"아, 귀가 간지럽다."

"최단영!"

전보단 조금 커진 음성이었지만, 하준은 일부러 안 들리는 척했다. 단영에게 들키지 않도록 슬며시 입꼬리를 올리기까지 했다.

"다시."

"최단영이라고요!"

단영은 눈을 질끈 감고 젖 먹던 힘을 다해 꽥 소리쳤다.

"씩씩하네."

한쪽 눈을 슬며시 뜨자, 치아를 드러내며 씨익 웃는 하준이 동공 속에 담겼다. 예뻤다. 멋있었다. 세상에서 본 적 없는 청량한 미소였다. 단영은 순간 멍했다. 다른 의미로 충격이었다.

"앞으로도 그렇게 해. 잘못한 것도 없으면서 죄지은 사람처럼 눈치 보지 말고."

이어진 하준의 말을 단영은 이해할 수 없었다.

"밥은."

절레절레. 단영이 고개를 흔들었다.

"친구는."

"……없어요."

힘없는 대답에, 하준은 무거운 숨을 흘려보냈다.

"결정해. 나랑 같이 밥 먹으러 가든지, 아니면 너희 어머니 올 때까지 밤새도록 기다려 보든지."

"……."

단영은 묵묵부답이었다. 배도 고팠고, 함께 기다리고 싶기도 했다. 하지만 자리를 뜰 순 없었다. 엄마와 길이 엇갈릴 수도 있으니까. 그렇다고 해서 하준에게 같이 밤새도록 기다려 달라 말하기도 미안했다.

날은 추웠고, 그와는 오늘 처음 만났으므로.

"좋아. 기다려, 그럼."

하준은 거리낌 없이 맨바닥에 털썩 주저앉았다. 단영의 낯빛에 당황한 기색이 역력했다.

"왜 이렇게까지 해 줘요? 우린 오늘 처음 만났는데……."

"아까는 가지 말고 기다려 달라며."

"밤새도록은 아니었어요."

"그거나, 이거나."

하준의 반응은 시큰둥했다.

"내가 불쌍해서 그래요?"

"그럴 수도 있고."

하준은 부정하지 않았다. 오히려 당황스러울 정도로 솔직했다.

사실, 갑자기 왜 이런 말을 했는지 하준 저 자신조차 모를 일이었다. 그는 단영에게 눈길 한 번 주지 않고 정면에 시선을 고정한 채 낮은 음성으로 말했다.

"일단 같이 기다려는 주는데, 하나만 약속해."

"뭔데요……."

"오늘 이후로 절대 울지 않겠다고."

"……."

"약속해."

잠깐의 동정일 수도 있고, 그 때문에 작은 변덕이 생겼을 수도 있다.

"지금이라도 자신 없으면 일어나."

단영은 그 말을 듣고도 우물쭈물했다. 답답한 상황은 계속되었다. 이후로 대화는 없었다. 단절된 상태로 침묵만 유지됐다.

이래저래 눈치만 살피던 단영을 힐끗거린 하준이 별안간 말문을 텄다.

"중학생답지 않게 무거운 고민 떠안고 살지 마. 너 아직 그럴 때 아니야."

"……."

"많이 웃어."

아직은 많이 어린 나이. 한창 투정 부리며 지내야 할 사춘기 여중생.

"공부하느라 스트레스도 받아 보고, 친구들이랑 놀러 다니기도 하면서 네 주변 또래 애들처럼 예쁘고, 좋은 것만 담고 살아."

단영은 눈을 깜빡였다. 걱정이 되어 위로해 주는 느낌이라기보다, 흘러가듯이 말하는 투였다. 어차피, 안 볼 사이니까.

"지금처럼 울적하게 있지 말고."

"……."

"그런다고 달라질 거, 하나도 없으니까."

파도처럼 넘실대는 지금의 감정을 무어라 표현해야 할지 모르겠다. 그런 그녀의 마음을 아는지 모르는지 하준은 차분히 말을 이어 갔다.

51

"너 지금 얼굴 되게 못생겨 보여."

하준은 당연하게 여겨 왔다. 부족함 없이 자란 집안 환경, 가족, 친구, 평범한 학교생활. 그런데 그 당연한 것들이 어쩌면 너에겐 너무나 간절하고 먼 꿈일지도 모를 거란 생각이 들었다.

그래서 더 알려 주고 싶었다. 지금의 넌 모르겠지만, 세상엔 행복한 일이 생각보다 훨씬 많이 있다고. 그러니까…….

어떻게든 버티라고. 보란 듯이 버텨 내 보이라고.

그렇게 경멸하던 오지랖을 그녀의 앞에서 부리게 될 줄은 상상조차 못 했다.

"그런데요……."

단영은 시선을 내리깔고 손가락을 매만졌다.

"왜."

"오빠, 친구 많아요?"

어색한 공간을 무슨 수를 써서라도 탈피하고 싶어 아무렇게나 꺼낸 질문이었다.

"몇 명 있어. 왜. 많을 것 같아 보여?"

"네. 그래서 부러워요. 저는 한 명도 없거든요."

평범한 여중생이 될 자신이 부족하단 뜻이다.

"그럼 너도 해."

"……네?"

"너도 내 친구 하라고. 그럼 되잖아."

"친구라기엔……."

나이 차이가 너무 나는 것 같지 않나요. 단영은 차마 말을 잇지 못했다. 날카로운 그의 인상이 무서웠다.

"뭐. 싫어?"

"아, 아뇨. 그렇다기보다는……. 그냥, 오빠는 저랑 알던 사이도 아니잖아요."

그게 뭐가 대수라고. 하준은 웃음을 참으려는 듯, 입술을 들썩였다.

"아는 사람이랑 친구 할 거면 뭐 하러 해. 잘 모르는 사이니까 친구 하자는 거지."

"힘들게 친해졌는데, 별로면 어떡해요?"

"내 사람이 아니었나 보다, 생각하고 털어 내면 되잖아."

"그게 돼요? 전 무서울 것 같은데……."

"걱정 마. 난 안 그러니까. 나름 안목 좋은 편이야."

그때였다. 고요함을 뚫고 꼬르륵, 하며 단영의 배꼽 알람이 크게 울렸다. 단영은 적잖게 민망한 모양인지 아랫입술을 감쳐물었고, 하준은 어처구니가 없어 작게 실소를 터트렸다.

"그만 가자."

그렇게 말하며, 하준이 몸을 일으켰다. 대충 툭툭 바지를 털고 똑바르게 섰다.

그 뒷모습이 크게 보였다면, 단순한 착각이었을까.

먹구름이 사라져 간다. 단순히 스쳐 지나간 소나기였나 보다. 굵었던 빗줄기가 점차 얇아졌다.

"어, 어디를요?"

하준이 살짝 몸을 틀어 단영을 향해 손을 내밀었다.

"밥 먹으러."

단영은 그 커다란 손을 가만히 내려다보았다. 망설이는 것이다.

"엄마가 모르는 사람 무작정 따라가지 말라고 했는데……."

미울 텐데, 끝까지 엄마 걱정뿐이다.

착한 건지, 미련한 건지. 하준은 그런 단영이 답답했다.

"그렇게 걱정되면 내 휴대폰 줄 테니까, 정말 아니다 싶을 땐 경찰에 신고해. 그럼 되잖아."

그가 좋은 사람일 거란 보장은 없다.

"빨리."

그런데도 무작정 잡고 싶어졌다. 저질러 보고 싶다.

순간, 바람이 불었다. 머리칼이 흩날리고, 마음은 파동을 친다. 바람에 섞인 비가 너무 시원했다. 찬 공기 냄새가 싱그럽다.

그녀의 작은 손이 천천히 커다란 손바닥 위로 얹어졌다. 그걸 지켜보던 하준은 만족스럽다는 듯이 미소 지었다.

"넌 지금. 가장 어려운 일을 해낸 거야."

"그게 뭔데요?"

"용기."

용기 내는 거. 그게 제일 힘든 일이야. 어른들도 어려워해.

하준의 말에 단영은 말문이 턱 막혔다.

"이제 쉬운 일들만 남았네."

마법 같은 일이다. 그렇게 싫기만 했던 비가, 그 어느 때보다 좋아졌다.

그의 말 한마디로.

"축하해, 최단영."

세상이 변했다.

4화

똑똑똑.

연구실 문을 정확히 세 번 두드리는 소리에 하준은 감고 있던 눈꺼풀을 가뿐히 밀어 올렸다.

"들어오세요."

그의 허락이 떨어지자, 연구실 문이 조심스레 열렸다. 문틈 사이로 등장한 사람은 단아한 외모의 여학생이었다. 그녀는 연신 주변을 의식하면서 머뭇거렸다.

하준의 눈이 자연스럽게 여학생에게로 옮겨졌다. 그는 잠시 생각에 잠겼다. 누구였더라. 기억이 잘 안 난다.

그녀가 한 걸음 안으로 들어왔다. 그러나 딱 거기까지였다.

"누구?"

"아까 교수님께서 대표 정해지면 연구실 들르라고 하셨잖아요."

아, 대표. 옛 생각에 잠겨도 푹 잠겼나 보다. 했던 말을 싹 잊어버릴 정도로 말이다.

"그리고…… 부탁드릴 것도 있고요."

"부탁? 나한테?"

"네."

하준은 딱딱하게 뭉친 어깨를 한 손으로 주무르며 가죽 의자를 밀고 엉덩이를 떼어 냈다.

"의외네."

정말 그랬다. 여학생은 대충 봐도 낯가림이 심한 편인 것 같았다. 보통 그런 부류의 사람들은 눈에 띄는 걸 그다지 선호하지 않을 텐데. 하준은 어쩐지 모순된 기분이 들었다.

여학생의 눈동자가 힐끔 하준에게 향하자, 그가 바로 해명했다.

"나쁜 의도로 말한 건 아니었으니까 오해하지 말고."

"대표는 제비뽑기로 정했어요."

하준은 책상에 허리를 기댄 채 눈썹을 미약하게 찡그렸다.

"이것들 봐라. 그렇게 좋아 죽을 땐 언제고. 아까 그거 다 가식이었어?"

"그게 아니라……. 서로 하겠다고 해서 어쩔 수 없이 뽑기로 결정한 거였어요."

그래? 하준은 만족스럽단 의미를 담아 씩 웃었다.

"이름은?"

"김지영이요."

기어들어 갈 만큼 작은 음성이었다. 그가 눈가를 구기며 얼굴을 비스듬히 기울였다.

"잘 안 들려. 크게 말해."

"김……지영이요."

그제야 알아들었는지 하준은 두어 번 고개를 끄덕였다. 최단영이랑 이름 끝 글자가 같네. 정말 별거 아닌 거였다. 다소 억지스러운 끼워 맞추기였으나, 하준은 아무렴 좋았다.

"미안. 바빠서 아직 학생 명단을 제대로 확인 못 했다. 이름 못 외웠다고 서운해하지 마."

물론, 관심이 없던 것도 있었지만.

"아뇨. 괜찮습니다. 교수님 강의 듣는 학생들이 한두 명도 아니잖아요."

그 말을 끝으로 정적이 흘렀다. 지영은 얌전히 눈을 내렸다. 하준은 그런 그녀를 가만히 응시하다, 별안간 짧게 웃음을 터트렸다.

"언제까지 그렇게 거리 유지하고 있을 생각인데? 38선도 아니고. 나, 너 안 잡아먹는다."

단영과 얽혔던 과거가 절로 떠올랐다. 지영은 연구실 문에서 떨어지면 큰일이라도 나는 사람처럼 바짝 문 앞에 붙어 있었고, 하준은 집무 책상에 기대어 섰다.

사실, 별로 상관은 없었지만, 하준은 첫날부터 '어려운 교수님'이미지로 낙인찍히고 싶지 않았다. 뭔가, 범법자가 된 느낌이 들어 껄끄럽다.

이대로라면 정말 단영의 말처럼 '왕따'는 기정사실이 될 것 같았으나, 굳이 억지로 가깝게 지내고 싶은 생각 또한 없었다.

"됐어. 불편하면 그대로 있어도 돼. 휴대폰이나 꺼내."

"……네?"

"너, 내 번호 받으려고 온 거 아니야?"

"아, 네."

지영의 얼굴이 화끈 달아올랐다. 번호를 하나하나 읊어 주는 하준의 낮은 음성을 따라, 그녀는 최대한 손가락에 힘을 주어 정확하게 눌렀다. 010……. 마지막 번호 '9'까지. 지영은 다 끝났다는 대답 대신 턱을 들었다.

"내 번호 가지고 귀찮게 구는 애들 있으면 말해. 확 다 D 줘 버리게."

어색한 분위기를 풀어 볼 심산으로 던진 농담이었는데, 난감하리만큼 조용했다. 하준이 먼저 침묵을 깨트렸다.

"경영학과?"

"어……. 어떻게 아셨어요?"

지영의 눈이 휘둥그레 커졌다. 그러자, 하준은 두 번째 손가락으로 지영의 손에 들려 있는 물체를 가리켰다.

"그거. 전공 책."

경영학원론. 지영이 전공 책을 내려다보았다.

"아……."

그녀의 반응은 미적지근했다. 좋은 눈썰미는 회사에선 꽤 유용하게 먹히던데, 학교는 아니었나 보다. 하준은 시선을 올려 잠시 시간을 확인하더니, 팔짱을 끼웠다.

"몇 학년인데?"

"4학년이요. 복학해서 이번 학기만 끝나면 졸업해요."

"복학했으면, 스물넷? 한창 취업 준비하느라 고생할 때네."

하준은 설렁설렁 물 흘러가듯 말했다. 진심보단, 으레 예의상 건네는 걱정 같은 거였다.

"자소서나 포트폴리오는 미루지 말고 착실하게 준비해. 기업 측에서 자소서는 대충 봐도, 포트폴리오는 유심히 보거든. 강의 듣다 보면 실무 정보 많을 테니까, 어느 정도 도움될 거야. 잘만 따라와 주면……."

하준은 말을 채 잇지 못했다. 강단에 서게 된다면 절대 꼰대처럼 굴지 않겠노라 다짐한 게 바로 엊그제였는데 말이다. 어지간히 머쓱했는지, 그가 손을 들어 목덜미를 문질렀다.

"아, 아니다. 방금 한 말은 그냥 흘려들어."

"네?"

"그만 가자. 나도 약속 있어서 빨리 가 봐야 돼. 너도 다음 강의 있을 거잖아."

하준은 의자에 걸쳐 둔 코트를 집어 들며 말했다. 그러나 지영은 이유 모를 망설임만 초조하게 내비칠 뿐, 대답은 하지 않았다. 뭐 하자는 거지.

"뭐 해. 안 가?"

하준이 코트를 입고, 책상 위에 놓인 차 키를 챙겨 들었음에도 불구하고 지영은 꼼짝하지 않았다.

"저, 교수님."

"말해."

"부탁이 있는데요."

"아, 그래. 부탁이 뭔데?"

"초면에 실례라는 건 알지만, 저 면접 준비 좀 도와주시면 안, 될까요?"

하준은 말없이 지영을 꿰뚫듯 직시했다.

"아, 그게 그러니까……. 작년에 학과장 교수님 추천으로 시오전자 면접 봤었는데, 떨어졌거든요."

지영이 서둘러 뒷말을 덧붙였다.

"바, 바쁘시면 강의 끝나고 10분만 투자해 주셔도 괜찮아요. 조금 있으면 시오전자 상반기 채용 시작되는데……. 교수님은 실무진 중에서 가장 높은 자리에 계신 분이고, 인터뷰도 하실 만큼 유명하시잖아요. 제겐 두 번 다시 없을 기회라고 생각해요."

하준의 입술이 일자로 다물어졌다. 놀라움이나 당황스럽단 기색은 일절 없었다. 그저 무덤덤하게 지영을 응시했다. 무언가 꿰뚫어 보려는 것처럼 집요한 눈빛이었다.

단호하게 거절하려나. 지영의 입술이 몇 번이나 들썩거리다, 이내 차분히 다물어졌다.

"내가 뭘 해 주면 되는데?"

예상을 깨고 돌아온 대답 속엔 언뜻 희망이 보였다. 긴장이 풀린 탓인지, 지영의 입술에 힘이 빠졌다.

"면접 시뮬레이션이나, 일대일……."

"그래. 그게 뭐, 어려운 일도 아니고. 대신, 너만 봐주는 건 안 돼."

지영의 다음 이어질 말을 예측하기라도 한 듯이 하준은 뚜렷한 경계선을 그었다. 하준이 골반 옆으로 한쪽 손을 얹었다.

"같은 등록금 내고 수업 듣는 건데 공평해야지. 그리고 개강하자마자 여학생이랑 구설수 오르고 싶은 마음 추호도 없어. 면접과 관련된 부분은 강의 시간 때, 애들 의견 물어보고 조율해 볼게."

"아……."

"됐지?"

"……네."

무언가 석연찮은 반응이었다. 기분 탓이리라. 하준은 섣부르게 넘겨짚지 않기로 했다. 그나저나.

아까부터 느꼈던 거지만, 지영을 보고 있으면 자연스럽게 단영이 떠올랐다.

낯을 많이 가리는 것 같으면서도 또 할 말은 다 하는 면모가 닮았다.

하준의 얼굴에선 웃음이 떠나지 않았다. 빨리 나가자. 하준은 다시 한번 지영을 재촉하며 문손잡이를 잡았다.

"교, 교수님! 잠시만요."

"또 왜?"

"저, 다음 강의 안 들어가도 괜찮은데."

"수업을 왜 안 들어가."

"첫날이기도 하고……."

"그런데."

"그게, 그러니까……."

"말을 해. 그래야 내가 대답해 줄 거 아니야."

급한 나머지, 학생에게만큼은 최대한 숨기고자 했던 무심함이 하준저 자신도 모르게 툭 튀어나왔다. 지영의 어깨가 바싹 움츠러들었다.

"가시는 길에 저 좀 태워 주시면 안 될까요? 근처 역까지만 같이……."

다시 침묵이 찾아왔다. 이번엔 조금 다른 무게였다. 공기 자체가 묵직해졌다.

오해할 소지가 충분한 상황이었다. 새로 취임한 대기업 본부장인 겸임 교수. 그리고 취업준비 중인 여대생. 동기들과 함께 부탁하는 거였다면 모를까, 지영 혼자였다. 겁이 없어도 너무 없다.

"교수님이랑 대화도 하고 싶고……."

하물며 교수는 학생들에게 퍽 어려운 존재일 텐데, 이런 부탁을 무턱대고 한다는 건 무척 큰 결례였다.

물론 편한 사이도 있긴 하겠지만, 어디까지나 오래 알고 지낸 사제지간에서 교수가 먼저 친절을 베푸는 것에 국한되는 부분이었다.

지영은 푹 숙이고 있던 머리를 슬쩍 들어 하준의 얼굴을 살폈다. 또 무표정이다. 그는 뚫어져라 지영의 눈을 똑바로 직시하고 있었다.

30초쯤 흘렀을까. 하준의 입술이 천천히 떨어졌다.

"안 돼."

"네?"

"안 된다고."

"아……."

"김지영."

그가 한숨을 내쉬었다. 최단영 닮았다는 말 취소다.

완전 취소.

"수작 부리는 거 다 보이니까, 그만 까불고 수업 들어가."

낮은 음성이 연기처럼 자욱하게 깔렸다. 하준은 그대로 미련 없이 문손잡이를 잡아 돌렸다. 갑자기 왜 그런 부탁을 하는 거냐며 이유조차 묻지 않았다. 그는 복도로 나가려다 말고, 문득 발을 멈칫 세웠다.

"난 내 차에 아무나 안 태워. 그래서 그래."

하준은 언제 표정을 굳혔었냐는 듯, 금세 안면 근육을 부드럽게 풀어냈다.

"방금 좀 재수 없었나? 뭐, 뒤에서 까고 싶으면 까도 돼."

늦었네. 빨리 가야겠다.

"기분 상했다면 미안하고. 다음 주에 보자."

최단영한테.

차량으로 돌아온 하준은 평소보다 더 속력을 높였다. 기다리는 걸 워낙에 질색하는 데다가 배가 고플 때면 유독 신경이 날카로워지는 단영을 잘 알기 때문이다.

"……왜 이렇게 안 받아."

무엇보다 전화를 받지 않는다. 화가 나서 일부러 돌리는 것 같진 않았다. 그렇다면 일 때문에 바빠 정신이 없거나, 피곤한 나머지 졸고 있을 것이다. 설상가상 비가 내린 탓에 앞뒤로 차량 정체가 심각한 상태였다.

하준은 귀에 꽂혀 있던 블루투스 이어폰을 대충 빼내고는 입술을 물었다. 핸들을 잡은 손에 힘이 실렸다.

"그 와중에 저걸 사고 있다."

하준은 조수석에 올려 둔 포장된 떡볶이를 힐끔거리며 실소를 터트렸다. 떡볶이 주제에 귀빈 대접이 따로 없었다. 아무리 쏟아질까 걱정됐다지만, 떡볶이에게 안전벨트가 웬 말이냐고. 스스로가 생각해 봐도 어이가 없었다.

생각보다 늦게 스튜디오에 도착했다. 근처에 차량을 세워 두고 엘리베이터에 탑승한 하준은 익숙하게 3층 버튼을 눌렀다. 얼마 지나지 않아 엘리베이터 문이 스르륵 열렸다.

그 사이로 단영의 뒷모습이 가장 먼저 눈에 들어왔다. 맨바닥에 아무렇게나 풀썩 주저앉은 그녀는 카메라를 만지느라 정신이 없어 보였다. 밥은 제때 먹고 다니는 건지 의구심이 들 만큼 가느다란 체형이 마음에 안 든다.

"최단영."

낮은 음성이 널찍한 스튜디오 안에 퍼지자, 화들짝 놀란 단영은 잽싸게 얼굴을 돌렸다.

"어, 여기까진 웬일이야? 전화 올 때까지 기다리고 있었는데."

웃기고 있네. 입에 침이나 바르고 거짓말해라. 하준은 목구멍까지 차오른 말을 삼켰다.

"휴대폰은 어디다 팔아먹었어."

아, 맞다. 휴대폰. 단영은 자리에서 벌떡 일어나 주변을 두리번거렸다. 어디다 뒀더라. 휴대폰을 찾느라 분주해진 단영을 물끄러미 지켜보던 하준은 묵직한 숨을 내쉬며 그녀에게 가까이 다가갔다.

"정신 똑바로 안 차리고 다닐래."

"진짜 어디 갔지?"

하준은 그녀의 빛바랜 청바지 뒷주머니에 꽂혀 있던 휴대폰을 손가락 두 개로 가볍게 꺼내어 들었다. 어머, 이 오빠 좀 봐! 그녀가 질색하며 뒷걸음질 쳤다.

"야! 어딜 다 큰 숙녀 엉덩이를 함부로 만져?"

다짜고짜 터진 단영의 앙칼진 목소리에 하준은 인상을 구겼다. 하다 하다 이젠 변태 취급까지.

"숙녀?"

"그래!"

기가 막혀 죽겠다는 듯, 하준의 잇새로 헛웃음이 터졌다.

"일단 받고."

단영은 허공으로 붕 떠오른 제 휴대폰을 완벽히 받아 냈다. 정확히 손바닥으로 안착했다.

"너 또 무음으로 해 뒀지."

"……."

"대답 못 하는 거 보니까 맞네."

"무음이어도 찰떡같이 다 알거든?"

"내 전화는 개떡이고?"

"말이 왜 또 그쪽으로 튀어."

단영은 새침한 표정으로 툴툴거리며 휴대폰을 켰다. 부재중 전화가 와르르 쏟아졌다. 도하준이 또 유난을 떤 것이다. 한두 번 있는 일도 아니었지만, 못내 미안한 건 사실이었다.

그때, 떡볶이 매장 로고가 새겨진 봉투가 단영의 시야로 들어왔다.

"그거. 설마, 떡볶이야?"

그녀의 음성엔 설렘이 가득했다. 먹을 건 귀신같이 알아내지. 하준이 피식거리며 고개를 작게 끄덕였다.

"역시, 도하준! 나 배고픈 건 어떻게 알았어? 하주니가 짱이야! 예뻐 죽겠다!"

그렇게 말하며 하준의 엉덩이를 툭툭 두드렸다. 그러자, 하준은 정색하며 물러섰다.

"적당히 까불어라, 진짜."

"예, 예."

"먹어."

하준은 '오다가 주웠다.' 와 같은 말투로 시큰둥하게 말했다.

"아, 내가 또 떡볶이에 환장하는 건 어떻게 알고."

말투가 어땠든 단영은 금세 사르르 녹아 버렸다. 당장이라도 떡볶이의 품으로 뛰어가고 싶었으나, 무언가 생각난 모양인지 단영이 턱짓으로 촬영용 롤스크린 쪽을 가리켰다.

"온 김에 저기 가서 앉아 봐."

사방이 온통 흰색이었다. 그 가운데에 의자만 달랑 놓여 있다. 이쯤 되면 슬슬 감이 온다. 저를 두고 인형 놀이를 하려는 거다. 하준의 눈썹이 꿈틀댔다.

"싫다."

"사춘기야? 무슨 말만 하면 다 싫대."

"사진 찍는 게 싫은 거야."

"찍는 사람은 나거든?"

"찍히는 건 더 싫어."

하준은 완강했다. 초, 중, 고, 그리고 대학교까지. 하준의 졸업 사진은 온통 세상 불만스럽다는 표정뿐이었다. 단영의 졸업식 때도 마찬가지였다. 세상 불만은 다 떠안고 사는 사람처럼 삐딱한 자세로 서서 카메라 렌즈만 죽어라 노려보던 그의 모습이 선연하다.

포토그래퍼를 직업으로 둔 단영의 입장에선 그렇게 안타까울 수가 없었다.

"그 좋은 피사체를 두고 왜 썩혀? 잘난 얼굴 그런 식으로 낭비할 바
엔 그냥 다른 사람 주지 그래? 사용이라도 잘 하게. 그러지 말고, 이참
에 봉사 한번 한다 생각해."

"수당 줄 것도 아니면서 너무 뻔뻔한 거 아니냐. 오세훈이나 하민재
불러다 시켜."

"가족 좋다는 게 이럴 때 쓰라고 있는 거지. 어차피 프로필 사진도
찍어야 되잖아."

하준의 회사 사원증은 이십 대 때 반강제로 찍어 둔 증명사진이 전
부였고, 대학교 교수 프로필 사진은 아예 처음부터 존재하지를 않았다.
단영의 의견도 어느 정도 맞는 말이었다.

"가족 같은 소리 하고 앉아 있네."

그러나 하준은 움직일 생각조차 없이 반항기에 접어든 소년의 눈빛
으로 단영을 쏘아보았다.

허구한 날 가족, 가족 하며 들쑤시는 게 여러모로 사람 참 짜증 나
게 한다.

"방금 그거 좀 욕같이 들렸는데?"

단영이 눈을 날카롭게 치떴다.

"아닌데."

"맞는 거 같은데."

"네 귀가 잘못된 거 같은데."

"서른 넘게 먹고 초딩같이 굴래, 진짜?! 이리 와, 빨리!"

결국 게이지가 폭발해 버린 단영이 조막만 한 손으로 하준의 커다란
손을 우악스럽게 잡아챘다. 하지만 아무리 힘을 줘 보고, 용을 써 봐도
하준은 꼼짝하질 않았다.

"어우, 으윽……."

어떻게든 앞으로 나아가려 애를 쓴 탓에 시뻘겋게 달아오른 단영의 얼굴에 비해, 꼿꼿하게 서서 제자릴 지키고 있는 하준의 얼굴은 평온하기만 하다. 하준은 제 손을 잡고 끙끙거리는 단영의 옆모습을 가만히 응시했다.

"하, 오빠. 그냥 끌려와 주면 안 될까?"

누가 할 소리를. 하준은 어이가 없다는 듯이 실소를 터트렸다.

"도하준 너 힘센 거 다 알거든? 자랑 그만하고, 응?"

자랑하는 게 아니라, 조금 더 이렇게 있고 싶은 거였다.

마음 같아선 조금 더 고집을 피우고 싶었으나, 이대로라면 오만 가지 짜증을 터트리고도 남을 그녀를 잘 알았다.

하준은 하는 수 없이 못 이기는 척 발을 떼어 냈다.

"어어! 나 요즘 팔 운동 하는데, 그 효과인가?"

내가 이겼어! 아이처럼 마냥 신이 난 단영을 두고, 하준은 터지려는 웃음을 가까스로 참아 냈다.

그래, 네가 이겼다.

사실 그는 단 한 번도 그녀를 이긴 적이 없었다. 단영은 죽었다 깨어나도 모를 일이었다.

"거기 가만히 앉아 있어."

겨우겨우 하준을 의자에 앉히는 데 성공한 단영은 혹여 저 가벼운 엉덩이가 떨어지기라도 할까, 후다닥 달려가 카메라를 들었다.

그들은 다섯 걸음 정도 거리를 두고 떨어져 서로를 마주했다.

"턱 조금만 옆으로."

단영의 요구에 하준이 로봇처럼 삐그덕 턱을 기울였다.

"아아, 아니야. 너무 옆으로 갔어. 살짝만."

그의 고개가 다시 살짝 움직였다. 덧붙이자면, 전보다 더 뻣뻣하게.

"어어, 지금이 딱 좋다. 지금 상태에서 움직이지 마. 숨도 쉬지 마."

"……."

"아. 표정 너무 굳었다. 도하준, 웃으세요!"

숨 안 쉬고 어떻게 웃으라고.

"웃는 거 몰라? 웃으라고!"

뷰파인더에서 눈을 뗀 단영이 버럭 화를 냈다. 성격하고는. 하준은 속으로 삐딱하게 생각했다.

척하면 척하고 따라와 주는 연예인은 찍히는 일이 직업인 사람들이라 작업하는 데 수월했지만, 하준은 아니었다. 화난 사람처럼 무표정한 얼굴이다.

외모는 더없이 조각 같았으나 자세가 마음에 들지 않았다. 조금만 미소 지으면 참 예쁠 거 같은데 말이다.

단영이 입술을 힘껏 감쳐물었다. 집중한 얼굴로 신중히 셔터를 눌렀다.

삐익. 찰칵—

"자, 다시."

찍히는 사람은 따로 있는데, 움직이는 쪽은 단영이었다. 자세를 바꾸어 다시 카메라를 들었다. 단영은 카메라에 손을 얹은 채 잠시 멈칫했다.

의자에 걸터앉아 있는 그의 길쭉한 피지컬이 너무 좋았다. 근사했다. 오늘 같은 기회가 두 번 다신 오지 않을 수도 있다는 생각에 단영은 경건하게 마음을 고쳐먹었다.

"우르르 까꿍!"

생각지도 못한 순간 터진 단영의 재롱에 하준은 그만 참지 못하고 피식 웃음을 터트렸다.

"내가 애냐?"

그렇게 말하면서도, 하준은 집중한 단영의 모습 하나하나를 눈에 담았다. 그렇게 열정적일 수가 없다.

얼마나 몸을 불사르고 다닌 건지, 그녀의 청바지 무릎 부분이 많이 해졌다. 염색할 때가 훌쩍 지나 버린 것도 모른다. 한창 꾸며야 할 예쁜 나이면서.

……속상하게.

"여기 보세요!"

계속 보고 있어.

"아, 도하준 너무 예쁘다!"

네가 더 예뻐.

그때였다. 무언가를 뚫어져라 바라보던 하준이 대뜸 의자에서 엉덩이를 떼어 냈다.

"야! 내가 움직이지 말라고 했어 안 했어. 그 잠깐을 못 기다려? 저 가벼운 엉덩이에 어떻게 추 좀 못 달아 놓나?"

하준은 벼락같이 쏟아져 내리는 단영의 잔소리를 단번에 무시하며 넓은 보폭으로 그녀에게 다가가, 한쪽 다리를 굽히고 앉았다.

"왜?"

치켜들고 있던 단영의 얼굴이 하준을 따라 천천히 내려갔다. 하준의 가라앉은 눈빛이 단영의 목 언저리로 향했다. 그가 팔을 뻗었다. 단영은 의도를 몰라, 그저 눈만 깜빡였다.

"아주 다 벗고 다녀라."

커다란 손이 종착한 곳은 단영의 셔츠 단추였다. 답답해서 고작 두 개 풀어 둔 것뿐인데, 그게 그리도 언짢았나 보다.

"조심 좀 해."

하준은 은근한 음성으로 훈계하듯 말하며 풀어 헤쳐진 단영의 셔츠 단추를 꼼꼼히 채워 주었다. 목 언저리에 서늘한 온도가 닿자, 순간적으로 단영의 속눈썹이 파르르 떨렸다.

"누, 누가 본다고 그래? 아무도 신경 안 써."

"내가 신경 쓰여."

"아, 그렇게 싫으셨어요?"

단영이 삐딱하게 대꾸하자, 움직이던 하준의 손이 멈칫했다.

"대충 다 한 것 같으니까, 그만 찍고 가서 떡볶이나 먹어."

이내 다시금 그의 손이 움직였다. 마지막 단추까지 채우고 나서야 하준이 자리에서 일어났다.

"다 먹고 차로 집에 데려다줄게."

단영은 그에게 '아무나'가 아니었다.

5화

"다음 화보 콘셉트는 피폐, 퇴폐, 몽환적인 분위기로 갈 거야."

〈오브〉 스튜디오는 다음 주 업무의 시작을 알리는 회의가 한창이었다. 〈오브〉 소속 포토그래퍼들은 스튜디오 대표인 연희의 전달 사항에 귀를 기울였다.

"누가 맡을래?"

조용했다. 누구 하나 선뜻 나서겠다 말하는 작가가 없었다.

어두운 분위기까진 그렇다 쳐도 야한 느낌을 싸구려처럼 보이지 않게, 최대한 고급스러움을 유지하려면 여간 골치 아픈 작업이 아닐 수 없었다.

연희는 회의실에 착석해 있는 직원들을 쭉 훑어보다, 의미심장한 표정으로 입술 끝을 올렸다.

"단영 씨."

"……."

"단영 씨?"

"아, 예."

화들짝 놀란 단영이 손가락으로 제 가슴팍을 콕 찔렀다.

"그래. 이번 화보는 단영 씨가 맡아 줘."

"아…… 하지만 대표님."

"처음 시도해 보는 거 알아. 아니까 맡기는 거야."

단영은 입사한 지 이제 4년 차였다. 스태프나 보정 잡업무만 맡아 오다, 이제야 겨우 카메라를 들 수 있게 됐다.

잡지에 실리게 될 화보는 곧 포토그래퍼의 자존심이자, 실력의 결과물이었다. 단영은 걱정부터 앞섰다. 피폐라니. 퇴폐라니. 몽환이라니. 이게 말이야 막걸리야. 전부 다 단영의 사진 기법과 거리가 먼 콘셉트였다.

"누군데요? 배우? 가수? 모델?"

"아직 몰라. 우린 클라이언트 측에서 콘셉트만 전달받은 상황이라서. 자세한 건, 정해지면 바로 알려 줄게."

"……."

"너무 긴장하지 말고. 좀 마이너적인 요소라 골치는 아프겠지만, 잘만 하면 좋은 기회가 될 수도 있어. 최단영 정식 데뷔작으로."

대답을 들어 볼 새도 없이 포토그래퍼들은 기대한단 말로 단영을 몰아갔다. 결국 단영은 회의가 끝난 후에도 좀처럼 자리에서 일어날 줄 몰랐다.

"하아…… 어쩌지."

대학 대선배이기도 한 연희 눈에 든 것은 천운이었다. 일반적으론 스태프로 시작해, 못해도 2년, 늦으면 4년 차가 될 때까지 카메라에 손조차 대 보지 못한 작가들은 수두룩했다.

그런데 때마침 연말 평가 때에 떨어진 주제의 콘셉트가 단영이 자신 있어 하는 부분이었다.

그 이후로 단영은 꾸준히 밝고, 사랑스러운 콘셉트의 화보 촬영만 맡아 왔다.

마이너. 마이너. 마이너. 그 단어를 곱씹을수록 단영은 머릿속이 복잡해졌다. 정말 잘 찍었다 할지라도 중박이고, 못한다면 그대로 망하는 거였다.

단영이 손으로 머리칼을 부여잡으며 끙끙 앓고 있는데, 연희가 회의실 문을 열고 다시 등장했다.

"이러고 있을 줄 알았다. 그렇게 부담스러워?"

"······당연하죠, 선배."

둘만 남았을 땐 대학 선후배였다. 단영은 곧 울음을 터트릴 사람처럼 울상을 지었다.

"선배. 왜 저한테 맡기신 거예요? 왜 하필 저예요."

"그거야, 뭐······."

의자를 꺼내어 앉은 연희가 싱긋 웃었다.

"잘 찍잖아, 최단영."

그 말에, 단영은 머리칼을 꽉 움켜잡고 있던 손힘을 풀었다. 칭찬은 고래마저 춤추게 한다고, 더군다나 그녀의 칭찬은 처음이었다.

"제가요?"

"응. 내가 실력 없는 작가한테 메인 맡기는 거 봤어?"

연희는 꼭 과거의 제 모습을 보고 있는 것만 같았다. 단영의 기분을 잘 안다. 첫 시도와 도전은 늘 무섭고 떨린다. 그와 동시에 설레기도 한다. 가슴이 뛰고, 피가 빠르게 돈다. 그 감정을 주체하지 못해 생겨난 감정이 바로, 두려움이다.

연희는 손에 들고 있던 CD를 책상 위로 올렸다.

"집 가서 한번 봐 봐."

"이게 뭔데요?"

"단편 영환데, 피폐의 끝이야. 그래도 영상미는 굉장히 좋으니까 참고해 보라고 가져왔어. 보다 보면, 촬영할 때 어떤 느낌이어야 할지 대충 감 잡힐 거야. 그렇다고 무작정 카피 뜨지 말고, 네 방식대로 만들어. 알겠지?"

단영은 CD 케이스를 뚫어져라 응시했다.

"아, 그리고 영화 봤단 핑계로 작업 미루는 행동은 안 통하는 거 알지? 내일까지 잡지사에 보내야 하니까 마무리 작업 잘해."

"네. 스튜디오에서 마무리 다 하고 갈게요."

"아아, 참. 그건 안 될 것 같다. 오늘 데스크톱 본체 점검일이라."

"그럼 어떡해요?"

"어쩌긴. 도본 집에 가서 하면 되잖아. 하준 씨 집 컴퓨터 되게 좋다며."

그도 그럴 것이, 하준의 집 컴퓨터는 모니터만 무려 세 개나 연결되어 있어 작업하는 데 최적인 장소였다. 그래픽 카드하며, 느려 터진 제 집 컴퓨터와는 차원이 달랐다.

가끔 이런 상황이 터질 때마다 애용한 곳이기도 했기에, 단영은 하릴없이 고개를 주억거렸다.

"그럼, 수고해."

연희는 단영의 어깨를 툭툭 두드리고선 회의실을 빠져나갔다.

하준은 학교가 아닌 회사로 출근했다. 고작 하루 자리를 비웠을 뿐인데, 아침부터 지금까지 본부장실에 들이닥친 직원들은 셀 수도 없었다.

광고홍보팀, 영업마케팅팀, 디자인팀 등. 이번 시오전자에서 구상 중인 신상 휴대폰 관련 최종 결재 서류가 집무 책상 위로 산처럼 쌓아졌다.

현재 시간은 벌써 저녁 9시가 훌쩍 넘어가고 있었다.

"본부장님. 어제 회의로 결정된 CF 전속 모델 프로필과 광고 콘티입니다."

광고홍보 1팀 팀장 영석이 디자인팀에서 받아 온 콘티와 결재 서류를 하준의 집무 책상에 올렸다.

"아, 수고하셨어요."

서류에 고정된 하준의 시선이 영석에게로 옮겨졌다.

"요즘 입맛에 맞지 않는 교직 생활 하시느라 고충이 많으시죠?"

"뭐…… 아직은 견딜 만합니다."

하준은 별 의미 두지 않고 소리 없이 웃었다. 비록 일주일에 한 번 하는 대학 강의였지만 충분히 곤욕스럽고도 남을 일이었다. 워낙 하준의 선에서 처리해야 할 회사 업무가 많았기 때문이다.

"갑작스럽게 론칭 시기가 앞당겨진 바람에 이 주 연속으로 야근 중인 저희조차 이렇게 정신이 없는데, 본부장님은 오죽하시겠어요."

"지금 저 걱정해 주시는 겁니까?"

"그럼요. 본부장님께서 자리 비우신 동안, 저희가 얼마나 불안했는지 모릅니다. 처음 있는 일이잖아요. 본부장님 없이 회의 진행한 적이. 이런 말씀 드리기 조금 주책이지만, 오죽했으면 파릇파릇한 학생들에게 본부장님을 빼앗긴 기분마저 들었다니까요?"

이 팀장이 너스레를 떨자, 하준은 슬쩍 미소 지었다.

하준은 완벽주의자여서 무엇 하나 대충 넘어가는 법이 없었으나, 공과 사는 확실히 구분 짓는 상사였다.

일적인 면에선 더없이 얼음장처럼 냉철하고 까다롭게 굴었어도, 밖에 나서는 순간부턴 직원들에게 진심 어린 독려를 아끼지 않았다.

부하 직원 나이가 저보다 적든, 많든 말 한 번 쉽게 한 적 없었다. 그러다 보니 그를 롤모델이나 멘토쯤으로 삼거나 우상이라 여기는 이들 또한 심심찮게 늘어났다.

하준이 서류를 검토하는 동안, 이 팀장의 수다는 끊이지 않았다.

"본부장님. 대학생들은 어떻습니까? 말 많이 안 듣죠?"

"한창 장난꾸러기일 때잖아요."

하준은 서류를 뒤로 넘기며 대답했다.

"요즘 애들 대부분이 그래요. 저희 딸도 사춘기가 어찌나 심하던 지……."

"민정이 나이가 올해로 열네 살. 맞죠?"

"어, 제 딸아이 나이를 기억하고 계셨습니까? 신경 쓰셔야 할 업무만 해도 산더미일 텐데요."

"회식 자리에서 우연찮게 들었습니다. 이 팀장님 딸바보란 소문이 자자하더라고요."

그것까지 기억해 주셨다니. 이 팀장의 눈에 선망이 일었다.

잠시 멈칫한 하준이 말을 이었다.

"조만간 따님 생일인 걸로 기억하는데."

"아니, 어떻게 그걸……."

"그날은 일찍 퇴근하세요."

하준은 결재 서류를 확인하느라 조금은 무신경하게 말했지만, 이 팀장은 적잖게 놀란 듯 눈을 크게 떴다. 그러고는 서둘러 손을 내저었다.

"어휴, 아닙니다. 전 괜찮습니다, 본부장님. 론칭을 코앞에 두고 저만 빠질 순 없죠. 더군다나 팀원들 전부가 하는 야근인데……."

반듯하게 서류를 정리한 뒤, 책상 위로 내려 둔 하준은 고개를 들고 엷게 웃었다.

"이럴 때 굴리라고 있는 게 미혼남이잖아요."

하준은 직원들의 불만을 잘 인지하고 있었다. 아무리 대기업이라 한들, 암묵적으로 행해지는 야근 지옥은 철저한 관리로 체력을 키워 온 하준조차도 끔찍해할 정도였으니 말이다. 그럼에도 불구하고 궂은 소리 한 번 없이 맡은 일을 완벽하게 처리해 온 이 팀장이었다.

"하지만……."

"공짜 아닙니다. 나중에 저 결혼하면 갚으세요."

단언컨대 제아무리 천사라 할지라도 야근을 떠안고 싶은 사람은 아마 없을 것이다. 안색 하나 변하지 않고 베풀어 준 하준의 호의에 이 팀장은 감동을 넘어, 가슴이 울컥거림을 느꼈다.

"너무 부담 갖지 마시고요. 이제 슬슬 업무 마무리 봐야 할 거 같은데, 계속 저와 떠들며 시간 때우려는 생각이라면 정중히 사양하겠습니다."

하준이 어깨를 으쓱이며 장난스레 분위기를 풀어냈다. 이 팀장은 벅차오른 감정을 애써 억누르며 폴더처럼 허리를 숙이고는 연신 감사 인사를 전했다.

"후으……."

이 팀장이 본부장실을 빠져나간 뒤에야 하준은 고개를 좌우로 돌리며 뭉친 근육을 풀어냈다.

CF 전속 모델은 '배승호'로 정해졌다. 어쩐지 영 꺼림칙한 이름이었다. 동명이인이겠지, 생각하면서도 맘 한구석이 찝찝한 건 지울 수 없었다. 하준의 눈길이 모델 프로필 서류에 줄곧 머물렀다.

"올해로 서른……."

툭, 툭, 툭. 하준이 두 번째 손가락으로 책상을 두드렸다.

배승호. 그는 연예인 직업 특성상 늦은 시기에 입대해, 작년에 전역 신고를 마쳤다. 모델 출신으로 시작했으며 최근 느와르물 영화를 찍었다. 그것이 터닝 포인트가 된 모양인지 전보다 급이 더 올랐다. A급에서 S급으로.

연예인 급수는 광고계에서 편의상 정해 둔 것에 불과했으나, 이는 곧 몸값으로 이어지기 때문에 꽤 중요한 사안이었다.

됐다. 더 생각해 봤자 머리만 복잡해질 것 같아 하준은 잡생각을 지웠다.

하준이 본부장 자리를 꿰찬 이후로, 시오전자에서 신상품이 출시될 때마다 CF 촬영 겸 포스터 촬영 스튜디오는 단영이 일하는 〈오브〉가 맡아 왔다.

인줄이라기보단, 작품 완성도 부분에 있어 대중들의 반응이 좋아 월등하게 매출이 올랐다는 점이 컸다. 이번에도 마찬가지였다.

때마침, 단영에게서 전화가 걸려 왔다.

"왜."

— 오늘 야근이야?

"어."

— 그럼, 최대한 늦게 들어와.

순간, 하준의 이맛살이 확 구겨졌다. '일찍 와.'도 아니고, '밥 같이 먹자.'도 아니었다. 안 그래도 야근 때문에 피곤해 죽겠는데 회사에 더 있다 오라니. 괘씸했다.

"뭔데."

— 나 작업할 거 있거든. 하필이면 오늘이 스튜디오 컴퓨터 점검일이래. 그래서 오빠 집 좀 빌리려고.

한두 번 있는 일도 아니라 놀랍진 않았다. 하지만 그녀의 능청스러운 태도가 마음에 들지 않았다. 뭐가 저렇게 뻔뻔해. 하준은 손가락 사이에 끼워 둔 펜을 내려놓고선 한쪽 다리를 꼬아 앉았다.

"내 집이 언제부터 최단영 놀이터가 된 건데."

— 우리 사이에 얄팍하게 굴지 말자. 한 번만. 응? 내 컴퓨터 똥컴인 거, 오빠가 더 잘 알잖아.

아쉬울 때만 오빠라 하지.

하준이 손으로 미간을 꾹꾹 눌렀다. 그녀에게 서재를 빌려주는 것은 그다지 어려운 일이 아니었다. 그러나 다른 의미로 신경이 쓰여 불편한 거였다.

"작업 시간 얼마나 걸려."

— 영상 볼 것도 있어서 좀 오래 걸려. 어쨌든 최대한 늦게 와. 도착하기 15분 전에 꼭 연락 주고. 알겠지?

이건 또 무슨 수작인가. 의심부터 들었다. 하준은 손목 위로 정갈하게 채워진 손목시계를 힐긋거렸다.

통화가 끝나고 나서도 뭔가 찜찜했다. 휴대폰을 꿰뚫듯 바라보던 그는 더 이상 업무에 집중할 수 없었다.

대체 최단영이 뭐라고.

"아, 진짜. 내가 너 때문에 못 산다."

하, 헛웃음을 터트린 하준은 설레설레 얼굴을 흔들었다.

단영은 하준의 오피스텔에 도착하자마자, 가장 먼저 홈 시어터 앞으로 달려가 자리를 잡았다. 시오전자에서 출시된 제품 중, 가장 고가인 제품이었다.

쩡쩡한 스피커와 눈이 아플 만큼 좋은 화질의 화면으로 영화를 보다 보면, 영화관 부러울 게 없었다. 하지만.

『아아…….』

저 질척이는 신음 소리가 무진장 낯부끄럽다. 홈 시어터의 성능은

가히 뛰어났다. 그러니까.

"피폐의 끝 같은 소리 하고 앉아 있네! 저건 완전 야동이지!"

그것도 무려 피폐와 퇴폐, 몽환과 섹시함을 두루두루 갖춘. 차마 눈 뜨고 보기가 민망해질 정도로 야했다.

모자이크 하나 없었다. 어찌나 농밀하던지, 단영은 솜털이 삐죽삐죽 솟아날 지경이었다. 더빙이었음에도 불구하고 그 연기가 실로 대단했다.

영화는 점차 절정을 향해 갔고, 단영은 이걸 꺼야 하나 말아야 하나 수도 없이 고민에 잠겼다. 하지만 그놈의 호기심이 대체 뭐라고 쉽게 끊을 수가 없었다.

이 맛에 야동을 보는 건가 싶었지만, '예술은 예술일 뿐. 편견에 사로잡히면 결코 안 되는 거다.' 라며 속으로 끝없이 세뇌했다.

나도 예술가야. 예술 작품은 예술가들이 가장 먼저 이해해야 하고, 열린 마음으로 다양하게 받아들일 수 있어야 해.

"으……."

소파 위에 앉아 있던 단영은 점점 과해지는 장면을 그만 참지 못하고 둥글게 몸을 말았다. 그때였다.

띠띠띠띠. 띠리릭.

헉! 단영의 몸이 뒤로 돌아간 것은 순식간이었다. 분명 도착하기 15분 전에 연락 달라 그렇게 언질을 뒀는데. 아니다, 지금은 그게 문제가 아니었다. 리모컨. 리모컨을 어디에 뒀더라?

"어디 갔지? 바로 옆에 있었는데!"

점점 속이 탔다. 도하준에게 걸렸다간 정말 끔찍할 것 같았다. 굳이 비유를 하자면 아마, 야동을 감상하던 와중 부모님께 현장을 들켜 버린 것보다 더했으면 더했지, 덜하진 않을 거다.

단영은 눈을 크게 뜨고 리모컨을 찾는 데 온 신경을 집중했다. 현관

문에서 홈 시어터가 있는 곳까진 거리가 꽤 됐다. 그가 오기 전까지 무
조건 찾아야 한다.

그녀는 대리석 바닥을 기어 다니며 리모컨을 애타게 찾아 헤맸다.
꼭 이럴 때만 문제가 생긴다는 불만과 함께.

"어……! 찾았다!"

정말이지, 구세주라도 만난 사람처럼 단영은 안도의 숨을 몰아쉬며
리모컨을 품에 꼭 껴안았다. 이제 꺼 버리면 그만이었다. 완벽한 증거
소멸.

그녀가 리모컨 전원 버튼에 엄지손가락을 올린 찰나였다.

"뭐 해."

"악! 엄마, 깜짝이야!"

놀란 단영의 눈이 커졌다. 등줄기로 땀이 주룩 흘러내리는 것만 같
다. 소파를 경계선으로 두고 마주 섰다. 하준은 삐딱하게 서서 단영을
빤히 응시하고 있었다.

"도, 도하준. 이건……!"

그러니까, 이건!

『하아, 하아……!』

저런, 망할!

단영은 어금니를 꽉 씹으며 전원 버튼을 과격하게 몇 번이나 때리듯
눌렀다. 그러나 도통 꺼질 생각을 하지 않는다. 그녀는 무표정한 하준
을 바라보며 어색하게 웃었다.

"이, 이게 그러니까……"

전원 버튼이 말을 듣지 않으니, 일단 급한 대로 볼륨이라도 낮춰
야……

『하윽! 케, 케빈!』

자, 잘못 눌렀다! 잘못 눌러 버렸어!

낮아져야 할 소리가 점점 높아졌다. 꽉 누르고 있었던 탓에 최고 음량이 돼 버렸다.

찰박찰박 살결이 부딪치는 소음이 적나라하게 거실을 채워 갔다. 참참거리며 키스를 하고, 서로의 나체를 부둥켜안은 영화 속 주인공들의 정사 신은 절정을 향해 달려갔다.

마치, 단영의 간절한 마음을 비웃기라도 하는 듯이.

"오, 오빠……."

"……."

"아니야."

단영이 세차게 얼굴을 흔들자, 하준의 고개가 삐뚜름해졌다.

"그거 아니라고!"

지금 네가 생각하는 게 무엇이든. 아아, 제발 누구라도 좋으니, 내게 답을 알려 줘.

단영은 모든 걸 포기한 사람처럼 고개를 푹 떨구었다. 리모컨을 꽉 쥐고 있던 팔 또한 스르륵 바닥으로 떨어졌다.

『사라, 나 더는 못 참겠어.』

망했어요. 단영은 망연자실한 상태였다. 차라리 지금 당장 지구가 터져 버렸으면 좋겠다. 멸망했으면 좋겠다. 쥐구멍이 있다면 억지로 몸을 끼워 넣고 싶은 심정이었다.

『아아, 케빈. 차라리, 나를…… 나를 죽여 줘요!』

그래요. 차라리 사라 말고 나를 죽여 줘요. 제발요.

『사라. 나는 당신의 취향을 존중해.』

찰싹, 찰싹. 그 이상의 설명은 하지 않겠다. 평범한 야동에서 멈췄더라면 없는 변명이라도 지어내서 할 텐데 그럴 수가 없었다. 앞서 말했듯이 연희가 전해 준 영화는 '피폐'와 '퇴폐' 장르였다.

『조금 더!』

영화와 단영을 번갈아 쳐다보던 하준은 기가 막혀 죽겠다는 듯, 헛웃음을 피식 터트렸다.

"아……."

그가 팔짱을 끼웠다. 좀처럼 열릴 것 같지 않았던 하준의 입술이 천천히 떼어졌고.

"최단영 취향 한번 끝내준다."

단영은 울고 싶어졌다.

6화

툭.

단영의 손에 들려 있던 리모컨이 바닥으로 추락했다. 걸려도 왜 하필 이럴 때만 골라 걸리느냔 말이다. 괜한 원망이 피워졌다.

"아니라니까. 왜 사람 말을 못 믿냐!"

입술을 앙다문 그녀가 눈에 힘을 팍 주며 강하게 부정했다. 하준은 그녀의 말을 흘려듣다시피 하고는 느긋하게 허리를 굽혀 떨어진 리모컨을 집어 들었다.

"그거 이리 내놔! 안 내놔?"

단영은 당장 빼앗아 영화를 꺼 버릴 생각이었다. 그러나 하준은 더 보란 듯이 리모컨을 쥐고 있던 팔을 위로 쭉 뻗었다. 필히 놀리는 게 틀림없었다.

"야!"

그녀가 악에 받친 소리를 냈다. 콩콩 뛰어 보고, 까치발을 최대한 높게 들어 봤지만 닿을 리가 만무했다.

단영의 눈에 비친 하준은 작정한 사람처럼 보였다. 저를 약 올리기 위해 오늘만을 기다려 왔다는 듯이 굴었다.

"최단영. 너 나한테 늦게 들어오라 한 이유가 저거 때문이지."

"뭐래! 좋은 말로 할 때 내놔라?"

그의 말대로 의도는 어느 정도 맞았다. 지금처럼 오해를 살까 싶어 미연에 방지하려 했던 건데. 허름한 제집은 작업할 환경이 못 됐을뿐더러, 이왕 빌리게 된 거 하준의 오피스텔에서 한 방에 처리해 버릴 생각이었다.

그게 실수라면 실수였을까. 이대로 가다간 못해도 몇 개월은 놀림거리가 될 터였다. 더군다나 오늘 일이 세훈과 민재의 귀에 들어가기라도 한다면…….

차라리 혀를 깨물고 자결하는 쪽을 선택하는 것이 백배는 나을 것이다.

이런 단영의 애타는 속을 아는지, 모르는지 하준은 더욱 의미심장하게 씨익 웃기만 할 뿐이었다.

"노골적이네……."

그는 한 침대에서 남녀가 뒹굴고 있는 영화의 한 장면을 다시금 힐끔거리며 확인 사살까지 했다.

"노골적이긴 개뿔. 그런 거 정말 아니야. 선배가 이번 화보 콘셉트 이해하라고 참고용으로 준 거라니까?"

"아아."

"진짜라고!"

"아아."

"그거 내놔!"

단영이 한 발자국 앞으로 다가갔다. 악착같이 매달려 하준의 손에 들린 리모컨을 빼앗으려 했다.

"이제 그만 놀리고 이리……."

그때였다. 발꿈치를 들고 있던 탓에 결국 단영의 몸은 무게를 버티지 못하고 스르륵 앞으로 기울어졌다. 단영은 넘어지지 않으려 허둥지둥 손을 휘저었다.

"어어!"

허공에서 갈 곳을 잃고 아등바등하던 그녀의 두 손바닥이 착지한 부위는 탄탄한 하준의 가슴팍이었다. 그것도 무려 아주 착, 안정감 있게 닿았다.

순간 정적이 흘렀다. 당황한 단영의 눈동자가 이리저리 갈 곳을 잃고 헤맸다. 어쩐지 미묘한 포즈였다. 분명 짓궂게 놀리고도 남아야 했다.

그러나 웬일인지 하준은 조용했다. 차라리 폭삭 안겨 버렸음 로맨스 영화처럼 달달하기라도 했을 텐데, 현재 그들의 자세는 뭐, 거의 나무 막대기같이 뻣뻣하기만 한 모양새였다. 누군가 본다면 '잘들 논다.' 하며 혀를 끌끌 찰 정도랄까.

어쨌거나 단영의 입장에선 하준과 처음 있는 스킨십이었다. 늘 서로 적정선을 지켜 왔기에 부딪칠 일이 없었다. 12년간 감정선에 변화가 없을 수 있었던 가장 큰 이유이기도 했다. 그러다 보니 당혹스러움은 배가됐다.

반쯤 정신이 가출한 상태인 단영을 깨운 건, 물끄러미 그녀를 내려다보던 하준이었다. 잠시 일자로 다물어진 그의 입술이 천천히 떨어졌다.

"뭘 자꾸 주물럭거리고 있어."

"아……."

단영 저 자신조차 모르게 벌어진 일이었다. 어정쩡한 자세로 버티다 보니, 오만불손한 손은 당혹스러움을 참지 못하고 제멋대로 움직였다. 하준의 가슴팍을 오물딱쪼물딱 배회하고 있었다.

"사람 기분 묘해지게."

하준의 감상평은 당혹스러울 만큼 솔직했다. 화들짝 놀란 그녀가 머쓱하게 웃으며 널찍한 가슴팍에 얌전히 붙여 둔 손을 소스라치게 떼어 냈다. 그 행동은 더할 나위 없이 어색했다.

"그, 그러니까 누가 놀리래?"

"놀림당하면. 남 가슴 주물럭거려도 돼?"

단영의 당황한 감정을 꿰뚫기라도 한 것처럼 하준은 꽁꽁 얼어 버린 공기를 의연히 풀어냈다. 그녀는 내심 다행이라 여겼다. 가족이었기에 불편한 건 싫었다. 죽어도.

상대가 도하준이라면 더더욱.

"안 주물럭거렸거든? 놀라서 그래. 놀라서!"

"아. 최단영은 놀라면 가슴을 주물럭거리는구나."

"도하준!"

"오빠."

또 시작이다. 무한 루트가 시작됐다. 단영은 짤막하게 한숨을 내쉬었다. 잠시 하준이 한눈을 판 사이에 휙 리모컨을 낚아채 전원 버튼을 눌렀다.

신음 소리로 가득 채워졌던 공간이 조용해지고 나서야 겨우 가슴을 쓸어 낼 수 있었다. 단영이 얄밉게 그를 흘겼다.

"어휴. 그만두자, 그만둬. 내가 졌다. 나 지금부터 마감 작업 해야 하니까, 오빠도 마저 일해. 야근하다 말고 온 거잖아."

"……."

"오빠 서재 컴퓨터 내가 쓴다? 좀 불편하더라도, 오늘만 노트북 써. 알겠지?"

단영은 소파 위로 리모컨을 던지듯 내려 두며 말했다. 벌써 자정이 가까워진 시간인데 하준과 시간 가는 줄 모르고 투닥거리다 보니, 그렇다 할 결과물 하나 못 내고 있는 실정이었다.

더 이상 지체했다간 마감 시간에 맞추지 못할 수도 있을 거란 판단이 스치자, 그녀는 내심 조급해졌다.

"작업 늦어지면 같이 야식 먹자."

쉬는 공간을 본의 아니게 빼앗아 버린 것 같아 단영은 일말의 죄책감을 내비쳤다.

"그럼, 수고!"

그 말을 끝으로 그녀는 무어라 받아칠 새도 없이 묵직한 서류 뭉치를 품에 꼬옥 안았다. 그러고는 하준을 지나쳐 도망치듯 멀어져 갔다.

단영의 뒷모습을 넌지시 응시하던 하준이 참아 온 숨을 몰아쉬었다.

"적당히 하자."

스스로에게 최면을 거는 혼잣말이었다.

"제발."

그 이상은 위험하다는 정지 신호.

빨간불이었다.

"아…… 더럽게 힘드네, 진짜."

스케줄을 마치고 밴에 올라탄 승호는 몹시 지친 모양인지, 절로 앓는 소리를 뱉었다.

"뭘 했다고 약한 소리야. 이쯤 됐으면 민간인 적응 다 끝내고도 남을 시긴데."

"앞자리가 3으로 바뀐 지 꽤 지나서 그런가 보지."

승호는 시트에 머리를 편히 기대며 능청스럽게 대꾸했다.

"하이고, 웃기고 있다. 너 앞자리 바뀐 지 기껏해야 몇 개월 지났거든? 그리고 내가 서른이었을 땐 쇠도 씹어 먹었어, 인마."

매니저 두환은 기가 막혀 죽겠다는 듯 허, 하고 실소를 터트리며 핸들을 돌렸다.

승호는 웬만해선 방송 출연을 극히 꺼려 했다. 매번 모델 일에만 전념하고 싶다며 굳은 의지를 보여 왔다. 하지만 군 입대의 파장은 생각보다 컸다. 공백 기간 동안 잊힌 존재감을 드러내는 것이 우선이었다. 이것저것 가릴 처지가 아니었다.

"배부른 소리 말고, 일 들어올 때 바짝 당길 생각부터 해. 지금 이렇게 콜 떨어지는 것만으로도 감지덕지해야 될 판에 무슨……. 인기 하나로 밥벌이하던 애들도 군대 때문에 생명줄 반 뚝 잘리는 바닥인 거 몰라서 그래?"

남자 연예인들이 최대한 될 수 있는 대로 입대를 미루는 가장 큰 이유였다. 대중들의 관심은 이들에겐 곧 생명의 연장선과 같았다.

두환은 그가 얼마나 지쳐 있는지 충분히 알고 있지만, 바로 방송에 투입시킬 수밖에 없었다. 그러다 보니 승호는 모델 일과 배우 일정을 무리해서 억지로 소화해야 했다.

두환은 백미러를 힐긋거리며 승호의 상태를 확인하고는 다시 한번 신신당부했다.

"승호야, 진짜 스캔들만큼은 조심하자. 어? 내 심장이 얼마나 쪼그라드는지 아냐? 어떻게 된 연관 검색어가 8년이 흐른 지금까지 올라와."

"내가 뭘 죄야."

"그래, 그거. 넌 그게 문제라고. 오는 사람 안 막고, 가는 사람 안 잡고. 너 그 가벼운 성격 때문에 이 사달이 난 거잖아, 지금. 이 자식아."

스캔들 제조기. 팬들조차 고개를 내저을 만큼 승호의 전적은 대단했다. 팬들이 먼저 백기를 흔드는 경우는 드물었다.

오죽했으면, '우리 오빠 하고 싶은 거 그냥 다 해.'란 댓글까지 올라올 정도였으니 말 다 한 것이다.

무조건 용서되는 저 잘난 외모만 아니었다면 진작 끝나고도 남았을 거다. 현역으로 전역한 일이 이미지 향상에 도움을 줬다는 것 또한 무시할 수 없었다.

사실 최근 들어 두환은 극도로 불안한 상태였다. 이맘때쯤 스캔들 하나 정돈 터지고도 남았을 텐데, 이상하게 잠잠하다. 그는 못 미더운 눈빛으로 확인차 되물었다.

"야, 너. 뒤 구린 거 정말 없지? 군대에 있을 때 안마방이나 마사지 뭐, 그런 곳 다녔던 적 있으면 지금이라도 늦지 않았으니까 사실대로 당장 불어. 기사 터진 다음에 뒷목 잡게 만들지 말고."

또 시작이다. 상대할 가치조차 없었다. 승호는 매니저의 잔소리를 무시하며 지그시 눈을 감았다.

"매번 말하는데, 아랫도리 관수 잘하고 다녀라. 나야 너 한 명 잃어도 소속사에서 로테이션 시켜 주겠지만, 넌 안마방 수식어 평생 달고 살아야 돼. 얼굴 팔릴 대로 팔린 놈이라 더하다고. 이거 장난 아니다."

승호의 눈썹이 들썩였다.

"그건 또 무슨 개소리야. 문자 한 통 날리면 한걸음에 뛰어올 애들이 몇 명인데."

"그래, 그건 그렇…… 뭐? 너 잤나?"

끼이익. 급브레이크를 밟은 두환이 갓길에 급히 차를 세웠다. 저 미친놈. 두환의 고개가 칼같이 뒤로 향했다. 그는 부리부리 치켜뜬 눈으로 승호를 꿰뚫어 보았다.

"누구. 그래서 이번엔 또 누군데."

"뭐가 또야."

지겹게 파고드는 두환이 귀찮았는지, 승호는 인상을 확 구기며 뒷머리를 신경질적으로 문질렀다.

"대충 넘겨짚지 말고 확실히 말하라고! 그래야 뒤처리를 하든 말든 뭐라도 대책 세울 거 아니야."

두환은 속이 뒤틀렸다. 항상 저 자식 혼자 태평하고, 가슴이 까맣게 타는 쪽은 소속사 직원들이다. 다른 건 상관없으니 아이돌 출신만 아니길 바랐다. 팬층이 두터운 여자 아이돌은 위험했다. 순식간에 자멸의 길을 걷게 될 게 뻔했다.

그러나 눈치 빠른 승호는 진작 두환의 속내를 읽어 낸 모양이었다. 승호의 눈빛에 흥미로움이 스쳤다.

"아, 뭐라더라. 이름이 새미라 했었나."

정말 모르겠다는 순진한 눈으로 대응하니, 두환은 그게 그렇게 열받을 수가 없었다.

"야, 이 개자식아!"

우렁찬 매니저의 고함에 승호는 반사적으로 한쪽 눈을 찡긋거렸다.

"아, 고막아. 두 번 장난쳤다간 사람도 죽이겠다."

반박자 늦게 장난임을 인지한 두환은 최애인 새미와 승호가 아무 일도 없었다는 사실에 일단 깊이 안도했지만, 한편으론 저를 놀렸다는 게 괘씸해 불현듯 분노가 치밀었다.

"내가 무슨 수를 써서라도 이번 년도 안에 너한테서 손 떼고 만다. 어?"

"형이? 나를?"

승호는 고개를 비스듬히 기울이며 제 트레이드 마크인 꽃미소를 보였다.

"수 쓰지 마, 징그러우니까. 저번에 나 결혼 준비하느라 빚졌던 일만 아니었음 진작 때려치우고도 남았어. 아, 됐다 그래. 농담 따 먹기 그만하고, CF 화보 촬영 준비나 해. 콘티 대본 옆에 뒀으니까 대충 훑어봐 봐."

"갑자기 웬 화보……."

"잠깐. '싫어. 나중에. 귀찮아.' 그거 전부 금지다. 싹 다 넣어 둬."

"언제부터."

"지금부터 이 자식아. 무려 클라이언트가 시오전자야. 대기업이 직접 한 컨택이라고. 잊지 마. 메이저 촬영이다. 두 번 다신 안 올지도 모르는 기회 중에서도 대박 기회. 제발 정신 차리자. 어?"

"오글거리는 영화 한 편 찍었으면 됐지, 뭘 더 해. 하루라도 빨리 로엔 선생님 메인 쇼 준비해야 하는데."

또 심드렁한 말투로 사람 열통 터지게 한다. 저것도 재주라면 재주일 것이다. 두환은 손으로 이마를 짚으며 짜증 섞인 탄식을 터트렸다.

"배승호. 너 요즘 급 올랐다고 거만이 하늘을 찌른다? 통장에 돈 좀 쌓이니까 이젠 아주 눈에 뵈는 게 없냐? 초창기 때 카메라에 얼굴 한 번 비쳐 보겠다고 환장하며 달려들었던 거 기억 못 해? 이제 와서 유명해지니까 피곤해? 사생활 좀 존중해 줬으면 좋겠어? 지랄 떨지 마. 너 하나 살려 보겠다고 죽을 똥 싸면서 네 뒷바라지해 준 나나 회사 직원들 생각은 쥐뿔도 안 하지."

누가 먼저랄 것도 없이 동시다발적으로 한숨이 터졌다. 두환은 다시금 차량을 출발시키며 말을 이었다.

"영화는 작가가 처음부터 널 뮤즈로 생각하고 썼다 하니까 의리로 출연했던 거고. 그거랑 대기업 전속 모델이랑 같아 지금? 비교가 되냐고. 어떻게 서른 먹은 놈이 하는 짓은 중2병 걸린 애새끼보다 못해. 철 좀 들어라, 어? 내가 언제까지 네 눈치만 보면서 살아야 되냐."

그간 쌓아 둔 것들이 퍽 많은 모양이었다. 두환은 연신 씩씩거리며 분을 참지 못했다.

승호의 가벼운 성격은 이성에게만 통하는 것이 아니었다. 진지한 면모가 워낙 부족하다 보니, 가끔 지금처럼 울화가 터지곤 했다. 무슨 생각을 하고 있는지 도통 속을 알 수 없는 인물이다.

'무엇이든 무겁지 않고 가볍게.' 그것이 승호의 좌우명이었다. 한 잡지사에서 그 이유를 물었고, 승호는 조소를 날리며 '한 번 살다 죽는 인생인데, 역시 인생은 개 X 마이웨이죠.' 라 답했다. 적나라한 욕설 인터뷰는 당연지사 화제가 됐다.

대중들은 그를 보며 '미친놈' 또는 '또라이' 라 불렀다. 그럼에도 승호가 걸치고 나온 것들은 모조리 완판 확정이었다. 그것만 아니었더라면 진작 패션계에서 퇴출당하고도 남았을 것이다.

"거기 너 담당하기로 한 포토그래퍼가 그렇게 사진을 잘 찍는단다. 한창 떠오르는 샛별이라던데."

"여자야?"

승호가 짓궂게 입술 끝을 올렸다.

두환은 운전만 아니었다면 지금 당장 주먹을 내리꽂고 싶은 심정이었다.

"야, 이 새끼야. 지금 상황에서 그런 말이 나와?"

"알겠다, 알겠어. 장난, 장난."

그래 봤자 삼류 국내 작가겠지. 모델이라면 한 번쯤 거물급 포토그래퍼에게 찍혀 보는 것이 오랜 꿈이자 갈망이었다.

그러나 승호는 아무리 유명하다 할지라도 국내 포토그래퍼들의 실력을 그다지 신뢰하지 않았다.

"해."

그럼에도 하겠다고 한 이유는 따로 있었다.

"뭐?"

"하겠다고."

승호는 체념한 눈빛을 보였다.

"갑자기 뭔데, 무섭게."

"안 하겠다 하면 원하는 대답 들을 때까지 계속 귀찮게 굴 거잖아. 왜, 싫어?"

조금 더 완강하게 나올 줄 알았는데, 승호는 의외로 쉽게 포기했다. 두환은 승호가 싫다 하면 그대로 목에 개 목걸이를 채우고서라도 질질 끌고 갈 인물이었다.

두환의 낯빛엔 잠시 의아함이 번졌으나 이런들 어떠하고 저러면 어떠하리. 당장 급한 불부터 껐으니 다행인 거다.

"진짜지? 너 그거 무르기 없기다."

두환이 활짝 웃으며 확신을 받고자 했다.

"알겠다고."

그러자 승호는 못 말리겠다는 듯 가볍게 웃어넘겼다.

단영은 마지막 보정 작업까지 다 끝마친 뒤에서야 철푸덕 책상 위로 쓰러졌다.

"아이고…… 죽겠다."

눈두덩이가 뻑뻑했다. 몇 시간 동안 모니터만 뚫어져라 보고 있었더니 건조해진 느낌이었다. 단영은 두 손으로 눈을 비비며 자리에서 일어나 허리를 쭈욱 뒤로 젖혔다.

차라리 필름 인화 할 때가 좋았다. 손으로 직접 만지고 작품을 탄생시키는 과정이 훨씬 짜릿했다. 그러나 현실에선 비슷한 필터, 익숙한 마우스 버튼만 신물 나게 눌러야 하니 지겨운 거였다.

슬쩍 벽면에 걸린 시계를 확인했다. 단영의 턱이 느슨해졌다.

"허. 벌써 새벽 2시야?"

어쩐지 허기지다 했더니……. 단영은 삐져나온 머리를 다시금 고쳐 묶으며 서둘러 거실로 향했다.

그녀가 가장 먼저 한 일은 변함없이 하준부터 찾는 일이었다. 거실 소파엔 없었다. 자연스레 단영의 고개가 옆으로 돌아갔다.

"딱딱할 텐데."

하준은 거실 식탁에 앉아 노트북을 켜 놓고 잠시 눈을 붙인 채였다. 그녀만큼이나 피곤해 보였다.

그에게로 다가가는 단영의 걸음 소리가 점점 작아졌다. 최대한 깨우지 않기 위한 작은 노력이자, 배려였다.

"뭔 놈의 서류가 이렇게 많아……."

이걸 혼자서 다 처리한다고? 안 그래도 애들 가르치느라 바쁠 텐데. 하준의 업무량은 단영이 어림잡아 예상했던 것보다 더 심각했다. 이러니 연애할 시간이 없지. 설핏 웃음이 샜다.

아슬아슬하게 걸쳐진 서류가 끝내 바닥으로 춤을 추며 떨어졌다. 단영은 다리를 굽혀 서류 종이를 제자리에 올려 두었다.

"들어가서 편하게 자면 될걸."

단영은 입술을 삐죽거리며 혼잣말했다. 의자에 머리를 기댄 채 눈만 지그시 감고 있는 폼이 무진장 불편해 보였다. 괜히 죄책감 느껴진다.

불만을 터트리다가도 단영의 시선을 잡아끄는 곳이 있었다. 눈이 나빠졌나? 그는 안경을 쓰고 있었다.

하준이 실제로 업무를 보는 모습을 직접 목격한 적도, 오늘처럼 안경을 착용한 모습도 처음이라 낯설었다.

하지만 안경 때문에 자기주장 강한 이목구비가 가려지는 일은 없었다. 오히려 더 조각 같아 보였다.

단영은 조금 멍한 기분이 들었다. 그렇게 오래 알고, 가족처럼 지내왔으면서 모르는 게 더 많았다.

"도하준."

단영이 조심스럽게 하준의 어깨를 흔들었다. 그 강도가 너무 미약해 그랬을까. 그는 미동조차 없었다.

단영은 조금이나마 그가 편히 잠들었음 하는 마음에 안경을 벗겨 줄 심산으로 손을 뻗었다. 이게 뭐라고 입술을 깨물어 가면서까지 신중을 기하게 됐다.

차츰 거리가 가까워지고, 그의 얼굴에 손이 다다랐을 때.

"아……."

얇은 손목이 단숨에 잡혔다. 순식간에 벌어진 일이라, 단영은 눈을 휘둥그레 뜨며 신음했다. 하준은 무표정한 얼굴로 단영을 빤히 직시하고 있었다.

"드, 들어가서……."

단영은 자신이 왜 말을 더듬고 있는지 도통 알 수 없었다. 몇 시간 전까지만 해도 못 잡아먹어 안달 난 원수 사이와는 판이하게 다른 분위기였다.

늘 편안하기만 했던 침묵이 오늘따라 불편하다. 무겁다. 숨이 막혔다. 절로 마른침이 꿀꺽 삼켜졌다.

하준은 피곤함이 진득하게 묻어난 눈꺼풀을 천천히 밀어 올렸다.

"왜, 그렇게 보고 그래?"

그녀의 음성에서 언뜻 미세한 진동이 느껴졌다.

단영은 제 손목을 잡고 있던 그의 악력이 점차 강해지는 걸 느꼈다. 대체 왜? 그녀의 머릿속으로 물음표가 가득해질 때쯤, 하준이 한층 잠긴 음성으로 경고했다.

"손대지 마."

더없이 무심하게.

"좀."

그보다 더 처참하게 심장이 바닥으로 추락했다.

7화

　일주일이 흘렀다. 〈오브〉 스튜디오 화보촬영팀은 갑작스레 당겨진 일정 덕분에 이른 아침부터 떠들썩했다.

　이번 일정은 꽤 큰 건이었다. 단영은 잡지사 인터뷰, 그리고 시오전자의 휴대폰 출시 겸 홍보 프로모션 전신 화보 포스터 촬영을 맡게 됐다.

　지금처럼 대기업의 신상품 론칭이 이뤄질 때면, CF팀과 화보팀이 동시에 촬영을 진행하는 건 예삿일이었다.

　"일단, 지금 아래층에서 CF팀이랑 배우분이 함께 미팅 진행 중에 있고, 우리 쪽 차례는 일주일 뒤가 될 거예요. 시오전자 미라클6 론칭이 예정보다 당겨진 바람에 급한 대로 CF팀 쪽에서 먼저 촬영 진행하게 될 거 같고. 그리고 음…… 아, 그래. 다들 알다시피 콘셉트나 기업 제품 정보는 일체 기밀 사항인 거 잊지 않았죠?"

　"예!"

"기밀 서약서에 사인하는 거 잊지 말고 퇴근하세요. 한 명도 빠지면 안 됩니다."

연희의 공지에 스튜디오 직원, 스태프들은 입을 한데 모아 기합을 넣어 대답했다. PT식으로 진행된 회의는 수월하게 이어졌다.

"잡지사 인터뷰 촬영은 바스트 샷(Waist Shot, 인물 촬영 시 인물의 가슴선까지 프레임에 들어오도록 구성하는 촬영 방법), 일주일 뒤 촬영하게 될 시오전자 미라클6 화보는 클로즈, 풀 피겨 샷(Full Figure Shot, 배경을 배제하고 인물의 행동과 형태에 초점을 두는 촬영 방법)으로 가자."

프레젠테이션 스크린을 응시하던 연희는 사진 기법과 콘셉트를 설명하며 종이를 뒤로 넘겼다. 하지만 시선은 여전히 단영을 향해 있었다.

지금까지의 전달 사항을 가장 상세히 머릿속에 주입시켜야 할 주인공이자, 메인 작가 단영은 도통 집중을 하지 못하고 있었다. 멍한 눈빛으로 허공만 응시했다. 벌써 며칠째 저 상태인지 모른다.

연희는 짐짓 탐탁지 못한 표정을 하고선, 안경을 손으로 슬쩍 받쳐 올렸다. 일단 급한 대로 나머지 부가 설명을 이었다.

"촬영 기간은 평소보다 길어지게 될 거야. 우리 스튜디오 방식이 다른 업체랑 조금 다르단 점을 고려해서, 배우 쪽과 클라이언트 측에서도 충분하게 일정 비워 뒀다고 하니까 타이트하게 가지 말고 집중해서 촬영 진행하세요. 괜한 조급함은 결과물 망치는 지름길인 거, 다들 알죠?"

"네, 알겠습니다."

시오전자의 휴대폰 출시 홍보 화보를 맡게 된 촬영팀은 편의상 '시오팀'이라고 부르게 됐다. 시오팀 작가, 스태프들은 모두 결의에 찬 얼굴이었다. 어떻게든 좋은 사진으로 결과를 뽑고야 말겠다는 충성심도 엿보였다.

"자, 다들 그만 해산. 오늘도 열나게 일해 봅시다."

연희가 손뼉을 부딪치며 끝을 알리자, 직원들은 하나둘씩 자리에서 일어났다. 초점 없는 눈으로 정신을 다른 곳에 두고 있던 단영도 뒤늦게 엉덩이를 떼어 냈다.

"잠깐, 단영아."

"……."

"단영아?"

"네. 대표님."

문 앞을 가로막고 선 연희가 뚫어져라 단영을 직시했다.

"요즘 무슨 일 있니?"

"아뇨. 왜요?"

단영은 영문을 모르겠다는 표정으로 고개를 들었다.

"조금 복잡해 보여서. 촬영을 할 수 있으려나 걱정했어."

어쩐지 연희의 얼굴엔 난감한 기색이 스쳤다. 최근 이상해진 제 상태가 걱정됐으리라. 단영은 멋대로 판단 지으며 애써 웃었다.

"그럼요."

"정말?"

"네. 한 번 한다면 하는 제 악바리 근성 잘 아시잖아요."

"그것 때문이 아니라……."

연희는 줄곧 어쩔 줄 몰라 했다. 말끝을 늘려 가며 쉽게 본론을 터놓지 못하는 모습이 안쓰러워 보일 지경이었다. 이왕 결정한 거, 단영은 일부러 더 활짝 웃었다.

"진짜 괜찮으니까, 신경 쓰지 마세요. 단편 영화도 봤고, 최대한 힘 닿는 데까지 노력해 볼게요."

"그래. 네가 괜찮다면 다행이지. 그래도 미안해. 나도 이렇게 될 줄은 몰랐어."

연희의 눈썹이 축 처졌다. 뭘 몰랐단 거지? 단영은 의아했으나, 어깨를 툭툭 치며 힘내라 말하는 연희를 붙잡을 순 없었다.

단영은 고개를 갸웃거리다가 이내 회의실을 빠져나갔다.

"……교수님."

"……"

"교수님!"

"아, 어."

하준 역시 단영과 마찬가지로 반쯤 혼이 빠져나가 있는 상태였다. '그 사건' 이후로 단영과 하준 사이에 미묘한 기운이 감돌았다.

겉으로 보기엔 전과 다를 바 없었지만, 불편한 무언가가 선명히 존재했다. 분명, 제 말을 오해했으리라. 하준은 확신했다.

축적된 피로. 고의는 아니었지만 무분별하게 선을 넘으려 하는 단영 때문에 신경은 한껏 예민해져 있었다. 날이 선 그 상황에서 저조차 모르게 나온 경계심이었다.

'미, 미안. 난 그냥, 오빠가 불편해 보여서.'

단영은 그가 무어라 해명해 보기도 전에 후다닥 도망치듯 사라졌다.

충분히 잡을 수 있었다. 그런 뜻이 아니라며 오해를 풀 수도 있었지만, 하준은 단영을 붙잡지 않았다.

그렇게 어영부영 시간이 흘렀고, 벌써 이 주째에 접어든 대학 강의는 끝나 있었다.

손목시계에 잠시 시선을 두고 시간을 확인한 하준은 강의를 마무리 짓기 위해 얼굴을 들었다.

"오늘은 이쯤 하자. 다음 주까지 자소서 써서 가져와. 본 강의 때 내준 과제도 잊지 말고."

하준의 말이 떨어지기 무섭게 고요했던 강의실 분위기가 소란스러워졌다. 그는 미련 없이 몸을 돌려 강의실 문손잡이를 잡아 돌렸다. 그렇게 몇 발자국쯤 떼어 냈을까.

"교수님!"

뒷문으로 나온 여학생이 하준을 불러 세웠다. 뒤를 돌아 확인해 보니, 낯설지 않은 여학생이었다. 그러니까……. 아, 첫 강의 때 연구실로 찾아왔던 당돌한 그 여자애.

지영이었다. 편안히 풀어 둔 하준의 표정이 일순 경직됐다.

"왜?"

"저, 자소서 미리 써 왔는데. 확인 좀 부탁드려도 될까요?"

10포인트 정도 되는 글씨가 빼곡하게 채워진 A4 용지 한 장이 불쑥 내밀어졌다. 하준은 그걸 말없이 내려다보았다.

"다음 주에 봐주겠다고 했던 걸로 기억하는데, 난."

듣기만 해도 민망해질 법한 대답이었다. 다정함과는 거리가 먼 낮은 음성에 지영의 팔이 힘없이 스르륵 땅으로 떨어졌다.

"눈으로 대충 훑어봐 주셔도 괜찮고, 바쁘시면 시간 남을 때……."

지영은 말을 채 잇지 못하고 입 안을 꾹 깨물었다. 얼마 있지 않아, 다시금 입술이 느릿느릿 떨어졌다.

"그냥 봐주시면 안 될까요? 부탁드릴게요."

이리저리 눈동자를 굴려 가며 우물쭈물하는 모습이 퍽 급해 보였다. 하준은 손가락으로 머리를 긁적이다, 마지못해 손을 내밀었다.

"줘."

"네?"

"봐 달라며. 그거 달라고."

사실, 하준은 귀찮았다. 이런 식으로 얽히는 것도 내키지 않는 데다, 어린 양들의 뒤를 봐주는 것 역시 번거로웠다.

잘되면 다행이겠지만, 잘못된다면 감당할 수밖에 없는 그 무게가 조금 무거울 것 같았다.

죄책감. 가장 멀리하고 싶으면서도 약해질 수밖에 없는 영악한 그 감정이 싫었다.

"……."

하준은 다시금 앞으로 내밀어진 자기소개서 종이를 무심하게 건네받고선 눈으로만 빠르게 읽어 내려갔다. 종이를 가득 채우고 있는 글자 수에 비해서 그는 쉽게 결론을 내렸다.

"다시 써 와."

하준이 A4 용지를 들고 있던 한쪽 팔을 뻗었다. 1분도 채 걸리지 않았다. 제대로 읽은 게 맞는 건지 의구심이 들 만큼 짧은 시간이었다.

푹 수그려진 지영의 얼굴이 번쩍 올라왔다.

"지금 뭐라고 하신……."

"다시 써 오라고 했어."

매정했다.

"다시, 요?"

"그래. 이건 자기소개서가 아니라 소설이잖아. 인사과 직원들, 바보 아니야. 사실인지 망상인지 구분할 수 있는 능력 정돈 있어. 잘 써 보겠다고 노력한 것 같긴 한데, 너 같은 애들 한두 번 겪어 온 것도 아니라서 다 보여."

조금은 부드럽게 순화시켜 말할 수 있었음에도 불구하고 하준은 표정 변화 하나 없이 무덤덤했다. 회사에서 늘 해 왔던 것처럼 말이다.

이렇게까지 대놓고 가슴에 칼을 쑤셔 댈 줄은 몰랐다는 듯, 종이를 돌려받은 지영의 손이 파르르 떨렸다.

하준이 발을 떼려는 찰나, 줄곧 우물쭈물 망설이던 지영의 입술 사이로 예상 못 한 강한 부정이 흘러나왔다.

"아니에요."

멈칫. 그의 옥스퍼드화가 접착제처럼 복도 바닥 위로 착 붙었다.

"뭐?"

"그거, 망상 아니라구요. 소설도 아니고요."

지영은 전보다 더 아프게 입술을 씹었다. 그녀의 자기소개서엔 어두운 가정사가 일기처럼 적혀 있었다. 빚이 산더미처럼 불어난 상태. 집안 갈등. 어디에서나 있을 법한 개인 사정이었다.

하준은 왠지 모르게 입 안이 텁텁했다.

"그래서."

하준의 곧기만 한 자세가 삐뚤어졌다.

"억울해?"

"……네."

하준을 올려다보는 지영의 눈빛은 연약했지만, 새끼 맹수처럼 날카롭게 빛났다.

"순수하게 사과받고 싶어서 그런 거라면, 미안하다. 방금 전은 내가 너무 무례했네."

비아냥거리는 어투가 아니었다. 하준은 성급하게 넘겨짚은 제 언사를 진심으로 사죄했다. 하지만 딱 거기까지였다.

"그래도 다시 써 와."

결과는 변하지 않았다. 지영의 안면 근육이 적나라하게 일그러졌다. 절로 삐딱한 속내가 터졌다.

"……대체 뭐가 문젠데요?"

아. 골치 아파 죽겠네. 한쪽 눈썹을 찡그린 하준이 눈을 질끈 감았다

떴다.

복도를 지나다니던 학생들이 하준과 눈을 마주치자, 꾸벅 허리를 숙여 인사했다. 하준은 대충 손짓으로 응해 주며 시선을 돌려, 지영의 사나운 눈빛을 의연하게 받아 냈다.

"골라 봐. 솔직하게 말해 줄까, 아니면 상처받지 않을 정도로 적당히 순화시켜서 말해 줄까."

"……."

"난 어중간한 거 질색해. 뭐든 확실히 짚고 넘어가야 직성이 풀리는 편인데, 넌 아직 학생이니까 선택권을 주는 거야."

그가 그렇게도 경멸하는 '이도 저도 아닌 것'은 단영에게만 허락되는 부분이었다. 지금 그들의 관계가 딱 그러했다. 하준이 고집하는 확실함조차 단영은 배제되었다. 그녀를 제외하고 모든 방면으론 '모' 아니면 '도'로 승부를 봤다.

지영은 곰곰이 생각하는 듯했다. 솔직한 평가를 듣고는 싶은데, 저 무심한 교수님 입에서 터지게 될 냉담함이 두렵기도 한 것이다.

"……솔직하게 말씀해 주세요."

어렵게 내린 선택이었다. 하준은 엄지손가락으로 미간을 문질렀다.

"좋아. 회사는 감성팔이 하려고 오는 곳이 아니야. 네 집안 사정 궁금해할 사람, 단 한 명도 없어. 너희 또래 애들 전부가 절박하고, 누구든 지금보다 더 나은 삶을 살고 싶어 해."

"……."

"뽑아야 할 인원은 극히 한정적인데, 지원하는 사람은 수도 없이 많아."

하준이 한쪽 손을 바지 주머니에 밀어 넣었다. 여전히 그의 표정은 변화가 없었다.

"나도 그런 피폐한 사회 현실에 불만은 많지만, 지금 상황에선 말이 달라져. 현직 실무진 입장에서 근본적인 문제로만 따져 봤을 때, 난 너 같은 애들은 절대 안 뽑아."

"왜요?"

얼마나 힘을 준 건지, 지영의 손에 들린 자기소개서 종이가 점차 과격하게 구겨져 갔다.

"모진 풍파 다 겪고 피어난 꽃처럼. 그래, 그런 콘셉트 좋다 쳐. 대신 그건, 그렇게 악바리 근성으로 버텨야만 살아남을 수 있는 기업에서나 한정되는 거고."

"……."

"시오전자는 자체가 창조를 추구하는 기업이야. 다양한 아이디어. 깨어 있는 사고방식. 동료들과의 결속력, 화합, 자유로운 커뮤니케이션. 그런 기업에서 원하는 인재는 어떤 유형일 거라 생각해?"

지영은 선뜻 대답할 수 없었다. 몰라서가 아니었다. 자신이 간과한 사실을 어느 정도 깨달았기 때문이었다.

초지일관 유지해 온 하준의 무표정이 미미했지만, 조금 느슨하게 풀어졌다. 그 또한 눈치챈 것이다.

"불우하고 어두운 가정에서 성장한 사람보다, 차라리 밝고 화목한 가정에서 분에 넘치게 사랑받고 자란 사람을 더 선호하겠지. 에너지는 서로에게 좋은 영향을 미치게 될 상호 작용 매개체니까. 그렇다고 불우함을 완전히 배제시키겠단 건 아니야."

"그럼, 요?"

"열정이 부족해. 안타까운 성장 과정과 비례했을 때, 포부나 패기가 없어. 지금 네가 쓴 자기소개서는 '이만큼 힘들게 살아왔으니, 제발 나에게도 기회를 주세요.' 하고 보상을 원하고 구걸하는 걸로밖에 안 보여."

"아……."

"착각하지 마. 기업은 최소한으로 최대한을 만들 수 있는 잠재력, 가능성이 높은 인재를 찾아서 투자하는 곳이지 자선 봉사 단체가 아니야."

지영의 입이 느슨하게 벌어졌다. 자기소개서를 꽉 쥐고 있던 손에 힘이 스르륵 풀어졌다.

"'제 사정을 알아주세요.'가 아니라, '그랬기 때문에 더 열심히 할 수 있습니다.'가 돼야 한다는 말이야. 이해했어?"

이해했네. 그가 입술 한쪽 끝을 시원하게 올려 웃자, 지영은 숨이 턱 막혀 오는 기분이 들었다. 처음이었다.

"힘내라."

지영은 전부를 내던지고 포기해 버릴까, 수도 없이 생각했다. 처절한 현실이 막막해서. 몇 번이고 떨어져야 하는 현실을 납득할 수 없어서. 그 누구도 왜 내가 실패해야 했는지, 어째서 가난해야 했는지 알려주지 않았다.

그러나 뜻하지 못한 순간, 용기를 얻었다. 진심 어린 조언과 '넌 할 수 있다'며 응원을 받았다. 정말이지, 처음이었다.

"이렇게까지 끈질기게 잡고 늘어지는 것만 봐도 욕심만큼은 충분해 보여."

무엇보다…….

"그러니까 저번처럼 허튼수작 부릴 생각 말고, 차라리 지금처럼 순수하게 막무가내로 굴어. 그 정돈 받아 줄 수 있으니까."

독사 같기만 했던 냉랭함은 온데간데없이 장난스레 어깨를 툭 치는 행동이.

"알겠지."

버릇인지는 모르겠지만, 길게 늘어지는 입술 끝. 특유의 멋지면서 예쁜 저 웃음이.

"간다."

몹시 싫었다. 그런데.

분명 짜증 날 만큼 싫은데. 가슴은 왜 간지럽고 난리야.

1층 직원 휴게실에서 휴식 시간을 끝낸 단영은 구비된 정수기 앞으로 다가갔다. 커피를 타는 내내 혼란스러웠다. 모델이 누가 됐는지 결정된 중요한 사안을 제대로 듣지 못할 만큼 말이다.

도하준은 왜 그런 말을 했을까. 솔직히 말하자면, 놀란 마음보다 무서움이 더 컸다. 그렇게 굳어진 표정은 처음 봤으니까. 심장이 덜컥 내려앉을 만큼 차가운 말투, 표정, 목소리. 환청이라 생각하고 싶을 만큼 믿고 싶지 않았다.

"하……. 나 뭐 잘못했나?"

늘 짜증 내고 화를 내는 쪽은 단영이었다. 하준은 웬만해선 모든 걸 다 받아 주는 편이었다. 그러다 보니 일주일 전 모습엔 좀처럼 적응할 수 없었다.

하필 찌릿찌릿, 두통도 동반됐다. 아침부터 줄곧 컨디션이 좋지 않았던 것이 화근이었다.

별안간, 난데없이 고요하기만 한 회사 건물에 웅성거리는 소음이 커지기 시작했다. 그러나 단영의 귀엔 일주일 전의 하준이 뱉었던 모진 말만 반복적으로 웅웅거렸다.

참아 왔던 게 터져서 그랬나? 내가 너무 이기적으로 행동해서 그런가? 아, 머리 아파.

그녀가 손으로 머리를 벅벅 긁어 댔다.

"어, 조심."

순간, 낯선 타인의 음성이 끼어들었고.

"아, 뜨거!"

쨍그랑! 소리와 함께 머그컵이 바닥으로 떨어져 산산조각이 났다.

재수가 없으려니까. 단영은 정신이 팔린 나머지 뜨거운 물이 넘쳐흐르는 것조차 인지하지 못했다.

손에 화상을 입은 것이다. 단영은 후끈거리는 손을 입으로 가져가 물고는 무릎을 굽혀 앉았다.

"아…… 진짜."

단영은 욕을 읊조리며 바닥에 넓게 퍼진 유리 파편들을 맨손으로 주워 쓰레기통에 담기 시작했다. 투덜투덜 불만이 터졌다. 회의에 집중하지 못했다는 이유로 연희에게 지적당한 지가 고작 한 시간 전인데…….

그 순간, 남자 신발 앞부분이 단영의 시야로 들어왔다.

"맨손으로 하면 다칠 텐데."

남자가 한 박자 늦게 단영을 따라 앉았다. 단영의 얼굴이 천천히 위로 향했다.

"괜찮아요?"

입술 밑에 위치한 점. 묘하게 사람을 끌어당기는, 남성적이면서도 섬세한 외모. 여성의 가슴에 불을 지피고도 남을, 관능적인 남자.

지나가는 사람에게 그의 이름을 대면 열 명 중 아홉은 다 안다는, 그러나 단영의 입장에선 죽어도 알은척하고 싶지 않았던, 웬만하면 마주치지 않길 간절히 바랐던 바로 그 남자.

"……."

배승호.

"잘생긴 연예인 처음 봐요?"

그는 고개를 갸웃거리며 온화한 미소와 함께 눈을 찡긋거렸고.

"사인 원해요?"

그 같잖은 개소리를 고막 안으로 담는 순간, 단영은 그 자리에서 얼어 버리고 말았다.

8화

8년 전쯤, 그를 처음 만났다.

단영은 유독 아침에 일어나는 걸 힘들어했다. 그런 이유로 어제와 다를 바 없이 지각 위기를 피할 수 없었다.

급히 정문을 통과한 그녀가 가방끈을 질끈 부여잡고 발을 떼어 내려던 찰나였다.

"저기."

어깨 위로 커다란 손이 턱 내려앉자, 놀란 단영의 몸이 반사적으로 빙글 돌아갔다.

"예술관 위치 좀 물어보려고 하는데."

시간이 멈춘 듯했다. 벚꽃 잎이 땅으로 떨어질 때까지도 단영은 움직일 수 없었다. 봄바람이 간지럽다.

멍하니 눈만 크게 뜨고 굳어 있는데, 별안간 그의 입술이 부드럽게 호선을 그렸다. 캠퍼스 풍경과 잘 어울리는 해사한 미소였다.

아랫입술 바로 밑에 있던 점이 인상적이었다. 습관처럼 찡긋거리는 눈이, 환한 인상이 참 예뻤다.

그게 뭐라고 가슴 터질 듯 설레었다.

보자마자 첫눈에 빠졌다.

그럴 수 있을까? 아니. 그것만으로도 이유는 충분했다.

봄. 봄이 왔구나.

첫사랑. 그러니까 첫사랑이자, 외사랑, 짝사랑이었다.

그는 모델학과라고 했다. 무명이었지만 현직 모델이라 학교에 오는 일이 드물었고, 스케줄이 없을 때만 가끔씩 온다 했다. 하필 강의실이 바뀌어서 곤란한 처지였단다.

그녀는 제대로 눈조차 마주치지 못했다. 얼굴을 푹 숙인 채, 사랑에 빠진 여고생처럼 굴었다. 드센 성격과 판이하게 다른 모습이었다.

단영은 발끝만 바라보며 걸었다. 그러다 힐긋 곁눈질로 옆을 살폈다. 그는 발이 컸다. 모델이라 그런지 보폭도 넓었다. 그걸 따라 걷느라 버겁긴 했지만, 아무래도 좋았다.

평소 같았으면 멀었어야 할 거리가, 그날따라 몹시 짧게만 느껴졌다.

하지만 그날 이후로 한동안 그와 마주치는 일은 없었다. 가끔 모델학과 강의실 앞에 서서 서성여 보기도 했으나 소용없었다.

그렇게 차츰 잊어버릴 줄 알았는데, 아니었다. 오히려 더 애가 탔다.

"보고 싶어 죽겠다."

아는 거라곤 포털 사이트에 올라와 있는 프로필 정보뿐이었지만 말이다.

단영은 아이돌 팬이 된 기분으로 그의 모델 사진만 뚫어져라 바라보는 게 습관이 됐다.

그렇게 한 달쯤 지났을까. 점심을 먹기 위해 단영이 학생 식당으로 향하던 길이었다.

"어, 안녕."

어디선가 불쑥 나타난 그가 대뜸 단영의 어깨 위로 팔을 걸쳤다.

"오랜만이네?"

생각지 못한 등장에 화들짝 놀란 단영은 토끼 눈을 하고선 승호를 바라보았다.

"식당 가는 길?"

단영은 대답 대신 고개를 끄덕였다.

"그럼, 밥 같이 먹을까?"

친구가 없어서. 그렇게 말하며 그는 밉지 않게 샐쭉 웃었다.

단영은 밥이 입으로 들어가는지, 콧구멍으로 들어가는지 몰랐다.

나를 기억하고 있었어? 감동이긴 한데, 무슨 말을 해야 하지. 단영은 혼란스러웠다. 왜 학교 안 나왔어요? 많이 바빴어요? 뭔들 물어봤자 이상한 질문뿐이라, 머릿속은 이미 과부하 상태였다.

"친구 없어서 걱정 많았는데 잘됐다."

그런 단영의 마음을 아는지 모르는지 그는 단영의 마음을 뒤흔들고도 남을 말들을 서슴없이 꺼냈다.

"내일부턴 너 보러 학교 자주 와야겠네."

개구쟁이 같았다. 두 살이나 많으면서 아이처럼 맑았다.

학생 식당. 당연히 많은 이들의 이목이 집중됐다. 주변을 의식하기 바쁜 단영과 달리, 승호는 누가 보든 말든 의연하게 굴었다. 천연덕스러운 표정으로 그녀가 식사하는 모습을 뚫어져라 살폈다.

"왜…… 자꾸 그렇게 봐요?"

결국 단영은 그 부담스러운 눈빛을 참지 못하고 숟가락을 내려 두었다. 느릿하게 움직이는 시선을 마주할 용기가 없어 그녀는 줄곧 식판만 바라보았다.

"예뻐서?"

여유를 담고 있는 은근한 음성에, 단영은 속눈썹을 파르르 떨었다. 그런 말 좀 아무렇지 않게 하지 마요. 승호는 능청스럽기 그지없었다.

"머리 푼 것보다 묶는 게 더 잘 어울릴 거 같은데."

승호는 미소를 거두지 않았다. 꽃받침을 한 채로 생글생글 웃는다. 미치겠네……. 단영 혼자 죽을 맛이었다.

"목선, 예쁘잖아."

"캑……!"

단영이 목을 부여잡고 콜록거렸다. 느슨하게 턱을 괴고 있던 승호가 팔을 풀고는 물컵을 그녀의 앞으로 밀어 주었다.

몇 개월간, 이런 묘한 관계는 지속됐다.

그날도 평소와 다를 바 없었다. 승호와 같은 모델학과인 여자들이 삼삼오오 몰려왔다. 감히 비교조차 할 수 없을 만큼 피지컬이 대단한 사람들이었다.

"승호야, 강의 끝나고 술 먹을래? 학교 오랜만에 왔잖아."

여학생들은 단영을 힐긋거리다, 이내 승호를 향해 상냥하게 물었다. 반면 승호는 그녀들에게 눈길 한 번 주지 않았다.

'아, 귀찮게…….' 비록 혼잣말이었지만 단영은 승호의 중얼거림을 똑똑히 들었다.

승호는 어쩔 줄 모르고 눈동자만 이리저리 굴리고 있는 단영을 넌지시 응시하다, 의미 모르게 씩 웃었다.

"그래."

시선이 떨어졌다. 단영에게 머물러 있던 눈이 멀어졌다.

그것이 시작이었다. 그는 늘, 많은 인파의 중심에 있었다. 당연했다. 저렇게 잘난 사람에게 친구가 없을 리가. 그러다가도 가끔씩 눈이 마주치면 그는 기다렸다는 듯 단영에게 달려왔다.

"승호야! 오늘도 같이 먹자!"

"아, 오늘은 약속이 있어서. 미안."

승호는 특유의 매력적인 웃음을 흘리며 단영의 어깨를 감싸 안았다. 여학생들은 아쉬움 가득한 눈빛이었다.

"단영아. 같이 밥 먹어 줄 거지?"

승호의 고개가 비스듬히 기울어졌다. 도무지 거절할 수 없도록 다정하게 굴었다. 빤히 바라보면서 단영의 대답을 기다렸다.

'거절할 수 없을걸.' 확신을 품고 있는 눈으로 단영을 따라 벤치에 앉은 그가 팔을 걸쳤다. 그러고는 하늘을 바라보려 고개를 올렸다. 날렵한 이목구비가 햇빛을 받아 더 빛났다.

"날이 좋다. 그치?"

그 언니들이 어지간히 귀찮았나 보다.

"좋아해요."

착각이라 할지라도 상관없었다. 단영은 용기를 내어 고백했다.

생각지 못한 순간 튀어나온 고백에 승호는 잠시 의아하다는 듯 눈을 크게 떴다. 그의 고개가 서서히 밑으로 떨어졌다. 그러나 그뿐이었다. 그는 지체 없이 싱그러운 미소로 화답했다.

"나도."

"……네?"

당황한 그녀의 입술이 벌어졌다.

"나도, 좋아해."

단영은 반박자 늦게 깨달았다. 그의 '좋아한다' 는 자신과 많이 다른 감정이었음을.

끝도 없이 펼쳐져 있는 반직선 위. 차마 가까워질 수 없다.

가벼운 사람. 그는 깃털처럼 가벼웠고, 속은 텅 비어 있었다. 악의는 없지만, 진심은 더 없었다. 어쩌면 단영은 다 알면서 아닐 거라 치부한 것일지도 모른다.

필요에 의한 이용.

"단영아."

단순히 귀찮음을 피하기 위한 탈출구. 그에게 나는 단지 그뿐이었다.

"오늘은 치마 입었네?"

작은 친절에 가슴 떨려 하는 날 누구보다 잘 알면서.

"앞머리도 잘랐고. 맞지?"

일부러 다른 이들에게 보란 듯이 행동했다.

"잘 어울린다."

밀어내야 하는데, 좋아서 그럴 수도 없었다. 지금처럼 가볍게 가지고 노는 행동은 이쯤에서 그만둬 달라고 확실하게 선을 그었어야 했다. 하지만 그랬다간 만날 기회조차 잃어버릴까, 다 알면서 이용당했다. 정신을 차리고 보니, 자존심도 없는 바보가 돼 있었다.

"저, 남자 친구 생겼어요."

그래서 단영은 일부러 없는 애인을 만들어 보기도 했다.

"그래?"

하지만 씨알도 먹히지 않았다. 그는 보란 듯이 능청스럽게 다가왔다.

승호는 습관처럼 옆자리에 앉아 그녀의 뒤통수를 부드럽게 쓰다듬었다. 오늘도 주변에선 신랄하게 단영을 욕하는 소리가 이어졌다.

"우리 단영이, 남자 친구 있었어?"

"……네."

"아, 서운하다."

서운하다 말하는 사람치곤 올라간 입술이 퍽 즐거워 보였다. 마치,

진실을 다 꿰뚫고 있는 사람처럼. 단영은 평소 즐겨 입지 않는 치마를 두 손으로 꼬옥 움켜잡았다.

"그래서?"

"네?"

"언제 헤어질 건데?"

승호가 생긋 웃었다. 매번 이런 식이니, 당해 낼 재간이 없었다. 그래서 또 한 번 졌다.

사진학과는 모델학과와 떨어질 수 없는 끈질긴 인연이었다. 일부러 피해 보고자 노력해 봤지만 매번 실패했다. 술자리가 있을 때면, 승호는 늘 단영의 옆자리를 고수했다.

"왜 나와 있어? 술 안 마시고."

참을 수 없어 먼저 집으로 돌아갈 생각이었는데, 승호는 그걸 어떻게 알고 바로 뒤쫓아 따라 나왔다. 단영은 이미 취기가 많이 오른 상태였다.

"선배는 왜 따라 나왔는데요?"

"……."

"내가 우스워요? 그만해요. 나 헷갈리게 하는 거."

"안 우스워."

그에게서 망설임은 보이지 않았다. 즉, 적어도 거짓은 아니란 거다. 단영은 입술을 감쳐물며 사납게 눈을 치켜떴다.

"저 그만 갈게요."

"데려다줄까."

"아뇨. 오빠가 데리러 오기로 했어요."

"오빠? 나 말고 또 오빠가 있었어?"

"네."

더 이상 시간을 끌게 된다면, 내 마음 좀 알아 달라 구걸하게 될 것 같았다. 단영은 뒤도 돌아보지 않고 걸었다.

하지만 얼마 걷지 못하고 그에게 손목을 붙잡혔다.

"잠깐."

"또 왜요?"

"내가 뭐, 잘못했나?"

그걸 정말 몰라서 묻는 건가. 저렇게 물어보면 어떻게 말하라고.

사실, 당신이 잘못한 건 딱히 없는데. 내 마음이 문제인 거지, 그가 문제인 건 없었다.

"……아뇨. 선배 잘못한 거 없어요."

내가, 너무 바보 같을 뿐이죠.

빈말이라는 걸 다 알면서도, 가벼운 농담이라는 걸 다 알면서도.

당신 말 한마디에 세상을 다 가진 것 같아서 금세 헤실헤실 웃게 되는.

내가 멍청할 뿐이다.

자정을 넘어간 시각. 서늘한 새벽 냄새와 섞여 있는 그의 향기가 후각을 자극했다. 알코올 향과 씁쓸한 담배 잔향. 그리고…… 언뜻 풍기는 향수 냄새까지.

싫었던 냄새가 그렇게 좋을 수 없었다. 미쳤구나.

최단영, 정말 미쳤어.

꽤 긴 시간이 흐른 정적 속에서 먼저 침묵을 깨트린 사람은 승호였다. 단영은 천천히 벌어지는 그의 입술을 끈질기게 직시했다.

"키스해 줄까?"

가슴이 땅으로 떨어졌다. 애틋함이라곤 조금도 남아 있지 않은 눈으로 그런 말을 하면 내 마음이 뭐가 돼. 단영은 처참한 심정이었다.

속도 모르고, 그의 눈꺼풀이 매끄럽게 떠졌다. 까만 눈동자에 비친

난, 어떤 모습일까.

우스울까. 가여울까.

그러는 와중에도 심장은 멈추지 않고 뛰었다. 터질 듯 쿵쾅댔다.

승호의 얼굴이 느릿하게, 점차 가깝게 다가왔다. 일시 정지가 된 것처럼 멈춰 있던 단영은 애써 정신을 차렸다. 일부러 정떨어지게 하려는 행동 같아 보였다.

"그렇게 해도 좋아할 거예요."

"……뭐?"

"먼저 갈게요."

도망쳤다. 그러나 얼마 지나지 않아 후회했다. 차라리 그냥 키스할걸. 해 달라 할걸. 해 보고 도망칠걸. 수도 없이 후회했다.

그게 마지막이 될 줄 알았다면, 다른 선택을 했을까.

눈을 뜨고 일어나 보니, 하루아침 사이에 많은 것이 변해 있었다. 유명한 여배우와 스캔들이 터졌다.

스폰서라는 루머도 심심찮게 흘러나왔으나, 금세 묻혔다. 순식간에 무명 모델에서 스타덤으로 올랐다. 감히 손조차 뻗어 볼 수도 없을 만큼, 그는 이제 멀어도 너무나 먼 당신이 돼 있었다. 학교에도 나오지 않았다.

"나쁜 새끼……."

철저하게 이용만 당하다 무엇 하나 이뤄 보지 못하고 끝나 버린, 어리고 미성숙한 첫사랑이었다.

'사인 원해요?'

맙소사. 망할. 빌어먹을. 세상에.

어떤 말로 지금의 기분을 표현해야 좋을까. 단영은 뒤도 돌아보지 않고 냅다 달렸다.

사실 왜 도망쳤는지 잘 모르겠다. 연희에겐 나머지 작업은 집에서 하겠노라 전했다. 도무지 제정신으로 회사에 남아 있을 수 없었다. 작업 할당량에 따라 월급이 나오는 루트여서 가능한 부분이었다.

첫 직장에 출근한 시기와 승호의 입대 날짜가 맞물려 여태까진 어떻게든 마주침을 피할 수 있었다. 일적으로 마주치지 않은 것이 용할 정도였다.

그러나 시간이 약이란 말도 있지 않던가. 잊고 지냈다. 그것도 무진장 완벽하게. 일에 치여 살다 보니 첫사랑이니, 짝사랑이니 생각할 시간조차 없이 살았다.

"하하……."

익숙한 골목으로 들어서자마자 단영은 담벼락에 몸을 기대었다. 힘이 빠져 스르륵 주저앉았다.

특유의 능청스러움이나 뻔뻔한 성격은 여전했다. 재수 없게도.

그녀가 마른세수를 하며 허벅지에 얼굴을 묻었다.

무려 8년 만에 이뤄진 재회였다. 그럼에도 불구하고 이런 반응을 보이는 걸 보면, 생각보다 행동이 먼저 나오는 걸 보면 어지간히 좋아했나 보다. 첫사랑의 여운은 이토록 깊고 진했다.

단 두 달뿐이었지만, 실질적인 애인과의 이별에도 덤덤했던 그녀가 8년 만에 재회한 스무 살의 첫사랑에게 무너지는 것만 봐도 말 다 했다.

마주칠 수밖에 없는 직업. 모델과 포토그래퍼. 시작도 그랬으니, 끝도 마찬가지겠지. 이해는 된다. 하지만 이렇게 뜬금없이 등장하는 법이 세상 어디에 있느냐고.

일부러 방송 매체를 멀리해 왔다. 헤드라인에 '배승호' 의 이름이 언급된 기사를 보면 미련 없이 뒤로 가기를 눌렀었다.

설마. 정말, 설마……. 시오전자 전속 모델이 배승호인가? 최근 하준 때문에 일을 하는 둥 마는 둥 했던 결과가 이거였나.

별안간 단영의 뇌리로 몇 시간 전 연희의 난감한 반응이 스쳐 지나갔다.

"아……."

이제야 납득이 됐다.

복잡해진 심리 상태를 진정시킬 수 없었던 단영은 두피 깊숙이 두 손을 밀어 넣어, 꽈악 머리칼을 잡아 쥐어뜯었다.

"아악, 진짜! 쪽팔려 죽겠네. 거기서 왜 도망을 쳐. 미쳤냐, 최단영? 죄지었어?"

비명이 절로 터졌다.

천천히 상황을 정리해 보자. 첫 번째, 배승호와 마주쳤다. 두 번째, 배승호는 나를 알아보지 못한다. 어째서? 8년이나 지났으니까.

나를 특별하게 생각해 본 적 없으니까. 많고 많은 주변 여자들. 그저 스쳐 지나간 아주 흔한 개미쯤으로 생각했을 수도 있다.

"그건 또 그 나름대로 열받는데."

지가 뭔데 날 기억 못 해? 하. 실소가 터졌다.

아직 끝이 아니었다. 마지막 세 번째. 이번 촬영은 포토그래퍼로 자리매김할 수 있는 무진장 중요한 기회다. 고로, 포기할 수 없다. 상대가 마주치기 껄끄러운 배승호라 할지라도.

"그래. 언젠간 이렇게 될 거라고 예상 정돈 했잖아. 망상 정돈 해 봤었잖아?"

더군다나 그는 기억하지 못하고 있다. 저 자신만 모르는 척 입 다물고 있으면 될 일이다.

내적 갈등과 격하게 한바탕 치르고 나니 조금씩 진정이 됐다. 언제까지고 8년 전 풋사랑으로 괴로워할 수도 없는 노릇이기에 먹어 온 나이대로 웃으며 넘기면 될 일이다.

어른이니까. 그래. 어른이니까.

불안정하게 쿵쿵 뛰던 심장은 잠잠해졌지만, 문제는 다른 곳에 있었다. 가슴 통증이 밀려온 것이다. 몸이 무겁고 으스스 떨렸다. 그와 더불어 은근한 열기가 감돌았다.

어쩐지 아침부터 몸 상태가 영 아니다 싶더라니.

"……피로 때문에 몸살이라도 왔나."

등 뒤로 식은땀이 주르륵 흘렀다. 단영은 가까스로 자리에서 일어났지만, 구부정하게 허릴 숙이고서 한쪽 손으로 가슴팍을 쥐었다. 몸살도 몸살이었지만 위가 말썽이다.

"으……."

때마침 단영의 앞에 익숙한 차량이 멈춰 섰다. 시동이 꺼지는 소리가 들렸고, 곧이어 운전석 문을 열고 남자가 내렸다.

"최단영?"

단영이 맞는지 재차 확인하려는 듯, 남자는 잠시 침묵했다. 그녀는 목소리만으로도 알아차릴 수 있었다. 하준이었다.

"최단영."

하준은 확신했다. 그녀에게 다가가는 걸음이 급해졌다. 현재 단영의 상태가 심상치 않음을 인지한 것이다.

"……도하준."

"뭐야. 너 지금 상태 왜 이러는데."

하준이 눈살을 찌푸렸다.

"여긴 어떻게 알고……."

단영은 신음하며 억지로 목소리를 짜내었다. 평소 스트레스받을 일이 많은 직업으로 인해 신경성 위경련과 급체를 달고 살았던 단영인지라 대수로운 질병은 아니었지만, 그럴 때마다 유독 예민해지는 하준을 잘 알기에 부러 티 내지 않았다.

"여기 우리 동네야."

"아."

습관이 이래서 무서운 거다. 정신이 없어 발이 이끄는 대로 향하다 보니, 그 종착지가 하준의 동네였다. 한 발자국도 움직일 수 없을 때 강의를 마치고 퇴근 중이었던 그와 마주친 건, 어쨌거나 단영 입장에선 다행이었다.

"후으……."

하준이 진한 한숨을 몰아쉬었다. 손을 들어 앞머리를 쓸어 넘기며 그대로 한쪽 무릎을 굽혀 앉았다. 그가 가장 먼저 한 일은 단영의 안색을 살피는 거였다.

심각하다면 바로 응급실로 향할 생각이었다. 하얗게 질린 얼굴을 보아, 또 극한의 스트레스를 받은 모양인데 타이밍이 좋았으니 망정이지 아니었다면 큰일 치를 뻔했다.

"너 회사에서 뭔 일 있었지."

나직한 음성이 바닥으로 자욱하게 깔렸다.

"……없었어."

"안 되겠다. 응급실 가."

"싫어. 집으로 가. 약 있어."

"고집 피우지, 또."

"응급실 나 말고도 급한 사람들 많아. 약 먹으면 금방 가라앉을 건데, 민폐야."

"그러라고 가는 곳인 거 몰라?"

하준의 표정이 점차 구겨졌다. 아플 때 가라고 있는 게 병원인데 단영은 병적으로 그곳을 끔찍하게 싫어했다.

아마, 외할머니의 죽음이 그 이유일 것이다. 어머니의 부재를 대신 채워 준 할머니를 떠나보내야 했던 곳.

약품 냄새도 지겨울 것이고, 생사를 오가는 환자들이 넘쳐 나다 보니 자연스러운 반응이겠지만, 하준은 못내 과거에서 벗어나지 못하고 있는 그녀가 답답했다.

"오빠."

또. 불리할 때면 나오는 그놈의 오빠. 그 단어에 약해지는 걸 누구보다 잘 아는 그녀였다. 이용하는 모습이 얄미우면서도 어쩔 도리가 없다.

하준은 다시금 한숨을 뱉었다.

"가."

"……응?"

"집 가자며."

"져 주는 거야?"

"아프다면서 웃음이 나와?"

덜 아프네. 하준은 어이가 없어 짧은 실소를 터트렸다.

"그래도 오빠 만나서 살았다."

단영은 하준의 팔에 손을 얹어 무게를 지탱했다. 순간, 그가 멈칫했다. 셔츠를 걷어 올린 덕분에 맨살에 닿는 그녀의 손길이 적나라하게 느껴졌다.

별것도 아닌데, 자꾸 의식하게 된다. 머리보다 빌어먹을 본능부터 꿈틀거리니 미치고 팔짝 뛸 노릇이었다.

단영의 손 악력이 강해지자, 하준의 팔에 절로 힘이 들어갔다. 그럼에도 그는 내색하지 않고 걸었다. 점차 느려지는 걸음을 맞춰 주며 하준은 평소보다 천천히 움직였다.

"오빠."

"왜."

"나, 첫사랑 만났다?"

아픈 기색을 품고 있는 작은 목소리였지만, 하준의 발은 먼저 반응하고 우두커니 멈춰 섰다.

"……그게 뭐."

강한 힘으로 주먹을 쥐고 있었지만, 애써 아무렇지 않은 척 대답했다.

"그냥. 그랬다고."

"쓸데없는 소리 하지 말고 똑바로 걸어."

단영이 먼저 발을 뗐지만, 정지 상태로 꼿꼿하게 서 있던 하준 덕분에 앞으로 나아가지 못하고 비틀거렸다. 고스란히 하준의 품속으로 안겨 들었다.

하준은 반사적으로 단영을 받쳐 안았다.

"진짜……."

안 그래도 짜증 나 죽겠는데 손가락은 왜 꿈틀거려. 왜 움직여. 왜 가슴에 기대고 난린데. 좋은 향기는 또 뭐고.

산산조각 나 버린 심장은 눈치도 없는지 끈질긴 생명력으로 세차게 뛰어 댔다.

비참하고, 보다 더 처참하지만.

그래도.

그래도 너라면.

최단영이라면.

다 괜찮다.

"미치겠네."

변화 없던 표정에 균열이 생겼다. 하준의 입꼬리가 무겁게 내려갔다.

슬슬, 나도 한계인 거 같다.

……단영아.

9화

대망의 날이 다가왔다. 스튜디오에선 화보 촬영 미팅 준비가 한창이었다. 약 효과 때문인지 다행히도 속은 전보다 많이 나아졌지만, 약은 제때 챙겨 먹고 있냐는 하준의 잔소리만큼은 피할 수 없었다.

단영은 평소보다 한 시간 일찍 출근했다. 마음을 추스르고 다잡으며 몇 번이고 스스로에게 괜찮다는 주문을 걸기 위해서였다.

그녀가 비장하게 회의실로 들어섰다.

"언제 도착 예정이래?"

단영이 묻자, 은효는 빔 스크린을 연결시키다 말고 움직임을 멈췄다.

"아, 배승호 씨요?"

"응."

은효가 벽에 걸린 시계를 힐긋 바라보았다.

"슬슬 도착할 때 된 것 같은데……. 차가 막히나? 연락 넣어 볼까요?"

"아니, 됐어."

차라리 사람들이 많은 상황에서 마주하는 편이 좋았다. 적어도 잡생각은 하지 않아도 괜찮을 테니 말이다.

단영은 콘티 파일을 던지듯 원형 테이블 위로 내려 두며 정중앙 자리에 착석했다.

15분이 흘렀다. 회의실은 하나둘씩 담당 스태프들로 채워졌다. 그러는 동안에도 주인공은 나타날 기미조차 없었다. 슬슬 단영의 인내가 바닥을 드러내고 있던 찰나였다.

"아이구, 다들 와 계셨네요. 죄송합니다."

승호의 매니저가 먼저 문을 열고 등장했다. 그가 가장 처음 한 인사는 사과였다. 단영의 눈빛에 못마땅함이 스쳤다.

매니저 뒤로 승호가 나타났다. 한량인 양반처럼 걸어왔다.

"안녕하세요. 좋은 아침입니다."

좋은 아침은 얼어 죽을. 일반적으론 10분 전에 도착해야 맞는 거다. 기본이 안 됐어, 기본이. 상황 파악을 옆집에 팔아먹고 왔다. 그의 꽃미소에 여직원들은 넋이 나간 채였지만, 단영은 아니었다. 삐딱한 시선으로 승호를 노려보았다.

"어? 어제 그……."

승호는 어제의 일을 떠올리려는 듯 손가락으로 단영을 콕 가리키며 눈썹을 찡긋거렸다.

"최단영입니다."

"네. 최단영 씨."

일부러 이름을 밝혔는데도 그는 화사하게 웃을 뿐, 별다른 반응을 보이지 않았다. 마치, 처음 만난 사람을 대하는 것처럼. 정말 기억을 못 하는 것이다. 파지직. 단영의 자존심에 금이 갔다.

"손은 괜찮아요? 화상 입었을까 봐 걱정했는데."

특유의 느긋한 시선이 단영에게 머물렀다.

"네. 괜찮아요."

"다행이네요."

무뚝뚝과 절제된 단호함. 그 어딘가를 유지하고 있는 단영의 어투에도 승호는 대수롭지 않게 피식 웃었다.

"그럼, 악수할까요?"

그가 정중하게 손을 내밀었다. 단영은 가늘게 뜬 눈으로 승호의 커다란 손을 가만히 내려다보았다. 이내, 그녀의 시선이 삐딱하게 올라왔다.

"배승호 씨."

"네. 최단영 씨."

"너무 뻔뻔한 거 아니에요?"

"제가요?"

"네. 배승호 씨요."

"왜요?"

"지금 약속 시간 한 시간 전부터 준비하느라 고생하는 스태프들, 안 보여요?"

부끄럼 많은 예전의 단영이 아니었다. 그녀는 올곧은 눈빛으로 승호를 꿰뚫었다. 그 눈빛 속에서 흔들림은 찾아볼 수 없었다. 그의 입술이 잠시 일자로 다물어졌다.

"말뿐이라도 '죄송합니다.' 그 한마디 뱉기가 그렇게 힘드냐구요."

단영은 능청스레 악수를 건네는 그의 태도에 기가 막힌 거다. 어처구니가 없었다. 어떤 행동을 취하든 결국은 사심을 담은 불만이었다 해도, 웃는 모습 하나부터 능청스러운 모습 열까지 전부가 마음에 들지 않았다.

"아, 죄송한데."

별안간 승호가 은근하게 미소 지었다.

"제가 뭐 잘못한 거라도 있습니까? 미리 연락드렸던 걸로 알고 있는데."

순간, 단영은 말문이 막혔다. 눈짓으로 은효를 흘겼다. 정말 몰랐다는 듯, 서둘러 휴대폰을 꺼내어 확인한 은효는 사색이 된 표정으로 어쩔 줄 몰라 했다. 제대로 확인하지 못한 것이다.

"그리고 보시다시피, 저 '죄송'이라는 말 잘 써요."

"……뭐라고요?"

"방금도 했잖아요. '죄송한데'라고."

그는 여전히 웃음을 잃지 않았다. 저 가벼운 미소가 무진장 거슬린다. 단영은 안면 근육이 뻣뻣해짐을 느꼈다. 주변 스태프들의 불안한 눈빛들이 엉켜들었다.

둘이 사이가 안 좋나? 수군거리는 소리가 커졌다.

이유가 어떻고 사정이 뭐였든 승호가 늦게 도착한 건 변함없었지만, 첫 미팅부터 갈등을 빚어서 좋을 것은 하나도 없었다. 단영의 곁으로 급히 다가온 은효가 급히 만류했다.

"선배, 그만해요. 주인공병 걸린 연예인들 마지막에 등장하는 거 한두 번 있는 일도 아니고……."

은효가 단영에게만 들리도록 작게 속삭였다. 평소 단영이었다면 굳이 짚고 넘어가지 않았으리라. 이 바닥에서 날고뛴다 하는 감독과 작가가 아니라면 S급 연예인의 지각에 대해 왈가왈부할 수 없는 것이 현실이었으니까.

"최단영 씨. 진짜 악수 안 할 거예요? 나 지금, 되게 민망한데."

승호는 내밀고 있던 제 손을 눈짓으로 힐긋댔다. 단영은 못 이기는 척 떨떠름한 표정을 보였지만, 이내 활짝 웃으며 승호의 손을 맞잡았다.

악수를 하는 그 짧은 시간 동안 경직된 입술이 달달달 떨렸다. 이마 위에 핏줄이 울컥 솟을 지경이었다.

"바로 미팅 시작하죠."

냉큼 손을 빼낸 단영은 승호에게 눈길 한 번 주지 않고 매정히 자리로 되돌아갔다.

자리에 착석한 뒤부터 미팅은 일사천리로 진행됐다. 일분일초라도 빨리 미팅을 끝내고 싶었다.

단영의 전달 사항은 빨랐다. 연희에게 전해 들은 대로 콘셉트를 설명했고, 더 이해를 돕기 위해 예시 사진까지 PPT에 띄워 주었다. 똑 부러지게 좋은 발음으로 브리핑했다.

미팅은 순조롭게 이어졌다. 아니, 그럴 거라 생각했다. 그러나 그건 착각이었다.

"시오전자 측에서 전달받은 콘셉트는 몽환입니다. 배승호 씨 특유의 분위기와 굉장히 잘 어울린다는 판단하에, 클라이언트 측과 상의 후 결정되었습니다."

단영이 설명하면.

"그 콘셉트, 너무 식상하지 않습니까? 매번 눈에 힘 풀고 치명적인 척하느라 지겨웠거든요. 아마, 대중들도 그렇게 생각할걸요. 저 새끼 너무 재수 없는 거 아니냐고."

기다렸다는 듯 승호가 받아쳤다.

"무엇보다 저희 입장에선 똑같은 콘셉트로만 밀고 나가는 것도 슬슬 무리죠. 다양한 분위기를 연출해야, 이 바닥에서 제 입지가 넓어질 테니까요. 시오전자 영향력은 꽤 커서 여러 시도를 해 볼 수 있을 거란 기대가 컸는데, 다 제 욕심이었나 봐요?"

저 새끼가……. 단영이 입술을 감쳐물었다. 하지만 백기를 들 생각은 추호도 없었다.

"그 걱정이 정말 쓸모없다는 거, 제 실력으로 승부 보시면 될 것 같네요."

단영은 싱긋 웃으며 여유롭게 승호의 의견을 가지 치듯 쳐 냈다.

"촬영은 바스트 샷, 풀 피겨 샷으로 갈 생각입니다. 최대한 자세 구도를 다양하게……."

"아, 최단영 씨. 저는 오른쪽 얼굴이 더 잘 받아서. 정면은 피해 주세요."

뚝. 가까스로 붙잡고 있던 이성의 끈이 끊어졌다. 그녀가 한쪽 다리를 꼬았다. 어디 한번 해보자는 식이었다.

"배승호 씨."

"네, 최단영 씨."

둘 사이에 보이지 않는 스파크가 튀었다.

"사진은 제가 찍습니다. 배승호 씨가 아니라."

"참고만 해 달라는 말이었는데. 찍히는 사람도 의견 정돈 낼 수 있잖아요. 안 그렇습니까, 최단영 씨?"

"작가 호칭, 똑바로 붙여 주시죠?"

"원하신다면, 얼마든지."

승호가 살포시 눈으로만 웃으며 어깨를 으쓱였다.

결국 끝이 보이지 않는 신경전 때문에 잠시 미팅을 멈춰야 했다. 일단락되긴 했지만, 이유 모를 패배감이 단영을 흥분케 했다.

"으으…… 진상, 진상, 진상! 진상 중에서도 개진상!"

식당 안으로 들어서자마자 단영은 테이블 위로 콘티 파일을 냅다 집어 던지며 씩씩거렸다.

진정하자. 진정해. 상대는 또라이야. 치밀어 오르는 분을 가까스로 삼켜 냈다.

하준은 아직 도착하지 않은 모양이다. 시오전자 본사와 〈오브〉 스튜디오의 가까운 지리적 조건 덕분에 하준과 단영은 가끔씩 점심을 함께

하곤 했다. 오늘도 마찬가지였다.

"뭐? 원하신다면?"

하.

"얼마든지?"

지가 무슨 로맨스 소설 속 나쁜 남자 주인공이야, 뭐야. 어디서 이상한 콘셉트를 잡고 있어? 오글거려서 오징어 될 뻔했네.

기가 막혀서 말조차 안 나올 지경이었다. 단영은 헛웃음을 터트리며 생수를 벌컥벌컥 들이켰다.

"살아났네."

익숙한 저음에 단영의 고개가 뒤로 향했다.

"이제 왔어? 웬일이래, 도하준이 약속 시간에 다 늦고."

"회의가 길어져서. 몸은."

"괜찮아졌어."

하준은 그녀를 내려다보다, 답답하게 꽉 조이고 있던 넥타이를 느슨하게 풀어내며 맞은편에 앉았다. 주름 하나 없는 슈트가 유난히 멀끔하다. 단영은 그의 앞에 숟가락과 젓가락을 놔 주었다.

"관리 잘하고 다닌다?"

"무슨 관리."

"보통 그렇잖아. 혼자 살면 와이셔츠도 엉망이고, 몰골도 말이 아니어야 되는데."

"그래서 뭐. 불만이야?"

"그래. 불만이다. 조금은 흐트러진 모습 보이고 그래. 깔끔한 것도 좋긴 한데, 그렇게 틈 하나 없이 살면 오히려 반감 산단 말이야. 어느 정돈 빈틈도 있고 그래야, 더 챙겨 주고 싶고 그러지."

하준은 생수를 마시다 말고, 엄마처럼 잔소리하기 바쁜 단영을 지그시 응시하다 피식 웃었다.

"입 안 안 아프냐."

"걱정이 돼서 그런다, 걱정이."

걱정해 줘도 난리야. 단영은 쉬지 않고 툴툴댔다. 때마침 설렁탕 두 개가 올라왔다. 뽀얀 국물이 절로 군침을 돌게 만들었다. 공격적으로 입 안에 숟가락을 밀어 넣는 단영은 오늘따라 이상했다. 평소와 다를 건 없었지만, 뭐랄까.

"무슨 일 있었나 본데."

"어떻게 알았어?"

"표정 보면 답 나와."

그 말에 단영은 얼굴로 손바닥을 가져다 댔다. 그래, 도하준 너 오늘 잘 걸렸다. 열딱지 나는 지금 상황에 불쌍하게도 희생양 당첨이다.

"그래, 이참에 좀 묻자. 왜 하필 전속 모델을 배승호로 뽑았어?"

'배승호' 란 이름이 언급되자, 하준의 표정이 급속도로 굳어졌다. 건 조한 시선이 단영에게 닿았다.

"왜."

"초면인 주제에 최단영 씨, 최단영 씨 하면서. 대놓고 아랫사람 취 급 하잖아. 아, 다시 생각해 봐도 울화통 터지네. 메인 작가 처음 맡았 다고 무시하는 건가?"

단영의 불만은 끝이 없었다. 하준은 물끄러미 단영을 주시하다, 천 천히 입술을 떼어 냈다.

"초면?"

"……어?"

그가 숟가락을 내려 두었다.

"초면 맞아?"

단영이 눈을 깜빡였다. 왠지 모르게 분위기가 싸해짐을 느꼈다. 그 녀는 하준에게 단 한 번도 승호와 관련된 이야기를 한 적이 없었다. 분명 없었는데…….

단영은 애써 미소 지으며 급히 화두를 돌렸다.

"무슨 소리야. 처음이지 그럼."

왜 거짓말을 했을까. 생각해 보면 답은 간단했다. 좋지 않은 첫사랑이었다고 말했을 때, 그의 반응은 불 보듯 뻔했기 때문이다.

승호가 짜증 났던 건 사실이었지만, 단영은 좋지 않은 악연으로 인해 벌어질 참사를 원하지 않았다. 그저, 당장 솟구친 감정을 달래 주는 것만으로도 만족했다.

"그럼 됐고."

다행이었다. 하준은 대수롭지 않다는 듯, 그 이상 캐묻지 않았다. 묵묵히 식사에 집중했다. 단영 또한 일축했지만, 얼마 지나지 않아 다시 또 떠들기 시작했다.

매번 이런 구도였다. 이야기보따리를 푸는 쪽은 단영이었고, 들어 주며 고개를 끄덕여 주는 쪽은 하준이었다.

"……그래서 배승호. 아니, 배승호 씨는 그 콘셉트 마음에 들어 하지 않는 눈치던데. 어떡할까?"

비록 승호와 신경전을 펼치긴 했어도 어찌 됐든 한배를 탄 동료였다. 모델의 의사를 배제하는 건 유치한 심보에 지나지 않았다.

개인적인 감정을 잣대 삼아 멋대로 이용할 순 없지 않은가. 그래서 단영은 최종 권한을 갖고 있는 광고주 입장인 시오전자 측과 조율해 볼 요량으로 물었던 건데, 돌아온 답은 칼 같았다.

"클라이언트 측이 원하는 대로 가야지 뭘 어떡해."

"바꿔 줄 생각, 없어?"

"없어."

하준은 단호했다.

"그 콘셉트 때문에 배승호가 주목받을 수 있게 된 거잖아. 이번 시

135

즌은 여성 고객들을 중점으로 잡았으니까, 당연히 대중들이 원하는 방향으로 따라갈 수밖에 없는 거고. 죽어도 싫다 하면 말해. 아직 시간 많으니까 모델은 바꾸면 그만이야."

하준은 승호의 의견을 수렴해 줄 생각이 추호도 없었다. 단영을 힘들게 했다는 개인적인 은밀한 감정도 포함돼 있었다.

"그래도, 살짝 틀어 보는 건 좋지 않을까? 배승호 씨 측도……."

"똑바로 전해. 이것저것 개인적인 흑심, 욕심 채우려고 있는 곳 아니라고. 캐릭터 바꿔 볼 생각이면 영화든 드라마든 얼마든지 있으니까, 그쪽 알아보라 해. 클라이언트 심기 건들지 말고."

"그건 그런데……."

사실 한두 번 있는 일도 아니었다. 이럴 때마다 등 터지는 쪽은 스튜디오 소속 포토그래퍼 작가들이었다. 모델과 클라이언트 측 의견이 달라질 때면 조율하는 것이 여간 힘든 게 아니었다. 누구 편도 들지 않고 양쪽 의견을 적절하게 조율해야 했으니 말이다.

"그런데 뭐."

하준의 음성엔 언뜻 가시가 돋아 있었다. 뾰족한 감이 서리자, 단영은 어깨를 움츠리며 말을 아꼈다. 이런 적이 아예 없었던 것도 아니었지만, 지금처럼 예민하게 굴었던 적 또한 처음이었다.

웬만해선 융통성 있게 단영이 재량껏 할 수 있도록 배려했었는데, 오늘 하준은 어쩐지 조금 달랐다.

한 번만 더 제안해 볼까. 하면 될 것 같기도 한데. 눈동자를 굴리던 단영이 조심스레 말문을 텄다.

"오빠, 그래도 배승호 씨 요즘 이리저리 불려 다니는 곳 많은 것 같던데, 조금 봐주는 건 어때? 지금 건 CF 촬영도 아니고, 화보 촬영이잖아. 분명 배승호 씨도 생각이……."

"최단영."

아까부터 배승호. 배승호. 거슬려 죽겠다. 아무리 일적이라지만 거슬린다. 단영을 부르는 하준의 목소리는 딱딱했다. 서늘하게 식어 버린 눈빛이 그걸 증명했다.

"어?"

"내 앞에서 배승호 얘기 꺼내지 마."

높낮이 하나 없이 툭 던져진 그의 말에, 단영이 눈을 찡그렸다. 그녀는 불만 섞인 표정이었다. 제아무리 공과 사를 뚜렷하게 구분하던 도하준이라지만, 단영은 서운한 기색을 감출 수 없었다.

"아니, 일 얘기잖아. 그렇게 예민하게 굴 문제도 아니고. 기업 측에서 무조건 안 된다고 하면 애먼 우리만 가운데서 등 터질 거 뻔한데. 나도 좋아서 이러는 거 아니야."

틀어졌다. 하준은 마음에 담아 두지 않고 무뚝뚝하게 대응했다.

"거슬려."

"뭐?"

"거슬리니까, 그쯤 하라고."

하? 단영의 잇새로 실소가 터졌다.

"도하준. 너 지금 되게 유치한 거 알지."

그러나 하준의 눈빛은 그걸 단숨에 부정하려는 듯이 짙게 가라앉아 있었다.

"알아."

유치한 거.

"그러니까 하지 마."

"허."

"개인적으로 가깝게 지내지도 말고."

미연에 방지 차원이었다.

승호는 뭐가 그리도 즐거운지 줄곧 픽픽거리며 웃음을 터트렸다. 대기실 뒤에서 그 모습을 지켜보던 두환이 환장하겠단 듯 타박했다.

"야. 너 미쳤냐?"

"뭐가."

"야 인마. 너 작가님 대하는 태도가 왜 그 모양이야. 언제 봤다고? 그리고. 엄연히 시간 착각한 우리 잘못이었잖아. 이 바닥 알 만큼 안다는 놈이 10분 전 시간 엄수는 당연한 거 몰라?"

"형 잘못이었잖아. 제대로 전달해 줬으면 이런 일 없었어."

"그, 그건 그런데! 어휴……. 생각하는 꼬라지가 마음에 안 들어서 그런다! 미팅 전달 사항에 사사건건 트집 잡아 대질 않나. 그 콘셉트 건도 그래. 광고주 측이랑 이미 다 얘기 끝난 사안……."

"알아."

허. 두환이 헛웃음을 터트렸다.

"아는 놈이 그래? 네가 거기서 불만 표출하면, 기업 광고주 측이랑 배우 사이에 껴 있는 작가님 입장만 곤란해지는 건 뻔할 뻔 자잖아, 이 자식아. 우리 때문에 작가님 혼자서 조율하느라 박쥐처럼 이리 붙었다 저리 붙었다 싸바싸바하고 다니실 텐데. 아…… 미치겠다. 나 이제 죄송해서 최 작가님 얼굴 어떻게 보냐."

속 터지는 제 마음을 아는지 모르는지, 천하태평인 승호의 태도는 얄미울 정도로 괘씸했다.

"신인 작가라고 무시하지 마. 내가 분명 실력 있는 포토그래퍼라 했지. 이름 날리기 시작하면 그때 가서 너 어쩌려고. 상황 닥쳐서 뒤늦게 죄송했다 할래?"

그 말에 승호의 입술 끝이 시원하게 올라갔다.

"실력?"

"김 대표님 애제자라잖아. 실력 정도야, 안 봐도 검증된 부분이지."

"……그래?"

승호는 암전된 휴대폰 액정에서 시선을 떼고, 거울에 비친 두환을 빤히 응시했다. 순간 싸해진 분위기를 감지한 두환은 재빠르게 말을 돌렸다.

"물론, 작가님이 좀 예민한 부분은 없지 않아 있었지만."

대체 어쩌란 건지. 박쥐는 작가님이 아니라 자신이 될 처지다. 두환의 잇새로 한숨이 터졌다.

"그나저나 둘이 안면 있었어? 보니까 심상치 않던데."

"그러게."

승호는 물 흘러가듯 말하며 거울에 비친 제 얼굴을 뚫어져라 직시했다. 머리가 이상한데. 실없는 소리나 뱉고 있다. 이리저리 고개를 돌려가며 머리 스타일을 치장하느라 정신이 팔린 채였다.

"있다, 없다도 아니고 그러게는 또 뭐냐. 그러지 말고 말해 봐."

"뭐가."

"수상하잖아. 평소엔 그러든지 말든지, 알아서 하든가 말든가 하던 놈이 생전 않던 일 욕심을 부리고 있는데."

"원래 많았어."

"웃기는 소리 말고."

승호는 머리를 정돈하던 손을 멈추고 의자 등받이에 뒷목을 편히 기대었다. 흐음, 하고 말을 늘이며 두환의 호기심을 증폭시켰다. 지조 있게 닫혀 있던 승호의 입술이 천천히 벌어졌다.

"궁금하기도 하고, 재밌기도 하고."

"대체 뭐가 궁금했는데."

"예를 들면 반응, 이라든가."

"······너 변태냐?"

두환은 진지했다. 신인 때부터 제정신이 아니란 건 어느 정도 짐작하고 있었지만, 갈수록 답이 없다. 두환이 의식의 흐름대로 흘러가는 상황을 싹둑 잘라 냈다.

"됐고. 이따 스튜디오 작가분들 전체 회식 한다는데, 잠깐이라도 들러서 풀어. 너 사람 마음 녹이는 데 선수잖아. 한 번 보고 말 사이 아니니까 주변 사람들 눈치 보게 하지 말고. 잘잘못 따져 가면서 같잖은 자존심 부리기만 해 봐, 어디. 무조건 숙이고 들어가라. 어?"

"알겠으니까, 걱정 마."

의자에서 엉덩이를 떼어 낸 승호가 가볍게 목을 돌리며 스트레칭을 했다.

두환의 불안한 시선이 위로 향했다. 쉬이 그러겠다고 할 때마다 더한 의구심부터 들었다. 사고나 안 치면 다행이지.

"그건 그렇고, 최 작가님 성격도 장난 아니더라. 두 번 지각했다간 골로 가겠어."

두환은 이런 상황에선 대충 져 주며 편들어 주는 척하는 것이 백번 옳다는 걸 누구보다 잘 인지하고 있었다.

매니저 생활 15년 차다 보니, 골치 아픈 것이 싫어 자연스레 터득한 편법이었다.

"그 작가, 원래 안 그래."

하지만 생각지 못하게 승호는 친히 단영을 대변해 주었다.

"뭔 소리야, 그건."

"쓸데없이 시비 거는 성격 아니라고. 실력 있는 것도 알고 있고, 괜히 욱하는 성향 아닌 것도 알아."

"근데."

"나 때문일걸. 아마도."

승호는 확신에 찬 말투였다.

"그러니까, 네가 뭐라고?"

"잘생겨서?"

"아, 저 왕자병 또 도졌네. 초면이라며. 오늘 처음 봤다면서요. 근데 네가 어떻게 확신하세요."

"직감이지."

승호는 질색하는 두환을 무시하며 싱그럽게 웃었다. 확인도 다 끝났겠다…….

"간만에 일할 맛 좀 나겠다."

알 수 없는 말만 해 대던 승호는 두환의 어깨를 툭 치며 망설임 없이 성큼성큼 대기실을 빠져나갔다.

10화

"단영 씨 축하해!"

"선배, 축하해요."

"그나저나 첫 메인이 시오전자라고? 시작부터 큰 건 잡았네. 그동안 우리 옆에서 보조 담당하랴, 보정 작업 하랴 고생 많이 했지? 묵묵하게 견뎌 줘서 고맙다, 최단영. 이젠 꽃길만 걸어야지."

선후배 할 것 없이 첫걸음마를 뗀 단영을 축하하는 덕담이 이어졌다.

"다들 고마워요."

단영이 멋쩍게 웃으며 술잔을 들었다.

늘 있는 일이다. 큰 작업을 맡게 될 때마다 〈오브〉 스튜디오 가족들은 한데 모여 회식을 즐겨 하곤 했는데, 이번엔 조금 다른 의미가 부여됐다.

스트레스나 현실적인 부분을 감내하지 못해, 울며 겨자 먹기 식으로 카메라를 내려놓게 된 작가들이 태반이었다. 언제가 될지 모를 기약 없는 열정은 밑 빠진 장독에 물 붓기보다 더했다. 예술의 길이 대개 그러하겠지만. 그러다 보니, 축하는 당연했다.

열정 페이로 연명해 온 지난날 동안, 단영은 갖은 쓴소리를 들으면서도 단 한 번 우는소릴 뱉은 적 없었다. 무거운 장비를 옮겨야 할 때 또한 얕게 행동한 적 없었다. 충분히 동료들에게 예쁨받을 만했다.

그러나 단영은 못내 마음 한구석이 불편했다. 승호와의 신경전 이후로 세 차례나 이어진 미팅이 전부 무산됐기 때문이다.

"축하받아야 할 자리 초 쳐서 미안한데."

조금 늦게 등장한 연희가 자리에 착석하며 흐름을 끊었다. 〈오브〉 스튜디오 직원들의 이목이 당연히 그녀에게 집중됐다. 단영은 이렇게 될 걸 어느 정도 예상한 사람처럼 경건하게 자세를 고쳐 앉았다.

"아까 아침 일은 대충 들었어. 세 차례나 미팅 늘어지고, 콘셉트 하나 못 잡아서 어영부영 캔슬됐다며."

"……."

"믿고 메인 독점 맡긴 거 알면서 왜 그랬니."

팔짱을 끼운 연희가 고개를 비스듬히 기울였다. 눈치껏 상황 파악을 마친 직원들은 그녀들과 거리를 두고 옆 테이블로 하나둘씩 슬금슬금 자리를 옮기기 시작했다.

"……죄송합니다. 변명의 여지 없습니다."

단영은 공손히 맞잡은 두 손을 허벅지 위에 올려 둔 채였다. 여전히 연희의 시선은 단영에게 꽂혀 있었다.

"무슨 억하심정 때문에 그랬는지 대충 이해는 가. 그래도 한 번 정돈 참아 주지 그랬어. 알잖아. 잘나가는 연예인 잘못 대우했다간 우리만 골치 아파지는 거."

"네."

그녀보다 훨씬 먼저 사회생활을 해 온 연희 입장에선 밑으로 내리깔린 단영의 시선과, 지금 취하고 있는 자세만으로 충분히 예측 가능했다. 연희의 입가로 희미한 미소가 그려졌다.

"단영아. 난 있지, 네가 참 좋다?"

"네?"

단영이 천천히 고개를 들었다.

"실력도 실력이지만, 같은 포토그래퍼이기 전에 사람으로서 좋아해."

어리둥절한 나머지 단영의 턱이 느슨해졌다. 연희는 잠시 말을 멈추고, 빈 잔에 술을 따라 주었다.

"대기업 본부장이 가까운 지인이면 얼마든지 일거리 물어 와서 하이패스 탈 수도 있었을 텐데, 끝까지 숨겨 가며 열심히 했잖아. 순전히 네 실력으로 당당하게 인정받으려고."

"……."

"난 그 초심 잃지 않았음 좋겠어. 네 동기가 시오전자 광고 공모전으로 처음 물꼬 텄을 때, 혹시 기억나?"

아, 그때. 기억한다. 단영은 말없이 고개를 주억거렸다. 비록 지난 일이었지만, 하나뿐인 동기가 단영의 작품을 표절했었다. 거의 일방적으로 빼앗기다시피 한 사건. 시오전자 공모전이 걸린 문제였기에 더욱이 중요한 시기였다.

"표절당한 것만으로도 충분히 서럽고 억울했을 텐데, 오히려 제출하려던 작품 잃어버렸다며 그 동기 지켜 줬었잖아."

"아뇨, 그건……."

"그땐 뭐 이런 대인배가 다 있나, 얜 속도 없나, 하고 어이가 없었어. 솔직히 말만 번지르르하게 포토그래퍼고 사진작가지, 정글이 따로 없는 약육강식 같은 바닥에서 여유롭네, 성공할 생각 없는 건가 싶었는데."

"……."

"근데 단영아. 이제 와서 말하는 거지만, 사실 나 뒤에서 몰래 엿보고 있었다? 너 그때 비상구 계단에서 엄청 서럽게 울고 있었잖아. 다른 작가들이 볼까 싶어서 억지로 입 틀어막고……. 그치?"

연희가 술잔을 들었다. 그러나 단영은 선뜻 움직일 수 없었다.

뭐 해, 잔 안 들고. 연희가 손을 흔들며 재촉하자 그제야 뻣뻣하게 술잔을 올렸다. 짠. 잔 부딪치는 소리가 청량하다.

"크— 쓰다. 음, 어디까지 말했더라……. 아, 그래. 난 모르는 척 호출했고, 넌 어쩔 줄 몰라 하면서 허둥지둥 사무실 들어왔고. 그때 너 완전 귀여웠는데."

"……."

"내가 이유를 물어봤었지, 아마? 그런데도 넌 끝까지 대답하지 않았어. 아무리 목소리를 높여 봐도 끄떡 않더라고. 무슨 똥고집이 그렇게 세던지. 결국 내가 누가 됐든 추궁하지 않겠다고 백기 들고 나서야 쥐어짜듯 겨우 대답하더라, 너. 것도 엄청 머뭇거리면서. 근데 그 말이 얼마나 충격이었는지 아니? 난 아직도 잊을 수가 없다."

연희는 과거를 회상하려는 듯, 눈을 지그시 감았다.

'저는 제 실력에 자신 있으니까 상관없어요. 다음 작품으로 승부하면 됩니다. 누구든 제 작품을 표절했다는 건, 그만큼 제 실력을 인정한다는 거잖아요.'

이제 갓 대학교를 졸업한 그녀였다. 그 사실을 단숨에 묵살시키며 단영은 눈 한 번 깜빡이지 않았다.

'그래? 넌 별로 절박하지 않나 보네?'

그녀는 연희의 고의적인 도발에도 의연하게 대꾸했다.

'절박함과 다른 문제라고 생각합니다. 제 불찰이었으니까요. 제가 작품 관리를 제대로 하지 못했으니 이런 사태가 벌어진 거예요. 책임 전가하고 싶지 않아요. 빼앗겼으면, 그 친구 작품이 맞는 거죠. 그게 당연한 거고, 이 바닥 룰이라고 배웠어요.'

연희는 대단한 물건이 들어왔다고 생각했다. 사회 초년생이 생각할 수 있는 영역이 맞나 의심이 될 정도였다. 그랬기에 물었다.

'누구한테 배웠는데?'

널 이토록 단단하게 성장시킬 수 있었던 인물이 누굴까. 문득 호기심이 생겼다.

단영은 활짝 웃으며 또박또박 답했다.

'오빠요.'

엄마도, 아빠도 아닌 오빠. 불안한 성장기에 마주한, 피 한 방울 안 섞인 오빠.

그 오빠가 시오전자 본부장인 하준이란 걸 연희가 알게 된 시기는 표절 사건이 한참 지난 뒤였다. 일적으로 하준과 미팅을 해야 했을 때, 그의 입으로 직접 들었다.

"그랬던 네가, 다시 또 개인적인 감정에 휘둘러서 이런 모습 보이게 되면 난 좀 슬플 것 같아."

146

"······죄송합니다. 두 번 다신 이런 불미스러운 일 없도록 하겠습니다."

단영은 차마 고개를 들 수 없었다. 막말로 쪽팔렸다. 감정이 앞선 나머지 일적인 부분에 승호의 비도덕적인 부분을 끼워 맞춰 가며 힐난했다.

어찌 보면 일종의 보상 심리였다. 날 우습게 봤던 과거의 그에게, 난 너 없이도 이 정도까지 올라올 수 있었다는 사실을 똑똑히 보여 주고 싶었나 보다. 증명받고 싶었다.

당신의 사랑을 굳이 받지 않아도 될 만큼 난 충분히 멋진 사람이라고.

이곳에서만큼은 반드시 필요한 사람이 됐노라고.

하지만 휘두를 수 있는 위치가 됐다고 해서 함부로 할 수 있는 건 아니었다.

"됐어. 실수는 누구든 할 수 있고, 감정도 제어한다고 쉽게 해결되는 부분이 아니니까 충분히 이해해. 너 아직 사회인 된 지 3년밖에 안 됐는데. 더군다나 그 자식 엄청 못된 놈이었잖아."

"······."

"제대로 반성한 것 같으니까, 잔소리는 이쯤 할게. 애정이 없었으면 지금처럼 분위기 망치러 오지도 않았을 거고, 귀찮아서 질타조차 안 했을 거야. 그냥 잘라 버렸음 모를까. 알지? 언니 맘."

"그럼요. 늘 존경해요."

"어머, 나를?"

'존경'이라는 단어 이상으로 상사를 춤추게 할 칭찬은 없을 것이다. 연희는 히죽 웃으며 손으로 입술을 가렸다. 그제야 단영의 표정이 풀어졌다.

"당연하죠. 전 선배님이 세상에서 제일 좋아요. 친언니였음 좋겠다고 생각한 적도 많구요. 빈말 아니고, 진심으로요."

"도본은? 하준 씨 들으면 섭섭하겠다."

"도하준은 뭐……."

연희는 줄곧 씰룩거리는 입술을 고정시키느라 힘썼다. 이것 봐라? 아직 모르나 보네. 하지만 주변에서 밀어준다고 될 일도 아니고, 스스로 깨달아야 할 테니 아직은 지켜봐 줄 때였다.

연희가 자리에서 일어나자, 단영이 따라 엉덩이를 떼어 냈다.

"벌써 가시게요?"

"눈치껏 알아서 계산하고 빨리 사라져 주는 상사가 요즘 그렇게 인기라며. 난 뒤에서 괜히 까이는 거 싫다, 얘. 나오지 마. 다들 적당히 마시고 들어가요."

약속이라도 한 것처럼 작가들과 직원들은 허리를 숙여 가며 연희를 배웅했다. 그리고 그녀가 출입구에 다다랐을 때, 때마침 불청객이 등장했다. 지금 상황에서 단영이 가장 피하고 싶은 인물이었다.

"어? 승호 씨."

배승호였다.

"안녕하세요, 대표님."

"안 올 줄 알았는데."

연희는 반사적으로 뒤를 힐끔거리며 단영의 안색부터 살폈다.

"당연히 참석해야죠. 앞으로 자주 보게 될 분들이 전부 모인 자리인데. 명함 좀 돌려 볼까 해서요."

승호는 쭉 뻗은 기럭지를 뽐내며 모델의 위엄을 보였다. 밉지 않은 능청스러움도 함께였다. 대충 차려입은 사복이었음에도 태가 살았다. 누가 모델 아니랄까 봐.

이곳저곳에선 탄성이 터졌고, 단영 혼자 불편한 기색이었다. 하필, 하필이면. 단영이 아무도 모르게 눈을 질끈 감았다.

"사실 그건 핑계고, 최단영 작가님께 사과드릴 겸 들렀습니다."

"사과?"

연희는 고개를 갸웃거리다, 이내 부드럽게 미소 지었다. 알 만하다.

"……그래요. 온 김에 맛있는 거 많이 먹고 가요."

단영을 많이 아끼는 연희의 눈에 승호가 달갑게 보일 리 없었지만, 무엇이 됐든 단영이 결정한 선택이라면 진심을 다해 응원해 주고 싶었다. 존중한다.

연희가 완전히 모습을 감추게 되자, 언제 그랬냐는 듯 회식 분위기는 다시금 후끈 달아올랐다.

단영은 제 맞은편에 자릴 잡고 앉은 승호를 없는 사람 취급 하고 싶었다. 마치 가시방석에 앉은 것처럼 좌불안석이다. 말하지 않으면 중간이라도 간다 했다. 단영은 알코올을 쉴 새 없이 들이부었다.

저 자신을 기억 못 하는 그에게 어떤 말을 하고, 무슨 표정을 짓든 간에 분위기만 이상해질 것이다.

단영 혼자 얼마나 술잔을 비웠을까. 다시금 그녀의 손이 술병으로 뻗어지려던 찰나, 승호가 단호하게 저지시켰다.

"너무 무리하는 거 아니에요?"

또다. 장난스러움을 가득 품고 있는 눈빛.

손목에 따뜻한 체온이 닿자, 단영의 손가락이 순간적으로 옅게 진동했다. 눈을 마주칠 용기는 처음부터 없었다. 단영은 그를 의식하며 시선을 테이블에 고정시켰다.

"괜찮습니다."

"안 괜찮아 보이는데."

"괜찮다구요. 그러니까, 이 손 좀."

"……뭐, 그래요."

승호가 한발 물러섰다. 얇은 손목을 쥐고 있던 커다랗고 가느다란 손가락이 떨어졌다. 단영은 반박자 늦게 안도의 한숨을 흘려보냈다. 휘둘리고 싶지 않았는데. 8년이나 지났는데. 난 정말 괜찮은데. 진심으로 전부를 잊고 지냈는데.

착각이었을까.

가까스로 가장 먼 끝 방에 잠재워 둔 감정은 겨울잠에서 깨어나 익숙하게, 그보다 더 본능적으로 움직였다.

강단? 곧은 심리? 흔들리지 않는 소나무? 어느 누가 첫사랑과의 대면에서 그런 사치를 누려 볼 수 있겠는가. 절대 불가다.

"크으―!"

그 이후로도 단영은 쉴 새 없이 술을 마셨다. 지독하리만큼 끈질긴 승호의 시선이 따갑게 느껴졌지만 전부 무시했다.

오늘처럼 직원들의 수다가 그리웠던 적 있었나. 대부분 만취 상태였다. 자기들만의 리그에서 헤어 나오지 못하고 있는 상황이었다. 한데 왜 나 혼자만 멀쩡한지. 그녀는 도통 모를 일이었다.

"작가님."

"배승호 씨."

동시에 이름을 불렀다. 단영의 입술이 일자로 다물어졌다. 승호가 웃으며 손짓했다. 먼저 말씀하세요.

"점심에 있었던 일은……."

단영이 숨을 참았다. 다음 이어질 말을 예상한 듯, 승호의 입꼬리가 미묘하게 올라갔다.

"일은?"

"죄송합니다."

그녀는 최대한 내색 않고 진솔하게 제 잘못을 인정했다. 단영이 입술을 감쳐물자, 그가 느슨하게 팔짱을 끼우며 쭉 뻗은 한쪽 다리를 꼬았다.

"순간적으로 욱했던 것 같아요."

"왜요?"

잠시 정적이 흘렀다. 굳이 저렇게까지 집요할 필요가 있나. 대충 넘어가 주지. 단영은 턱 끝까지 차오른 울분을 삼켜 냈다.

"닮은……. 제 지인과 많이 닮았어요. 배승호 씨가."

"저를 닮았다고요? 그럴 리가."

없는데?

승호의 눈썹이 살짝 꿈틀댔다. 하지만 입술은 여전히 곱게 호선을 그리고 있었다. 지 잘난 건 또 더럽게 잘 알아요. 단영은 속으로 불만을 표출했다.

"이왕 이렇게 된 김에, 지금 자리를 빌려 진심으로 사과드릴게요. 이유가 어찌 됐든 배승호 씨를 두고 감정적으로 대한 건 명백히 제 잘못이었어요. 변명 않겠습니다."

"사이가 안 좋았나 봐요? 그 지인분과."

그게 너야 인마. 단영이 이를 바득 갈았다.

"그 부분까지 말씀드려야 하나요?"

"아뇨. 혹시 또 있어요?"

"……예?"

"저한테 사과할 일."

승호의 눈빛이 장난스럽게 빛났다. 단영은 못내 꺼림칙했다. 말해? 말아? 떠보는 중이란 걸 알지만, 귀찮으니 그냥 넘어가 주기로 했다. 그녀는 입술을 못살게 괴롭히다, 마지못해 떼어 냈다.

"있어요."

"그게 뭘까요. 궁금한데."

"조금 했어요."

"뭘요?"

"뭣⋯⋯."

"뭣?"

"담화요."

"⋯⋯아. 내 험담?"

승호는 폭소를 터트릴 뻔했다. 뭔데 귀여워. 터지려는 웃음을 참아 보려 그가 서둘러 고개를 내렸다.

"그래서. 무슨 험담을 했는데요?"

"그냥, 뭐."

"괜찮으니까 말해 보세요. 나 꽤 쿨한 사람이라."

"재수 없어서 신인이었으면 당장 잘라 버렸을 거라고⋯⋯."

점점 단영의 목소리가 작아졌다. 승호는 자꾸만 입술 끝이 위로 향하는 걸 어떻게든 참아 보려 손등으로 입술을 꾹 눌렀다.

"아, 죄송."

그 모습에 단영의 눈빛이 돌연 사나워졌다. 그러나 대놓고 표출하진 않았다. 단영은 깊은숨을 몰아쉬며 호흡을 가다듬었다. 최대한 부들부들 떨리는 손을 감추려 술잔을 더 꽉 잡았다. 다시 한번 알코올을 목구멍으로 털어 냈다.

"배승호 씨. 솔직히 말하자면, 달갑게 생각하진 않아요. 그래서 진심 어린 상냥함은 조금 힘들 것 같구요. 그래도 작업 결과물은 섭섭하지 않게 만들어 드릴게요. 배승호 씨가 촬영한 그 어떤 것들보다 더 좋게 뽑아 드리겠다는 말이에요."

"좋네요. 깔끔하고. 자신 있나 봐요?"

승호가 턱을 괴고선 방긋 웃었다. 저 미소에 빠졌었는데. 그러니까 그 짓 좀 하지 마. 단영의 눈가가 잠시 구겨졌다

"네. 자신 있어요. 바로 본론으로 들어가죠. 제 요구 사항은 딱 두 가집니다."

사과할 건 다 끝났으니, 기고 들어갈 이유는 없었다. 단영이 허리를 꼿꼿하게 폈다. 전과는 판이하게 달라진 태도였다.

"뭔데요?"

"첫 번째는 촬영 시작하기 한 시간 전엔 도착해 주셨으면 좋겠어요. 메이크업, 의상 레디 받기 한 시간 전이요."

"그리고요?"

승호는 흥미롭다는 듯 턱을 괸 손가락으로 제 뺨을 톡톡 두드렸다.

"두 번째는, 제가 요구한 콘셉트대로 따라와 주셨으면 해요. 광고 컨벤션에 따른 불만은 직접 기업 클라이언트 측에 항의하시고요. 원하시면 담당자 명함 드리겠습니다."

별안간 승호의 손가락 움직임이 멈췄다. 그가 느리게 눈꺼풀을 밀어 올렸다.

알 수 없는 긴장감이 감돌았고, 단영은 숨을 죽이며 언제라도 방어할 수 있도록 경계 태세를 취한 채였다.

"일단 한 잔 받으시죠, 작가님."

그런데 돌아온 그의 요구는 벗어나도 한참 벗어나 있었다. 승호는 뜬금없이 술병을 든 손을 까딱였다. 잔을 앞으로 가져오란 뜻이다.

"뭐, 물론 일 얘기도 좋은데, 친해지는 일이 먼저가 아닐까 싶어서."

틀린 말은 아니었다. 떨떠름했지만, 단영은 못 이기는 척 술잔을 들었다.

"허튼수작 부리지 말아요. 난 배승호 씨랑 친목 도모할 생각 없으니까."

"정말 없어요?"

"네."

"그럼, 화해할까요?"

"네?"

"싫으면 휴전도 괜찮고."

승호는 무엇 때문인지는 몰라도 굉장히 즐거워 보였다. 그의 눈이 유순하게 휘어졌다. 절로 카메라에 담고 싶어지는 특이한 분위기를 지닌 남자다.

묘하게 차가운 인상이었으나, 온기를 품고 있다. 그 중점에 결핍된 무언가가 분명 존재한다. 퇴폐와 피폐 분위기에 더없이 잘 어울렸다. 단영은 그의 외모에 감탄하는 게 아니었다. 싫은 감정을 배제하고, 인물 포토그래퍼로 욕심낼 이유가 충분했다.

"지금 나 갖고 싶어서 미치겠죠."

"뭐, 뭐라고요?"

단영이 눈을 뒤집어 까며 질색했다.

"일적으로."

"……."

"카메라만 있었으면 당장 찍고도 남을 만큼 안달 난 상태, 아니에요?"

화사한 표정으로, 저런 말을 아무렇지 않게 한다. 미친 게 아닐까. 그러나 단영은 어떠한 말조차 할 수 없었다. 정확히 제 마음을 꼬집었다. 그녀의 입술이 경련했다. 손가락 움직임 또한 멈췄다. 인정하고 싶지 않은 순간을 인정해야만 하는 상황이었다.

"아까부터 손을 가만두지 못하고 있더라고요. 계속."

승호가 손을 들어 카메라 잡는 시늉을 보였다.

"봐요. 이렇게, 움직였잖아요. 나 모르게 테이블 밑에서."

"무슨……."

"어떤 구도로 찍어야 더 잘 나올까, 하는 생각. 맞죠?"

승호는 두 번째 손가락으로 허공에 셔터 누르는 척을 했다. 한쪽 눈을 찡긋거리면서. 그가 들고 있던 팔을 차분히 내리며 말했다.

"프로 정신은 좋은데, 좀 걱정되네."

"뭐가요?"

단영은 입 안이 껄끄러워, 쉴 새 없이 알코올로 입 안을 촉촉하게 적셨다.

"난 카메라 잡은 여자가 그렇게 섹시해 보이더라고요. 옛날부터."

"푸흡―!"

순발력 있게 입을 손으로 가렸으니 망정이지, 아니었다면 승호의 깨끗한 얼굴에 모두 뿜어 버릴 뻔했다. 솜털이 바짝 솟아오르는 느낌이었다.

"집중한 작가님 모습 보다가 설레면 큰일이잖아요."

거기서 끝이 아니었다. 그는 단영이 더 환장할 법한 행동을 취했다. 순수하기 그지없는 얼굴로 앞접시에 계란말이 하나를 담아 준다. 그녀가 세상에서 가장 좋아하는 음식, 계란이었다.

단영의 시선이 반사적으로 내리깔렸다.

"뭐 하는 거예요?"

"아, 이거?"

승호가 짓궂게 씨익 웃었다.

"앞으로 잘 부탁한다는."

그러고는 젓가락으로 계란말이를 톡톡 두드렸다.

"뇌물?"

환장하겠다.

"맛있게 먹어요. 내 뇌물."

단영의 입이 떡 벌어졌다. 말문이 막히고 뇌 회로도 멈췄다. 무시하자. 무시해. 상대는 또라이라 했잖아. 끊임없이 세뇌하며 단영은 술만 마셨다.

친화력이 그렇게 뛰어나다면서, 승호는 다른 직원들과 대화를 나누려 하지 않았다. 그저, 그녀의 맞은편에 앉아 손으로 꽃받침을 하고선 말똥말똥 단영만 뚫어져라 바라볼 뿐이다.

한 가지 다행이라면, 이후론 딱히 말을 걸지 않았단 것이다. 대체 저 인간은 무슨 생각을 하고 있을까. 단영은 궁금했지만 이쯤에서 그만두기로 했다.

근데 이번엔 저 집요한 눈빛이 부담스러워 죽겠다. 과한 욕설은 차마 터지지 못하고 목구멍에서 머물렀다. 그만 좀 쳐다봐라. 내 얼굴 뚫리겠다, 이 자식아.

크게 한 방 날리고 싶은데, 겨우 상황을 무마한 상태에서 괜한 화를 불러일으키고 싶지 않았다. 연희에게 혼쭐난 여파가 컸다.

얼마나 지났을까. 단영의 자세가 점차 흐트러졌다. 벌컥벌컥 쉬지 않고 마신 후폭풍이었다.

"작가님."

그걸 눈치껏 잘도 파악한 승호가 자리에서 일어났다. 자칫하면 옆으로 쓰러질 위기에 처한 단영의 어깨를 타이밍 좋게 단숨에 손으로 막아 저지했다.

"최단영 씨."

다시 한번 불렀다. 승호가 옆으로 시선을 돌렸다. 다른 직원들은 한두 번 있는 일도 아니라, 저들끼리 와자지껄 떠들기 바빴다. 이 공간에서 방해가 될 법한 인물은 없었다.

오로지 승호와 단영. 단둘뿐이다. 그건 좋은데, 이제 이 여자를 어쩐다. 승호는 잠시 고민했지만 금세 해답을 찾았다.

"이제 그만 일어나시죠. 차로 데려다드릴……."

"도하……."

승호가 멈칫했다.

"뭐?"

"……도하준."

혼잣말하듯 웅얼대는 단영의 음성은 많이 꼬여 있었으나, 명확했다.

"불러……."

위태롭게 단영의 손에 들려 있던 휴대폰이 테이블 위로 툭 떨어졌다. 액정은 환하게 켜져 있었다. 누군가에게 발신된 문자 한 통이 보였다. 승호는 자리에 서서 그걸 눈으로만 읽었다.

30분 전이다. 자신과 대화를 하는 도중 보냈다. 승호의 눈빛은 더이상 장난스럽지 않았다. 무표정이었다. 방금 전과 달라도 몹시 달랐다.

액정에 고정된 가라앉은 시선이 떨어졌다, 천천히 단영에게 흘러갔다.

"아이고, 단영 씨 많이 취했네."

옆 테이블의 한 작가가 뻗어 버린 단영을 걱정하며 챙겨 주기 시작했다. 승호는 망부석처럼 그 자리에 서 있기만 했다. 그때였다.

"어머, 본부장님 아니세요?"

여직원의 음성에 승호의 고개가 자연스레 출입구 쪽으로 돌아갔다.

"……."

두 남자의 시선이 정통으로 부딪친 순간이었다.

승호를 직시하는 하준의 눈가가 가늘어졌다. 테이블에 철푸덕 쓰러져 있는 단영을 한 번 응시하다, 걸음을 떼어 냈다. 그의 가죽 구두가 일정한 간격을 두고 움직이기 시작했다.

"도하준입니다."

테이블로 다가온 하준이 먼저 손을 뻗었다. 군더더기 없이 예의 바른 태도였다. 나지막한 음성이 허공에서 휘발됐을 때쯤, 별안간 피식 웃음을 터트린 승호 역시 팔을 올렸다.

"배승호입니다."

너구나.

누가 먼저랄 것 없이 두 남자는 속으로 생각했다.

11화

[나 회ㅅ이따. 치해따. ㅁ ㅓ ㅉ ㄷ ㅓ 가라. 어빠야.]

그 문자가 문제였다. 하준은 회식 장소가 어딘지 생각해 볼 겨를조차 없이 차량에 올라탔다. 장소를 모르고 있다는 것을 뒤늦게 인식한 하준은 귀에 블루투스 이어폰을 막무가내로 꽂아 넣었다.

다행이었다. 연희는 기다렸다는 듯 전화를 받아 주었다.

평화로운 도로와 달리, 그의 운전은 몹시 거칠었다.

연희에게 전달받은 회식 장소에 도착했더니, 이번엔 직원들이 발목을 잡았다. 하준은 대충 눈인사로 일축하고선 두리번거리며 단영을 찾았다.

조급하게 움직이던 눈이 어렵지 않게 그녀를 발견해 냈다. 그녀는 반갑지 않은 인물과 마주 앉아 있었다.

광택 도는 구두가 목적지에 다다르자 우뚝 멈췄다.

"도하준입니다."

손을 맞잡았다. 표면적으론 으레 격식을 갖춘 악수였지만, 왠지 모를 힘이 실렸다.

"배승호입니다."

승호 또한 마찬가지였다. 짐짓 굳은 표정을 한 하준과 달리 그는 여유가 넘쳤다. 상반된 두 남자는 입술로만 웃으며 의미 없는 눈싸움을 지속했다.

그 누구도 침묵 속에서 물러설 기미가 없어 보였다. 본능적으로 경쟁자를 인지한 것이다. 수컷의 직감이었다.

"도 본부장님! 오신 김에 같이 한잔할래요?"

그 신경전을 끊어 준 사람은 제삼자였다. 하준이 먼저 손을 떼어 내며 시선을 돌렸다.

"아뇨. 단영이가 많이 취한 것 같아서요. 아쉽지만 오늘은 먼저 가 봐야 할 것 같습니다."

"아…… 그러게. 다행이에요. 안 그래도 택시 잡아 줘야 하나 싶던 차였거든요. 그나저나 단영 씨 오늘 웬일이지? 숙취 심한 편이라 술은 적당히 뺐었는데, 오늘은 취하기까지 하고. 뭔 일 있나?"

반가운 기색이 가득했던 여직원은 못내 아쉬운 티를 냈다.

"그러게. 아, 어쨌거나 우리 최 작가는 좋겠다! 이렇게 취하면 바로 데리러 와 줄 근사한 오빠도 있구. 울 오빠는 데리러 나오라 하면 얼굴이 무기인 계집애가 뭘 걱정하는 거냐고 하더라. 그 말에 열받아서 술이 다 깼지 뭐야."

볼멘소리를 끝으로 〈오브〉 스튜디오 직원들과 작가들은 다시금 저들끼리 술을 주고받느라 여념이 없었다.

하준의 얼굴이 천천히 정면으로 향했다. 승호는 여전히 하준을 뚫어져라 직시하고 있었다.

"제 얼굴에, 뭐 묻었습니까?"

정중함과 무뚝뚝함 그 중간이었다. 하준의 말에, 그제야 승호의 시선이 떨어졌다.

"아뇨."

승호가 입술 끝을 비틀어 올렸다.

"급하게 오셨나 봅니다."

"……."

"숨, 많이 차 보이시는데."

"아."

하준의 시선이 살짝 내려갔다. 그의 호흡은 고요했지만, 들썩거리는 가슴팍을 잠재울 순 없었다. 침착하려 애써 봐도 무리였다.

업무고 뭐고 뒤도 돌아보지 않고 달려왔다. 그것만 봐도 얼마만큼 급했는지 알 수 있었다.

"오빠입니까?"

승호는 궁금한 것들이 참 많았다.

'데려다줄게.'

'아뇨. 오빠가 데리러 오기로 했어요.'

'오빠? 나 말고 또 오빠가 있었어?'

'네.'

아마도, 그 오빠. 확인이 필요한 시점이었다.

"대답드려야 할 필요가 있나요."

하준은 더없이 시니컬하게 답했다. 한낱 필요에 의해 고용된 승호에게 개인적인 관계를 애써 설명해 줄 이유도, 궁금증을 해결해 줄 필요도 없었다.

광고주를 대하는 격식까진 바라지도 않았으나, 초면부터 시비를 걸

161

어오는 듯한 그의 무례한 언사가 언짢았다.

"그럴 만한 친분도 없는 사인데요, 뭘."

하준은 조금 더 확실하게 선을 그어 승호에게 위치를 각인시켰다. 다소 유치한 방식이었으나, 아무래도 좋았다.

"아, 뭐……. 궁금해서요. 불쾌하셨다면 사과드리죠."

아까부터 대화 속에 주어는 빠져 있었지만, 두 남자는 누굴 뜻하고 있는지 암묵적으로 인지했다. 하준은 손목을 들어 시간을 힐끔 확인했다.

"그러는 배승호 씨는요."

승호 역시 대답을 아꼈다. 눈으로 하준을 훑었다.

"아는 사이입니까?"

딱 봐도 하준은 흠잡힐 만큼 쉬운 인물이 아니었다. 과하게 차오른 숨을 순식간에 잠재운 것만 봐도 독했다. 날카로운 눈빛을 하고 있으면서, 목소리 톤에는 변화가 없었다.

지극히 이성적인 성격이거나, 죽을힘을 다해 참고 있거나.

……마치, 자신처럼.

"아. 작가님과 제 사이가 궁금하세요?"

"네. 그렇다면요."

"솔직하시네요."

"곤란하시면 대답하지 않으셔도 괜찮습니다."

"아뇨."

살짝 고개를 튼 승호가 세상모르고 잠에 빠진 단영을 응시한 채 말을 이었다. 승호의 입가로 의미 모를 미소가 그려졌다.

"……아직도 계란을 좋아하던데요."

이것 봐라. 하준이 눈썹을 구겼다. 의미를 깨달은 것이다. 단영을 바라보는 저 눈빛. 어쩐지 익숙하다. 근본 없는 찝찝함이 목구멍 끝까지 차올랐다.

"아는 오빠입니다."

"오빠요."

하준은 꺼림칙한 단어를 곱씹으며 승호의 눈을 집요하게 꿰뚫었다. 부담스러울 법한 시선에도 승호는 태연스레 고개를 두어 번 끄덕였다.

"대학 동문이요."

아. 그 눈이다. 기억났다.

가벼운 태도를 취하고 있지만, 승호는 분명 하준과 같은 눈빛을 하고 있었다. 능청스러운 말투로 선전 포고를 던지는 승호에게 부아가 치밀어 오를 법한데, 하준은 초지일관 무표정을 유지했다.

"재밌네요."

드디어 얼굴에 변화가 생겼다. 하준이 피식, 하고 실소를 터트렸다.

"무슨."

"생각했던 것보다 좋은 오빠는 아닌 것 같아서요."

"……."

"제가 배승호 씨였다면, 저 지경 될 때까지 술 안 먹였을 겁니다."

이번엔 승호가 눈가를 찡그렸다.

"그것만 봐도 좋은 오빠보단, 나쁜 오빠 쪽에 가깝다는 결론이 나왔네요."

돌연, 승호의 잇새로 웃음이 짧게 터졌다. 하준의 눈이 가늘어졌다.

"지금 제 말이 웃깁니까?"

"아, 죄송합니다. 판단, 을 너무 쉽게 하시는 것 같아서."

승호도 쉽진 않았다. 감정을 숨기는 데 일가견이 있었다. 자신에게 오점이 될 만한 부분임에도 불구하고 거침없었다.

그때였다. 껌딱지처럼 테이블에 착, 달라붙어 있던 단영이 벌떡 상체를 일으켰다.

"저! 이제 그만 가 보게쓥니다! 시간이 늦었네여!"

우렁찬 음성이 갑작스레 튀어나오자, 두 남자를 포함한 직원들의 놀란 눈동자들이 단숨에 한곳으로 집중됐다. 단영은 씩씩하게 자리에서 일어났다.

"워후! 낼 만나여!"

줄줄 새는 발음이었다. 단영은 헤벌쭉 웃으며 허공에다 대고 유쾌하게 팔을 흔들었다. '좀비 최단영 나왔네.' 하며 직원들이 깔깔 웃었다. 방금 전 가라앉았던 분위기가 180도 뒤바뀌었다. 반면, 웃음기 없는 인물은 두 남자뿐이었다.

그녀가 비틀비틀 테이블 사이로 빠져나왔다. 얼마 가지 않아, 널찍한 하준의 어깨에 이마를 콕 박았다.

"아야."

단영은 손으로 이마를 문지르며 얼굴을 들었다.

"어? 도하주니!"

반가운 기색이 묻어난 음성에 하준이 한숨을 밀어 냈다.

"우리 하주니 언제 와쩌. 아이구!"

다리에 힘이 풀린 단영이 풀썩 주저앉으려 하자, 하준은 그녀의 양쪽 팔 사이로 손을 밀어 넣어 손쉽게 일으켜 세웠다.

"똑바로 서."

"간사합니다."

그래. 너 참 간사하다. 하준은 망설임 없이 한쪽 다리를 굽히고 앉아 단영에게 등을 보였다. 승호의 눈이 하준을 따라 내려갔다.

대부분의 직원들에겐 지금의 상황이 익숙했지만 승호는 아니었다. 한 치의 구김조차 허용하지 않을 것만 같던 하준의 슈트 바지가 볼품 없이 구겨졌다. 하지만 정작 당사자는 신경도 쓰지 않았다.

"지금 나 업어 주는 거야? 헤헤."

방긋방긋 잘도 웃는다. 단영이 주춤거리며 뒤로 멀어졌다. 무게감이 없자, 하준이 슬쩍 고개를 뒤로 돌렸다. 단영은 진심을 다해 달리려는 듯, 두 팔을 들어 자세를 취하더니, 그대로 도움닫기를 했다.

폴짝 뛰어든 탓에, 무방비한 하준의 몸이 앞으로 휘청거렸다. 바로 허벅지에 힘을 줬으니 망정이지, 아니었다면 앞으로 고꾸라지는 참사를 면치 못했을 것이다.

"후……."

하준이 자리에서 일어났다. 가볍게 묵례를 하며 직원들에게 인사를 대신했다. 그대로 술집을 빠져나가려는데, 난데없이 그녀가 하준의 목을 팔로 꽉 조였다.

"최단……."

얼마나 힘이 세던지, 이름조차 제대로 부를 수 없었다. 눈가를 찌푸린 그가 잠시 발을 멈췄다.

"야! 봤냐?"

누구한테 말하는 거야…….

그녀가 삿대질한 곳을 따라 하준의 시선이 느리게 흘러갔다. 그 종착지는 장난스러움이 싹 가신 채 서 있는 승호였다. 서늘한 눈빛으로 하준에게 업혀 있는 단영만 뚫어져라 응시하고 있었다.

"우리 오빠다!"

"……."

"너, 우씨. 조심해라! 우리 오빠 싸움 겁나 잘해. 한주먹 거리도 안 되는 게! 나한테 시비 걸지 마라, 어? 확, 그냥! 키만 크면 다냐? 다냐고!"

그녀의 주사였다. 술만 먹었다 하면 속에 품고 있던 불만을 와르르 쏟아 냈다. 비밀도 마찬가지였다. 남 탓하는 건 세상 최고였다. 단영은 주먹을 흔들어 보이며 초등학생도 창피해서 차마 못 할 우스운 경고를 날렸다.

아주 잘하고 있어, 최단영.

하준의 입술 끝이 슬쩍 올라갔다.

어쩌면, 그가 더 유치할지도 모를 일이다.

어처구니가 없다는 눈빛을 한 승호를 뒤로하고, 술집을 빠져나갔다.

누구도 눈치채지 못했을 거다.

미약했지만, 승리감에 찬 표정을 짓고 있던 도하준을.

9년 전이었나. 그래, 아마도 그때쯤이었을 거다.

감정이 달라졌다는 걸 인정하게 된 시기가 늦어질 수밖에 없었어. 넌 그저 어렸고, 작았고, 위태로워서 지켜 주고 싶었던.

딱 그 정도인 여자애였으니까.

사실, 그 전까진 귀찮기도 했고, 짜증이 나기도 했어. 나도 사람이라, 네 뒤치다꺼리를 하는 일에 조금은 지쳤었는지도 몰라.

따지고 보면, 넌 내게 도와 달라 한 적이 단 한 번도 없었는데.

전부 나 혼자 자처한 일이었는데.

"최단영. 지금 몇 시야."

"11시."

"근데. 왜 지금 들어와. 일찍 안 다니지."

"아니, 매번 독서실 다녀온 걸로 왜 그래?"

"집에서 하면 되잖아."

"하. 집에서 공부가 안 되니까 돈 내고 독서실을 다니는 거잖아!"

"공부 잘하는 애들은 장소 안 가려."

"몰라! 오빠 싫어!"

근데, 그땐 나도 어렸잖아. 결혼하는 날까지 지켜 주겠다고, 지켜봐 주겠다며 말은 번지르르하게 했었지만, 널 처음 만났을 때 난 고작 스물이었어.

완벽해지기엔 턱없이 부족할 수밖에 없었던, 스물.

누군가를 책임지기엔 너무 어린 나이였잖아. 너희 외할머니가 아니었다면, 정말 버티지 못했을 거야.

한편으론 다행이다 싶었어. 너희 어머니가 다시 돌아오실 때까지 부담은 덜 수 있겠다 싶었거든.

그래도 수없이 싸우고, 틀어지고 티격태격했었지만 좋았던 적이 더 많았잖아, 우리.

"오빠! 이거."

"뭔데, 이게."

"수련회 갔을 때, 소중한 사람한테 편지 쓰라 해서."

벅찼다. 고사리 같은 손으로 진심을 다해 몇 번이나 썼다 지웠다 하며 고심했을 네 편지. 동글동글한 글씨체가 참 귀여웠어.

고맙다고. 오빠가 내 오빠라서 정말 행복하다고. 죽을 만큼 힘들었던 순간에 손을 뻗어 준 사람이 다른 누구도 아니고 나여서, 그래서 너무 다행이라고.

죽을 때까지 잊지 않고 갚으며 살겠다고.

기특했다. 밉던 마음이 사르르 녹아내릴 정도로. 널 데리고 오기로 한 내 결정이 여태 한 일 중에 가장 잘한 선택이라 생각될 만큼.

난, 아직도 그 순간순간들을 잊지 못해 빠져 살아.

「오빠가 말한 것처럼, 예쁘게 커서 꼭 좋은 사람이랑 결혼할게.」

근데 왜일까. 그 마지막 문장을 보는데 괜히 심장이 따끔거렸고, 심통도 났어. 그래도 크게 생각은 안 하기로 했다.

다 키워 놨더니, 생판 모르는 도둑놈에게 딸을 시집보내야 하는 아버지의 마음이라 치부하고 말았어. 당시엔 그게 어떤 감정인지 헤아릴 만큼 여유가 없었으니까.

[오빠, 항상 고맙고 사랑해. 내 맘 알지?]

부모님께 보낸 문자와 같은 맥락이었지만, 그게 시작이었다.

머리를 빡빡 밀고 군 입대를 하던 날.

떨어져 지내야 하는 환경이 처음이라 서글펐는지 펑펑 울던 너는.

"푸하하하. 오빠 머리가 그게 뭐야!"

낯선 내 머리 모양 때문에 언제 그랬냐는 듯 박장대소를 터트렸지.

훈련소. 그땐, 정말 너와 단 3분만이라도 통화하려고 별짓을 다 했었다.

연인 사이도 아니었는데, 울먹거리며 전화를 받던 네 목소리를 아직도 잊지 못해.

괜찮다는 만류에도 생필품 하나하나 고집스럽게 챙겨 보내 주던 소포.

무슨 할 말이 그렇게도 많은지, 편지지를 빼곡하게 채운 글씨들.

넌 모르겠지만, 울컥 차오르는 감정을 어떻게든 억눌러 보려고 많이 애썼어.

오빠 기 한번 세워 주겠다고 면회 날 작정한 듯 화장한 네 얼굴을 보고, 생전 신어 본 적 없던 구두를 신고 어색하게 서 있는 모습을 보고 잠시 넋이 나갔었어.

해사하게 웃으며 내 품으로 달려오던 너를 멍하니 바라보던 그 찰나에.

그때 알았다. 아, 나는 최단영을 사랑하고 있구나. 단순히 동생이 아니라, 어린애가 아니라.

꽤 오래전부터 나는 널 여자로 보고 있었구나.

비록 너와 다른 감정이라 할지라도.

내 마음을 잘 모르고 있을 때부터 서서히.

……시작되고 있었구나, 하고.

시간이 흐르고, 민간인으로 적응을 마친 뒤 정신을 차리고 나서 보니까 벌써 나는 취준생이더라.

어떻게든 마음을 다잡긴 했는데, 대학교에 입학한 뒤부터 하루가 다르게 술에 절어 다니던 널 이해할 수 없었어. 허세에 찌든 선배들의 같잖은 군기 때문이라는 걸 다 알면서도 화부터 났어.

모든 일을 뒤로 미루고 널 데리러 갔지. 네가 그걸 알 리 없겠지만 중요한 면접이 바로 다음 날이었어. 그래도 네 생일이었잖아.

……고백할 생각이었어.

꽃도 샀다. 몇 번이나 고민하고 고심하다, 네가 성년이 되던 날. 이만큼 했으면, 이 정도 기다려 줬으면 괜찮지 않을까. 오랜 기다림 끝에 결정한 거였어.

교복을 벗고 대학생 새내기가 된 널 바라볼 때마다 그렇게 떨리더라, 심장이. 대체 저 조막만 한 애가 뭐라고.

조금 더 욕심내고 싶었어. 넌 알까. 네가 날 얼마나 웃게 했는지.

도착했을 때 이미 넌 인사불성이 된 채로 공원 벤치에 앉아 취기에 허우적거리고 있더라.

"오빠아……."

절로 인상이 구겨졌다.

"왜."

괜히 네가 원망스러워서 일부러 더 무뚝뚝하게 말했어. 괘씸했거든.

저렇게 힘들어할 거면서 왜 먹지도 못하는 술을 무리해 가며 마신 거냐고. 기껏 고백하려고 맘먹은 사람 맥 빠지게.

"오빠!"

"왜 불러."

"오오빠아—"

"……"

내 등에 업혀 있던 네가 정신도 차리지 못한 채 같은 말만 반복하기에 무시했어.

손에 들려 있던 꽃다발이 널 업느라 망가지고 있단 것조차 모를 정도로 화가 난 상태라서.

"한 번만 더 술 먹어 봐. 진짜 화낸다, 나."

"싫거든."

"까불지, 또."

"오빠."

당연히 날 부르는 거라고 생각했어. 이를 악물고 걷다 보니까. 조용한 골목에 들어서고 보니까. 네 목소리가 유난히 크게 들렸다.

아주 미약했지만, 울음기가 섞인 목소리로, 애절하게.

"……승호 오빠."

다른 남자의 이름을 불렀어.

내가 아니었던 거야. 순간, 망치로 머리를 세게 맞은 기분이 들더라. 잘못 들었나. 그래서 걸음을 멈추고 다시 물었지.

"뭐라고?"

"너무 좋아해요……."

수줍은 고백이었다. 빌어먹을. 욕이 절로 터져 나오더라.

"그러니까. 누굴."

나는 그 순간에 대체 뭘 확인받고 싶었던 걸까. 꽃을 쥐고 있던 손에 힘이 들어갔어.

"정말 많이 좋아해."

"최단영."

화가 났다. 너에게.

아니, 좋아하는 여자 마음조차 눈치채지 못하고 있던 나에게.

"승호 오빠가 너무 좋은데……."

"……."

"이제 나 어떡하지."

병신 같았어. 내가. 너무 초라하게 느껴져서.

"오빠가, 너무 좋아."

숨이 막혔고.

"그냥 키스할걸. 해 달라고 할걸."

당장 걸어온 길을 되돌아가서, 그 새끼 얼굴 한 대만 치고 올까. 격한 충동이 들었어.

처음이었다. 네가 다른 남자의 이름을 불렀던 적은. 왜 몰랐을까. 아니, 몰랐을 수밖에 없었나.

한창 네가 사춘기의 질풍노도 시기를 겪었을 때, 이상하리만큼 이성에게 관심이 없던 너라서. 민재가 남자 친구 안 사귀냐며 짓궂게 놀릴 때면, 오빠들 때문에 남자한테 정이 뚝 떨어졌다고 단호하게 응수해 온 너라서.

그래서 무의식적으로 안일하게 안심했던 걸까, 난.

물어보고 싶은 것들은 산더미 같았는데, 지금보다 더 추락하는 기분이 들까 봐 가까스로 삼켰어. 너도, 그 이상 말을 꺼내지 않았고.

"오빠."

그놈의 오빠란 소리가 지긋지긋했지만, 그래도.

"누구 오빠."

나이길 바랐어. 그래서 지푸라기라도 잡는 심정으로 물어봤다.

"하준 오빠."

다행이라 생각한 찰나에.

"오빤 나 버리지 않을 거지."

나는 다시 또 무너져야 했어.

너의 그 한마디에. 이제 다 아물었다 생각했는데. 어렸을 적 너의 오래된 상처는, 여전히 아프게 벌어져 있더라.

"정말, 변하지 않을 거지? 나 아직 취업도 안 했고, 남자 친구도 없고, 결혼도 안 했잖아."

버림받는 일이 두려워서 사랑하는 남자에게조차 용기 내지 못한 너에게, 나는 어떻게 해야 맞는 걸까. 무엇이 정답일까. 모르겠다.

수학처럼 정확한 답이 나와 준다면 속이라도 편했을 텐데. 무슨 수를 써서라도 공식부터 세우고 봤을 텐데.

"하하. 그래, 연애가 뭐 대수냐? 사랑이 뭐라고. 어차피 시작했으면 끝도 있는 거잖아. 맞지, 오빠?"

"……"

"언젠간 다 끝나. 오빠가 그랬잖아, 시작하면 분명 끝도 있다고. 좋아 죽으면 뭐 해. 말 한마디에 생판 남보다 못한 사람 되는 일인데, 암. 전부 다 감정 낭비고 시간 낭비야. 그치?"

그렇게 말하며 넌 수도 없이 날 찔러 죽였다.

"그러니까 오빤 평생 내 옆에 있어 줘야 된다. 지금처럼 소중한 아빠 같은 오빠로. 알겠지?"

그렇게 말하는 네게 무슨 수로 고백을 해.

"우린 가족이잖아."

있잖아, 단영아.

"다 컸다고 무시 안 할 테니까, 더도 말고 덜도 말고 지금처럼 그 자리에 있어 주기로 약속해."

사실은 나, 너 진짜 좋아해. 사랑해. 동생 말고 여자로 보여. 그러니까 어린 날 소꿉장난 같았던 약속 따위 다 집어치우고…….

"난, 오빠가 내 사랑 진심으로 응원해 줬으면 좋겠어."

……아, 씨발 진짜.

"오빠 같은 남자니까, 남자 마음 잘 알 거잖아. 그러니까, 동생 좀 도와주라."

단 한 번도 입에 담은 적 없던 저급한 욕설이 불쑥 터져 나왔다.

그다음 날 넌, 이유 없이 오열했어. 방에 틀어박혀서 밥도 먹지 않고, 베개를 흠뻑 적셔 가며 서럽게 울었어. 방문을 사이에 두고 난, 입술만 깨물고 오열하는 네 눈물을 함께 맞아야 했어.

나쁜 놈, 개자식, 쓰레기. 별별 욕이 다 터져 나왔지.

그래도 다행이야. 내가 고백하지 않았기 때문에 어제의 넌, 오늘보다 더 힘들지 않아도 돼 괜찮았고, 무거운 내 감정까지 책임져야 할 필요도 없어졌으니까.

한편으론 못된 마음도 들었어. 그 자식이 스스로 사라져 줘서 다행이란, 못된 생각.

그걸로 충분했어. 정말로.

"죽어도…… 사랑 따윈 안 할 거야. 다시는 연애 안 할 거야!"

어린 마음에 내뱉은 말이었겠지만, 방문 너머로 들려온 그 말이 유독 아프게 들렸다면. 거침없이 너에게로 다가서려는 내 발을 멈추게 했다면. 널 잃을까 두려워졌다면.

그건, 순전히 기분 탓이었을까.

가볍게, 순간의 감정에 도취돼서 막 던진 말이라고 생각했는데, 그 이후로 정말 넌 사랑이란 감정에 머뭇거리며 늘 의심했어.

방어부터 하느라, 최선은커녕 연애를 앞에 두고 뒷걸음부터 치기 바빴어. 가장 예쁠 나이에.

만약에, 정말 만약에 네가 나와 마주친 순간이. 그 상황이 아주 조금이라도 달랐다면, 무시하고 직진했을 거야. 네 마음보단, 내 감정이 더 중요했을 테니까. 이기심에 무작정 잡고 봤을 거다.

그런데, 아니잖아. 우린 특별하잖아. 네 일이라면 자다가도 벌떡 일어날 나잖아. 최단영 말이 법이고, 네 웃음이 세상 전부인 나잖아. 내 마음보단, 네 감정이 더 우선이니까.

나 혼자 감당할게.

그 끝이 어디든, 넌 괜찮기만 해.

늘 예쁘게, 매일 웃기만 해.

대신, 하나만 바라자.

조금만 덜 예뻐져라. 조금만 더디게 자라라.

……제발, 제발 좀.

12화

　하준은 멀쩡한 차량을 버려두고 단영을 등에 업은 채 익숙한 밤거리를 걸었다. 아직까진 조금 쌀쌀한 날씨였다. 이따금씩 머리칼 사이로 파고드는 바람이 선선했다.

　목적지로 정한 단영의 집은 이미 한참 지나쳤다. 그렇다고 해서 제 오피스텔로 향할 생각은 전혀 없었다.

　지금도 단영의 고른 숨결이 목덜미에 닿아 환장할 지경인데, 집은 말할 것도 없이 위험했다. 그냥, 조금 더 그녀가 취해 있다는 핑계 삼아 업고 있으려고, 이렇게나마 사심 채우려는 검은 속내였다.

　"……누가 누구더러."

　나쁜 오빠래. 하준은 한 시간 전, 승호에게 자신이 뱉었던 말을 떠올리며 엷은 실소를 터트렸다.

　"잠이 오냐, 넌."

　속도 모르고 잘도 잔다. 나쁜 계집애.

문득 걸음을 멈춘 그가 고갤 들었다. 무미건조한 눈이 별 하나 없는 밤하늘에 고정됐다. 예전에도 이런 적이 있었는데, 언제 이렇게 시간이 흘렀나. 새삼 세월이 흘러간 속도를 체감했다.

"우음……."

곤히 잠들어 있던 단영은 지나치게 마신 알코올 때문에 많이 힘든 모양이었다. 숨을 뱉어 내는 모양새가 영 시원찮다. 못내 불안함을 느낀 그가 얼굴을 살짝 뒤로 틀었다.

"최단영."

"……."

"토할 것 같으면 미리 말해."

너 때문에 버린 정장이 셀 수도 없어. 유독 깔끔함에 예민한 하준이었다. 그런 그가 단영의 토사물을 손으로 직접 받아 냈다면, 하준을 아는 지인들은 백이면 백 이렇게 말할 것이다.

'말도 안 돼!'

그 말도 안 되는 일을 최단영이 해냈다. 기특하게도.

멈춰 둔 발을 다시금 떼어 내려는데, 별안간 단영의 음성이 우그러졌다.

"으……. 나 멀미……."

"참아."

"오쯔케 그래."

"삼켜."

꽤 긴 시간 동안 허공에 떠 있다시피 한 여파가 컸나 보다. 하준은 묵직한 숨을 내쉬며 주변을 살폈다. 다행히도 단영의 집 근처 공원이 바로 앞이었다. 그가 넓은 보폭으로 걸어갔다.

"발 조심해. 또 자빠지지 말고."

"……우웅."

하준은 공원 벤치 앞에서 단영을 최대한 조심스레 내려 주었다. 잠시 비틀거리던 그녀는 주저하지 않고 벤치에 풀썩 앉았다.

단영은 몇 번이고 숨을 몰아쉬었다. 그녀의 이상 행동은 거기서 끝이 아니었다. 무릎 사이에 머리를 박고 있다가, 별안간 얼굴을 번쩍 치켜들더니 졸린 듯 눈을 벅벅 비비댄다.

벤치 위에 쪼그려 앉다가, 입을 '헤—' 벌린 채 멍하니 눈을 감았다 떴다를 반복했다. 아주 난리도 이런 난리가 없었다. 호러물인가 싶을 정도로 요괴했다.

그녀의 괴이한 주사를 한두 번 마주하는 것도 아닌데, 볼 때마다 매번 새로웠다. 하준의 잇새로 하, 하고 웃음이 터졌다.

기가 막히네, 아주.

"으엉? 내 렌즈 어디 갔지."

과격하게 눈을 비빈 탓인지, 한쪽 눈을 끔뻑거리던 단영이 허리를 푹 숙였다. 맨손으로 더러운 바닥을 더듬거리며 렌즈를 찾았다. 그 행동에 하준의 눈가가 확 일그러졌다.

"야. 손 안 떼?"

"렌즈……."

단영은 시력이 좋지 않았다. 즉, 렌즈는 그녀의 눈과 같을 정도로 몹시 중요했다. 하지만 늦은 밤에 투명한 렌즈를 찾는 일은 거의 사막에서 바늘 찾기와 다를 바 없었다.

"가지가지 한다."

절로 한숨이 터졌다. 하준은 한쪽 다리를 굽히고 앉아, 단영의 손목을 단숨에 낚아챘다.

"손 치워."

"찾을 거야."

"찾아 줄 테니까 치우라고. 손 더러워지잖아."

"히잉."

이번엔 애교다. 적당히 해라, 좀 적당히. 하준은 애써 단영을 무시해 가며 렌즈 찾는 일에 열중했다. 그러나 아무리 집중해 봐도 렌즈는 코 빼기도 보이지 않았다. 차라리 다시 구매하는 게 더 현명할 것 같았다. 판단이 내려지자, 결국 찾는 걸 포기한 그가 고개를 들어 올렸다.

"어두워서 못 찾을 것 같은데, 그냥 내일 다시……."

하준은 말을 채 이을 수 없었다. 허벅지 위로 팔을 올린 단영이 꽃 받침을 하고 있었기 때문이다. 거기까진 괜찮았다. 가까워도 너무 가까 운 거리가 문제였다.

단영이 천천히 눈을 깜빡였다. 그가 좋아하는 연갈색 눈동자가 별처 럼 반짝였다. 하품했나. 물기를 은근하게 머금고 있어 더 미치겠다.

"못 찾았어?"

아무렇지 않은 쪽은 편하겠지. 그렇게 편할 수가 없을 거다. 풀린 눈 으로 느릿느릿 늘어지게 말하는 단영이 원망스러울 지경이었다.

대체 뭘 발랐기에 입술만 클로즈업돼서 보이느냔 말이다. 하준은 목 이 탔다. 입 안이 텁텁했다.

"너……."

그가 잠시 숨을 참았다.

"웅?"

묵직한 한숨이 퍼지자, 단영이 고개를 갸웃거렸다. 그러면서 반대편 렌즈가 어지간히 뻑뻑했는지 자꾸 한쪽 눈을 찡긋거린다.

마치, 윙크하는 것처럼. 약 올리는 것처럼. 꼬시는 것처럼. 하다 하 다 이젠 소설까지 쓰고 앉았다. 이거 완전 선수 아니야? 의문마저 든 다.

"도하준?"

그녀가 이름을 불러 주니 정신이 번쩍 돌아왔다.

"왜 그러는 건데에."

"눈."

그 눈 좀 그만 깜빡거려.

"눈?"

"……아니다."

"뭐야, 싱겁게!"

"솔직히 말해 봐."

단영이 미간을 구겼다.

"뭘!"

"너 일부러 그러는 거지."

"일부러?"

"입 벌리지 마. 다물어."

"왜!"

"입술……."

"입술?"

"냄새나."

헐. 입 냄새도 아니고 입술 냄새는 또 뭐람. 단영은 기가 막힌 나머지 입을 쩍 벌렸다. 그러다가도 언제 그랬냐는 듯 얄궂게 웃으며 가까이 얼굴을 들이민다.

"후우. 후우. 술 냄새 많이 나?"

"……."

"진짜 나나?"

하준의 입술로 따뜻한 호흡이 적나라하게 와 닿았다. 그러자, 그의 한쪽 눈가가 확 찌푸려졌다.

"하지 말라니까."

"후우! 후우!"

저 고집 또 나왔다. 하지 말라면 죽어도 하고 마는 몹쓸 버릇.

그래도 어떡하나, 죽겠는데. 다 예뻐 보이는데. 말할 때마다 알코올과 섞인 달콤한 향 때문에 돌아 버리겠는데.

하준은 땅이 꺼져라 한숨을 쉬었다. 대체 한숨을 몇 번째 내쉬고 있는 건지 모르겠다.

"돌겠네……."

스스로가 생각해 봐도 억지였다. 하준이 손으로 이마를 짚었다. 아무래도 안 되겠다. 집으로 돌려보내야겠다. 눈앞에서 치워 버리면 그나마 살 만하겠지, 싶었다.

"그만 가자."

그렇게 말하며 무릎을 짚고 일어서려 했다. 그러나 그것도 불가했다. 작은 손으로 하준의 손목을 잡아챈 단영 때문이었다.

"왜 그래?"

박력 있는 그녀의 행동에 놀란 하준의 동공이 일순 커졌다. 단영은 눈을 게슴츠레 뜨고선 하준을 뚫어져라 직시했다.

"오늘 오빠 좀 이상해. 무슨 일 있어?"

"……."

"나 또 뭐 잘못했어? 오빠 심기 건드렸어? 술 많이 먹어서 그래? 일 많은데 나 데리러 오느라 짜증 났어?"

그녀는 속에 품어 둔 짐작들을 우수수 쏟아 냈다. 술의 힘이었을까. 그녀의 악력은 놀랄 만큼 어마어마했다. 맘만 먹었으면 쉽게 풀어낼 수 있었으나, 하준은 굳이 힘쓰지 않았다.

쓸 생각조차 못 했다. 당황해서. 술을 먹은 쪽은 단영인데, 정작 취한 사람은 하준 같았다.

꽤 긴 시간 동안 일자로 다물어져 있던 하준의 입술이 들썩거렸다.

"……최단영."

"응."

"술 많이 먹었지."

"왜 그러는데에. 응?"

단영이 답답하다는 듯 채근했다. 그렇게 말하면서도 자꾸만 밑으로 떨어지는 얼굴. 풀린 눈. 휘청거리는 상체. 하준은 단영의 현재 상태를 보고 판단하건대, 내일 일어났을 때 기억 못 하리란 확신이 섰다.

"……예뻐서."

그래서 불쑥 용기가 생겼다. 간지러운 말을 하게 된다.

"뭐라는 거야. 소리가 너무 작아서 잘 안 들려용."

단영의 얼굴이 불쑥 앞으로 다가왔다. 제대로 듣기 위함에 지나지 않은 행동이었지만, 하준은 아니었다. 그가 지그시 눈을 감았다.

호흡. 호흡이 불안정해졌다. 고산 지대에 올라간 사람처럼 숨이 떨렸다. 반토막 나 버린 혀로 옹알대는 그녀의 음성은 끊이지 않았다.

"다시 말해 줘. 응?"

하준의 눈꺼풀이 느리게 위로 올라갔다.

"취했잖아. 너."

"……."

"맞아, 아니야."

"맞아."

"내일이면 다 잊어버리겠지. 너 필름 잘 끊기니까."

하준은 스스로에게 합리화시키며 주문을 외우듯 세뇌시켰다. 잊어버려야만 한다고. 이미 이성적인 부분은 끊어진 지 오래였다. 사고도 없다. 본능만이 앞선 상태에서 이렇게라도 해야 나아질 것 같은데, 괜찮을까.

사랑한다고 말할까. 좋아한다고 말할까. 지금 키스할 거라고. 그러니까 도망치려면, 피할 생각이라면 기회는 지금뿐이라고 할까.

"아까. 왜 내 편 들었어."

그러나 정작 뱉어진 말은 마음과 전혀 상관없는 질문이었다. 단영의 눈이 감기는 속도가 점차 빨라졌다. 졸음이 밀려오기 시작한 거다.

"응. 그러게……."

"배승호야, 나야."

유치해 죽겠네. 아, 나 왜 이러냐 진짜.

스스로를 책망하면서도 하준은 가만히 단영을 눈에 담았다.

언제 이렇게 숙녀가 다 됐어. 언제 이렇게 컸어. 천천히 크라 했잖아. 덜 예뻐지라 했잖아. 빨라도 너무 빠른 거 아니니.

"그거야 당연히……."

단영이 잔머리를 귀 뒤로 단정히 넘기며 시간을 끌었다. 더 애가 탔다. 유난히 뽀얀 목덜미가 하준의 시선을 묶었다. 그가 애써 눈을 위로 올리려는데, 못살게 괴롭히던 단영의 입술이 벌어졌다.

"오빠지."

"누구 오빠."

"우리 도하준."

잠시 덜컹 멈춘 심장이 다시금 쿵쿵 뛰기 시작했다. 왜. 어째서. 묻고 싶은데, 듣게 되면 또 죽어 버릴까 봐 불안해서 물어보지도 못하겠다. 하준이 입술을 달싹거린 때였다.

"……가족이니까."

아…… 젠장. 또다.

"당연한 거야."

죽어도 듣고 싶지 않았던 말이 결국 터졌다. 그가 어금니를 꽉 물었다. 턱이 뻐근해질 만큼 세게. 짜증보다 더한 분노가 일렁였다.

"가족?"

가족 같은 소리 하고 있네. 이젠 아무래도 상관없다. 내일 일어났을 때 기억나도. 물론, 하지 못한다면 더할 나위 없겠지만.

"응. 가족……."

단영의 눈꺼풀이 무겁게 떨어진 순간이었다. 촘촘한 속눈썹이 내려와 그늘지는 것까지 똑똑히 목격한 하준은 망설임 없이 커다란 손을 뻗었다. 그녀의 깨끗한 목덜미를 가볍게 감쌌다.

하준은 무언가에 홀린 사람처럼 그대로 얼굴을 가까이 가져갔다. 그녀가 어떤 태세를 취하기도 전, 순식간에 벌어진 일이었다.

"너는."

엄지손톱만큼 세밀한 거리를 두고 나직한 음성이 으르렁거리며 진동했다. 하준의 고개가 비스듬히 옆으로 틀어졌다. 그리고 천천히. 조금 더 가깝게 다가갔다.

살짝살짝 희미한 그의 숨결이 퍼져 갔다. 슬로 모션처럼 단영의 눈이 느리게 떠졌다 감겼다. 아직 상황 파악을 하지 못했다. 하준은 여전히 시선을 내린 채였다.

"가족이랑 이런 짓도 해?"

바짝 건조해진 음성이 꺼끌하게 흘러나왔다.

불안했다.

진심으로 불안해졌다.

사랑에 빠진 최단영은. 눈이 부시도록 예뻤다.

그 사실만큼은 오랜 시간 곁에 머물렀던 내가 가장 잘 알고 있을 거라 자부한다.

이들을 비추고 있던 가로등 불빛이 위태롭게 바르르 떨렸다. 언제 일이 벌어져도 이상할 게 없는 상황에서 이번엔 단영의 얼굴이 거침없이 다가왔다. 예상치 못한 상황이 벌어지자, 하준은 표정을 딱딱하게 굳히며 얼굴을 뒤로 뺐다.

"최단영."

곧이어 푹, 묻었다.

"너 지금……."

기가 막혀서.

"자?"

얘 진짜 잔다. 취해도 단단히 취했다.

"누나. 괜찮아?"

갈증이 심했다. 몸은 천근만근 무거웠다. 어렵게 뜬 눈을 힘겹게 옆으로 돌리자, 침대맡에 선 단태가 생수를 내밀었다. 얼마나 잠에 취한 건지, 이미 해는 중천에 떠 있었다.

"으, 땡큐."

"뭔 놈의 술을 떡이 되도록 마셔."

"아이고 삭신이야……."

그녀가 부스럭 이불을 밀어 내며 상체를 일으켰다. 단태에게 생수를 건네받자마자 벌컥벌컥 마셨다. 이제야 좀 살 것 같다. 슬쩍 손을 들어 얼굴을 매만져 보니, 화장이 그대로 묻어났다. 지울 새도 없이 뻗은 모양이다.

"최단태. 너 학교는?"

"오늘 공강이야."

"아……. 근데 어제 나 혼자 왔어?"

"몰라. 나도 어제 약속 때문에 늦게 들어와서. 그건 그렇고, 누나. 요즘 술 너무 자주 마시는 거 아니야? 최근 들어서 까딱하면 필름 끊기잖아. 그거 나중에 습관 된다더라. 치매 확률도 높아지고. 조심 좀 해. 형들한테 도움받는 것도 한두 번이지."

"알겠다, 알겠어."

하여튼, 잔소리는. 단영은 귀찮다는 듯 대충 고개를 끄덕였다. 벽에 걸려 있는 시계를 확인해 보니, 벌써 점심시간이다. 머리가 깨질 듯이 아팠지만, 출근을 건너뛸 순 없었기에 단영은 어지러운 정신을 가까스로 부여잡고 침대에서 벗어났다.

"어디 가는데?"

"출근해야지."

"오늘도 출근해?"

"직장인이 공강 있는 대학생이랑 같아? 대학 생활 그거, 한 번 떠나면 두 번 다신 안 돌아온다? 그니까 지금의 순간을 감사히 생각하면서 맘껏 즐겨라, 동생아."

포토그래퍼에게 휴일을 따지다니. 신세 좋은 타령이었다.

단영은 출근 준비를 위해 바삐 움직였지만, 내내 찝찝한 기분이 들었다. 꿈과 현실 그 어디쯤에서 붕 떠 버린 느낌. 기억 회로가 마구 엉켜 있었다.

'넌…… 가족…….'

가장 중요한 부분이 끊겨 버린 듯하다. 누구와 대화를 나눈 건지. 혼자 집을 찾아온 것 같진 않은데. ……도하준일까. 회식 자리에 데리러 온 것 같기도 하고. 아닌 것 같기도 하고.

"하우, 미치겠네."

제발 실수만 하지 말았어라. 욕실 거울에 얼굴을 푹 기대고 있던 단영은 에라 모르겠단 심정으로 샤워기를 틀었다. 쏴아아. 물줄기가 시원하게 쏟아졌다. 이제야 좀 개운해지려나 싶었는데, 이번엔 세면대 위에 올려 둔 휴대폰 벨소리가 크게 울렸다.

단영은 샤워기를 끄고 욕조에서 내려왔다. 발신자를 힐끔 확인했다. 하준이었다. 급한 대로 젖은 손을 수건에 닦아 낸 그녀가 휴대폰을 집어 들었다.

잠시 호흡을 가다듬었다. 2차 잔소리가 쏟아질 터라 마음의 준비가 필요한 시점이었다.

하나, 둘. 셋.

"잘못했어!"

— 뭐가.

하준의 음성엔 황당함이 묻어 있었다. 전화를 받자마자 대뜸 사과부터 내질렀으니 그럴 만했다.

"아까 일어나자마자 확인했어. 완전 만취 상태로 오빠한테 문자 보내 놨더라. 미안. 진짜 미안해. 다신 그런 일 없도록 할게. 어제 회식 있었거든. 최대한 안 마시려고 했는데……."

배승호 때문에 속이 뒤집혀서.

유독 술 먹는 걸 질색하는 하준을 잘 안다. 술만 먹었다 하면 그의 사정이 어찌 됐든 일단 찾고 보는 주사 때문이리라.

잠시 침묵을 유지하던 단영은 못내 불안스러운 호기심을 슬쩍 내비쳤다.

"근데, 오빠. 혹시 어제 나 데리러 왔었어?"

— 왜.

"아니……. 오빠가 나 데리러 와 준 것 같아서."

옅은 한숨 소리가 휴대폰 너머로 타고 흐르자, 단영은 황급히 입을 꾹 다물었다. 데리러 왔나 보구나. 예상한 게 맞았다.

— 어디야. 목소리 울리는데.

"샤워 중이었어."

잠시 정적이 흘렀다.

— 샤워하는데 전화를 왜.

"어?"

— ……아니다.

어쩔 줄 몰라 손가락만 꼼지락거리고 있는데, 이번엔 하준이 먼저 말문을 텄다.

— 나한테 미안하지, 너.

"……응."

그 어떤 욕을 듣게 돼도 지금 상황에선 절로 고개가 숙여질 것이다.

— 미안하면 내 심부름 좀 해.

"심부름?"

그때였다. 통화 도중 휴대폰이 부르르 진동했다.

"아, 잠시만."

하준에게 양해를 구한 뒤, 귓가에서 휴대폰을 떼어 낸 그녀가 액정을 확인했다. 모르는 번호였다. 고개를 갸웃거리며 문자를 확인했다.

[속은 좀 어때요. 해장은 했어요? 전화 걸어 봤더니 통화 중이던데.]

누구야. 누구지? 액정을 쓸어내리던 단영의 손가락이 순간 허공에서 멈칫했다.

도하준을 제외한 사람 중에서 자신의 숙취 상태를 걱정해 줄 이는 단언컨대 없었다. 왠지 꺼림칙한 기분이 들었으나, 일단 단영은 발신자부터 묻기로 했다.

[누구세요.]

문자를 보낸 지 얼마 되지 않았음에도 답장은 바로 도착했다.

[한주먹 거리도 안 되는 남자요.]

뭐? 이건 또 무슨……. 아. 단영의 입술이 망연하게 벌어졌다. 기억이 난 것이다. 하필이면 가장 잊고 싶은 부분만 보다 명확하고 뚜렷하게 뇌리로 박혔다.

'너, 우씨. 조심해라! 우리 오빠 싸움 겁나 잘해! 한주먹 거리도 안 되는 게! 어? 확, 그냥! 키만 크면 다냐? 다냐고!'

빌어먹을. 그녀의 안면 근육이 과하게 일그러졌다. 손으로 머리칼을 꽈악 잡아 뜯다가, 거칠게 흩트렸다.

미쳤어. 미치지 않고서야. 자신을 책망하는 소리가 끊임없이 터졌다. 그런 단영의 속도 모르고 문자는 이어 도착했다.

[오늘은 작가님 말대로 한 시간 전에 도착했는데.]

어쩌라고. 마치 어린아이가 칭찬을 듣고 싶어 하는 말투였다. 단영은 눈가를 살풋 찡그렸다.

답장을 보낼 가치조차 없어 무시하려는 찰나였다.

[어제 나한테 실수했잖아요. 점심 정도 얻어먹어도 괜찮은 거, 맞지 않나?]

능구렁이 같은 자식.

[스튜디오 바로 맞은편에 있는 식당에서 봐요. 기다릴게요.]

[사적인 부분이라, 좀 껄끄럽네요. 그냥 스튜디오에서 뵙죠. 어제 일은 커피로 퉁쳐요.]

한 번 넘어가지, 두 번 넘어가겠냐고. 단영은 이때다 싶어 확실히 선을 그어 버릴 생각이었다. 그때, 기다림에 지친 듯 하준의 낮은 음성이 욕실에 울렸다.

― 최단영. 뭐 하는데.

화들짝 놀란 그녀가 휴대폰을 들었다.

"아, 미안. 미안."

[무슨 근거로 사적일 거라 짐작하시는 건지 모르겠네.]

미치겠다.

[미팅, 마저 마무리 지으셔야죠. 아쉬운 쪽은 작가님인 것 같은데. 지금 당장 나 필요하잖아요. 아닙니까?]

첫 갈림길에 섰다.

13화

대학교 강의가 있는 날이었다. 하준은 어젯밤 잠을 뒤척였다는 핑계로 급히 나오느라 강의 때 필요한 USB를 깜빡했다. 아니, 깜빡한 척했다.

단영과의 통화를 끝냈지만 괜한 찜찜함이 밀려와 미칠 노릇인데, 현재 하준의 머릿속엔 두 가지의 혼란이 굳건하게 자리를 잡고 있었다.

샤워 중인 최단영.

평소 같지 않은 모습의 최단영.

샤워하면서 전화는 왜 받고 난리야. 조심성이 없어도 너무 없다. 점잖음. 합리적. 이성적. 철저함. 냉정……. 그딴 거 개나 주라지.

하준 역시 마음에 품은 여자 앞에선 냉정이고 자시고 본능부터 찾고 보는 남자였다.

"하……."

괜찮다. 아무렇지 않다. 하준은 무교였지만 지금 마음 같아선 찬송

가든 주기도문이든 다 좋으니, 진정만 된다면 당장 외워 버리고 싶은 심정이었다. 샤워하는 단영의 모습이 자꾸 상상되니까. 뽀얀 살결이. 물기에 젖은 머리칼이 눈에 아른거리니까. 그러니까 죽겠다는 거다. 무엇보다 신경이 쓰이는 건.

— 오빠 미안한데, 내가 다시 연락할게.

단영의 말투.

'무슨 일인데.'
— 아…… 일이 겹쳐서.
'회사 일 때문이면 그냥 둬. 알아서 처리할 테니까.'
— 그래도.
'됐어.'
— 급한 거잖아. 강의까지 얼마나 남았어?
'못 챙긴 내 잘못이지. 괜찮으니까 너 할 일 해.'

사실 하준은 하나도 괜찮지 않았다.

이상한 쪽으로만 머리가 돌아간다. 일에 도무지 집중할 수가 없었다. 조급한 마음이 들끓었다. 항상 첫 번째였으니까. 도하준은 최단영에게 늘 0순위인 존재였으니까.

"안 오려나."

사실, 핑계 삼아 얼굴 한번 보려는 수작이었다. USB 따위야 어떻게든 무마시킬 수 있었다. 하준은 손을 들어 얼굴을 쓸어 냈다.

보고 싶은데.

가족이란 틀에 갇혀 있다 할지라도 상관없으니, 여전히 내가 먼저였음 좋겠는데.

욕심일까.

스스로가 생각해 봐도 우습고 유치했다. 하준은 그만 참지 못하고 자조적인 웃음을 터트렸다.

"무슨 대학교가 이렇게 넓어⋯⋯."

갈림길에 선 단영이 끝내 선택한 곳은 하준이 있는 대학교였다. 시간은 촉박했지만, 얼른 USB만 건네준 뒤 스튜디오로 돌아가면 될 일이었다. 승호가 기다리고 있든 말든 그건 단영이 알 바 아니었다.

가는 길이 복잡해 무턱대고 택시를 잡아탔는데, 요금은 만 원이 훌쩍 넘게 나왔다. 단영은 하준에게 두 배로 받아 낼 심산이었다. 말도 없이 찾아와서 깜짝 놀라겠지. 그의 반응을 상상하니 괜히 뿌듯하다.

그러나 미로 같은 캠퍼스에서 하준의 연구실을 찾는 건 쉽지 않았다. 단영은 결국 지나가는 여학생 한 명을 잡아 세워 길을 묻기로 했다.

"저, 학생."

"⋯⋯네?"

동기들에게 인기가 많은 여학생인 것 같았다. 그녀는 무리 한가운데에서 환하게 웃고 있었다. 청초한 외모가 참 곱다. 까만색의 윤기 도는 긴 생머리도 그 이미지에 한몫했다.

초, 중, 고등학교 땐 가정사 때문에, 그리고 대학생 때는 취업 준비나 승호와 엮여 버린 탓에 시기, 투기를 받아 온 터라 그럴싸한 동성 친구 한 명 없던 단영이었다. 사실 오빠들이 곁에 있어 준 이유로 그 시절엔 딱히 외로움을 느끼지 못했다.

그런데 이제 와서 부러운가 보다. 자신은 꿈조차 못 꿔 본 원피스가 바람 따라 잔잔하게 휘날렸다. 단영과 달라도 판이하게 달랐다. 딱 봐도 '여대생' 이미지가 그려졌다.

"부르셨으면 말씀을 하세요."

여학생은 한쪽 팔 안에 두꺼운 전공 책을 끼웠다. 그녀가 빤히 응시하며 묻자, 그제야 정신을 차린 단영의 시선이 황급하게 떨어졌다.

"아, 미안해요. 길 좀 물으려고 하는데, 인문관 건물이 어디예요?"

"곧장 쭉 앞으로 가시면 돼요."

"고마워요."

"네. 그럼."

대수롭지 않게 제 할 일을 마친 여대생은 저를 부르는 친구를 향해 등을 돌렸다. '같이 가!' 소리 지르며 점차 멀어졌다.

왜인지는 모르겠다. 단영은 그 모습이 참 예뻐 보였다. 우수수 떨어지는 벚꽃 잎. 살랑살랑 부는 바람. 그 아래에서 까르륵 웃음보가 터진 여대생들. 단영은 무언가에 홀려 버린 사람처럼 발이 이끄는 대로 걸었다.

"저기."

이번엔 또 뭐냐는 듯, 여학생들의 이목이 집중됐다.

"모습이 너무 예뻐서 그러는데, 사진 한 장 찍어도 될까요?"

"네?"

"아…… 이상하게 생각하진 말아요. 내가, 인물 사진 찍는 사람이라."

본능적으로 단영은 들고 있던 DSLR 카메라를 위로 올리며 어색하게 미소 지었다.

"무단 배포는 절대 하지 않을게요. 개인 소장, 개인 소장."

"그건 좀."

곤란하다는 뜻이었다. 길을 물었던 여학생의 거절에 단영은 어쩔 수 없지, 하고 생각했지만 주변에 있던 다른 여대생들은 예상을 깨고 호의적인 반응을 보였다.

"지영아, 뭐 어때! 우리 단체로 한 장만 찍어 달라 하자. 우리가 언제 또 포토그래퍼분에게 사진 찍혀 보겠어. 저 언니가 들고 계신 카메라 엄청 비싸 보이는데. 화질도 좋을걸?"

일반적인 여학생들이라면 거절할 이유가 없었다. 대부분 사진 찍는 걸 좋아하니 말이다. 그보다 저 예쁜 여학생 이름이 지영이구나. 이름도 예쁘네. 단영은 속으로 생각했다.

"언니. 대신, 찍은 사진 메일로 보내 주실 수 있어요?"

"그럼요."

단영은 바로 카메라를 들었다. 여학생들은 위치 선정을 하느라 신이 났다. 서로 이렇게 하자, 저렇게 하자 하며 소란을 떨었다. 일렬로 서서 어깨동무를 하거나, 브이를 해 보이기도 했다.

"그럼, 찍을게요."

단영은 망설임 없이 한쪽 다리를 굽히고 앉았다. 셔터로 손가락을 가져갔다. 잠시 숨을 참고, 예쁜 여대생들의 모습을 뷰파인더를 통해 감상했다.

……좋겠다.

"하나."

너희는 참 좋겠다.

"둘."

때 묻지 않은 순수함이 저렇게 반짝반짝 빛날 수도 있구나.

"셋!"

찰칵.

"한 번 더 찍을게요."

오빠랑
연애하면 ♡

친구. 동성 친구. 내겐 없는 것들을 가진 그녀들로 하여금, 단영은 비어 버린 속을 대신 채웠다.

단영은 자신의 직업을 사랑했다. 무엇이든 가리지 않고 필요하다면 언제든 채울 수 있으니까.

찰칵.

단영은 한동안 카메라에서 눈을 뗄 수 없었다. 다 됐느냐 재촉이 떨어졌다. '예쁘게 나왔어요?' 느리게 카메라를 내리고선 고개를 끄덕이는 것으로 대답을 대신했다.

찍힌 사진을 확인한 여대생들은 꾸벅 인사한 뒤 멀어졌다. 오랫동안 추억으로 남아 있을 사진이 퍽 마음에 들었는지 걷는 내내 여대생들의 수다가 시끌벅적하다.

난 어째서 대학생이 될 때까지 저런 여유가 없었을까. 왜 저런 친구 한 명 없었을까. 한편으론 후회되기도 했다. 단영에게 대학생 시절 추억이 될 법한 기억은 승호뿐이었다. 밀려오는 회의감이 꽤 짙다.

그래서 그를 여태 잊지 못하고 휘둘릴 수밖에 없었던 건 아닐까. 카메라를 쥔 손이 바닥으로 힘없이 툭 떨어졌다.

"아, 뭐래."

어울리지 않게 감성에 젖어선……

단영의 잇새로 바람 빠진 웃음이 짧게 터졌다. 오랜만이라 그런가 보다. 대학교 캠퍼스는 여전히 푸르고 활기찼다. 저도 이런데, 하준은 오죽할까. 그를 생각하니 걸음을 재촉하게 됐다.

여학생의 말대로 쭉 걷기만 하니, 금방 인문관 건물을 찾을 수 있었다. 단영은 우르르 쏟아져 나오는 인파들을 가로질러 하준의 연구실까지 무사히 도착했다.

연구실 문은 조금 틈을 두고 열려 있었다. 아주 살짝이라 내부까진 들여다볼 수 없었다. 노크를 할까. 아님 그냥 확 열어젖힐까. 고민하던 단영은 소심하게 귀만 가져다 댔다.

"교수님. 점심 같이 먹어 주세요."

응? 잘못 들었나 싶었다. 여자 목소리. 단영의 귀가 절로 쫑긋 세워졌다.

"동기들 있잖아. 걔네랑 먹어."

역시나 하준은 무심했다. 좀 친절하게 대해 주면 어디가 덧나나. 하여튼, 저 성격하고는. 단영이 혀를 쯧, 찼다.

"저 친구 없어요."

"까불지 마."

"진짜예요."

"그럼 그때 내가 봤던 애들은 뭔데."

"그건…… 제 학점이 좋기도 하고, 교수님들과 친해서 편의상 붙어 있으려는 애들이고요. 이제 곧 실무진 면접 시작하는데, 피드백 듣고 싶어서 그래요."

"언제까지 면접으로 우려먹을 생각이냐. 면접은 내가 보는 게 아니라, 네가 보는 거잖아."

그때였다. 한창 중요한 시점에서 누군가 단영의 어깨를 콕콕 찔렀다. 화들짝 놀란 단영이 홱 고개를 틀었다.

"어? 아까 사진 찍어 준 언니. 맞죠?"

"아……."

"도 교수님 연구실 찾아오신 거였어요?"

휴대폰을 건네준 여학생이었다. 단영이 무어라 대답하기도 전에 의심 가득한 눈초리를 흘기다, 이내 손뼉을 짝 치며 유난을 떨었다.

"와! 설마, 울 교수님 여자 친구?"

"세상에. 그럴 줄 알았어. 저렇게 잘났는데 애인이 없을 리가 없지. 하…… 갑자기 현타 온다."

단영은 급히 손사래 쳤다.

"그게 아니……."

"저희도 과제 제출하려고 왔는데, 같이 들어가요!"

"아니, 잠깐!"

연구실 문이 매정하리만큼 활짝 열렸다.

얘네 뭐야. 노크하는 기본 예의도 없어? 아님, 요즘 대학생들은 이 정도로 교수님과 허물이 없나? 나 때는 안 그랬는데.

아님, 도하준이 옆집 오빠처럼 편한 콘셉트를 밀고 있는 건가.

"교수님, 저희 왔어요! 아직 제출 시간 안 지났죠? 어, 지영이도 있었네?"

지영? 아, 그럼 혹시 저 안에 있는 여대생이……. 상황 파악은 모두 끝났다. 별안간 들이닥친 외부인으로 인해 하준의 시선은 당연히 정면으로 향했고, 급히 뒤로 몸을 돌린 지영은 이유 모르게 동공을 흔들었다.

"……최단영?"

하준은 제자들을 뒤로하고 단영의 이름부터 불렀다. 생각지도 못한 등장에 놀라 의아했는지, 그가 눈을 크게 떴다. 순간 이상할 정도로 묘한 기류가 감돌았다면, 그건 착각이었을까.

"하하. 안녕, 도하준."

그래서 단영은 로봇처럼 뻣뻣하게 웃을 수밖에 없었다.

"차로 데려다준다니까."

"괜찮대도? 조금 있으면 강의 시작하잖아. 내가 애야? 억지 그만 부리고 얼른 들어가 봐. 그러다 진짜 늦겠다."

그들은 대학교 정문 앞에서 택시를 세워 둔 채 옥신각신했다. 일정표에 따라서 출퇴근이 보다 자유로운 프리랜서라지만, 기꺼이 와 준 그녀가 기특했다. 그와 동시에 마음 한구석이 불편했던 하준 입장에선 단영을 쉬이 보낼 수 없었다.

"그냥 휴강 낼까?"

"지금 장난해?"

그렇게 찬양하던 공과 사는 옆집에 팔아 두고 온 모양이다. 단영이 미간을 확 구기자, 하준은 희미하게 웃었다.

"알겠다. 와 줘서 고맙고, 조심히 들어가."

"응."

머뭇거리면 그새를 못 참고 따라 탈까 싶어 단영은 택시 뒷자리에 얼른 몸을 실었다. 세차게 차 문을 닫는 것도 잊지 않았다.

하준은 바지 주머니 안으로 한쪽 손을 밀어 넣으며 비스듬히 섰다. 단영이 탄 차의 창문이 스르륵 내려갔다. 그 순간, 단영의 팔이 쭉 뻗어졌다.

"왜."

그 의미를 파악하지 못한 하준은 작은 손을 가만히 응시하다가 물었다.

"줘."

"뭘."

"돈."

뻔뻔한 표정으로 손짓하는 단영이 어처구니가 없어, 허탈한 웃음이 짧게 터졌다. 그럼 그렇지. 하준은 못 말리겠다는 듯 고갤 절레절레 내젓다가 재킷 안주머니에서 지갑을 꺼내었다.

"아……."

문제가 발생했다. 현금이 없다. 카드가 전부였다. 하준의 눈가가 슬쩍 구겨졌다.

"카드 줄게."

별안간 단영이 피식 웃었다.

"됐어, 장난이야. 나 진짜 간다?"

"카드 준다니까."

아저씨, 성화 사거리 쪽으로 가 주세요. 하준의 말을 단번에 무시한 단영은 택시 기사에게 도착지를 알렸다. 그러고는 다시금 고개를 돌린다.

"그렇게 고마우면, 나중에 떡볶이 쏘든가."

택시 바퀴가 매끄럽게 굴러갔다. 사이드 미러로 비친 하준은 꽤 오랫동안 그 자리에 망부석처럼 서 있기만 했다. 작은 점이 된 그가 완벽히 보이지 않게 되자, 그제야 단영은 안도의 숨을 밀어 낼 수 있었다.

택시 안은 순식간에 고요해졌다. 그녀의 시선이 보물처럼 손에 꼬옥 쥐고 있던 카메라로 슬그머니 내려갔다. 전원 버튼을 눌렀다. 조금 전에 찍어 둔 여대생들의 단체 컷이 눈동자에 담겼다. 단영은 엄지손가락으로 조심스레 화면을 쓸어 냈다.

"기분이……."

이상하다. 지금의 감정을 무어라 표현해야 좋을까. 모르겠다. 좀처럼 정의를 내리질 못하겠다. 당연한 건데. 대학교에서 교수인 그가 제자들을 보살피는 일은 당연한 건데.

많은 여대생들 사이에 있던 하준은 반짝반짝 빛이 났다. 조금 과장을 보탠다면 후광이 보일 만큼.

오랜 세월 동안 제 곁만 지켜 주었기 때문일까.

당연해서, 내 옆에 있는 일이 너무 당연한 일이라서 그랬는지는 모르겠지만, 도하준은 원래 그런 사람이었다. 어디에서든 존재감이 독보적인, 그런 사람.

누구에게나 사랑받을 자격이 충분한 사람. 일부러 뽐내는 것이 아니라 본연의 아우라가 그러했다.

하준은 풍족한 집안 환경 속에서 부족한 것 없이, 배울 점 많은 부모님 밑에서 넘치도록 사랑받으며 자랐다. 외동아들이란 이유로 삐뚤어지거나, 방황하는 모습은 찾아볼 수 없었다.

그는 늘 모범 답안과 같았다. 어른에게 예의 바르고 약자에겐 공손하다. 반면, 강자 앞에선 한없이 강한, 그런 사람이었다.

……태생부터 단영과는 달랐다. 근본이 다른 환경에서 성장해 왔다.

'너희는 먼저 강의실에 들어가 있어.'

교수님 애인 맞죠? 얼마나 만났어요? 놀림성이 다분한 짓궂은 질문들이 이곳저곳에서 터져 나왔지만, 하준은 쳐다보지도 않았다. 그저 단영만 봤다. 그녀의 손목을 잡고 뒤도 돌아보지 않고 연구실을 빠져나왔다.

"지영이라 했던가……."

끌려 나오다시피 했으나, 단영은 줄곧 그녀가 눈에 밟혔다.

싸하게 굳어진 표정.

그게 신경 쓰여 죽겠다.

직감으로 말하건대, 그녀는 분명 하준을 좋아한다. 교수님을 대하는 그 이상의 감정이 확연히 보였다. 하준 또한 눈치가 빠른 터라, 그걸 모를 리 없었다.

지영은 청초하고, 가녀렸다. 나이에 비해 성숙한 옷차림새 또한 저와는 사뭇 달랐다.

이십 대 초반. 그 시절의 하준이 연애를 시작했을 땐 몰랐다. 정말 괜찮았는데, 지금은 또 아닌 것 같다. 서른이 넘었다. 그는 이제 결혼

적령기에 들어섰다.

하루라도 빨리 장가나 가 버려라 했지만, 조금만 더 천천히 그보다 더 늦게 제 손을 놓았으면 좋겠다고 생각했다. 무의식적으로. 단순한 시샘일까.

아니, 두려운 거다. 불안했다. 또다시 혼자가 될 자신이.

알 수 없는 감정들이 뒤섞였다. 심장은 불편하리만큼 쿵쿵 뛰었다.

"나 진짜 왜 이래. 미쳤나 봐."

혼란스러움을 넘어 답답함이 목구멍 끝까지 차올라 단영은 눈을 질끈 감아 버렸다.

14화

취기가 올라 애먼 승호에게 부린 진상을 차마 무시할 수 없었다. 바로 근처가 민재의 카페였다. 오랜만에 얼굴도 비칠 겸, 커피도 돌릴 겸 겸사겸사 좋게 생각하기로 했다.

"어서 오세요."

점심이 지난 시각이라 카페는 한산했다. 딸랑, 출입문이 열리는 소리와 함께 친절한 민재의 인사가 이어졌다. 단영이 샐쭉 웃으며 들어섰다. 뒤늦게 그녀를 발견한 민재가 젖은 손을 앞치마에 문지르며 부리나케 달려왔다.

"와! 최단영이!"

워낙에도 웃는 인상인데, 오랜만인 단영을 마주한 탓에 민재의 얼굴이 더욱 활짝 폈다.

"오빠."

"웬일이야? 세상 바쁜 척은 혼자 다 하더니."

"척이 아니라 진짜 바빴거든?"

"커피 마시러 왔어? 아니면, 용돈 필요해?"

민재의 눈에 단영은 아직도 한참 어린 꼬꼬마로 인식되어 있는 듯했다.

"그런 거 아니야."

단영이 설레설레 고개를 흔들었다.

"그럼?"

"스튜디오 가족들한테 커피 돌릴 겸, 오빠 얼굴 볼 겸 해서 왔어."

"이야, 오빠 매출 걱정까지 해 주고. 최단영이, 다 컸다?"

민재의 말투엔 장난스러움이 묻어 있었다.

나란히 걷다 보니 금세 카운터 앞에 도달했다. 단영은 낯이 익은 아르바이트생에게 눈인사를 건넸고, 아르바이트생도 얼굴을 수그리며 인사를 건넸다.

"선우야, 이번 주문은 형이 받을게."

"네, 형."

젊은 사장님이라 그런가. 사장님과 직원 관계라기엔 꽤 친밀감이 느껴졌다. 그도 그럴 게, 민재는 천성이 친화적이라 누구든 가리지 않고 쉽게 친해지는 능력이 뛰어났다.

"단영아, 뭐 마실래."

"음……. 팀장님은 아이스 카페라떼. 단거 좋아하시니까 적당히 시럽 넣어 줘. 그리고 얼그레이 한 잔. 아이스 아메리카노 다섯, 아니, 여섯 잔. 그중에서 두 잔은 얼음 빼고. 그리고 나는."

"우리 최단영은 찬 거 잘 못 마시니까 미지근하게. 맞지?"

"응. 맞아."

"내가 또, 우리 최단영이 취향 하난 제대로 알고 있지. 봤냐? 오빠 기억력."

민재는 짓궂은 얼굴로 두 번째 손가락을 들어 그녀를 콕 가리켰다. 저 장난기는 여전하다.

"알겠어. 아주 칭찬해."

단영은 푸스스 웃음을 터트리며 카드를 내밀었다. 민재는 됐다며 만류했지만, 그녀의 고집을 꺾지 못했다.

"고맙다! 아싸, 밤에 치킨 먹어야지."

아직도 마냥 아이 같기만 한 철부지 막내 오빠 같았다. 서른둘이나 먹었으면서 젊은 애들이나 한다는 저 파마머리가 아직까지도 적응이 안 됐다.

민재는 그 머리 스타일 덕분에 대학생, 직장인 할 것 없이 연령 따지지 않고 지겹도록 헌팅을 당했노라 매번 자랑스럽게 떵떵거렸지만, 단영은 좀처럼 믿지 않았다.

"저기 앉아서 조금만 쉬고 있어."

"아냐. 기다리는 동안 오랜만에 오빠랑 수다나 떨지, 뭐."

"그래, 그럼."

민재는 방긋 웃으며 샷을 내리기 위해 원두 추출기 쪽으로 몸을 돌렸다.

"근데, 최단영이 너 은근 꼼꼼하다? 직원들 커피 취향까지 기억하고 있는 거 보면."

"그게 뭐 대단한 일이라고……."

단영이 어깨를 으쓱였다. 그런 작은 일 하나로 칭찬 듣는 일이 민망했다.

"대단한 거 맞지. 상대방 작은 취향 하나 기억하는 일이 얼마나 어려운 건데."

"됐거든."

등지고 있던 탓에 단영은 입술 끝이 귀에 걸린 민재를 보지 못했다.

예고 없이 찾아와 준 단영의 등장이 그렇게나 반가운 모양이다.

민재는 단영을 등진 채 샷을 내리며 말을 이어 갔다.

"아, 맞다. 너희 대표님 가끔 우리 카페 오시거든? 그때마다 네 칭찬을 입이 닳도록 하시더라. 일도 일인데, 사진 찍는 실력이 장난 아니라고. 아마 내가 보면 깜짝 놀랄 거래."

"연희 선배가?"

"응. 그 말 듣는데 얼마나 자랑스러웠는지 몰라. 그때 오빠 어깨 히말라야산 높이까지 올라갔었다? 학부형 된 느낌도 들고. 나쁘지 않던데?"

하나둘 완성된 커피를 테이크아웃 캐리어에 꽂아 고정시키던 민재가 씩 웃었다. 자랑스러웠다. 학생이 아니라 이젠 어엿한 직장인으로 다 큰 숙녀가 된 단영을 보고 있자니, 가슴이 벅차올랐다.

"저기, 오빠 있잖아."

"응."

"나 처음 봤을 때 어땠어?"

"뭐야, 뜬금없이."

민재는 의아하다는 얼굴로 단영을 응시했다.

고속버스에서 내린 민재는 하준의 손에 이끌려 온 단영을 보고도 놀라지 않았다.

오히려 예쁘다며, 어떻게 저리도 작을 수 있느냐며 호들갑 떨기 바빴다.

사정은 나중에 하준에게 개인적으로 전해 들었다. 듣는 내내 감성이 여린 민재는 몇 번이나 눈물을 훔쳐야 했다.

단영의 안타까운 사정을 모르는 척할 수 없었다. 민재는 그녀의 할머니가 집을 비울 때마다 단영과 단태를 자신의 집에 자주 초대했다. 피치 못할 사정이 있을 시엔, 하준과 세훈을 동행하여 단영의 집에 들러 돌봐 주었다.

　부모님은 해외에 나가 계셨고, 위로는 누나 한 명이 있었기에 가능한 일이었다. 민재는 매일 자신을 부려 먹는 누나에게 질릴 대로 질려 버린 상태라 예쁘고 착한 여동생을 간절히 바랐다. 그래서 더욱 단영을 친동생처럼 아꼈다.

　반면, 세훈은 아니었다. 지극히 현실적인 성격이라 초반에는 단영과 단태를 반대했었다. 책임지지 못할 호의는 처음부터 보이는 것이 아니라며 큰소리를 냈었지만, 흘러가는 시간과 정(情)은 비례했다. 결국 그들은 그렇게 한 가족처럼 지내 왔다.

　아주 오래전 일이라 민재는 고민하는 듯 보였으나, 쉽게 답을 내렸다.

　"예뻤지. 엄청."

　"그래?"

　"그럼."

　반면 단영의 얼굴은 짐짓 심각했다. 칭찬 앞에선 고래도 춤을 춘다는데, 어쩐지 민재는 오묘한 기류를 감지했다.

　"옛날 일은 갑자기 왜 물어?"

　"그냥. 궁금했어."

　"싱겁긴."

　"그럼 오빠는 내가 남자 친구 생겼을 때 어떤 기분이었어? 저번이 처음이었잖아, 연애는."

　"뭐야. 너 헤어진 지 얼마나 됐다고. 그새 또 남자 친구 생겼어?"

　"아냐, 그런 거. 그냥 궁금해서 물어본 거야."

　민재는 손으로 턱을 문질렀다. 짐짓 진지하게 고민하는 듯했다. 무겁게 던진 질문이 아니었음에도 심각한 표정이었다. 됐다. 저 철부지에게 뭘 바라. 단영이 질문을 다시 철회시키려던 찰나였다.

"음…… 약간 서운했지."

그의 대답이 무거운 단영의 마음에 단비처럼 내렸다. 그녀가 한결 나아진 표정을 지으며 상체를 민재 쪽으로 가까이 들이댔다.

"그치? 많이 서운했지? 싱숭생숭한 게, 괜히 막 짜증 나고. 그렇지?"

다행이다. 내가 이상한 게 아니었어. 단영은 안심했으나 그 감정이 오래 지속되진 않았다.

"짜증? 짜증까진 아닌 것 같은데."

"아니야? 불안, 하지 않았어?"

"왜 불안해?"

민재는 도통 영문을 모르겠다는 듯, 고개를 갸웃거렸다. 단영의 입술이 일직선으로 다물렸다. 그런 그녀의 마음을 아는지 모르는지 민재는 무언가를 깨달은 사람처럼 손뼉을 짝 부딪쳤다.

"아, 불안은 아닌데 걱정은 좀 됐지. 괘씸하기도 하고."

"……."

"공주님처럼 금이야 옥이야 키워 놨더니, 생판 모르는 놈 좋다고 헤벌레할 거 생각하면……. 더군다나 요즘 세상이 어떤 세상이냐. 너도 데이트 폭력 극성인 거 알지? 네가 어련히 알아서 잘하겠지만 오빠는 걱정이 크다. 부모 마음이 이런 건가 싶기도 하고."

단영은 제 감정과 비슷하면서도 묘하게 핀트가 어긋난 것 같은 기분이 들었다. 때문에, 끊임없이 주절주절 떠들어 대기 바쁜 민재를 두고 맞장구칠 수 없었다. 그저, 테이크아웃 커피만 뚫어져라 응시했다.

얼마나 생각에 잠겨 있었을까. 굳게 닫혀 있던 단영의 입술이 천천히 떨어졌다.

"가슴이 쿵쿵 뛰거나."

"뭐?"

"이상하게 화가 난다거나……."

"화?"

"자꾸 샘나서 유치해지는."

"뭐라는 거야."

"아니야. 아무것도."

아니야. 정말 아니야. 단영은 스스로에게 주문을 외웠다. 알 것 같은 이 느낌이 불안했다. 그래서 지웠다. 그럴 리 없다고. 그래선 안 된다고. 절대로. 그 속을 내색하지 않으려 애써 웃었다.

"뭔데 그래."

"아니래도. 오빠 나 이제 그만 갈게. 늦겠다."

커피 캐리어 손잡이 부분에 서둘러 손가락을 끼워 넣는 단영의 모습이 민재는 왠지 수상하게 느껴졌다. 그가 팔짱을 끼우고선 말없이 단영을 응시했다. 조금 더 캐내 볼까 했으나, 뭐 별거 있겠나 싶어 포기하기로 했다.

"혼자 들고 갈 수 있겠어? 거리도 가까운데, 도와줄까?"

"아냐, 괜찮아. 일 봐."

"네가 괜찮다면 뭐……. 그건 그렇고 최단영. 알지?"

발을 떼려다 말고 그녀가 민재를 쳐다봤다. 뭘?

"도하준이 너한테 항상 말하는 거 있잖아. 항상 몸조심. 사……."

"알아, 사람 조심. 차 조심."

"그래. 알면 됐다. 얼른 가."

"응. 나중에 시간 내서 같이 뭉치자. 오빠, 수고해."

때마침 손님이 카페 안으로 들어왔다. 오빠, 우리 또 왔어요! 여학생들의 하이톤 음성이 날아들었다. 인기 많다는 말이 괜한 허세는 아니었나 보다.

여대생 정도 돼 보이는 손님을 보자, 단영은 다시금 마음이 불편해졌다. 지영이 떠오른 것이다.

단영은 걷는 속도를 최대로 높였다.

아니야. 정말 아니야. 잠깐 혼란스러워 그런 거야. 시간이 지나면 다 바람처럼 사라질 것에 불과한 거야. 지금 난 많이 지쳤잖아. 밤낮없이 일하느라. 갑자기 첫사랑과 재회하느라 예민해진 거야.

당연한 거야.

요즘따라 이상해진 도하준.

그보다 더 예민해진 나.

단영은 아니길 바랐다. 무엇을 생각하든 그 이상은 아니기를 간절히 바랐다.

눈치가 없던 편도 아니었고, 둔한 편도 아니었다. 그래서 불안함은 더욱 커져 갔지만,

아닐 거라고, 그래선 안 되는 거라고.

그렇게 애써 세뇌했다.

탁탁탁. 달칵달칵.

스튜디오 사무실엔 키보드를 두드리는 소리와 불규칙적으로 마우스를 클릭하는 소음이 전부였다.

막바지에 밀려 있는 보정 작업과 조만간 이뤄질 촬영 콘셉트를 정리하느라 그녀는 정신이 하나도 없었다. 오늘은 단영 혼자서 스튜디오 사무실에 남았다.

"되게 늦게 끝나네."

물론, 절대 반가울 리 없는 외부인 짐짝 한 명을 포함해서.

단영은 승호를 무려 네 시간째 무시하고 있었다.

"어, 이거 빠졌다."

승호가 손을 들어 모니터 하단 부분을 가리켰다. 최소한의 시간으로 최대한 많은 작품을 뽑아내느라 촬영본 한 장을 빠트린 거였다.

승호와의 거리가 가까워지자, 단영의 표정이 순식간에 일그러졌다.

"손 치워요."

"고맙죠. 나 아니었음 두 번 일할 뻔했잖아요."

단영의 한쪽 뺨에 닿을락 말락 한 거리를 두고 뻗어진 팔이 거두어졌다. 그녀는 입술을 꾹 깨물고선 다시금 작업에 집중했다.

"배 안 고파요?"

집중, 하려 했다. 분명히.

"난 고픈데. 점심때 누가 약속 펑크 내 준 덕분에 밥 못 먹어서."

그래서 커피 사 줬잖아, 이 자식아.

"그럼 드시러 가세요."

"나 혼자 식당에서 엄청 기다렸는데. 알아요?"

"가겠다고 안 했어요."

"아, 매정하다."

단영이 마우스에 올려 둔 손에 힘을 주었다. 속이 부글부글 끓었다. 안 그래도 이것저것 신경 쓰이는 일이 많아 복잡해 죽겠는데, 저 거머리 같은 자식은 왜 아직까지도 저러고 있느냔 말이다.

단영은 결국 참다못해 한숨을 푹 내쉬며 자세를 틀었다.

"배승호 씨."

"네, 최단영 작가님."

"스케줄 없어요?"

"있어요. 곧."

"근데 왜 이러고 있어요?"

"모르나 본데, 나 작가님한테 관심 많아요."

"몰라요. 저는 배승호 씨한테 조금도 관심 없어서요. 그러니까 빨리 좀 가 줄래요? 작업하는 데 방해돼요."

방해? 승호의 눈썹이 살짝 꿈틀댔다. 하지만 이내 책상 위로 팔을 올려 턱을 괸 채 여유로운 미소를 그렸다.

"그래서 하는 말인데, 데려다드릴까요? 지금."

"사양할게요."

"너무 퍽퍽하게 구는 거 아닌가."

"그러는 배승호 씨는 가벼워도 너무 가벼운 거 아닌가?"

"그게 매력인 사람 앞에서 그런 말 해 봤자 통할 리 없다는 거 잘 아시는 분이."

"자랑인가 봐요."

"뭐, 자랑이라 할 것까진 아니고."

"칭찬 아니고요. 대체 나한테 이러는 이유가 뭐예요?"

답답해서 물어봤다. 그는 과거의 일을 기억하지 못하고 있다. 그렇다면 이런 말도 안 되는 무한한 자신감으로 밑도 끝도 없이 들이대는 원인은 대체 무어란 말인가.

궁금해 미치겠다. 안 그래도 하준과의 관계에 금이 가기 시작하면서 복잡해 죽겠는데, 이 자식은 왜 자꾸만 나타나 사람 마음을 불편하게 만드느냐 말이다.

재촉을 담은 단영의 눈빛이 쏟아지자, 이번엔 승호가 침묵했다. 방금 전 귀찮게 굴 땐 언제고, 이제 와서 묵비권 행사? 단영은 기가 막혔다.

"작업, 계속하셔야죠. 바쁘시다며."

능청스레 모니터를 손가락으로 가리킨 승호가 잽싸게 화두를 돌렸다. 단영은 세게 한마디 해야겠다 싶었다. 이런 식으로 말리게 되면 다음, 그다음도 계속 지금처럼 얽힐 것 같았다.

"배승호 씨. 매번 이런 식으로……."

하필이면 이 타이밍에 단영의 휴대폰이 울렸다. 은효였다. 묵직한 숨을 내쉰 그녀가 휴대폰을 귓가로 가져갔다.

"어, 은효야."

작업과 관련된 전화였다. 콘셉트 콘티 자료 수정이 완성됐느냐며 묻는 통에, 단영은 어깨 사이로 휴대폰을 끼워 넣으며 파일 서류를 찾았다. 산처럼 위태롭게 쌓여 있는 서류 종이를 뒤적거리다 중간 부분에서 손이 멈췄다.

"아, 여기 있네. 지금 팩스로 보내? 한 번 더 검토해 봐야 할 것 같으면 메일로 쏴 주고. 응. 응. 작업 다 끝났어. 맞다. 이참에 세연 씨 촬영본도 같이 보내 줄까? 순서는 배승호 씨가 먼저긴 한데."

단영은 당사자 앞에서 이름을 언급했단 사실을 반박자 늦게 알아차렸다.

일반적으로 남자 모델보단 여자 모델 쪽에 손볼 일이 많았다.

때문에 작업이 엉키다 보면, 필요에 의해 직원들끼리 모델 측에 양해를 구하지 않고 순서를 변경하는 일이 다반사였지만, 지금은 또 상황이 달랐다.

그의 입장에선 기분 나쁠 수도 있는 거였다.

단영이 힐끔거리며 승호의 눈치를 살폈다. 승호는 피식 웃으며 좋을 대로 해도 좋다는 손짓을 보였다. 자신의 순서가 뒤로 밀려도 상관없다는 뜻이다.

"……세연 씨부터 작업해 줘."

통화는 끊겼지만, 꺼림칙한 정적이 감돌았다. 뭐랄까. 의도치 않게 배려받게 된 기분. 좋지만은 않았다.

"고마워요. 순서 양보해 주셔서."

그래도 감사 인사는 전하는 게 옳았다. 승호는 그런 단영의 돌변한 태도가 귀엽다는 듯이 웃었다.

"영광이네요. 작가님한테 고맙단 인사를 듣는 날이 다 있고."

단영은 은근히 비꼬는 것처럼 들려 언짢았다.

"덕분에 기분 좋아졌으니까, 오늘은 이 이상으로 귀찮게 하지 않을 게요."

이건 또 무슨. 아니다. 됐다. 어찌 됐든 눈앞에서 사라져 준다면 아무래도 좋았다.

"열심히 작업하는 건 좋은데, 너무 늦은 시간까진 하지 말고. 밤길 위험하잖아요."

"내가 위험한 게 그쪽이랑 무슨 상관인데요."

"걱정돼."

순간, 단영의 동공이 불안스럽게 흔들렸다. 평소 가벼운 이미지와 달리, 사뭇 진지하게 돌변한 그의 말투 때문이다. 무엇보다, 반말. 짧아진 말. 예전의 승호를 보고 있는 것 같은 착각이 들었다.

"알겠죠?"

"배승호 씨."

"말해요."

의자에서 엉덩이를 떼어 낸 승호는 시선을 다시금 정면으로 올렸다. 단영은 떨떠름했다.

"혹시……."

날 기억하고 있어요? 방심한 사이, 자칫 물어볼 뻔했다. 그나마 다행인 건 승호가 다시 되묻지 않았다는 것이다. 그는 말없이 책상 위에 놓인 테이크아웃 커피를 손에 쥐어 들었다.

"잘 마셨어요. 커피."

승호가 테이크아웃 잔 옆 부분을 두 번째 손가락으로 톡톡 두드렸다. 커피는 한 방울도 남아 있지 않았다.

"주세요. 제가 버릴게요."

단영이 손을 뻗었다. 하지만 승호는 건네줄 생각이 전혀 없어 보였다. 오히려 약 올리려는 심보인 건지, 허공 위로 팔을 쭉 올렸다. 누가 모델인 거 모르나. 높아도 너무 높게 떠 있는 커피를 올려다보다 말고, 단영은 사납게 치켜뜬 눈으로 승호를 노려봤다.

"뭐 해요."

"내 거예요."

노려보거나 말거나 승호는 신세 좋은 웃음을 흘리며 애먼 커피에게 소유욕을 보였다.

"뭐요?"

"내 거라고."

장난꾸러기 같던 짓궂은 승호의 표정 또한 일순 진지해졌다.

"마음대로 해요."

쉽게 포기를 선언한 단영의 말에 승호의 흐릿해진 동공이 평소처럼 되돌아왔다.

됐어요. 그만 가 보세요. 단영이 귀찮단 얼굴로 손을 휘휘 내저었다.

"오늘부터 시작할 생각이에요."

"그건 또 무슨……."

"작업 마무리 잘해요."

승호는 그 말을 끝으로 잡아 볼 새도 없이 바람처럼 사라졌다.

한층 더 또라이로 업그레이드가 된 것 같은데, 내가 어쩌다 저런 놈한테 푹 빠졌던 건지.

때마침 문자 한 통이 도착했다. 하준이었다.

[회사 앞이야. 정리하고 나와. 저녁 먹고 들어가게.]

"아……."

평소 같았다면 당장 달려 나갔을 텐데, 어쩐지 불편했다. 작업은 은효에게 전송만 하면 끝나는 부분이었지만 단영의 손은 멋대로 움직였다.

[미안. 오늘은 작업이]

키패드를 누르다 말고, 문득 미세한 차이를 느낀 단영은 그 자리에 우두커니 멈췄다.

승호와 하준. 그들을 마주했을 때의 감정이 너무나 상반됐다. 정신을 차리고 보니, 달라져 있었다.

8년 전, 승호는 불편했다. 반면 하준은 편하기만 했다. 그런데 왜 지금은 정반대가 되어 버린 걸까. 어쩌다. 단영 스스로도 이해할 수 없는 상황이었다.

[오빠. 다음에 먹자. 오늘은 너무 바쁘네. 미안.]

끝내 문자가 전송됐다.

15화

"오늘 스케줄은 다 끝났으니까 집 들어가서 푹 쉬어. 아마 일주일 정도는 널널할 거야. 화보 촬영 일정만 빼면."

마지막 스케줄까지 모두 마친 뒤, 오피스텔로 향하는 중이었다. 비록 평소에 수다스러운 편은 아니었지만, 쉬는 텀이 길어질 때면 승호는 기분 좋은 티를 숨기지 못하곤 했다. 그러나 지금은 좀처럼 입을 열 생각이 없어 보였다.

두환은 백미러로 힐끔거리며 승호의 안색을 살폈다. 뭐야, 쟤 또 왜 저래.

"안 기쁘냐?"

오늘은 무슨 일이 있었기에 저 모양인 건지. 눈치 볼 게 생겼구나. 두환은 골치 아파진 상황에 미간을 슬쩍 구기며 지속적으로 백미러를 힐끔댔다.

"배승호!"

"왜."

다른 생각에 잠겨 있었던 것이다. 반박자 늦게 저를 부르는 걸 알아차린 승호가 창문에서 시선을 뗐다.

"무슨 생각을 그렇게 하냐고. 속 안 쓰려? 너 점심부터 밥 한 끼도 안 먹었잖아."

"아, 뭐……."

두환 덕분에 승호는 잊고 있던 지난날의 기억을 다시 상기시켰다. 처음이었다. 누군가를 그토록 오랜 시간 기다려 본 적은. 그것도 무려 세 시간이었다.

일반적인 직업이었다면 모를까, 승호는 세간에 얼굴이 다 알려져 있는 모델이었고, 배우였다. 하지만 그는 주변 이목을 전혀 신경 쓰지 않고 스튜디오 맞은편 식당에서 줄곧 단영을 기다렸다.

몇 시간이 흘러도 나타날 생각이 없는 단영 때문에 충분히 복잡한 심경이었는데, 그런 타는 속도 모르고 팬들은 사인을 요구해 왔다. 함께 사진을 찍어 달라며 귀찮게 굴기도 했다.

기다리다 지쳐 갈 때쯤 단영이 나타났다. 반사적으로 자리에서 벌떡 일어났지만, 그녀는 식당을 쳐다보지도 않았다. 망설임 없이 그대로 스튜디오를 향해 걸었다. 매정하기 짝이 없었다.

"저쪽에 맛있는 떡볶이집 있는데, 잠깐 들를래?"

두환이 물 흘러가듯 물었다.

"아니."

"그럼, 내가 사 올까?"

"됐어."

승호는 밥 한 끼 제대로 챙겨 먹지 못했으나 이상하게 허기짐을 못 느꼈다. 입맛이 돌지 않았다. 아무래도 지난날의 여파가 컸던 게 아닐까 싶다.

"건강 잘 챙겨. 몸이 자산인 거 잊지 말고."

두환은 다시 한번 당부했다. 잠시 정차한 차량은 신호가 바뀌자 부드럽게 움직였다.

"아, 맞다. 최 작가님 얼굴 좀 낯익지 않냐? 매번 볼 때마다 그게 참 이상하단 말이지."

"……."

"흐음. 어디서 많이 본 얼굴이 분명한데."

순간 승호의 낯빛이 굳었다. 그러나 얼마 지속되진 않았다. 금세 표정을 풀었다.

"형 저번에 형수님 처음 만났을 때도 익숙하다 했잖아."

그렇게 말하며 승호의 시선은 다시금 창문에 고정됐다. 바깥은 이미 깜깜했다. 한적한 도로가 차량들로 북적거렸다. 때마침 퇴근 시간이라 인도 역시 사람들로 채워졌다. 차량 속력이 높아질수록 상점들은 하나 둘씩 승호의 시야에서 빠르게 스쳐 지나갔다.

"언제 적 일이냐, 그게. 이번엔 진짜라니까 그러네."

"그래?"

승호는 대수롭지 않다는 듯 대충 대답해 주었다. 그러다 어느 찰나에 승호의 시선이 멈췄다.

"형. 잠깐 차 좀 세워 봐."

"뭐?"

"유턴."

답지 않게 조급한 음성이었다.

"어디 들르려고."

"아까……."

대답할 새도 없었다. 빠르게 지나간 상점 쪽을 다시 한번 확인하려는 듯 승호의 고개가 뒤로 홱 돌아갔다.

"아까 뭐?"

"아까 그 떡볶이집."

"저 새끼는 이제 뭐 툭하면 이랬다저랬다야. 유턴 신호 지나친 지 한참 전인데 이제 와서 말하는 건 대체 무슨 심보냐?"

두환의 잇새로 볼멘소리가 터졌다. 아무래도 저를 놀리는 게 틀림없다 여긴 것이다. 미리 말하면 어디가 덧나? 긴 한숨을 내쉰 두환이 핸들을 꺾었다.

단영이 손꼽아 고대해 온 날이었다. 그녀가 즐겨 찾는 단골 떡볶이집에 드디어 새로운 메뉴가 출시됐다. 그렇게나 기다려 왔는데, 어째서 오늘따라 아무런 감흥이 없을까.

죽을 것 같다. 어쩐지 묘하게 달라진 기류 탓이다. 일단 하준의 떡볶이 제안을 며칠 미루고 미루다 울며 겨자 먹기 식으로 함께 오긴 했다.

그 이상 거절했다간 더 수상하게 여겨질까 봐서.

거기까진 좋았다. 다 좋은데, 묵직해진 공기가 주변을 가득 채워 숨이 막혔다. 덕분에 단영은 당장 질식사하기 일보 직전이었다.

평소 음식 앞에서 있는 예의, 없는 예의 다 지켜 온 단영이었다. 하지만 하루하루 손꼽아 기다려 온 신상 메뉴 앞이었음에도 불구하고 그녀는 젓가락을 깨작거렸다.

반면, 떡볶이를 별로 즐겨 먹지 않았던 하준은 팔짱을 끼운 채 단영의 이상 행동을 말없이 주시했다.

"뭘…… 그렇게 봐?"

그 시선을 눈치챈 단영이 슬그머니 고개를 들어 하준을 바라봤다.

무미건조한 눈빛. 무엇이든 다 꿰뚫고 있을 것만 같은 그런 눈빛이

었다. 단영은 은근슬쩍 눈꺼풀을 내려 하준의 집요한 시선을 먼저 피했
다.

"아니다. 나 신경 쓰지 말고 마저 먹어."

그가 턱짓으로 떡볶이를 가리켰다.

"아, 응."

떡볶이가 코로 들어가는지 입으로 들어가는지 모르겠다. 꾸역꾸역
목구멍으로 떡만 밀어 넣는 수준이었다. 뭐가 됐든 턱이라도 움직여야
어색한 침묵이 끊어질 것 같았다. 단영은 집요한 그의 눈빛을 받아 내
랴, 떡볶이 먹으랴 정신이 없었다.

결국 쉴 새 없이 젓가락질하던 그녀에게 참사가 터졌다.

"컥. 캐액……!"

매운 떡볶이 국물 때문에 사레에 들린 것이다. 코와 목이 후끈거렸
다. 단영은 눈물까지 찔끔 흘리며 기침을 계속 이어 갔다.

"음식 천천히 먹으라고 했지."

그가 물이 담긴 컵을 단영 쪽으로 내밀며 타박했다.

"뭐가 그렇게 급해. 마셔."

평소 단영의 습관이었으니 하준 입장에선 이상하게 보일 리 없었다.
혼자 괜히 의식한 걸까. 내가 너무 예민한 걸까. 단영은 차라리 그렇게
여기고 싶었다.

매일 먹어도 질리지 않던 떡볶이가 맛이 없다. 그녀는 떡볶이를 다
먹지 못하고 젓가락을 내렸다.

"왜. 더 안 먹고."

"그냥, 오늘따라 입맛이 없네."

"……."

"아, 배부르다. 그만 갈까?"

서둘러 주변을 정리하는 단영의 행동을 관찰하던 하준의 눈빛이 전

보다 더 짙어졌다. 핸드백 안에서 카드를 꺼내 든 단영이 계산대 앞으로 걸어갔다.

하지만 몇 발자국 떼지 못하고 발을 멈추어야 했다. 하준이 손목을 잡아챈 것이다. 생각지 못한 접촉에 화들짝 놀란 그녀가 매정하리만큼 하준의 손을 팍 쳐 냈다.

"아……."

하준의 눈가가 과격하게 일그러졌다.

"미, 미안. 놀라서."

놀란 단영은 머쓱한 나머지 손으로 목덜미를 문질렀다. 다시금 몸을 돌려 계산을 하려는데, 그보다 조금 더 빨리 하준의 카드가 불쑥 내밀어졌다.

"이 카드로 계산해 주세요."

사장님은 어색한 미소를 보이며 하준의 카드를 건네받았다.

계산을 모두 마친 뒤, 두 사람은 나란히 밖으로 나왔다. 밤바람은 생각보다 훨씬 쌀쌀했다.

"타. 데려다줄게."

왠지 모르게 그의 음성이 한층 낮게 가라앉아 있었다. 주차된 차량 쪽으로 앞장서서 걷는 하준을 두고 단영은 움직이지 않았다. 그저 뒷모습만 바라볼 뿐이었다.

"뭐 해. 안 오고."

걸음 소리가 들리지 않자, 슬쩍 고갤 돌린 하준이 답답하다는 듯 채근했다.

"오빠. 오늘은 그냥 나 혼자 갈게."

왠지 그래야 할 것 같아. 단영은 단호했다.

"왜."

"어? 아, 그냥……. 집도 바로 코앞이고."

"그 코앞 거리인 너희 집 데려다주는 일이 뭐가 힘들다고. 됐으니까 빨리 타."

"오빠도 요즘 투 잡 뛰느라 피곤하잖아. 오늘은 여기서 헤어지자."

뻣뻣하게 입술 끝을 올린 단영을 보고 있자니, 하준은 속이 뒤틀리는 것 같았다. 골치가 아팠다. 눈을 감은 그가 엄지손가락으로 미간을 꾹꾹 눌렀다. 짜증이 치밀어 올라 차분히 진정시킬 필요가 있었다. 이성적으로 생각해야 했다.

"최단영."

그의 눈꺼풀이 매끄럽게 위로 올라갔다. 지금처럼 그의 목소리에 높낮이 변화가 없어질 때. 화를 억누르는 무심한 말투로 이름을 부를 때. 단영은 그 순간을 가장 두려워했다.

평소 화를 잘 내지 않던 도하준이 화가 난 것이다. 단영의 어깨가 움츠러들었다.

"대답 안 하지."

"……."

"최단영."

하준의 가죽 구두가 땅에서 떨어졌다. 세 발자국 정도 넓은 보폭으로 다가왔다. 그녀가 천천히 얼굴을 들어 올렸다.

"대답해."

"……응."

"요즘 너 수상한 거. 알아, 몰라."

정장 바지 주머니 안으로 한쪽 손을 밀어 넣은 그가 삐딱하게 섰다.

"어?"

"네가 언제부터 내 걱정을 그렇게 했다고. 신경 쓸 걸 써."

그 부분에 대해선 마땅히 할 말이 없었다. 내 코가 석 자라고 단영은 자신부터 챙기느라 바빴다. 쌓인 업무를 처리하는 것조차 힘들어 죽겠는데 차마 주변까지 살필 여력이 없었다.

그러나 하준은 아니었다. 단영보다 훨씬 더 바쁜 환경이었음에도 늘 그녀를 먼저 챙겨 왔다.

할 말을 잃은 단영을 넌지시 내려다보던 하준이 묵직한 숨을 뱉어 냈다.

"문제가 뭐야."

"그런 거 아니야."

"그럼 다른 건 뭔데."

"아니라니까."

진전이 없다. 나아지는 것 또한 없었다. 하준은 입술 안을 씹으며 고갤 비스듬히 기울였다. 상대가 못마땅하게 느껴질 때마다 종종 나오는 버릇이었다.

"계속 이런 식으로 삐딱하게 굴어라. 어?"

일촉즉발이었다. 언제 터져도 이상할 것이 없었다. 아무리 이성적인 하준이라 할지라도. 단영에겐 더없이 너그러운 사람이었다 할지언정, 아닌 건 아니었다. 오냐오냐하며 곱게 넘어가 줄 생각은 없었다.

"난 내가 납득할 수 있는 이유 듣게 될 때까지 너 보내 줄 생각 추호도 없고, 언제까지고 계속 이렇게 마주 서서 있을 거면 좋을 대로 해. 난 상관없으니까."

"오빠."

"왜."

"이럴 땐 그냥 좀 모르는 척 넘어가 주면 안 돼?"

"어. 안 돼."

성향의 차이인 걸까. 사이가 뒤틀려 어긋나거나, 의견 차이로 갈등이 생겨날 때면 단영은 혼자 생각할 시간을 간절히 바랐다.

그래야만 정리가 되는 성향이었다. 누군가에게 생각을 정리할 수 있

223

는 공간에서 방해받는 걸 굉장히 싫어했다. 더군다나 현재 단영의 심리는 몹시 혼란스러운 상태였다.

반면 하준은 그녀와 정반대였다. 그때그때 풀어야 직성이 풀리는 성격이었다. 틈이 벌어졌을 때 방치해 두면 그 골이 더 깊어질 거라 믿어 의심치 않았다.

서로가 생각하고 있는 주관을 뚜렷하게 말하고, 조율해 나가는 편이 이롭다 생각했다. 감정적인 단영과 지극히 이성적인 하준의 차이였다.

"학교 왔던 날까지만 해도 너 멀쩡했어."

"……."

"맞아, 아니야."

"맞아."

"그럼 그 이후부터네. 이렇게 삐딱선 타기 시작한 게."

"삐딱선 탄 거 아니야."

"지금 너 나한테 화난 거 있잖아. 틀렸어?"

"화난 거 아니라니까!"

그녀의 목소리가 높아졌다.

"내가 점쟁이냐. 신도 아닌데 네 심리 하나하나를 어떻게 다 파악해."

"알아 달라 한 적 없어."

"말 똑바로 못 하지."

어떻게 말을 똑바로 해. 나조차도 모를 감정인데. 이런 적은 처음이었는데. 무엇부터 말을 해야 할지, 어디서부터 꺼내야 할지 제대로 감도 잡히질 않아서 혼란스러워 죽겠는데.

김지영. 그 애가 오빠를 좋아하는 게 맞는지. 그렇다면 그 감정을 알고는 있었는지. 괜히 샘이 났다고. 오빠가 장가가는 모습을 상상해 봤더니 이유 모르게 불안해졌다고. 괜히 기분이 나빴다고. 혼자가 되는 일이 싫어졌다 솔직하게 말할까? 어떻게 그래.

어떻게…… 그러냐고.

단영도 알았다. 현재 자신의 행동이 사춘기 철부지보다 못하단 사실을. 괜히 삐딱하게 틱틱거리는 못된 심보나, 스스로가 죄 없는 사람 답답하게 만들고 있다는 것까지 전부 알았다.

다 아는데, 뒤죽박죽 엉켜 버린 속을 어디서부터 풀어 가야 할지 도통 모르겠다.

"나중에. 나중에 얘기하자."

단영은 담아 뒀던 제 속내를 섣불리 풀어냈다간 조심조심 쌓아 올린 하준과의 관계가 무너질까 두려웠다. 무서웠다. 시간이 지나면 괜찮아지겠지. 작전상 후퇴가 옳았다.

"넌 그렇게 가 버리면 속 편할지 몰라도 난 아니야."

그 말에 뒤돌아선 단영이 멈칫했다.

"사람 속 좀 그만 긁어라."

울렁거렸다.

"오빠 속상하다."

단영의 동공이 정처를 잃고 흔들렸다. 어쩐지 마지막 그 말이 무너지는 도하준의 심정을 대변해 주는 것 같아서.

마음이, 이유 모르게 마음이 아렸다.

"미안……."

그래서 엇나간 제 행동을 사과하기 위해 다시 등을 돌리려는 순간이었다. 단영의 눈동자로 까만색 밴 차량이 들어왔다. 살짝 열린 창문 틈 사이로 익숙한 얼굴이 보였다.

승호였다. 하준과 단영을 곁눈질로 가만히 응시하고 있었다. 하지만 흥미로운 그 눈빛에 비해, 승호의 입술은 무겁게 떨어졌다.

"오빠. 차로 가서 대화하자."

두 남자를 마주치게 둘 순 없었다. 잘 모르겠지만, 어쩐지 하준은 승호를 언짢아하는 기색이었으니, 붙여 놔서 좋을 게 없었다.

"일단 가서."

단영은 슬슬 조급해지기 시작했다.

"또 뭔데."

"가서 얘기해."

단영이 대답함과 동시에 달칵, 소릴 내며 차량 문이 옆으로 밀려났다. 그제야 하준이 얼굴을 틀었다. 승호를 확인한 하준의 표정이 싸하게 식었다.

"이런 곳에서 뵙네요. 우연. 아니, 운명인가."

숨 막히는 침묵 속에서 의연한 인물은 때아닌 운명 타령 하는 승호뿐이었다.

망했다. 단영은 죽을상이었고, 하준은 모르게 핏줄이 곤두설 만큼 주먹을 꽉 쥐었다가 폈다.

"작가님이 곤란해하시는 것 같은데 보고 그냥 지나칠 수가 있어야 말이죠."

능청을 떨었다. 여유 만만한 자태로 걸어오는 승호를 뚫어져라 바라보던 하준의 눈빛이 돌연 사나워졌다. 무어라 말하려 들썩이던 입술이 차분히 다물렸다.

하준은 승호를 없는 사람 취급 하며 고개를 정면으로 돌렸다.

"······."

단영의 얼굴엔 난감한 기색이 가득했다. 그걸 보고 있자니, 하준은 돌을 씹은 것처럼 입 안이 텁텁해짐을 느꼈다.

"구면이네요."

승호가 먼저 말문을 텄다.

"그렇게 됩니까."

하준도 물러서지 않고 맞받아쳤다. 그 사이에 끼어 버린 단영만이 어리둥절한 얼굴이었다.

"나이가 서른둘. 맞으시죠."

"배승호 씨는 서른이고요."

이미 서로의 개인 정보를 간파한 상태였다.

"이참에 형, 동생 할까요?"

"아뇨. 일적으로 대해 주셔도 충분할 것 같습니다."

기업 클라이언트 측 본부장과 기업의 제품을 성심성의껏 홍보해 주어야 할 의무가 있는 모델. 위에서 보나, 아래에서 보나 승호는 하준에게 깍듯해야 할 필요성이 다분했다.

그럼에도 승호는 태연스러운 미소로 화답했다.

"유명하단 소문을 듣고 궁금해서 포털 사이트에 검색해 봤는데 생각보다 경력이 화려해서 깜짝 놀랐습니다. 프로필 학력사항도 그렇고, 작년에 하신 인터뷰 내용도 좋던데요."

승호의 칭찬 아닌 칭찬 속엔 비아냥거림이 묻어 있었다. 하준은 침묵을 고수하며 구두 끝을 내려다보았다. 상대할 가치를 느끼지 못한 것이다.

문득 하준의 시선이 천천히 올라왔다.

"계속 있을 겁니까?"

"확률 없는 만남이 운 좋게 성사됐는데, 그냥 지나치기 아쉽잖아요. 반갑기도 하고요."

반갑기는 무슨.

"잠시 실례하죠."

하준은 표정 변화 하나 없이 정중하게 승호의 말을 끊어 냈다. 그러고는 넋이 나간 단영의 곁으로 한 발자국 가까이 다가가 손목을 잡았다.

"택시 잡아 줄 테니까 오늘은 먼저 가."

"오빠."

불안한 눈이었다. 하준을 못 믿는 건 아니었지만, 혹여 승호의 도발에 넘어가기라도 할까 염려된 거였다.

괜찮다고. 네가 걱정할 만한 일은 벌어지지 않을 거라며 하준이 그녀를 안심시키려는 찰나였다.

"저번부터 궁금했는데 무슨 관계입니까? 두 분."

하준과 단영 사이에 있어 절대적으로 언급돼선 안 될 금기적인 부분을 승호가 직구로 찔러 왔다.

"그걸 왜 배승호 씨가 궁금해하는지 이해가 안 되는데요."

하준의 눈이 가늘어졌다.

"아무리 봐도 남매 사이는 아닌 것 같아서요."

"적당히 하세요."

"아, 적당히."

경고성이 다분한 하준의 어투에도 승호가 비아냥거리듯이 피식 웃었다.

두 남자 사이에 흐르는 정적 가운데 불꽃이 튀었다.

"뭐, 단순한 호기심이었습니다."

단영의 손목을 잡고 있던 하준의 손에 힘이 실렸다. 승호의 시선이 그곳에 고정됐다. 결코 친절한 눈빛이 아니었다. 어떻게든 떼어 내고 싶어 하는 그런 눈이었다.

"그렇게 힘주어 잡으면 작가님 손목이 남아나지 않을 것 같은데."

하준은 단영이 아프지 않도록 진작부터 힘 조절을 하고 있었다. 물론, 그걸 승호가 알 리 없었지만 말이다.

별안간 하준이 픽, 하고 웃었다.

"제대로 파악했네요."

228

무엇을요. 승호는 눈빛으로 대신 물었다.

"보면, 모릅니까?"

"무슨."

"아까 말했던 그, 관계요."

하준의 목소리가 한결 느슨해졌다. 승호는 줄곧 손목 부근에 머물러 있던 시선을 올렸다.

"이만큼 친절하게 답 드렸으면 충분히 알아들으셨을 거라 생각합니다."

"……"

"이제 그만 불쾌하게 하고 갈 길 가시죠. 계속 머무르면 좋은 꼴 보지 못할 건 피차 마찬가지일 텐데."

"그건 좀, 싫은데요."

"아."

짜증 섞인 탄식이 하준의 잇새로 터져 나왔다. 잠자코 있던 단영은 이리저리 눈짓으로만 두 남자의 눈치만 살피다 중재 역할을 맡기로 마음먹었다.

"둘 다 그만해요."

하지만 그녀의 만류는 금세 허공에서 소멸됐다.

"한번 칼을 뽑았으면 끝은 봐야죠. 안 그럽니까?"

승호의 의미심장한 말 덕분에.

"도하준 씨는 최 작가님 오빠라면서요. 좋은 오빠."

승호는 멈추지 않고 밑도 끝도 없이 하준을 도발시켰다. 하준의 인내심은 곧 바닥을 보이고 있었다.

하준은 전보다 더 날 선 눈빛으로 승호를 똑바르게 주시했다.

해볼 테면 어디 더 해보란 듯이.

"배승호 씨는 내가 어지간히 거슬리나 봐요."

"오지랖에 불쾌하셨다면 정중하게 사과드리고요."

"됐습니다."

여전히 하준은 그녀의 손목에서 손을 떼지 않았다. 단영 또한 뿌리치지 않았다. 그것만으로도 만족했다. 잠시 그녀의 얼굴을 바라보았다. 안심시키려는 듯, 빙그레 웃어 보였다. 하준의 시선이 승호에게 느릿느릿 흘러갔다.

"아, 전에 대답드린다는 것을 깜빡 잊고 있었는데."

"대답?"

별안간 던져진 하준의 말에, 승호는 별로 궁금하지 않다는 뜻을 담아 대충 대답했다.

"저번 술자리에서 그랬었죠. 단영이가 계란을 여전히, 좋아하고 있었다고."

"아, 그거."

단영에겐 술에 취한 덕분에 깨끗하게 지워진 기억이었다. 그녀만 모르고 두 남자는 알고 있는 사실이 답답했다. 그런 단영을 아는지 모르는지 승호는 고개를 두어 번 끄덕였다.

"단영이에게 6년 전부터 갑자기 없던 알레르기가 생겼습니다."

"……."

"계란 알레르기요."

승호의 표정이 굳어진 건 순식간이었다.

"그건, 알고 계셨습니까?"

확실한 한 방이었다.

16화

계란 알레르기. 하준은 대화의 논점이 한참 벗어났다는 걸 알면서도 일부러 언급했다.

"알고 있을 리가 없겠죠."

8년이란 시간 동안 네가 없던 자리에 내가 있었고, 네가 없던 시간 속에 내가 존재했다.

승호와 자신의 차이를 확실하게 구분 짓기 위함이었다. 버려 놓고 이제 와 찔러 보려는 수작이 통할 리 없다는 것을 제대로 인식시키고자 했다.

"제가 괜한 걸 물었네요."

승호의 부재는 생각보다 길었고, 그 빈 시간을 채워 간 하준의 존재감은 승호와 비교할 수 없을 만큼 훨씬 컸다.

침묵하는 승호에게서 시선을 뗀 하준이 단영의 팔목을 잡아끌었다.

"가자."

단영의 상체가 앞으로 기우뚱거렸다.

"……."

하지만 단영의 발은 앞으로 나아가지 못했다. 승호가 손목을 잡아챘기 때문이다. 손목은 하나인데, 두 개의 손이 얹어졌다. 아……. 짜증스러운 탄식을 터트린 하준이 눈빛을 세웠다.

"아까부터 계속 뭐 하자는 겁니까."

"두 번이나 가만히 당하고 있긴 싫어서요. 저도."

회식 때를 두고 말하는 거였다. 그때야 인사불성이 되어 버린 단영을 어찌할 도리가 없어 막아 세우지 못했다 쳐도, 지금은 달랐다.

"배승호 씨."

"네."

경계심이 묻어난 눈으로 서로를 관통했다. 의미 없는 눈싸움만 지속되는 가운데 단영의 입술 사이로 한숨이 토해졌다. 하지만 두 남자의 신경전은 멈추지 않았다.

"손. 놓으시죠."

"먼저 놓으면요."

물러설 기색이 없는 승호의 말에 하준의 입술이 다시금 일자로 닫혔다.

단영은 입 밖으로 말 한마디 꺼내 볼 기회조차 없었다. 그녀는 슬슬 짜증이 치밀어 오르기 시작했다.

"그쯤 해요. 둘 다."

목구멍을 긁으며 흘러나온 단영의 투는 금방이라도 터질 듯 위태로웠다. 그제야 두 남자가 멈칫했다. 뒤늦게 심각성을 알아차린 것이다. 서로에게 적대감을 쏟아부으며 집중하느라 단영의 중재를 귀담아듣지 못했다.

단영은 심호흡하며 반대쪽 손을 들어 잔머리를 귀 뒤로 쓸어 넘겼다.

"배승호 씨."

잔뜩 날카롭게 날이 선 단영의 어투에 승호의 눈동자가 천천히 움직였다.

"말해요."

"단도직입적으로 하나만 물어볼게요."

"하세요."

"계속 궁금했는데, 혹시 나 알고 있었어요?"

승호의 손가락이 움찔거렸다.

"모를 거라 생각, 아니, 기억 못 할 거라 생각하고 주제넘는 말 한 번만 할게요. 무례하게 들릴 수도 있겠지만, 그 점은 배승호 씨가 이해해 주세요. 나 그 정도 입장은 된다 생각하니까."

단영은 허리에 손을 얹고서 승호를 빤히 직시했다. 어울리지 않게 머뭇거리는 승호를 놓치지 않고 그녀는 바로 말 순서를 낚아챘다.

"최근 배승호 씨 행동 말이에요. 제 입장에선 도무지 이해가 안 되거든요. 우린 포토그래퍼, 모델 그 이상 이하도 아닌 관계잖아요. 단순히 찍고 찍히는 사이요. 그래서 굉장히 당혹스러워요. 놀림당하는 것 같아서 굉장히 기분 나쁘구요."

"……."

"제가 분명 일전에 예의 없이 시비 걸었던 점은 정중히 사과드렸죠. 혹시 사과가 더 필요하다면 말씀해 주세요. 비꼬는 게 아니라 진심으로 묻는 거예요. 제 사과가 충분치 못해서 기분 나빠 그런 거라면 몇 번이고 사죄드릴게요."

"아니."

"그 대답은, 충분했다 판단해도 되겠죠? 그럼 오늘 이후부턴 이런 장난은 그만둬 주세요. 부탁할게요."

"누가 장난……."

"그리고 저, 도하준 씨 때문에 곤란한 적 없었어요. 배승호 씨가 굳이 나서서 도와주지 않았어도 문제 될 건 없었을 거란 뜻이에요."

단영은 씁쓸한 기색을 내비쳤다. 그 표정에 적잖게 당황한 승호의 눈동자가 흔들렸다. 단영은 그 눈빛을 똑바르게 마주했지만, 자세한 승호의 속내까지는 알아차릴 수 없었다.

"일적으로요. 다음부턴 일적으로만 봐요. 만약, 정말 만약에 배승호 씨가 나한테 했던 말이나 행동들이 전부 거짓 없는 진심이었다면, 순수한 의도였다면 미리 사과드릴게요."

이번엔 단영의 눈이 하준에게로 향했다.

"그리고 오빠도 답지 않게 너무 갔어. 그렇게까지 날 세우지 않아도 되는 문제였잖아. 어쩌다 내가 둘 사이에 끼어들게 됐는지는 잘 모르겠지만, 당장은 아니더라도 둘이 따로 만나서 잘 풀어요. 알겠어요?"

두 남자는 대답이 없었다.

"애처럼 굴지 말고요. 앞으로 우리 셋 다 자주 봐야 할 사인데."

단영은 눈 한 번 깜빡이지 않고 기계처럼 말했다. 받아 줄 의향이 조금도 없다는 뜻을 돌려 말한 거였다. 조곤조곤 침착하게 이어 가는 말속엔 뼈가 있었다.

"내가 하고 싶은 말은 이게 끝이에요. 대충 이해하셨으면 그만 손좀 놔줄래요? 두 분 다."

이런 식이라면 명분이 없었다. 더는 그녀를 잡아 두지 못한다.

얇은 손목을 잡고 있던 승호와 하준의 악력이 서서히 풀어졌다.

단영은 자유로워진 손목을 빙글 돌리며 어색하게 미소 지었다.

"고마워요. 그럼 배승호 씨, 나중에 스튜디오에서 뵐게요."

그리고 오빠 나 좀 봐. 그녀는 하준에게만 들릴 만큼 작게 속삭인 뒤 먼저 자리를 벗어났다. 하준은 잠시 멈칫했다. 순식간에 공허해진 승호의 눈을 목격했기 때문이다.

하지만 그것도 잠시였다. 하준은 가벼운 묵례로 인사를 대신하고선 미련 없이 등을 돌려 단영을 쫓았다.

승호는 그들이 작은 점이 될 때까지 석고상처럼 그 자리에 가만히 서서 움직이지 못했다.

그의 눈은 아직까지도 제 손에 고정된 채였다. 따뜻한 체온이 아직까지 남아 있는 것 같다. 그는 주먹을 꽉 쥐었다 피며 눈썹을 구겼다. 그뿐이었다.

차량으로 돌아온 이후, 대화는 단절됐다. 침묵을 유지하는 동안 단영은 엉켜 있던 생각들을 침착하게 정리했다.

"아깐 왜 그랬어?"

그녀가 심사숙고하여 고른 첫 질문이었다.

"뭐가."

어렵게 결정한 단영의 질문을 단번에 묵살시켜 버리듯 하준은 덤덤했다.

"오빠 그런 사람 아니잖아."

오랜 시간 알고 지냈지만, 최근 하준의 태도는 처음 접해 보았기에 단영은 도통 적응할 수가 없었다.

그는 누구에게든지 친절했다. 아무렴 비도덕적인 사람을 상대로 비즈니스를 치러야 할 때마저 이성적으로 잘 풀어냈었다. 모르게 뒤에서 보복을 한다면 모를까, 지금처럼 대놓고 융단 폭격을 가한 적은 처음이었다.

그런 단영의 혼란스러운 마음을 아는지 모르는지 하준은 오히려 자조적인 웃음을 터트리며 말을 곱씹었다.

그런 사람…….

"그런 사람이 뭔데."

"……뭐?"

단영의 얼굴이 옆으로 돌아갔다. 하준은 표정이 없었다. 그저 허탈하다는 듯이 씁쓸한 눈빛으로 그녀를 가만히 응시했다.

"그런 사람이 뭐냐고."

누구에게나 예의 바른 사람. 쉽게 흥분하거나, 무턱대고 공격하기보다는 합리적이고 신중하게 행동하던 사람.

단영은 말해 보라면 얼마든지 줄줄 나열할 수 있었다. 하지만 목구멍 끝까지 차오른 말들은 시원하게 터져 나오지 못했다.

"요즘 대체 왜 그래. 나 정말 적응 안 되는 거 알아?"

"그걸 몰라서 물어?"

"도하준."

"대답해."

하준은 똑바르게 단영을 직시하며 답을 종용했다. 그 눈빛엔 흔들림이 없었다. 양보가 습관인 사람이었다. 어울리지 않게 서두르는 모습에 불쑥 불안함을 느낀 단영이 슬쩍 눈을 아래로 내리깔았다.

"몰라."

"몰라?"

"그래. 몰라. 내가 오빠 속마음을 어떻게 알아? 나한테 한 번이라도 말해 준 적 있었어?"

매번 그래 왔다. 하준은 단영에게 제 속내를 보여 준 적도 진솔했던 적도 없었다. 그저 다섯 발자국 정도 떨어져 지켜보기만 했다. 그렇게 약속했었으니까.

스스로에게, 단영에게. 그런 하준을 알 리 없는 단영 입장에선 그저 답답한 거였다.

"오빠. 우리 말이야. 이런 말도 안 되는 이유로 싸운 적 있었어? 난 진짜 모르겠다. 왜 유독 배승호 씨한테만 공격적으로 구는 건지, 그렇게 열 낼 만큼 심각한 일이었던 건지. 정말 하나도 모르겠어."

"……."

"최근 부쩍 예민해진 오빠 보면서 내가 대체 뭘 잘못했나, 과장 조금 보태서 백 번 넘게 생각해 봤거든? 그런데도 답이 안 나와."

"예민하게 굴었던 건, 내가 아니라 너겠지."

그렇게 잘잘못을 따지자면 할 말이 없었다.

그와 함께일 때 단영은 그렇게 편할 수 없었다. 피 한 방울 섞이지 않은 남이었고 타인이었지만, 그간 지켜 온 룰이 있었기에 가능한 관계였다.

자칫 위험해질 수 있을 법한 상황 자체를 만들지 않았다. 서로의 개인적인 프라이버시는 최대한 지켜 주고자 했고, 이성 간에 벌어질 수 있는 모든 상황을 대비해 조심히 경계해 왔다.

그랬기에 10년이 넘는 긴 시간 동안 함께하며 바람 한 점 없이 지낼 수 있었다.

전부 하준 스스로가 주도해 얻어진 결과였다. 단영이 둔해서라기보단, 당연해서.

그런데 그 모든 것들이 순식간에 부서질 위기에 처했다. 산산조각 날 것 같은 두려움이 자꾸만 단영의 뇌리를 스쳐 지나갔다.

"내 잘못이었나 보네."

의미심장한 말로 순순히 제 잘못이라 인정한 하준이 원인이었다. 단영은 애써 잠재워 둔 불안함이 치솟았다.

"뭐?"

하지만 모르는 척 눈만 깜빡였다.

핸들을 꽉 쥐고 있던 하준의 손이 힘없이 미끄러져 허벅지 위로 툭 떨어졌다. 무심하게 닫혀 있던 입술은 열릴 듯 말 듯 몇 번이나 들썩거리다 천천히, 아주 느리게 움직였다.

"……내 잘못, 인 것 같다고."

하준이 희미한 숨을 밀어 냈다. 수많은 변명들이 입 밖으로 나오지 못하고 먹먹한 가슴속에서 파도처럼 넘실댔다.

그래. 전부 내 잘못이다. 지금처럼 유치하고 치졸한 욕심을 내비칠 생각이었다면, 처음부터 보여 줬어야 했는데.

"내 판단이 틀렸고."

내 마음 하나 알아주는 일이 이만큼이나 힘이 드는 거냐며 속으로 너를 원망한 적 또한 많았지만, 내심 오랜 기다림에 면역력이 생기려던 찰나, 배승호가 등장하게 될 줄은 몰랐다.

"안일했어."

난 서서히 물들어 갈 시간이 있었지만, 넌 아니었어.

비겁했지.

어떤 식으로 널 설득시키든 이해시키든 갑작스러울 거고, 당황스러울 거고, 그보다 더 어이가 없겠지. 그래도.

그래도. 전부 내 잘못인 거 아는데, 단영아.

"바꿔."

이기적이어도.

"뭐?"

"이번 시즌 전속 모델, 다른 모델로 바꿀 거라고."

유치해도.

"오빠!"

"왜. 다시 배승호랑 재회하니까 마음 약해져?"

내 마음 한 번만 좀 알아주라. 한 번만.

"그걸 어떻게……."

순간, 단영의 동공에 지진이 일었다.

"위약금 문제는 기업 측에서 알아서 책임지고 정리할 테니까 그런 줄 알고 있어."

"지금 위약금이 문제야?"

"말고 더 있어?"

헛웃음이 터졌다. 단영은 기가 막히고 코가 막힐 지경이었다. 신경질적으로 긴 머리를 쓸어 넘기며 하준을 사납게 흘겨보았다. 그는 눈한 번 깜빡이지 않고 무심하게 말을 이어 갔다.

"내가 분명 말했었지. 배승호 만나지 말라고."

"어떻게 안 만날 수가 있어. 오빠 내 직업 뭔지 몰라?"

"개인적으로 가깝게 지내지 말라 했잖아."

"누군 가깝게 지내고 싶어서 그런 줄 알아? 그 인간이 불쑥불쑥 튀어나오는 걸 어떻게 하라는 건데, 나더러!"

그녀는 억울하다는 듯이 목청을 높였다. 사실은 억지라는 걸 안다. 단영이 잘못한 건 무엇 하나 없었다. 누가 보더라도 이상한 쪽은 하준이었다.

"직접 눈으로 목격한 것만 몇 번이야. 정확하게 선 못 긋고 어중간한 네 행동이 이상하단 생각은 못 해?"

"아, 그럼 다 내 잘못이라는 거네? 내가 융통성 없이 굴어서. 매정하지 못해서. 이것도 저것도 아닌 행동으로 사람 헷갈리게 만들어서. 그래서 그런 거네?"

여기서 멈춰야 했다.

"그 사람이 나한테 좋아한다고 지 마음 알아 달라 고백한 것도 아닌데, 거기서 뭐라 할까. 다짜고짜 내 앞에 나타나지 말아 달라고 부탁이라도 할까? 내가 그 사람 제발 만나게 해 달라고 빌기를 했어, 아님 가깝게 지내 보자고 친목 도모를 했어? 내가 대체 뭘 어쨌는데?"

멈춰야 하는데, 한번 움직이기 시작한 입술은 도무지 멈출 기미가 보이지 않았다.

"가깝게 지내면 우리 오빠가 싫어해서 그러는데, 조심 좀 해 주세요. 뭐, 그럴까? 그렇게 말하면 날 얼마나 미친년으로 생각하겠냐고!"

"배승호가 널 미친년이라고 생각하든 뭐라 판단하든 그게 너랑 무슨 상관인데."

"그런 말이 아니잖아."

"그런 말이야."

답이 없었다. 억울함은 고사하고 단영은 원통했다. 어째서 이런 파국으로 치닫고 있는 걸까. 이해할 수 없었다. 차오른 흥분을 참을 수 없었는지 그녀의 입술이 파르르 떨려 왔다.

이보다 더 상황이 심해진다면 모진 말이 나올 확률이 컸기에 단영은 최대한 감정을 억눌러 참아 가며 근본적인 문제부터 따져 묻기로 했다.

"오빠 입장에선 위약금 따위야 대수롭지 않겠지. 시오전자 돈 많고, 영향력 큰 대기업인 거 모르는 사람 있어? 그래. 나도 아는데, 이미 계약서에 도장 찍었잖아."

"……."

"CF 촬영 반 정도 진행됐어. 시오전자만 곤란하고 끝나게 될 문제가 아니란 뜻이야. 해지된 다음은? 우리 스튜디오는? 다짜고짜 해지됐다고 통보받게 되면 배승호 기획사 측에서 가만히 있을 거 같아?"

"……."

"괜히 가운데에서 우리만 등 터져. 신뢰도 뚝 떨어질 거라고! 이 바닥 소문 빠른 거 몰라?"

"나 믿어. 너희 쪽 곤란해질 일 없게 할 테니까. 그 정도도 케어 못할 만큼 무능력하지 않아."

"조금 있으면 화보 촬영도 시작될 거야. 오빠가 더 잘 알겠지만, 이미 클라이언트 측에서 배승호 씨랑 제일 잘 맞는 콘셉트로 콘티 만들어서 보냈잖아. 그 분위기 제대로 살릴 수 있는 모델, 그 사람밖에 없어."

"역량 충분히 채울 수 있는 모델로 다시 고르면 돼. 그리고 잠재된 분위기 찾아 주는 건, 다른 사람도 아니고 네가 해야 할 일이야."

말 한마디도 져 줄 생각 없지. 무미건조한 하준의 태도에 단영은 울컥했다.

"내가 모델 골랐어? 시오전자 측에서 먼저 선별해서 보낸 거잖아!"

"……."

"그리고. 내 실력 못 믿어서 그렇게 말한 거 절대 아니거든? 나도 내가 실력 있는 거 알아. 그거랑 이거랑은 근본부터가 다른 문제지. 전문가 눈으로 봤을 때 이번 콘셉트는 배승호가 가장 잘 어울려."

"최단영."

"배승호 씨한테 다른 감정 있어서 이러는 거 아니야! 이런 어마무시한 대기업 프로젝트 메인, 나 처음으로 맡아 봤어. 그게 지금 나한테 얼마나 큰 동기 부여가 되는지 잘 알잖아."

숨이 찼다. 단영에겐 그 어느 때보다 중요한 시기였고, 긴 시간 품어 온 염원이자, 꿈이었다. 속으로만 끙끙 앓아 왔던 열정을 모두 쏟아 낼 수 있는 절호의 기회를 놓칠 수 없었다.

그랬기에 승호가 막무가내로 굴어도 참을 수 있었다.

단영은 자신과 승호의 과거를 하준이 어떻게 알고 있는 건지 의문스러웠지만, 그런 것들을 재고 따질 때가 아니었다.

당장 중요한 건, 처음으로 맡게 된 단독 메인 자리에서 최고의 결과물을 만들어 내는 것. 그걸 위해선 광고주 기업 측 담당자인 하준의 마음부터 무슨 수를 써서라도 돌려놔야 했다.

"오빠 배승호 씨 어떤 점이 그렇게 못마땅한 건데?"

"사람 싫어지는 것에 이유를 왜 찾아."

"도하준이라서 찾는 거야. 오빠 그런 사람 아니니까!"

"사람 잘못 봤네. 착각했다 쳐."

"아니. 이번엔 나도 그냥 안 넘어가. 못 넘어가. 뜻 굽힐 생각 추호도 없고 확실한 이유가 있었다면 모를까, 지금처럼 억지 부리는 오빠 행동은 도무지 납득 못 하겠어. 난 취소 못 해. 안 해. 그런 줄 알아."

그녀는 하준이 대답하기도 전에 조수석 문부터 열었다. 탁. 세게 닫힌 문이 괴리감을 더욱 가중시켰다. 화가 머리끝까지 차올랐다.

억울하다 못해 제 마음 하나 알아주지 못하는 그가 미워 눈물이 터질 위기였다. 그녀는 최대한 눈에 힘을 주고선 거침없이 걸었다.

집 대문 앞에 다다랐을 때, 저벅저벅 일정한 규칙을 두고 다가오는 가죽 구두 소리가 점차 커졌다. 그러다 어느 순간 뚝 멈췄다.

"최단영."

가라앉은 음성이었다. 단영은 그대로 대문을 열고 집 안으로 들어서려 했지만, 금세 맘을 고쳤다. 몸을 돌려세운 그녀가 하준을 삐딱한 시선으로 올려다보았다.

"오빠. 그거 알아?"

"뭐."

"나 스물여덟 될 때까지 제대로 된 연애 한번 해 본 적 없어. 굳이 애써 가면서 감정 노동 하기 싫더라. 그렇게 죽고 못 살겠다며 결혼까지 한 마당에 결국 갈라선 우리 부모님 생각나서."

하준은 말없이 단영을 응시했다.

"오빠한텐 진짜 고마운데 나 아직도 오빠 눈치 봐. 말 한마디 하는 것도, 오빠 표정 변하는 것도 다 신경 쓰여. 내가 잘못하면 사이 틀어질까 봐. 또 버림받을까 봐 무섭고 두려워."

단영이 얼굴을 푹 떨구었다.

"오빠마저 나 버리면 어떡해? 오빠도 그땐 어렸으니까. 정말 현실적으로 생각해 보면 말도 안 되는 일도 아니고, 버리지 않을 거란 보장도 없잖아."

처음 듣는 고백이었다. 좋지 못한 고백. 하준의 표정이 점차 일그러졌다.

"우리, 가족처럼 지내 왔지만 진짜 가족은 아니잖아. 결국 상처받는 말 한 번에 남보다 못한 사이 돼도 이상할 거 하나 없는 남이잖아!"

"최단영."

적잖게 화가 난 상태였다. 그걸 증명하듯 하준의 낯빛은 숨이 턱 막혀 올 만큼 살벌했다.

"잘난 오빠들 곁에 있어 봤자 얼마나 가겠냐고. 결혼하면 부케 받아 줄 친구는 있대? 잘난 오빠들 전부 다 결혼하고 나면 그때는? 그 말들, 대학교 졸업할 때까지 끈질기게 따라붙더라. 단순한 시샘인 건지 뭔지는 모르겠지만. 여태 내가 오빠 말, 안 들었던 적 있었어?"

"……."

눈썹에 힘을 주고 단영을 노려보고 있던 하준의 동공이 정처를 잃고 흔들렸다.

"눈 감고, 귀 닫고 꾸밀 시간도 없이 바쁘게 살았어. 사진 하나 끝내 주게 잘 찍는 포토그래퍼 돼 보겠다고, 뒤돌아볼 새도 없이 앞만 보면서 달려왔단 말이야, 나."

"……."

"근데……. 근데 왜 그래? 오빠 진짜 나한테 왜 그러는 건데? 다 포기하고 꿈 한번 이뤄 보고 싶다는데, 그거 하나 이해 못 해 줘? 내가 뭘 그렇게 잘못했어. 배승호가 문제야?"

"그게 아니라."

"언제부터 알고 있었어? 나랑 배승호 관계."

금이 갔다. 멈춰야 할 것 같은데 그럴 수도 없었다. 이미 멀리 가 버린 것이다. 하준은 손을 들어 이마를 짚었다. 꼬여도 너무 꼬여 골치가 아팠다.

"내 기억엔 없는데, 뭐가 됐든……. 그래, 맞아. 배승호가 내 첫사랑이야. 대학교 때 처음 봐서 사랑이 뭔지도 몰랐을 때 뭣도 모르고 좋아했어. 나 혼자서 눈물 콧물 쏙 빠지도록 사랑했어."

"알아."

그래서 더럽게 부러웠어. 네 사랑을 받았던 배승호가.

"알아? 그럼 더 말이 쉽겠네. 그뿐이야? 대차게 차였어. 후폭풍 엄청 심했는데, 시간이 약이란 말 있잖아. 나름 덤덤해지더라. 무엇보다 그 사람, 나 기억하지도 못해."

"함부로 그럴 거라고 단정 짓지 마."

하준의 얼굴이 딱딱하게 굳었다. 너만 모르는 거야. 배승호는 너 기억하고 있어.

"기억하고 있다 해도 일적으로 봐야 할 사람이야. 오늘만 보고 내일 안 볼 사람 아니야. 언젠간 또 마주쳐. 그러니까 일면적인 부분만 보고 섣부르게 판단하지 마, 오빠야말로."

언제부터 저렇게 똑순이가 됐나. 다른 사람 앞에서라면 모를까, 하준에게만큼은 제대로 된 의견 한 번 내지 못했던 소심쟁이가.

정말 다 컸구나. 어른이 됐나 보다. 하준의 가슴속에서 거칠게 파동 치던 감정들이 순식간에 고요해졌다.

"그리고. 난 연애하면 안 돼? 지금은 아니지만, 내가 아직도 배승호를 남자로 보고 있을지언정 그게 뭐 어때. 평생 솔로로 살다가 할머니 되면. 오빠가 실버타운이라도 같이 들어가 줄 거야?"

하준의 눈썹이 들썩였다. 그렇게 되도록 내버려 둘 생각 자체가 없는데.

"누구 마음대로 실버타운을 가."

"키스는 고사하고 섹스는 언제 해 봐? 이 상태면 나 아무것도 못 해! 생리를 대체 왜 하는 건지도 모르겠다고, 이제!"

섹, 뭐? 순간 당황한 하준은 어처구니가 없어 탄식을 터트렸다. 그의 미간 사이로 주름이 깊어졌다.

"말 예쁘게 못 하지."

"뭐가 어때서? 더러운 말도 아닌데!"

"최단영."

"그러니까 대체 왜 그러는 거냐고! 그럴싸한 명분도, 이유도 없는데 대체 왜 그래!"

결국 참다 참다 답답함이 폭발했다. 발을 동동 구르며 윽박지르는 단영에 비해 하준은 묵묵히 침묵했다.

단영의 해진 운동화를 넌지시 내려다보던 그가 시선을 정면으로 올렸다. 전보단 많이 부드러워진 눈빛으로 은근하게 단영을 주시했다. 하지만 단호함이 해소된 것은 아니었다.

얼마나 시간이 흘렀을까. 소용돌이치던 감정들이 점차 제자리를 찾아간다. 마음이 차분해졌다. 그가 느릿하게 눈꺼풀을 밀어 올렸다.

"……좋아해서."

꽤 오랜 시간 동안 단영의 말을 듣고만 있었던 여파로 뒤늦게 흘러나온 하준의 음성은 건조했다.

"뭐?"

"좋아서 그래."

전혀 예상 못 한 하준의 대답에 단영은 토끼처럼 눈을 크게 떴다.

"내가 너를, 너무."

"……."

"좋아하고."

이 말을 뱉기까지가 얼마나 오랜 시간이 걸렸는지, 넌 과연 짐작이나 할까.

"그보다 더 아껴서."

구구절절 마음 좀 알아 달라며 궁색함을 표현하지 않았지만. 지금에 도달하기까지가 얼마나 고됐었는지 하나하나 상세히 설명해 주진 않았지만.

달콤하지도, 대단한 것 하나 없이 그저 서툴기만 했지만.

"그래서 그래."

그녀는 절대 알아차리지 못할 만큼 떨리는 숨결과 함께 흘려보낸 담백한 고백이었다.

17화

　토옥. 톡. 빗방울이 떨어졌다. 하지만 단영은 그런 것을 신경 쓸 겨를이 없었다.

　뭘까, 대체. 지금 도하준이 뭐라고……. 단영의 눈이 두 배로 커졌다.

　"들어가. 비 온다."

　나지막한 하준의 음성에도 단영은 움직일 줄 몰랐다. 쌀쌀한 밤바람이 살갗을 매섭게 스치고 지나갔다. 전혀 예고치 못한 비처럼 그의 말은 몹시 갑작스러웠고, 그보다 더 당황스럽게 만들었다.

　"……그러네. 비가 다 오네."

　실없는 대답이었다. 단영은 뻣뻣이 굳어진 안면 근육을 풀어낼 수 없었다. 당황한 듯, 어색하게 웃었다.

　하지만 결코 가볍지 못한 하준의 무거운 표정 때문에 미소는 금세 거두어졌다. 눈을 깜빡이며 가만히 하준을 마주하던 그녀가 애써 정신을 다잡았다.

"아…… 내일 일찍 출근이었지. 나 그만 들어가 볼게, 오빠."

눈에 뻔히 보이는 회피였다. 좋아해. 아껴서. 그래서 그래. 오빠와 동생 사이. 가족 같은 관계였다면 아무런 의심 없이 받아 내고도 남을 애정에 지나지 않았다. 그러나 여태까지 봐 온 그의 행동들을 돌이켜 보면 또 다른 문제였다.

단영은 발을 떼려다 말고 다시금 똑바르게 고쳐 섰다.

"저기, 오빠."

"왜."

단영은 다시 하준의 표정을 살폈다. 누가 봐도 다른 눈빛. 저 눈빛은 결코 가족을 바라보는 눈이 아니다.

왜 이제야 깨닫게 됐을까. 어째서 저 눈을, 지금까지 눈치채지 못했던 걸까. 아니, 정말 몰랐나? 모르는 척한 건 아니었을까? 뇌 회로가 엉망진창으로 꼬여 어지러웠다.

그렇지만, 그럼에도 부정하고 싶었다.

"아까, 그 말……."

단영의 입술이 잠시 무겁게 다물어졌다. 다시 뱉기가 무서웠다. 진심일까 봐.

당혹감보단 무서웠다. 황당함보단 앞으로가 걱정됐다. 생각지도 못한 일이 너무나 뜬금없는 순간에 터져 버렸다.

그 어떤 준비조차 하지 못한 상황에서 고분고분 그의 진심을 받아 내기엔 역부족이었다. 그렇구나, 하며 수긍하기엔 마음의 평수가 턱없이 모자랐다.

"오빠."

그래서 아니길 바랐다. 차라리 둔했으면 좋겠다. '나도 오빠 좋아해. 가족으로.'라고 말할 수 있었다면 더할 나위 없이 좋겠다. 그래. 모두

248

이기적인 마음이다. 몰랐다면, 적어도 내 마음만큼은 편할 수 있었을 테니까.

"아까 그 말, 그냥 친한 사람끼리, 가족끼리 누구나 하는 그런 거지? 그런 의미로 아끼고 좋아한다 한 거잖아. 그치."

끊임없이 재촉했다. 하준은 그녀를 물끄러미 응시하다 덤덤하게 답했다.

"그래. 아니야."

아…… 다행이다. 단영이 가슴을 쓸어내리려던 찰나였다.

"지금 네가 말한 의미, 미안한데 그거 아니라고."

그는 단영의 간절함을 쉽게 꺾었다.

"여자로 보여."

마치 오늘 아침 메뉴가 뭐였는지 말하는 투였다. 낮은 목소리. 곧게 뻗은 시선에 단영의 입술은 망연히 벌어졌다.

"네 말이 맞아. 너랑 나, 남이고 타인이야. 한 번도, 단 한 순간도 가족인 적 없었고, 생각해 본 적조차 없었어."

"장난치지 마."

한편으로 단영은 그가 야속했다. 원망스러웠다. 폭포처럼 와르르 쏟아지는 말들을 차마 감당할 수 없었던 그녀는 눈을 질끈 감았다.

"하루에도 수백 번 수천 번, 다행이라 생각해."

미쳤어.

"거짓말."

도하준. 너 진짜 미쳤어.

"……그만."

단영이 쥐어짜듯 그를 막아 세워 봤지만 하준은 멈추지 않았다. 그녀가 뒷걸음질 쳤다.

"탓하고 싶으면 얼마든지 해. 그 정도 각오는 하고 말한 거니까."

"그만해."

"뭘 그만해. 이제 와서 그만둘 생각이었으면 시작하지도 않았어."

"그만하라니까!"

단영이 언성을 높였다. 순간 불어닥친 바람이 하준과 단영 사이를 비집고 스쳐 지나갔다.

숨 막히는 침묵이 감돌았다. 그녀는 이를 악물고선 하준을 흘겨보다, 고개를 옆으로 틀었다.

절로 실소가 터졌다. 기가 막혀서 그랬다.

"나도 그렇지만, 오빠도 진짜 이기적이다."

단영의 얼굴이 정면으로 돌아왔다.

"알고 있어. 상대방한테 고백받은 순간부턴 좋든 싫든 어쩔 수 없이 감당해야 한다는 거."

"⋯⋯."

"그래도 이건 너무하지 않아? 오빠랑 나, 무려 12년이야. 2년도 아니고, 12년이라고!"

"숫자를 왜 들먹여."

무덤덤한 하준의 표정이 살풋 일그러졌다. 검은 눈동자가 더욱 깊어져 갔다.

"하⋯⋯. 정신 차려, 도하준. 잠시뿐일 수 있는 작은 감정 하나에 휘둘려서 나랑 보낸 시간, 함께한 시간 전부 다 버릴 생각이야?"

여자로 보인다는 하준의 말은 단영에겐 맹독과 같았다. 끝을 보고 있다는 거니까. 언젠간 끝이 날 관계. 언젠간, 정말 언젠간 남보다도 못한 사이가 될, 그런 위험하고 위태로운 관계 말이다.

금기어였다. 적어도 우리에겐 그랬다.

"최단영."

하준은 그대로 뒤돌아선 단영의 손목을 순발력 있게 잡아챘다. 오늘

참 여러 번 손목 잡혀 본다. 매정하게 손목을 비틀어 봤지만 강한 악력을 이겨 내기엔 무리였다. 뜻대로 되지 않자 단영의 미간이 좁아졌다.

"이거 놔."

매정한 단영의 말에도 하준은 손을 놓지 않았다. 오히려 잡은 손에 전보다 더한 힘이 들어갔다.

"놓으라니……!"

"순간뿐인 감정일 거라고 누가 그래."

젖 먹던 힘을 다해 던진 진심이었다. 12년 동안 스스로를 다그치고 타일러 가며 터져 버릴 때쯤 간신히 삼켜 낸, 한 남자의 처절한 순정이었다.

"원망하든 어떤 논점으로 따져 묻든 다 상관없는데, 멋대로 판단하진 마. 쉽게 판단 내릴 수 있을 만큼 가벼운 감정 아니니까."

그가 단호하게 경계선을 긋자, 단영은 눈을 가늘게 떴다.

"말은 뭔들 못 해? 지금 오빠가 나한테 무슨 말을 하고 있는 줄은 알아? 알고서 이러는 거야?"

"알아."

"알긴 뭘 알아! 하나도 모르면서! 날 좋아한다고? 여자로 보인다고? 대체 언제부터? 어느 순간에 꽂혔는데? 오빠 같으면 지금 상황이 이해가 되겠어?"

하준은 대답이 없었다. 그걸 어떻게 기억할 수 있을까. 서서히 물들어 가는 줄도 모르고 빠져 버렸는데. 정신을 차려 보니 참을 수 없을 만큼 애달픈 상태가 되어 버렸는데.

답답한 입장은 하준 역시 마찬가지였다.

"그래. 좋아한다 쳐. 날 여자로 보고 있다 쳐. 오빠 감정이 절대 쉽지 않다고 쳐!"

"……."

"오빠 오빠 생각만 하지? 그럼, 나는. 나는! 그럼 난 어떡해?"

단 몇 초 만에 힘겹게 쌓으며 유지해 온 12년의 시간이 와장창 깨져 버렸다.

"그 감정, 거짓이야. 오빠가 착각한 거야. 식욕. 그래 식욕! 가짜 식욕이랑 같은 거라고! 딱히 배가 고프지도 않은데 고프다고 생각되는 것처럼 갑자기 배승호가 나타나서, 그래서 불안한 거야. 나도 그런 적 있었으니까, 충분히 이해해. 그러니까!"

"아니라고 했지."

"지금이라도!"

"내 감정이야. 너보단 내가 더 잘 알아."

"하……."

단영의 속눈썹이 파르르 떨렸다.

"내가 오빠를 남자로 본 적 없다 말하면, 오빠랑 내 사이는 이제 어떻게 되는 건데? 다 좋아. 다 좋다 치자. 어찌어찌해서 연애한다 치자고. 그럼 우린 언제까지 연인 사이로 지낼 수 있어? 어느 날 갑자기 권태기라도 오면? 그러다 누구 한 명이 지쳐 버리기라도 하면? 서로 마음이 변하면 그땐 어떡할 건데!"

"……."

"장담할 수 있어? 평생 처음 감정 그대로일 거라고? 확률은? 그렇게 될 거란 확률은 도대체 몇이나 되는데?"

가까스로 잡고 있던 이성은 이미 휘발된 지 오래였다.

단영은 자신이 던지고 있는 말들이 그에게 날카로운 상처가 되리란 걸 잘 알았다. 하지만 어쩔 수 없었다. 어중간하게 대했다가 파국으로 치닫게 되는 편보단 훨씬 나았다.

그를 멈출 수만 있다면. 못된 년, 지독한 년, 은혜도 모르는 년이라는 소리를 듣게 되는 한이 있더라도 언제든 남이 될 수 있는 관계만큼은 막아야만 했다.

그가 말하는 것과 다른 의미로 단영에게 하준은 세상, 그 자체였다. 전부였다. 그런 도하준을 이성으로 사랑하고 싶지 않았다. 남자로 대하고 싶지 않았다. 최선을 다해 부정하고 싶었다.

"맥락이 없잖아! 내가 납득할 수 있고, 충분히 그럴 만했다 싶은 게 하나도 없었잖아! 그렇잖아!"

단영은 하나도 기쁘지 않았다. 바르르 떨리는 그녀의 목소리와 정처 없이 흔들리고 있는 눈동자 속엔 하준을 향한 원망이 가득했다.

"분명 난, 오빠랑 사이 멀어지기 싫어서 몇 날 며칠을 고민하다가 마지못해 받아 주게 되겠지. 그런 결과가 좋아? 지금이라도 안 늦었어. 말 똑바로 해."

"상관없어."

"억지 좀 그만 부려!"

"그건 네가 신경 쓸 문제 아니야. 내가 감당해야 할 부분인 거지."

"도하준!"

"지금 당장 받아 달라는 말 아니니까 앞서가지 마."

냉정을 되찾은 하준은 한결 편안해진 얼굴이었다. 한쪽 주머니에 손을 푹 찔러 넣은 그가 고개를 살짝 기울였다. 그러고는 단영을 가만히 응시한다. 별안간 피식, 하고 웃음이 터졌다.

"지금 웃음이 나오니?"

단영은 기가 막힌 나머지 헛웃음을 터트리며 하준을 흘겼다.

"아…… 싫었는데."

"뭐가!"

"이런 식으로 너한테 고백하긴 싫었다고."

낭떠러지 끝에 떠밀려 급한 마음에 터놓은 고백이 하준 입장에서 달가울 리 없었다. 하준은 묵직한 숨을 밀어 내며 쓰게 웃었다.

"그래도 이제야 숨통은 좀 트인다. 넌 아니겠지만."

"……."

"네가 내 속 태웠던 거 생각하면 한편으론 통쾌하기도 해. 솔직한 심정으로는 이런 내 행동 때문에 더 곤란했으면 좋겠어."

나만큼은 아니겠지만, 너도 마음고생 좀 해 보라고. 하는 척 정돈 해 보라고. 적어도, 작은 이기심 부릴 자격은 되잖아. 수없이 널 보며 무너져 내렸던 가슴. 상상도 못 한 채 곁에 머물러 온 네가 괘씸했어. 그런데.

"예뻐서 참는 거지."

뭔데 예쁘고 난리야. 다 용서하고 싶어지게. 다 내 잘못이라 치부하고 싶어지게.

"그러니까. 넌 지금처럼 아무것도 하지 말고 그 자리에 그대로만 있어."

하준의 눈빛이 짙어졌다. 높낮이 없이 일정한 음성이었지만, 그 중심을 잡고 있는 자신감은 더없이 듬직했다.

"괜한 놈한테 흔들리지 않고 있어 주면 더 좋고."

그는 타들어 가는 단영의 속도 모르고 태연스러웠다. 이제 그녀에게 남은 감정은 당황스러움이 아니라 황당함뿐이었다. 무어라 표현할 수 없는 이상한 느낌이었다.

단영은 그저 멍하니 하준을 바라보았다.

"오빠 말고, 남자로."

"……뭐?"

"인식부터 바꿔 놔야 내가 뭐라도 시도해 볼 거 아니냐."

툭 치면 팡 터질 것 같았던 분위기는 어느새 잠잠해졌다. 폭풍이 오기 직전의 평온함처럼.

"뒤로 물러서지만 마. 가는 건 내가 할 테니까."

하준의 입술 끝이 부드럽게 올라갔다.

"알겠지, 최단영."

세상 근사한 미소였다.

단영은 뜬눈으로 밤을 지새워야 했다. 그나마 다행인 점은 오늘이 휴무란 것이다. 언제가 마지막이었는지 기억도 나지 않았다.

그랬기에 더욱 귀한 휴일이었지만, 마음 한구석이 줄곧 불편해 결국 참지 못하고 집을 나섰다. 누구라도 좋으니 만나야 할 것 같았다. 싱숭생숭한, 꽉 막혀 버린 이 답답함을 잠시나마 해소하고 싶었다.

그래 봤자, 갈 곳은 한 군데뿐이었지만 말이다.

"오늘은 웬일로 오빠가 있어?"

카페 문을 열고 들어서자마자, 단영은 의외라는 눈으로 세훈을 훑었다. 평소 같았다면 카페 사장인 민재가 있어야 했다. 그러나 웬일인지 민재는 보이지 않았고, 생각지도 못한 세훈이 검은색 앞치마를 두른 채 사장 노릇을 했다.

"왜. 난 여기 있으면 안 돼?"

"그건 아닌데……. 민재 오빠는?"

"그 새끼 오늘 소개팅하러 갔어."

"헐."

충격이었다. 말이 사장이었지 투 잡, 쓰리 잡을 뛰어 가며 밤낮없이 소처럼 일만 해 온 민재였다.

무슨 수를 써서라도 근사한 카페 한번 차려 보겠다며 정신없이 뛰어다니느라 제대로 된 데이트도 해 본 적 없었다.

그런데 소개팅이라니……. 여자라면 자다가도 벌떡 일어날 민재였지만, 최근 몇 년 동안은 잠잠했다. 쇼크가 큰 모양이다. 바로 어제 들어 버린 하준의 고백이 순식간에 지워질 정도로.

"살 만하나 보네."

"몰랐어? 저번 달에 대출 빚 다 갚았잖아. 하민재."

"와……. 진짜?"

"아무리 일이 바쁘다지만, 오빠들한테 관심 좀 갖자, 최단영. 하민재 는 너 바쁜 거 알고 일부러 말 안 한 것 같은데, 그 부분은 네가 먼저 물어봤으면 충분히 알 수 있었어."

"치. 알겠다, 뭐."

단영은 입술을 삐죽거리며 자리를 잡고 앉았다. 세훈은 민재와 달리 고분고분 단영을 받아 준 적이 없었다. 단호함과 이성적인 면모가 컸기 에 가까우면서도 오묘한 경계선이 있어 썩 불편했다.

뭐랄까. 나이 차이 많이 나는 첫째 오빠 같은 캐릭터랄까. 세훈에게 혼이 나기라도 하는 날이면, 늘 단영을 달래 주는 쪽은 민재였다. 그러 다 보니 누구에게 쉬 말할 수 없는 속 얘기나 고민거리를 터놓게 되 는 쪽도 민재가 될 수밖에 없었다.

"또 입술 댓 발 나온 거 봐라."

못 말리겠다는 듯 세훈은 고개를 절레절레 흔들며 다가왔다.

"쉬는 날이야?"

그가 테이블에 커피를 내려 두며 묻자, 단영은 가볍게 고개를 끄덕 이는 것으로 대답을 대신했다.

"오빠는?"

"나도. 오랜만에 쉬는 날인데 불려 나와서 이게 뭐 하는 짓인지 모 르겠다."

"시급 왕창 올려 받아."

"그러려고."

"소연 언니는?"

"뭐, 회사에서 일하고 있겠지."

소연은 세훈과 무려 8년 동안 만남을 이어 온 인물이었다. 사법 고시를 치를 때에도 변함없이 꿋꿋하게 세훈의 옆자리를 지켰다. 끈질긴 장수 커플. 그것보다 더 잘 어울리는 수식어는 아마 없을 거다.

"쉬는 날인데 데이트 못 해서 어떡해?"

"못 만나서 아쉬울 시기는 한참 지났지."

"그런 말 마. 언니 서운해하겠다."

"서운하지 않게 하려고 내 나름대로 알아서 잘하고 있어."

그가 의자를 꺼내 앉았다.

"오랜만이네."

단영은 통유리창 밖으로 시선을 두고선 별 의미 없이 흘러가는 투로 말했다.

언제부터였을까. 예전엔 그래도 항상 함께 모여 다녔고, 술 마시는 일도 많았는데 살다 보니 그 쉬운 일 하나가 그렇게 어려울 수 없었다.

연락 한 번 하는 게. 술 한잔 마시자고 불러내는 일이. 스트레스받는 상황을 탈피하려 회포 풀 수 있는 시간조차 사치가 됐다.

"그러게. 연락 좀 해라. 너무 안 하는 거 같은데, 요즘 들어서."

"그래?"

"그래. 도하준은 일 때문에 자주 부딪치는 것 같고, 하민재는 네 스튜디오 근처에서 카페 차렸으니 가끔 보기라도 할 텐데."

하준의 이름이 언급되자 단영은 본능적으로 움찔 어깨를 떨었지만, 내색하지 않았다.

"답지 않게 서운했어?"

바람 빠진 웃음을 터트린 단영이 창가에서 시선을 떼고 고개를 돌렸다.

"서운까진 아니고, 왕따 당하는 기분은 좀 들더라."

"에이, 왕따는 무슨……. 오빠 그래도 소연 언니랑 연애하잖아."

"언제부터 연애하면 배제당하는 거였는데?"

"오빠 잘 모르겠지만, 당사자는 그거 은근히 신경 쓰여."

"무슨 신경."

"우리들끼린 정말 가족 같다 생각할지 몰라도, 소연 언닌 아닐 거란 뜻이야."

굳이 자세하게 설명하진 않았으나, 세훈은 단영의 말뜻을 단번에 이해했다. 연애 초반 때는 그녀의 말대로 자주 다퉜었다.

단영의 존재가 소연에겐 꽤 신경 쓰이는 문제였으므로 당연한 부분이었다.

"그걸 네가 왜 신경 쓰고 있어."

"안 쓰이는 게 이상한 거지."

"됐고, 앞가림이나 잘해. 그 부분은 내가 중간에서 잘 처신할게."

물론 단영도 잘 안다. 세훈이 여태껏 무리 없이 8년 동안 소연과 연애할 수 있었던 이유가 그 증거일 테니 말이다. 하지만 어쩐지 자꾸 미안해졌다. 민재나 하준이면 모를까, 세훈에게 연락 한 통 하는 일이 참 어려운 숙제처럼 느껴졌다.

"오빠."

"말해."

세훈은 커피를 한입 마시며 단영의 대답을 기다렸다.

"있잖아. 나 궁금한 거 있는데."

"뭔데 그래."

그가 의자에 편히 등을 기대자, 단영은 퍽퍽해진 입 안을 커피로 축였다.

"언니랑 결혼할 거지?"

"뭐, 요즘 들어서 슬슬 얘기 나오고 있긴 해. 근데 그게 왜?"

"아니, 별건 아닌데. 소연 언니랑 결혼하면, 있잖아."

어울리지 않게 머뭇거리는 단영을 가만히 주시하던 세훈이 묘한 눈빛을 했다.

"결혼하고 아기도 낳으면, 그땐 우리 지금보다 더 못 만나겠지?"

"……."

"아, 그 왜……. 결혼하면 아무래도 더 가정에 신경 써야 할 테니까."

당연하겠지. 단영은 씁쓸한 낯빛을 차마 지울 수 없었다. 그걸 용케 알아차린 세훈이 대수롭지 않다는 듯, 픽 웃었다.

"어이, 최단영."

"어?"

"누가 보면 이산가족이라도 되는 줄 알겠다."

"아……."

"너도 언젠간 결혼할 텐데 무슨. 그때 되면 다 같이 시간 맞춰서 주기적으로 보면 되잖아. 부부 동반 모임이라든지."

"내가 결혼을 하게 될 거란 보장도 없고. 원래 난 결혼 같은 거 지향하는 편이 아니었으니까. 아, 그래. 독신주의잖아. 요즘 말로 비혼자라던데."

"독신 노래 부르는 애들이 제일 빨리 가더라."

세훈의 농담에도 단영은 웃을 수 없었다. 미묘한 기류가 흐르자, 단영은 애써 손사래를 쳤다.

"에이, 아니다. 요즘 괜히 센치해져서 그래. 봄이잖아. 맞다. 결혼할 때 사진은 내가 찍을 거다. 알지?"

"어. 안 그래도 소연이가 그 말 하더라. 네가 웨딩 촬영 맡아 줬음 한다고."

"정말?"

"그래. 소연이 너 좋아해. 싹싹하다고."

"부케는?"

"부케?"

"받아 줄 사람, 있대? 없으면 내가……."

"친구가 받겠지."

"아. 그래. 그렇구나."

당연히 가장 친한 친구가 받아 줄 텐데. 괜히 머쓱해진 단영은 앞머리를 쓸어 넘기며 입술에 힘을 주어 웃었다. 무슨 말을 던져도 자꾸만 어색해지는 분위기가 죽을 맛이었다.

"언니가 오빠 짝사랑했었다고 했지?"

말을 내뱉자마자 단영은 자신이 실수했음을 깨달았다. '짝사랑' 부분에서 다시금 하준이 떠올랐기 때문이다.

스스로 무덤을 파라, 파. 그녀는 세훈 모르게 인상을 찌푸렸다.

"소연이가 그래? 걘 왜 또 애한테 그런 쓸데없는 말을 해서."

그러나 밀려온 호기심까진 막지 못했다. 단영은 참지 못하고 찜찜한 궁금증을 드러냈다.

"……오빠는, 그때 언니 왜 받아 줬어? 이상형 아니라고 했잖아. 엄청 친한 여사친이었다며. 초등학생 때부터."

"오늘따라 왜 이렇게 궁금한 게 많아."

그렇게 오래 알고 지내 왔지만, 끝내 연인으로 발전했다. 그랬기에 소연은 세훈과 연애 초반 때에 더더욱 단영을 경계했었다. 어느 순간부턴가 그 경계심이 옅어지긴 했지만 말이다.

"그러게. 뭐 때문이더라."

오랜 시간이 지나서 그랬을까. 잘 기억이 나지 않는다는 듯 세훈은 지난 과거를 떠올리며 손으로 턱을 쓸어 냈다. 한참을 고뇌하다 이내

260

기억해 낸 모양인지 그가 낮은 탄성과 함께 입술을 떼어 냈다.

"아, 고백했을 때, 용기가 있다고 했어."

"용기?"

의미를 알 수 없어 단영은 고개를 갸웃거렸지만, 세훈은 잔잔하게 미소 지었다. 아무래도 그 순간을 회상하는 듯했다. 그리고 이어진 그의 다음 말에.

"미움받을 용기."

단영은 말문이 막혀 그 어떤 대답조차 할 수 없었다.

18화

며칠이 지났다. 단영은 눈썹이 휘날려라 급히 스튜디오로 향했다.

뜬금없이 당장 나와 달라는 은효의 연락 때문이었다. 부재중 전화가 무려 34통이나 걸려 와 있었다. 발신자는 모두 스튜디오 직원들이었다.

은효의 착각으로 스케줄을 잘못 작성한 탓에 벌어진 참사였다. 밤샘 작업이 많아 이러한 작은 실수는 비일비재했기에 이상할 건 없었으나, 며칠 전 하준에게 뜻하지 않은 고백을 받은 이유로 싱숭생숭했던 단영 입장에선 일이 잘 잡힐까 걱정부터 됐다.

그 와중에 미라클6 첫 번째 정식 화보 촬영이라니. 그나마 다행이었던 건, 여자 모델의 단독 촬영이란 점이다.

오늘만큼은 승호와 부딪칠 일이 없었다.

"미움받을 용기……."

대체 그 말뜻이 뭘까. 일전의 세훈의 아리송한 말이 머릿속에서 내내 지워지지 않았다. 말 그대로 미움받을 용기가 있었단 뜻일까. 단순해서 더 어렵게 다가왔다.

단영은 스튜디오 앞에 멈춰 서서 땅이 꺼져라 기다란 숨을 푹푹 내쉬었다. 수많은 잡생각들로 머리가 어지러울 지경이었다.

찝찝했다. 선뜻 들어가지도 못하고, 망설이길 몇 번. 그녀는 차마 떨어지지 않는 발을 억지로 떼어 내고 출입문을 당겼다.

"선배! 왔어요? 생각보다 일찍 도착하셨네요?"

마치 보물단지라도 쥐고 있는 사람처럼 은효는 휴대폰을 두 손에 꼬옥 움켜잡고선 이 순간만을 기다렸다는 듯 총알처럼 튀어나왔다.

"어어. 그나저나 넌 왜 생전 안 하던 마중까지 나와 있어? 촬영 준비 안 해?"

"죄송해서 그러죠. 입이 열 개라도 할 말이 없어요. 죄송해요, 선배."

은효는 면목 없다는 낯을 보이며 고개를 수그렸다. 그답지 않게 뭐 마려운 강아지처럼 쩔쩔매는 모습이 꽤 봐 줄 만했다.

"됐어. 안 늦었으면 됐지. 준비는?"

"선배만 들어가면 바로 촬영 가능해요. 정말 죄송해요. 제가 요즘 잠을 제대로 못 자서 그런지 제정신이 아니었나 봐요."

"변명 말고. 너만 잠 못 잔 거 아니잖아."

"네……."

또다시 죽을상이 된 은효를 곁눈질로 살피던 단영이 피식 웃으며 어깨를 툭 쳤다.

"장난이야. 많이 까였냐?"

"아뇨……."

때마침 엘리베이터가 도착했다. 은효와 나란히 엘리베이터에 탑승하며 단영은 마저 대화를 이어 갔다.

"군대 다녀왔다고 이 정도 까임은 아무것도 아니다 이거지?"

"아, 그런 거 아니에요!"

"알겠다. 알겠어. 네 탓으로만 돌리려는 거 아냐. 나도 다시 한번 꼼꼼하게 검토해 봤어야 됐는데. 너무 크게 신경 쓰지 않기로 하자. 결과적으론 잘 넘어갔잖아. 실수쯤이야 다음부터 안 하면 되지. 나도 확인 잘할게."

단영이 위로했지만, 은효는 쉬이 그러겠다며 대답할 수 없었다. 그녀는 힐긋 은효를 바라보며 다시금 대답을 재촉했다.

"내 말 이해했어?"

"네……."

"그럼 스튜디오 들어가는 순간부턴 죽을상 짓지 말기. 현장 분위기 이상해지니까. 오케이?"

"……."

"오케이야 노케이야. 빨리 대답 안 해?"

"오, 오케이."

조금은 미적지근한 반응이었으나, 그제야 단영은 웃을 수 있었다. 타이밍 좋게 띵, 하고 엘리베이터 문이 활짝 열렸다.

"좋아. 오케이."

드디어 기다리고 기다려 온 순간이다. 단영은 머릿속을 가득 채우고 있던 고민들을 잠시 미뤄 두고, 주문을 외우듯 중얼댔다. 그러고는 성큼성큼 당당하게 걸어 나가며 구불거리는 긴 머리를 질끈 올려 묶었다.

스튜디오는 단영을 중심으로 이뤄진 팀원들이 일사불란하게 움직인 탓에 열기로 가득했다.

그녀의 등장을 반박자 늦게 알아차린 스태프들은 은인이라도 만난 사람처럼, 다행이라는 듯 초롱초롱 눈을 반짝이며 버선발로 달려 나와 단영을 맞았다.

"단영 씨, 왔어?"

미리 말해 두지만, 이런 격한 환영은 처음이었다.

"네. 모델분은요?"

"저기."

스태프가 턱짓으로 가리키는 곳을 향해 단영의 얼굴이 느리게 돌아 갔다. 요즘 한창 인기몰이를 하고 있는 여자 아이돌이었다. 세계적인 디자이너 쇼 피날레를 맡아 온 이력이 있는 여자 모델들과 여배우들을 단숨에 꺾고 시오전자의 전속 모델로 발탁되었다.

고고한 표정으로 요염하게 다리를 꼰 채였다. 모습은 저래 보여도 카메라 좀 볼 줄 안다는 소문이 자자했으니, 일만 잘한다면 단영은 모 델의 이면적인 성격이 어떻든 이곳까지 올라온 과정이 어땠든 아무렴 상관없었다.

"메이크업 의상 레디는 이미 한 시간 전에 다 끝냈고, 지금은 콘티 확인하고 있어."

친분이 있는 스태프의 말에 단영은 은효가 건네준 콘티 자료를 건네 받으며 가까스로 정신을 다잡았다. 단영은 주변을 쭉 살펴보다 말고 문 득 한곳에 시선을 고정했다.

"이번에 보조 새로 뽑았어?"

여리여리한 체구의 여자가 무거운 박스를 옮기고 있었다. 도와주겠 다는 다른 스태프의 친절에도 괜찮다며 연신 손을 흔들었다. 뒷모습밖 에 보이지 않았지만 어쩐지 익숙한 모습이었다.

단영은 한쪽 손으로 고쳐 잡은 카메라를 내려 두고선 그녀를 자세히 확인하기 위해 미간을 좁혔다.

"아, 네. 이번에 알바생들 힘들다고 우르르 그만뒀었잖아요. 그……
예전 팀장님 사건도 그렇고요. 그거 때문에 보조 인원이 부족해서요.
수인이 알죠? 걔 대학 후배래요."

수인이라면, 은효의 동기였다. 단영은 미심쩍은 눈빛으로 은효의 설명을 전해 들으며 고개를 끄덕였다.

"……그래?"

"네. 저희 사진 쪽은 아니고, 광고 쪽에 관심 있는 친구래요. 아직 처음이라 많이 서툴러 보여서 일단 짐 옮기는 것만 시켰어요. 이럴까 봐 체격 좋은 보조를 원했는데, 후……. 부탁하기가 좀 껄끄러워서 괜찮겠냐고 물었더니 잘할 수 있다고 끈질기게 어필하기에 어쩔 수 없이 그냥 뽑았어요."

박스 두 개를 아슬아슬하게 겹쳐 올린 채로 끙끙거리며 비틀거리는 모양새가 영 불안했지만, 다행히도 무리 없이 스튜디오를 빠져나갔다.

단영은 그녀의 뒷모습에서 눈을 떼고 눈꺼풀을 밑으로 내리깔았다. 지금 당장은 깊게 신경 쓸 여력이 못 됐다. 그녀는 DSLR 카메라 전원 버튼을 누르며 별 의미 없이 물었다.

"그래? 그럼 대학생이겠네?"

"네. 뭐라더라……. 아, 취준생이라고 했던 거 같아요. 단기로 반짝 일할 알바 구한 거라서 상관없을 거예요. 어차피 저 친구도 조만간 중요한 면접 있다 했고요."

"어디 면접 본다는데?"

"시오전자요."

순간, 카메라 버튼을 누르던 단영의 손가락이 허공에서 멈칫했다.

"진짜 의외인 게 뭔 줄 알아요? 하루에 알바를 세 개씩이나 뛴대요. 식당 홀 서빙에, 편의점 야간에, 지금 여기까지. 그리고 주말엔 뭐 한다 했더라. 웨딩홀인가? 완전 독하지 않아요? 완전 3D 직종만 골라서 하는 것 보면 어지간히 급한 모양인가 봐요. 이거요, 이거. 쩐."

은효가 엄지와 검지를 이어 동그랗게 말아 보이며 돈을 의미하는 손짓을 보였다.

"요즘 취준생들이 전보다 훨씬 퍽퍽한 생활을 하고 있다지만, 너무

266

고문하는 게 아닌가 싶어서 괜히 안쓰럽기까지 하더라고요. 명문대 등록금 비싸잖아요. 학자금 대출 갚으려고 그러는 건지 뭔지는 잘 모르겠는데, 하여튼 열심히 사는 것 같아 기특하기도 하고, 한편으론 측은함도 들고…….”

이상하리만큼 단영은 조용했다. 은연중 묘한 기류가 느껴졌으나, 은효는 멈추지 않고 말을 이어 갔다.

“아프니까 청춘이다. 청춘일 때 사서 고생 해야 한다. 그 말들 싹 다 개소리라니까요. 지금 뼈 빠지게 놀아야 뒤탈이 없을 텐데. 그쵸?”

“아, 뭐. 그렇지.”

단영의 눈길이 그녀가 빠져나간 출입구에 머물렀다.

“그러고 보면 선배랑 비슷한 점이 많은 것 같아요. 저 친구 말이에요. 악바리 근성하며, 독한 것도 그렇고. 오늘 오전부터 군소리 하나 없이 장비 옮겼어요. 그것도 3인분을 혼자서.”

“은효야.”

“네?”

“저 친구, 이름이 뭐야?”

“이름이요? 김지…….”

그때였다.

“레디 끝났습니다! 작가님 준비되셨으면 바로 촬영 들어가시죠.”

허겁지겁 달려온 스태프 한 명이 은효의 말을 싹둑 끊어 냈다. 전부 단영만 기다리고 있는 상황이라 더 이상 지체할 수 없었다. 하릴없이 그녀는 이름 듣는 것을 미루기로 했다.

“촬영 시작하겠습니다!”

단영이 카랑카랑한 음성으로 외치며 손뼉을 치자, 웅성거림이 일순 고요해졌다.

"여기에 두면 되는 거죠?"

아직 여름이 되려면 한참 남았음에도 불구하고 뽀얀 이마 위엔 송골 송골 식은땀이 맺혀 있었다.

두 박스를 작은 품에 꽉 껴안은 탓에 밑을 받치고 있던 손가락이 바르르 떨려 왔지만, 그녀는 굳이 지나가는 직원을 붙잡아 세워 다시 한 번 확실히 물었다. 실수를 하지 않기 위해서였다.

"응. 맞아요. 많이 힘들어 보이는데, 창고 문 대신 열어 줄까요?"

"감사합니다."

남자 직원의 친절이 반가웠던 지영은 입술로 말갛게 웃으며 감사함을 대신했다. 문이 열리자, 특유의 매캐한 냄새가 코를 찔렀다. 1층에 위치해 있었음에도 지하실처럼 눅눅했다.

"처음 보는 얼굴인데, 보조?"

"네? 아, 네. 오늘부터요."

"열심히 하네."

그는 박스를 내려 두고서 앉았다 일어나길 반복하며 물품 정리를 하느라 여념이 없는 그녀의 뒤태를 끈적한 시선으로 바라보았다.

그 시선을 감지한 그녀가 물품 정리를 하려다 말고 일어섰다. 그러고는 몸을 돌려 남자 직원을 마주했다. 그제야 엉덩이 부분에 멈춰 있던 남자 직원의 눈이 떨어졌다.

"보통 며칠만 짧게 일하다 관두는 애들이 대부분이거든. 뭐, 그런 이유 때문에 일도 대충대충 하는 편이더라고. 그래서 우리 쪽에서도 이쪽 분야에서 일하고 싶어 하는 친구들 위주로 뽑는 편인데, 의외네."

"아……. 장기 알바는 아니지만, 돈 받고 하는 일이니까 몫은 해야죠."

어색하게 미소 짓는 그녀를 천천히 훑어보던 남자 직원이 의미심장한 질문을 던졌다.

"어디 쪽이야? 우리 CF팀은 아닌 것 같은데. 그럼, 위층 화보팀인가?"

"……네."

"이름은?"

"김, 지영입니다."

지영은 주춤거리다 마지못해 대답했다. 어두운 주변을 유일하게 비추고 있는 미약한 백열등. 쾌쾌한 냄새와 단절된 공간. 본능적으로 불안감을 느낀 지영이 눈동자를 굴렸다.

"내가 도와줄까?"

"아, 아뇨. 괜찮……."

"에이, 왜 순수한 친절까지 거절하고 그래. 사람 무안해지게. 응? 괜찮아."

남자 직원은 음흉한 웃음을 걸치고선 창고 안으로 천천히 들어섰다. 그가 가까워질수록 지영은 어깨를 움츠리며 뒤로 물러섰다. 하지만 얼마 가지 못해 줄줄이 탑처럼 쌓여 있는 박스에 등이 닿았다. 장애물에 봉착한 것이다.

"참 곱네. 요즘 애들답지 않게 성숙하고."

작은 어깨 위로 손을 올린 남자 직원이 불순함을 가득 담아 그녀의 어깨를 주무르기 시작했다.

"내가 방송 쪽에 높으신 분들 몇몇은 알고 있는데."

얼마 가지 않아 그의 손가락 두 개가 얇은 티셔츠 안으로 은근슬쩍 들어와 쇄골을 쓸었다.

"너 정도면, 페이스는 괜찮을 것 같고."

지영은 생각지도 못한 낯선 감촉에 위기감을 느꼈다. 가슴이 터질 듯 쿵쿵 뛰었다.

그때였다.

"거기, 뭡니까."

반쯤 열린 창고 틈 사이로 나직하게 착 가라앉은 음성이 들어와 지영의 고막으로 젖어 들었다. 어쩐지 익숙한 목소리였다.

"여, 여기……!"

누구인지 생각해 볼 겨를조차 없이 도움을 요청하려는데, 남자 직원은 때를 놓치지 않고 지영의 입술을 커다란 손으로 우악스럽게 막았다.

"읍!"

"쉿."

그 악력이 어찌나 강하던지 지영은 숨이 부족할 지경이었다.

어떻게든 손을 떼어 내려 안간힘을 써 봤지만 건장한 남자의 힘을 이기기엔 터무니없었다. 밥값 아끼려 공복인 상태라 머리가 핑글핑글 돌았다.

조용했다. 별일 아닐 거라 생각한 건지 구세주와 같았던 음성은 더 이상 들려오지 않았다.

"돈 필요하지? 나랑 잠깐 만나면 용돈쯤은 섭섭지 않게 줄 수 있는데."

"으읍……!"

"얼마나 필요해? 난 너같이 생긴 여자애들 아주 잘 알아. 백? 이백? 이곳에서 단기 알바 해 봤자, 열정 페이랍시고 하루에 오만 원도 못 벌어. 전공도 아닌 애가 굳이 여기 와서 단기로 일하는 이유는 뻔한 거 아냐? 너 돈 필요하잖아."

그녀만 들릴 정도로 미세한 목소리였다. 마치 벌레처럼 징그럽게 귓속으로 스멀스멀 기어들어 왔다.

"내 말이 맞지?"

지영은 오싹 소름이 돋았다. 털이 삐죽 솟는 것만 같았다. 하지만 아무런 말도 할 수 없었다. 순간적으로 갈림길에 선 것이다. 고작 백, 이

백 되는 돈 때문에.

하지만 그런 몹쓸 고민을 싹 날려 버리기라도 하듯, 쾅! 세찬 소음과 함께 창고 문이 열렸다.

어둠에 익숙해 있던 동공 안으로 밝은 빛이 쏟아지자, 지영은 눈을 질끈 감았다 떴다. 희미한 형체가 또렷해졌고, 이내 지영의 눈이 크게 떠졌다.

"그 손. 치우세요."

촬영 확인차 스튜디오를 들르게 된 하준이었다. 그걸 알 리 없는 지영은 못 볼 것을 보게 된 사람처럼 그 자리에서 얼어 버렸다.

결코 용서할 수 없는 범죄 현장에서 피해자가 되어 있는 여자가 자신의 제자임을 두 눈으로 확인한 하준 역시 마찬가지였다.

"김지영?"

"교, 교수님……."

"네가 왜 여기에 있어."

금방이라도 눈물을 쏟아 낼 것처럼 지영의 커다란 눈망울이 크게 진동했다.

현장을 그대로 들켜 버린 남자 직원 또한 적잖게 당황한 낯이었다. 무려 광고주 기업 측 시오전자 본부장이 하필이면 목격자가 되어 버린 것이다.

그는 최대한 변명해 보려 머쓱한 미소를 지었다.

"하하, 본부장님 아니십니까? 저 그게……."

잠시 침묵하던 하준은 남자 직원과 지영을 번갈아 바라보며 신속하게 상황 파악을 마쳤다.

순식간에 하준의 눈빛이 날카롭게 번뜩였다. 남자 직원을 뚫어져라 직시하다, 천천히 입술을 열었다.

"됐고. 손부터 치우시죠."

무덤덤하면서도 날이 선 어투에 남자 직원은 황급히 지영의 입술에서 손을 떼어 냈다.

　　"아하하. 별일 아닙니다. 새로 온 친구가 무거운 짐을 옮기고 있기에 도와주려다……."

　　"……."

　　"그렇지?"

　　그가 지영의 어깨를 툭툭 쳤다. 두려움에 속눈썹을 파르르 떨고 있는 지영을 꿰뚫고 있었으면서도 뻔뻔하기 그지없는 모습을 보자마자 하준의 눈가가 확 찌푸려졌다.

　　"손."

　　성큼성큼 큰 보폭으로 다가온 하준이 단숨에 팀장의 손목을 움켜잡아 위로 올렸다.

　　"치우라니까."

　　반항 한 번 못 할 정도로 어마어마한 악력이었다. 남자 직원이 손을 빼내려 하면 하준은 그보다 더 세게 힘을 주었다. 직원은 신음하며 꿈쩍하지 못했다.

　　어디서 저런 벌레만도 못한 새끼가 굴러 들어온 거지.

　　지금 이 순간에도 단영이 생각난 하준은 몹시 불쾌했다. 이런 쓰레기만도 못한 인간과 아무것도 모른 채 함께 일해 왔을 단영을 떠올리면 말이다.

　　"쉬었다 다시 가겠습니다!"

　　단영의 신호가 떨어지자, 숨죽이며 촬영 현장을 지켜보던 스태프들은 우왕좌왕 뛰어다니기 바빴다. 쉬어도 쉬는 시간이 아니었다. 여자 모델에게 매미처럼 다닥다닥 달라붙어 메이크업 수정하랴, 의상 배달하랴, 장비 옮기랴 한바탕 난리통이 벌어졌다.

"선배. 저녁 드시고 오실래요?"

"시간 괜찮겠어?"

"네. 모델분도 노출 있는 의상 때문에 식사 못 했다고 하셔서요. 드실 거면 지금 다녀오세요."

촬영은 순조롭게 진행됐다. 카메라만 들었다 하면, 없던 프로 정신마저 들끓게 하니 말이다. 어렸을 적부터 품어 온 오랜 열정은 이토록 진했나 보다.

그럼에도 간간이 출입문을 바라보게 되는 건 어쩔 수 없었다. 촬영 때마다 직접 걸음을 해야 직성이 풀릴 하준의 성격을 잘 안다. 그놈의 완벽주의. 한데 웬일인지 오늘 그는 촬영이 중반에 다다를 때까지도 모습을 비치지 않았다.

"무슨 일 있나……."

걱정마저 들기 시작했다. 안 올 사람이 아닌데. 설마, 불편해서 그런가? 아니다. 절대 그럴 인간이 아니다.

개인적인 감정 하나 따위로 일을 미룰 만큼 미숙하지 않다. 근데 나는 왜 또 도하준을 의식하고 있는 건지. 단영은 촬영이 끝나자마자 다시 복잡해졌다.

"직원들은? 밥 안 먹겠대?"

혼밥을 누구보다 질색하던 단영이었다. 단영의 물음에 은효가 어깨를 으쓱이며 답했다.

"다들 선배 오기 전에 식사 끝냈어요. 무엇보다 여자 모델 촬영분은 얼마 없어서 바로바로 작업하고 일찍 퇴근하겠단 집념뿐인걸요."

"아…… 그래. 그럼 나 빨리 식사하고 올게."

"네. 다녀오세요."

은효의 배웅을 받으며 엘리베이터 앞에 도착한 단영은 층층마다 멈춰 서는 통에 결국 비상구 계단을 이용하기로 했다. 터덜터덜 계단을 밟으며 쉼 없이 걷자, 한숨이 절로 터졌다.

"밥 먹기 한번 더럽게 힘드네. 그냥 편의점에서 대충 먹을까."

라면은 싫은데. 뭐 먹지. 혼자 먹긴 싫었지만, 촬영에 온 신경을 집중하느라 기력이 부족했다.

대리석 바닥 위로 드러눕고, 모델보다 더 움직이다 보니 체력적으로도 힘이 들었다. 도하준이 다니는 헬스장 괜찮아 보이던데……. 이참에 같이 다니자고 해 볼까.

"아, 또!"

또 도하준 생각이다. 무슨 일이든 그 중심엔 늘 하준이 있었다. 이래서 정이 무서운 거다. 주먹으로 머리를 콩콩 치며 절레절레 고개를 흔들다 보니, 어느덧 1층에 다다랐다.

출입문 손잡이를 잡은 찰나, 뒤쪽에서 우당탕탕! 커다란 소음이 귀를 강타했다. 그녀가 손잡이에서 손을 떼고 고개를 홱 돌렸다.

스튜디오의 반지하엔 창고가 있었다. 단영은 괜히 오싹한 마음에 서둘러 빠져나가려 했으나, 몹쓸 호기심이 샘솟았다. 슬금슬금 걸어가 보니 익숙한 얼굴 하나와 껄끄러운 얼굴 하나.

그리고…… 그보다 더 불편한 얼굴이 있었다.

익숙한 얼굴은 하준이었고, 껄끄러운 얼굴은 지영이었으며, 그보다 더 불편한 얼굴은 나이만 더럽게 많이 먹어선 넓은 인맥 하나로 자리를 꿰차고 있던 CF 촬영 관리팀 팀장이었다.

그가 소문난 저질이란 것은 잘 안다. 단영에게도 끊임없이 추파를 던져 댔으니 말이다. 하지만 칼같이 쳐 냈다. 성격 탓도 있었지만, 단영은 혼자 다닌 적이 드문 데다 그와 다른 팀이다 보니 마주칠 일이 별로 없었다.

그에게 질려 퇴사한 직원들도 수두룩했다. 늘 힘없는 직급의 여직원들만 살살 건드렸다. 그러나 명확한 증거가 없어 확실히 내치지 못했다. 그저 다들 쉬쉬할 뿐이었다. 악질 중에서도 악질이었다.

단영의 눈이 옆으로 옮겨 갔다. 저 변태 놈은 그렇다 치고, 아까 그 보조 알바생이 저 여학생이었구나. 어쩐지 낯익다 했더니…….

예술 쪽은 다른 과보다 대학 선후배의 사이가 끈끈했고, 지금처럼 건너 건너 일하게 되는 일이 잦았다. 그 때문에 아예 납득 못 할 상황은 아니었지만, 단영은 우연이란 것이 새삼 무섭게 와닿았다.

"박용훈 팀장님, 맞죠?"

상황은 안 봐도 뻔했다. 저 변태 자식이 분명 지영을 노렸을 터. 장소가 창고인 것을 보아, 최적의 공간이라 여겼을 것이다.

심지어 지영은 또래들보다 예쁘장한 편에 속해 있었고, 금방 그만둘, 한낱 단기 알바생 아니던가.

너 오늘 잘 걸렸다 싶었다.

하지만 창고로 더 가깝게 다가선 단영은 저 자신도 모르게 표정을 굳혀야 했다.

"…….."

지영의 머리 위로 팔을 뻗은 하준 때문이었다. 물론 그녀와의 접촉은 없었지만, 바닥으로 떨어져 널브러져 있는 상자들과 물품들로 보아, 지영을 보호하고자 한 행동일 것이다.

기분이 이상했다. 보지 못했다면 모를까, 두 눈으로 직접 목격하게 되니 가슴 한구석이 저릿했다.

무엇보다.

"오빠. 다쳤어?"

뺨 부근에 일직선으로 그어진 선명한 상처. 단지 상처뿐만이 아닐 것이다. 저 변태 자식에게서 지켜 주려고, 그래서 나선 거겠지. 제자니까. 그래. 단순히 제자니까.

아니, 제자가 아니었다 할지라도. 안면조차 없었다 할지라도, 도하준이 아니라 평범한 도덕성을 지닌 성인이었다면 분명 지금 상황을 모른 척할 리가 없다. 아는데, 다 아는데…….

"다쳤냐고 묻잖아!"

왜 이렇게 화가 나는 건지.

"촬영 끝났냐."

도통 이해할 수 없었다. 그 와중에 단영은 자신을 보며 피식 웃음을 짧게 터트린 하준이 더 못마땅했다.

"뭘 잘했다고 웃어, 지금?"

만약, 그의 얼굴에 상처만 나지 않았다면 이 정도로 화가 치밀어 오르는 일은 없지 않았을까. 모르겠다. 단영은 상기된 표정으로 지영을 바라보았다.

"이봐요, 학생. 아까 위에서 분명 스태프분이 짐 무거울 테니까 도와주겠다고 말했었죠."

"그건…….."

아니다. 이게 아니다. 사사로운 감정을 앞세우기보다 놀랐을 당사자부터 달래 주어야 맞는 거다.

단영은 잠시 떨리는 가슴을 진정시키고는 긴 숨을 토해 냈다. 그러고는 더한 분노를 담아 팀장을 노려보았다.

"당신, 미쳤어요?"

"아, 아니, 최 작가. 그게 그러니까……."

"한두 번도 아니고, 한참 어린 학생 상대로 쪽팔리지도 않냐구요."

"내 말 좀 들어 봐. 뭔가 오해가 있는 모양인데……."

순간 울컥했는지, 팀장은 눈을 부릅뜨며 오리발을 내밀었다.

"오해는 얼어 죽을 오해? 죄 없는 여학생 몸매 보면서 오예나 내질

렀겠지."

그러자 단영은 더러운 오물을 바라보는 눈빛으로 용훈을 응시했다.

"최 작가, 말이 너무 심한 거 아닌가? 정확한 증거도 없는 상황에서 말이야. 사람 몰아가는 건 한순간이라더니. 그동안 일해 온 정이 있고 시간이 있는데, 동료 말을 먼저 들어 주는 게 순서지!"

뻔뻔스럽기는. 단영은 같잖다는 듯, 코웃음 치며 허리에 손을 올렸다.

"이보세요, 박용훈 팀장님. 저거 안 보여요? 저쪽 창고 구석에 있는 CCTV."

단영이 손가락을 들어 창고 구석 천장에 달려 있는 CCTV를 가리켰다. 나머지 세 명의 시선이 그녀의 손가락을 따라 위로 향했다. 그걸 가장 먼저 확인한 팀장의 안색이 급격하게 파리해졌다.

"그게 무, 무슨……."

"박용훈 씨. 당신 조금만 더 일찍 결혼했으면 저 친구만 한 딸이 있었을 거라고요. 무슨 말인지, 이해는 됩니까? 그 커다란 대가리가 장식 용이 아니라면 알아들어야 될 텐데."

"이봐. 보자 보자 하니까, 최 작가! 상사한테 말버릇이 그게 뭐야! 시오 건 메인 잡았다고 위아래 뵈는 게 없어?"

말버릇? 상사? 웃기고 있네. 단영은 거칠게 입바람을 위로 뿜었다. 그러자, 잔머리가 들썩거리며 이리저리 휘날렸다. 그녀가 손을 들어 머리를 거칠게 쓸어 넘겼다.

"돼먹지도 않은 꼰대 마인드 가지고 있는 것들이 꼭 저래요. 지 잘 못은 아웃 오브 안중이고 말이야. 어?"

"허……."

"예! 저 위, 아래 구분도 못 하는 까막눈입니다! 그래도 당신처럼 자식뻘 되는 학생한테 성추행할 만큼 더럽진 않았네요!"

최단영 성격 나왔다.

"물론 사태가 심각하진 않은 것 같아서 변호사 선임하시면 오늘 이후부터 경찰서에 자주 출석 도장 찍어야 하실 것 같은데, 회사는 제대로 다닐 수 있으시겠어요?"

우수수 터져 나온 단영의 질타에 팀장은 그만 말문이 막혀 어버버대며 더듬거렸다.

"무엇보다 저 입 되게 가벼운 거 아시죠?"

단영이 손으로 목 자르는 시늉을 했다.

"제 성격 어떤지도 잘 아실 거고. 성깔 개차반인 년한테 어디 한번 제대로 물려 보실래요?"

별안간 단영의 시선이 틀어졌다. 보다 더 거슬리는 것을 참을 수 없었기 때문이다.

"그리고 도하준. 이제 슬슬 그 팔 좀 내리지? 지진이라도 났니? 이제 저 학생 머리 다칠 일 없거든?"

하준은 묘한 표정이었다. 단영처럼 화가 난 표정도 아니었고, 웃음기가 묻어난 표정도 아니었다. 특유의 무표정이었지만, 어딘가 모르게 풀어진 얼굴. 흥미롭다는 듯 그녀를 응시하고 있었다. 그러면서 한다는 말이.

"계속해. 잘하고 있어, 최단영."

단영은 그게 더 기가 막히고 팔짝 뛸 노릇이었다. 이런 상황에서조차 의연한 저 태도가 말이다.

천천히 밑으로 내려간 하준의 팔을 확인한 그녀가 말을 이었다.

"일단, 우리 저번에 만난 적 있죠? 이름이 지영이라고 했던가?"

"네."

지영은 눈을 내리깔며 조용히 말했다. 단영이 제법 무서운 존재로 인식되었으리라.

"지금 바로 퇴근해요. 이런 일 당해서 기분도 말이 아닐 텐데."

"아닙니다. 전 괜찮아요."

"내가 안 괜찮아서 그래요. 오늘 일당은 대표님께 잘 말씀드려서 두 배로 보내 줄게요. 오늘 당한 일은 어쨌든 우리 스튜디오 책임도 있으니까. 내일 다시 출근해서 원하는 방향으로 조율해 봐요."

잠시 말을 멈춘 단영이 하준을 응시하자, 그는 무미건조하게 대답했다.

"왜."

"넌 이제 그만 가."

"어딜."

"어디든 가 있으라고."

단영은 슬슬 한계점에 치닫고 있었다. 저 자식은 왜 또 말을 안 들어? 목 안이 텁텁해지려 한다.

"그러니까 널 두고 어딜 가냐고, 내가."

그가 현재 걱정하고 있는 사람은 지영이 아닌 단영이었다.

19화

어쩌면 가슴 떨릴 수도 있었던 말. 오해의 소지가 있을 법한 말.

하지만 한시라도 빨리 상황을 정리하고 싶은 단영에게 그 말이 곱게 들릴 리 없었다.

이미 식사는 물 건너갔지만, 시간 맞춰 촬영장으로 복귀해야 했다. 하준 혼자 처리해도 충분했을 문제였으나, 그건 그것 나름대로 단영은 내키지가 않았다.

"그럼 뭐, 학교에서 매주 마주쳐야 하는 교수 앞에 두고 어디까지 추행당했는지 전부 다 말하라 할까? 저 친구도 난감할 거 아니야."

"아."

뒤늦게 깨달은 모양인지 하준은 낮게 탄식했다.

"알아들었으면 빨리 자리 좀 비켜 주지?"

"알겠다."

순순히 그러겠노라 했다. 단영의 말이라면 말이다.

하준은 흐트러진 재킷을 손으로 탁탁 털어 내며 정돈한 뒤 박용훈 팀장을 향해 냉랭한 시선을 던졌다.

"팀장님은 저와 함께 가시죠."

단영에게 말할 때완 달리 차게 식어 버린 말투였다.

용훈은 '망했다'는 표정으로 눈을 질끈 감았다.

그러거나 말거나 하준은 그의 어깨를 아프게 치고 지나갔다.

"사양 말고 맘껏 먹어요."

단영이 손짓으로 푸짐한 음식 메뉴들을 가리키며 말했다. 단영이 지영을 데리고 향한 곳은 민재가 운영하고 있는 카페였다.

말이 카페지, 여러 가지 파스타 종류와 이태리 음식들을 좋아하는 민재 덕분에 사실상 커피 전문점을 겸한 음식점이었다.

"……감사합니다."

지영은 작게 고개를 수그리며 감사 인사를 전했지만, 선뜻 포크를 들지 못했다. 차게 식어 갈 때까지도 묵묵히 음식만 바라보았다.

데리고 갈 곳이 마땅치 않았다. 요즘 학생들은 무엇을 좋아하고 싫어하는지 알 수 없었다. 그렇다고 순대국밥집이나 하준과 자주 가던 설렁탕집에 데리고 갈 수도 없는 노릇이지 않은가.

동성 친구 한 명 없는 서러움이 이런 걸까. 단영은 소리 없이 작게 탄식했다.

일부러 구석진 자리를 잡았으나, 지속적으로 힐끔거리는 민재와 세훈의 눈길이 적나라하게 느껴졌다.

"파스타 별로 안 좋아해요?"

단영은 철부지 두 오빠의 시선을 애써 무시해 가며 지영의 눈치를 살폈다.

"아, 아뇨. 좋아합니다."

지영이 세차게 손사래를 치며 부정했다. 어쩔 줄 모르는 그녀의 모습을 보고 있자니, 단영의 입가에 절로 희미한 미소가 그려졌다.

씁쓸했다. 한창 예쁠 나이. 분명 나 또한 지나온 시절.

분명 지금의 나도 충분히 예쁜 나이인데. 하준과 지영을 나란히 세워 두면 제 모습이 그렇게 작아질 수가 없었다. 만약, 그때로 다시 돌아갈 수 있다면 결코 바보처럼 스펙에만 목숨 걸어 가며 살지 않으리라.

어쩐지 거울을 보고 있는 느낌이었다. 그때의 단영은 죽어라 고생만 했다. 동기들과 맘 편히 놀아 본 적 없었다. 공부. 스펙 쌓기. 아르바이트. 집. 탈출구 없는 뫼비우스의 띠처럼 무한 반복이었다.

든든한 오빠들을 무려 셋이나 두고서도 도움받지 않으려 전전긍긍해 왔다. 분에 넘칠 만큼 충분히 받았으니까.

단영은 지영이 저보다 훨씬 궁핍한 현실을 가까스로 견뎌 내고 있음을 직감적으로 알 수 있었다. 그랬기에 더 불안했다.

하준은 그런 지영을 결단코 모르는 척할 리 없다. 그녀가 절실하게 도움을 요청한다면, 더 생각해 볼 것도 없이 그 손을 잡아 줄 것이다.

나와 처음 마주쳤던 그날처럼. 그의 성격을 알기에 불변의 법칙이란 걸 잘 안다.

"그게 아님, 내가 불편해요?"

지영은 대답이 없었다. 그런가 보구나. 내가 불편한 거네. 하긴, 그럴 만도 하지. 납득은 됐지만, 뭐랄까. 묘한 지금의 기류에 숨이 막혔다.

반면 지영은 더 이상 무례를 범할 수는 없다고 판단한 모양이었다.

꾸역꾸역 파스타를 목구멍으로 밀어 넣으며 먹는 것에만 집중하려 했다. 단영은 그런 지영을 말없이 응시했다.

성장 과정은 비슷해 보일지 몰라도 체형은 판이하게 달랐다. 시원시원하게 뻗은 팔다리와 목. 하준과 함께 나란히 서 있을 때가 문득문득 떠올랐다. 심장 부근이 따끔거릴 정도로 잘 어울렸다.

"왜…… 자꾸 그렇게 보세요?"

부담스러울 만큼 저에게 머물러 있는 단영의 눈길을 참지 못하고, 지영이 먼저 조심스레 운을 뗐다. 그러자 단영은 머쓱한 웃음과 함께 아무것도 아니란 의미를 담아 고개를 절레절레 내저었다.

"작가님은 안 드세요?"

"아, 먹어야죠. 지영 씨도 많이 먹어요. 내가 사는 거니까."

"아뇨. 괜찮아요. 제가 먹은 건, 제가 따로 계산할게요."

"원래 그래요?"

"네?"

지영이 고개를 추켜들었다.

이런 기분이었을까. 진심 어린 도움을 대가 없이 주고자 할 때마다 한사코 거절하던 저를 감당해 온 하준의 마음이. 단영은 그것을 가늠할 수 없어 더욱 답답했다.

"아니, 그냥 내가 사 주고 싶어서 그래요. 그러니까 그냥 편하게 받아 줘요."

싫겠지만.

식사를 할 동안 정적은 꽤 길게 이어졌다. 가끔씩 달그락거리는 소음이 전부였다. 두 여자는 각자 나름대로 생각에 잠긴 듯했다.

이후 15분가량 시간이 더 흘렀고, 지영의 그릇은 말끔하게 비워져 있었다. 반면, 단영의 그릇은 식어 버린 파스타가 반이나 남아 있었다.

"잘 먹었습니다."

"응. 그래요. 다 먹었으면 이제 우리, 얘기 좀 할까요?"

"네?"

지영이 토끼처럼 동그랗게 큰 눈으로 단영을 응시했다.

"아까 말이에요. 하준, 아니, 지영 씨 교수님에겐 일절 말하지 않을 테니까 솔직하게 말해 줘요. 박용훈 팀장이 지영 씨에게 어떤……."

단영은 최대한 그녀를 배려하려 했다. 지영은 그 의도를 뒤늦게 알아차리고선 고개를 끄덕였다.

"저는 괜찮아요. 교수님이 와 주신 덕분에 위험한 일도 없었구요."

'교수님'이란 하준을 뜻하는 호칭에 단영은 순간적으로 멈칫했다. 그 모습을 가만히 주시하던 지영이 포크를 조용히 테이블에 내려놓았다.

"작가님. 솔직히 전, 저 때문에 일이 커지게 되는 건 싫어서요. 이쯤에서 조용히 끝내고 싶어요."

"……."

"고작 며칠 일하다 그만둘 아르바이트생이잖아요. 직원분들에게 폐 끼치는 일은……."

"지영 씨."

단영이 그녀의 말을 낚아챘다.

"네. 말씀하세요."

"이건 절대 창피한 일이 아니에요. 쪽팔려야 할 사람은 박용훈 팀장이라고요."

"……."

"말 그대로 지영 씨는 며칠 아르바이트하다 그만두면 끝이겠지만, 나머지 여직원들은 아니죠. 이번 일은 절대 그냥 넘겨짚을 사안이 못 돼요. 내 두 눈으로 직접 목격한 이상, 넘어갈 생각 없다는 뜻이에요. 지금 내 말이 무슨 뜻인지, 이해됐어요?"

단영의 눈빛은 단호했다.

"그리고 내가 굳이 나서지 않아도 도하준 그 성격에 절대로 가만히 있지 않을 거구요."

"아……."

"교수님에게 있어서 소중한 제자잖아요. 지영 씨는."

표면적으론 진심 어린 위로에 지나지 않았지만, 암묵적인 경계선을 뚜렷하게 긋고 있는 거였다. 단영은 '제자'와 '교수'의 위치를 각인시켰다.

조금 유치할지도 모를 일이었으나, 이성보다 앞선 감정을 완벽하게 감출 수 없었다. 시기일까. 그에게 특별한 존재는 나뿐이었음 좋겠다.

'어째서?'라고 자신에게 되묻기도 전에 벌어진 단순한 결과였다. 싫어서. 싫으니까. 그뿐이었다.

"식사 다 했으면 그만 일어날까요?"

단영이 주변을 정리하며 자리에서 일어나려 할 때였다.

"저기, 작가님."

손가락을 매만지던 지영이 머뭇거리다 입술을 떼어 냈다.

"응?"

단영의 얼굴이 그녀에게로 틀어졌다.

"저. 그게 그러니까……."

"왜요. 나한테 할 말이라도 있어요?"

쉬이 말을 잇지 못하고 눈꺼풀을 아래로 내린 채 시선을 은근슬쩍 피하는 모양새가 가벼워 보이지 않았다.

그래서 단영은 엉덩이를 다시금 의자에 붙였다.

지영은 한참을 고민했다. 답답했지만, 단영은 보채지 않고 가만히 기다려 주었다.

몇 분이 더 지나고 나서야 지영의 입술이 느리게 떨어졌다.

"교수님과 어떤, 관계인지 여쭤봐도 괜찮을까요? 실례일진 몰라도…….”

지영은 기어가는 음성으로 물었다. 단영의 눈이 잠시 가늘어졌다.

"알긴 아네요?"

"네?"

"방금 그 질문 말이에요. 실례 맞다고요.”

단영은 잠시 한숨을 밀어 내고는 어깨를 으쓱했다.

"내가 지영 씨에게 개인적인 부분까지 말해 줘야 할 이유, 없다고 보는데.”

벙찐 지영을 두고 단영은 입술 끝을 올려 씨익 웃었다. 그러고는 테이블 옆에 놓인 계산서를 집어 들며 물었다.

"그러는 지영 씨는요.”

"무슨…….”

"도하준. 좋아해요?"

"아…….”

"봐요. 지영 씨도 선뜻 말해 주기 어렵죠?"

대답하기가 어려운지 눈동자를 굴리는 지영이었다. 단영은 그런 지영을 넌지시 바라보았다.

지영은 그 어떤 말도 꺼낼 수 없었다. 그저 조용히 입술을 씹었다.

"그럼 천천히 나와요. 먼저 일어나 볼게요.”

"아, 저도 같이…….”

단영이 의자를 밀어 넣는 걸 보자마자 지영 역시 엉덩이를 떼어 내려 했다.

"괜찮아요. 표정만 봐도 많이 복잡해 보이는데, 더 있다가 천천히 들어가요.”

"하지만…….”

"겸상을 했다지만 우리가 다정하게 웃으면서 배웅할 사이는 아니잖아요. 난 마지막까지 가식 떨 용기도 없을뿐더러 촬영도 남아 있고."

그게 끝이었다. 단영은 입술로만 웃어 보이며 그대로 자리를 벗어났다.

카운터에 도착하자, 호기심 가득한 눈빛들이 쏟아졌다.

"뭐야, 최단영? 저 여자앤 누구야?"

"알 바 없어. 계산이나 해 줘."

두 눈을 반짝이며 기다렸다는 듯이 캐묻는 민재를 단번에 무시한 단영이 시큰둥하게 카드를 내밀었다.

"뭔데! 말해 줘라. 응? 분위기 장난 아니던데."

"도하준 제자야."

어휴. 저 거머리. 단영은 어쩔 수 없이 대충 대답해 주었다.

"헐. 진짜? 야, 완전 예쁜데?"

눈치를 옆집에 팔아먹고 온 모양이다.

그나마 상황 파악이 빠른 세훈이 민재의 옆구리를 푹 찔렀지만, 민재는 멈출 기미가 없어 보였다. 오히려 지영의 뒤통수에 시선을 떼지 못하고 뚫어져라 스캔했다.

"장난해? 뒤통수만 보고 예쁜지 못생겼는지 어떻게 알아."

"하, 얘가 뭘 또 모르네. 오빠 시력이 얼마나 좋은데."

"헛소리 말고 얼른 계산이나 해. 나 빨리 스튜디오 들어가 봐야 돼."

"어허. 그냥은 못 보내 주지. 그런데 왜 저 학생이랑 밥을 같이 먹어? 도하준 제자라면서. 너랑 상관없잖아."

민재가 건네준 카드를 낚아채듯 빼앗은 단영은 뒤도 돌아보지 않고 손을 흔들며 매장을 빠져나갔다.

"어휴, 저 성질머리하고는……."

단영이 쌩하고 사라진 자리를 멀거니 바라보던 민재가 투덜거렸다.

"야, 오세훈. 저 둘, 뭐 있는 거 같지 않냐? 확실해. 어디서 풀풀 냄새가 난단 말이지."

"미친놈."

"왜 갑자기 욕을 하고 난리냐?"

너만 모른다, 너만.

한심하다는 눈으로 민재를 흘기던 세훈이 한숨을 푸욱 내쉬었다.

"으어…… 기 빨린다, 기가 빨려."

홀로 마지막까지 남아 뒷정리를 하고 나서야 퇴근할 수 있었다. 단영은 두 팔을 쭈욱 뻗으며 기지개를 켰다. 참아 온 숨이 묵직하게 흘러나왔다.

스튜디오 건물 앞에 멈춰 서서 얼굴을 치켜들자 적적한 밤하늘이 그녀를 반겼다.

"집 가자마자 뻗겠네."

아, 아니다. 최종적으로 발탁된 촬영분 보정 작업까지 해야 하는구나. 할 일이 산더미였다. 일단 가자. 얼른 가 버리자.

머릿속은 촬영 내내 이리저리 뒤엉킨 실타래처럼 복잡했다. 하지만 당장 고민하고 정리해 봤자 남는 건 없었다. 나중에. 나중에 생각하자.

복잡한 고민들을 뒤로 미루기로 타협한 단영이 발을 떼어 내려던 찰나였다.

빠앙—!

차량 클랙슨 소음이 우렁차게 울렸다. 반사적으로 단영의 시선이 정면으로 향했다. 하준의 차였다.

아……. 지금은 좀 마주하기가 불편한데.

그러나 단영은 최대한 아무렇지 않은 척 태연하게 걸어갔다. 운전석에 앉아 있던 하준은 얼굴을 슬쩍 내리고선 조수석 창문으로 단영을 주시하고 있었다.

 "어쩐 일이야?"

 무심한 단영의 물음에 하준은 그보다 덤덤하게 대답했다.

 "우리가 언제부터 무슨 일이 있어야 보는 사이였는데."

 "우리라는 말은 좀 빼 주지?"

 "타."

 "아직 버스 있어."

 "적당히 튕기고 타."

 "튕기는 게 아니라, 피하는 거야."

 그거나, 이거나. 쓸데없이 솔직한 단영의 태도가 어이없어 하준은 실소를 짧게 터트렸다.

 "피할 이유 있어?"

 "있지, 이유."

 "왜."

 "몰라서 물어? 불편하니까. 10년 넘게 가족, 가족 하던 도하준이 좋아한다. 여자로 보인다. 뜬금없이 고백한 게 바로 엊그제 일인데 멀쩡할 리가 있어?"

 "가족이란 단어 입에 달고 살았던 건 내가 아니라 최단영 너야. 말 똑바로 해."

 한 번을 안 져 주지. 좋아한다 말했던 사람이 이래도 돼? 단영은 끝끝내 표정 변화 하나 없는 하준이 괜히 원망스러워 한쪽 눈을 찡그리고선 입술을 삐죽거렸다. 못마땅하다는 티가 팍팍 났다.

 "입술 넣어."

 "왜! 내 입술이거든?"

"두 번 말 안 한다. 당장 집어넣어."

"아, 그러니까 왜!"

"키스하고 싶어지니까."

단영은 경악했다. 저런 식으로 의연하게 말할 줄은 상상조차 못 했다. 솜털 하나하나가 뻣뻣하게 서는 기분이었다. 저런 말도 할 줄 알아? 저 인간이?

"완전 우웩이다."

단영이 손으로 구역질하는 시늉을 보였다. 그 행위에 하준의 눈썹이 꿈틀댔다. 하지만 하준은 이내 납득했다는 듯이 고개를 두어 번 끄덕였다.

"끝까지 내 차는 안 타고 가겠다 이거지."

누가 이기나 해 보자고. 좋다 그래. 그런 의미였다. 하준은 두 번 생각해 볼 필요도 없이 시동을 끄고 운전석 문을 열어젖혔다. 그의 가죽 구두가 바닥 표면 위로 착지했다. 단영에게 가까이 다가간 시간은 지극히 짧았다.

"가."

"어딜!"

"버스 타러 가자고. 같이."

"버스 타겠다고 한 의미 몰라?"

"알아. 혼자 가고 싶다는 거잖아."

"알면서 그래?"

"아니까 그래."

단영은 기가 막혀 헛웃음을 토해 냈다. 말로는 도무지 이길 재간이 없다.

"혼란스러워."

그렇다면 정면충돌이다. 단영은 경계심이 묻어난 눈으로 하준을 밀게 올려다보며 말했다.

"알아."

그러나 그것마저 철저하게 막혔다. 낭떠러지에 다다르게 되자, 단영은 입술 안쪽을 꽉 물었다. 이제 어쩐다.

"혼란스럽다며 자리 피하는 사람 먼저 보내서 좋은 꼴 본 적 없어."

하아…… 답이 없다. 골치가 아팠다. 명확한 해답을 내릴 수도 없고, 그렇다 해서 무시할 수도 없는 마음.

이런 순간과 직면하게 됐을 때 필요한 건 단 한 가지뿐이다.

"술."

조금은 치졸하고 비겁할진 모르겠으나, 일단 되는대로 술의 힘을 빌리는 것이다.

"뭐?"

"오늘. 나랑 술 먹자, 도하준."

맥락 없는 말에도 그는 웃었다. 아까보단 조금 더 유순하게 풀어진 눈빛. 살짝 위로 올라간 입술 끝. 그것만 봐도 알 수 있다.

"어디서."

긍정이었다.

"집 근처 술집."

"다 좋은데 취하지만 마."

"취할 거야."

"취할 거면 나중에 벌어지게 될, 그 어떤 일도 원망하지 말고."

"취해도 내 두 발로 똑바로 걸어서 집까지 갈 거거든? 걱정 마셔."

잘도 걸어가겠다. 셀 수도 없을 만큼 무수한 경험을 겪어 왔다. 하준은 우습지도 않다는 듯이 피식거렸다.

최단영은 그런 여자였다.

혼란스럽다 해서 상황을 기피하거나 도피하지 않는다. 아니면 아닌 거고 맞으면 맞는 거다. 아닌 것 같으면 돌아가라. 아니, 그녀가 선택한 것은 늘 정면충돌이었다.

두루뭉술하게 흐지부지되는 꼴은 죽어도 보기 싫어했다. 그런 시원시원한 성격에 반했다.

"말해 두는데, 장난 아니고 경고야. 취하지 않게 적당선 지키라고 분명히 말했다."

근엄하게 다시 한번 일러두었다. 그러자, 단영의 동공이 잘게 진동했다.

바로 쫄 거면서 허세는. 하준이 두 번째 손가락을 들어 그녀의 이마를 툭 쳤다.

"아!"

"그러니까 까불지 좀 마라. 어디서 이상한 똥고집만 배워 와서는."

현재 스코어 1 대 0이었다. 어디 두고 보자. 그 마음가짐 그대로 유지할 수 있나.

단영은 이를 갈며 조수석에 올라탔다.

20화

둘을 태운 차량이 멈춰 선 곳은 단영의 집 근처 허름한 술집이었다. 단골이라 그런지 아주머니는 활짝 웃으며 하준과 단영을 반갑게 맞아 주었다.

단영은 가장 구석진 자리에 착석하자마자 술부터 시켰다. 그게 벌써 한 병 반째. 하준은 술을 입에도 대지 않았고, 단영은 살짝 취기가 오른 상태였지만 생각보다 멀쩡했다.

속으로는 두고 보라며 호언장담하던 단영이었다. 그런데 막상 상황을 직면한 뒤부터 소심해졌다. 침묵이 전부였다. 점심때부터 펑펑 터진 사건들 때문에. 하준 때문에. 그와 의도치 않게 엮이게 되어 버린 지영 때문에.

자잘한 것들로 하여금 단영은 스트레스가 최고조로 달아오른 상태였다. 그녀는 혼자 끊임없이 술을 따르고 마셨다.

"아까 박용훈 팀장 사건은 어떻게 됐어?"

말없이 한참 동안 술잔 윗부분을 매만지던 단영이 무거운 정적을 깨고 먼저 말문을 텄다.

"급한 대로 일단 대표님한테 따로 언질 해 뒀어. 내일 자세히 대화하면서 처리하기로 했고."

"그래? 그렇구나……."

딱히 그 일이 궁금한 건 아니었다. 어련히 알아서 잘 처리했을까. 그저 지금의 어색함을 탈피하기 위함이었다. 단영의 답답함은 아침부터 지금까지도 지속됐다.

얼마 먹지 않은 파스타가 위에서 턱 얹혀 버린 기분이었다. 술을 마실수록 보란 듯이 배반하듯 또렷해지는 정신이 몹시 원망스러울 따름이다.

더는 뒤로 물러설 수도, 무턱대고 직진할 수도 없었다. 혹여 이기적인 자신의 행동 때문에 상처라도 받게 되면 어쩌나.

이러다 하나뿐인 도하준을 잃어버리게 되면? 우리 사이는 어떻게 되는 걸까.

내 마음은 뭘까. 단순한 시기일까, 질투일까. 자리를 빼앗길지도 모른다는 두려움인가, 위기감일까.

남 주긴 아깝고, 내가 갖고 싶진 않은 그런 우습지도 않은 마음인가. 그런 거라면 정말 실망이다, 최단영.

그런데 그마저도 아니라면.

"도하준."

"말해."

수만 가지 걱정들과 의구심이 앞서, 그와의 관계 개선을 두려워하고 있는 건 아닐까.

물론, 그것만은 아니길 간절히 바랐지만 단영은 확인하고 싶어졌다. 그 이후엔 감당 못 할 후폭풍이 와르르 쏟아지겠지만. 그 순간을 맞닥뜨리게 되면 다시 또 예전처럼 도망치게 될지도 모르겠지만. 아니, 아마도 분명 그럴 것이다.

그럼에도 불구하고 갈피를 잡지 못해 휘청거리기 바쁜 지금의 내 마음부터 목구멍 끝까지 차오른 답답함부터 해소하고 싶었다.

"도하준. 넌 내 어디가 그렇게 좋은데?"

아. 이게 아닌데. 그녀는 표정을 구겼다.

"뭐?"

예상대로 하준은 황당하다는 투로 되물었다. 대답 없는 단영을 넌지시 살피던 그가 느닷없이 픽 웃었다.

"예고도 없이 바로 직구부터 던지기 있어?"

"몰라. 됐다. 그냥 술이나 마셔. 지금 나만 계속 자작하고 있는 거 알지? 혼자 멀쩡할 생각 하지 마. 그거 반칙이야. 오늘은 너나 나나 둘 다 취해야 돼."

"그런 법이 어디에 있는데."

"여기에 있다. 왜, 불만이야?"

머쓱했는지 단영은 줄곧 공격적이었다.

하여튼 못 말린다. 하준은 고개를 좌우로 흔들며 비어 있는 잔에 술을 따랐다. 단숨에 술잔은 깔끔하게 비워졌다. 그 모습을 똑똑히 목격했음에도 그녀는 만족하지 못했다.

"세 잔 더 마셔."

단영은 일부러 잔을 꽉 채워 따라 주었다. 넘실대는 알코올은 금방이라도 차고 넘칠 듯 위태로웠다. 그걸 빤히 응시하던 하준이 미간을 살풋 구겼다.

"너무 가는 것 같은데."

"어울리지 않게 웬 약한 척? 내가 너님 주량을 누구보다 잘 아는데."

"나 취하면 넌 누가 챙겨."

"내가 챙길게. 너도, 나도."

"또. 감당 못 할 말 막 하지 말랬지."

"고백인지 뭔지 도하준 네 입으로 직접 말한 순간부턴 내가 갑이고 네가 을인 거 몰라?"

"평생 갑질해. 그런 단순한 상하 관계쯤이야 얼마든지 받아 줄 수 있으니까."

억지 부리는 건 세상 최고다. 널 이겨서 뭐 하겠냐. 하준은 연속적으로 술을 따르고 마셨다. 그녀의 바람대로 딱 세 잔이었다.

"됐냐."

"아, 맘에 안 들어. 어떻게 표정 한 번 구기질 않냐? 안 써?"

"써."

하준이 잔을 내려놓으며 무덤덤하게 말했다.

"네 앞이니까 참는 거지."

"참 나. 독한 거야, 무식한 거야."

단영이 허탈한 웃음을 짧게 터트렸다.

다시 또 찾아온 정적. 전보다는 많이 느슨해진 분위기를 감지한 그녀가 슬슬 본론을 꺼내 놓기 시작했다.

"오빠 언제부터 내가 여자로 보였는데?"

피하지 않고 마주 봐야 한다. 어지러운 내 마음과 도하준의 진심을.

"……열아홉 살 때였나."

네가 열아홉 살 때.

"왜?"

단영의 질문에 하준은 당연한 걸 매번 왜 묻는 거냐는 무미건조한 눈빛을 던졌다.

"예뻐서."

"장난하지 말고."

그녀가 정색하며 노려보았지만, 하준은 꿈쩍하지 않았다.

"널 두고 장난을 왜 쳐, 내가."

"오빠 스무 살 때였나? 연애해 본 적 있었잖아."

"무슨 소리야, 그건."

하준은 단영의 눈을 피하지 않고 직시했다. 다음 턴은 단영이었다. 반박할 순간이 온 것이다.

"봐 봐. 오빠도 전에 연애한 경험이 있었고, 결국은 헤어졌어. 그리고 이번엔 나야. 바빠서 그래. 여자 만날 시간은 당연히 없었을 거고. 그러다 보니까 가장 가까이에 있는 날 좋아하게 된 게 아닐까? 그럼 지금 당장은 힘들겠지만, 언젠가는……."

"저 봐라. 또 혼자 소설 쓰고 있네. 내가 이상하게 몰아가지 말라 했지."

"그렇잖아. 아무리 생각해 봐도 납득이 안 되니까! 시작하게 된 계기도 이상해! 하나부터 열까지 다!"

"넌 지겹지도 않냐."

"뭐?"

단영이 술잔을 세게 내려놓으며 눈을 부릅떴다. 그러자 엷은 한숨을 밀어 낸 하준의 입술이 느리게 떨어졌다.

"사랑 앞에서 기승전결 따져 가며 납득해야만 시작할 수 있는 사람이 세상에 몇이나 될 거 같은데. 네가 그랬잖아. 나 이성적이라고. 피도 눈물도 없는 인간이라며. 그렇게 노래를 부르던 나조차도 이렇게 속수무책 당하고 마는 게 현실이야."

"……."

틀린 말이 하나도 없었다. 결국 단영은 그 어떤 항변 한 번 해 보지 못하고 입을 다물어야 했다. 입 안이 바짝바짝 말라 갔다. 따져 묻고 싶은 건 수천 가지인데, 막상 꺼내 놓으라 하면 머뭇거리게 됐다.

"널 내 옆으로 데려오려고 결심한 순간부터 지금까지, 벌써 10년 가까이 됐어. 그 시간, 난 절대 안 아까워."

"……."

"혹시나 갈등이 생겨서 논쟁을 벌여야 하는 상황이 닥친다면, 다른 누구보다 조금 더 현명하게 대처할 수 있는 요령을 배웠으니까. 누구보다 최단영을 잘 아는 나니까. 그건 너도 마찬가지일 거고."

"아주 좋으시겠네요. 그렇게나 값진 경험 해 보셔서."

"비꼬지 마. 네 눈높이에 맞춰서 어필하고 있는 중이니까. 부정적인 것보다 긍정적인 조건부가 훨씬 많다는 걸 알려 주고 있는 거야."

"나 연애 경험 없다고 돌려 까는 거잖아."

"뭐 하러 돌려 까. 까도 고속도로 하이패스로 대놓고 까는 사람인데, 내가."

"그래요. 너 잘났어요. 하으……."

그래. 나도 지겹다. 지겨워 죽겠다고. 계기. 납득. 맥락. 그게 뭐 그렇게 중요하다고. 언젠간 다 끝날 거라고. 좋아 죽다가도 결국 남보다 못한 사이가 될 거라고. 좋아한다. 사랑한다. 너뿐이다. 노래를 불러 봤자, 순간 변하는 건 어쩔 수 없는 거라고.

재고 따져 가며 시작도 전에 겁부터 먹게 되니까 제대로 된 연애 한 번 진득하게 못 해 보고 끝나 버린 거다. 비상식적이고, 틀에 박혀 있는 고전적인 집념이라 할지라도 어쩔 수 없다.

안다. 다 아는데…….

상대는 모르던 사이도 아니고, 정말 누구보다 소중한 도하준.

너니까요.

단영은 정신을 차리기 위해 이마를 테이블에 쾅 박으려 했다. 그러나 아픈 소음은 들리지 않았다.

찰나를 놓치지 않고 하준이 순발력 있게 손을 뻗어 준 탓이다. 다행히도 단영의 이마는 커다란 손바닥으로 정확히 내리꽂혔다.

"……."

딱딱한 테이블과 부딪쳐야 정상인데 푹신한 감촉이 느껴지자, 단영은 슬그머니 눈을 뜨고선 상황 파악을 했다.

그녀는 하준의 손을 피하지 않았다. 딱히 그럴 힘도 없었다. 얌전히 꿈뻑꿈뻑 눈꺼풀을 떴다 감았다.

"나도 오랜 시간 신중하게 고민하고 또 고민한 일이야. 그래서 최대한 보채지 않으려고 노력했던 거고, 지금도 현재 진행형이야. 충분히 받아들일 수 있을 때까진 전처럼 대할 생각이었어. 물론 힘들겠지만."

하준은 끝까지 단영을 먼저 생각했다. 그는 그녀의 이마를 손으로 감싼 채, 차분히 말을 이어 갔다. 그의 손가락이 앞머리를 비집고 들어와 살짝살짝 배회했다. 그 기분이 나쁘지 않아, 단영은 하준의 손길을 느끼며 얌전히 눈을 감았다.

"네가 뭘 무서워하고 두려워하는 건지, 무엇 때문에 망설이고 있는지, 알아."

단영은 도무지 하준을 직면할 수 없었다. 어떤 얼굴로 어떤 눈빛으로 저를 바라보고 있을까. 상상만으로도 가슴이 저릿했다.

"오빠가 뭘 알아……."

울적해졌다. 그녀는 여전히 눈을 감고 하준의 커다란 손바닥에 얼굴을 폭 묻은 채 중얼댔다.

"사람 잘 못 믿잖아. 특히나 사랑, 연애 감정 따위에 휘말리고 싶지 않아 하는 것도 결혼에 대한 환상이 일절 없는 것도 잘 알아. 혼자 꿋꿋하게 살려고 우리 도움 없이, 의지 한 번 안 하고 발버둥 친 것도 잘 알고."

그 원인이 가정사 때문이라는 것도.

결혼 따위 모두 부질없다고. 사랑이 뭐라고. 결국 다 버릴 거면서. 입버릇처럼 말하던 그녀를 하준은 잘 안다. 물론, 당사자만큼은 아니더라도 이해는 한다. 겪어 보지 않았으니 말이다. 그것 또한 한계는 있겠지만.

"그래서 말했잖아. 당장 받아 달라 투정 부리는 거 아니라고."

그는 반대편 팔을 테이블 위로 올리고선 손등에 턱을 괸 채, 단영의 뒤통수를 따뜻한 눈길로 응시했다.

"기다리는 건 이제 신물 날 지경인데, 그래도 최단영이니까 난 오늘도 여전히 괜찮아. 넌 나한테 그 이상으로 특별해."

"내가 뭔데? 난 뭐 하나 내세울 게 없는데."

단영은 혼잣말하듯이 웅얼댔다. 정말 다행이었다. 그와 눈을 마주한 상태가 아니라서. 하준의 손 온도는 시원했다. 뜨거운 열기로 달아오른 체온이 서서히 식어 갔다. 화기로 물들어 있던 감정들이 조금씩 차분해졌다.

"그나마 명함 내밀 수 있는 건 나이뿐이었는데, 그마저도 이십 대 후반이야. 오빠 능력 엄청나잖아. 도하준 좋다는 어린 여자, 천지에 널리고 깔렸잖아."

예를 들면, 지영 같은…….

"선 자리도 쉴 새 없이 들어오잖아. 나보다 예쁜 여자, 커리어 스펙 충분한 여자, 내조도 잘하고 현명한, 똑 부러지고 당찬 여자 많잖아. 근데 왜 하필 나야?"

"자기소개해, 지금?"

농담하는 듯한 웃음기 섞인 투였지만 하준은 진심이었다. 그렇지만 단영은 인정할 수 없다며 고개를 흔들었다.

'오랜 시간 솔로인 사람들의 특징'이란 주제의 글을 SNS에서 우연히 본 적이 있다.

바닥 친 자존감. 상대에 대한 의구심.

주변 지인들이 거쳐 온 연애의 시작과 끝을 수없이 지켜본 결과, '사랑'을 믿지 못하는 그놈의 지독한 의심병.

언젠간 필히 다가오게 될 이별을 두려워하게 되는 망설임.

전부 단영을 가리키고 있었다.

"아니? 절대 아니야. 겉으론 훌훌 다 털어 내는 척, 현명한 척, 똑 부러지고 성격 좋은 척 다 하는데, 사실 나 아무것도 없어. 그거 다 거짓말이야. 현명하지 못해. 더럽게 유치하고 엄청 우유부단해. 프로 정신은 개 풀 뜯어 먹는 소리고, 공과 사 하나도 구분 못 해. 상처도 잘 받아. 거친 바닥에서 살아남으려고 발악하느라 말버릇도 거칠어. 12년 동안 옆에서 봐 온 오빠가 더 잘 알 거 아니야."

"최단영."

"그래서 이상해. 오빠같이 부족한 거 하나 없는 완벽한 사람이 뜬금 없이 상식도, 이유도 없이 왜 날 선택하려 해? 편한 길을 두고 왜 굳이 궂은 길로 돌아가려 해."

"얼굴 들어."

"불우한 가정사. 자라 온 환경. 쉬워 보이지만 절대 무시할 수 없어. 그런 숙명 떠안고 살아온 나야. 살다 보면, 분명 나와 맞는 사람이 있을 거고 오빠랑 어울리는 사람이 있어. 우린 더도 말고 덜도 말고 딱 지금처럼이면 돼."

"……."

"오빠네 부모님. 특히 아줌마가 겉으론 나 보면서 웃어도, 달갑게 생각하진 않을 거야. 나 그 정도 눈치는 있어. 잘 키운 아들. 어디 내 놔도 책 안 잡힐 귀한 아들이 나처럼 별 볼 일 없는 여자애 10년이 넘도록 돌보는 모습 곁에서 지켜보는 동안 맘고생 심하셨겠지. 속상하셨을 거야."

"얼굴 들라고 했지."

"나 같았어도 충분히 그랬을걸? 배 아파 낳은 아들이니까. 곁에 있어도 뒤지지 않을 정도의 여자. 오빠가 재벌 3세는 아니니까 그걸 감안할지라도. 기업 비즈니스 파트너까진 아닐지라도, 적어도 기준선 비슷한 여자랑 순탄하게 만나 결혼하길 바라실 거라고. 그게 현실이야."

오늘따라 단영의 어깨는 유난히 작아 보였다. 하준은 자존심이라면 누구에게도 뒤지지 않던 그녀가 스스로를 깎아내려 가며 욕되게 하는 모습을 직접 듣고 보게 될 줄은 꿈에도 몰랐다.

"드라마를 꿈꾸는 건 내가 아니라 도하준. 바로 너야."

마음이 아프다. 내가 이렇게 만들었나. 이 정도뿐인가. 하준은 저 자신이 한심해졌다.

그래서 더는 두고 볼 수가 없었다. 그가 단영의 이마를 받치고 있던 손에 힘을 주었다. 그러자 강한 손힘으로 인해 그녀의 얼굴이 쉽게 들어 올려졌다.

"최단영."

드디어 눈을 마주할 수 있었다. 하준의 눈빛은 화가 난 듯 날카롭게 빛났다.

"오빠."

반면, 단영의 눈빛은 탁했다. 처지를 인지한 탓이다. 구구절절 허심탄회하게 솔직한 마음을 다 터놓고 나니, 단영은 한결 편안해짐을 느꼈다.

"난, 정말 지금이 좋아."

"내 말 먼저 들어."

마음에도 없는 말을 뱉으며 은근슬쩍 그의 눈을 피하려는데 그가 선수를 쳤다.

하릴없이 단영의 눈동자가 다시금 하준에게 옮겨졌다.

이례적인 일이었다. 하준은 늘 단영을 배려해 왔다. 즉, 지금처럼 양보 없던 적이 없었다는 뜻이다.

"……뭐?"

그래서 당황했다. 단영의 눈이 크게 떠졌다.

"말했었지. 적당선 지키라고."

"그게 무슨."

"지금 할 거야."

"뭘?"

"키스."

"미쳤어. 드디어 미쳤구나, 도하준."

단영이 격양된 음성으로 질색했다.

"어. 미쳤어. 진작부터 미쳤었는데, 이제라도 알았다니까 다행이네."

"그게 할 소리야, 지금?"

하준은 한다면 하고도 남을 사람이었다. 그 사실을 모를 리 없었기에 단영은 의자 등받이에 상체를 최대한 밀착시켜 하준과 최대한 멀리 떨어지려 했다.

"아까, 혼란스럽다고 했었지."

끼익. 그가 지체 없이 의자를 밀고 일어섰다. 커다란 키가 허공으로 솟자, 단영의 시선 또한 하준을 따라 위로 향했다.

"그럼 한번 해 봐. 해 보면 알겠네."

나지막한 음성이 바닥으로 자욱하게 깔렸다.

못된 말을 해서 그렇다. 그가 세상에서 가장 싫어하는 행동. 스스로를 깎아내렸으니까. 그래서 겁을 주려는 건가 싶었다. 그래서 단영은 한편으로 설마, 하는 마음이 컸다.

"지, 진짜 뭐라는 거야!"

그는 단영이 도망칠 틈조차 주지 않고 성큼성큼 그녀의 옆으로 다가갔다.

"너랑 키스도 하고, 섹스도 하겠다는 말이야."

"누구랑 뭘 해?"

상상조차 안 된다. 침대 위에서 나체로 있는 도하준? 누구랑 뭘 해? 오, 주여. 단영은 두 손으로 귀를 꽈악 막았다.

그러다 어느 찰나에 하준의 구두 소리가 멈췄다. 그녀가 게슴츠레 눈을 떴다.

"두 가지만 생각해."

"……."

"좋은지 싫은지."

심장이 쿵, 떨어졌다.

"나랑 키스하는 게 끔찍할 것 같은지. 좋을 것 같은지."

귀를 가리고 있던 단영의 손에 힘이 서서히 풀렸다.

"잡생각 집어치우고 지금 네 감정이 어떤지에만 집중하라고."

"……."

"간단하잖아."

단영은 어떻게든 움직이고자 노력했지만, 바로 앞에 서 있는 하준 때문에 몸이 굳어 버려 마음처럼 그럴 수도 없었다. 그저 하준의 정장 재킷 단추를 떨리는 눈으로 바라볼 뿐이었다.

"네가 싫다고 하면, 억지로 할 생각 없어."

천천히 그의 상체가 숙여졌다. 불안함이 밀려와 급한 대로 의자에서 엉덩이를 떼어 내려 할 때쯤, 하준의 얼굴이 가까워졌다. 어두운 그림 자가 빛을 차단했다.

단영은 말문이 막혔다. 눈을 회피하기 위해 고개를 돌리려는 순간, 그가 한 손으로 그녀의 목덜미를 감싸 안았다.

"제발."

하준의 얼굴이 코앞까지 다가왔다. 아슬아슬한 거리를 견디지 못하고 단영이 시선을 내리깔았다.

"다른 곳 보지 말고 나 좀 봐."

애원 섞인 하준의 부탁에 그녀의 동공이 다시금 천천히 올라왔다. 그의 얼굴이 온전히 담겼다. 순간 기분이 이상했다.

그런데 불현듯. 그의 기다란 속눈썹이 매혹적이라고 느꼈다면. 잘 잡혀 있는 이목구비가 여느 때보다 정교하게 느껴졌다면.

……드디어 미친 걸까.

"마지막 기회야."

그의 눈동자는 조금의 움직임도 없었다. 화산처럼 팔팔 들끓고 있었다. 금방이라도 터질 것처럼 위태롭다.

"싫으면, 지금이라도 내 눈 똑바로 쳐다보고 말해. 하지 말라고."

찬 기운이 온몸의 신경을 곤두세웠다. 입술과 입술 사이. 손바닥 한 뼘이었다. 사방이 꽉 막혔다. 피할 수 있던 공간은 모두 소멸됐다. 그의 턱이 비스듬하게 기울어졌다.

"비겁하게 피하려고만 하지 말고."

그게 끝이었다.

그대로 닿았다.

그의 입술이, 단영의 입술 위로 포개어졌다.

단영의 눈이 휘둥그레 커졌다.

피할 수 없었다. 밀칠 수 없었다. 말처럼, 그의 눈을 똑바로 바라보며 싫다고 말할 수도 없었다. 그러니까 이건, 무언의 허락이었다.

꿈에서조차 상상해 본 적 없는 상황이 현실로 벌어졌다. 그 깊은 욕망을 연약한 단영이 막아 세울 순 없었다.

하준은 애정을 듬뿍 담아 짙은 숨결로 애원했고, 혀로 그녀의 입술을 어르고 달래며 안심시켰다.

괜찮아. 괜찮아. 괜찮아. 마치, 그렇게 말해 주는 것처럼.

아프지 않게 살짝살짝 물었다. 그럴 때마다 단영은 뒷목이 저릿하게 감전되는 기분을 맛보아야 했다. 심정지가 된 듯, 비현실적인 감촉이었다.

맙소사. 도하준과 키스라니. 단영은 멀쩡했던 술기운이 한 번에 혹 올라오는 것 같았다. 머리털 하나하나가 삐죽삐죽 솟았다. 척추가 괜히 아렸다.

간지러움과 동시에 밀려드는 야릇함을 참지 못하고 서서히 단영의 입술이 벌어졌다. 하준은 그 틈을 놓치지 않았다.

이 순간만을 기다려 왔다는 듯이 방금 전과 판이하게 다른 행동을 보였다. 그녀의 안으로 뜨거운 숨결이 와르르 밀려들어 갔다. 강하게. 숨 막히게. 정신 못 차리게.

"흐읍."

기댈 곳 하나 없이 낭떠러지에 떠밀려 추락할 위기에 처한 단영은 나뭇가지라도 잡는 심정으로 하준의 셔츠를 두 손으로 꽈악 움켜잡았다.

깔끔함을 고수해 온 하준이었지만, 볼품없이 구겨진 셔츠 따윈 지금 이 순간 아무래도 좋다는 듯이 굴었다.

삐이이아―

이명이 들리는 것 같았다. 간지럽다.

너무 놀라, 단영은 호흡하는 방법마저도 까맣게 잊었다. 그가 뒷덜미를 당기자 몸이, 입술이 전보다 더 가깝게 밀착됐다. 입맞춤의 농도는 점차 깊어졌다.

혀가 울컥울컥 움직였다. 한결같던 그만의 체향이 파도처럼 떠밀려와 코를 간지럽혔다. 목덜미를 감싸 쥐고 있던 그의 손이 느리게 움직여 긴 머리칼을 부드럽게 쓰다듬는다.

단영은 환장할 노릇이었다. 처음 느껴 보는 감정에. 상황에. 처지에.

그보다 더 미치겠는 건.

이 느낌이 싫지가 않다는 거.

더, 더, 더 그 이상을 바라게 될 만큼. 두려움으로 가득했던 이성을 뒤로할 만큼. 딱 그만큼 죽도록 좋아서 돌아 버릴 것만 같다는 거.

그다음 일은 아무것도 생각나지 않을 정도로.

진짜…… 미치게 좋다.

나 어떡해.

말도 안 된다.

이럴 순 없는 거다.

단영은 눈을 질끈 감았다.

21화

　오만 가지 생각들이 머릿속을 휘젓고 다녔다. 그런데 이 순간만큼은 아무것도 담고 싶지 않았다. 왜일까. 스스로에게 묻는다면 딱히 모르겠다. 한마디로 답이 없었다.

　그저 지금 당장은 뜨거운 숨결이. 물컹한 그의 혀 감촉이. 힘 있게 턱을 잡고 있는 하준의 손길이. 단영의 정신을 혼미하게 만들었다.

　제대로 숨 쉴 수가 없었다. 첫 입맞춤인데 이렇게나 농밀한 키스라니. 모태솔로와 다를 바 없는 연애 경험을 가진 그녀가 그 모든 걸 받아 내기란 역부족이었다.

　서서히 이성이 되돌아왔다. 하지만 그것마저 차단시키려는 듯 하준은 단영의 혀를 더욱 집요하게 묶으려 했다.

　그 찰나에, 저만치 멀어졌던 이성이 번쩍 되돌아왔다. 그녀가 없던 힘을 다해 하준의 어깨를 팍, 밀쳐 냈다. 강하게 단영을 속박하던 못된 입술이 떨어졌다.

단영은 가쁜 숨을 몰아쉬며 부리부리하게 눈을 치켜뜬 채로 하준을 말없이 노려보았다. 아직도 입술이 후끈거렸다. 온기가 남아 있는 것만 같다.

키스를 했다. 도하준과 내가.

'홧김인가?'

아니. 그건 아니다. 충동적인 키스는 아니었다. 단영이 눈동자를 흔들며 혼란스러워하는 동안에도 하준은 죄의식이라고는 조금도 찾아볼 수 없는 의연한 표정이었다. 언제라도 다시 시작될 듯 팽팽한 긴장감이 조성됐다.

그나마 다행이었던 건 술집 안에 구석진 자리를 차지한 둘을 제외하곤 아무도 없었다는 것이다. 만약 지켜보는 눈들이 있었다면 당장 혀를 깨물고 자결했으리라.

목이 텁텁해질 정도로 고요한 침묵 속에서 하준의 입술이 천천히 떼어졌다.

"한 대 때릴 기센데. 때리고 싶으면 때려."

"뭐?"

하? 단영은 기가 막힌 나머지 잇새로 헛웃음을 터트렸다.

우려했던 상황이 일어나지 않았다는 것에 가슴은 쓸어내릴 수 있었지만, 장난스러운 농담에 덜컥 내려앉은 심장은 가까스로 붙잡을 수 있었지만, 뻔뻔하기 그지없는 그의 말투가 괘씸했다.

"내가 못 때릴 줄 알고 그러는 거지, 지금?"

기다렸다는 듯 단영은 망설임 없이 허공 위로 손을 확 들어 올렸다. 미약하게나마 움찔하는 모습을 보고 싶었다.

그래야 그나마 속이 풀릴 것 같았다. 하지만 하준은 눈 한 번 깜빡이지 않았다. 오히려 오른쪽 뺨을 보란 듯이 내 주며 대범하게 답했다.

"때려."

"진짜 때린다?"

반대로 단영이 멈칫했다. 아, 이걸 때려 말아?

"어."

진심으로 고민했으나 그뿐이었다. 그녀는 묵직한 한숨을 깊게 내쉬며 팔을 내렸다. 단영의 팔을 따라 잠시 밑에 머물러 있던 하준의 시선이 다시금 정면으로 천천히 올라왔다.

"나중에 가서 원망하지 말고, 때릴 거면 지금 때려."

"……됐어."

어떻게 때리란 말인가. 결국, 진심으로 아니길 바랐던 마음이 속수무책 판명 나 버린 마당에 누굴 원망할 수 있겠느냐고.

"아악! 미쳤어! 아니, 이거 혹시 꿈인가?"

절로 이마를 짚게 됐다. 이제 어쩌지?

그때였다. 알코올이 반쯤 남아 있는 술병이 단영의 시야에 들어왔다. 그녀는 하준이 말릴 새도 없이 술병을 냉큼 집어 들었다. 그러고는 벌컥벌컥 목구멍 속으로 밀어 넣었다.

하준의 눈이 일순 크게 떠졌다.

"최단……!"

차마 말을 잇지 못했다. 그가 급히 팔을 뻗어 단영의 손목을 잡아 막으려 했지만, 이미 때는 늦었다. 술병 안의 알코올이 전부 목구멍 안으로 넘어간 뒤였다.

"크흑."

으억, 써 죽겠다. 단영의 안면 근육이 종잇장처럼 구겨졌다.

"미쳤어?"

하준은 한쪽 눈가를 찡그리며 타박했다.

"여태 내 말 뭐로 들었어? 미쳤다니까? 너도, 나도! 우리 다 미쳤다고! 에브리바디 대 환장 파티! 난 미친년! 넌 미친놈! 알아들었어, 이

미친놈아? 흐어. 지금 키스했어. 너랑 내가! 우리가!"

쾅! 술병을 테이블에 세게 내려 둔 단영이 손등으로 입술을 스윽 닦아 냈다. 그러고는 주섬주섬 주변을 정리하더니 자리에서 벌떡 일어났다.

"술값은 도하준 네가 내. 아무리 생각해 봐도 괘씸해서 안 되겠어."

아니, 지금 술값이 문제가 아니라. 하준은 적잖게 당황한 표정으로 단영을 주시했다.

"어디 가."

출입구를 향해 걸어가려던 발을 멈춘 단영이 몸을 돌려 뒤돌아섰다.

저, 저…… 요망한! 눈을 가늘게 뜨고 하준을 흘겼다. 생각해 볼수 록 괘씸하다.

으아아. 한 대 패 주고 싶다!

다시 또 찾아온 정적. 의도치 않은 눈싸움이 지속되는 가운데 단영 이 먼저 지친 음성으로 말문을 텄다.

"오빠 피할 생각 없으니까 걱정 마."

하준 입장에선 듣던 중 반가운 소리였다. 그의 표정이 느슨하게 풀 어지려던 순간이었다.

"근데 지금은 피하고 싶어."

그 말에, 하준의 얼굴이 언제 그랬냐는 듯 단박에 굳어졌다.

"미안. 먼저 갈게. 한 번 정돈 그냥 못 이기는 척 보내 주라."

단영은 그와 키스한 순간부터 도통 모를 감정들이 파도처럼 밀려와 감당하기가 힘들었다. 벅찼다. 자리를 끝까지 지킬 자신도 없었다.

"오빠 말, 여태까지 착하게 다 들어줬잖아."

약간 삐뚜게 툴툴거린 적은 있었지만.

그 사실을 하준이 모를 리 없었다. 침묵을 긍정이라 생각한 단영은 끝끝내 하준을 방치해 두고, 술집을 빠져나갔다.

"……."

투명한 출입문 너머로 그녀의 그림자가 보이지 않게 될 때까지도 하준의 눈길은 그녀가 있던 자리에 한참 머물러 있었다.

"그래. 최단영이 좀 착했어야지."

혼잣말하듯 하준은 애써 자기 합리화를 시키며 중얼댔다.

인정해. 인정은 하는데, 그런데…….

하고 싶은 말쯤이야 수두룩했지만, 그 이상 터져 나오질 않는다. 수많은 말들이 입 안에서 배회한다.

나도 많이 참았는데. 많이 양보했는데. 많이 져 줬는데. 네 말이면 법이라도 되는 것처럼 정직하게 지켜 왔는데. 따져 묻자면 끝이 없다.

그게 또 그렇게 유치할 수가 없다. 되짚어 볼수록 한심하다.

그가 고개를 설레설레 흔들었다. 그러다 이내, 자조적인 웃음을 설핏 터트렸다. 현실이었지만, 꿈 같다.

하준은 잠시나마 단영의 입술에 닿아 있던 제 입술의 온도를 되새겼다.

의연한 척했지만, 심장의 쿵쾅거림이 멈추질 않는다. 그와 동시에 떠밀려 오는 씁쓸함이 묵직하다.

"떨려 죽는 줄 알았네."

하.

금주였다. 술만 먹었다 하면 마음이, 감정이 울컥 치밀어 올라서 혹시라도 단영에게 실수라도 하면 어쩌나 조심하고 또 조심했었다.

하준은 술병을 집어 들었다. 곧이어, 빈 잔으로 알코올이 가득 채워졌다.

늘 취해 있었다.

네 웃음에.

너와 질리도록 사랑할 미래를 꿈꾸는 것에 잔뜩 취해 있었다.

아무래도 오늘은 밤이 깊어질 때까지 홀로 술잔을 기울여야 할 것 같다.

스케줄대로 이동하는 내내 밴 차량 안은 고요하기만 했다. 깊은 생각에 잠긴 듯 승호의 장난스러운 얼굴은 온데간데없이 살벌하기만 했다.

덕분에 죄 없는 매니저 두환만 죽을 맛이었다.

오늘도 승호의 상태는 어제와 다를 바 없었다. 이러한 전개가 벌써 며칠째 꾸준히 지속됐다.

"크흠."

괜히 두환이 헛기침을 해 봐도 승호는 미동조차 없었다. 영혼 빠진 사람처럼 창문 바깥으로 시선을 던진 채였다.

다른 건 몰라도 스튜디오 스케줄이 있을 때면 괜찮았다. 두환은 소속 배우의 컨디션을 책임져야 할 의무가 있었기에 이상한 승호의 상태가 더 골치 아팠다.

바로 그때.

"형."

"어. 아, 어?"

느닷없이 저를 부르는 소리에 소스라치게 놀란 두환이 말을 더듬었다.

"스케줄 더 없어?"

"어?"

"있으면 몰아줘 봐."

저 자식이 드디어 미쳤나? 돌았나? 여러모로 이해 불가였다. 쉬고 싶다고 노래를 불렀던 게 바로 엊그제 일인데 말이다.

저 개 같은 성격 때문에 하늘의 별 따기보다 힘들다는 귀한 러브콜이 밀려들어 왔음에도 불구하고 모조리 미루거나 파투를 내야 했다.

"……너 뭔 일 있나?"

그것조차 속이 썩을 지경이었다. 하물며 뜬금없이 이제 와선 없는 스케줄을 만들어 내라니. 내가 무슨 창조주도 아니고. 두환은 겉으론 승호를 걱정하는 척 굴었지만, 내심 속으로는 불만을 쏟아 냈다.

"아니."

"근데 왜 이래. 적응 안 되게."

"그냥."

승호는 말없이 미소 지었다. 평소와 다를 바 없이 가벼운 웃음이었다. 그건 그대로였지만, 어쩐지 분위기 자체가 묘하게 달라졌다. 오랜 세월 함께해 온 매니저이자 동료인 두환은 그걸 알아차릴 수 있었다.

"새끼. 싱겁기는."

하지만 선뜻 오지랖을 부리진 못했다. 주변 지인들에겐 언제나 살가웠던 승호였으나, 지금처럼 가끔씩 자신만의 동굴로 들어갈 때가 종종 있었다.

그때는 무조건 몇 발자국 떨어져 있어야 옳았다. 그렇게 하지 않으면 어디로 튈지 모르는 돌연변이라서. 승호와는 꽤 긴 시간을 알고 지냈음에도 불구하고 좀처럼 알다가도 모르겠다.

"그래도 오늘은 텐션 좀 오를 줄 알았는데."

속으로만 생각하던 말이 저도 모르게 불쑥 튀어나왔다. 별 의미 없이 던진 말에 두환은 아차 싶었다. 줄곧 창밖에 머물러 있던 승호의 눈이 백미러로 옮겨졌다. 정통으로 시선이 부딪친 것이다.

"아니. 너 유독 좋아했잖아. 〈오브〉 스튜디오로 촬영 스케줄 가는 거."

"……."

"아, 그래. 맞다. 너 최 작가님이랑 대학 동문이더라? 작가님 프로필 보고 알았어. 그래서 안면이 있었구나 싶었지."

순식간에 어색해진 상황을 감지한 두환이 눈치 빠르게 분위기를 전환하고자 했다. 하지만 그 선택은 오히려 더한 무게만 안겨 줄 뿐이었다.

승호의 얼굴이 삽시간에 굳었다.

"계속 물어보고 싶었는데, 이참에 좀 묻자. 어울리지 않게 매번 시비나 걸고 말이야. 다행인 건지 뭔지는 몰라도 최 작가님은 너 모르는 것 같더만. 그래서 그래? 너만 기억하고 있어서 심통이라도 났냐?"

"저번부터 뭘 그렇게 캐물어."

"말이라도 서운하게 하지 마라. 매니저이기 전에 우리가 알고 지낸 시간이 얼만데."

알고 지낸 시간은 길었다. 그러나 두환이 처음부터 승호를 전담했던 것은 아니었다.

승호가 모델로 정식 데뷔를 한 지 2년. 이유 모르게 매니저가 바뀌었다.

위에서도 자세한 이유를 말해 주지 않았고, 두환도 딱히 알려 하지 않았다. 궁금하지도 않았을뿐더러 이러한 경우는 비일비재했으니 이상할 게 없었다.

"이번엔 그냥 못 넘어간다. 말해라, 엉? 얽히고설킨 복잡한 관계는 아니지?"

그러나 승호는 이번에도 두환의 호기심을 무참히 짓밟았다.

사실 저 자신조차 모를 일이었다. 왜 이러는지. 두환의 말처럼 단순한 심통인 걸까. 승호는 처음의 감정까진 확실히 인지했다.

단영과 재회한 순간, 그녀를 기억하고 있다는 사실을 바로 말해 주

려 했다. 깜짝 놀라게 해 주고 싶은 마음이 컸다. 무려 짧아도 7년. 길
면 8년 만이었다.

비록 좋지 않았던 추억이라 할지라도 옛 기억이라 여기며 반갑게 맞
아 줄 줄 알았건만, 매정하도록 단영은 저를 일절 모르는 척했다. 괘씸
했다. 서운했다.

시간이 지나 성숙한 여자로 성장했을 네 옆자리를 차지한 남자가 있
으리란 상상은 해 봤다.

뭐, 어찌 됐든 결과적으론 내가 나빴고 치졸한 놈이었지만. 어떤 이
유로도 그 사실만큼은 바뀌지 않겠지만.

승호는 내심 자신 있었다. 다시 내 옆으로 데려올 수 있으리란 자신.
그런데 처음으로 위기감을 느꼈다.

도하준. 그 이름이. 직급이. 존재 자체가 못내 거슬린다.

짜증 나게.

"그냥, 별 사이 아니야."

승호는 슬쩍 찡그렸던 표정을 풀고, 언제 그랬었냐는 듯 담담하게
상황을 종결시켰다.

안 되면 되도록 만들면 된다. 억지로라도.

다음 날 출근을 하고 난 뒤, 단영은 꾸벅꾸벅 졸았다. 요 근래 들어
서 제대로 된 숙면을 취한 적이 없었다. 유독 어젯밤은 더욱 심했다.

이유 없이 원망스러웠다가 야속하리만큼 심장이 뛰었다. 뒤척임을
참지 못해 몇 번이고 거실로 나와 생수를 들이켰다.

결국 그녀는 하나뿐인 동생 단태에게 오밤중에 왜 자꾸 소란이냐는
타박을 들어야 했다. 그 여파로 결국 사달이 난 것이다.

"선배! 선배!"

그러던 와중 다급하게 단영의 자리로 달려온 은효가 그녀의 어깨를 무자비하게 흔들어 깨웠다. 턱을 괸 상태로 졸고 있던 그녀가 얼굴을 삐끗거리며 눈을 떴다.

"어…… 뭔데 호들갑이야."

"주무셨어요? 어제 밤샘 작업 때문에 피곤하신 거예요? 그거 저 때문이죠?"

물음표가 대체 몇 개나 붙은 거야. 단영은 퉁퉁 부어 버린 눈을 끔뻑거렸다.

"그런 거 아니야. 무슨 일인데?"

산발이 되어 버린 머리를 대충 정리하고는 의자를 빙글 돌린 그녀가 멍하니 은효를 올려다보았다. 그러자 잊고 있던 자신의 임무를 깨달은 듯 은효가 손뼉을 짝 쳤다.

"아, 맞다! 선배 대박 사건 있었어요."

"응? 대박 사건?"

"네. 그 박용훈 팀장 있잖아요. CF 촬영팀 소속. 그 팀장이 어제 또 새로운 알바생한테 수작 부렸다가 시오전자 도 본부장님한테 딱 걸렸대요. 것도 아주 딱!"

"아……."

그 일이 이제야 퍼졌나 보구나. 단영은 또 다른 목격자였기에 대수롭지 않다는 듯 시큰둥하게 고갤 끄덕였다. 그 반응이 의외였는지 은효가 얼굴을 갸웃했다.

"별로 안 놀라시네요? 그거 때문에 스튜디오 완전 뒤집어졌어요. 이 때다 싶었는지 여직원들도 대표님 찾아가서 신입 시절에 당했던 일들 다 말했대요. 이거 진짜 모가지감 아녜요?"

그럴 만도 하지. 지금까지 떳떳하게 얼굴 내밀며 스튜디오 출근한 사실이 신기할 지경이니 말이다.

"그래서 지금 난리도 아니에요. 직원들 사기 저하될까 싶어서 되도록이면 아무도 모르게 사건 해결하겠대요. 근데 말이 그렇지, 어떻게 아무도 모를 수가 있어요. 제가 볼 땐 백 프로 잘릴 것 같아요. 못해도 이 바닥에선 끝이죠. 아, 또……."

종알종알 떠들기 바쁜 은효를 본체만체하며 단영은 한가롭게 기지개를 켰다. 절로 하품이 터졌다. 으, 피곤해. 뻐근해진 목을 이리저리 돌리다가 어깨를 주물럭거리기도 했다.

"선배. 제 말 듣고 있어요?"

"아, 미안. 결과는 어떻게 됐어?"

"일단, 대표님이 박용훈 팀장 조퇴시켰고요, 아침에 시오전자 측도 본부장님 오셔서 알바생 데리고 경찰서 간 걸로 아는데. 신고할 겸, 진술서 쓸 겸."

"아, 그 알바생 출근했어?"

"네. 했던데요?"

"그렇구나……."

대수롭지 않았다. 않았는데, 뭔가 이상하다. 찝찝함을 느낀 단영의 몸이 일시 정지 됐다.

"잠깐."

"왜요?"

"누가 누구랑 어딜 갔다고?"

"알바생이랑 도 본부장님이 경찰……."

"그 도본이 내가 아는 그 도본? 도하준?"

"네. 그 도 본부장님 아니면 누구겠어요."

묻고 따질 새도 없이 몸이 먼저 반응했다. 단영이 의자를 확 밀쳐내고 일어나자, 은효는 적잖게 많이 놀란 듯 뒷걸음질 쳤다.

"어후 깜짝이야. 애 떨어질 뻔했네. 갑자기 일어나면 어떡해요."

"왜……!"

단영은 말을 하려다 말고 입술을 다물어야 했다.

그럴 수밖에 없었다. 자신이 뭐라고 화를 낸단 말인가. 그럴 자격이 없었다. 하준을 혼자 버려두고 도망친 주제에. 그녀가 입술을 잘근 물며 시선을 내렸다.

"네?"

"아, 아니야. 아무것도."

아무것도 아닌데.

"뭐예요, 싱겁게. 아, 맞다. 선배 오늘 배승……."

넘겨짚을 수가 없다. 단영이 재빠르게 사무실 벽에 걸려 있는 시계를 눈짓으로 확인했다.

"미안. 은효야 나 점심 좀 먹고 올게."

"아니, 선배!"

"나머진 이따가 마저 얘기하자."

단영은 잡을 틈조차 주지 않았다. 그대로 사무실을 뛰쳐나갔다. 순식간에 버려진 신세가 되어 버린 은효는 영문을 몰라 어처구니가 없었다.

"오늘 배승호 씨 테스트 촬영 있는 날인데……."

그는 끝내 단영에게 전달해 주지 못한 말을 작게 웅얼댔다. 그것으로 인해 벌어질 파장은 꿈에서도 상상할 수 없었다.

22화

다급히 사무실을 빠져나온 단영은 엘리베이터 버튼을 몇 번이고 때리듯 두드렸다. 그러나 엘리베이터는 계속 제자리걸음이었다.

꼭 이런 순간에만 층층마다 멈추더라. 누굴 놀리는 것도 아니고…….

그녀는 거칠게 잔머리를 쓸어 올리며 할 수 없이 계단을 택했다. 탁. 탁. 탁. 사무실용 슬리퍼가 시멘트 계단에 세차게 부딪쳤다.

"헉, 헉……."

같은 곳을 빙글빙글 돌며 내려오다 보니 절로 숨이 찼다. 1층에 다다르자, 단영은 무릎을 짚고 숨을 고른 뒤, 출입문을 밀고 밖으로 나왔다.

"택시, 택시!"

팔을 쭉 뻗어 간절하게 택시를 붙잡아 봤으나, 택시는 매정히 단영을 쌩 스쳐 지나갔다. 그렇게 벌써 세 대째.

"와. 오늘 무슨 날이냐?"

열이 확 솟구쳤다. 후덥지근한 날씨마저 마음에 들지 않았다. 신경을 곤두세워 그런 건지, 아님 지구 온난화가 문제인 건지는 모르겠지만, 식은땀이 흘렀다. 덥고, 짜증 나고, 찝찝하고. 아주 가지가지 한다.

"가지 말란 계시인가."

단영은 질끈 눈을 감고선 묵직한 숨을 밀어 냈다. 블라우스를 잡고서 펄럭거리는데 그녀의 앞으로 그늘이 생겼다.

끼익— 까만색 밴 차량 한 대가 정차했다. 그녀가 눈꺼풀을 천천히 밀어 올렸다. 밴 차량에서 내리는 승호가 동공 안으로 담겼다.

오랜만이었다. 최근 들어 기다렸다는 듯이 우수수 쏟아진 사건들로 하여금 그의 부재가 더욱 길게 느껴졌다.

"최단영?"

승호 입장에선 그녀가 친히 마중까지 나와 있을 줄 꿈에도 몰랐기에 퍽 놀란 표정이었다.

반면 단영은 말없이 뚫어져라 승호의 얼굴을 응시했다.

오늘 일정에 대해 전달받지 못한 그녀 또한 그의 갑작스러운 등장이 당황스러웠다. 하지만 그보다 더 거슬렸던 것은 무턱대고 짧아진 승호의 말투였다.

"작가님."

그걸 눈치껏 알아차린 그가 재빠르게 호칭을 올렸다.

"오랜만이네요."

형식적인 인사였다. 정말 오랜만에 보는 얼굴이었음에도 단영은 승호가 하나도 반갑지 않았다. 신경 쓰이는 일이 있어서다.

"어디 가요?"

"네."

"어디?"

"그걸 배승호 씨가 알아서 뭐 하게요. 좀 비켜 봐요."

귀찮다는 기색이 역력한 표정이었다. 그 반응이 마음에 들지 않았는지, 승호가 눈썹을 꿈틀거렸다.

그러거나 말거나 단영은 손에 힘을 실어 승호의 몸을 밀었다. 하지만 그는 꼼짝도 하지 않았다.

"점심 먹으러?"

타들어 가는 단영의 속도 모르고 한가롭게 안부나 묻고 있다.

"아뇨."

"아직 안 먹었어요?"

"네."

물은 물이고 불은 불이로다, 라고 말하는 사람처럼 단영은 대충대충 대꾸했다. 이런 식이면 곱게 보내 줄 마음이 안 생기지. 승호의 자세가 삐딱해졌다.

"그럼, 나랑 같이 먹을래요? 이 근처에 국밥 맛있게 잘하는 집 있는데."

"괜찮아요."

"저번에도 약속 한 번 파투 내지 않았나? 이 정도 정성이면, 미안해서라도 같이 먹어 주겠다."

밥 못 먹어서 한 맺힌 귀신이라도 붙었나. 비꼬는 기세가 다분한 승호의 말에 단영이 미간을 움찔 떨었다.

"저는 가겠다고 말한 적 없었습니다. 그리고 아까부터 계속 밥, 밥 하시는데 댁 가서 맘 편히 드세요. 나한테 쌀 숨겨 놨어요?"

그러고는 눈빛을 세우며 새침하게 대꾸했다.

"최 작가님만 보면 자꾸 배가 고픈데 어떡해요, 그럼."

미친 새끼. 단영은 손발이 오글거려 죽을상을 지었다.

"무슨 뜻이에요, 그거?"

"좋은 뜻이에요. 여러모로."

"듣기엔 영 나쁜 뜻인 거 같은데?"

그 말에 승호가 씩 멋들어지게 웃는다.

"자꾸 이런 식으로 선 긋고 그러면, 아무리 나라도 상처받는데."

순간, 할 말을 잃은 단영은 짧게 헛웃음을 터트려야 했다.

이쯤 했으면 기분 나빠 그냥 보내 줄 만도 할 텐데, 승호는 상처받았단 말과 달리 팔짱을 끼우고는 단영을 여유 만만하게 내려다보았다.

유난히 오늘따라 내리쬐는 햇볕이 따가웠다. 그 빛을 받아 승호는 더 근사하게 빛났다.

가벼운 브이넥 티셔츠에 검은색 재킷. 어디서나 쉽게 볼 수 있는 슬랙스 바지 정도로 구색만 갖춰 입었을 뿐이지만, 지나가다 한 번쯤 다시 쳐다보게 되는 그런 남자.

백색 도자기처럼 잘 빚어진 얼굴에. 근사한 체격과 커다란 키에. 늘 웃는 상인 저 입술로 가볍게 미소 지을 때마다 더 돋보이는 보조개. 물결치듯 절로 작품이 되는 작은 몸짓 손짓 하나에. 적당하게 느슨히 풀어진 눈빛에.

……빠졌으니까.

"상처받으라고 하는 말이었는데, 이제 알았어요?"

참 이상한 일이다. 예전 같았으면 그의 눈을 똑바로 마주하지 못해야 정상인데, 지금은 달랐다. 똑바로 시선을 교환하고 있었다. 피하지 않았다.

떨림이 없어 가능한 일이었을까.

"나, 오늘도 약속 지켰어요."

스튜디오에서 마주칠 때마다 승호는 습관처럼 그 말을 반복했다. 일찍 왔어요. 칭찬받길 원하는 아이처럼.

"어쩌라고요. 그리고 오늘은 촬영 날 아니……."

"영화 대본 미팅 잡혀서 뜨는 시간이 오늘 이 시간밖에 없었거든요, 〈오브〉 스튜디오 측에서 사정 봐주신 덕분에 테스트 촬영, 오늘로 결정 났는데."

"아⋯⋯."

"아직 전달 못 받았나 보네."

어휴. 됐다, 됐어. 똥이 무서워서 피하냐, 더러워서 피하지.

그렇게 생각하는 편이 나았다. 그녀는 승호를 밀어 내는 걸 포기하고, 반대 방향으로 발을 틀었다. 하지만 그마저도 불가피했다.

그가 단숨에 그녀의 어깨를 잡아 세웠다. 그러자 단영의 몸이 빙글 돌아갔다. 그 여파로 왈츠를 추는 듯이 단영의 치마가 풍성하게 펄럭였다.

"데려다줄게요."

"택시 있어요."

"없는 것 같은데?"

"있어요."

단호하게 거절했다. 승호는 어깨를 으쓱이며 도로 쪽으로 시선을 옮겼다.

"없는데?"

"있다니⋯⋯!"

단영은 되는대로 아무 방향이나 삿대질하며 목청을 높였다. 하지만 그녀를 반기는 건 텅텅 비어 버린 도로뿐이었다. 세상에. 이렇게나 민망할 수가.

"요즘 택시는 예쁜 사람 눈에만 보이나?"

그걸 또 놓치지 않고 굳이 꼬투리 잡아 놀리는 승호였다.

"없네요."

웩. 느끼해. 그녀가 재빨리 말을 정정했다.

"어떻게 한 대도 없을 수가 있지?"

그러고는 어지간히 머쓱했는지 목덜미를 문질렀다.

"다 먹고살자고 하는 일인데, 예쁜 최단영 작가님이 이해하세요."

"……."

"어디 가는지 말해요. 데려다줄게."

"싫어요. 배승호 씨랑 미쳤다고 같이 가요?"

"아, 미칠 정도는 돼야 나랑 같이 가 주나 봐요? 생각보다 조건이 까다롭네."

아니, 절대! 네버! 단영은 목구멍 끝까지 차오른 말을 꾹꾹 눌러 참았다. 능청스럽기 그지없는 승호의 성향 정도야 일찍부터 꿰고 있었으니 적응 불가한 건 아니었다.

하준은 늘 져 줬지만, 승호는 아니었다. 달라도 너무 다른 성격. 외모. 말투. 무엇 하나 겹치는 것이 없었다.

그러나 지금은 그런 것 하나하나를 재고 따질 때가 아니었다. 승호와 함께 가는 것은 시간에 맞추어 도착하기에 편할지는 몰라도 그다음 후폭풍이 문제였다.

"미쳐도 배승호 씨랑은 같이 안 가요. 동네방네 소문낼 일 있어요?"

그것도 그거였지만.

"그런 걱정이라면 매니저 형 동반해서 가면 되는 부분이고."

"누구 만나러 가는 길이에요."

승호와 함께 있는 모습을 하준이 목격한다면 무조건 2차전 시작이다.

"그거야 조금 떨어진 곳에서 내려 주면 되는 부분이고."

하지만 승호는 단영의 걱정을 지체하지 않고 싹둑 잘라 내 버렸다.

택시는 코빼기조차 보이지 않는 상황. 무엇보다 스튜디오와 집만 다녀 봤던 탓에 주변 경찰서 위치를 모른다.

"더 문제 될 거 있습니까?"

"됐어요. 그냥 걸어갈게요."

물어물어 가는 방법이 가장 최선이라 생각했다. 빠른 걸음이라면 가까스로 세이프 할 수 있다.

"어디 가는데. 말이라도 해 줘요."

"근처 경찰서요."

"뭔, 서?"

"경찰서."

단영은 한 글자, 한 글자 힘주어 말했다.

"경찰?"

"네."

"사고 쳤습니까?"

"나 말고……."

단영은 말을 잇다 말고 구구절절 설명하기 싫다는 듯 손사래 쳤다.

"됐어요. 그럼 나 이만 가 볼게요."

"타요."

"여태 뭐 들었어요? 혼자 걸어가겠다구요."

"여기 근처엔 경찰서 없어요. 차로 가면 가까운데, 걸어가면 20분 넘게 걸어야 돼."

단영은 끝끝내 미심쩍다는 눈빛을 지우지 않았다.

"진짜로 매니저님 동반할 거예요?"

"응. 진짜."

"정말 떨어진 곳에서 내려 줄 거고요?"

"응. 정말로."

"거짓 없는 거죠?"

"그럼요. 이백 프로 진심. 내 모델 인생 걸고."

그렇게까지 말한다면야.

단영은 침묵으로 긍정을 대신했다. 그걸 감지한 승호가 망설임 없이 밴 차량 문을 활짝 밀어젖혔다.

그러자 뒤늦게 정리를 끝내고 운전석에서 내리려는 두환이 눈을 크게 떴다.

"어? 너 왜 다시 타? 스튜디오 안 들어가?"

"갈 곳 있어. 운전 좀 해 줘."

"개인적인 일이면 혼자 운전해서 가면 될 것이지."

"승객분이 형 아니면 안 가겠다 하시네."

"승객?"

두환은 호기심 반 걱정 반이 담긴 얼굴로 시선을 뒤로 옮겼다.

"어? 작가님?"

"하하."

단영이 어색하게 웃으며 묵례했다. 본의 아니게 승호와 단영 사이에 끼어 버린 두환은 영문을 몰라 고갤 갸웃거렸지만, 이내 다시금 운전석에 착석하고는 시동을 걸었다.

"이, 일단 타세요."

"실례하겠습니다……."

어색하다. 어색해 죽겠다. 승호가 먼저 탑승한 후 그를 따라 단영도 끙 소릴 내며 올라탔다. 야외 촬영을 나가야 할 때에 가끔씩 밴 차량을 타 본 경험이 있어 내부가 그다지 새롭진 않았다.

그건 그렇다 쳐도 정말 오랜만이었다.

승호의 옆자리에 엉덩이를 붙여 본 것이 벌써 8년 전이라니. 시간은 야속하게도 참, 빠르게 흘렀다.

"어디로 가?"

두환이 운전대를 부드럽게 돌리며 물었다.

"경찰서."

"뭐?"

지금 잘못 들었나? 두환은 황당하다는 듯 다시 되물었다. 그러고는 불안한 눈빛으로 승호를 한 번 단영을 한 번 번갈아 가며 바라보았다.

"근처 경찰서로 가 줘."

승호는 겉으론 시큰둥하게 대답했다. 그러다 멋쩍게 웃는 단영 모르게 슬쩍 몸을 뒤로 빼고는 입 모양으로 중얼댔다.

'웬만하면 제일 먼 곳으로.'

그걸 정확하게 이해한 두환의 표정이 구겨졌다. 개구쟁이처럼. 마치 좋아하는 여자아이를 놀리려는 것처럼. 짓궂게 웃는 어린 남자아이의 얼굴을 하고 있는 승호 때문에.

'들키지 않게.'

승호는 고집스럽게 정면만을 응시하고 있는 단영의 옆모습을 훔쳐보며 말을 이었다.

'돌아가 줘.'

돌고 돌아 겨우 만나게 된 지금부터 천천히 거슬러 올라가.

느려도 좋으니 부탁이야. 되돌려 달라고.

무려 20분이나 넘게 걸렸다. 고작 바로 앞에 있는 경찰서 하나 찾지 못해 벌어진 참사였다.

단영은 금방이라도 폭발할 화산 같은 심정이었지만, 호의를 베풀어 준 두 남자에게 타박을 늘어놓을 수도 없었다.

"저 이제 내릴게요."

단영은 재빠르게 눈동자를 굴려 가며 하준을 찾았다. 그의 모습이 보이지 않아 다급해졌다.

"그렇게 바빠요?"

두환만 아니었다면 승호에게 욕설을 퍼붓고도 남았을 것이다. 단영은 최대한 침착하게 마음을 다잡고선 매정하게 굴었다.

"네. 엄청요. 먼 길 데려다주셔서 감사합니다. 그럼 수고하세요!"

단영이 드르륵 소릴 내며 문을 열어젖혔다. 승호가 무어라 대답하기도 전에 아스팔트 바닥으로 발을 안착시켰다. 주변을 두리번거리던 그녀가 차량 문을 닫으려는 찰나였다.

"수고했다."

경찰서에서 나오고 있던 하준이 그녀의 동공에 정확히 박혔다.

'나이스 타이밍!'

성큼성큼 지체 않고 걸어가려는데, 하준의 뒤를 따라 나온 지영으로 인해 단영이 우뚝 정지했다.

'왜 이쪽으로 와?'

오, 맙소사. 일단 저질러 보잔 식으로 뛰쳐나오기는 했는데 그다음을 미처 생각 못 했다. 그녀가 급히 몸을 돌려 봤지만, 검은 밴 차량이 바로 앞에 있어 더 도드라져 보였다.

'아, 젠장.'

까딱했다간 발각될 위기였다. 그때, 무언가가 번뜩 뇌리를 스치고 지나갔다. 승호의 밴 차량은 안에선 볼 수 있지만, 바깥에선 내부를 볼 수 없다.

단영은 일단 살고 보잔 심정으로 다시금 밴 차량 문을 열었다.

"왜 다시……."

"일단 좀 탈게요! 미안한데, 옆으로 좀 비켜 줄래요?"

출발하려던 차였는지 부산스럽게 다시 올라탄 단영 때문에 놀란 승호가 엉덩이를 주춤거리며 안쪽으로 이동했다.

"뭐 때문에 그러는."

"쉿. 조용."

단영은 두 번째 손가락을 입술로 가져다 대며 승호를 강제로 침묵시켰다. 무언가를 뚫어져라 바라보느라 고정된 단영의 눈길을 따라 승호의 시선이 천천히 움직였다.

"······."

또 도하준.

또 그 남자다.

무덤을 팠구나, 배승호. 절로 인상이 구겨졌다.

"수고했다."

하준은 경찰서를 빠져나오며 지영에게 위로 아닌 위로를 건넸다.

난생처음 경찰서에 출입해 본 지영은 어쩐지 지친 얼굴이었다. 신고를 하고, 진술서를 쓰고. 곁에 하준이 있어 주었기에 허둥대거나 겁에 질릴 일은 없었지만, 딱딱한 경찰과 대면한 탓에 긴장이 된 것이다.

그는 뒤따라 나오던 지영의 안색을 살피다가 힐긋거리며 손목시계를 확인했다.

"난 바로 회사 들어가 봐야 할 것 같은데. 넌 어쩔래."

"······."

더없이 무심했다. 지영은 묵묵히 고개를 수그렸다. 당연한 일인데 왜 이렇게 서운한 건지. 마땅히 해야 할 일을 모두 마쳤으니 당연히 자신이 있어야 할 곳으로 되돌아가는 것뿐인데.

"버스 타고 갈 수 있지?"

경찰서로 향할 때부터가 문제였다. 그는 지영이 조수석에 앉는 것을 허락하지 않았다.

참 이상한 상황이 연출됐다. 운전석에 앉아 있는 하준. 비어 있는 조수석. 뒷자리에 탑승해 있는 지영.

진술서를 작성할 때에도 그랬다. 하준에게서 개인적인 감정은 일절 볼 수 없었다.

그저 피해자가 가해자에게 당했던 장면을 그대로 전달해 주는 목격자의 입장이었다. 매정하진 않았지만, 그렇다 해서 지영을 두둔해 주지도 않았다. 최대한 피해자와 가해자 그 누구에게도 치우치지 않고 이성적인 자세로 조사에 임했다.

당연한 건데, 지영은 괜히 마음이 시큰거렸다.

"김지영."

제 이름을 불러 주는 나지막한 음성에 한창 다른 생각에 잠겨 있던 정신이 번쩍 들었다.

"아, 네."

"무슨 생각을 그렇게 해. 부르는 것도 못 듣고."

"죄송합니다."

"넌, 참……."

"네?"

"아니다."

죄송한 것도 많다. 하준은 마지막 말까진 할 필요가 없다고 판단해 입을 굳게 다물었다. 날이 더워 답답한 모양이었다. 그는 목을 꽉 죄고 있던 넥타이를 느슨하게 풀어 헤쳤다.

"뭘 그렇게 봐?"

그걸 자신도 모르게 바라보고 있던 지영은 못 볼 것을 본 사람처럼 화들짝 놀라 눈꺼풀을 내렸다.

쑥스러움이 많은 건지, 원래 소심한 성격인 건지. 지영을 슬쩍 바라보던 하준은 대답 듣기를 포기하고 피식 웃음을 터트렸다.

"덥네."

하준은 그렇게 말하며 고개를 뒤로 젖혔다. 하늘이 파랗다. 유난히 구름 한 점 없이 평화롭다. 누구와 데이트하기 참 좋은 날인데, 라고 속으로 생각했다.

반면, 그 속내를 상상조차 못 하고 있던 지영은 조각같이 정교하게 잘 빚어진 하준의 옆모습을 넋 놓고 바라보았다.

어딘지 모를 무뚝뚝함과 선함을 동시에 지니고 있는 신기한 사람.

"저, 교수님."

지영은 몇 번이나 입술을 떼었다 붙였다가를 반복한 끝에서야 어렵게 하준을 불렀다. 그제야 그의 고개가 정면으로 떨어졌다.

"왜?"

"좋아하세요?"

"뭐?"

질문이 의아했는지 하준의 눈이 일순 커졌다.

정작 말을 던진 그녀는 황급히 푹 얼굴을 숙였다. 지영은 손가락을 매만지며 떨리는 가슴을 숨겼다.

그는 한동안 침묵을 유지했다. 묘한 눈으로 그녀를 직시하다 대수롭지 않다는 듯이 가볍게 웃었다.

"내가 너무 편하게 대해 줬나."

"네?"

"나 때는 이런 사적인 질문 하는 거, 꿈도 못 꿀 일이었거든."

다른 교수들과 다르게 하준은 학생들과 나이 차이가 심하지 않았다. 그래서인지 교수님 호칭조차 달갑지 않아 했고, 딱딱한 관계를 기피했다. 결국 선택한 것이 친근함이었지만, 그것이 화근이 될 줄이야. 판단 미스였다.

"타박하는 거 아니니까 걱정하지 않아도 돼."

하준은 한쪽 손을 주머니로 밀어 넣으며 비스듬히 고쳐 섰다.

"그래."

"네?"

"좋아한다고."

"아……."

"그런데, 데려오기가 쉽지 않네."

지영은 바짝 굳은 낯이었다.

"대답 다 된 것 같은데. 이제 그만."

"교수님."

"또 왜?"

"혹시 그분이."

지영은 잠시 숨을 참았다. 자신을 쳐다보는 그의 짙은 눈동자에 빠져 질식할 것 같았다. 그녀가 다시금 질문을 이어 가려는데 하준이 선수를 쳤다.

"맞아."

심장이 철렁 내려앉았다. 예상하고 있었음에도 당사자에게 직접 듣게 되니 당혹스러웠다.

"저번에 봤을 텐데. 예뻤지?"

처음이었다. 무뚝뚝하고 냉소적이라 생각했던 사람, 모진 말만 내뱉던 교수님이 예쁘다며 좋아하는 여자 자랑을 한다.

"아……."

"근데 걔가 이상한 고집이 있어서 요즘 그렇게 내 속을 태워."

필요에 의한 것 말고는 말이 좀처럼 없던 분이었는데 아줌마처럼 수다스러워졌다. 지영은 그런 그가 적응이 되질 않아 가만히 멈춰 서 있을 뿐이었다.

"어디가요?"

"뭐?"

"어디가 그렇게 좋았어요?"

궁금했다. 대체 어떤 식으로 저 목석같은 남자를 흔들어 놨나. 그냥 모르겠다고 대답해 줬음 좋겠다. 정작 물어본 사람은 저인데 지영은 막상 때가 되니 들을 자신이 없었다.

"당차서 그래요?"

"당차다고?"

하준은 어이없다는 듯이 짧게 폭소했다.

"네."

언제 성공할지도 모를 헛된 꿈길을 걸어가며 손가락 빨고 지내야 하는 그런 직업 하나 됐으면서. 지영은 속으로 생각하며 비틀어진 표정을 지었다.

그런 지영을 가늘게 뜬 눈으로 응시하던 하준은 금세 아무렇지 않은 척하며 의연하게 답했다.

"아, 그렇게 보였어?"

"아닌가요?"

지영의 물음에 하준은 설레설레 고개를 흔들었다.

"아니. 존중해. 네 생각."

"그게 무슨……."

"사실 걔 엄청 소심하거든."

지영은 하준을 이해할 수 없었다.

"지는 건 죽을 만큼 싫어하면서 막상 보면 약해 빠졌어. 아, 감정 기복 수준은 답도 없다."

좋아한다면서 왜 욕보이고 있는 건지. 왜 내 앞에서 그녀의 허점을 한가롭게 터놓고 있는 건지. 지영은 그의 말을 들을수록 혼란스러웠다.

"그것만 봐도 당차고 똑 부러지는 것과는 거리가 먼데, 네 말 들으니까 우스워서."

"……"

"왜 그런 부류 있잖아. 유독 약점 잡히기 싫어지는 사람 앞에서만 센 척하는."

"아……"

그래서 그랬구나. 지영은 단영과 겸상했을 때가 떠올라 나지막하게 탄식했다. 하지만 한편으론 여전히 찝찝했다.

"그런데 왜 좋아해요?"

"왜. 난 그런 여자 좋아하면 안 돼?"

하준은 은근한 미소를 걸치며 반대로 그녀에게 되물었다.

"그런 건 아니지만……"

"뭐, 똑똑하고 당차고 현명하고. 그런 여자한테 반하는 남자도 분명 있겠지."

"……"

"근데, 의외로 허점 많은 여자 좋아하는 남자도 있어. 나처럼."

"……"

"비집고 들어갈 틈도 없이 완벽하면 굳이 내가 필요할 이유가 없잖아."

그는 생각한 것보다 훨씬 더 근사한 남자였다.

"그 부족한 부분들, 전부 나로 채웠으면 좋겠어."

지영은 이 순간만큼은 단영이 무척이나 부러웠다. 그녀를 떠올릴 때 그의 눈빛. 표정. 음성. 자신을 대할 때와는 판이하게 다른 모든 것들이.

적나라하게 느껴졌다. 살갗을 뚫고 들어와 아프게 박혔다.

당찬 척하는 최단영. 현명한 척하는 최단영. 몰래 뒤에 숨어서 우는 최단영을 그는 전부 다 사랑한다며 고백했다.

굳이 당사자도 아닌, 타인에게.

"······허점 많은 게 좋다고요?"

이해할 수 없다는 지영의 말에 하준은 슬쩍 턱을 내려 웃었다.

"왜. 귀엽잖아."

참, 근본 없이 단출한 대답이다.

"아, 내가 제자 앞에서 별소릴 다 한다."

"아니요. 더 말씀해 주세요."

납득할 수 있도록.

"뭘 더 원하는 건지 모르겠네."

하준이 가볍게 웃었다.

학교에서 강의하던 하준과 별반 다르지 않았다. 하지만 언뜻 즐거워 보였다. 어울리지 않게 쑥스러워하는 것 같기도 하다. 당연했다. 누군 가에게 자신의 속내를 편히 꺼내 본 적이 없었으니 말이다.

천천히 떨어지던 하준의 입술이 다시금 다물렸다. 무언가를 회상하는 듯, 그는 조용했다.

'최단영. 그런 식으로 멋대로 행동할 거면, 혼자 살아. 사람 귀찮게 하지 말고.'

'뭐?'

그녀가 가장 무서워하고 두려워했던 말을 눈빛 하나 변하지 않고 모질게 늘어놓았다.

'술 적당히 마시라 했었지. 밤늦게 다니면 내가 너 걱정할 거, 몰라?'

'내가 마시고 싶어서 마셨어? 선배들이······!'

'핑계 대지 마. 잘못을 했으면 인정하고 다음부턴 그럴 일 없게 만들어.'

'그게 아니라!'

'너 때문이었어. 너 때문에 망설임 없이 유학도 포기했어. 그럼 적 어도, 내가 희생한 만큼은 아니더라도 매번 경고했던 행동은 하지 말 았어야지. 눈치 보는 척 정돈 해야 하는 거 아니냐?'

'무슨 말을 그렇게 해?'

눈물을 참으려 입술을 꽉 씹고 있던 단영을 알았지만, 일부러 모르 는 척했다. 못 본 척했다. 닥친 현실이 막막해서. 책임지겠다며 떵떵 소리쳤던 그 약속을 지키기 위해 발버둥 쳐야 하는 지금이 답답해서.

'돌아가. 오늘은 너 보기 싫다.'

그녀가 자정이 넘도록 들어오지 않게 되는 날이면, 항상 단영의 할 머니에게 연락이 왔다. 단영이가 아직 집에 들어오지 않았다고. 혹시 어디 간 줄 아느냐고.

'나도 일찍 들어오고 싶었어! 술 먹기 싫었다고! 근데 자꾸 선배 들이 잡고 늘어지는 걸 어떡해? 나더러 어떡하라고!'

'난 그런 적 없었으니까 이해 못 해. 싫으면 깔끔하게 거절할 줄 도 알아야지. 애도 아니면서 언제까지 끌려다닐 생각인데.'

'처음이야! 학교 다니면서 누구랑 같이 얘기하고 술 먹어 본 적도 처음이고! 난 오빠처럼 민재 오빠나 세훈 오빠 같은 친구가 있던 것 도 아닌데 어떻게 그래? 내 마음도 모르면서 막말하지 마!'

'지금도 벅차 죽겠는데 네 심정, 입장 하나하나 이해해 줘야 돼? 내가 그렇게 한가해 보여? 나도 사람이야. 지칠 줄 알고, 힘들 줄도 알아.'

'그게 네가 해 주겠다던 가족이니?'

'나도 처음이야. 처음부터 완벽한 사람이 어디에 있어. 그래도 어떻게든 지켜 가고 있잖아.'

누구도 잘못한 사람은 없었다. 상황 자체가 어긋나게 만들고 있었다. 단영은 금방이라도 울음을 터트릴 것처럼 위태로웠지만, 하준은 변함없이 이성적인 눈빛으로 관망했다.

'누가 가족 해 달래? 도와 달라고 했어? 싫다는 사람한테 먼저 손 내민 건 오빠였잖아! 이럴 거면, 이런 식으로 상처 줄 거였으면 처음부터 말을 꺼내질 말든가!'

신중했어야 했다. 상처로 얼룩진 그녀였기에 다가서는 것도, 대하는 것도 하나하나가 조심스러웠어야 했다. 하지만 거리가 가까워지고 함께하는 시간이 길어질수록 경계선이 옅어졌다. 예상 못 한 갈등이 하나둘씩 생겨났다.

상황이 터질 때마다 하준은 단영에게 모진 말들을 죄책감 없이 쏟아냈다.

하지만 단영은 돌아서지 않았다. 그가 방으로 나올 때까지 계단 옆에 쪼그리고 앉아 꾸벅꾸벅 졸며 그를 기다렸다.

'미치겠네.'

그런 단영을 보고 있자니 하준은 처음으로 울컥했다.

내가 미쳤지.

분명 상처받았을 텐데.

무슨 명분으로, 대체 무슨 정신으로 쏘아붙였던 건지.

미안하다 말했어야 했지만, 하준은 그러지 못했다. 담요를 가져와 말없이 덮어 준 뒤, 불편한 자세로 잠들어 있는 단영을 두고 끝끝내 돌아섰다.

보잘것없는 그 자존심이란 감정 때문에.

"저…… 교수님?"

지영이 지난 생각에 잠겨 있던 하준을 깨웠다. 그러자 그는 지그시 감고 있던 눈꺼풀을 천천히 밀어 올렸다.

"무슨 수를 써서라도 서른 안에 성공하고 만다."

담담한 어투였다. 하준은 낮게 말하며 매끄럽게 시선을 올렸다.

"내가 네 나이 때 결심한 다짐이야."

지영은 차마 그가 던진 눈길을 받아 낼 수 없어 고개를 떨궜다.

"지금이야 네 눈엔 내 직급이나 위치가 대단해 보일 수 있고, 번지르르한 겉모습이 멋져 보일 수도 있는데, 나도 예전엔 별 볼 일 없는 평범한 이십 대 남자였어."

"……."

"가끔 그런 말 들어. 왜 사서 고생 하냐고. 주제에 맞는 여자 만나서 하루빨리 결혼해야 할 거 아니냐고. 그런 말, 수도 없이 들었어. 주변 지인들한테. 심지어는 최단영도 그 말을 하던데."

지영은 뜨끔했다. 한낱 사진작가보다 대기업 시오전자에 입사해 남부럽지 않은 월급과 복지로 안정적인 생활을 보장받을 수 있는 미래의 자신이 어쩌면 그의 곁에 서기에 더 충분하지 않을까, 하고 멋대로 단정 지었으니까.

"근데. 내 입장에선 그런 기준을 멋대로 정해 놓고 종용하는 인간들이 그렇게 우스울 수가 없어."

이쯤 했으면 포기가 될 만도 한데, 이상하다. 그가 그만했으면 좋겠다. 브레이크를 걸어 줬으면 좋겠다.

"날 이만큼 가치 있는 사람으로 만들어 준 것에 일등 공신 한 사람이 최단영이야."

내가 쉬운 여자인 건지, 바보 같은 건지는 몰라도 그가 더 좋아진다. 지영은 저도 모르게 뒷걸음질 쳤다.

"그래서 백 번 차이면, 백 번 더 고백할 생각이고."

처음은 정말 아니었는데. 그런 마음은 정말 조금도 없었는데.

"허점 많은 최단영이 완벽해질 때가 온다면, 그건 내가 곁에 서는 순간이 될 거야."

그런 확신에 찬 눈빛으로 예쁘게 웃지 좀 마요.

"내가 그렇게 만들 거거든."

더 빼앗고 싶어지니까.

23화

뜨거운 햇볕이 내리쬐는 와중 난데없이 선선한 바람이 불어닥쳤다.

"왜 그런 말을 저한테 하시는 거예요?"

너무해. 지영의 물음에 하준은 넌지시 그녀를 바라보다 입을 열었다.

"정말 몰라서 묻는 거야. 아니면 알면서 모르는 척하는 거야."

하준은 짙은 숨을 푹 내쉬었다. 곤란하다는 듯 앞머리를 손가락으로 긁적거리다, 이내 무심한 대답을 툭 던지듯 꺼내 놓았다.

"너, 나한테 감정 있잖아."

"네?"

"아니야?"

어제의 날씨는 어떠했고 오늘은 비가 내리더라, 라고 말하듯이 동요라곤 조금도 없는 투였다.

"잘못 짚은 거라면 미안한데, 아무리 봐도 지금 너, 그렇게 보여."

그래서 답할 수 없었다. 지영의 몸은 얼음처럼 딱딱하게 굳어진 채였다.

"난 교수고, 넌 제자야. 그런 우습지도 않은 말로 위치 확인시키려 하는 게 아니라."

"……."

"미연에 방지 차원으로 일단 선부터 긋는 거야. 뭐, 이미 늦은 것 같지만."

하. 지영의 잇새로 허탈한 웃음이 터졌다. 주먹으로 꽉 쥐고 있던 심장이 펑 터져 버린 기분이다. 가슴께가 답답했다. 입 안이 바싹 말라와 침을 몇 번이고 목구멍 안으로 넘겨 봤지만 무용지물이었다.

"무엇보다, 딱히 순수한 감정도 아닌 것 같고."

끝이 아니었다. 언제 터질지 모르는 위태로움이 줄줄 흘렀다. 수많은 의미를 내포한 하준의 말로 하여금 지영은 도둑질을 하다 걸린 사람처럼 심장 박동이 빨라졌다. 다른 한편으론 울컥했다.

"순수한 감정이 아니라니요?"

틀린 말은 아니었지만, 일단 부정했다. 그래야만 할 것 같았다.

"재수 없게 들릴지도 모르겠는데, 난 시간이 금이야. 일분일초 눈 뜨고 자기도 벅찬 시간 쪼개 가면서 너와 농담 따 먹기 할 입장도 못 돼. 그래도 최대한 존중해 주고 싶었어. 네 감정이 뭐가 됐든 간에."

"죄송한데, 전 조금도 존중받지 못한 기분이었어요."

지영은 꽉 쥔 주먹에서 힘을 풀었다. 여러 감정이 얽혔다.

"그런 기분이었다면 유감이네."

"……."

하준은 말을 하다 말고 고개를 틀어 시선을 잠시 멀리 두었다. 무언가를 잠시 똑바르게 직시했다. 그 눈빛은 몹시 날카로웠고, 집요했다.

"근데요, 교수님."

하지만 이내 하준의 시선이 다시금 지영에게로 옮겨졌다.

"말해."

"순수한 감정이 아니라고 어떻게 확신하세요? 아무리 교수님이라도 제 마음을 함부로 판단할 수는 없다고 생각해요."

지영이 어울리지 않게 제법 진지한 투로 입장을 표명하자, 별안간 그가 웃음을 터트렸다.

그러나 그 웃음도 얼마 가지 못했다. 하준은 한동안 지영을 물끄러미 바라보았다.

"그런 말도 할 줄 알아? 새롭네."

"저, 지금 진심이에요."

"그래. 인정. 방금 건 좀 진심 같았다. 말처럼 난 세부적인 네 입장이나 자세한 사정까진 잘 모르니까. 그 부분은 사과할게."

하준은 줄곧 붕 떠 있는 듯이 지영을 대했다. 가볍지 않다면서 가벼워 보였다. 어린애로 보지 않는다 말했으면서 어리게 취급하고 있는 것 같았다. 적어도 지영에겐 그렇게 느껴졌다.

대화에 집중을 하는 것처럼 보였지만, 문득문득 다른 곳을 응시하는 그가 괜히 밉다. 지영의 이성은 자꾸만 삐뚤어졌다.

"……좋아해요."

지영은 떨리는 음성으로 고백했다. 고백할 분위기도 상황도 아닌 시점에서 말이다.

"그뿐이야?"

하준은 설핏 웃으며 장난스러운 반응을 보였다. 놀란 표정도 아니었고, 화가 난 얼굴도 아니었다. 전부 예상한 것처럼 지영을 대했다. 그녀는 불안했으나 내색 않고 대답했다.

"네."

"진짜?"

하준은 눈을 가늘게 뜨며 다시 되물었다.

"……네."

지영은 방금 전 질문엔 망설임 없으면서 이어진 두 번째 질문에선 언뜻 뜸을 들였다.

"알아."

"네?"

놀란 지영이 얼굴을 번쩍 치켜들었다.

"어, 언제부터 알고, 계셨는데요?"

지영은 바들바들 떨리는 숨을 가까스로 참아 냈다.

"네가 처음으로 나 보러 연구실 찾아왔을 때부터?"

"말도 안 돼요! 그때는……."

정말 그럴 수가 없었다. 그땐 정말 불순한 목적이 은밀하게 존재하고 있었을 때니까. 지영이 억울하단 낯을 보이자, 하준은 의연하게 고개를 끄덕였다.

"그치. 말도 안 되지."

당했다.

"네가 생각해 봐도 정말 말도 안 되는 일이지?"

떠보려는 그의 수법에 보기 좋게 걸려든 것이다. 순간 지영은 말문이 턱 막혀 와 입술을 꾹 다물었다.

"내가 너한테 허튼수작 부리지 말라고 몇 번을 말했었는지, 혹시 기억해?"

"……."

"하나하나 따져 묻고 싶은 생각까진 없어."

"……."

"말 안 해도 대충 알 것 같으니까."

이상하리만큼 시오전자 공채 면접에 집착하는 지영에게선 나이답지 않게 지독한 야망이 보였다. 그 속엔 절박함도 함께였다.

"그 감정이 무조건 잘못된 거라고 멋대로 질타하고 싶은 마음도 없고."

"그걸 어, 어떻게……."

지영은 제대로 말을 이을 수 없어 더듬거렸다. 눈은 빠른 속도로 깜빡였다.

당장 무슨 사달이 날 것만 같다. 명백히 교수를 상대로 조롱한 것이다. 잘못된다면 하준의 커리어에 상당한 스크래치가 날 수도 있는 예민한 문제였다.

그럼에도 불구하고 그는 세상 여유롭게 미소 지었다.

"한창 예쁠 나이인 네가 나 같은 노땅을 좋아할 이유가 없잖아."

아니다. 그게 아니었다. 나이를 불문하고 충분히 존경받아 마땅한 인격, 성품, 외모를 두루두루 지녔으면서 이런 식으로 저 자신을 깎아내리려는 이유가 뭘까.

지영은 혼란스러웠다.

"장난치시지 말고, 진짜 이유를 말씀해 주세요."

제법 눈치가 있다. 하준의 입꼬리가 알게 모르게 들썩거렸다. 그러다가도 언제 그랬었냐는 듯이 진지한 표정으로 지영을 빤히 주시했다.

"나도……."

네가 했던 행동을 지금 하고 있는 중이니까. 이용하는 거. 하준은 그말을 속으로 삼켜 내며 고개를 절레절레 흔들었다.

"네?"

"눈빛이 달라."

"눈, 빛이요?"

"같았다면 진작부터 알아봤겠지. 지금보다 더 배려했을 거고, 최대한 정중하게 거절했을 거야."

"……."

"근데, 넌 누군가를 좋아하고 바라는 눈빛이 아니야."

"그걸 교수님이 어떻게 알아요!"

"너도 누군가를 진심으로 사랑하게 되는 순간이 오면 자연스럽게 알게 돼."

사랑에 취한 당사자만이 알 수 있는 감정들을.

"그러니까 이쯤에서 그만하자. 나도 상처 주고 싶지 않고, 너도 이런 식으로 수치스러운 취급 받기 싫잖아."

"싫어요."

지영의 고집은 끝날 줄 몰랐다. 처음과 달리 자연스레 발현된 감정은 오기였다. 지영은 무언가를 굳게 결심한 듯 하준에게로 한 발자국 가까이 다가갔다.

"뭐?"

"싫다고요."

하준의 눈가가 살풋 찌푸려졌다. 지금처럼 단호한 지영의 모습은 처음이라 조금 당황했다. 매번 우물쭈물하며 내성적인 성향을 보여 온 그녀였기에 더 그랬다.

"교수님이 저에 대해서 뭘 안다고 그래요. 하나도 모르면서……."

지영은 금방이라도 울 것 같은 얼굴로 한 발자국 더 다가갔다.

"지금은 아니에요!"

주먹을 꽉 쥐고선 소리쳤다.

"전이었다면 모를까, 지금은 아니란 말이에요!"

오해라고. 지금은 아니라며 제발 내 마음 좀 알아 달라 속으로 애원했다. 어린아이처럼 느껴질지라도 상관없었다.

처음과 다른 절박함이었다.

차량 내부는 고요했다.

밴 차량은 하준과 지영이 있는 곳에서 기껏해야 다섯 걸음 떨어져 있었지만, 다행히도 사각지대였다.

단영 쪽에선 그들을 볼 수 있어도 하준이 단영을 발견해 내는 것은 쉽지 않았다.

게다가 조수석과 뒷좌석 창문이 3분의 2 정도가 내려간 상태였다. 그들의 대화 내용은 고스란히 단영에게 전달됐다.

하준의 고백도, 마치 지금의 순간을 위해서 준비해 둔 것처럼 딱딱 맞아떨어지고 있는 상황 자체도. 단영은 듣고서도 믿을 수가 없어 석고 상처럼 굳었다. 멍하니 하준의 얼굴만 주시했다.

어쩌면 눈물이 날 것 같기도 했고, 벅차기도 했다. 이 감정을 도대체 무어라 표현해야 좋을지 잘 모르겠다.

……감정의 정의는 언제 생각해 봐도 참 어려운 난제다.

수많은 생각들이 교차되고 있는 시점에서 지영의 항변은 이제부터가 시작이었다.

"……맞아요. 저 교수님 강의 처음부터 신청할 생각조차 없었어요. 4학년이 교양 과목을 왜 듣겠어요? 시오전자 기획부서 본부장이 겸임 교수로 온다는 소문을 들었고, 그래서 신청했어요."

지영의 악에 받친 음성에 차량 문손잡이를 잡고 있던 단영의 손에서 힘이 빠졌다.

"반 대표도 제비뽑기로 결정한 거 아니었어요. 제가 하겠다고 나섰 어요. 일부러."

드디어 속내를 드러낸 지영의 여린 음성은 어쩐지 불쾌했다. 단영은 왠지 모를 불안감이 밀려와 허벅지 위에 올려 둔 손을 힘 있게 말아 줘었다.

"전 무조건 시오전자 공채에 합격해야 돼요. 떨어지면 나는 이 지옥 같은 1년을 다시 또 버텨야만 하니까!"

단영은 제발, 그녀가 하준의 최대 약점을 파고들지 않길 바랐다. 불우한 과거를 잣대 삼아 동정심을 유발시키지 않았으면 좋겠다.

자신에게 손을 뻗어 준 그날처럼 하준이 흔들리면 어쩌지. 그녀는 불안했다.

"맞아요. 그냥 덕 한번 보고 싶었어요. 교수님이 공채 면접에 입김만 살짝 불어 주시면. 처음엔 그런 단순한 이유였어요. 교수님도 남자니까. 젊으니까. 어린 여자 좋아할 테니까. 그렇게 생각하니 답은 쉽게 나오더라고요."

단영은 저 공간에서 하준을 빼내 오고 싶었다.

이건 질투일까.

아님, 단순히 그가 떠나갈지도 모른다는 불안감일까.

"그런데, 아닌 걸 알았어요."

그것도 잠시뿐이었다.

"전 지금 예전과 같은 감정으로 교수님을 대하고 있는 게 아니에요. 진심으로 존경하고, 좋아해요. 남자로요."

조용했던 단영의 심장 소리가 쿵쿵 요란하게 뛰었다.

"처음 품었던 못된 마음은 정말 죄송해요. 인정할게요. 제 방법이 틀렸어요. 잘못했어요."

점점 좁혀져 가는 거리. 지영은 아주 느리게 하준에게로 걸어갔다. 그 움직임을 따라 단영의 불안한 시선도 함께 이동했다.

넌지시 지영을 내려다보기만 하는 하준이 야속했다.

날 좋아한다 했으면서. 사랑한다면서. 왜 아무런 행동도 하지 않는 건데? 왜 막지 않아?

자칫했다간 입술이 닿을 만큼 가까워졌다.

다급함을 참지 못한 단영이 차량 문을 활짝 열어젖히려던 찰나에, 이번엔 승호가 단영의 팔목을 꽈악 움켜잡았다. 생각지 못한 장애물이었다.

"가지 마."

화들짝 놀란 그녀가 고개를 뒤로 돌려 승호를 마주했다. 잊고 있었다. 승호도 함께 있었단 것을.

"지금 뭐라고……."

"가지 말라고."

단영은 재빠르게 운전석부터 살폈다.

다행이었다. 매니저인 두환은 자리에 없었다. 점점 길어지는 침묵이 지루해 잠시 나가 담배를 태우고 오겠다 했었는데, 그것마저 뒤늦게 떠오를 만큼 정신이 없었다.

단영의 얼굴이 다시금 승호에게로 향했다.

"무슨 짓이에요? 이거 놔요."

"싫어."

"이거 놓으라니까?"

"싫다고."

혹여 대화 소리가 들릴까 최대한 작은 음성으로 으름장을 놓아 봤지만, 승호는 꿈쩍도 하지 않았다. 단영은 조급해졌다.

이러다가, 정말 이러다 하준을 놓쳐 버릴까 봐. 지영과 입맞춤이라도 할까 싶어서.

단영은 필사적으로 몸을 비틀었다.

"알아."

그럴수록 승호의 팔 힘은 더욱 강해졌다.

"마지막 경고예요. 이거 놔요."

"도하준."

"뭐라고요?"

"좋아해?"

덤덤하지만 가시가 박혀 있는 질문에 단영의 눈동자가 우두커니 멈추었다.

"그걸 왜, 내가 배승호 씨한테 말해 줘야 하는데요?"

"궁금하니까."

목 안이 따가웠다. 오랫동안 말을 하지 않아 건조해진 탓이다. 단영은 입술 끝을 파르르 떨며 의연한 척 눈에 힘을 주었다.

"놔주세요."

정중할 수 있는 마지막 기회였다.

단영은 순간적으로 그의 손힘이 약해진 틈을 놓치지 않고 승호에게 잡혀 있던 손을 빼내어 다시 문손잡이를 잡았다. 차량 문이 열리기 일보 직전에.

"배승호 씨."

그녀는 승호에게 등을 보인 채로 못내 거슬렸던 질문을 뱉었다.

"나 기억하고 있었죠."

"내가 솔직하게 인정하면, 안 갈 거야?"

정적이 감돌았다. 그 침묵은 한참 지속됐다.

하준과 지영의 대화 소리가 더 크게 들렸다.

"……내가 아까 말했었지. 어떤 목적으로 나한테 접근했었던 건지 캐물어 볼 생각도, 네 감정이 잘못됐다 가르칠 생각도 없었다고."

지영의 말을 듣고만 있던 하준의 음성이었다.

"편의에 따라 누군가를 이용했던 건 나도 마찬가지야. 그 점은 미안하다. 앞으로 벌어지게 될 일도 미리 사과할게."

그때였다. 승호의 말을 흘려듣던 단영은 하준의 검은 눈동자와 정통으로 부딪치고 말았다.

어쩌면, 그는 처음부터 단영의 존재를 알아차리고 있었는지도 모른다.

분명 대화 내용의 주인공은 지영이었지만, 하준의 눈빛은 단영에게 고정되어 있었다.

조금의 흔들림도 없이 올곧았다. 날카로운 창이 되어 날아들었다.

"그러니까 힘쓰기 전에, 그만 짜증 나게 하고 거기서 직접 걸어 나와. 최단영."

모든 것을 예견한 쪽은 하준이 더 빨랐다.

무려 세 사람이나 하준의 손바닥 위에서 놀아난 것이다.

하지만 승호는 물러설 생각이 없었다.

"무슨 이유든 어떤 변명이든 다 설명해 줄 테니까, 가지 마."

그에 뒤지지 않게 언제라도 떠날 준비가 되어 있는 단영의 발목을 묶었다.

"제발."

승호의 음성이 서글프게 들렸다면, 그건 착각이었을까.

팽팽한 접전이 지속되는 가운데, 정면을 향해 있던 단영의 얼굴이 반쯤 느리게 돌아갔다. 당장이라도 무너질 것 같은 승호의 표정이 동공 속으로 담겼다.

"……선배."

승호를 선배라 부르는 건 무려 8년 만이었다.

"아까, 좋아하냐고 물었었죠."

응.

아마도, 어쩌면.

나조차 인지하지 못한 사이에.

아주 천천히. 그보다 더 느리게.

"많이 좋아하고 있어."

그 말을 끝으로 단영은 망설임 없이 차량 문을 활짝 열어젖혔다.

"미안."

마치, 꽁꽁 닫혀 있던 마음이 순식간에 녹아내리듯이.

24화

 하준의 손을 맞잡게 된 지 세 달째 접어든 날이 되어서야, 퍽퍽한 가정 형편 덕분에 결석이 잦아 어색하게만 느껴졌던 학교가 점차 익숙해졌다.

 잘 입지 않아 껄끄러웠던 중학교 교복 또한 이젠 낯설지 않았다.

 하지만 외부인을 대하듯 냉랭한 반 친구들의 시선만큼은 여전했다. 불편했지만, 단영은 괜찮았다. 지금 이 순간만 버티고 나면 정문에서 자신을 기다리고 있는 하준을 볼 수 있었으니까.

 가끔씩 부모님의 부재가 날카롭게 가슴을 찔러 왔지만 괜찮았다.

 버틸 수 있었다.

 활짝 웃으며 달려와 하준의 품에 폭 안기던 단태의 모습.

 이따금씩 공부를 도와주던 하준의 애정과 관심.

 그것만으로도 단영은 어떤 고난이든 다 이겨 낼 수 있었다.

 "청소 당번들은 꼭 검사받고 가고, 주번들은 뒷정리 꼼꼼하게 잘해. 아, 오늘 나눠 준 수련회 가정 통신문에다가 부모님 사인 받아 오는 거 잊지 말고! 내일까지다. 알지?"

드르륵. 학생들은 선생님의 말을 끝으로 기다렸다는 듯 책걸상을 정리했다. 교실 안은 금세 소란스러워졌다.

단영은 눈길 한 번 주지 않고 가정 통신문을 무자비하게 구겼다. 그러고는 교복 치마 주머니 안으로 대충 쑤셔 넣으며 가방을 정리했다.

"최단영, 쟤도 수련회 갈까?"

그때, 뒤에서 수군거리는 대화 소리가 단영의 고막을 자극했다.

"에이, 설마! 돈도 없는 애가 무슨 수련회야."

따돌림에 이유는 없었다.

그 시절 단영의 성격은 지금과 달리 몹시 소심했고, 내성적이었다.

"하긴. 버스에 같이 앉을 친구도 없잖아. 나 같았으면 쪽팔려서 못 가겠다."

뒤편 사물함에 삼삼오오 모여 있던 여학생들은 깔깔거리며 단영을 조롱하기 바빴다. 힐끔거리는 시선이 적나라하게 느껴졌지만, 단영은 애써 아무렇지 않은 표정으로 도망치듯 후다닥 교실을 빠져나갔다.

그 상황을 가만히 지켜보던 남학생 한 명이 몰래 쫓아오고 있단 사실마저 눈치채지 못한 채.

"오빠!"

한창 바쁜 대학교 새내기였음에도 불구하고 하준은 잊지 않고 단영을 마중 나왔다.

정문 앞에 서서 단영을 찾던 날렵한 눈빛이 어느 한곳에 고정됐다. 눈이 마주치자, 그의 입술이 사선으로 올라갔다. 단영은 그 소리 없는 웃음을 참 좋아했다.

"왜 이렇게 늦게 나와."

"아, 미안. 종례가 길어졌어. 오빤 강의 다 끝났어?"

"걱정할 거 없어. 가자."

하준은 이제 막 미성년자 딱지를 뗀 스물이었으나, 또래보다 성숙했다. 그래서 그런지 중학생들의 호기심 어린 눈빛들이 여기저기에서 쏟아졌다.

방금 전 느꼈던 수치심이 눈 녹듯 사라졌다.

하준은 단영에게 존재 자체만으로도 자랑이었고, 자부심이었다.

단영은 커다란 하준의 손을 꼬옥 잡았다. 시원한 체온을 느끼며 정문을 나서려는 때였다.

"최단영!"

제 이름을 부르는 우렁찬 남학생의 음성에 단영과 하준의 얼굴이 반사적으로 돌아갔다.

"너는……."

단영의 눈동자가 일순 불안스럽게 흔들렸다. 이유는 간단했다. 유독 장난이 심했던 남학생이었으니까.

하준의 손을 잡고 있던 손에 힘이 실렸다. 단영은 급히 하준을 뒤로 살짝 밀쳤다. 그런다 해서 가려질 체격은 아니었지만.

하준은 눈꺼풀을 슬쩍 내리깔고 단영을 가만히 지켜보았다.

"무슨 일이야?"

"그냥."

단영이 소심하게 묻자, 남학생은 한껏 짓궂은 표정을 지으며 대답했다. 그녀는 하준과 함께인 지금 이 순간만큼은 평탄하게 넘어갔으면 좋겠다고 생각했다.

"너, 부모님 없다며?"

"……어?"

하지만 아니었다. 단영은 심장이 덜컥 추락하는 기분을 맛보아야 했다. 다짜고짜 부모님을 들먹거릴 줄은 몰랐다.

단영은 괜히 못 들은 척 되물었지만, 남학생은 더 집요하게 굴었다.

"너희 아빠 알코올 중독자에 집 안 물건 다 집어 던지고 엄마도 막 때렸다며. 엄만 그거 못 참아서 집 나갔고. 그래서 학교 못 나왔던 거지, 너?"

"그걸 어떻게……."

"저번에 너랑 선생님 대화하는 거 내가 전부 다 들었거든."

3개월 가까이 결석을 해서, 유급을 면치 못할 상황이었다. 덕분에 선생님과의 상담은 불가피했다. 그런데 그걸 전부 엿듣고 있었다니……. 단영은 눈앞이 깜깜해져 마땅한 변명조차 늘어놓지 못했다.

"내가 그거, 비밀로 해 줄까?"

속 모를 달콤한 제안에 단영은 입술을 꾹 물었다.

그때였다.

"야, 인마."

묵직한 하준의 음성이 남학생과 단영 사이로 툭 튀어나왔다.

"네? 저요?"

하준의 존재를 뒤늦게 알아차린 남학생이 손짓으로 제 가슴팍을 가리켰다.

"그래, 너."

"왜요?"

"잠깐 이리 좀 와 봐."

턱짓으로 가까이 다가오란 신호를 보내자, 남학생은 경계심 가득한 눈으로 하준을 올려다보았다.

크, 크다…….

키도 키지만, 차마 함부로 못 할 것 같은 날카로운 저 외모는 어떠한가. 중학생에겐 고등학생보다 무섭다는 대학생 형이지 않던가. 남학생은 머뭇거릴 수밖에 없었다.

"빨리 안 와?"

아이 씨. 남학생은 욕을 중얼거리며 하릴없이 하준의 앞으로 다가갔다. 몹시 껄끄러운 걸음이었다. 사춘기의 반항심이 군데군데 묻어났다.

"약한 친구 괴롭히는 것보다 비겁한 건 없어."

하준이 커다란 손을 허공에 높이 들자, 남학생은 반사적으로 눈을 질끈 감았다.

툭. 둔탁한 소리였다. 한 대 맞겠다 싶었는데 통증은 없었다.

"약자 앞에선 한없이 약한 사람. 강자 앞에선 누구보다 강한 사람. 그런 사람이 멋있는 거야."

남학생이 한쪽 눈을 슬그머니 떴다. 머리 위로 커다란 손이 얹어진 것이다.

"알겠냐."

남학생의 머리를 쓰다듬는 손길엔 약간의 힘이 실렸다. 어린아이 취급 하는 그의 태도가 못내 거슬렸던 남학생은 입술을 삐죽이며 온 힘을 다해 하준의 손을 쳐 냈다.

"형이 뭔데요?"

"나?"

"최단영한테 오빠 없는 걸로 아는데."

툴툴거리는 남학생의 어투가 하준에겐 그저 귀엽게만 느껴졌다. 그는 피식 웃음을 터트리며 고개를 비스듬히 기울여 남학생의 가슴팍에 달려 있던 명찰을 힐긋 확인했다.

"이름이. 현우?"

"왜요!"

"너, 단영이한테 관심 있지."

"아뇨! 관심은 무슨……!"

남학생은 연신 손사래 치며 극구 부정했다.

"아니야?"

"아니에요! 절대로! 누가 저런 못생긴 애를 좋아한다고!"

새빨간 홍당무처럼 얼굴이 달아오른 남학생을 바라보며 하준은 웃기만 했다.

"그래?"

"그렇다니까요?"

"그럼 뭐."

하준은 생각보다 싱겁게 대화를 끝냈다. 남학생은 물끄러미 하준을 주시하다, 어물쩍거리며 입을 뗐다.

"형이랑 최단영은 무슨 사이……."

"네가 보기엔 어떤 것 같은데?"

"네?"

"되게 다정해 보이지."

준비 태세를 취하기도 전에 벼락부터 맞은 기분이었다. 아니라고 난리 칠 땐 언제고, 세상 절망이란 절망은 다 떠안은 사람처럼 울상이 된 남학생의 얼굴은 몹시 봐 줄 만했다.

"딱 봐도 남자 친구 같잖아."

"헐……."

"왜. 부러워?"

친척 오빠쯤 되리라 여겼는데 엇나가도 완전히 엇나가 버린 것이다. 하기야 그도 그럴 것이 단영의 구겨진 교복에 비해 하준의 옷차림은 구김 하나 없이 반듯했다.

차고 있는 시계. 운동화. 깔끔한 브이넥 니트. 그리고 가방까지 전부 다 유명 브랜드였다. 단영과는 판이하게 달랐다.

덧붙이자면 줄곧 자신을 대하는 하준의 태도는 장난스럽고 가벼웠지만, 자신과 비교될 수 없는 무언의 위압감이 존재했다.

"거짓말 마요! 무슨 대학생이 중딩을 만나요?"

"대학생은 중학생 만나면 안 된다는 법 있어? 형 거짓말 안 해."

"그, 그래도요! 그거 원조 아녜요?"

"원조교제는 성인이 청소년에게 금전적인 목적을 두고 거래하거나, 성행위의 대상으로 삼았을 때 해당되는 거고. 단영이 할머니께 허락까지 받았는데, 건전하다면 괜찮지 않겠어?"

하준은 쉽게 져 주지 않았다.

오히려 얼이 빠져 있는 단영에게 보란 듯이 팔을 둘렀다.

그 모습에 현우가 경악했다.

"어이."

"또 뭐요!"

남학생의 삐딱한 반응에 하준은 단영의 어깨에서 팔을 내리고선 발을 떼어 냈다. 점차 거리가 가까워질수록 남학생은 뒤로 주춤거렸다.

"왜, 왜요!"

그러더니 남학생의 어깨 위로 손을 올려 주물럭거린다. 머리를 쓰다듬었을 때완 달리 강한 힘이 실렸다. 남학생은 어깨로 전해진 통증에 인상을 구겼다.

"아아!"

"단영이랑 친하게 지내 줘. 못된 애들이 괴롭히면 신사답게 도와주기도 하고."

반쯤 장난 섞인 하준의 어투가 남학생에겐 충분히 위협적으로 다가왔다.

"알겠어?"

"저, 저는 임자 있는 애한테 관심 없어요!"

"얼씨구."

지키란 도덕은 옆집에 팔아먹고 온 주제에 애먼 곳에서 양심을 논하고 있다.

하준은 헛웃음을 터트리며 뒤돌아섰다. 영문을 몰라 떨리는 눈으로 상황을 지켜보던 단영의 곁으로 가려다 말고 별안간 발을 멈춰 세웠다.

"아, 맞다."

그러고는 고개를 돌려 현우를 빤히 바라보았다.

"네가 너무 모르는 것 같아서, 형이 팁 하나 주려고 하는데."

"……."

"어때. 솔깃하지."

뭐래. 저 형 이상해. 현우는 딱 그런 표정으로 하준을 마주했다. 그렇지만 이번엔 부정하지 않았다. 궁금하긴 했으니 말이다.

"누구든 백이면 백, 위험한 상황에서 극적으로 지켜 주는 사람한테 꽂히는 법이다."

하준은 어린 소년처럼 청량하게 웃었다.

"이거, 진짜야."

"그, 그걸 왜 나한테 말해 줘요?"

"난 내 상대가 안 되는 놈들한텐 무지하게 친절하거든."

하준은 활활 불타오를 수 있도록 일부러 장작을 넣어 주었다.

"이, 이……!"

현우가 주먹을 부들부들 떨었다. 하준은 터지려는 웃음을 꾹꾹 억눌러 참았다. 그 등 뒤로 한 맺힌 도전장이 날아들었다.

"두고 봐라! 내가 하나 못 하나! 다 소문낼 거야!"

하준은 바지 주머니에 손을 푹 찔러 넣고는 여유 있게 뒤돌아섰다.

"두고 보라는 놈들이 제일 만만하던데—"

가지고 노는 재미가 쏠쏠하다는 듯이 하준은 어린 중학생을 두고 좀처럼 져 주지 않았다.

그 사건 이후로 반 학생들이 단영을 대하는 태도에 변화가 생겼다.

그렇다고 말을 걸거나 적극적으로 어울리려 하진 않았지만, 가끔씩 다가와 하준에 대한 질문 공세를 날리곤 했다. 악의가 사라진 것만으로도 다행이었다.

그것에 일등 공신을 한 인물은 짓궂게 단영을 놀렸던 현우였다. 아니, 다시 말하면 현우를 뒤에서 조종한 하준 덕분이다.

단영의 교복 치마에서 구겨진 가정 통신문을 뒤늦게 발견한 하준은 직접 단영의 학교로 걸음 했다. 교무실을 찾아가 단영 몰래 담임 선생님과 면담을 한 것이다.

"최단영 남자 친구 봤어? 진짜 잘생겼더라."

"남자 친구래? 헐."

"박현우가 그러던데? 뭐라더라. 최단영 남자 친구랑 정정당당하게 승부를 보고 있다고……."

"뭐래. 지 주제를 알아야지. 웃겨."

"아, 나도 봤어! 오늘 아침에 누가 햄버거 세트 반 애들한테 쫙 돌렸잖아. 그거 반장네 엄마가 사 준 건 줄 알았는데, 아니래! 최단영 남자 친구가 돌린 거였대."

"헐. 대박."

"부잣집 아들인가 봐. 이참에 최단영한테 오빠 친구 좀 소개시켜 달라고 말해 볼까?"

그때가 되어서야 알았다.

수련회를 무사히 다녀올 수 있었던 이유도.

여학생들의 악의가 순식간에 사라질 수 있었던 원인도.

짓궂기만 했던 현우가 몸소 나서서 다른 친구들의 놀림과 따돌림을 막아 주게 된 사연까지도.

칸막이 화장실 안에 쪼그려 앉아 여학생들의 수다를 듣고만 있던 단영은 입을 틀어막고 꾹꾹 터져 나오려는 울음을 참아야 했다.

휴대폰을 꺼내 들었다. 발신자는 정해져 있었다. 키패드에서 손을 뗀 그녀가 손등으로 눈두덩이를 벅벅 비볐다.

[고마워, 오빠.]

휴대폰 액정이 까맣게 변할 때쯤 답장은 신속하게 도착했다.

[고마우면 올 때 햄버거.]

문자 내용을 확인하자마자 단영의 잇새로 픽, 웃음이 터졌다. 자신이 미안해할까 싶어 그가 부러 장난스럽게 대꾸한 것을 안다.

그래, 도하준은 늘 그랬다.
한결같은 내 편.

나를 절대 술래로 만들지 않을 사람.

무턱대고 나왔다. 일단 상황부터 중단시켜야 할 것 같아서. 그런데.

"……."

이 숨 막히는 정적은 무엇이며, 마치 갈등 최고조를 달리고 있는 커플 사이에 억지로 끼어든 것만 같은 느낌은 무엇이란 말인가.

단영은 식은땀이 줄줄 흘렀다. 눈동자를 이리저리 굴리며 다음 말을 생각했다. 지영의 원망 섞인 눈빛이 따가웠다. 꼭 초대받지 못한 손님이 된 것 같았다.

아침 드라마의 여자 주인공은 이럴 때 어떻게 하더라.

아니, 나 지금 여자 주인공이 아닌가? 조연이었던가? 아님, 악역인가?

자아조차 구분 못 할 상황으로 치닫게 되자, 단영은 그만 눈을 질끈 감아 버렸다.

"작가님?"

그 암전된 머릿속을 번쩍 깨운 건, 다름 아닌 지영이었다. 단영의 눈꺼풀이 서서히 밀려 올라갔다.

"작가님이 왜, 여기에……."

"아하하. 나? 나요? 그러게? 내가 어쩌다가 여기에 있게 된 걸까?"

"네?"

지영은 어이가 없다는 듯이 단영을 쳐다보았다. 단영은 하준을 등지고 선 채였다. 도무지 그의 얼굴을 마주할 용기가 나지 않았다. 만약 이 상황을 민재나 세훈이 전해 듣는다면 족히 50년 동안 놀림감이 되리라.

또다시 찾아온 침묵. 단영은 습관처럼 입술 안을 꽉 씹었다. 이렇게 정신이 없는 와중에도 거슬리는 것은 뚜렷하게 존재했다.

"그나저나 지영 씨. 지금 우리 거리 너무 가깝지 않나?"

속내를 숨길 이유가 없었다.

"이러다 나랑 입술 박치기라도 하겠어요."

물론 지영과의 입맞춤 상대는 자신이 아닌 하준이 될 예정이었지만 말이다. 지영은 탐탁지 않단 눈빛이었으나, 이내 한 걸음 뒤로 물러섰다.

그제야 긴장한 단영의 안면 근육이 느슨하게 풀어졌다.

"아, 난 여기 근처에 있는 식당에서 점심 먹다가 나오는 길이었어요."

아무도 물어본 적 없었다.

"근데 하필이면 마침 둘이 딱 경찰서에 있더라고요? 그게 또 그렇게 반갑지 뭐야. 늦었지만 우리 인사나 할까요?"

"……."

"하하."

이게 아니구나. 하아⋯⋯.

단영이 고개를 푹 숙였다. 선뜻 악의를 내비칠 수 없었다. 하준에게 이렇다 저렇다 할 속내를 솔직히 고백하기 전이었다.

그러다 보니 진심을 전한 지영 앞에서 치졸하게 하준은 내 것이니 탐내지 말란 엄포를 놓을 수도 없었다.

"저, 작가님. 죄송한데요."

단호하면서도 진중한 지영의 음성에 단영의 고개가 천천히 위로 향했다.

"지금, 교수님과 대화하는 중이었거든요."

지영은 지금 '알아서 눈치껏 빠져 주세요.'란 말을 돌려 하고 있는 거였다. 그것이 소리 없는 전쟁의 시작이었다. 최단영의 유치짬뽕 컬렉션 심지에 불을 붙여 준 것이다.

"제 표정 보면 충분히 아시겠지만, 웃으면서 인사할 수 있을 만큼 가벼운 상황도 아니었구요."

'그 눈치마저 없는 것 같지만. 이제라도 알았으면 갈 길 가라.'

그렇게 해석됐다. 단영의 눈에서 파지직 분노가 일었다.

"가벼운 상황 아닌 거 충.분.히 알고 있어서, 일.부.러 왔다고는 생각 못 하나 봐요? 하나는 알고 둘은 모르네."

"네. 제가 아직 어려서 뭘 몰라요. 보시다시피 한창 파릇파릇한 스물넷이잖아요."

빠직. 단영의 미간 사이로 주름이 깊어졌다. 저 상큼한 계집애가⋯⋯.

단영은 애써 입술을 올려 웃었다.

"아, 그래요? 내가 어렸을 땐, 중학생 남자애도 임자 있는 사람은 안 건드리던데."

"요즘 애들은 또 다르거든요. 최단영 작가님 세대는 굉장히 도덕적이었나 보네요."

"그래 봤자 자기랑 나랑 몇 살 차이 난다고 아까부터 계속 그거 하나로 물고 늘어질까? 응?"

"그럼, 몇 살 차이 안 나니까 맞먹어도 될까요?"

강적이다. 매우 강적. 못해도 꼬리 백 개 정돈 숨기고 있는 게 확실했다.

일전 민재의 카페에선 세상 얌전하게 꼬리를 바짝 내리고 앉아 있더니, 지금은 불여시가 따로 없구나.

그렇다면 방법은 하나뿐이었다. 직접 보여 주는 수밖에.

단영은 찌릿, 지영을 흘겨보다가 몸을 돌려 하준을 똑바르게 직시했다.

하준은 의미심장한 미소를 걸친 채 어깨만 으쓱였다. 그간 뜻하지 않게 속 끓여야 했던 값을 톡톡히 받으려는 심보인 것이 분명했다.

그런다고 물러설까 봐?

단영은 입으로만 웃으며 그대로 하준의 어깨에 팔을 둘렀다. 가까스로 이뤄 낸 어깨동무였지만 확연한 키 차이 덕분에 본의 아니게 안쓰러운 자세가 만들어졌다.

사선으로 올라간 팔, 발꿈치를 최대한 높게 들고 버텨 봤으나 어깨에 저릿한 통증이 느껴졌다. 죽을 맛이었으나, 단영은 최대한 신경 쓰지 않고자 했다.

"우리 도하준한테 관심 있어요?"

바들바들 위태롭게 떨고 있는 단영을 알아차리고 살짝 고개를 수그린 하준이 실소를 큭, 하고 짧게 터트렸다.

"네."

응? 이게 아닌데…….

단영이 눈가를 찡그렸다.

"방금 고백했어요, 교수님한테. 진심으로 좋아하고 있다고. 다 들으셨잖아요."

지영 역시 물러서지 않았다. 참으로 기묘한 상황이다. 남자 한 명을 두고 신경전을 내뿜고 있는 여자 둘이라니. 단영은 환장할 노릇이었다.

대학 취준생. 무려 하준의 제자와 이런 식으로 대치하게 될 줄이야. 아니, 어쩌면 처음 지영을 마주친 순간부터 예견된 일이었을 수도 있다. 상대가 누구든 무슨 상관이란 말인가.

좋아, 어디 한번 해보자고.

"이거 지금, 나랑 한번 해보자는 거죠?"

"그럼 안 되나요?"

"뭐?"

엄마야, 애 좀 봐.

단영은 기가 막힌 나머지 하준의 어깨에 두르고 있던 팔을 풀어내고는 삐딱하게 섰다.

"그러는 작가님이야말로 자신 없나 봐요."

"허, 참 나. 뭐가 없어? 자신? 내가?"

"네. 숨어서 엿듣고 있을 정도면 말 다 한 거 아닌가요?"

"지금 누가 숨었……!"

아, 맞네. 숨었었지. 명백하게 숨어서 엿들었지.

단영은 말문이 막혔다. 현재 스코어를 앞서고 있는 쪽은 지영이었다. 그때였다.

"도와줘?"

하준이 작게 속삭였다.

안 그래도 위태롭게 금이 간 자존심인데, 그걸 아는지 모르는지 아주 대놓고 어퍼컷 한 방 날려 주신다. 흔히 말하는 팀 킬이다.

닥치고 있어라. 이를 악문 단영이 경고했다.

그러고는 언제 그랬었냐는 듯 별안간 활짝 웃는 낯으로 지영을 마주했다.

"지금 뭘 모르는 것 같은데."

"……."

"지영 씨처럼 무턱대고 나서는 행동이 항상 좋은 결과를 초래하진 않아요."

"작가님이 잘못 알고 계신 건 아니고요? 누가 보면 연애 굉장히 많이 해 본 줄 알겠어요."

이번엔 웃으면서 연타를 가했다.

으아아. 저 계집애 도대체 뭐야? 이런 식이라면 똥이었던 연애 경험이 모조리 들통나게 생겼다. 하지만 지영의 도발은 여기에서 끝이 아니었다.

"남 주긴 아깝고 내가 갖긴 싫다는 이기심의 표본 같아요."

"……."

단영 역시 지영과 같은 생각을 한 적이 있었다. 그래서 자신의 태도가 그렇게 느껴졌다 할지라도 할 말은 없었다. 그 때문이었을까. 감정만 앞서 있던 감정이 차분해졌다.

단영이 숨을 크게 내쉬었다.

"그 말. 도무지 틀렸다고는 부정 못 하겠어요. 맞아요. 나 되게 이기적이에요. 그건 그쪽 교수님이 더 잘 알걸? 그런데 어쩌겠어요. 이기적이어도 좋아서 미치겠다는데. 내가."

단영은 능청스럽게 머리카락을 귀 뒤로 넘기며 세상 착한 얼굴을 했다. 지영의 얼굴이 순식간에 굳어졌다. 하지만 금세 인위적인 미소를 그렸다.

"괜찮아요. 제가 좋아하니까."

"아이고, 나이를 먹어서 그런가? 귀가 잘 안 들리네."

후비적 귀를 파고 있는 단영의 태도는 보는 사람이 혀를 내두를 정도로 얄미웠다.

내가 원래 이렇게까지 유치한 여잔 아니었는데.

사랑이 뭐라고. 지기 싫은 이 감정이 대체 뭐라고 사람 한 명을 다른 사람으로 뒤바꾸어 놓는다. 초등학생보다 더 어리게 만든다.

"아, 잠시 실례."

단영이 느닷없이 주머니에서 립스틱을 꺼내 들었다.

"입술이 건조해서."

그러고는 입술에 치덕치덕 발라 댔다. 립스틱 색상은 빨간색이었다. 무턱대고 거울 없이 바른 결과로 단영의 입술은 다소 과하게 물들었다.

"어쩔 수 없네."

탁. 뚜껑을 닫자, 새빨간 립스틱이 사라졌다.

"말론 안 통하는 것 같으니까."

그대로 몸을 반쯤 돌려 하준을 마주 보고 선 단영이 두 팔을 뻗었다.

그러고는 하준의 턱을 확 잡아챘다. 두 발 앞쪽에 힘을 실어 까치발을 들었다.

"최단영 너 지금 뭐 하는……."

놀란 하준의 눈이 크게 떠졌다. 어떤 행동을 보이기도 전에 단영의 입술이 하준의 입술에 딱풀처럼 쫘악, 소릴 내며 붙었다 떨어졌다.

다시 말해 두지만, 쪼옥이 아니라 쫘아악이었다.

민망한 소리로 창피할 새도 없이 순식간에 벌어진 일이었다. 입맞춤보단 입술 박치기에 더 가까웠지만, 아무렴 단영은 개의치 않았다.

오히려 새빨갛게 물들어 버린 하준의 입술 색이 만족스럽다는 듯, 씨익 웃을 뿐이다. 무엇보다 당혹스러워하는 그의 표정은 이례적이라 내심 뿌듯했다.

"어머! 내가 선수를 쳐 버렸네?"

단영은 금방이라도 울음을 터트릴 것 같은 지영 앞에서 천연덕스럽게 굴었다.

"그래도 너무 억울해하진 말아요. 내가 없었다면 이 짓도 했을 거잖아요."

"……."

"못된 년 자처하기로 한 마당에 지금 내가 못 할 게 뭐가 있겠어요. 먼저 찍는 사람이 임자지. 안 그래요?"

그래, 그래. 그냥 네가 착한 여자주인공 해라. 악역은 내가 할게.

"일방통행이 아니라, 쌍방이니까 제대로 봐요."

말은 그렇게 했으면서 단영의 가슴은 쿵덕쿵덕 미친 듯이 펌프질하고 있었다.

터져 나갈 듯이 뛰었다. 이중성이 이럴 때에 쓰라고 있는 단어인가 싶을 정도로.

"아, 그리고 시오전자는 지영 씨 힘으로 직접 입사하는 걸로."

가장 화가 났던 부분이었다. 등에 업혀 빛을 보고자 했던 검은 지영의 속내.

"그때 가서 다시 정정당당하게 덤벼요."

불우한 가정사와 순탄치 못했던 취업길은 비슷했지만, 그 과정은 판이하게 달랐다. 그랬기에 단영은 지영에게 쓴소리를 꺼낼 수 있었다. 그럴 입장이 충분했다.

지영은 잠자코 입술을 다문 채 아스팔트 바닥으로 시선을 고정했다. 단영은 자꾸만 그녀에게 마음이 쓰이려는 것을 거두어 내고, 하준의 손을 움켜잡았다.

그러고는 새침한 표정으로 콧방귀를 뀌며 예고 없이 그를 끌어당겼다.

369

"이제 가, 가자! 자기야!"

처음이었다. 도하준을 내 세상 안으로 들어오도록 허락한 적은.

"……가 아니라 썸남!"

다행이었다. 위기를 직면하게 된 순간에 그를 지켜 낼 수 있어서.

25화

세상엔 공평하지 못한 일이 너무 많다.

내가 먼저였어도 불가피한 상황을 피할 수 없다는 이유로 판 뒤집히 듯 순식간에 역전이 되어 버린다거나, 애지중지해 가며 닳을까 아까워 하고 혹여 다치기라도 할까 선뜻 다가서지 못했던 마음 또한 타이밍이 어긋나면 단숨에 외면당한다.

승호는 늘 그랬다. 많이 빼앗기고, 끊임없이 인내하며 살아왔다. 그 러다 보니 겉으로 보이는 이면과 속으로 느끼는 감정이 달라졌다. 숨기 는 일이 많아졌다. 환경 때문에 성향 자체가 바뀐 것이다.

"저기."

대학교에서 우연히 널 마주친 순간. 그때부터였다.

"예술관 위치 좀 물어보려고 하는데."

예쁘단 여자는 주변에 널리고 깔렸다. 그 여파로 어지간해선 겉모습 때문에 흔들릴 일이 없었다. 그래서 꿈에도 몰랐다. 화장기 하나 없는 민낯에 낡아 빠진 청바지와 흔하디흔한 티셔츠 한 장을 걸친 널 보고 한눈에 빠지게 될 줄은.

일반화의 오류라 그랬던 걸까. 아니, 아니다. 그 봄날의 색감과 너무나 잘 어울리는 말간 네 웃음 때문이다. 반곱슬이었던 긴 머리가 유난히 살랑살랑 흔들려서. 그게 일시 정지 된 것처럼 눈에 박혔다.

어쩌다 한 달에 한두 번. 그래 봤자 의무적으로 얼굴을 비쳐야 했던 대학교에 절로 걸음 하게 됐다. 그렇게 넓은 캠퍼스에서 아무도 모르게 널 쫓는 일이 내 유일한 낙이었으니까.

"안녕."

한참 전부터 보고 있었으면서 괜히 모르는 척하며 인사를 건넸다.

"식당 가는 길?"

쑥스러워 대답 못 하는 널 보고 있으면, 그게 뭐라고 자꾸만 웃음이 번졌다.

"그럼, 밥 같이 먹을래?"

정신을 차리고 나서 보면, 자꾸만. 자꾸만. 자꾸만. 쉬워 보일 짓만 하고 있더라. 어디 나사 하나 빠진 놈처럼.

"내일부턴 너 보러 학교 자주 와야겠네."

그래도 있지. 내가 뱉은 말 중에선 단 한 순간도 거짓이었던 적이 없었어.

널 마주칠 때마다, 내가 인사 대신 했던 말들 있잖아.

"오늘도 예쁘다."

누군가에게 먼저 다가서는 일은 생각보다 쉽지 않더라. 무작정 내지르고 보는 성격이라 네 입장에선 내가 가벼워 보였을지도 몰라.

솔직히 말하면, 기대 자체를 하지 않았어. 난 내 감정만 무작정 드러내 놓기 바빴지, 네 마음을 얻는 것은 욕심에 지나지 않아서 꿈꿀 여유가 없었어. 바라지도 않았어. 그래서 그날도 여전히 강아지처럼 쫄랑쫄랑 널 찾아 따라다니기만 할 뿐이었지.

"……좋아해요."

사실, 네게 그 고백을 전해 들었을 때 말이야. 아무렇지 않은 척했지만, 심장이 터져 버리는 줄 알았다. 상상도 못 했거든. 혈관을 타고 도는 피가 터질 것 같은 기분이었는데, 그와 동시에 성큼 다가온 애석한 현실이 날 흔들어 깨웠어. 알아. 나도 다 아는데.

"나도 좋아해."

드디어 미쳐 버린 건지 이성보다 감성이 앞섰어. 당당히 다가설 용기조차 없었던 주제에.

그런 와중에도 넌 내 말들을 전부 장난이라 치부하더라. 한편으론 쓸쓸해도 다행이라 생각했지만, 그것마저 자만이었어.

"오늘은 치마 입었네?"

못된 마음이었다. 네가 날 떠나지 않았으면 좋겠어서.

"앞머리도 잘랐고. 맞지?"

혹시 마음 떠날까 두려워서 이왕 가볍게 보인 마당에 미친 척하고 솔직한 감상평이나 늘어놓자 싶었어.

무엇 하나 쉬운 일이 없었다. 톱 모델의 길은 생각보다 더 험난하더라. 빛 좀 보려나 싶었더니, 그다음은 스캔들에 휘말리게 됐다. 고의적인 노이즈 마케팅.

사실, 스캔들이 터지기 한참 전부터 알고 있었어. 그땐 무슨 자신감이었는지, 스캔들만큼은 무조건 막아 낼 심산이었는데. 너만 버텨 주면. 이런 내 가벼움조차 좋아해 준다면. 조금만 더 기다려 주면. 이해해 준다면.

어떻게든. 정말 어떻게든…….

— 전화를 왜 이렇게 늦게 받니?

하지만. 극악한 여자. 야망에 눈이 멀어 갈 때까지 가 버린 여자. 소속사 대표이자, 새어머니였던 그녀를 막을 순 없었어.

아버지가 돌아가시고 난 직후, 물 만난 생선처럼 헤엄치고 다니기 바빴을 그 여자 눈에 뵈는 건 아무것도 없었거든. 장애물은 오직 나뿐이었지.

"바빴어요."

— 스캔들 기사 내일 오전 중으로 터질 거야. 그렇게 합의 봤다.

아니. 그게 아니라 처음부터 대화는 불필요하다 멋대로 판단했겠지.

"꼭 그렇게까지 하셔야 합니까?"

— 책임 돌릴 생각 마. 처음부터 고분고분 내 말 들었으면 이런 일도 없었겠지. 나는 너 대학 자퇴하라 보냈지, 여자 만나라 보내 준 적 없다. 그 시간에 뉴욕 갔으면 진작 쇼 설 수 있었어. 내 방식이 불만이면 위약금 내고 계약 해지 통보하든지.

"대학 졸업 후에도 충분히 제 실력으로 쇼 설 수 있습니다. 로엔 선생님 패션쇼 메인으로 따낼게요. 보여 드리면 되잖아요."

— 하, 너 따위가 지금 내 앞에서 실력을 논해? 쇼? 그 디자이너 한테 줄 선 모델이 몇 명인 줄은 알아? 성공? 좋다 이거야. 그럼, 보장은 어디에 있니? 지금까지 네게 투자한 돈이 얼만 줄은 알아?

그래. 이제 막 데뷔한 내가 무슨 힘으로. 무리란 걸 누구보다 잘 알고 있던 그녀는 일부러 더 속을 긁어 댔다. 모델 일을 때려치운다 하면, 어떤 방법을 동원해서라도 질질 끌고라도 갈 여자였으니까.

아니, 내 스스로가 포기하지 않을 거란 걸 누구보다 잘 알고 있으니까.

— 밖으로 겉도는 짓 그만해라. 내 심기 건드려서 좋을 거 하나 없어.

"……."

— 최단영이라지? 포토그래퍼 지망생. 같은 대학 사진과에 재학

중이고. 다행히 내 손에서 해결 볼 수 있겠더구나. 그 바닥 굴러가는 사정은 내가 또 잘 알지.

뒷조사. 무슨 자격으로 사모님 노릇을 하고 있는 건지는 모르겠지만.

"하지 마세요."

— 그건 네가 어찌하느냐에 따라 달렸어. 스캔들 기사 터지면 얌전히 인정해. 그보다 더 빠르게 얼굴 알릴 수 있는 기회는 흔치 않아. 혜영이 벌써 뉴욕 진출했고, 세계적으로 알아주는 톱 모델이야. 그 애 옆에 붙어서 기생충처럼 피라도 빨아먹어. 더러워도 참고 견뎌. 입장을 말하고 싶다면 성공부터 해.

저따위 말 하나에 휘둘리지 않을 정도의 힘만 갖춰지면. 뒤도 돌아보지 않고 계약 파기할 수 있을 때까지만. 딱 그때까지만 버티자.

내가 얼마나 필사적이었는지, 그 순간을 그때의 너를 어떤 심정으로 외면했어야 했는지, 아마 넌 죽었다 다시 태어나도 모를 거다.

위치가 사람을 만든다 하니, 그 위치만 쟁탈하고 나면 다 될 줄 알았다.

"저, 남자 친구 생겼어요."

"그래?"

거짓이란 걸 알면서도 통보와 같은 말을 네게 직접 들었을 땐, 심장이 끝을 알 수 없는 바다로 추락하는 느낌이었어. 하지만 너도 여자잖아. 사람이잖아. 지금 당장은 욕심내면 안 되는 거잖아. 그렇게 몇 번이고 스스로를 타일렀어.

할 수 있는 일은 평소처럼 의연하게 웃으면서 속을 알 수 없게 행동하는 것뿐이더라. 난 능력 하나 없고, 널 지킬 힘조차 없는 정말 보잘것없는 남자였으니까. 욕심내지 말자. 그때까지만 해도 그렇게 다짐했어.

"우리 단영이, 남자 친구 있었어?"

"……네."

"아, 서운하다."

그래도 주먹에 절로 힘이 실리는 건 어떻게 막을 수가 없더라.

"그래서?"

"네?"

"언제 헤어질 건데?"

이건, 진심.

난 아닐지라도 너만큼은 해 보고 싶은 것 다 해 보라는. 내가 해 줄 수 있는 마지막 배려였어.

"저 그만 갈게요."

"데려다줄게."

"아뇨. 오빠가 데리러 오기로 했어요."

"오빠? 나 말고 또 오빠가 있었어?"

"네."

단호한 네 반응이 철저하게 숨겨 뒀던 조급함을 부추겼다.

"키스해 줄까?"

지금 생각해 보면, 참 못된 놈이었지. 내가 치졸했어. 근데 반대로 생각해 보면 그만큼 절박했다. 녹록지 못한 내 삶에 넌 빛과 소금 같은 존재였으니까. 기댈 곳 하나 없이 외로운 순간에 의지할 곳은 네 곁뿐이었으니까.

사람은 다 그렇잖아. 다 그렇듯이 이기적이잖아. 내 감정이 제일 힘들잖아. 내 현실이 가장 고통스럽잖아.

"그렇게 해도 좋아할 거예요."

하지만 넌 달랐다.

"먼저 갈게요."

이만큼 했으면 질려 도망칠 법도 한데 넌 내가 생각한 것보다 훨씬 더 강했고, 용감한 여자였다. 저만치 멀어져 가는 네 뒷모습을 멍하니 바라보면서 내 자신이 그렇게 쪽팔릴 수가 없더라.

그런 널 놓치기 싫었어. 두 번 다신 너 같은 여자 만나지 못할 거라 확신했거든.

너와 재회하게 된 것은 순전히 내 의지였어. 피눈물 흘려 가며 버틴 결과였다. 전부 인정할게.

그런데……. 난 너무 늦었던 걸까. 최대한 빨리 움직였다 생각했는데, 아니었던 걸까.

8년이란 공백, 부재. 그 모든 것들은 쉽게 넘겨짚을 만한 것들이 아니었다.

……그런데도 좀처럼 포기가 안 되는 걸 어떡해.

내 유일한 욕심이 최단영.

너 하나뿐이었는데.

"크아, 저 그림은 또 뭐다냐?"

밴으로 돌아온 두환은 창문 밖에서 펼쳐진 진귀한 상황이 도무지 믿기지가 않는다는 듯 입을 쩍 벌렸다.

"대체 나 없는 사이에 무슨 일이 벌어진 거야."

두환은 홀로 남아 애처롭게 서 있는 지영을 바라보다 말고 혀를 끌끌 찼다.

"아침 드라마가 따로 없네. 아직 어려 보이는데 저러고 있는 게 안타깝기도 하다. 그래도 말빨 하난 죽이더라. 요즘 애들은 다 저런가? 독하다, 독해."

자세한 사정은 모르겠으나 대충 직감으로 알아차린 것이다. 혼자 구시렁거리던 두환이 별안간 몸을 뒷좌석 쪽으로 홱 돌렸다.

"야, 그래도 저 친구 좀 예쁘지 않냐? 명함이라도 주고 올……."

두환은 말을 채 잇지 못했다. 심상치 않은 승호의 안색을 목격한 탓이다.

"너, 상태 왜 이래? 어디 아파?"

깊은 생각에 잠긴 사람처럼 침묵만 고집하던 승호는 줄곧 굳은 낯을 보였다. 이례적인 그의 모습에 두환은 짐짓 심각해졌다.

"새끼야. 어디가 아프면 말을 하라니까? 어차피 오늘 테스트 촬영이라 무리하지 않아도 돼. 다음 주 본 촬영으로 바로 들어가도 괜찮으니까……."

"형."

승호의 음성은 많이 잠겨 있었다. 가뭄이 든 것처럼 건조했고, 바짝 갈라져 있었다.

"어어. 말해."

"나 계약 만료, 얼마 안 남았지?"

또 그 소리다. 두환의 인상이 과격하게 구겨졌다.

"야, 인마. 내가 그 소리 입 밖으로 꺼낼 생각조차 말라 했었지! 웬만하면 나 봐서라도 재계약해 달라 했잖아. 어? 너 또 이러면 나만 대표님한테 뒤지게 까이는 거 몰라? 부탁이야. 제발, 승호야. 응? 내가 이렇게 빌게. 형이랑 같이 일하자."

"언젠 당장 때려치울 거라며."

"마, 말이 그렇단 거지! 형 성격 알잖아. 츤, 츤…… 뭐더라. 아, 그래. 츤데레! 내가 딱 그거잖냐. 더군다나 우리가 알고 지낸 시간이 얼마냐? 최근까진 잠잠하다가 왜 또 그래. 형이 뭐, 네 기분 거슬리게 한 거라도 있어?"

두환은 애가 탔다. 마녀 같은 대표가 달달 구워삶을 게 안 봐도 뻔했다. 그걸 알기에 승호는 가느다란 한숨을 밀어 내며 고개를 돌려 창문 밖을 넌지시 응시했다.

단영이 서 있던 자리에 죽은 눈빛이 머물렀다. 자신과 비슷한 처지의 여자애가 남 같지 않다.

"형도 퇴사해."

"……뭐?!"

별 감흥 없이 물 흐르듯 나온 승호의 파격적인 말에 두환은 기함했다.

"나 데려가고 싶어 하는 기획사 많아. 정 안 되면 뉴욕 쪽 에이전시랑 계약하면 되고."

"야, 인마! 분명 마 대표는 너 계약 해지하자마자 지가 유리한 쪽으로 언론 플레이 시작할 텐데? 배우 할 생각 있으면 또 모를까, 모델 쪽은 달라. 그 바닥은 대표님이 꽉 잡고 있는 거 몰라서 그래? 내년엔 로엔 디자이너 F/W 컬렉션 메인 서야지."

"모델 안 되면 배우로 먹고 살지, 뭐."

8년 전 그때와 상황이 달랐다. 그때는 먹고사는 데 정신이 없어서. 어렸고 힘이 부족했으니까. 널 놓아야 했지만.

근데, 생각해 볼수록 억울하잖아. 말 한 번 제대로 해 보지도 못한 채 제자리걸음으로만 끝내야 한다면. 다 포기해서라도 잡고 싶어졌는데 이제 와서 신세 좋게 행복을 빌어 주게 되어 버리면, 오랜 시간 품어 온 내 사랑이 너무 불쌍해지잖아.

"대체 너……."

반면 두환은 그런 승호를 좀처럼 이해할 수 없었다. 처음부터 모델 일만 바라보고 달려온 승호를 잘 안다. 영화나 드라마 쪽에서 러브콜이 들어오는 날이면 질색을 했다. 모델은 사생활이 자유로운 편이었으나,

연예인은 만천하에 얼굴이 알려질 수밖에 없었다.

"이유라도 듣자. 왜 그러는 건데."

"나도."

승호는 말을 늘이며 희미하게 미소 지었다.

"숨은 쉬고 살아야지."

처음이었다. 평소답지 않게 가볍지 않은 승호의 모습은. 한계에 임박해 당장 질식할 것 같은 얼굴을 하고 있으면서 말은 덤덤하게 뱉고 있다.

"하아……. 모르겠다."

그래서 두환은 차마 그를 만류하지도 못한 채, 핸들 위로 얼굴을 묻었다.

다음 날. 아침부터 단영의 집은 한바탕 소란이 일었다.

"야, 최단태! 밥 안 먹어?"

"늦었어."

식탁 위에 찌개를 올려 두던 단영이 꽥 소리쳤다. 그러거나 말거나 단태는 머리를 치장하는 데 집중했다.

"그럴 거면 일찍 일어나서 준비하든가!"

"왜 안 하던 짓을 하고 그래? 언제부터 우리가 아침 겸상하는 사이였다고."

단태는 무심하게 대꾸하며 화장실로 들어가 손에 묻어 있는 왁스를 씻어 냈다. 저 자식이. 늦은 사춘기라도 온 거야, 뭐야? 단영의 미간이 확 좁아졌다.

"오랜만에 쉬는 날이라서 아침 좀 같이 먹어 보겠다는데, 그게 그렇게 싫어?"

정말이었다. 꿀 같은 휴무 날에 가족과 식사 한번 하겠다고 일찍부터 일어나 음식을 차렸다. 단영은 고생한 누나 마음도 몰라주는 단태에게 속상한 마음을 숨길 수 없었다. 이것이 부모의 마음일까.

"누나."

단태는 현관문 앞에서 신발을 신으려다 말고 단영을 물끄러미 바라보았다.

"왜?"

목을 축이기 위해 머그컵을 입가로 가져간 단영이 시선만 내린 채 대답했다.

"나 연애해."

"컥! 무, 뭐야?"

단영은 이제 막 입 안으로 들어온 물을 다시금 컵 안으로 고스란히 흘려보내야 했다. 리틀 도하준이 뭘 해? 저 무심한 놈이 연애를 한다고? 상당한 충격이었다.

아기 같기만 했던 늦둥이 남동생의 첫 연애 소식을 이런 식으로 담담하게 전해 듣게 될 줄은 꿈에도 몰랐다.

"누난 안 해?"

정신을 차리기도 전에 2차 공격이 연타로 터졌다. 단영은 눈을 빠르게 깜빡이며 불같은 반응을 보였다.

"뭘!"

"연애."

끝까지 부정하고 싶었지만, 묘하게 어제 일이 오버랩 됐다. 무작정 하준을 끌고 왔으면서 그가 잠을 새도 주지 않고 곧장 회사로 도망쳤다.

다행인 건지 뭔지는 모르겠지만, 승호 쪽에서 개인 사정을 핑계 삼아 테스트 촬영을 무산시켰다. 딱히 필요하지 않았던 과정이라 차라리 다행이었다.

피차 작업하기엔 껄끄러웠으니까. 그래 봤자, 다시 다음 주가 되면 좋든 싫든 마주쳐야 할 테지만 말이다.

하여튼 지금 당장은 그게 문제가 아니었다. 하준이 언제 집에 쳐들어와도 이상할 게 없었다. 그래서 단태의 아침만 간단히 차려 준 뒤에 목적지 없는 외출을 하려 했는데 다짜고짜 연애 통보라니.

"내 걱정은 집어치우고! 그래서, 누군데? 어떤 앤데? 착해? 몇 살이야? 설마 미성년자는 아니지? 그랬단 봐라!"

호기심이 와다다 터져 나왔다. 그러자 단태는 어느 정도 단영의 반응을 예상했다는 듯이 시큰둥하게 대답했다.

"하나씩 물어봐라."

"빨리 말 안 해?"

"착해. 예쁘고. 나랑 동갑이야. 됐지."

"그, 그럼 너 지금 데이트하러 가는 거였어?"

"그래."

"학교는 어쩌고?"

"오늘 주말이거든? 요일 개념 좀 탑재하고 살아라."

"주말 평일 개념이 어디 있어! 일이 없어야 쉬는 사람인데, 내가!"

그래도 한결 나았다. 지각은 아니라 하니까, 뭐. 잠시 숨을 고르며 흥분을 가라앉힌 단영은 무언가가 떠올랐는지 방으로 걸어갔다.

"뭐 하는데?"

"잠깐만 기다려 봐."

방구석 어딘가에 대충 처박아 뒀던 가방을 집어 들었다. 그녀가 꺼낸 것은 지갑이었다. 첫 데이트라는데 없이 산 티는 나지 않았으면 좋겠다. 누나의 마음이었다.

"자."

다시 거실로 나와 대충 손에 집히는 대로 현금을 꺼내어 단태에게 내밀었다. 세어 보진 않았지만, 오만 원 정도가 끝이었다.

"누나 돈 없잖아. 조만간 월세도 내야……."

"그런 건 네가 걱정 안 해도 돼. 쓸데없는 걱정 말고, 여자 친구 밥이나 사 줘. 아직 월급날 멀어서 많이는 못 주니까 모자랄 것 같으면 네 역량껏 센스 부려."

"됐어. 필요 없어."

"스읍. 잔말 말고 받아, 빨리."

억지로 떠밀지 않으면 절대 받지 않을 성격이었다. 사정 때문에 일찍부터 철이 들어야 했던 단태가 못내 안쓰러워 단영은 반강제로 단태의 주머니에 현금을 찔러 넣었다.

"아, 괜찮다니……."

"얼른 가! 데이트 시간에 늦는 거 아니야."

단태는 마음이 편치 않았으나, 개의치 않은 척하며 운동화를 마저 신었다. 단영의 눈길이 운동화로 힐긋 향했다.

단태는 축구를 좋아했다. 민재와 세훈, 그리고 하준과 종종 운동을 하러 나가곤 했다. 그때도 저 운동화였다. 대학교 입학식 때 그녀가 사 준 운동화. 단영은 입술을 힘껏 감쳐물었다. 운동화가, 많이 낡았다.

하다못해 철부지 형들에게 말했더라면 가장 좋은 브랜드로 못해도 열댓 켤레는 쥐어 주었을 텐데, 단태 성격상 그럴 리가 없었다.

"운동화 좀 새 걸로 사라. 예쁜 거 많이 나왔던데."

그럴 때마다 참, 속이 상한다.

"됐거든. 그 돈으로 누나 카메라나 한 대 더 사."

엄마가 원망스럽다.

나는 괜찮다. 그저 곁에라도 있어 주었더라면 단태가 조금 더 아이

답게 자랄 수 있었을 텐데.

다른 또래들처럼 마냥 철부지가 되어 투정도 맘껏 부릴 수 있었을 텐데.

일찍이 어른이 되지 않아도 괜찮았을 텐데.

간간이 전화로만 안부를 물어 오는 그녀가, 죄책감 때문에 차마 얼굴 한번 보러 오라 말하지 못하는 그녀의 심정이 한편으로는 이해되면서도, 너무 원망스럽다.

쓸쓸했다.

"얼른 가."

아픈 마음을 뒤로하고 머뭇거리는 단태가 답답했던 단영이 대신 현관문을 열어 주었다. 그리고 그때였다. 눅눅해진 마음을 추스를 시간도 주지 않고, 예고치 못한 익숙한 음성이 흘러나왔다.

"안녕."

"으악!"

쾅! 순식간에 벌어진 일이었다. 생각지 못한 인물의 등장을 속수무책 확인하게 된 단영은 빛의 속도로 현관문을 세차게 닫았다.

"뭔데?"

누군지 채 확인하지 못한 단태가 물었다.

"아니, 별거 아니야. 그, 그 왜 있잖아. 사이비 종교 홍보하러 다니는 징글징글한 사람들."

단영은 몹시 수상한 낯을 보이며 어색하게 웃었다. 단태는 그런 단영이 의심스러웠지만.

"뭐 해."

"어?"

"누나가 비켜 줘야 나가지."

단태는 운동화 앞코를 바닥에 툭툭 찧으며 현관문 앞에 서 있었다.

단영은 단태를 떡하니 가로막은 상태로 조금도 비켜 줄 생각이 없었다.

"하하……. 조금만 더 있다가 나가면 안 될까?"

살살 타이르며 말하자, 단태가 인상을 확 찡그렸다.

"뭐라는 거야. 언젠 늦으면 안 된다며. 빨리 비켜. 나 진짜 늦었어."

단태가 왼쪽으로 몸을 틀면, 단영도 왼쪽으로. 오른쪽으로 비켜서면 오른쪽으로.

쉴 틈 없이 이어지는 누나의 방해 공작이 슬슬 짜증 났는지, 단태는 살짝 힘을 주어 단영의 몸을 밀쳐 냈다.

제발, 제발! 간절한 만큼 더욱 피할 수 없었다. 단영이 오뚝이처럼 다시 몸을 바로 세웠다. 단태를 막아서려는 순간, 철컥, 현관문이 다시금 활짝 열렸고 단영은 황급히 몸을 돌려세웠다.

"……하준이 형?"

뒤늦게 문밖의 존재를 알아차린 단태가 의아하다는 투로 물었다.

"어, 오랜만이다."

"형이 웬일이야?"

"누구 좀 보려고."

단태는 몇 달 만에 마주한 하준이 반가워 이것저것 안부를 물으려 했다. 하지만, 묘한 침묵이 이어지는 것에 수상함을 느꼈다. 이런 방면 으론 눈치가 제법 빨랐다. 단태는 말없이 하준과 단영을 번갈아 가며 바라보았다.

그러다 침묵을 먼저 깬 인물은 바지 뒷주머니에서 카드를 꺼내 든 하준이었다.

"받아."

"왜?"

"본의 아니게 아까 대화하는 거 들었는데, 데이트 간다며. 누나 돈 쓰지 말고 그걸로 긁어. 돈 부족해져서 괜히 자존심 상하지 말고."

"진짜? 진짜 그래도 돼, 형?"

단태가 눈을 반짝이며 허락을 구했다.

"한도만 안 차게 긁어."

하준이 웃었다. 단태 입장에선 코 묻은 누나 돈을 쓰는 것보단, 벌이가 좋은 하준의 돈을 쓰는 편이 훨씬 마음 편했다.

"대신, 모텔은 안 돼."

"아, 형!"

남자들 간의 대화는 점차 농도가 진해졌다. 괜히 방치된 단영만 어깨를 움찔 떨었다. 제발 둘 다 사라져라. 사라져라. 사라져라. 단영은 간절한 마음을 담아 주기도문 외우듯 속으로 빌었다.

"갈 거면 누나한테 여자 친구 소개시켜 준 다음에 가. 쟤 또 쓸데없는 걱정한다."

하준은 엷게 웃으며 단태의 머리를 쓰다듬었다.

"형도."

별안간 단태가 의미심장한 미소를 흘리며 영문 모를 말을 뱉었다.

"뭐가."

"형도 내 허락 맡고 해."

아……. 뒤늦게 그 의미를 이해한 하준이 피식 웃음을 터트렸다. 그러고는 가볍게 고개를 끄덕였다.

단태는 엄지손가락을 번쩍 세워 들고는 단영만 모를 신호를 은밀히 보냈다.

단태가 계단을 밟고 내려가는 모습을 지켜보던 하준이 고개를 틀어 단영을 응시했다.

장난기 다분한 눈빛이 일렁였다. 잠시 일자로 다물어져 있던 그의 입술이 천천히 떨어졌고.

"어이. 썸녀."

입에 담기조차 낮간지러운 호칭이 뻔뻔하게 흘러나왔다.

"악! 안 들려! 뭐래!"

단영은 소름이 쫙 돋아 펄쩍펄쩍 뛰며 두 손으로 귀를 꾸욱 눌렀다.

"단태 갔는데, 이제 나 좀 봐 주지?"

그녀의 뒷목이 붉게 달아오른 걸로 보아 어제의 일을 흑역사라 여기는 듯했다. 일어나자마자 죄 없는 이불만 뻥뻥 찼을 단영의 모습이 눈에 훤했다.

하준은 자꾸만 터져 나오려는 웃음을 꾹 참아 내고선 단영의 어깨를 돌려세웠다. 힘주어 버티던 그녀의 고생이 단숨에 물거품으로 돌아갔다. 단영은 여전히 눈을 질끈 감고 있었다.

"눈은 왜 감아. 키스해 달라고?"

"아니!"

천연덕스럽게 묻는 하준의 태도에 단영은 질색하며 감고 있던 눈을 번쩍 떴다.

"또 튕기네."

"튕기는 거 아니거든!"

"그럼, 뭔데."

"쑥."

"쑥?"

"……쑤, 쑥스러워서 그런다! 왜!"

기어들어 가는 목소리였지만 용케 알아들었다. 아, 어떡하지. 지금 최단영 너무 귀여운데. 하준은 들끓는 가슴을 가까스로 삭여 내며 손을 들어 이마를 쓸어 냈다.

"아, 도저히 안 되겠다."

"뭐, 뭘?"

"잠깐만 기다려 봐. 허락 좀 받고."

"뭐라는······."

하준은 멀뚱멀뚱 자신을 바라보는 단영을 두고, 뜬금없이 몸을 돌려 난간으로 걸어갔다. 그러고는 눈으로 바삐 누군가를 찾았다. 단태였다. 단태는 골목을 빠져나가려 하고 있었다.

"최단태!"

낮은 음성이 우렁차게 울려 퍼지자, 단태는 조금 떨어진 곳에서 걸음을 멈추고 고개를 돌렸다.

"형 지금 해도 되냐?"

뭘 해? 단영의 입술이 망연하게 벌어졌다.

"너희 누나 너무 예뻐서 도저히 못 참겠다!"

헐.

"너도 좋아 죽겠으면 그냥 모텔 가라! 형이 허락해 줄게!"

이 미친 자야.

"대신 콘돔은 꼭 사고!"

망했다. 그냥 이사를 가자.

꼭 그러자.

저 미친 자 몰래.

26화

"진짜 밥만 먹고 가는 거다?"

고양이에게 생선을 맡기는 기분이 들었다. 아니, 대형견에게 족발을 맡긴 기분이랄까.

문 앞에서 입씨름만 벌써 15분째.

씨익 웃으며 고개를 세차게 끄덕이는 하준을 보고 있자니, 그렇게 찝찝할 수가 없었다.

정말 순수한 마음으로 밥만 먹고 가겠다며.

아침을 건너뛰어서 배가 고파 당장이라도 쓰러질 것 같다며.

하준은 그런 씨알조차 먹히지 않을 말들로 단영의 마음을 약하게 만들었다. 언제 폭탄이 떨어질지 한 치 앞도 예상 못 할 상황인 것만큼은 확실했다.

예전이었다면 모를까, 지금은 단둘이 있다는 것 자체가 위험했다. 그녀는 몇 번이나 긴급 상황에 대응할 행동들을 머릿속으로 그렸다.

"……."

장난스럽지만 진심이 담겨 있는 그의 눈빛을 끈질기게 마주했다. 한숨을 푹 내쉰 단영은 울며 겨자 먹기 식으로 백기를 들기로 마음먹었다.

길을 막고 있던 몸을 비켜서려 하자, 기다렸다는 듯 하준의 발이 들썩였다.

"잠깐!"

그게 뭐라고 또 불안해진 모양이다. 단영은 불신이 가득 묻어난 표정으로 손바닥을 쫙 펼쳐 보이며 다시금 그를 멈춰 세웠다. 하준의 눈빛이 불만스럽게 틀어졌다.

"또 왜."

"진짜 밥만 먹고 가는 거다?"

끄덕끄덕.

"진짜로?"

끄덕끄덕.

"진심으로?"

끄덕끄덕.

"솜털도 건들지 않기로 분명 약속했다?"

그 말엔 좀처럼 동의하지 못하겠다는 듯 하준의 눈가가 찡그려졌다.

"그 표정은 뭔데? 왜 이번엔 끄덕끄덕 안 해?"

굳어진 하준의 표정에 단영은 또다시 불안해졌으나, 한편으론 내심 미안한 마음도 있었다.

내가 괜한 사람을 성추행범 취급 하고 있는 건가? 그래서 기분이 나빴나? 하긴, 도하준은 비도덕적인 사람이 아닌데.

그러나 하준은 그녀의 예상을 깨고, 그나마 들었던 죄책감조차 획 날려 버릴 말을 뻔뻔스럽게 뱉었다.

"솜털은 좀 그렇고, 키스까진 하게 해 주라."

"야!"

환장하겠네. 어떻게 솜털에서 키스로 단숨에 스킵할 수 있는 건데?

"안 돼?"

"안 돼! 절대 안 돼!"

하늘이 두 쪽으로 갈라지게 될지라도!

절대적인 거부가 떨어지자, 상심한 하준의 입술 끝이 아래로 축 처졌다. 저런 걸로 마음 약해지면 절대 안 된다. 단영은 마음을 다잡았다.

"그럼, 뽀뽀만."

이 인간이 진짜!

"것도 안 돼!"

"손만 잡을게."

"얼씨구. 웃기고 자빠지는 소리 잘도 하고 있다."

"최단영."

하준은 짐짓 진중한 눈으로 뚫어져라 단영을 직시했다.

"오빠 못 믿어?"

그녀가 멈칫한 사이, 그의 입술이 말려 올라갔다. 빈틈이 생긴 것이다. 그는 그 틈을 놓치지 않고 신발을 냉큼 벗었다.

"아, 맛있는 냄새 난다."

그러고는 제집처럼 의연하게 침입했다. 주어가 빠진 묘한 말이나 던져두고서.

단태도 작은 키는 아니었는데, 이상하게 하준이 들어오니 좁은 평수가 더 좁아진 착각이 들었다. 자신이 하준의 집을 찾는 일은 잦았어도 그가 온 적은 별로 없어서 어색해 그런 걸까. 아님, 단태보다 하준의 체격과 키가 월등히 커서 그런 걸까.

달그락달그락. 숟가락이 밥그릇을 휘젓고 다니고, 간간이 젓가락 움직이는 소음이 전부였다.

요리엔 달리 재능 없던 단영은 내내 긴장했다. 하지만 하준은 다행히도 군소리 없이 잘 먹어 주었다.

TV에 출연한 유명 셰프의 레시피를 열심히 따라 한 보람이 있었다.

"맛 어때?"

문제는 정말 밥만 먹는단 거였다. 줄곧 하준의 눈치만 보던 그녀가 고요한 적막을 깨고 조심스레 물었다.

"맛있어."

그게 끝? 엄청난 리액션을 바란 건 아니었지만, 미적지근한 반응이 못내 서운했다. 그는 단영을 보는 둥, 마는 둥 하며 다시 식사하는 것에 집중했다.

"이것도 먹어 봐. 내가 직접 한 건 아닌데, 저번에 퇴근하다가 시장에서 산 거거든? 단태도 잘 먹더라. 오빠, 단태랑 입맛 비슷하잖아."

"아, 어."

말은 알겠다 해 놓고 반찬엔 눈길조차 주지 않았다. 오로지 찌개, 밥. 찌개, 밥. 그의 숟가락이 움직이는 곳은 한정되어 있었다.

저거 지금 나 좋아한다고 고백한 사람 맞아? 내 말이 법이고 세상이라며! 이제 자기 것 됐다고 째는 거야, 뭐야? 아, 참. 아니지. 나 아직 받아 준단 말 안 했는데?

하준은 무언가에 쫓기듯 밥그릇에 얼굴을 박은 채였다. 단영은 혼란스러웠다. 연애를, 아니, 썸을 타 봤어야 알지.

마음을 잘 아는 것도 아니었고 이런 상황에선 연인……이 아니라!

썸타는 남녀 사이에 어떤 대화가 적절한 건지 당최 아무것도 모르겠다.

그 상대가 도하준이라면 입만 아프다.

하준과 이런 식의 어색함은 처음 있는 일이었기에 그녀는 좌불안석이었다. 의도치 않게 멘붕에 빠져 허우적거렸다.

시간이 얼마나 흘렀을까. 단영은 결국 참지 못하고 리모컨을 들어 전원 버튼을 꾹 눌렀다.

TV에선 요즘 한창 유행하고 있는 오락 프로가 재방송되고 있었다. 고요한 집 안을 그나마 소란스럽게 만들어 줬다는 것에 위안을 삼았다.

"잘 먹었어."

그렇다 할 대화 한 번 없이 식사가 끝났다. 하준은 반듯하게 숟가락과 젓가락을 식탁 위로 내려 두고는 의자를 밀고 일어났다. 그의 밥그릇과 국그릇은 싹 비어 있었다. 깨끗했다. 하지만 단영의 심정은 깨끗하지 못했다.

"어디 가?"

쌩하니 몸을 돌려 다른 목적지를 찾고 있는 하준 때문이다.

"입 텁텁해서 양치질 좀 하려고. 칫솔 새거 있지?"

누가 저 인간 깔끔한 거 모를까 봐. 단영은 입술을 삐죽거리며 턱짓으로 욕실을 가리켰다. 대답해 주기도 싫었다. 괜히 샘이 나서.

그런 단영의 마음을 아는지 모르는지, 하준은 매정하게 등을 보이고 걸어가 욕실 안으로 쏙 사라졌다.

그때. 섬광처럼 스치고 간 기억 하나.

"악! 오빠, 잠깐만!"

드르륵! 바닥에 쓸린 의자 소리가 무척 날카로웠다. 단영은 경악한 표정으로 와다다 욕실 앞까지 달려가 문손잡이를 잡아 돌렸다.

"⋯⋯."

하지만 때는 이미 늦은 모양이다. 욕실 문은 활짝 열렸지만, 하준은 이미 다른 곳에 시선을 고정한 채였다.

단영은 속옷 빨래만큼은 직접 손으로 하는 버릇이 있었다. 즉, 욕조엔 단영의 속옷 몇 개가 물 위로 동동 떠올랐단 뜻이다.

"나 아무것도 못 봤다."

하준은 뒤늦게 상황을 파악하고는 속옷에 머물러 있던 눈을 서둘러 치웠다.

"봤잖아!"

"못 봤어."

"봤으면서! 그냥 차라리 봤다고 해!"

"……봤어."

"못 봤다며!"

"언젠 그냥 봤다고 하라며."

세제를 잔뜩 머금고 있어 치우지도 못한다. 다른 사람이 본다면 그깟 속옷인데 하겠지만, 단영은 아니었다.

12년 동안 너희 집, 우리 집 할 것 없이 왕래가 잦은 편이었으나 단한 번도 하준에게 여성 용품을 들켰던 적이 없었다.

월경 주기가 어떻게 되는지, 여성 용품은 어디에 두는지 한 번도 말한 적 없었기에 그가 알 리 만무했다.

막막했다. 아예 처음부터 몰랐던 사이라면 모를까 늘 가까이에 있었다. 그런데 돌연 정신을 차리고 나서 보니 남자와 여자가 되었다.

언제라도 키스를 하고, 몸을 섞어도 상관없는 관계가 되어 버렸다.

"너, 너…… 내 속옷 보고 무슨 생각 했어? 이상한 생각 했지!"

아니, 이거고 자시고 다 필요 없다. 지금 당장 창피하다. 창피해 죽겠다.

"안 했어."

하준은 담담했다. 안 했다니 다행인 건데, 이번엔 반대로 기분이 나빴다.

어떻게 아무 생각도 안 들 수 있어? 그건 그거대로 불쾌하다. 지금 당장 흥분해! 으르렁거리면서 나한테 달려들어!

……물론, 그런 마음은 더더욱 아니었지만.

단영은 이랬다, 저랬다 하는 제 마음에 정신이 없었다. 집에 오겠다고 미리 알려 주었더라면 진작 이런 사태가 발생하지 않도록 조심했을 텐데 말이다.

"지, 진짜? 진짜 안 했어?"

단영이 채근하자, 하준은 눈을 슬쩍 피하며 뜸을 들였다.

"했어. 조금."

"무슨 생각 했는데!"

그럼 그렇지!

"꽃이 참 예쁘구나."

그, 아……. 꽃.

……그래. 그 꽃.

그게 예뻤구나. 그랬구나. 하필 그 속옷이 면 속옷이었구나. 정열의 장미꽃이 엉덩이 뒤쪽과 브래지어 양쪽에 각각 큼지막하게 그려진. 촌스럽기 그지없어 집에서만 입었던. 하필 다 늘어난 그 속옷이었구나.

"그래……. 치카푸카나 마저 해라……."

단영은 체념한 표정으로 중얼거리며 힘없이 욕실 문을 닫았다.

달칵. 욕실 문이 닫히는 소리에, 하준은 세면대 끝부분을 손으로 지탱하고는 허리를 푹 숙였다.

끅끅 터져 나오려는 웃음을 가까스로 참아 냈다.

아, 돌아 버리겠네. 진짜.

치카푸카…….

풀이 한껏 죽어 버린 낯으로 세상 다 산 사람처럼 말한다는 게 고작, 치카푸카나 마저 하란다.

너 때문에 내가 못 산다.

하준은 다시금 고개를 돌려 정열의 장미꽃이 새겨진 단영의 속옷을 힐끔 응시했다.

저건 도대체 무슨 취향인 거냐.

볼수록 특이한 캐릭터다. 최단영은.

거실로 나온 단영은 힘없이 소파에 털썩 앉았다. 흐리멍덩한 눈으로 TV를 주시했다.

TV에선 아까부터 시작된 프로그램 방영이 한창이었다. 뭐가 그리 즐겁고 행복한지 MC와 패널들은 서로 깔깔대며 난리도 아니었다. 정작 단영은 창피해 죽을 지경인데 말이다.

때마침 욕실 문이 열리는 소리가 들렸다. 낮은 화장실 천장 문 때문에 얼굴을 수그린 채 걸어 나오는 하준이 보였다. 괜히 뜨끔한 단영은 바로 표정 관리를 했다.

"무슨 양치를 하루 종일 해?"

욕실 쪽으로 고개를 돌린 단영이 툴툴댔다.

"오늘은 유독 신경 좀 썼어."

소파 앞으로 다가온 하준은 얼굴을 치켜든 단영을 넌지시 내려다보았다.

"뭐야? 아까 밥 먹을 땐 없는 사람 취급 하더니."

단영은 그가 예상하지 못한 불만을 쏟아 냈다. 하준은 못내 황당하다는 눈으로 인상을 찡그렸다.

"뭐?"

"밥만 먹었잖아."

저건 또 무슨 소리.

"정작 차려 준 사람은 쳐다볼 생각도 없고."

아……

하준은 낮게 탄식했다.

"반찬도 먹어 보라니까 밥이랑 국만 먹고."

방금 전, 욕실에서 양치를 하는 동안 겨우 마음을 진정시켜 놨는데 그 화기가 가라앉기도 전에 귀엽게 굴어 버리면 내가……. 하준은 호흡을 가다듬으며 눈을 살며시 감았다.

"하, 이젠 내 말 듣기도 싫다는 거지?"

최단영 이름 한자가 뭐더라. 한 획, 한 획 천천히 그려 보자.

단태에게 일단 허락은 받았지만, 아직 당사자는 안 된다고 하니 일단 참자. 한 번만.

"벌써 잔소리로 들린다는 거야, 뭐야? 얼른 눈 안 떠?"

단영의 끊임없는 재촉에 하준은 웃음을 꾹 삼켜 내며 눈을 떴다. 하지만 참으려다 보니 절로 미간에 주름이 생기는 것까진 막을 수 없었다.

"뭔데, 그 표정은?"

"그러니까, 그건."

"됐어. 변명하지 말고 똑바로 말해."

"변명하지 말라면서 어떻게 똑바로 말해."

"스읍. 또 토 달지."

뭔데. 나 지금 왜 혼나고 있는 건데. 이쯤 되니 하준은 억울해졌다. 물론 단영이 서운해하는 까닭은 이해했다. 하지만 그에게도 연유는 있었다.

밥에만 집중한 이유. 밥을 먹자마자 양치를 하러 간 이유. 그런데 똑바로 말하라 하면 변명이 된다. 변명을 하고자 하니 또 그건 하지 말란

다. 어쩌란 거야.

결국 생각하길 포기하고 흐름만 타기로 결심했다. 제 입술만 뚫어져라 바라보고 있는 단영의 눈초리를 이길 재간이 없었다.

"변명하지 말고 똑바로 말하란 거지?"

"그래."

"알겠다."

그녀는 한쪽 다리를 꼰 채로 귀엽게 팔짱을 끼웠다.

"한다?"

"해."

새초롬한 입술로 던진 말은 고작 한 글자뿐이었는데 자꾸만 시선이 묶인다.

"진짜 한다."

"하라니까?"

그래. 이건 허락이다. 제멋대로 판단한 하준은 망설임 없이 커다란 두 손을 뻗어 단영의 두 뺨을 감쌌다. 짜부가 되어 버린 모양새였다.

우스꽝스러운 모습으로 입술을 삐끔대는 단영을 놓치기 싫었다. 그가 그대로 허리를 푹 숙였다. 큰 키가 반으로 줄었다.

그녀가 다음 행동을 알아차리기도 전에 하준은 촉, 하고 재빠르게 단영의 입술을 훔쳤다. 순식간에 벌어진 일이었다.

"으억! 야!"

"왜."

그가 다시금 똑바르게 굽혔던 허리를 펴고 일어섰다.

"뭐야!"

가벼운 입맞춤이었지만, 상상조차 못 했다. 무슨 남자가 다음 편 예고도 없이 훅 들어와? 놀란 단영은 손으로 입술을 가렸다. 심장이 콩콩 바쁘게 뛰었다.

"분명 나는 한다고 경고했고, 넌 허락했잖아."

"내가 언제! 마, 말로 하라 했지 누가 뽀뽀하랬어?"

"변명하지 말라며."

"⋯⋯저, 저!"

짓궂게 올라간 하준의 입술 끝이 얄밉다. 단영은 어이가 없어 헛웃음을 터트렸다.

"반찬 먹으란 말까진 못 들었어. 빨리 밥 치우고 양치부터 하려고."

"헐. 그 정도로 맛없었어?"

"맛있었어."

"거짓말."

"사실, 맛을 느낄 새도 없었어."

"너무해!"

"내 말 아직 안 끝났어. 한국말은 끝까지 들어."

이상했다. 그녀가 묻는 말에 진실된 답변을 해 주고 있긴 한데, 묘하게 핀트가 어긋나는 것만 같았다.

그것도 단영이 오해할 만한 루트로 말이다.

점점 꼬여 가는 상황이 슬슬 답답했던지, 하준이 낮게 한숨을 쉬었다.

"너랑 뭐 한번 해 보기가 왜 이렇게 힘드냐."

"뭐야?"

"키스해 보려고 수작 부려 봤다. 됐지."

"엥?"

"양치 정도는 해 줘야 할 거 아니야. 된장찌개였는데. 입에서 된장 냄새 풍기면서 키스 시도했다가 네가 질색하고 도망가면 어떡하냐."

헐. 단영의 입술이 느슨하게 벌어졌다. 그런 거였어? 나랑 뽀뽀하려고 밥이랑 국만 먹었던 거야? 최대한 빨리 해치우려고? 그래서 곧장 욕실로 향했어? 뭐야. 뭔데 귀여워?

키스할 때 입 냄새 걱정하는 도하준.

아, 이거 뭔가 굉장히 어메이징하다. 아니지. 침착해, 최단영. 인간미 넘치는 도하준에게 넘어가지 마. 너 지금 굉장히 이상한 것에 꽂힌 거야. 기어코 홀려 버린 거라고. 저 요물에게.

"이제 그만 풀어라."

끙끙거리는 하준을 보고 있자니, 단영은 괜히 웃음이 터지려 했다. 하지만 곱게 그렇다 말해 주진 않을 거다. 마음 풀어진 지는 오래전이었지만, 괜히 새침데기가 되고 싶었다.

"몰라."

"……."

통쾌했다. 매번 단호하게 잔소리하던 하준이 자신 앞에서 쩔쩔매고 있다. 말싸움은 고사하고 말대답 한 번 못 해 본 입장이라 상황이 허락해 줄 때까진 갑질을 더 하고 싶었다.

"뭐 때문인데. 말이라도 해 줘라. 어?"

흥. 너도 한번 겪어 봐라.

"모른다니까."

"내가 갑자기 뽀뽀해서 그래?"

아, 그래. 뽀뽀! 그걸 잊고 있었네. 단순한 성격이 문제다. 낯부끄러운 단어를 상기시켜 준 그를 얄밉게 흘기자, 하준은 은근하게 미소 지으며 달콤한 말로 단영을 녹였다.

"그러니까 누가 그렇게 예쁘래."

아. 안 돼!

"자꾸 예쁘다, 예쁘다 해 주니까 진짜 예쁘면 단 줄 아냐."

안, 안 되는데…….

"그런 의미로 한 번만 더 해도 돼?"

안 되는데, 안 돼. 정말 안 되는데…….

되는 것 같기도 하고…….

단영의 속눈썹이 파르르 떨렸다.

"제발."

하.

"그 이상은 안 할게."

"아까도 밥만 먹겠다 했으면서!"

단영은 최후의 항변을 토해 냈다.

"오빠 못 믿는 거냐고 큰소리쳤으면서!"

"그걸 믿어?"

"허, 뭐?"

"내가 전에 분명히 말했지. 오빠 믿지 말라고."

곰곰이 생각해 보니 그런 적이 있었던 것 같기도 하고, 아닌 것 같기도 하고 가물가물했다.

단영이 뚱한 표정으로 하준을 노려보았다. 그러자 하준은 천연덕스럽게 잡힌 꼬리를 풀어냈다.

"방심하지 말라니까 왜 자꾸 틈을 줘. 더 파고들고 싶어지게."

"잠깐. 분명히 하자. 우리 아직 사귀는 사이 아니다? 자기야 할 사이 아니라고. 착각하지 마!"

"그럼 무슨 사인데."

"……썸?"

그놈의 썸. 하준은 눈을 날카롭게 치떴다.

"그 썸인지 쌈인지 하는 거, 대체 누가 만들었냐. 지금 당장 포털 사이트에 검색 좀 해 봐."

"뭐, 검색해서 어쩌려고!"

"쥐도 새도 모르게 없애 버리려고."

"말도 안 되는 소리 하지 마."

"네가 내 입술 훔치는 건 괜찮고, 내가 먼저 키스하는 건 안 돼? 나 좀 억울해지려고 한다."

"그, 그때는, 그럴 만한 사정이 있었으니까!"

아직은 뻔뻔하게 스킨십하는 일이 도통 적응 안 되는 걸 나더러 어떡하라고. 나름 단영에게도 사정은 있었다.

"오빠가 인격적으로 멋진 사람이라는 건 나도 잘 알겠어. 근데, 백 점일지 아닐지는 모르는 거잖아."

"그래서."

"좀만 참아 봐."

"못 참겠다면."

"왜 못 참아? 그동안 잘 참았으면서."

"몇 번을 말해. 참다가 숨 멎는 줄 알았어."

"그런 말 좀 아무렇지 않게 하지 말라니까?!"

"왜."

"안 어울려! 오빠랑!"

"……."

하준의 입술이 일자로 굳게 다물렸다. 단영은 이러지도 못하고, 저러지도 못한 채 눈망울을 굴렸다. 그러다 턱 끝까지 차오른 말에 고뇌했다.

"뭣보다……."

솔직해져야 도하준이 오해하지 않을 텐데, 맘처럼 쉽게 터져 나오질 않는다.

"자꾸, 그러면 내가."

하준은 짐짓 가라앉은 눈으로 단영을 주시했다.

"내가 뭐."

설레니까! 심장이 막 간지럽고!

또 막 터질 것 같고…….

하여튼 막 이상해! 그러니까 하지 말란 말이다!

다시금 가까이 다가온 하준의 얼굴 때문이다.

하준은 빠르게 단영의 윗입술을 단숨에 훔쳐 물었다. 달콤하게 씹어 삼켰다.

갑작스레 밀려온 하준의 무게에 눌려 팔 힘으로 간당간당 지탱하고 있던 단영은 더욱 거세지는 폭풍을 그만 참지 못하고 홀랑 뒤로 넘어가 버렸다.

풀썩. 부드러운 소파에 푹 잠겼다. 그런 전개마저 예상하고 있었는지, 커다란 손은 단영의 뒷머리를 감싼 채였다. 푹신한 소파라 아플 일이 없는데도 말이다.

하준은 기다렸다는 듯 단영의 몸 위로 단번에 올라탔다. 혹여 그녀가 밀어낼까, 뒷머리를 받치고 있던 손을 빼어 내 그녀의 두 손을 성급히 구속했다. 잠시 입술을 떼어 낸 하준은 단영의 모습을 한층 더 짙어진 눈으로 감상했다.

놀라 크게 떠진 눈. 풍성하게 퍼진 머리카락. 얇은 반팔. 언뜻 비치는 브래지어. 과하게 존재감을 뽐내고 있는 쇄골. 절로 입맛이 돌았다. 분명 밥을 먹었음에도 배가 고팠다. 긴장한 듯, 빠르게 깜빡이는 그녀의 눈꺼풀마저 사랑스럽다.

"오빠, 잠깐."

"그 말 이제 안 통하니까 다시 집어넣어."

단호했다. 단영은 꿀 먹은 벙어리처럼 입을 꾹 다물었다.

두 뺨이 발갛게 달아오른 채 물끄러미 날 올려다보는 최단영. 내게 갇혀 있는 최단영. 점령당한 널 내려다보는 내 심정을 넌 알고 있을까.

더는 참기가 힘들었는지 하준은 다시 얼굴을 내렸다. 또다시 입술이 맞닿으려는 찰나.

"안 된다고 했지!"

손은 구속을 당해 움직일 수 없으니, 그녀가 택한 것은 무릎이었다. 허벅지를 최대한 올려 무릎으로 하준의 가슴팍을 막아 냈다.

"난 양치 안 했어!"

"……뭐?"

"오빤 상쾌할지 몰라도, 난 아니야! 우린 같은 된장찌개를 먹었고!"

"넌 입 냄새도 예뻐. 괜찮……."

"진짜 뚝배기 깨지고 싶지 않으면 곱게 내려가라."

단영은 사납게 눈을 치떴다. 이것마저 무시했다간 점수가 깎일지도 모른다 생각하니, 하준은 절로 주춤하게 됐다.

아, 나 정말 이런 성격 아닌데.

그러한들 어쩔 도리가 없다.

"알겠다."

의외로 하준은 순순히 물러서려는 듯했다. 후우. 단영이 가슴을 쓸어내리려던 때였다.

"키스는 안 할게."

하지만 이대로 쉽게 물러설 순 없지.

하준은 빠른 속도로 단영의 목덜미를 물었다. 혀로 살짝살짝 문지르다, 치아로 아프지 않을 만큼 씹기도 했다. 단영은 처음 느껴 보는 야릇한 느낌에 소름이 돋았다.

거기서 끝이 아니었다. 하준의 입술은 조금 더 내려갔다. 쇄골 조금 아랫부분에서 빨아 당기는 흡입력이 느껴졌다.

"으, 으……."

단영은 세차게 고갯짓을 했다. 도리도리 흔들며 하준을 떼어 내려 했다. 그러나 커다란 체구인 그를 밀어 내기란 쉽지 않았다.

그에게 갇힌 상태로 두 다리만 파닥파닥 날갯짓을 했다.

드디어 그가 몸에서 떨어졌다. 한결 가벼워진 느낌이 들었다. 단영은 죽일 듯이 하준을 째려보았지만, 그는 굉장히 만족스러운 표정이었다.

"뭐가 돼! 안 한다며!"

"키스만 안 한다 했지, 다른 거 안 하겠다 말한 적 없다."

"말은 잘하지! 난 처음이란 말이야! 준비할 시간은 줘야 할 거 아냐!"

단영은 억울하다는 듯이 얼굴을 구겼다. 이런 터무니없는 전개를 바란 것이 아니다. 지금처럼 허름한 옷이 아니라, 조금 더 예쁜 옷을 입고 나름 분위기도 타고 싶었다.

"알겠다, 알겠어. 내가 다 잘못했다."

잘못했다 사과하는 사람치곤 무척이나 뻔뻔한 얼굴이다. 심지어 은근하게 웃고 있다. 그녀가 가장 좋아하는 미소를 근사하게 걸치고선 삐뚤어진 단영의 상의를 다시 고쳐 올려 주었다.

"민재 오빠한테 이를 거야!"

"걘 안 무서워."

"세훈 오빠한테도 다 말할 거야!"

"그건 좀……."

골치 아픈데.

"너도 벌받아, 이제!"

"알겠어. 다 받을게. 뭐 해 줄까."

앞뒤 안 가리고 일 저지를 땐 언제고 지금은 또 어쩔 줄 몰라 한다. 단영은 샐쭉거리며 하준을 밉게 바라보다 두 손으로 그의 셔츠 깃을 확 잡아당겼다. 무방비한 상태였던 하준은 적지 않게 당황한 듯 눈을 크게 떴다.

쪽.

입맞춤이다. 혼쭐날 줄 알았는데. 못해도 3일간 접근 금지 처분이 떨어질 거라 생각했는데.

얼떨떨한 듯 하준은 멍하니 단영을 응시했다.

"나도 뽀뽀는 할 줄 알거든?"

"……."

"다른 계집애한테 눈 돌리기만 해 봐. 죽여 버릴 거야."

으름장을 놓았지만, 하준은 도리어 피식 웃음을 터트렸다.

"내가 허락할 때까지 착하게 기다려. 얼마 안 걸리니까. 알겠어?"

끄덕끄덕. 하준은 착하게 고개를 주억였다.

"말은 잘 듣네."

분함이 묻어난 음성이었지만, 상상 못 한 그의 면모가 만족스러웠다. 단영의 입술이 끝내 위로 올라갔다.

"대신, 자주 좀 예뻐해 줘."

절대 호락호락하게 넘어가 주지 않을 테다.

"도하준 하는 거 봐서."

결국, 가벼운 뽀뽀 한 번의 대가는 기약 없는 기다림이 되어 버렸다.

27화

"본부장님. 오늘도 일찍 출근하셨네요?"

이 팀장은 싱그럽게 웃으며 하준을 맞이했다. 익숙하게 두 팔을 뻗어 그의 재킷을 받아 주려 했지만, 하준은 괜찮다는 손짓을 보이며 짤막하게 미소 지었다.

"회의 준비는 다 됐습니까?"

월요일마다 늘 있는 회의였다. 시오전자가 야심차게 준비한 '미라클6' 론칭 일자가 가까워질수록 하준의 지휘 아래, 팀원들의 업무량과 고생은 배가되었다.

이 팀장의 눈 밑은 이미 피곤으로 그늘져 있었지만, 애써 믿음직스러운 표정을 보였다.

"오늘 회의는 오후로 밀렸습니다."

"왜요?"

"잊으셨어요? 오늘 후반기 공채 임원 면접 있는 날이지 않습니까."

"아……."

벌써 그렇게 됐나?

하준은 잊고 있었다는 듯 미약한 탄식을 흘렸다. 그러자 말없이 생각에 잠긴 하준을 지켜보던 이 팀장은 묘한 불안감을 느끼고 파리하게 질린 얼굴을 했다.

"헉! 3일 전에 미리 메일로 일정 발송해 드린다는 걸 깜빡 잊었……."

그럼 그렇지. 하준은 그제야 납득한 듯이 고개를 끄덕거렸다. 이 팀장은 연신 고개를 수그리며 변명 없이 사죄했다.

평소의 하준이라면 제아무리 다정한 임원급 실무진이라 할지라도 실수만큼은 절대 그냥 넘어가 주는 일이 없었다. 분명 불호령이 떨어질 것이다.

이 팀장은 사형수가 된 사람처럼 죽을상을 지었다.

"뭐, 그럴 수도 있죠. 신상 론칭 준비 때문에 다들 바쁘잖아요."

하지만 아니었다. 예상을 깨고 하준은 입술 끝을 시원하게 말아 올려 청량한 미소를 그렸다.

"……예?"

당황한 이 팀장의 눈이 멍청하게 떠졌다. 오늘 우리 본부장님이 어디 아프신가? 걱정마저 될 지경이었다.

"면접 시작까지 얼마나 남았습니까."

"앞으로 한 시간 정도, 남았긴 한데……."

물어보시니 일단 대답은 했다.

"그럼, 이따가 점심 맛있게 드시고 면접 직후에 바로 회의 시작할 수 있도록 준비 부탁드리겠습니다."

"아, 네, 네."

집무실 가죽 의자에 엉덩이를 붙인 하준은 산처럼 쌓여 있는 서류들을 뒤적거리다, 공채 면접 관련 이력서를 찾아내 뭉텅이로 집어 들었다.

그때까지도 이 팀장은 뭐 마려운 강아지처럼 우물쭈물 망설였다. 자리로 돌아갈 생각이 없어 보였다.

이력서를 뒤적거리던 하준의 손이 멈칫했다. 그가 눈꺼풀을 위로 올렸다.

"더 하실 말씀이라도?"

"아니, 그게 아니라……."

"아니라?"

"한 소리 들어야 할 것 같은데……."

"같은데?"

"그, 그런데 본부장님은 왜 웃고 계실까요?"

불안하게……. 하지만 그보다 더 스릴러 같은 상황이 벌어졌다.

"그러니까요. 제가 왜 웃고 있을까요."

피식. 피식. 자꾸만 잇새로 터져 나오는 웃음을 참을 수가 없었다. 일정은 숨조차 쉴 수 없을 만큼 빼곡했으나, 하준의 컨디션은 최상이었다.

이 팀장은 차라리 본부장님이 폭포처럼 욕을 쏟아 내는 편이 훨씬 정신 건강에 이로울 것 같았다. 지금 상황에서 어떤 대답을 해야 가장 정답다운 정답이 될 수 있을까.

고민하다 보니 머리가 깨지겠다.

"그, 그러게요……. 하하…… 하."

결국 꺼내 놓은 대답이 저거였다. 이 팀장은 속으로 스스로를 질타했다. 경력으로만 따지자면 하준보다 훨씬 오래됐건만, 이런 말 같지도 않은 실수를 하다니.

수치였다. 그는 들고 있던 결재 서류로 자신의 머리를 내려치고 싶은 심정이었다.

아니, 설마 이건 새로운 수법? 돌려 까기 뭐, 그런 건가?

"이 팀장님."

자신을 부르는 소리에 이 팀장의 얼굴이 번쩍 치솟았다.

"네, 네?"

"연애 초반. 아니, 혹시 썸, 이라고 들어 보셨습니까?"

크헉. 이 팀장은 사색이 된 낯으로 급히 두 손을 올려 입을 틀어막았다.

연애는 고사하고 일벌레처럼 연명하던 사람이질 않던가. 그것도 무려 지금처럼 한시가 촉박한 상황에서 연애를 하신다고?

아아, 이건 대박이다. 그냥 대박도 아닌 초대박감이라고. 연예인도 열두 시간 비행 스케줄을 견뎌 가며 연애를 한다지.

한창일 때인 본부장님이 아무렴 일밖에 모르는 소문난 냉혈한일지라도 이상할 건 없었다. 무엇보다 저 기계 같은 본부장님이 일에 피해 가지 않도록 어련히 알아서 잘하실까.

이 팀장은 삭막한 회사 생활 속에서 단비를 맞이한 것만 같았다. 이만한 이슈거리가 없었다. 벌써부터 입이 간질거렸다. 집무실을 나서면 당장 이 가벼운 빅 마우스를 만천하에 놀릴 것이다.

"아아, 예. 뭐, 들어는 봤습니다."

이 팀장은 중년이었음에도 창창한 하준보다 더 앞서간 자신이 기특해 어깨를 으쓱였다. 중학생인 딸을 둔 덕분이 컸다. 요즘 세대 용어들을 지겹도록 어깨너머로 들어 왔으니 말이다.

퇴근하고 집으로 돌아가서 딸에게 요즘 애들 말을 더 알려 달라 해야겠다.

그는 속으로 생각하며 언제라도 모범 답안을 내놓을 수 있도록 만반의 준비를 마쳤다.

"그럼, 썸 말고 곧바로 연애를 시작할 수 있는 방법이 뭐가 있을까요."

……차마 생각지 못한 라이트 훅이다.

기어코 우리 본부장님이…….

"또래 친구들에게 물어보긴 조금 자존심 상해서, 상담할 곳이 마땅치가 않네요."

심지어 쑥스러운 듯 뒷목을 매만지며 머쓱하게 웃기까지.

이 팀장은 회의 시간 때마다 아프게 정곡을 찔러 오는 하준이 더 반가웠으면 반가웠지, 지금의 하준에게 도통 적응할 수가 없었다.

미지의 문제. 풀리지 않을 수수께끼. 도저히 모를 난제. 차라리 죽여 주소서.

"아, 제가 괜한 걸 물었네요. 자리로 돌아가 보세요."

"그, 그냥……."

"음?"

"제 생각엔 눈 뜨기도 바쁜 시간에 짬 내서 전화 한 통 해 주는 것도 좋은 방법 중 하나일 거라 생각합니다. 어쩌다 한 번 말고, 꾸준히……."

하준은 의외란 눈빛을 보였다. 값비싼 고가의 선물이나, 무작정 밀어붙이란 조언을 할 줄 알았는데 말이다.

"왜요?"

"저희 와이프가 그 점 때문에 저와 결혼을 결심했다고, 하더라고요. 흐어, 죄송합니다. 너무 단출한 대답이었네요."

별안간 펜을 끼운 손으로 턱을 문지르던 하준이 피식거렸다.

"아뇨. 좋은 해결책이 됐습니다. 감사해요."

지금이다! 이 팀장은 바람처럼 하준의 집무 책상 위에 결재 파일을 올렸다. 그러고는 폴더처럼 허리를 숙여 인사를 끝내고 후다닥 집무실을 빠져나갔다.

하준은 뒤꽁무니 빠져라 도망치다시피 한 이 팀장이 머물던 자리를
물끄러미 바라보았다. 시선을 슬쩍 내려 보니, 빼곡하게 책상을 차지한
서류 위에 검은색 휴대폰이 유독 눈에 들어왔다.

그걸 가만히 응시하다, 펜을 놓고 휴대폰을 집어 들었다. 하준은 까
맣게 절전된 액정을 엄지손가락으로 몇 번이나 쓸어 내며 고민하다 끝
내, 홀드 버튼을 꾹 눌렀다.

"방해되려나."

아니, 언제부터 그런 걸 신경 썼다고.

하준은 절레절레 고개를 내저으며 최근 통화 목록을 눌렀다. 곧이어
그가 휴대폰을 귓가로 가져갔다. 통화 연결음이 이어졌고,

— 여보세요?

언제나 듣기 좋은 낭랑한 음성이 고막으로 반갑게 스며들었다.

하준은 손가락을 가만히 내버려 두지 못하고 괜히 애먼 집무 책상만
톡톡, 두드리며 괴롭혔다.

"그냥. 보고 싶어서 전화 한번 해 봤다."

며칠 전과 다르게 참으로 무뚝뚝하기 그지없는 퉁명스러운 인사였
다.

"좋은 아침입니다!"

비슷한 시간대에 단영도 출근을 했다.

바깥 날씨는 더웠지만, 습하진 않았다. 다소 얇아진 블라우스가 퍽
마음에 들었다. 싫기만 한 출근이 오늘따라 좋았다. 이유 모를 약간의
두근거림과 설렘이 공존했다.

"선배. 오늘은 어째 기분이 좋아 보이네요? 출근 시간엔 항상 녹다운이었으면서. 혹시, 연애하세요?"

"뭐래. 그런 거 아니거든?"

소스라치게 놀란 단영은 손으로 목덜미를 급히 가렸다. 이게 다 도하준 때문이다. 이상한 자국 같은 걸 만들어 놨어! 스카프를 두르고 오긴 했다만, 여간 신경 쓰이는 게 아니다.

혹시나 누가 볼까 몇 번이고 엘리베이터 벽면에 부착된 거울을 확인했다.

양심에 찔렸던 단영은 더욱 수상할 법한 경기를 일으켰다. 연애가 아니라, 썸이거든? 괜한 고집만 되새기며 속을 다독였다.

"에이, 표정 보니까 딱 답 나오는구만, 뭐. 왜요. 그냥 얼굴에 써 붙이고 다니지. 나 오늘부터 1일이다! 라고."

"까분다, 또. 그나저나 그 단기 알바생 말이야."

단영은 자리를 정리하며 고개를 돌려 은효를 바라보았다.

"누구요. 아, 김지영 학생이요?"

"그래. 걔. 오늘도 출근했니?"

"아뇨. 딱 어제까지가 마지막이었어요."

어휴, 다행이다. 다시 마주치면 얼굴을 어떻게 봐야 하나 싶었는데. 무려 4살이나 어린 여자애 앞에서 못 볼 꼴 다 보여 준 마당에 자신이 없었다.

물론 배승호만 하겠느냐만은. 잊고 있던 승호를 생각하니 다시 또 골이 쑤셨다.

에라, 모르겠다. 나중에 생각하자. 나중에. 힘내서 돈이나 열나게 벌어 봅시다.

은효가 자리로 되돌아간 뒤에야 풀썩 의자에 앉았다. 메일을 열어 보니, 보정 작업과 최종 작업 요청 건이 수두룩하게 도착해 있었다.

413

드디어 시작이로구나. 지옥 같은 일거리들이 몰려온 것이다. 하필 시오전자 신상 론칭 작업일 때와 맞춰서.

"꼭 이러더라. 급할 때만 기다렸다는 듯이 우르르."

불만을 뒤로하고 프로그램을 켰다. 보정 작업부터 시작해야겠다 맘먹은 순간, 휴대폰이 울렸다. 발신자는 하준이었다.

"엄마야."

이 인간은 왜 또 어울리지 않게 아침부터 전화질이야? 툴툴거리면서도 왠지 모를 미소가 예쁜 입가로 맺혔다.

단영은 잠시 머뭇거리다 끊기기 일보 직전에 어리숙한 손짓으로 통화 버튼을 눌렀다.

"여, 여보세요?"

— 나야.

"누가 오빠 줄 몰라서 그래? 무슨 일인데, 아침부터? 일 문제야?"

— 아니.

"그럼?"

잠시 정적이 이어졌다.

무슨 문제라도 생겼나? 단영은 내심 불안해졌다. 누구의 것인지 모를 차분한 숨소리가 꽤 오랫동안 이어졌다.

그는 언제 그랬었냐는 듯 다시 원래대로 돌아와 있었다.

저음의 목소리, 퉁명스러우면서도 무뚝뚝한 어투.

그걸 싫어했던 것은 아니지만. 바뀐 면모가 더 적응 안 됐던 것은 사실이지만.

설마, 이제 와서 물리려는 건 아니지?

그랬단 봐라. 진짜 확 물어 버릴 거야.

호기심 반 불안함 반 설마가 확신으로 바뀌어 가려던 찰나에, 고요한 침묵을 끊어 낸 하준이 머뭇거리며 말문을 텄다.

뚝뚝 끊기는 말투로.

— 그냥. 보고 싶어서 전화 한번 해 봤다.

멍.

"뭐?"

뭐라고?

— 아니다. 뭐 하는데.

"그러니까. 오빠야말로 뭐 하는데."

— ·······.

"여보세요?"

— 아, 어.

"······."

뭐, 뭐야 이 상황은. 지금 내가 잘못 들은 건가?

단영은 믿을 수 없다는 눈초리로 휴대폰을 귀에서 떼어 냈다. 발신자가 도하준이 맞나. 정녕 확실한 건가. 두 번이고 세 번이고 다시 발신자를 확인해 봤지만, 그가 분명했다.

또렷하게 저장되어 있는 번호와 '도하준' 이름 석 자.

"모시모시?"

가볍게 장난을 쳐 봤지만 답이 없다. 단영은 한쪽 눈가를 살풋 찡그리며 휴대폰을 귓가로 더 가까이 가져갔다.

처음이었다. 도하준과 어색한 적은 정말이지, 처음이다.

중요한 일이나 업무적인 것을 제외하곤 전화를 할 이유가 없었다.

가끔 시간이 맞아 점심을 함께할 때. 퇴근 시간이 겹쳐 함께 퇴근할 때. 아주 오랜만에 출장에서 돌아온 하준을 기념하여 원수 셋과 함께 가벼운 술자리를 가질 때. 그뿐이었다.

경계선에 서 있는 느낌이었다. 정말 오랫동안 가족처럼 지낸 오빠와 이제 막 썸을 타기 시작한 연상남의 사이였다.

지난날과 다를 바 없는 평범한 하루.

도하준은 어제도, 엊그제도 변함없이 곁에 있다. 그것만으로도 단영은 만족스러웠다.

부담스러워하지 말자. 천천히. 천천히. 경계선을 확 넘기보단, 느리더라도 부드럽게 넘어서자.

"할 말 없으면 끊는다?"

─ 아니. 잠깐만.

"왜, 또?"

─ 배승호.

"엥?"

─ 연락 안 왔지.

혹시, 이거……. 순간적으로 단영의 입술이 씰룩거렸다.

"왔으면 어쩔 건데?"

─ 야.

하준의 음성은 차분할 정도로 낮았지만, 다급함이 스쳤다.

경찰서 사건 이후로 하준은 승호에 대한 언급을 일절 한 적 없었다. 그래서 신경 쓰지 않고 있는 줄 알았다.

그런데 아니었구나. 신경 쓰고 있었구나. 나를 배려해서 묻고 싶은 것들을 꾹 참아 왔던 건 아닐까. 내심 고마웠다.

계속 추궁했다면, 아마도 불편했을 거다.

"도하준."

─ …….

"오빠."

─ 왜.

"오빠 꼭 오빠라 불러야 대답해 주더라?"

─ 도하준은 정 없어 보이잖아. 그건 됐고. 그래서 연락 왔어, 안 왔

어. 그거 먼저 말해.

"삐졌어?"

— 내가 그런 걸 왜 해.

푸흡. 끝내 참지 못하고 웃음이 터져 버렸다. 큼큼. 단영은 목을 가다듬으며 표정을 관리했다.

— 지금 웃겨?

그걸 용케 알아차렸다는 것이 문제였지만.

"아니, 아니……야. 큭. 그러면 있잖아—"

— 뭐.

"혹시 지금 질투해?"

— …….

"아니이— 당연히 아니겠지마안— 혹시나 해서어."

그녀가 놀리듯이 말을 늘이자, 하준은 또다시 침묵을 고집했다. 1분, 2분, 3분이 지나도 답이 없다.

"오빠. 오빠?"

이보세요.

"도하준!"

허. 끊었다.

단영은 기가 막혔다. 지가 먼저 전화해 놓고 왜 먼저 끊어?

괘씸하기도 하고 어이가 없기도 했지만, 이미 책상 밑에 내려가 있는 단영의 두 발은 파닥파닥 빠르게 움직였다. 그러고는 책상 위로 얼굴을 묻고선 도리질 쳤다.

어, 어떡해! 이 남자, 진짜 질투한다!

으악!

사무실엔 소리 없는 아우성이 울렸다.

널찍한 평수의 면접실에선 면접이 한창이었다.

면접 응시자들은 한껏 긴장한 낯이었다. 실무진 면접에서 합격해 당당하게 올라온 이들치고는 많이 어색해 보였다. 이유는 간단했다. 임원 면접, 즉 최종 면접이었으니까.

임원들 중에선 어떻게든 자신의 부서에 부족한 인원을 충원하고자, 인재 발굴을 위해 열정적으로 질문하는 사람도 있었지만, 대부분 관심 없고 귀찮아 죽겠다는 표정이었다.

그 가운데, 하준은 평소와 달리 면접에 집중하지 못했다. 차가운 인상은 그대로였으나, 보이지 않게 다리를 떨며 손에 쥐고 있던 펜을 쉴 새 없이 빙글빙글 돌렸다. 가시방석에 앉아 있는 사람처럼 말이다.

'아, 젠장…….'

몇 분 전, 단영과의 통화가 문제였다.

전화를 하는 게 아니었나. 단영의 목소리를 들어서 좋긴 했지만, 뭔가 부족한 놈처럼 보였을 게 뻔했다.

모든 것이 불만인데, 왜 자꾸만 웃음이 피식피식 새어 나오는 건지. 드디어 미친 건가. 하준은 긴 한숨을 내쉬었다.

"도본. 무슨 일 있어?"

그때였다. 달라도 너무 달라져 있는 하준의 상태를 눈여겨 살피던 여자 임원 한 명이 팔꿈치로 그의 어깨를 슬쩍 쳤다.

"……."

"이봐. 도하준 본부장."

두 번이나 이름이 호명된 끝에야 멀어진 정신이 번쩍 되살아났다.

"아, 예."

언제 그랬냐는 듯 하준은 순식간에 포커페이스로 돌아왔다. 여자 임

418

원은 눈짓으로 앞에 놓인 이력서를 가리켰다. 하준이 질문할 차례란 뜻이었다. 하준은 빠르게 눈으로만 이력서를 살폈다.

"132번…… 차환용 씨?"

나직한 음성으로 면접자의 이름을 불렀다.

"아, 넵!"

그러자 어지간히 긴장한 듯 약간의 음 이탈이 있었다. 고요한 면접실 내부엔 웃음을 참지 못하고 터트린 응시자도 있었다.

"차환용 씨를 제외한 다른 응시자들은 정숙해 주세요. 면접 중입니다."

하지만 하준은 동요 없이 따끔하게 경고했다. 순식간에 주변이 고요해졌다.

이력서에서 시선을 뗀 하준이 고개를 들어 그를 가만히 응시했다. 잠시 말을 끊고 날카로운 눈빛으로 면접자의 인상, 특유의 분위기, 자세를 파악했다.

첫인상은 마음에 들었다. 둔한 이미지였지만 열정이 다분했다.

시오전자 면접관들이 응시자를 판단하는 부분은 세 가지가 있다.

인터넷에 떠돌아다니는 대기업 면접 모범 답안만 달달 외워 말하는가.

자신을 과대평가하고 있는 것은 아닌가.

자기 PR을 할 수 있는 역량은 얼마나 되는가.

"긴장 푸셔도 됩니다. 마지막 질문인 만큼 가볍게 가 볼까요?"

대기업 면접은 주야장천 집중 공략 했을 테고, 뻔한 질문은 처음부터 할 생각이 없었다. 하지만 그만큼 마음고생도 심했을 것이다. 하준은 그를 독려해 주고 싶었다.

자신이 점수를 높게 준다 할지라도 이미 다섯 명의 평가로 진작 결과는 나온 것이나 다름없으니 말이다.

표정만 봐도 알겠다. 하얗게 질린 것을 보아, 나머지 임원들을 한 명 씩 거쳐 가는 동안 날카로운 질문으로 난도질당한 흔적이 적나라하게 드러나 있었다.

"어젯밤에 잠은, 잘 잤습니까?"

"예? 아…… 네. 아니, 아니요."

"잘 못 잤어요?"

"긴장이 돼서 평소와 다르게 충분한 숙면을 못 취했습니다."

"아침은요. 드셨고요?"

"아뇨……. 체할 것 같아 먹지 못했습니다."

"부모님께 다녀오겠단 인사는 했습니까?"

"하지 못했습니다."

"왜요?"

"곤히 주무시고 계셔서, 차마 깨울 수가 없었습니다. 내내 저만 기 다리고 계실 것 같아서……."

그 대답에 하준은 기분 좋은 미소를 걸치고선 고개를 끄덕였다.

"좋습니다. 그래도 다음부턴 아침은 꼭 챙겨 드세요. 잠도 푹 자고 요. 건강부터 챙겨야 일도 열심히 할 수 있죠."

기업마다 차이는 있겠지만, 대부분 업무와 관련된 전문적인 질문들 은 실무진 면접에서 갈리기 때문에 임원 면접은 전문성보단 인성을 집 중적으로 살폈다.

132번. 환용의 면접이 무사히 지나가고, 다음 응시자의 면접이 무리 없이 진행됐다. 그리고 대망의 마지막 135번 면접자의 순서가 다가왔 다.

하준은 이력서를 넘기며 다음 순서를 확인했다. 임원들은 형평성 있 게 순차적으로 면접자들에게 첫 질문을 던졌고, 이번엔 하준의 차례였 다.

"……."

다음 이력서의 면접자 정보를 확인한 하준이 잠시 멈칫했다. 익숙한 얼굴이었기 때문이다. 지영이었다. 단아한 모습으로 찍혀 있는 증명사진과 개인 정보가 그것을 증명했다.

하준이 다시금 고개를 들어 지영을 찾았다. 여태까진 면접 당사자에게만 집중을 하느라 오른쪽 가장 끝 편에 앉아 있는 그녀를 살필 새가 없었다.

지영은 줄곧 하준만 뚫어져라 바라보고 있었다. 눈이 마주치자, 그녀는 황급히 눈길을 피해 눈꺼풀을 내렸다.

하준은 표정 변화 없이 지영의 개인 정보와 인사 담당자가 미리 확인해 체크해 둔 자기소개서를 확인했다.

피드백을 해 준 이력이 있었다. 그녀의 자기소개서는 약간 수정이 되어 있었지만, 대부분 그대로였다. 하준은 자기소개서를 덮어 두고 질문을 던졌다.

"135번. 김지영 씨."

"……네."

"지체 않고 바로 질문하겠습니다."

어찌 보면 지영에겐 한결 나았다. 하준과 개인적인 사건으로 얽혀 있기도 했지만, 아무래도 학교에서만큼은 제자다 보니 편애적인 부분이 있을 것이라 판단한 것이다.

"네."

지영은 애써 딱딱한 웃음으로 대답했다.

"물 한잔하고 시작하셔도 괜찮은데, 드실래요?"

하준의 말에 기다렸다는 듯 문 앞에서 대기 중이었던 비서가 생수를 들고 움직이려 했다.

"아뇨. 괜찮습니다."

지영은 자신감 가득하게 대답했다.

"긴장, 별로 안 되시나 봐요?"

"……열심히 준비했습니다."

"뭐를요. 면접 준비를?"

"네."

"그래도 이번엔 긴장 좀 하셔야 될 것 같은데."

지영의 실낱같은 기대와 달리, 하준은 곱게 넘어가 줄 생각이 없었다. 마지막 질문을 던졌을 때완 다른 상황이었다.

장난이 아님을 직감적으로 알아차린 지영의 입술 끝이 뚝 떨어졌다.

"업종에 대한 시오전자와 라이벌 기업의 경쟁 구도, 성장성, 가치 창출의 CFS, 회사에 대한 이해도, 가치관 경영, 최근 이슈, 기업 시스템 관리 ESM, 직무 분석 같은 질문은 실무진 면접에서 귀 따갑게 듣고 대답하셨을 테니, 스킵하겠습니다."

"……네."

"10년."

지영에게 고정되어 있는 날카로운 눈빛이 번뜩였다.

"김지영 씨의 10년 뒤 모습을 자유롭게 상상해서 말해 보세요."

그가 선택한 질문은 임직원들도 생각지 못한 것이었다.

"네?"

지영은 당황했다.

이미 지영의 자기소개서를 검토하고 피드백해 준 하준이었다. 그렇다면 지영의 성장 과정이나 그녀가 시오전자 입사에 대한 열망이 얼마나 간절한지 누구보다 잘 알고 있을 터였다.

지금 지영에겐 10년 뒤의 모습을 상상할 처지가 못 되었다. 당장 시오전자 입사가 급선무였다. 그것을 제외하고는 생각해 본 적이 없었다. 하준은 그 사실을 뚜렷하게 인지한 것이다.

"말 못 하겠습니까?"

"……."

"그럼, 그렇게 알고 다음 임직원분 질문 순서로 넘어가죠."

예외는 없었다. 편애도 없었다. 하준은 매정하리만큼 무표정한 얼굴로 지영의 이력서에 'X' 자를 크게 그어 버리려던 찰나였다.

"자, 잠시만요!"

몹시 간절한 애원에 하준이 턱을 치켜들었다.

"대답, 대답하겠습니다. 말할 수 있는 기회를 주세요."

"좋습니다. 하세요."

"죄송하지만, 질문을 다시 한번만 말씀해 주시면 안 될까요? 제가 너무 긴장이 돼서."

"아까는 긴장 안 된다 하지 않았어요?"

"그런 뜻은 아니었……."

"다시 질문하죠. 김지영 씨의 10년 뒤 모습은 어떨 것 같습니까."

마지막 기회였다. 지영은 가지런히 정장 치마에 올려 둔 두 손을 꽉 말아 쥐었다. 대차게, 그보다 더 잔인하게 차 버렸으니 사정 정돈 봐줄 것이라 여겼다.

"저는……."

그러나 그것마저 차였다. 더 서글프게 말이다. 그렇다고 면접을 망칠 순 없었다. 그녀는 마른침을 꿀꺽 삼켰다.

이백 명이 넘는 응시자들의 최종 임원 면접까지 일단락되자, 면접관들도 하나둘씩 자리에서 일어났다.

"도본. 너무한 거 아니야?"

하준의 옆자리를 차지한 여자 임원이 얄궂게 인상을 찡그리며 장난
스러운 어조로 불만을 꺼내 놓았다. 박선영. 그녀는 하준의 실력을 높
게 사고 있는 상무이사였다.

하준의 시선이 선영에게로 느리게 옮겨졌다.

"아까 말이야. 130번대 응시자 면접 봤을 때."

"아."

"135번이었던가? 그 친구 도본네 학교 제자 맞지?"

"예. 맞습니다."

"본의 아니게 점수 매기는 거 슬쩍 봤거든. 제자라 프리 패스 해 줄
줄 알았는데, 엄청 퍽퍽하게 굴더라? 도본 성격으로 봐선, 우리가 뒤에
서 깔까 봐 지레 눈치 보여서 그랬던 건 아닐 테고."

지영은 하준의 질문에 제대로 대답하지 못했다.

'반드시 시오전자에서 필요로 하는 인재가 되어 있으리라 믿어 의
심치 않습니다. 성실하고 발 빠른 사람으로 지금 순간 편하기보다 스
스로에게 당당할 수 있는, 그러니까……. 저는 이 직종에서 제 꿈을
펼칠 기회를 꼭 잡고 싶습니다!'

엉망진창이었다.

'지금 질문을 잘못 이해한 것 같은데, 나는 지금 김지영 씨의 10년
뒤 모습을 물었던 거지 입사 후 포부가 궁금했던 게 아닙니다. 김지영
씨의 개인적인 미래를 묻고 있는 거예요.'

'아…….'

'굉장히 단순한 질문인 것 같은데, 아닙니까?'

하준은 개인적인 감정으로 권력 남용을 하는 인물이 아니었다. 융통성이 없다는 소리를 딱지 않게 들어 왔다.

그는 선영의 물음에 엷게 미소 짓는 것으로 대답을 대신했다.

"그래, 뭐. 그건 다 상관없다 쳐도 윗대가리들이 다른 이유로 도본 까더라구. 물어보려고 했던 것들 전부 다 도본 때문에 한 방에 스킵당했다고 불만 엄청나던데? 이걸 어째, 우리 도본 큰일 났네. 그러다 대학교 겸임 교수로 붙박이장 되는 수가 있다?"

"실무진 면접 때 물었던 거 또 던져 봤자……."

"그치. 그때와 똑같은 대답 나오겠지. 나도 알아. 괜히 젊은 놈이 실무진 주제에 임원들 사이에 꼈다고 배 아픈 거야. 도본이 워낙에 잘생긴 얼굴로 회사에서 인기가 좋아서 그래. 아재들이 괜히 툴툴거리겠어?"

실없는 농담이 이어졌다. 그럼에도 하준은 별다른 반응 없이 의자를 밀고 일어섰다.

"어쨌든 그건 그렇고, 아까 무슨 일 있었어?"

선영도 따라 일어서며 가장 궁금했던 본론을 꺼내 놓았다.

"개인적인 일입니다."

하준의 경계선은 상사에게도 예외는 아니었다.

"허, 참 나. 더럽게 쩨쩨하게 구네. 인정머리가 없게. 너, 내 여보야한테 다 일러바칠 거야! 고자질해 버릴 거라고!"

그녀의 남편은 시오전자 부사장이었다. 하준과 오랜 시간을 알고 지낸 사이라 그렇다 할 허물은 없었으나, 명백한 상하 관계였다. 그럼에도 하준은 뒤 한 번을 돌아보지 않고 맞대응했다.

"저, 부사장님 제의로 입사한 겁니다."

그는 본래 시오전자 경쟁사로 입사할 생각이었다. 하준은 이력서 파일을 높게 흔들며 멀어져 갔다.

"프리 패스로요."

편법을 이용할 테면 해 보라는 듯, 뻔뻔한 하준의 마지막 말 덕분에.

"헐."

선영은 어처구니가 없다는 듯이 허탈하게 웃었다.

28화

면접을 망쳤다.

지영은 다른 중소기업은 쳐다보지도 않았다. 죽을힘을 다해 매달려 온 자존심이었다.

그렇게 이름 있는 기업들의 후반기 공채는 시오전자를 마지막으로 모두 끝이 났고, 그토록 염원해 온 시오전자 임원 면접은 망쳤다.

교수님이 그런 질문을 던질 줄은 꿈에도 몰랐다. 당황했다.

반전은 없었고, 인생 역전 또한 무의미해졌다.

"아니야. 아직 결과가 나온 건 아니니까. 괜찮아. 괜찮아."

그래. 아직 아니다. 바로 오늘이었다. 시오전자의 최종 면접 결과가 나오는 날.

바깥으로 나와 보니 밖은 이미 어둑해져 있었다. 힘없이 걸었다. 저녁 8시. 지영은 습관처럼 휴대폰을 꺼내 들었다.

"아직도……."

문자가 오질 않는다.

지영은 한숨을 내쉬며 휴대폰을 주머니 안으로 밀어 넣었다. 집으로 돌아가긴 죽어도 싫었다.

결국 목적지 없이 걷던 지영이 향한 곳은 편의점이었다. 큰맘 먹고 캔 맥주를 샀다.

지영은 편의점 바로 앞에 있는 테이블에 자리를 잡고 앉았다.

차악— 시원한 소리와 함께 캔 맥주가 따졌다. 길거리엔 퇴근하는 차량들과 사람들로 북적였다. 근처 호프집에선 삼삼오오 모여 회식을 하는 모양인지 떠들썩했다.

"부럽다."

출근하고 퇴근하는 사람들이 부럽다.

건너편에는 시오전자 본사 빌딩이 보란 듯이 자리하고 있었다. 저렇게 바로 앞에 있는데 무척이나 멀어 보였다.

막연한 상상을 해 본다.

시오전자 사원증을 목에 걸고 다니는 내 모습. 남부럽지 않을 월급. 복지. 옆집과 앞집마다 자랑하고 다닐 엄마의 모습. 아픈 아버지의 병원비마저 훌훌 털어 낼 수 있는 여유.

"죽겠네……."

어깨가 뻐근했다. 줄곧 긴장한 탓이다. 지영은 따 놓은 캔 맥주엔 눈길조차 주지 않고, 고개를 들어 까만 밤을 마주했다. 별 하나 없이 검다.

얼마 동안 밤하늘만 바라보고 있었을까.

테이블 위에 올려 둔 휴대폰이 부르르 떨렸다. 지영의 어깨가 움찔 거렸다.

위로 향해 있던 그녀의 얼굴이 서서히 밑으로 떨어졌다. 손을 들어 휴대폰을 쥐었다. 발신자는 엄마였다.

"여보세요."

— 면접 결과 나왔니?

두렵다.

"아니, 아직이요."

목소리가 바들바들 떨렸다.

— 이번엔 꼭 붙어야 돼. 아빠 수술비 밀린 거 엄마 혼자 감당 못 해.

"엄마……."

억지로 쥐어짠 음성으로 엄마를 불렀다.

— 너, 목소리가 왜 그래?

"……."

나, 떨어질 것 같아. 그래도. 그래도 괜찮다고, 기회는 또 있을 거란 위로를 바란다면…….

— 그쪽 기업, 대출받기 편하다더라. 복지도 좋고. 시오전자라 했던가? 이번엔 당연히 붙을 테니까 말 더 이상 안 할게. 빨리 집 들어가서 밀린 집안일 좀 해 줘. 성연이 저녁도 차려 주고. 오늘 알바비 들어왔니?

안 되겠지.

"응. 들어왔어요."

— 그래. 당장 급한 것부터 해결하자. 지금 보내 줄 수 있지?

"네."

결국 위로받지 못했다. 꺼낼 수도 없었다. 지영은 힘없이 전화를 끊었다. 곧이어 기다렸다는 듯, 한 번 더 진동이 울렸다. 결코 좋지 못한 타이밍이었다.

분명 시오전자의 면접 결과 문자일 것이다. 하지만 왜일까. 자꾸만 면접 당시 교수님의 표정이 아른거렸다.

날카로운 눈빛. 알 듯 모를 듯 굳어진 묘한 표정.

거기에 휘둘리면 안 됐는데 지영은 속수무책 휩쓸렸다. 교수님의 첫 질문부터 삐끗거렸고, 이어진 다른 면접관들의 질문에도 어리숙한 대답만 내놓았다.

떨리는 손으로 잠금 버튼을 해지시켰다. 한참을 망설이다 문자 버튼을 눌렀다.

그녀는 문자 내용을 눈으로만 차분히 읽어 갔다.

[제목: 시오전자 후반기 공채 면접 결과입니다.

135번 김지영 님은 시오전자가 시행한 후반기 공채 면접에서 최종 불합격 되었음을……]

지영의 눈빛이 탁해졌다.

결국 떨어졌다.

무려 삼 주였다. 시오전자에 이력서를 넣고, 최종 면접에 오르기까지 걸린 시간.

불합격이다.

동경해 온 남자에겐 아프게 차였고. 면접에선 잔인하게 떨어졌다.

예상은 했지만. 생각한 것보다 훨씬 더 막막했다.

내가 뭘 그렇게 잘못했다고. 내가 뭘 그렇게 욕심을 부렸다고.

괜한 원망이 지저분하게 펼쳐졌다.

어떡해.

나 이제 정말 어떡해.

"왜 이렇게 안 나와?"

하준보다 일찍 퇴근한 단영은 시오전자 본사 앞에서 서성거렸다. 스튜디오와 시오전자 본사의 거리는 걸어서 10분이었다.

출퇴근 시간이 유동적이었던 단영인지라 대부분 하준이 기다려 주는 편이었지만, 신상 론칭이 디데이에 진입했다는 이유로 최근 들어선 여유가 없어 보였다.

도통 얼굴을 볼 수가 없었다. 서로 바쁜 직장인이라 애석하지만, 상황이 그랬다.

"오랜만이네……."

단영은 하준이 근무하고 있는 시오전자 본사 사옥을 올려다보았다. 끝도 없이 웅장하게 세워진 빌딩 때문에 목이 뻣뻣해졌다. 꽤 늦은 시간이었음에도 불구하고 층층마다 밝게 빛을 내고 있었다.

불쌍해라……. 그녀는 한창 야근에 몸 썩고 있을 이들을 속으로 애도하며 얼굴을 내렸다.

때마침 하준에게서 연락이 왔다. 단영은 급히 가방에서 휴대폰을 꺼내어 들었다.

"응."

— 어디야.

나지막한 저음이 고막을 부드럽게 감쌌다. 단영은 들썩이는 입꼬리를 애써 진정시키며 목을 가다듬었다.

"어디긴 어디겠어."

— 벌써 도착했어?

"응. 오늘 작업이 좀 일찍 끝나서."

— ……어쩌지.

"왜? 더 늦게 끝날 것 같아?"

— 아, 어. 최대한 일찍 끝내 보려고 했는데, 회의가 계속 늘어지네.

"얼마나 걸릴 것 같은데?"

— 15분 정도.

"얼마 안 걸리겠네. 천천히 마무리 짓고 나와."

— 근처 카페라도 들어가 있어. 집에 먼저 가 있든가.

하준은 못내 미안하다는 투였다. 단영은 손목에 채워진 손목시계를 힐긋거리며 되물었다.

"우리 집?"

— 아니, 우리 집.

아, 이 인간이 진짜. 호랑이 굴에 직접 들어가라는 말이다. 절대 안 되지.

"됐거든? 오빠도 많이 기다려 줬었잖아. 더 늦어지면 회사 맞은편에 있는 카페에 가 있을게."

— 알겠다. 최대한 빨리 일 처리해 볼게.

침착한 성격인 그답지 못하게 우왕좌왕할 모습이 아른거린다.

"난 괜찮다니까 그러네. 천천히 해. 천천히. 나 어디 도망 안 가."

— 내가 못 참겠어서 그래.

"……어?"

당황한 단영이 말을 늘였다.

— 보고 싶어서.

두근. 심장이 뛰었다. 도하준은 하루가 멀다 하고 지금처럼 쉴 새 없이 직구로 심장을 타격한다. 안 되겠다. 단련이 필요한 시점이다.

— 기다리게 해서 미안하다. 10분 내로 끝내고 바로 뛰어갈게.

10분이 뭐야. 열 시간이라도 기다릴 수 있을 것 같은데. 단영의 입가로 희미한 미소가 번졌다.

"응. 걸어오는 거 걸리면 죽는다? 뛰어와야 돼."

— 알겠다.

단영은 전화가 끊어진 것을 확인하자마자 빛의 속도로 화장품을 찾아냈다.

요리조리 거울을 살피며 얼굴 상태를 점검하고, 톡톡 분칠을 했다. 개기름 방지를 위해 스튜디오에서 이미 수정 화장을 한 뒤였지만, 자꾸만 신경이 쓰였다. 물론 새로 산 립스틱을 바르는 것 역시 잊지 않았다.

"아, 나 지금 뭐 하는 거냐. 하⋯⋯."

순간 어이가 없었다. 화장엔 관심조차 없었던 단영이었다. 그러나 정신을 차리고 나서 보니, 찰나의 순간마저 예뻐 보이고자 이 난리를 치고 있다는 것이 기가 막힐 노릇이었다.

괜히 머쓱해진 단영은 쿠션 팩트를 대충 가방 안으로 밀어 넣어 버렸다.

"카페나 가자."

맞은편 신호등 앞에 서자, 때마침 신호가 바뀌었다.

아무런 생각 없이 목적지로 향하려는데, 문득 단영이 멈칫했다.

익숙한 옆모습 때문이다.

편의점의 파라솔 테이블 위로 힘없이 축 엎드려 있는 여자 한 명과 캔 맥주 하나. 그리고 빛을 잃어버린 낡은 휴대폰까지.

'원수는 외나무다리에서 마주친다더니⋯⋯.'

왜 하필 지금일까. 아니, 차라리 다행일지도 모르겠다. 하준이 곁에 없었다는 부분에서만큼은 말이다. 그냥 무시하고 지나치자. 그래, 그게 백번 낫겠다. 단영은 다시 다리를 움직였다.

세 걸음 정도 걸었을까.

'아으⋯⋯!'

몹쓸 놈의 오지랖! 며칠 전에 모진 소리나 뱉어 버리고, 어린 여자애를 상대로 유치하게 굴었던 자신의 행동이 머릿속에서 도통 떠나질 않았다. 찝찝했다. 다 죽어 가는 모습을 목격한 것이 죄라면 죄였다.

분명 지영이 목에 걸린 가시처럼 거슬렸던 것은 사실이었으나, 심상치 않은 모습을 두고 모르쇠로 일관할 순 없었다. 다른 듯, 하면서도 비슷한 사정 또한 못내 가슴에 걸렸다.

'에이 씨! 쟤는 왜 또 처량하고 난리야. 사람 맘 불편해지게.'

머리를 신경질적으로 헤집다가 이내 걸음을 돌렸다. 아예 안면이 없는 사람이면 모를까, 일단 겸상까지 함께 한 마당에. 그래, 한국인의 정신으로.

단영은 지영에게 다가가 손등으로 테이블 위를 똑똑 두드렸다.

"……."

분명 인기척을 알아차렸을 텐데, 지영은 꼼짝하지 않았다. 단영의 잇새로 절로 한숨이 흘러나왔다.

"이봐요. 괜찮아요?"

허락을 구하는 물음에도 묵묵부답이었다. 단영은 그녀의 침묵을 긍정이라 멋대로 판단 짓고선 의자를 밀었다. 될 대로 되란 식으로 엉덩이를 붙이긴 했는데, 할 말이 마땅치 않았다.

"……우연이 참 묘하네요. 이런 곳에서 다 마주치고. 무슨 일 있었어요?"

고민하다 꺼낸 첫말이 고작 저거였다. 다시금 찾아온 침묵의 무게가 더 무겁게 느껴질 때쯤, 팔 안에 파묻혀 있던 지영의 얼굴이 천천히 위로 올라왔다.

지영은 단영을 보고서도 놀란 기색 하나 없었다. 풀린 눈으로 멍하니 응시할 뿐이었다.

"잠깐 앉아도 되죠?"

"왜 작가님일까요."

응? 저건 또 무슨 소리람. 단영은 의미를 몰라 한쪽 눈을 찡긋거리며 고개를 갸웃거렸다.

"위로가 필요한 순간에 나타나 준 사람이, 왜 하필 작가님인 거냐고요."

혹시라도 교수님과 마주칠까 싶어서 일부러 근처를 배회한 거였는데.

"허어."

아, 괜히 앉았어. 단영은 후회했지만, 점점 무너지고 있는 지영을 앞에 두고 무작정 나무랄 수도 없었다.

"저, 떨어졌어요."

지영은 체념한 표정으로 담담하게 말했다.

"뭐를요?"

"시오전자 최종 면접에서 떨어졌다구요. 불합격이래요."

"아."

그래서 그랬구나. 세상 다 산 사람처럼 처량하게 있었던 이유가, 그거였구나. 단영은 어떤 말을 해 주어야 할지 갈등했다. 위로한다면 분명 진심이 아닐 것이라 생각할 것이고, 위로하지 않는다면 그건 그것 나름대로 속 좁아 보일 텐데.

"속 시원하시죠?"

하지만 그 생각들은 순식간에 소멸됐다. 하여튼, 저 까칠한 계집애. 말하는 본새하고는.

"지영 씨가 면접에서 떨어졌는데, 왜 내 속이 시원해요?"

단영은 까칠하게 물었다.

"저 못 미덥게 생각하고 계셨잖아요."

"남 불행을 두고 꼴좋다며 낄낄거리고 있을 만큼 한가한 사람 아니에요, 나."

"……."

"내가 너무 눈치 없었네. 그냥 무시하고 지나칠 걸 그랬어요. 미안해요. 조롱하려고 일부러 끼어든 건 절대 아니었어요."

"아뇨. 상관없어요. ……딱히."

지영의 대답은 예상 밖이었다. 단영은 의아하단 눈빛으로 그녀를 마주했다.

"이참에 잘됐죠, 뭐. 작가님이라도 같이 있어 주신 덕분에 덜 불쌍해 보일 테니까요. 적어도 남들 눈엔."

지영은 힘없이 웃으며 캔 맥주를 두 손으로 꽈악 감싸 쥐었다.

"작가님."

"말해요."

단영이 어깨를 으쓱였다.

"만약 누가 작가님에게 10년 뒤 모습을 상상해서 말해 보라 한다면, 뭐라고 말씀하실 거예요?"

그 물음에 단영은 테이블에 팔을 올려 턱을 괴었다. 비록 지영의 질문엔 주어가 빠져 있었지만, 단영의 태도는 이미 그보다 앞 수를 예측한 사람처럼 여유로웠다.

"흐음, 면접 때 교수님이 그렇게 물어봤어요?"

대수롭지 않다는 듯 말했으나, 정확히 정곡을 찔렀다. 지영은 당황한 낯을 보였다.

"아, 아니. 그런 게 아니라."

"10년 뒤 모습이라······."

"······."

"뭐, 굳이 어렵게 생각할 필요 있나. 그냥 차곡차곡 저축한 돈으로 여가 생활도 하고, 월세에서 전세로 이사도 가고, 달달한 연애도 하면서 소박한 행복에 만족하며 살고 있을 것 같다고 말할 것 같은데요? 난 아직까진 결혼에 대한 생각은 없어서. 그 부분은 빼고."

단영은 일말의 고민조차 없이 술술 내뱉었다. 지영은 그 모습을 보며, 한동안 말을 잇지 못했다. 다른 사람에겐 이렇게 쉬운 질문이었구나. 그 사실을 깨닫고 나니 돌연 회의감이 들었다.

단영은 목덜미를 긁적이다 말고, 머뭇거리는 지영을 가만히 응시했다. 제대로 대답 못 했구만. 눈치껏 하준의 입장을 대변해 주기로 했다.

"이건 그냥 내 생각인데. 교수님은 지영 씨를 누구보다 잘 파악하고 있을 테니까, 일부러 그런 질문을 골라 던졌던 게 아닌가 싶어요. 머리 좀 식히라는 의도 같은데."

"아······."

"하긴. 의도도 의도 나름이지 그렇다고 어떻게 불합격을 주냐. 쪼잔하게. 그치?"

뒤늦게 깨달은 지영을 보며 단영은 빙그레 미소 지었다.

"그래도 너무 원망 말아요. 그렇게 매정한 사람은 아닐 거니까."

단영은 다소 가벼운 말로 괴리감을 풀어냈다.

"지금 당장은 힘들지 몰라도, 나중엔 분명 큰 도움이 될 거라 믿어 의심치 않아요. 그거 다 언젠간 지나칠 시련이고, 순간적인 고난에 지나지 않을 거거든."

"······."

"교수님이 일부러 엿 먹어 보란 심보로 지영 씨에게 불합격을 준 건 아닐 거예요. 혹시 알아요? 혼자 빅 픽처 그리고 있을지도."

단영은 넉살 좋게 말했다.

"작가님은 다른 의미로 대단하네요."

하지만 지영은 그런 단영을 이해할 수 없었다.

"지금 그거, 비꼬는 건가?"

"아뇨. 진심이에요."

좋을 리 없는 상대에게 오지랖 부리는 것만 봐도 대단하다.

"저, 싫어하시잖아요."

"내가요? 지영 씨를? 왜?"

"······."

"아, 도하준 때문에?"

알 만하다는 듯 묻자 지영이 작게 고개를 끄덕였다.

"그건 그거고, 이건 이거지. 도하준이 대체 뭐라고 그래요? 물론 지영 씨가 신경 쓰이는 건 맞지만, 싫어하진 않아. 약간 얄미운 정도?"

단영은 잠시 말을 멈추고선 싱긋 웃었다.

"나도 지영 씨처럼 굴곡진 시절이 있어 봐서, 지금 심정 삼백 프로 이해해요. 좋아하는 남자한테 차여서 서럽고, 바라던 일은 제대로 되지 않아 막막하고."

그래. 내게도 너의 불안한 순간과 지금이 바닥일 것이라 생각한 시절이 있었다.

"면접관들은 어떻게 저런 말 같지도 않은 개소리를 정성껏 씨불일 수 있는지. 어이가 없고, 기가 막히다 못해 코가 막히고."

나만 빼고 전부가 행복한 것만 같은 찰나가 있었다.

"맘 같아선, 죽지 못해 견뎌 온 내 인생을 어떻게 이깟 종이 쪼가리 한 장에 다 써서 보여 줄 수 있겠냐! 이런 개 삐리리들아! 하며 소리 지르고 싶고."

나도 너처럼 눈부신 하루를 견디다 못해 펑펑 울었던 날이 분명 존재했다.

"왜 나한테만 이런 일들이 벌어지는 건지 이해할 수 없고, 뭘 잘못했는지 납득할 수도 없고. 듣기만 해도 참, 답 없고 짜증 나잖아. 아무리 착한 콩쥐도 그런 상황에선 팥쥐가 될 수밖에 없을걸?"

별안간 단영이 핸드백에서 꺼낸 티슈를 불쑥 앞으로 내밀었다.

"그러니까, 울고 싶으면 울고. 소리 지르고 싶으면 지르고."

"……네?"

지영의 눈동자가 뒤흔들렸다.

"힘들겠지만, 지금은 서로 안 좋은 감정 다 잊어 봐요. 다 집어치우고, 지영 씨 감정에만 집중하는 거지. 내가 자주 쓰는 방법인데, 그거 꽤 괜찮더라."

"아니……."

"지영 씨는 지금, 누구라도 좋으니까 토닥토닥해 주면서 괜찮다 말해 줄 사람이 필요한 거잖아요. 아니에요? 뭐, 나라도 괜찮다면 옆에 있어 주고."

그 말이 뭐라고, 대체 뭐라고 위로가 되는 건지 모르겠다. 지영은 필사적으로 입술을 감쳐물었다.

뭐야. 이 언니 대체 뭔데. 매력 하나 없다고 생각했다. 둔하기만 한 멍청이라 여겼다. 교수님 곁에 서기엔 턱없이 부족다고. 교수님이 너무 아깝다고. 그런 편협적인 마음만 가득했다. 1분 전까지만 해도 그랬다.

"그때, 있잖아. 그쪽 교수님이랑 나랑 지영 씨랑 삼자대면 아닌 삼자대면했을 때."

"……."

"이제 와서 웃기지만, 솔직하게 인정할게요. 그땐 내가 너무 볼품없이 유치했어. 머뭇거렸던 나보단 자기 마음에 솔직했던 지영 씨가 더 어른 같았어."

분명 내가 미울 텐데. 얄미울 텐데. 속으로 잘됐다며 비웃고 있어도 이상할 게 없는데.

"그러니까 힘내요, 힘!"

흔해 빠진 위로였다. 하지만 그녀의 말속에 거짓은 없었다. 무겁진 않았지만, 그렇다고 너무 가볍지도 않았다. 그녀에겐 적을 아군으로 만드는 이상한 능력이 있다. 정말 신기했다.

그것을 시발점으로 보잘것없이 평범한 주제에 반짝반짝 빛나고 있는 것처럼 느껴졌다. 따뜻한 기운이 넘쳐흘렀다. 바보처럼 너무 착하기만 한 것도 아니고, 못되지도 않은. 참 이상한 여자.

"너무 쓸데없는 욕심만 과하다 보면, 도리어 감당 못 하게 돼. 지영 씨 인생은 지영 씨 거니까, 너무 억지로 남 것까지 꾹꾹 눌러 담지 말아요. 가끔은 내려놓을 수 있는 용기도 필요하거든."

그 말이 뭐라고, 지영은 가슴이 울컥 치밀어 올랐다. 괜한 자존심 때문에 눈물이 고이려는 것을 가까스로 참아 냈다. 눈에 힘을 더 꽉 주고, 주먹을 더 세게 쥐었다.

하지만 그 모든 것들은 얼마 가지 못했다. 대뜸 나타나 건조한 심지에 불을 붙여 준 그녀가 야속했다. 언제였더라. 목청껏 소리 내어 펑펑 울어 본 적이. 생각도 나지 않았다.

"왜……."

왜. 왜. 왜. 대체 왜.

"나한테 왜……."

앞만 보며 달려온 내가 뭘 그렇게 잘못했다고.

왜 다 나한테만 그래…….

아직도 모르겠다. 지영은 솟구친 감정을 이겨 내지 못하고 그만 테이블 위로 얼굴을 묻었다.

"엄마에게 불합격했다는 소식을 전하기가 너무 두려워요."

지영이 혼잣말하듯 웅얼댔다.

꽁꽁 감싸고 숨겨 온 껍질이 하나둘씩 벗겨져 간다.

"그럼 엄마한테 그 감정 그대로 솔직하게 말하면 되겠네요."

단영이 해결책 같지 않은 해결책을 쉽게 꺼내 놓자, 울컥한 지영은 얼굴을 번쩍 들어 올렸다.

"남 일이라고 쉽게 말하지 마세요! 그럴 상황이 아닌……!"

"오— 화낼 줄도 아네요? 완전 소심한 줄로만 알았는데."

"장난칠 상황 아니거든요?"

짓궂은 얼굴로 손뼉까지 쳐 가며 약 올리는 단영의 모습이 짜증스럽다는 듯 지영의 눈가가 확 일그러졌다.

"따져 물을 줄도 알면서. 뭐가 문제라고."

단영은 씨익 웃으며 두 손을 들어 지영의 어깨를 든든하게 잡았다.

지영은 그 무게감이 싫지 않아 얌전하게 입술을 다물었다. 아직 채 거둬지지 못한 원망 섞인 눈망울로 단영을 물끄러미 마주했다.

돌연 액체 한 방울이 뚝, 떨어졌다.

"어?"

지영은 당황했다.

수도꼭지를 튼 것처럼 지영의 눈에선 기다렸다는 듯 굵은 눈물들이 쏟아졌다.

단 한 번도 소리 내어 운 적 없던 지영은 그런 자신의 모습이 낯설어 급히 손으로 눈을 닦아 냈다. 하지만 몇 번을 쓸어 내 봐도 눈물은 그치지 않았다.

"뭐야, 나 미쳤나 봐……."

참는 방법까진 알고 있었지만, 이미 터져 버린 서러움을 어떻게 막아 내야 하는지 방법을 몰랐다.

창피해야 하는데 허탈해질 정도로 생각보다 시원해서 당황스러웠다.

고여 썩어 버린 잡다한 집념을 쏟아 내듯 지영은 참 오랜만에 펑펑 울었다.

절대 위로받고 싶지 않았던 단영 앞에서. 그녀의 다리에 얼굴을 파묻고, 아이처럼 투정 부리듯 오열했다.

"수고하셨습니다!"

늦은 시간까지 이어진 회의에 질린 듯 직원들은 뭉친 어깨를 툭툭 치며 자리를 정리했다.

가장 끝자리에 자리를 차지한 하준은 인사를 하는 둥 마는 둥 하며 의자에 걸쳐 둔 재킷을 집어 들었다.

"다들 오늘 회식인 거 잊지 않으셨……."

"선약이 있어서요. 먼저 가 보겠습니다."

"본부장님! 본부장님 빠지면 우린 무슨 낙으로 버티라고욧!"

여직원의 애탄 부름에도 하준은 뒤돌아보지 않았다. 빠른 걸음으로 엘리베이터 앞에 다다랐다.

마음이 조급해졌다. 10분 내에 끝내겠다, 호언장담을 했으면서 결국 20분이나 초과된 것이다. 된통 깨지겠구나. 하준은 불안한 눈빛으로 30초마다 한 번씩 손목시계를 힐긋거렸다.

"도본, 이제 퇴근해?"

활짝 열린 엘리베이터 사이로 선영이 등장했다.

"예."

반갑지 않은 인물이었다. 선영은 하루가 멀다 하고 개인적인 질문으로 귀찮게 만드는 게 취미인 상사였으니 말이다. 말꼬리를 잘못 잡혔다간 못해도 10분은 더 늦춰지리라.

"애인 만나러 가?"

"예."

"헐. 떠본 건데, 진짜 있어?"

"예."

"언제부터! 어떻게 그 사실을 절친 상사인 나한테까지 숨길 수가 있어?"

선영의 말에 대답할 가치조차 없다 판단한 하준은 층수 판만 응시했다.

"와— 도본처럼 뻣뻣한 남자도 연애를 하긴 하는구나?"

묘하게 디스당하는 느낌인데. 하준의 눈썹이 꿈틀댔다.

"이젠 아주 내 말은 들은 척도 하지 않겠다 이거지? 상사를 개똥으로 보고 있네."

선영은 입술을 삐죽이며 하준의 뒤통수에다 대고 입 모양으로 욕을 퍼부었다. 어느덧 1층에 도착했다. 다시금 엘리베이터 문이 서서히 열리기 시작했다.

"그만 들어가 보겠습니다."

하준은 예의상 묵례하며 넓은 보폭으로 걸어갔다. 그때, 등 뒤에서 높은 하이톤 음성이 날아들었다.

"아, 맞다! 도본! 말해 주는 걸 깜빡 잊었는데, 영업팀으로 팀장 한 명 새로 들어올 거야!"

하지만, 하준은 이미 정문을 빠져나간 뒤였다.

밖으로 나온 하준은 고개를 두리번거리며 단영을 찾기 바빴다.

"카페에 있나."

꽤 시간이 흘렀으니 기다리다 지쳐 돌아간 것일 수도 있다. 신호등 앞에 멈춰 선 하준이 휴대폰을 꺼내 들려던 찰나였다.

"흐어엉, 으으……!"

이건 또 뭔 소리야. 여자의 울음소리에 놀란 하준은 휴대폰을 손에 쥔 채로 주변을 살폈다.

소리를 따라 움직이던 하준의 시선이 어느 한곳에서 멈췄다. 여자 두 명이 편의점 앞 파라솔에 마주 앉아 있었다. 한 명은 잘 보이지 않았지만, 다른 한 명이 단영인 것은 확실했다. 무슨 상황인 건지 도통 가늠할 수 없어 하준의 눈이 가늘어졌다.

"김, 지영?"

쟤네 둘이 왜 저기에 같이 있어.

네가 왜 거기서 나와.

황당해서 제대로 말조차 나오지 않았다. 일단 보행자 신호로 바뀌었으니 건너기는 해야겠고.

하준은 그녀들에게 가까이 다가갈수록 왠지 모르게 걸음이 무거워졌다.

그렇게 서러워 보일 수가 없었다. 지영은 단영의 허벅지에 얼굴을 파묻고는 눈물 콧물 다 풀고 있는 상태였다.

설마……. 하준은 순간 등골이 오싹해졌다.

쟤 나 때문에 울고 있는 건가.

내가 불합격을 줘서?

…….

아, 젠장.

하준은 그대로 몸을 틀었다. 굉장한 반응 속도였다.

잊고 있었다. 오늘이 최종 면접 발표 날이었다는 것을.

어쩌다 둘이 같이 있게 된 건지, 정말 어쩌다 단영이 지영을 위로해 주고 있는 건지는 모르겠다만. 하나부터 열까지 상황을 파악할 수 없어 당황스러웠지만, 하준은 우선적으로 그녀들을 피해야 할 것 같았다.

지금이라도 늦지 않았다. 돌아가자.

급한 대로 하준은 골목으로 꺾어지는 부분에서 발을 멈춰 세웠다. 굳이 따지자면 피할 일도 아닌데 왜 죄인의 입장이 되어 버린 건지.

"……욕해. 욕해도 괜찮아."

단영의 목소리가 작게 들렸다.

누굴, 욕해?

"이, 이! 개, 개! 자아……식아!"

쩌렁쩌렁했다.

응? 하준은 잘못 들었나 싶어 미간을 구겼다.

"나쁜 놈아! 꼭 그렇게 해야만 했냐! 네가 본부장이면 다냐! 교수면 다냐고!"

몹시 어색한 욕설이었지만 부정할 수 없는 지영의 목소리였다.

허. 황당하다는 듯 하준의 잇새로 헛웃음이 터졌다.

"길 가다가 확 자빠져 버려라! 신상 론칭 다 망해라! 이제부터 경쟁사 제품만 살 거야! 휴대폰 나오자마자 발열 심하다고 악플 남길 거야! 안 좋아할 거야. 정 다 떨어졌어, 흐윽……."

"옳지. 옳지. 마지막 그 말이 제일 맘에 드네. 지영 씨 술 더 마실래?"

"네에……. 줘. 더 줘여. 언니."

아아, 아무래도 두 여자 모두 제정신이 아닌 듯하다.

순간적인 두통이 느껴져 하준은 손으로 이마를 짚은 채 진한 탄식을 흘렸다.

29화

비좁은 골목 사이에 커다란 체구를 구겨 넣고 꽤 오랜 시간을 버텼다. 꼴이 말이 아니었다. 모르는 사람이 봤다면 웃음을 터트리고도 남았을 것이다.

몸을 숨긴 채 두 여자의 대화를 몰래 엿듣다 말고 하준은 잠시 시선을 내려 들고 있던 서류 파일을 바라보았다.

"이걸 줘, 말아."

방법이 아예 없는 것은 아니었다. 스펙은 충분했지만, 아쉽게 면접에서 제대로 역량을 발휘하지 못한 일부의 응시자들을 배려한 방침이 하나 있었다.

자체 인턴직. 평가 후 정규직 전환 고려.

스스로를 과대평가한 지영이었다. 기껏 충고해 준 자기소개서와 포트폴리오는 손댄 흔적도 없었고, 여전히 엉망진창이었다.

기껏 건넨 작은 정성이 단숨에 무시당했다.

본부장이라는 저의 직책을 등에 업고 쉽게 날아 보려는 지영의 서툰 날갯짓이 우습고 같잖았다. 지난 일이라지만 괘씸한 마음이 컸다. 저를 쉽게 생각했음이 말이다.

지영은 하준의 예상대로 자신을 제외한 다른 면접관들에게조차 터무니없이 낮은 점수를 받았다. 숨긴다 해서 숨겨질 것이 아니었기에 진작 예감한 일이었다.

이번 일을 통해 현실의 냉랭함을 몸소 느꼈으리라.

못 미더웠지만 잠재력만큼은 인정한다. 그래서 만약 지영이 정신을 차리고 그토록 고집해 온 고고한 자존심을 포기할 때가 온다면 기회를 주려 했는데.

"언제 저렇게 친해졌어."

그가 혼잣말로 중얼댔다.

모두 단영 덕분일까. 12년 전, 단영이 받았던 구원은 다른 형태로 누군가의 희망이 되어 주었다. 그는 새삼 뭉클하면서도 단영이 기특했다.

"도하준도 사람이야. 똥도 싸고, 오줌도 싼다고! 모르게 방귀도 뿡뿡 잘만 뀔걸?"

아니. 기특은 얼어 죽을. 다 취소다.

"지 잘난 건 또 어떻게 그리도 잘 아는지 은근슬쩍 잘난 척에, 시도 때도 없이 잔소리에. 어후. 재수 없어, 정말."

듣자 듣자 하니까 최단영 저게 진짜…….

결국 하준은 노골적으로 자신의 흉을 보는 단영의 말을 참지 못하고 걸음을 뗐다.

한 발자국. 두 발자국. 세 발자국.

저벅, 저벅, 저벅.

"그뿐이야? 겉은 번지르르한데 그거 다 허세야. 은근 소심하다니까?

툭하면 삐져. 완전 삐돌이."

넓은 보폭으로 다가가니 금방 도달할 수 있었다. 하준은 단영의 바로 등 뒤에서 발을 멈추었다. 그러자 그의 존재를 가장 먼저 알아차린 지영의 눈이 귀신이라도 본 듯 크게 떠졌다.

"저, 자, 작가님⋯⋯."

술기운이 확 달아났다. 지영은 못내 불안한 눈빛으로 폭주 기관차 같은 단영을 만류해 보려 했다.

"왜? 왜 그러는데?"

그러나 단영은 뒤에 하준이 있으리라곤 꿈에서도 상상 못 한 채였다. 그녀는 멀뚱멀뚱하게 지영을 마주하며 자신을 부른 이유를 재촉했다.

지영 역시 불과 몇 분 전에 하준을 모욕한 언사를 뱉은 이력이 있었기에 아연실색한 낯이었다. 그저 입술만 뻐끔거렸다. 어디서부터 어디까지 들었을까. 감히 예측할 수 없어 극한의 공포는 한층 더 증폭됐다.

"왜 그러냐니까? 뭐, 내 뒤에 도하준이라도 있어? 큭. 그럼 진짜 코미디겠다."

"그, 그게⋯⋯."

그 코미디 같은 일이 현실로 벌어졌어요.

지영은 차마 말을 잇지 못했다. 못마땅하다는 듯이 눈썹을 꿈틀대는 하준을 올려다보며 기계처럼 삐그덕 고개를 끄덕거릴 뿐이었다.

"올 테면 와 보라 그래. 내가 이겨! 빠샤빠샤! 원 펀치 쓰리 강냉이! 파파박!"

몇 초 뒤 벌어질 일을 어떻게 감당하려는 건지. 타들어 가는 지영의 속도 모른 채 허공으로 주먹질을 하던 단영은 호탕하게 웃었다.

지영은 더한 참사가 일어나기 전에 막아야겠다고 판단했다. 그녀가 서둘러 단영에게 하준의 존재를 알려 주려던 찰나, 그는 가만히 있으란 손짓을 보이며 지영을 멈추게 했다.

어디 더 해 볼 테면 해 보라는 듯, 단영 뒤에 서 있던 하준은 고개를 삐뚜름하게 기울였다.

"그나저나, 지영 씨."

"……네?"

"지영 씨는 도하준 어디가 그렇게 좋았어?"

"네, 네?"

지영은 전보다 더 당황했다. 당사자가 두 눈을 시퍼렇게 뜨고 있는데 말이다. 죽을 맛이었다. 이러지도 못하고 저러지도 못한 채 적잖게 곤란하다는 듯 눈망울을 굴려 댔다.

"아, 좀 질문이 그랬나? 그냥 궁금해서 물어본 거야. 부담스럽게 생각하진 말구."

"저는……."

선뜻 입을 떼지 못하고 머뭇거렸다. 하준은 눈치껏 지영의 말을 끊으려 했다. 애꿎은 상황으로 그녀를 난감하게 만들고 싶지 않았다.

"그러니까, 저는."

하지만 지영은 전과 달리 부드러운 미소를 걸쳤다. 단영의 말대로 욕심을 버리고 나서 보니, 온기를 품은 두 사람이 또렷하게 보였다.

마지막 기회. 어쩌면, 그에게 마음을 전할 수 있는 마지막이 될지도 모른다.

"전에도 말했었지만, 교수님을 동경했어요. 진심으로 존경했고요. 겉모습이 멋진 만큼, 내면은 더 근사한 분이시잖아요."

욕심과 지저분한 마음을 후련하게 내던져 버린 뒤에 전할 수 있는, 마지막 고백.

"그때는 어린 마음에 기대고 싶었나 봐요. 제가 봐도 저는 많이 지쳐 있었고 위태로웠으니까요."

사랑까진 아니더라도.

"아직 누군가를 가슴에 담기엔 제가 봐도 턱없이 모자라요. 사랑도 여유가 있어야 한다는 게 어느 정도 일리가 있는 말 같기도 하구요."

어쩌면 이런 나라도, 어여쁘다며 사랑한다 말해 줄 사람이 올까요?

지영은 말갛게 웃었다. 단영을 한 번, 그 뒤를 든든하게 지키고 있는 하준을 한 번 번갈아 가며 바라보았다.

너무 예쁜 사람들. 이제 보니, 잘 어울린다. 아이처럼 맑고 해사한 그녀와 나무처럼 든든하게 지켜 주는 그의 한결같음이.

그 사이는 너무나도 탄탄하고 섬세해서 도저히, 끼어들 틈이 없다.

"나조차도 나를 사랑하지 못하는데, 대체 누가 지금의 절 사랑해 줄 수 있겠어요."

"아, 미안. 지영 씨. 나는 그런 의도가……."

드르륵. 지영이 조심스레 의자를 밀고 자리에서 일어났다.

"지금까지 죄송했습니다."

그러고는 예의 바르게 허리를 굽혀 인사했다.

"응? 그게 무슨."

"이제 와서 저질렀던 어리숙한 행동들을 포장할 생각은 없어요. 저, 많이 미웠을 텐데 지나치지 않고 오지랖 부려 주셔서 너무 감사해요. 아깐 위로가 절실했거든요. 정말 힘이 됐어요."

"아이참, 큰일 한 것도 아닌데 쑥스럽게……."

"조금 샘은 나겠지만, 진심으로 응원할게요."

마지막 말은 하준과 단영 둘에게 전하는 진심이었다.

"응? 뭘?"

영문을 몰라 어리둥절해하는 단영을 두고 지영은 말없이 미소 지었다.

"이제 그만 가 봐야 할 것 같아요. 가 볼게요."

그녀답지 않게 어딘가 급해 보였다.

"어어, 가게? 택시 잡아 줄게."

"전 괜찮아요. 집에 가서 엄마랑 한판 하려면, 혼자 맘 다잡을 시간
도 필요하구요."

그렇게까지 말한다면야……. 단영은 멋쩍게 입술 끝을 올렸다.

"제일 힘든 일을 해냈네. 축하해, 지영 씨."

"네?"

"용기."

내가 이 말을 누군가에게 전할 수 있을 줄은, 정말이지…… 몰랐다.

"용기 내는 거. 그거 어른들도 되게 힘들어해."

"아……."

"그 어려운 걸 지영 씨가 해낸 거니까 이제부턴 쉬운 일만 남게 될
거야. 내가 장담할게."

지영의 눈이 점차 커졌다.

"정말, 감사합니다."

점점 멀어져 가는 지영의 뒷모습은 아까보단 씩씩해 보였다. 다행이
다.

"지영 씨!"

별안간 단영이 우렁찬 목소리로 지영을 불렀다. 그 부름에 멈칫 멈
춰 선 지영이 얼굴을 돌렸다.

"힘내!"

모르는 사람이 본다면 그저 불편한 친절로 느껴질지도 모르겠지만,
단영은 확신했다. 그 몹쓸 오지랖은 다른 누군가에겐 인생의 중요한 터
닝 포인트가 되어 주기도 한다는 것을.

"다 잘될 거야!"

나 역시 그랬으니까. 생각지 못한 사람에게 뜻하지 못한 도움을 받

왔던 그 순간부터 다시 태어난 기분. 구원 같았던 그 말. 평생 잊지 못할 손길.

"다음에 마주칠 땐, 언니라고 불러라! 엉?!"

지영은 그에 화답하듯 활짝 웃었다. 다 잘될 거예요.

"작가님도요!"

꼭 사세요. 반드시 살아남으세요.

마지막 애도를 표하는 지영의 말은 들리지 않았다.

아까부터 한시라도 빨리 자리를 뜨고 싶어 안달 난 사람처럼 지영은 그새를 놓치지 않고 버스에 올라탔다.

이렇게 보내 주는 것이 맞는 걸까. 단영은 괜스레 뒷덜미만 긁적였다.

"아, 맞다! 도하준!"

수다가 이렇게나 위험한 거였구나. 까맣게 잊고 있던 하준의 존재가 정신을 확 깨웠다. 비록 신경은 쓰지 않고 있었지만, 도착한다면 호되게 혼을 내 줄 심산이었다.

"지각도 정도가 있지, 언제……."

"무슨 정도?"

하준은 피식피식 새어 나오려 하는 웃음을 가까스로 삼켜 내며 무표정을 유지했다.

"악!"

난데없이 뺨 옆으로 하준의 얼굴이 불쑥 튀어나오자, 화들짝 놀란 단영이 개구리처럼 펄쩍 뛰었다.

"깜짝이야! 애 떨어질 뻔했잖아!"

"나 모르는 사이에 애도 가졌어?"

"장난치지 마! 진짜 놀랐단 말이야!"

일단 가슴은 쓸어내릴 수 있었지만, 팍 구겨 낸 인상은 풀지 않았다.

하준은 피식거리며 주름 가득한 단영의 미간을 두 번째 손가락으로 꾸욱 눌렀다.

"인상 좀 풀어라."

"언제 왔어?"

"누가 화내야 할 상황인 건지 모르겠네."

응? 이건 또 무슨 소리…… 순간 단영은 왠지 모르게 싸한 느낌을 받았다. 설마 하는 마음으로 애써 웃으며 물었다.

"오, 오빠 혹시."

"있었다."

"어, 어디에?!"

단영은 믿을 수 없다는 듯 토끼처럼 눈을 휘둥그레 떴다.

"바로 뒤. 둔한 것도 정도가 있지. 사람 기척을 그렇게 못 느껴서 되겠냐. 위험한 일 당하면 어쩌려고."

"언제부터? 아니, 어디까지 들었는데?"

그의 흉을 본 건 들켜도 상관없었다. 다른 원수 둘에게 버릇처럼 하던 짓이었으니까. 하지만 고백만큼은 못 들었길 바랐다.

"어디까지 들었다고 말해 줬으면 좋겠는데."

하지만 하준은 고분고분 말해 줄 인물이 아니었다.

"지금 누구 흉내를 내고 있어."

다 들었구나. 슬쩍 비스듬히 올라간 입술만 봐도 알겠다.

"넌 나 따라오려면 한참 멀었어, 인마. 누구 앞에서 주름을 잡아."

"오빠 있는 거 알았음 안 했지!"

으, 쪽팔려. 단영은 눈을 질끈 감았다 떴다.

"그, 그럼 이제 나도 집에나 가 볼까나? 하하."

또 저런다. 또 피하지. 아직 적응 기간이란 걸 알지만, 하준은 그녀의 속도가 답답했다. 다가가면 뒷걸음질 치고, 더 빠르게 잡아채면 능구렁이처럼 쑥 빠져나간다.

"우리 오늘 오랜만에 만났다."

"언젠 오랜만에 안 봤나, 뭐."

"최근엔 자주 봤었지."

"저 봐. 한마디도 안 져."

"그건 너도 마찬가지잖아."

"아, 진짜!"

한가롭게 사람 속 뒤집어 놓는 데 선수였다.

"나 갈래."

새침한 눈빛으로 하준을 째려봤지만, 그는 꼼짝하지 않고 침묵을 지켰다. 평소 같았다면 못이기는 척 져 줘야 정상인데, 오늘의 하준은 달랐다.

"나 간다?"

"······."

"진짜 간다?"

"······."

"나, 진짜 간다고 했다?"

자존심이 상했지만, 그런들 어찌할 방도가 없었다. 단영은 발끝을 세워 앞으로 나아가는 척 아주 살짝만 땅에 안착시켰다. 화났나? 슬슬 걱정이 되려 한다.

하준은 요지부동이었다. 묵묵히 단영을 주시했다. 똑바르게 향한 눈빛은 꽤 집요하다. 어찌 보면 인내하는 것 같기도 했고, 또 다르게 보면 무언가를 길들이는 방법을 찾고 있는 것 같기도 했다.

잠시 침묵이 흘렀고, 하준의 뜻을 알아차리지 못한 단영은 끝내 마음이 상했다. 미련 없이 몸을 홱 돌렸지만, 이내 다시 하준을 마주 보고 섰다.

"간다며. 왜 안 가."

기껏 돌아온 말이 고작……

"안 가. 갑자기 마음이 바뀌었어."

괜히 반대로 하고 싶어졌다. 가라 하면 죽어도 안 갈 거다. 불퉁 난 표정인 단영과 달리, 하준은 한가롭게 고개를 들어 먹구름 가득한 밤하늘을 물끄러미 바라보았다.

"오늘 밤에 비 온다더라."

일기 예보는 출근하기 전에 이미 봐 뒀다. 오늘은 맑음이다.

"그게 뭐?"

뜬금없는 말의 뜻이 궁금해 모르는 척 되묻자, 그의 얼굴이 다시금 정면으로 고정됐다.

"비도 올 때 되면 알아서 내리던데."

접착제처럼 붙어 있던 그의 검은색 가죽 구두가 드디어 땅에서 떨어졌다. 자박자박 규칙적인 걸음 소리가 유난히 크게 들렸다.

"근데."

어느 시점에서 그가 멈춰 섰다. 뚫어져라 단영을 직시하다, 느리게 입술을 열었다.

"너는 왜 안 와."

이상한 긴장감이다.

입 안이 건조한 탓에 없는 침을 억지로 만들어 삼켜 냈다. 저 인간이 오늘따라 왜 이래? 그녀가 커다란 눈을 깜빡였다.

"너."

"나요?"

"나 좋아, 안 좋아."

"……뭐?"

"남자로 보여, 안 보여."

"자, 잠……."

"사랑해, 안 사랑해."

진정할 새도 없이 폭격은 계속됐다. 하준은 막힘이 없었다. 갈피를 잡지 못하고 뒤흔들리는 단영의 눈을 똑똑히 목격했으면서 더 끈질기게 파고들었다.

"약속 못 지켜서 미안한데, 더는 못 기다려 주겠다."

그 말에 단영은 심장이 추락하는 기분이었다. 충격이었다.

"난 투자 가치 없는 것에 시간 허비하는 짓, 성미에 안 맞아서 못해. 몇 년 동안 너한테 쏟은 시간만 봐도 답 나오잖아. 그런 나한테 밀당이니 뭐니 같잖은 말로 잣대 밀고 들어오는 것도 여태까진 다 애교라 생각하고 봐줬어."

이건, 평소 하준의 모습이다.

"지고 들어가는 성격도 아닐뿐더러, 얌전하게 기다리는 성격도 아니야. 근데."

무표정한 얼굴로 얼음장처럼 차갑게. 그보다 차분하게 이성적으로 따져 묻는 것.

"그 죽어도 못 하는 것들, 너한텐 전부 다 했어."

그의 눈은 밤바다처럼 짙고 깊었다. 한번 빨려 들어가면 탈출할 방법은 없다.

"최단영이라면 얼마든지 우스워져도 상관없고, 나답지 못하단 소리 들어도 기꺼이 수용할 수 있을 정도야. 나는."

"……."

"난 이만큼 최선을 다해서 어필하는 중인데, 넌 언제까지 제자리걸음만 할래."

하준은 단영이 생각한 것보다 더 지옥 같은 시간을 겸허하게 견뎌 내고 있었다. 단영을 위해서. 더딘 그녀를 배려하느라. 지칠 법도 한데

기쁜 마음으로 온전히 가슴에 담았다.

"나도 이제 최단영 사랑 좀 맘껏 받아 보자."

하지만 미래가 두렵다는 이유로 아직은 어색하고 낯설단 핑계로 단영은 멋대로 자신에게 맞는 박자를 요구하며 종용했다.

지금까지 뼈아프게 느껴 온 타이밍의 중요함.

솔직해져야 할 순간이 다가온 것이다.

하지만 이번에도 단영보단 하준이 더 빨랐다. 그의 그다음 행동을 예측한 단영은 두 손에 힘을 실어 성급히 다가온 단단한 가슴팍을 밀쳐 냈다.

"잠깐만!"

"뭐."

"질문에 대답할게! 하면 되잖아."

가까스로 브레이크를 걸었다. 단영은 소리 없이 한숨을 밀어 냈다.

"해."

"오빠 험담했던 이유는 지영 씨가 또 오빠 좋다고 맘 바꿀까 봐 일부러 그랬던 거야."

"그건 안 궁금해. 다음."

하준이 심드렁하게 답했다. 단영은 입술을 삐죽거리다 이내 굳게 다짐한 듯 다시 입을 열었다.

"나, 나도 오빠를 좋아하는 것, 같기도 하고, 아닌 것 같기도 한데, 그게 가끔, 아주 가끔! 의미 없는 말에 심쿵하기도 하고, 열받기도 하고. 그러니까 아마도 그런 거 보면……."

"……."

하준이 눈썹에 힘을 꾹 주었다. 그러자 단영이 서둘러 말을 덧붙였다.

"좋아! 좋아는 하는데. 어느 때는 좀 얄밉다가, 어느 때는 또 섹시,

가 아니라."

그야말로 아무 말 대잔치다.

"야."

"아, 진짜! 해! 한다고! 좋아해!"

오빠, 그거 알아?

"남자로 보여! 그리고 또……."

나, 사실 지금 떨고 있어.

"사, 사, 사랑도! 하고 있는 것 같아. 어느 정도는."

오글거리는 말을 뱉기가 너무 힘이 들어서. ……떨고 있다고.

"또."

하준의 한쪽 눈이 구겨졌다.

"해, 사랑!"

꼬리 잡힐까 싶어 단영은 재빨리 말을 정정했다.

"그리고 자꾸만 삐뚤게 구는 이유는."

"……."

"그러니까, 그 이유는."

목구멍이 간지러웠다.

"쪽팔려서 그런다! 쪽팔려서! 어색해서! 가족 같던 사람이 이젠 남자
로 보이니까. 자꾸 설레니까! 그런 내가 적응이 안 돼서, 그래서 그랬
다! 됐냐?"

그러나 이내 시원해졌다.

반면 하준은 아니었다. 답이 성에 차지 않았는지 삐딱한 시선으로
단영을 응시했다.

"꼭 그렇게 사람 마음 콕콕 찔러서 전부 들춰내야만 속이 시원하지,
아주?"

"그런 건 모르겠고."

알게 모르게 하준의 입술이 사선으로 올라섰다. 아주 희미한 미소였다.

그가 한 발자국 다가서자, 그녀는 뒷걸음질 쳤다.

그걸 목격한 하준이 눈썹을 찡그렸다.

"최단영. 너, 선수지."

하준의 입장에선 그렇게 느껴질 만도 했다.

"그, 그런 거 아니야!"

아니라면 다행인데.

"이걸 어떻게 어디서부터 가르쳐야 돼······."

혼잣말하듯 흘러나온 낮은 탄식은 금세 휘발됐다. 하준은 더 이상 지체 않고 행동을 개시했다. 그녀가 도망칠 틈조차 주지 않고 보폭을 크게 움직인 그가 얇은 팔목을 힘 있게 낚아챘다.

"뭐 해."

하준의 손 악력에 의해 단영의 얼굴이 위로 들렸다. 그의 지긋한 눈빛이 자극적이다.

"눈 감아."

명령조와 같은 그 말 또한. 어떡해. 나 변태인가 봐.

"지금······ 할 거야?"

연약한 음성이 미세하게 바르르 떨렸다.

단영은 서둘러 주변을 살폈다. 다행인 건지 불행인 건지 퇴근 시간이 한참 지난 터라 사람은 없었다. 캄캄한 주변을 밝히는 가로등만이 빛을 내고 있을 뿐.

단숨에 삼켜 내고 싶은 충동은 한계를 알리고 있었다. 하준은 단영을 물끄러미 응시하다, 천천히 입술을 떼어 냈다.

"할 거야."

하준의 턱이 비스듬히 틀어졌다.

"키스."

그 말을 끝으로 그의 손에 들려 있던 검은색 서류 파일이 허공으로 올라왔다. 그러자, 두 얼굴이 정확하게 가려졌다.

"그리고 다음은 침대야."

다음을 예고하는 그의 나직한 목소리가 달콤하다. 심장이 아플 만큼 펌프질했다.

비스듬히 다가오는 그의 호흡은 소름이 돋을 정도로 차분했다. 아랫입술을 보드랍게 감쳐물더니, 틈을 비집고 들어섰다. 자연스레 눈이 감겼다.

물컹한 감각은 솜털 하나하나를 일깨웠다. 단영은 다리에 힘이 풀리려는 것을 어떻게든 버텨 보고자 하준의 두 팔을 꼬옥 움켜잡았다. 그걸 어떻게 알았는지, 하준은 다른 팔을 뻗어 얇은 허리를 단숨에 감싸 안아 지탱했다.

뒷목을 쓰다듬는 손길에 척추가 아렸다. 이상하다. 배 부근에서 찌릿한 느낌이 번쩍였다. 그의 입술은 아이 달래듯 간지럽게 굴다가도 성난 재규어처럼 돌진하기도 했다.

그의 말처럼, 과정이란 거추장스러운 부분을 다 스킵하고 바로 침대로 뛰어들고 싶은 마음이 간절해졌다.

아, 내가 무슨 생각을 하는 거야, 지금. 미쳤……. 아니, 진작 미쳤을지도.

슬쩍슬쩍 깨물며 잡았다가 다시금 놔주는 그의 행동은 더한 야릇함을 선사했다. 허리를 지탱하고 있던 그의 손이 부드럽게 움직였다. 단영은 두께가 얇은 블라우스 위로 느껴진 생경한 감촉에 화들짝 놀라 하준의 혀를 깨물고 말았다.

"아……."

하준이 진한 신음을 흘리며 눈썹을 구겼다.

"안 되겠다."

잠시 떨어진 틈 사이로 진한 숨결이 흘러나왔다.

"정해."

그는 자애롭지 못한 음성으로 선택권을 주는 자비를 베풀었다.

"집으로 가든지."

불순하게 움직이던 손은 여전히 허리에서 벗어나지 못했다.

"차로 가든지."

목적 없는 묘한 말이 툭 던져졌다.

바람 따라 나풀거리던 얇은 블라우스는 그의 손끝 움직임을 따라 살결로 차분히 달라붙었다.

간질, 간질.

너무…… 간지럽다. 분명 옷을 입고 있었는데, 왠지 그의 긴 손가락이 맨살을 만지고 있는 것 같은 착각이 든다.

"어때."

척추를 따라 올라가던 손가락은 어느 경계선 바로 밑에서 멈추었고.

"오빠 친절하지."

심장도 함께 멈췄다.

30화

톡, 톡. 빗방울이 널찍한 유리창을 두드렸다. 하지만 얼마 지나지 않아 쏴아아, 시원하게 쏟아졌다.

"⋯⋯."

어둡기만 한 펜트하우스를 밝히고 있는 유일한 빛은 은근하게 번져 간 푸른색 조명이 전부였다. 승호는 가죽 소파 위에 힘없이 축 기대어 무표정한 얼굴로 창밖만 바라보았다.

지친 눈, 툭 떨어진 입술. 승호는 다리를 꼬고 앉아 휴대폰을 손에 꽉 쥔 채였다.

어떻게든 공백기를 갖기 위해 고군분투했던 승호였으나, 최근 들어 일을 몰아 달라 보챘다. 소속사 측은 의아하게 생각했다. 그렇대도 내심 속으론 웃음 짓고 있을 새어머니를 안다.

달라진 것은 없었다. 숨 막힐 듯 팽팽한 스케줄을 소화하고 있었지만, 잡생각이 자꾸만 머릿속을 떠다녔다. 모르게 한숨 쉬는 일도 잦아졌다.

"후으······."

오늘만 벌써 오십 번도 넘는 한숨이었다.

잦은 두통과 극심한 불면증 상태에 시달려 정신적 스트레스는 말이 아니었다. 그나마 일에 치여 지내다 보면 몸이 피로를 견디지 못하고 쓰러지다시피 잠에 들었다. 그것마저 시시때때로 뒤척였다.

승호는 유리 테이블 위에 대충 던져 놓은 약 봉투를 넌지시 바라보았다.

항우울제와 수면제. 그리고 공황 장애까지. 전부 병원에서 처방을 받아 온 약들이었다.

아버지의 죽음 이후로 모든 것이 엉망진창이 됐다. 재산 전부를 탕진해 가며 세운 기획사. 그곳의 대표는 새어머니인 서정이 맡게 됐다.

내가 이런 곳에 살 수 있던 이유도.

모두 그의 희생 덕분이다.

그래서 차마 내던질 수도 없는, 그런 착잡한 심정을 하늘에 있는 당신이 알고나 계실까.

승호는 소파에 기대고 있던 상체를 천천히 일으켰다.

아버지가 돌아가시던 날, 승호는 해외 촬영 중이었다. 서정은 그 사실을 승호에게 전해 주지 않았다.

내 발은 더디기만 했고, 결과는 매번 늦었다.

'······선배.'

그녀에게 돌아가야 했던 길에서도 마찬가지였다.

'좋아하냐고 물었었죠.'

타이밍은 참 엿 같다.

'많이 좋아하고 있어.'

어떤 말도, 대답조차 할 수 없었다. 턱 막힌 호흡은 숨 쉬는 것을 허락지 않았다.

그 말이 환청처럼 귓가에 맴돌았다. 두통과 함께 밀려오는 단영의 차분한 음성이 심장을 옭아맸다. 터질 것처럼 불안하다가도 사무치는 통증에 도무지 정신을 차리지 못했다.

또다시 가슴이 답답해졌다.

승호는 테라스로 느릿느릿 걸어가 습관처럼 담배를 빼어 물었다. 하지만 불을 붙이진 않았다.

주치의가 절대 안 된다며 경고했던 것. 음주와 흡연. 그리고 카페인. 힘들었으나 잘 지켜 왔다. 그런데 왜일까. 요즘따라 참기가 힘들다. 그것이 무엇이든.

"……돌겠네."

승호는 혼잣말로 중얼대며 시선을 슬쩍 내렸다. 고민하듯 몇 번이고 휴대폰을 만지작거렸다.

"……."

잠금 버튼을 풀자 환한 빛이 번쩍였다. 대학생 시절 단영의 앳된 얼굴이 승호를 반겼다. 그때보다 머리가 많이 길었다. 조금 더 성숙해졌네.

"여전히 예쁘고."

서글픈 음성이 나지막하게 흘러나왔다. 잇새로 픽, 바람 빠진 실소가 터진다.

불면증에 시달리다가도 단잠을 잘 수 있던 유일한 방법이었다. 사진

한 장으로 너와의 찰나, 그 찰나의 순간들을 되짚어 가며 상상하다 지쳐 잠드는 것.

휴대폰을 내려 두려다 말고, 익숙한 번호를 눌렀다. 메시지 버튼을 누르고, 손가락을 움직였다.

[보고 싶다. 목소리 듣고 싶은데. 자?]

물음표를 찍는 순간, 승호의 손가락이 멈칫거렸다. 끝내 한 글자씩 지워 버렸다.

[보고 싶다. 목소리 듣고 싶은데,]

[보고 싶다. 목소리 듣고 싶,]

[보고 싶다. 자?]

글자를 지워 가는 그의 엄지손가락 움직임이 점차 느려졌다.

[보고 싶]

[보ㄱ]

[ ]

"하……."

이 짓만 한 지 벌써 8년째. 이건 뭐, 병신도 아니고…….

"미친놈."

자조적인 웃음이 입술 사이로 툭 뱉어졌다.

승호의 시선이 서서히 정면으로 올라갔다. 얼마 동안 이어진 가뭄이 무색해지도록 비는 한꺼번에 쏟아졌다.

최단영은 비 오는 날을 유독 좋아했다.

이유는 모르겠지만, 아마 그랬던 걸로 기억한다.

비가 쏟아지던 날마다 미소를 머금은 얼굴로 창밖을 응시하곤 했다.

그때 그녀의 얼굴을 잊을 수가 없다. 무언가를 회상하고 있는 듯한, 그런 편안한 얼굴이었다.

'단영아. 비 오는 거, 좋아해?'

'네.'

승호에게 비는 좋지 못한 기억이었다. 비가 내리던 날 아버지가 돌아가셨으니까.

그랬기에 그 이유가 더욱 궁금했다. 무엇으로 하여금 비를 좋아하게 되었는지. 어떤 상황이 나와 다른 느낌을 갖게 만들었는지.

'왜?'

그래서 웃으며 물었더니.

'그냥…… 그냥 좋아요.'

돌아온 그녀의 대답은 더 궁금해질 법했다. 그 말이 왠지 나를 좋아한다는 뜻으로 들려서. 그래서 가슴 뛰던 날들이 있었다.

유독 최단영에게 집착하는 이유가 뭘까.

아마, 숨통을 조이던 주변 사람들 중에서 너는 내게 유일한 탈출구가 아니었을까 싶다.

말없이 웃기만 하는 최단영. 속도 없이 내가 어떤 사람이든 그저 좋다던 최단영.

비록 힘들다고, 지친다고, 무너질 것 같다며 속내를 털어놓진 않았지만, 내 마음을 다 꿰고 있다는 듯이 너는 아무것도 묻지 않았다. 그래. 너에겐, 지칠 때 찾으면 늘 그 자리에 있을 것만 같은 이유 모를 믿음이 있었다.

그런 너를 잃고, 가족을 잃고 떠밀리듯 당도한 곳은 결국 거짓된 웃음을 지어야 하는 카메라 앞이었다.

사실 나도. 나도, 네가 그냥……. 그냥 좋았다.

이 끔찍한 비도 좋아질 만큼.

네가 좋다고.

승호는 하염없이 내리는 빗줄기를 무심한 눈빛으로 관망하다 망설임 가득한 손을 다시 움직였다. 용기를 실었다.

투드득. 투드득. 차량 앞 유리창으로 비가 떨어졌다. 빗줄기를 가로질러 오피스텔 앞에 도착한 차량이 서서히 정차했다.

하준은 시동을 끄려다 말고 고개를 돌려 조수석을 살폈다.

"……넌 지금 잠이 오냐."

기가 막혀 짤막한 실소가 터졌다.

때아닌 비로 인해 감기라도 걸릴까 싶어 온도를 높여 주었다. 규칙적인 단영의 숨소리가 듣기 좋게 퍼졌다. 새액, 새액 잘도 잔다.

"잠잘 때가 그나마 제일 순한 것 같네."

조용하고, 귀 따갑게 짹짹거리지 않아서. 하준은 입술을 슬쩍 당겨 웃으며 자신의 안전벨트를 풀어냈다. 조금 더 편히 재우고 싶었다. 그간 눈코 뜰 새 없이 바빴을 테니까.

처음 맡게 된 중대한 메인 프로젝트인 만큼 촬영 전까지 신경 꽤나 쓰고 있겠지. 하준은 왠지 그녀가 안쓰럽게 느껴졌다.

"아……."

그나저나 이번에도 실패다. 하지만 피곤한 그녀를 상대로 취할 생각을 할 만큼 불순한 취미는 없었다. 급한 것은 사실이었지만, 방금 전 그녀의 고백으로 지금 당장은 충분히 만족할 수 있다.

하준은 끝내 아쉬운 입맛을 다시며 몸을 옆으로 기울였다. 사그락. 빳빳한 정장이 구겨지는 소리가 들렸다. 하준은 팔을 길게 뻗어 단영을 칭칭 감고 있는 벨트를 풀어 주려 했다.

그때였다.

띠링.

단영의 핸드백 안에서 울린 소리였다. 하준은 잠시 멈칫했지만, 일단 벨트부터 마저 풀었다.

"으음……."

그녀가 뒤척이며 아이처럼 잠투정을 부렸다. 하준의 입가로 어색한 미소가 그려졌다.

한번 볼까.

타인의 프라이버시를 무시하고 침범하는 것은 비도덕적이란 걸 안다. 그러나 그에겐 타고난 직감이 있었다. 지금처럼 불쾌한 예감이 스치고 지나갈 때면 결코 엇나간 적이 없다.

그는 잠시 고민하다 머뭇거리길 포기하고 단영의 핸드백 안에서 휴대폰을 꺼내어 들었다. 찾는 데 무리는 없었다. 단지, 잠든 그녀의 곁에서 몰래 엿보는 행위를 스스로 행하는 것이 불쾌할 뿐이다.

단영은 휴대폰 잠금 설정을 해 두는 편이 아니었다. 급한 성격 탓도 있었지만, 아무렴 연락 오는 인물들은 정해져 있었기 때문이다. 하준의 기다란 손가락 서슴없이 움직였다.

휴대폰 액정 위에 떠오른 무언가를 목격한 그의 눈빛에 날카로운 날이 섰다. 표정은 순식간에 싸하게 굳었다.

[날씨가 좋다. 비가 다 오네.]

눈가를 찌푸리던 하준이 입술을 씹었다.

"날씨가, 좋아서."

날씨는 좋지 않았다. 빗줄기와 강풍이 동반하고 있었다. 그의 입술이 사선으로 올라섰다.

마치, 비웃듯이.

"생각이 났다고."

하준의 빈 숨소리는 언뜻 차가웠다. 배승호는 단영이 비를 좋아하는 것을 알고 있다.

그녀가 비를 어쩌다 좋아하게 됐는지, 단영과 자신 사이에 그것이 어떤 의미인지 그 이유는 꿈에서도 알지 못할 그가 하준 입장에선 가소로울 뿐이다.

하준은 차분히 눈꺼풀을 내리고 있었다. 활자를 마저 읽어 가는 눈동자는 섬뜩할 정도로 고요했으나, 알게 모르게 섬광이 튀었다.

[보고 싶다.]

많은 의미를 함축하고 또 함축한 마지막 문자 내용에 하준의 눈가가 확 일그러졌다.

"놀고 있다……."

하준은 조용히 혼잣말하며 골치 아프다는 듯 이마를 짚었다.

반대편 손가락으로 툭, 툭 휴대폰 액정을 두드리다 슬그머니 얼굴을 돌려 잠에 취한 단영을 가만히 응시했다.

너를.

내가 너를.

어떻게 가졌는데.

어떤 마음으로 지금까지 버텨 왔는데.

저 새끼 때문에 울던 널 뒤에서 지켜보던 마음이 어땠을 것 같은데.

기분이.

"아주……."

더러웠고.

"불쾌했지."

절로 턱이 뻐근해졌다. 하준은 감흥 없이 다음 행동을 실행으로 옮겼다.

답은 하나다.

몹시 은밀하고, 죄책감이라곤 조금도 없다는 듯이.

"별수 있나."

다른 남자의 흔적을 삭제시켰다.

다음 날 〈오브〉 스튜디오엔 때아닌 소란이 일었다.

"촬영 때 입을 옷은 이게 전부죠?"

이동식 행거에 걸려 있는 여러 옷들을 살피던 단영이 턱을 들었다.

"네, 작가님."

담당 스타일리스트가 고개를 작게 끄덕였다.

"체크는 잘하셨고요? 촬영 준비가 늦어진 만큼 실수는 절대 없어야합니다. 우리도 더 이상 곤란해지면 안 되는 입장이라."

"그럼요. 확실하게 검토했어요. 최 작가님 꼼꼼하고 완벽한 거, 제가모르는 것도 아닌데."

스타일리스트가 자신 있게 대답하자 단영은 수고했어요, 하며 방긋웃었다. 그다음은 뭐였더라……. 파일을 뒤적거리며 목록을 꼼꼼히 살폈다.

"은효야. 촬영 인터뷰 기자는 정해졌어?"

뒤에 있던 은효에게 목록 파일을 건네주었다.

"아, 네. 신주연 기자님이요."

은효는 파일을 건네받으며 기자의 명함을 내밀었다.

"아, 그분 좋지. 성격도 시원시원해서."

"잘 알죠. 선배 촬영 때만 되면 예민해지잖아요. 죽 잘 맞는 기자님 섭외하려고 명함 찾다 보니까 신 기자님이 가장 나을 것 같더라고요."

단영은 명함을 주머니에 대충 쑤셔 넣고는 뭉친 어깨를 빙글 돌렸다.

"웬일로 푹 주무신 것 같네요? 얼굴이 폈어요, 선배."

"그래?"

그녀가 어깨를 으쓱이며 싱그러운 미소를 그렸다. 그러고는 설렁설렁 걸어가 아무 의자에 털썩 엉덩이를 붙였다.

'최단영, 일어나. 다 왔어.'

눈을 떴을 땐, 소파였다. 하준이 곁을 지키고 있었다. 장소는 보나마나 그의 집이었다.

'귀찮게 안 할 테니까 들어가서 편하게 자.'
'오빠는?'

졸음이 한껏 묻어났다.

'같이 자고 싶은데.'

은근한 웃음 섞인 말투가 섹시했다. 그게 뭐라고.

'안 건드릴 거란 장담은 못 하겠으니까, 오늘은 따로 자.'

그 말을 끝으로 하준은 서재로, 단영은 하준의 침실에서 각자 잠을

청했다. 하지만 그가 바로 옆에 있는 것처럼 가슴이 콩콩 뛰었다. 평소 잦게 있던 일이었음에도 웬일인지 어제만큼은 다르게 느껴졌다.

낯선 기분. 묘하게 긴장되는 느낌.

사실 자다 몇 번이고 깼다. 언제라도 저 문을 열고 득달같이 덤벼들 줄 알았으니까.

그러나 하준은 야속하게도 경계선을 넘지 않았다. 선을 넘는다고 해서 뭐라 할 것도 아니었는데 말이다. 왜일까. 서운한 느낌이 드는 게 참 이상했다.

다음 날 일어났을 땐, 하준은 이미 출근한 뒤였다.

「먹고 출근해. 아침 회의 있어서 먼저 간다. 못 데려다줬다고 서운해 말고.」

문자로 보내도 상관없는데 그는 굳이 정갈한 친필로 메모를 남겨 두었다. 무뚝뚝한 필체 속에 다정함이 묻어났다.

아침은 매번 거르는 게 일상이었던 단영이었지만, 오늘은 하준 덕분에 든든하게 배를 채우고 출근할 수 있었다.

은근한 감동이 밀물처럼 밀려왔다. 누군가가 자신을 챙겨 준다는 건 이런 거구나.

될 수 있으면 오래오래 느끼고 싶은 그런 기분이었다.

"선배. 이제 곧 미팅 시작해요."

은효의 일깨움에 정신이 번쩍 들었다. 단영은 손목에 채워 둔 시계를 힐긋거렸다.

"벌써 시간이……."

단영은 최대한 마음을 진정시키려 애썼다.

드디어 오늘이다. 최대한 피하고 싶었지만, 마주칠 수밖에 없는 상대를 보기 위해 직접 걸어가야 한다.

세부적인 일정 조율을 위한 마지막 미팅이 될 것이다. 단영은 전쟁에 나서는 전사처럼 비장한 표정을 짓고선 당차게 촬영 스튜디오 출입문을 열었다.

사무실이 있는 곳에 회의실이 있으니 한 층 더 내려가야 했다. 단영이 계단을 밟기 위해 다리를 움직이려던 찰나였다.

"……."

껄끄러운 상대가 옥상이 있는 층에서 내려오고 있었다. 한쪽 바지 주머니에 손을 푹 찔러 넣은 채 기다란 다리를 서슴없이 움직이며 계단을 밟았다.

딱딱하게 각진 워킹이었지만, 어딘가 모르게 부드럽다. 그저 시멘트 계단일 뿐인데 비단길처럼 보였다.

역시, 톱 모델. 타고남은 인정한다.

뒤늦게 단영을 발견한 그는 차마 발꿈치를 땅으로 내릴 수 없었는지 머뭇거렸으나, 이내 대리석 바닥으로 발을 안착시켰다.

"아……."

단영은 저도 모르게 낮은 탄식을 흘려보냈다. 그러자 승호가 잠시 시선을 내렸다.

"오랜만."

밑으로 내려가 있던 촘촘한 그의 속눈썹이 매끄럽게 올라갔다.

"이네요?"

사연 있는 관계임을 전부 인정했으면서 그는 새삼스럽게 말을 높였다.

"안 어울려요. 이미 다 걸린 마당에 웬 존댓말?"

어색한 분위기를 풀어 보려 단영은 일부러 새침하게 꼬리를 잡았다. 어울리지 않았던 것은 존댓말뿐이 아니었다.

늘 가벼움을 유지하고 있던 그의 표정이 무겁게 가라앉아 있었다. 물론 당연히 아니겠지만, 긴장한 사람처럼 딱딱하게 굳어 있는 듯했다.

하지만 그것조차 한순간이었다. 언제 그랬냐는 듯 그는 다시 예전 모습으로 돌아왔다. 특유의 꽃미소가 승호의 입가에 걸렸다.

"원래 예쁜 여자한텐 말 잘 못 놓는 편이라."

그럼 그렇지……. 단영은 속으로 생각했다. 잠시나마 걱정했던 마음이 휘발됐다.

"지금 오신 거예요?"

"어제 문자는."

동시에 말이 터졌다. 전자는 단영이었고, 후자는 승호였다. 그들은 누가 먼저랄 것 없이 입을 다물었다.

"먼저 말……. 잠깐만요. 방금 문자라니?"

다시 정적이 찾아왔다. 단영은 영문을 모르겠단 눈이었다.

승호 또한 복잡하다는 표정이었다. 그는 잠시 생각하는 듯하더니 짤막한 비소를 터트렸다.

나와 해 보자고.

그가 중얼대는 조용한 음성이 언뜻 들렸던 것 같기도 하다.

"지금 뭐라고……."

단영이 자신의 귀를 의심하며 다시 되물어 보기도 전에 승호가 성큼 성큼 계단을 내려왔다.

가까운 거리를 두고 마주 섰다. 허리를 반쯤 숙인 승호가 그녀의 귓가로 입술을 가까이 가져다 댔다.

"내가. 어젯밤에 중요한 문자를 보냈거든. 너한테요."

"……."

단영은 흠칫했다.

"근데. 너희 오빠 덕분에 제대로 물 먹었어."

그 말에 굳은 상태로 눈을 크게 떴다. 짙은 경계심이 묻어난 음성에 소름이 돋았다.

단영의 어깨 위로 그의 손이 턱 얹어졌다. 무게감이 느껴졌고, 낯선 담배 향이 풍겼다.

"유치하게."

"그게 무슨 소리……."

돌연, 단 한 순간도 그에게서 느껴 본 적 없던 알싸한 냄새에 숨이 막혔다.

승호의 눈에서 불길이 일었다. 단영은 이유 모를 공포가 엄습해 주춤거리며 뒷걸음질 쳤다.

온통 낯선 것뿐이었다. 짙게 깔린 목소리. 결코 좋지 못한 담배 냄새. 장난스러움은 조금도 남아 있지 않은 무표정까지도.

"제대로 건드렸어."

"이봐요. 배승호 씨."

"가서 전해."

마치, 다른 사람 같았다.

"홈런이라고."

31화

"이틀 뒤에 스튜디오에서 실내 촬영을 할 예정이고, 다음 주 토요일엔 출장 촬영이 예정돼 있습니다. 클라이언트 측에서 제안한 해외 촬영은 배승호 씨 스케줄 조정이 힘들다는 점을 감안해서 국내로 선정하게 되었고요. 외부 촬영 장소는 제주도로 결정됐습니다."

회의가 한창이었다.

일정을 차분히 읊던 단영은 슬쩍 시선을 들어 승호의 눈치를 봤다. 불과 15분 전, 본의 아니게 그의 신경을 건드린 셈이 되어 버렸으니 그녀는 좌불안석이었다.

"⋯⋯일단, 저희 쪽에선 그렇게 결정하기로 했는데."

당신들 쪽은 어떨까요. 하하.

단영이 어색하게 웃으며 묻자, 눈치껏 토스를 건네받은 두환이 팔꿈치로 승호를 툭 쳤다.

그제야 승호의 눈이 정면으로 올라왔다.

"아, 죄송합니다. 잠시 다른 생각 좀 하느라. 다시 한번 말씀해 주시겠어요?"

승호는 자세를 고치고 앉아 눈웃음치며 예의 있게 되물었다.

"제주도요."

제주도……라. 승호의 입가로 희미한 미소가 걸렸다.

"좋네요."

"네?"

단영이 어깨를 움찔거렸다.

"제주도. 좋을 것 같다고요."

승호가 부연 설명을 덧붙여 주자, 단영의 가슴팍이 안도하듯 들썩였다.

"크흠. 조, 좋으시다면 다행이네요. 장소는 '월령 선인장 마을'로 선정됐습니다. 색감이 좋고, 주변에 바다가 있어서 촬영지로 최상입니다. 사전 조사는 이미 다른 직원들이 끝낸 상황이고, 1박 2일 예정입니다. 혹시라도 날씨 때문에 촬영이 불가피해질 것을 고려해 호텔 예약은 3박으로 잡아 놨어요. 배승호 씨 매니저님은 모를 상황을 대비해서 일정 여유 있게 빼 두시면 될 것 같습니다."

"예. 알겠습니다. 아, 그런데 작가님. 혹시 주변에 사람 많진 않겠죠?"

해외 촬영이라면 국내 배우를 알아볼 일이 드물어 상관이 없겠지만, 국내라면 말이 달라졌다. 골치 아픈 점이 한두 가지가 아니었기에 배우를 책임져야 하는 매니저 입장에선 걱정이 될 만도 했다.

"아, 그 점은 걱정 마세요. 성수기 시즌도 아니고, 호텔 8층은 전부 스태프들이 이용하기로 해서 다른 외부인과 부딪칠 일은 아마 없을 거예요. 촬영지에다가도 미리 연락을 취해 놓은 상태라 협조 잘해 주실 거구요."

"어후, 그렇다면 다행이죠. 저번엔 비밀리에 촬영을 갔는데도 어떻게 알고 왔는지, 어린애들이 득달같이 달려드는 바람에 얼마나 고생을 했는데요."

두환은 상상만으로도 끔찍하다는 듯 절레절레 고개를 흔들었다.

오늘 미팅엔 무리될 만한 일이 없어 다행이었다. 단영은 주변을 둘러보다 입을 열었다.

"더 질문하실 것 없나요? 없으면 브리핑은 이쯤에서 마치려고 하는……."

"확실한 겁니까?"

승호였다.

"뭐가, 요?"

어쩐지 모르게 오늘의 그는 버튼만 살짝 누르면 빵 터질 것처럼 불안스러워 보였다. 단영의 눈엔 미심쩍다는 기색이 가득했다.

"방해될 만한 외부인은 없을 거란 말, 확실한 거냐고요."

잠시 정적이 흘렀다.

비록 그의 말에 주어는 없었지만, 분명 알아차릴 수 있는 문장이었<u>으므로.</u>

"무슨 뜻인지, 잘 모르겠는데. 하하."

하지만 단영은 애써 모르는 척했다.

"모르면 됐어요. 하긴, 뜻하지 않게 외부인이 찾아온다 해도 작가님 탓은 아니죠."

승호의 말 덕분에 스튜디오 스태프들의 시선이 집중됐다.

"치워 버리면 그만이지. 안 그렇습니까?"

바로 옆자리를 차지하고 있던 두환이 뜨악하며 승호를 부리부리 노려보았다.

"여행 가는 기분이겠네."

그러거나 말거나, 승호는 씩 웃으며 단영만 빤히 직시할 뿐이었다.

"아, 설레라."

능청스러운 말과 함께.

똑똑똑.

본부장실 문을 두드리는 소리가 정확히 세 번 울렸다. 하준은 서류에 시선을 고정한 채 대충 대답했다.

"들어오세요."

허락이 떨어지자 여직원 한 명이 문을 열고 들어섰다.

"본부장님. 말씀대로 김지영 씨에게 인턴 관련 메일 전송했습니다."

인사부 대리였다. 평가 후 정규직 전환이 가능하단 연락. 직접 당사자에게 연락을 취해도 문제 될 것은 없었지만, 하준은 회사 지침대로 인사부 측에 추천 명단을 전달했다.

"하겠다고 하던가요?"

"그럼요. 거절할 이유가 없으니까요. 보내자마자 바로 연락이 와서 깜짝 놀랐어요."

그럴 만도 하지. 하준은 가볍게 웃으며 서류 파일을 덮었다.

"다행이네요."

"면접 결과가 무척 아쉬웠던 모양이에요."

인사부 대리의 말에 공감한다는 듯 하준은 작게 고개를 끄덕였다.

"아, 본부장님. 이번 워크숍엔 참석하실 거죠?"

"워크숍?"

"매번 불참하셨잖아요. 직원들이 얼마나 아쉬워하는데요."

"직원들끼리 편하게 놀러 가는 행사에 제가 눈치 없이 끼어들면 되나요."

불만을 표출할 때마다 하준이 둘러대는 핑계는 항상 정해져 있었다. 하지만 인사부 대리는 이번만큼은 절대 그냥 넘어가 주지 않을 거란 단호한 표정으로 응수했다.

"아뇨. 반드시 가셔야 해요. 이번 워크숍은 신상 론칭을 기념해서 단합이 목적이라 한 명도 빠짐없이 참석해야 한다고 하셨어요."

보나마나 그런 말도 안 되는 이유로 선전 포고를 던진 인물은 자신을 못 잡아먹어 안달 난 상부, 선영의 짓일 게 분명했다. 하준은 묵직한 숨을 흘려보냈다.

그때, 집무 책상 위에 놓인 개인 전화가 울렸다. 하준은 익숙하게 버튼을 눌렀다.

"네."

— 본부장님. 〈오브〉 스튜디오 측 작가님이 방문하셨습니다.

최단영이? 하준은 전혀 예상 못 한 반가운 소식에 눈을 크게 떴다. 그러나 이내 앞에 있는 인사부 대리를 의식하곤 그만 나가 보란 눈짓을 보냈다.

— 바쁘시면, 차후에 다시 연락 후 방문해 달라고 전할까요?

"아뇨. 모셔 와 주세요."

— 네. 알겠습니다.

무슨 일 있나. 하준은 수화기를 내려놓고 잠시 생각에 잠겼다. 단영이 회사로 찾아오는 일은 극히 드물었다.

"나 또 뭐 잘못했나."

가끔 오게 되더라도 미리 사전에 약속을 해 두는 편이었는데, 오늘은 달랐다.

"아닌데. 나 잘못한 거 없는데."

괜히 마음만 무거워졌다. 하지만 그것조차 잠시뿐이었다. 단영을 회사에서 만날 생각에 무겁던 마음은 금세 들떠 버렸다. 이래서 직원들이 알게 모르게 사내 연애를 하는 모양이지. 하준은 피식 웃음을 터트리며 마른세수를 했다.

5분 정도 흘렀을까. 오늘따라 시계 초침이 느리게 움직이는 것 같은 기분이다. 본관 1층으로 마중을 나가야 하나. 진지하게 고민할 때쯤, 성난 코뿔소가 달려오듯 쿵쿵 회사 바닥을 밟는 웅장한 걸음 소리가 들려왔다.

누가 봐도 화난 최단영.

하준은 이유 모르게 등골이 서늘해져 침을 꿀꺽 삼켰다.

얼마 지나지 않아 본부장실 문이 활짝 열렸다. 무려 다른 직원들은 상상조차 할 수 없다는 무(無) 노크로.

"안녕하세요. 본, 부, 장, 님."

살인적인 미소를 걸친 채 그녀가 들어섰다. 주변을 두리번거리다 블라인드를 촤륵 내려 버렸다.

뭔데, 무섭게.

"일단, 받고."

휙— 툭. 가까이 다가오지도 않았다. 그녀가 던진 물체는 하준의 집무 책상 위로 정확하게 낙하했다. 예의라곤 찾아볼 수 없는 그녀의 태도에 하준의 눈썹이 꿈틀댔다.

「화보 촬영 일정표」

하준의 시선이 잠시 훑고 지나갔다. 아……. 그가 나지막하게 탄식했다.

"도하준. 너 나한테 숨긴 거 있지."

단영은 뻐딱한 자세로 허리에 손을 얹었다.

"변명할 기회, 딱 3초 준다."

철저한 상하 관계가 만들어졌다.

아, 골치 아프게 생겼네. 하준은 속으로 생각하며 손으로 이마를 짚었다. 눈을 질끈 감고서 고민했다.

하준은 해외 바이어와의 미팅에서도 곧게 지켜 온 자존심 한 번 내려놓은 적 없었다.

하물며 사사건건 브레이크를 걸려고 들던 임원 상사들에게마저 꼬리 내려 본 적 또한 없었다.

전부 옳다 판단한 것들이었으니까.

다방면으로 생각하고 또 생각하여 고심한 결과물이었다.

그것은 이번에도 마찬가지였다.

"알겠다."

그랬던 그가.

"미안."

이유조차 묻지 않고 처음으로 바짝 꼬리를 내렸다.

32화

"뭐가 미안한데?"

단영은 좀처럼 물러서지 않았다. 일정한 거리를 유지하며 인상을 찌푸렸다.

"지웠어."

"뭘?"

"문자를."

그러나 하준은 미안하단 사람치곤 퍽 태연하게 대꾸했다.

"허. 어이가 없네. 뭐가 이렇게 당당하지? 지금 잘했어?"

"잘한 짓까진 아니더라도 납득 못 할 행동은 한 적 없다 생각하는데."

기가 막혀서 참 나.

말문이 막힌 그녀는 멍하니 하준을 바라보았다. 정적이 흘렀다. 위이잉. 공기 청정기만 열심히 일하는 티를 내고 있었다. 그 흐름을 끊어

내고 본부장실 문이 열렸다.

여직원이었다.

"말씀 중에 죄송합니다."

냉랭한 분위기를 직감적으로 알아차린 여직원은 단영과 하준의 눈치를 살피며 테이블에 찻잔을 올려 두었다.

"아, 네. 감사합니다."

단영이 하준을 흘기다 말고 대신 고개를 돌려 대답했다. 그러자 여직원은 꾸벅 인사해 보이며 후다닥 본부장실을 빠져나갔다.

"일단 앉아. 앉아서 얘기하자."

앉으라 하니 곱게 들어주기 싫었다.

하지만 그뿐이었다. 부리나케 달려온 탓에 두 다리는 이미 말이 아니었다. 지기 싫은 마음이었지만, 일단은 편히 앉아 상대하자. 단영은 내키지 않는단 표정을 지우지 않고 못 이기는 척 접대용 소파에 엉덩이를 붙였다.

"왜 남의 휴대폰을 멋대로 봐?"

그녀가 팔짱을 끼웠다. 이 부분은 반드시 짚고 넘어갈 필요가 있었다.

"그러니까 왜 내 옆에서 멋대로 자."

하준은 자신의 입장을 대변하며 결재 서류에 사인을 했다.

"계속 말대꾸할래?"

단영은 기가 막혀 턱을 느슨하게 벌린 상태로 하준을 바라보았다.

"그게 싫었으면 사전에 잠금 설정을 해 두든가. 관리 못 한 네 잘못이지, 왜 애먼 내 호기심을 탓해."

"아니지. 그렇게 말하면 안 되는 거지. 도하준 너 지금 말실수한 거다? 엄연히 내 휴대폰이었고, 이건 분명한 프라이버시 침해야. 존중받을 필요가 있었다고."

"잘 알지."

"알면서 그래? 무슨 내용인지 확인할 새도 주지 않고 그렇게 무턱대고 지워 버리면 어떡해."

그 말을 잠자코 듣고 있던 하준이 결재 서류에 사인을 하다 말고 멈칫했다. 이내 탁, 하고 펜을 내려 두었다. 그의 눈꺼풀이 매끄럽게 위로 올라갔다.

"맞는 말이긴 한데, 말에 오류가 있네. 그래서 처음에 순순히 사과했잖아. 뭣보다 순수하게 일적인 내용에서 그쳤으면 지울 생각조차 하지 않았겠지."

"그래. 그랬다면 문제 될 일이 없지. 근데, 일적인 내용이었잖아."

하준의 눈가가 구겨졌다.

"누가 그래."

주어를 묻는 질문이었지만, 명백한 지목이었다. 그의 음성엔 공격적인 느낌이 다분히 실려 있어 단영의 어깨가 움찔했다.

"아닌가?"

"어. 아니야."

그럴 줄 알았다. 배승호, 이 인간이 진짜…… 그렇담 뭐라고 보낸 거지? 단영은 내심 궁금했지만, 자세한 내용까진 묻지 않기로 했다. 괜한 부분을 건드려 좋을 건 없다 판단한 것이다.

호기심을 억지로 구겨 넣자 찝찝함이 부풀어 올라 단영의 잇새로 깊은 한숨이 절로 흘러나왔다.

"오빠 맘 모르는 건 아닌데, 그래도 앞으로 말은 해 줘. 그 정도는 괜찮지 않아?"

"네가 내 마음을 안다고?"

하준이 비웃듯이 핏, 바람 빠진 웃음을 터트렸다.

"아니. 넌 내 마음 다 이해하기까지 한참 멀었어. 더 커서 와."

단호했다. 하준은 가만히 단영을 마주했다. 그녀는 무언가 불만에 가득 찬 낯이었다. 입장 전부를 말하지 못해 어지간히 답답한 모양이었다.

매번 시작은 단영의 승리로 기울다가 막판엔 하준이 거머쥐게 됐다. 그게 불만이라는 거다.

별안간 하준이 자신의 곁으로 가까이 오라는 턱짓을 했다.

"……."

그러나 단영은 입술을 댓 발 내밀며 뚱하게 하준을 노려보기만 할 뿐, 미동도 없었다. 결국 그가 일정표 파일을 집어 들고 일어섰다.

하준은 웃음을 꾹 참고 소파로 다가갔다.

"삐졌냐."

그가 손가락으로 단영의 부푼 볼을 툭, 치며 물었다.

"그래! 삐졌다, 왜!"

"오빠가. 잘못했다."

사과는 어떻게든 받아 냈지만, 만족스럽지 못했다. 단영이 불퉁스럽게 입술을 삐죽거렸다.

"이제 와서?"

"멋대로 휴대폰 확인한 건, 잘못했어."

"치."

"아직도 화 안 풀려?"

도리도리. 단영이 고개를 흔들었다. 그제야 하준의 입가로 희미한 미소가 걸렸다. 이제 한시름 놓을 수 있겠네.

"그럼 나도."

……아닌가?

"나도, 뭐?"

"나도 이제부터 오빠 휴대폰 다 확인할 거야. 공평하게. 아까 엘리베이터 안에서 올라오는 내내 여직원들끼리 수군거리는 거 다 들었어!
우리 잘생긴 본부장님 이번엔 꼭 워크숍 가네, 마네 하면서 지들끼리
신나 죽고 있더만. 누가 보내 준대? 웃겨, 진짜."

"……."

"오빠야말로 일 핑계 대면서 자기 사심 채우려는 여직원들한테 퇴근
하고 나서도 연락 오는 거 아냐? 걸렸단 봐라. 진짜 다 죽일 거야. 물
론 오빠 내 휴대폰 한 번밖에 안 봤지만, 난 일분일초 확인할 거야. 나
집착 장난 아니야! 딱 걱정하고 있어라. 알겠어?"

홀로 씩씩거리며 무섭지도 않은 으름장을 놓기 바쁜 단영을 넌지시
지켜보고 있자니, 하준의 표정이 이상하게 구겨졌다.

"왜! 싫어? 싫어도 어쩔 수 없어. 이제 와서 물릴 생각은 개나 줘 버
려. 이미 갈 때까지 가 버렸으니까."

갈 때까지 가긴 뭘 가. 아직 시도조차 안 해 봤는데.

"잘난 당신 얼굴 탓을 하든가, 그렇게 만들어 준 부모님 탓을 하든
가! 정 안 되면 창조주를 탓해!"

"아니, 그게 아니라……."

애를 진짜 어떻게 해야 돼. 귀여워 죽겠다. 하준은 골치 아프다는 듯
이 손을 이마에 가져다 댔다. 입술을 꾹 깨물며 터져 나오려 하는 웃음
을 억지로 삼켜 냈다.

배승호 때문에 짜증이 불길처럼 치솟았다가 이젠 또 간질간질.

내가 원래 이런 사람이 아닌데. 하다 하다 이젠 실성한 놈처럼 일하
다 말고 이게 뭐 하는 짓인지 모르겠네.

"뭐야. 뭔데? 얼굴은 왜 또 가리고 있어?"

"아니. 아무, 것도."

하준은 큼큼 헛기침하며 표정을 정리하고 손을 치워 냈다. 일. 일해
야지. 마음을 추스르며 단영의 옆자리에 엉덩이를 붙였다.

"이거, 최종 일정표지?"

"응."

"보자……."

기업 광고주. 클라이언트 측의 최종 사인이 떨어져야만 제대로 촬영에 돌입할 수 있었다. 단영은 자신이 처음으로 맡아 진행하게 된 기획안인 만큼, 더한 긴장감이 밀려왔다.

더군다나 그 절차를 검열하고 검토해 줘야 할 인물이 바로 도하준 아니던가. 심지어 이렇게나 가까이, 옆에서 말이다.

하준의 입술은 언제 그랬냐는 듯이 일자로 곧게 다물렸다. 평소 단영을 대할 때와 사뭇 다른 날카로운 눈빛으로 꼼꼼하게 서류를 읽어 내려갔다.

기다란 손가락 사이에 끼워 둔 펜을 빼어 내 중간중간 밑줄을 긋거나, 수정해야 할 부분을 체크할 때마다 단영은 심장이 쿵쿵 뛰었다.

일정표가 한 장 한 장 뒤로 넘어갔다. 혹여 놓친 부분이 있을까, 다시 앞으로 돌아오기도 했다.

그러는 동안, 단영은 그의 옆모습을 멍하니 훔쳐보았다.

이렇게 가까운 거리에서 일에 집중하는 하준을 본 적이 있었나. 아마, 없었을 것이다.

왁스로 단정히 고정시킨 고동색 머리카락에서 조명 빛을 받아 윤기가 돌았다.

입체감 있는 굴곡진 옆태가 참 이질적이다. 손가락으로 만져 보면 어떨까. 그 굴곡을 따라가고 싶은 욕구가 샘솟았다.

아, 나 사실 변태 아니야?

평소 도하준은 앞머리를 내리고 다니는 편이었는데. 눈썹을 시원하게 드러낸 스타일이 참 마음에 든다.

그 때문이었을까, 숨겨 둔 날렵함이 오롯하게 드러났다. 고요한 눈빛에선 진중함과 함부로 범접할 수 없는 아우라가 번졌다.

차분히 내려앉은 속눈썹이 참 길다. 깊은 눈동자가 활자 하나하나를 담아내며 움직였다. 하준을 감상하던 단영이 마른침을 꿀꺽 삼켰다.

옆에서 지켜보는 시선이 따가울 만도 할 텐데, 하준은 눈 한 번 깜빡이지 않았다. 단영이 던져 준 일정표에 고정된 상태로 움직이지 않았다.

마지막 장으로 다다를 때쯤, 언뜻 그가 입술 끝을 유연하게 올려 웃었다. 그에 단영은 묘한 전율을 느꼈다.

그 순간 하준이 탁, 파일을 덮고서 턱을 돌렸다. 정통으로 눈이 마주쳤다.

"……어때?"

"뭐야, 그 안 어울리게 긴장한 표정은."

"그, 그럼! 광고주가 바로 옆에 앉아서 결재 중인데, 긴장 안 되는 강심장이 어디에 있어."

"뭔데 귀여워……."

뭐래, 이 남자가. 사람 심장 아프게 하고 있어. 단영은 말없이 미소를 그리고 있는 하준이 괜스레 원망스러울 지경이었다. 그 심정을 아는지 모르는지, 곱게 닫혀 있던 하준의 입술이 느리게 떼어졌다.

"수고했어. 고생 많이 한 티가 난다."

그는 눈으로만 살펴봤음에도 단영이 얼마만큼 수정하고 또 수정했는지 금방 알아차렸다. 단영은 비록 '아주 잘했다'는 칭찬은 못 들었지만, 지금과 같은 하준의 감상평으로도 충분히 만족할 수 있었다.

그녀가 뒤늦게 가슴을 쓸어내리려던 찰나.

"이리 와 봐."

"흐억!"

얇은 허리를 감싸 안은 하준이 그녀를 가볍게 제 곁으로 끌어당겼다. 놀란 단영은 괴상한 신음을 터트리며 눈을 크게 떴다.

그의 슈트 재킷에 어깨가 스쳤다. 좋은 향수 냄새가 확 풍겨 와 코를 간지럽게 했다. 단영은 그만 얼음처럼 굳어 버렸다.

"여기. 그리고 여기. 또 이것도."

상상했던 낯부끄러운 행동을 하지 않아 다행이라고 여겨야 할까. 아님, 내심 실망했다고 해야 할까. 단영은 침을 꿀꺽 삼켰다. 그가 덮어 둔 파일을 다시 펼쳤다.

"봐 봐. 단어나 문장들이 계속 반복되지."

부분 부분을 가리키고 있는 하준의 긴 손가락을 따라 눈동자를 바쁘게 움직여 봤지만, 과부하에 걸린 머릿속은 이미 통제 불가였다.

왜 자꾸 도하준 입술만 보이는 거람. 아니다. 좋은 생각만 하자. 좋은 생각만. 단영이 절레절레 머리를 흔들었다.

"최단영?"

이상한 반응에 그녀의 이름을 다시 부르자, 화들짝 정신을 차린 단영은 반박자 늦게 대답했다.

"아, 아, 응. 마, 맞네. 그러네……."

"접속사가 너무 많아. 지금처럼 기획안 보고서를 작성할 경우에는, 길게 늘려 쓰는 것보다 최대한 간단한 문장으로 줄여서 끊어 주는 편이 검토하는 사람 입장에선 보기 편해. 아무래도 나 같은 사람들은 정해진 시간에 여러 기획안을 살펴봐야 하니까."

고칠 점은 끊임없이 흘러나왔다. 그녀가 수험생이었던 시절, 하준에게 개인 과외를 받았었다. 수학에 '수' 자도 몰라 수포자를 결심한 단영을 억지로 붙잡고 호되게 가르쳤던 하준이었다.

그땐 그런 그에게 질릴 대로 질렸었다. 단영에겐 끔찍한 기억이었으나, 지금은 또 달랐다.

"이제 시오전자 말고도 다른 기업들과 일하게 될 텐데, 실수 없게 잘하라고."

관계가 바뀌었기 때문일까.

"내가 선택한 최단영인데 어디 가서 무시당하는 건 죽어도 못 봐. 알지."

"응. 몰랐어. 난 사진 찍기만 했지, 이런 사무 업무는 봐 본 적이 없어. 글 쓰는 재주도 없고……."

단영은 창피한 나머지 당장 쥐구멍에 들어가고 싶었다. 하준에게 한 번에 프리 패스를 받고자 수정에 수정을 기하며 무던히 노력했건만, 이렇게 될 줄 예상 정돈 했지만, 타격은 말이 아니었다.

그녀는 그것을 시작으로 오늘이 참담하기 그지없는 하루가 될 거라곤 상상조차 할 수 없었다.

"나머진 좋았어. 세부적으로 사진 첨부해 준 것도 이해하기에 훨씬 수월했고, 촬영 비용 관련한 도표도 잘 만들었던데."

그런 건 요즘 중학생들도 다 할 줄 안다고요, 인간아.

위로 같지 않은 위로를 눈물겹도록 정성스럽게도 한다. 단영은 축, 풀이 죽은 표정이었다.

그 모습을 물끄러미 바라보던 하준이 손가락을 들어 단영의 이마를 지그시 눌렀다.

"그러니까 앞으로도 지금처럼 꼬박꼬박 회사로 서류 검토받으러 와."

커다란 손으로 부드럽게 머리를 쓰다듬으며 새삼 사르르 녹아 버릴 웃음을 걸친다.

"그 핑계 대서라도 보고 싶으니까."

아아, 잊고 있었는데. 맞아. 그랬었다.

"내 말. 알아들었습니까, 최단영 씨?"

매번 그래 왔다. 저 웃음엔 도통 당하지 않을 재간이 없었다.

그날 밤. 단영은 집으로 돌아가려던 발걸음을 돌려, 하준의 오피스텔을 찾았다. 느닷없이 외박을 선언한 단태 덕분이었다. 안 봐도 **뻔했**다. 생전 외박 한 번 한 적 없던 놈이 대뜸 외박을 결심한 것을 보면, 분명 검은 속내가 있을 터.

[누나. 나 오늘 외박. 밥은 시간 되는 형이랑 대충 먹어. 난 개인적으로 하준이 형이랑 먹는 걸 추천함.]

"이게, 까불고 있어."

단영은 다시 단태의 문자를 재확인하며 혀를 찼다.

의지할 데라곤 단둘뿐이었다. 비록 엄마가 멀쩡히 살아 계시긴 했지만, 서로 데면데면하며 지내 온 시간이 시간이다 보니, 가족이란 명분만이 남았을 뿐 그렇다 할 추억 하나 없는 셈이었다. 유대감은 딱히 없었다.

단태는 철이 들기 시작하며 서서히 달라졌다. 단영의 외박을 솔선수범하여 제지했다. 그녀가 야근을 하는 날이면 꼬박꼬박 데리러 오기도 했고, 회식이 있어 늦은 시간 귀가를 하는 날엔 지긋지긋할 정도로 잔소리를 늘어놓기도 했다.

물론 그 모든 것은 해외 출장이 잦은 하준이 끊임없이 단태에게 일러둔 탓이 컸지만, 그 사실을 그녀가 알 리 만무했다.

본의 아니게 일찍 철이 들게 해서 미안한 마음도 분명 있었지만.

"아직 머리에 피도 안 마른 게……."

단영은 휴대폰을 주머니에 밀어 넣으며 불만을 늘어놓았다. 늦둥이라면 늦둥이라 같은 이십 대라 할지라도 차원이 다른 뒷자리였다.

"으아아! 타겠다!"

넓은 거실 끝에 서 있던 단영이 부리나케 부엌으로 달려갔다. 올려 둔 냄비에서 타는 냄새가 솔솔 풍겼다.

다급히 냄비 뚜껑을 열었다. 다행히 입으로 들어갈 수 있는 정도였다.

단영이 숟가락을 들어 맛을 봤다. 여전히 밍밍하다. 분명 레시피를 보며 만들긴 했는데, 간 맞추는 법을 모르겠다. 벌써 스무 번도 넘게 간을 봐서 이젠 어떤 맛인지 제대로 분간조차 되지 않을 정도였다.

"이게 짠 거야, 쓴 거야, 매운 거야, 뭐야 대체."

호로록. 또 한 번 맛을 봐도 여전했다. 단영은 인상을 찌푸리며 숟가락을 싱크대로 던지듯 버려두었다.

결국 도움을 요청할 사람은 한 명뿐이다. 주머니 속에 넣어 둔 휴대폰을 꺼내어 익숙한 이름을 찾아 눌렀다.

— 오, 이게 누구신가. 우리 막내딸 아니신가!

이쯤 되면 저 말투만 봐도 다 알겠지만, 나름 요리에 일가견이 있다는 민재였다. 휴대폰 너머로 시끌벅적한 소음이 뒤섞였다. 단영은 귓가로 휴대폰을 더 가까이 밀착시켰다.

"뭐래. 오빠 지금 어디야?"

— 오랜만에 오세훈 만나서 술 한잔하고 있지! 하여튼 술 마시는 건 어떻게 또 귀신같이 알았대? 너도 일 끝났으면 간만에 나올래?

"아니. 그거 말고, 뭐 좀 물어보려고 전화했어."

— 와. 오세훈 지금 들었어? 최단영이 술자리를 거부했어. 대박. 대박 사건! 푸핫! 푸하하하. 단영아 들었냐? 오세훈이 지랄 말래! 술 거절하면 최단영이 아니라고! 불알 두 짝 전부를 걸겠단다!

"취했냐?"

— 뭐? 최단영이 누구랑 사귄다고? 오세훈 너 미쳤냐? 법조계에 일하면서 법만 뒤지게 파더니 드디어 뇌가 어떻게 된 거 아냐? 야, 그건

493

호러지 호러! 최단영이 도하준이랑 사귀면 나야말로 불알 두 쪽 다 건다! 거기 털도 다 밀게! 둘이 성격 자체가 완전 반댄데 어떻게 만나냐? 끅끅, 아 돌아 버리겠네. 코미디도 아니고 이건 뭐…….

"……."

— 미치고 환장하겠네! 야, 오세훈. 너 진짜 손모가지 걸었다? 야. 최단영이. 너 도하준이랑 사귀…….

뚝. 단영은 미련 두지 않고 곧장 전화를 끊어 버렸다.

이 인간들에게 전화를 건 내가 미친년이지. 이참에 두 놈 불알 두 짝 날아가는 꼴 한번 보자. 묵직한 숨을 밀어 낸 단영이 마음을 다잡았다.

하지만 얼마 가지 않아 다시 또 진동이 울렸다. 단영은 발신자를 채 보지도 않고 꽥 소리를 질렀다.

"왜, 또! 이 모지리 같은 놈아!"

— ……모지리?

어? 분명 깐족거리는 말투여야 하는데 왜 쓸데없이 진지한 척하고 난리…….

단영은 급히 귓가에서 휴대폰을 떼어 내 발신자를 확인했다.

"도, 도하준?"

— 딱 보니까 하민재랑 전화했나 보네.

단영이 옥신각신하며 지내는 인물은 한참 어린 단태도 아니고, 정신 연령이 가장 낮은 민재뿐이었다.

그녀가 머쓱한 미소를 지으며 목덜미를 긁적였다. 그러다 이내 자신이 와 있는 장소를 깨닫고 물었다.

"아, 퇴근했어?"

— 어. 오늘 회식했어. 너는.

너희 집이다 인간아. 단영은 차마 말하지 못하고 화두를 돌렸다.

"회식했다면서 금방 끝났네?"

— 피곤해서. 들어가서 쉬려고 중간에 나왔어.

"잠 많이 못 잤어? 아까도 보니까 낯빛 별로 안 좋던데. 설마, 저번처럼 무식하게 며칠 내내 잠 설친 건 아니지? 술 많이 마셨어?"

— 아니야.

거짓말. 잠도 제대로 못 잤고, 즐기지 않던 술도 꽤 마신 모양이다. 안 그래도 저음의 목소리가 더 낮아진 데다, 지금처럼 짧아진 것만 봐도 충분히 예측 가능했다.

단영은 매번 이런 식으로 넘어가려는 하준을 잘 알고 있었지만, 모르는 척해 주기로 했다. 오늘은 특별한 이벤트를 준비했으니까 봐주는 거다!

"어디쯤이야? 대리는 불렀고?"

단영은 냄비에 담긴 내용물을 쉬지 않고 휘휘 저으며 물었다. 시간 날 때마다 민재가 틈틈이 일러둔 '요리하는 동안 맛보기는 최대한 적게. 섞는 것은 최소한으로.' 란 주의 사항은 까맣게 잊어버린 채.

— 어. 지금 문 앞.

툭. 국자가 바닥으로 떨어졌다.

"악! 안……."

띠띠띠띠. 띠리릭.

도어록 열리는 소리가 매정하리만큼 광활한 집 안 가득히 또랑또랑 울려 퍼졌다.

다급히 시선을 내려 냄비 안 내용물을 확인하자, 웬 형체를 알 수 없는 거무죽죽한 건더기들이 뒤엉켜 있었다. 맙소사. 단영은 차마 눈으로 볼 수 없어 뚜껑을 닫았다.

저벅. 저벅. 규칙적인 걸음 소리가 가까워졌다.

"최단영?"

예상 못 한 손님이 집 안에 떡하니 차지하고 있자, 하준은 놀란 눈을 했다.

"하하. 안녕, 도하준."

"……지금이랑 비슷한 상황, 언제 한 번 있었던 것 같은데."

기억도 하고 싶지 않은 야동 사건.

"착각이 아닐까 싶은데."

삐질삐질. 식은땀이 흘렀다. 단영은 주춤거리며 몸으로 냄비를 가렸다.

"앞치마도 샀네."

"옷에 튈까 봐……."

사실은 분위기 내 보려고 까불어 본 거였다.

"예쁘다."

도하준 오늘 진짜 왜 이러는 건데?

"섹시하고."

"오, 오빠?"

미친 자 버전이 업데이트된 걸까. 아님, 최신 버전인가. 빠른 시일 내에 백신이라도 다운받아 놔야겠다.

"요리했어?"

"아, 아, 아, 아니?!"

"냄새나는데."

하준의 미간이 미묘하게 일그러졌다.

"무슨, 무슨 냄새?"

"이상한 냄새."

빠직. 단영의 이마에 혈관이 우뚝 솟았다. 그래 뭐, 부정하진 못하겠지만 말이라도! 하. 되는 일 하나 없다. 단영은 망연자실했다.

"이상한 냄새는 무슨? 오빠 몸에서 술 냄새가 더 나거든."

이건 사실이었다. 멀찍하게 떨어져 있음에도 불구하고 알싸한 술 냄새가 풍겼다.

"뒤에 연기 난다."

"뭐? 연기?"

단영이 몸을 홱 돌렸다. 그의 말대로 꽤 심한 연기가 뭉실뭉실 피어나고 있었다. 으악! 단영은 경악했다.

"또 덜렁대지 말고 조심……!"

"으뜨뜨! 아, 뜨거!"

뭣도 모르고 바글바글 끓고 있는 냄비를 만진 것이 결국 탈을 냈다. 이것도 저것도 전부 엉망진창이었다. 실수 없이 잘해 보려고 마음만 앞선 것이 화만 불러일으키니 단영은 속이 상해 죽을 지경이었다.

"조심하라니까."

눈가를 일그러트린 하준은 성큼성큼 큰 보폭으로 다가와 단영의 손을 움켜잡았다.

"화상 입었어?"

"아니 괜찮……."

그녀의 말을 끝까지 들어 보려 하지도 않고 하준은 그대로 그녀의 손을 힘 있게 싱크대 쪽으로 잡아끌며 곧장 찬물을 틀었다.

시원한 물줄기가 따가운 손가락을 적셨다. 된통 혼만 나다 끝나겠구나. 단영은 다음 벌어질 일을 예상한 사람처럼 질끈 눈을 감았다.

"언제 왔어."

잔소리가 이어질 줄 알았는데 예상을 깨고 하준은 나른하게 물어 왔다. 많이 당황했을 그녀를 배려한 투로 조근조근 타일러 주듯이.

"언제 이런 걸 다 준비했어."

하준은 단영이 알아차리지 못할 정도로 은밀하게 반대편 손을 움직여 가스레인지를 껐다.

"그냥……."

"손에 물 안 묻히고 살게 할 수 있는데. 진짜."

응? 이건 또 무슨 소리……. 맥락 따윈 전부 무시한 말에 단영이 어리둥절해하는 사이, 하준은 가녀린 목덜미 위로 이마를 푹 묻었다.

전보다 심하게 알코올 냄새가 확 풍겼다. 고기 냄새에 뒤엉킨 향수 잔향까지. 그것은 하준이 가장 싫어하는 거였다. 음식 냄새가 옷에 덕지덕지 묻는 것.

단영은 뭐 하는 짓이냐며 한 소리 늘어놓으려 했지만, 싫은 부분까지 억지로 참아 가며 회식 자리를 지켰을 그가 못내 안타까워 얌전히 입술을 다물었다.

"많이 마셨구나."

단영이 손을 들었다. 머뭇거리다 이내 하준의 넓은 등을 다독이듯 토닥토닥 두들겨 주었다.

"……."

하준은 한 손으로 싱크대를 잡아 무게를 지탱한 채 순한 강아지처럼 가만히 안겨 있었다. 그녀보다 한참 큰 키로, 그보다 더 큰 체구로 안겨 있는 폼이 조금은 우스꽝스러웠지만.

"요즘 많이 지쳤지."

좋았다.

내 앞에서만큼은 결코 무너지지 않을 것만 같던. 산과 같은 당신도 누군가를 지켜야 할 남자이기 전에 사람일 텐데.

"수고 많았어."

토닥토닥.

"가서 좀 잘래?"

자존심, 책임감 다 내려 두고 가끔씩 내 품에 기대어 주는 것이. 그 사실만으로도 참 감사한 순간이다.

"자자, 오빠."

당신이 내 품에서 꽤 오랜 시간 깨어나지 않았으면.

그랬으면 좋겠다.

33화

"으윽, 무거워……."

단영은 하준의 한쪽 팔을 목 뒤로 돌려 감았다. 그렇지 않아도 하준은 체구가 큰 편이었다.

그런 그를 방 안쪽까지 부축하는 일이 어찌나 버겁던지, 앓는 소리가 절로 터졌다. 그의 발이 방바닥에 질질 끌리는 것조차 몰랐다. 신경쓸 여력이 못 되었다.

"조금만 더. ……윽, 차."

단영은 잠시 발을 멈추고 다시 한번 젖 먹던 힘을 쏟아부으며 하준의 허리를 감싼 손에 힘을 주었다. 한 발자국, 한 발자국 걷는 일이 참 힘겨웠다.

넓은 거실이 오늘따라 유독 더 넓게 느껴졌다.

술 취한 사람을 부축하는 것이 이렇게 힘든 일이었나.

단영은 매 순간 자신을 챙겨 준 하준에게 내심 미안했고, 고마웠다.

반성하는 계기가 됐다. 다음부턴 내가 술 먹고 꼬장 부리나 봐라. 굳은 다짐도 잊지 않았다.

"으차차!"

드디어 침실. 그녀는 거의 내동댕이치듯 하준을 널찍한 우윳빛 침대로 던져 버렸다. 그 반동으로 인해 단영 또한 함께 앞으로 엎어져야 했다.

"흐어. 힘들어 죽을 뻔했네."

구불구불한 긴 머리가 앞으로 쏟아져 흘렀다. 단영은 두 팔로 무게를 지탱한 채 하준을 가만히 응시했다. 눈꺼풀을 고이 감고서 새근새근 잘도 잔다.

"어째, 이상한데……."

위치가 말이다. 하준은 밑에 깔려 있었다. 마치 그를 덮치는 모양새였다. 불그스름한 그의 입술에서 시선이 멈췄다. 단영이 눈을 느리게 깜빡였다.

"……."

지금처럼 무방비한 도하준은 처음이다. 알코올 냄새 속에서 언뜻 느껴지는 머스크 향이 숨 막히게 좋았다. 고요한 방 안. 취해 잠들어 있는 도하준. 분위기가 묘하다. 단영은 마른침을 꼴깍 삼켰다.

그, 그냥 확!

덮칠까?

덮쳐 버려?

그때였다. 주머니에 넣어 둔 휴대폰이 지잉, 하고 진동했다.

"아, 안 돼. 자는 사람 상대로 무슨 몹쓸 짓을……."

정신이 들었다. 그와 동시에 자존심도 상했다.

"진짜. 아무리 그래도 그렇지. 인간적으로 너무한 거 아니냐, 도하준."

어떻게 좋아하는 여자를 바로 앞에 두고 꿀잠을 잘 수가 있냐. 저 인간도 제정신은 아닐 거다 분명히.

단영은 속으로 툴툴거렸다. 그러면서도 하준의 재킷을 낑낑거리며 벗겨 주었다.

어떻게든 재킷은 벗겨 냈다. 그러나 이제부터가 시작이었다. 사실, 재킷에서 그만둘 참이었는데 하필 그의 목을 꽉 조이고 있는 넥타이가 눈에 들어왔다.

어지간히 불편해 보였다. 그래. 이것만 풀어 주고 돌아가자.

깊은 숙면에 빠진 상태니 문제 될 것이 뭐가 있겠나 싶었다. 단영은 머뭇거리던 손을 움직였다. 부드러운 재질의 넥타이를 잡았다.

이걸 어떻게 풀어야 하지. 참 우스운 고민이었다.

단영은 일전에 하준이 답답할 때마다 넥타이를 흔들어 풀어내던 것을 떠올리곤 어색하게 그 행위를 따라 했다. 미간에 내천(川) 자를 만들어 가며 열정적으로 집중했다.

"이렇게 해서, 이렇게 하면……."

어, 됐다! 넥타이 위로 공간이 만들어졌다. 단영은 그 사이에 손가락을 밀어 넣고 쭉 당겼다. 빳빳한 셔츠 윗부분에 단추 두어 개를 덤으로 풀어 주었다.

"다 했다!"

단영은 뿌듯하다는 듯이 활짝 웃었다. 이 정도면 할 만큼 했다고 생각한다. 세상모르게 쿨쿨 잘만 자는 하준을 얄밉게 흘겨보던 단영은 미련 없이 침대에서 일어났다. 아니, 벗어나려고 했다.

그 찰나.

탁—!

단영의 손목이 가볍게 잡혔다. 화들짝 놀란 그녀가 얼굴을 돌렸다.

"도, 도하준?"

나른한 눈빛이었지만, 시선을 똑바로 마주쳐 왔다. 순식간에 벌어진 일이었다. 남자의 강한 악력이 단영을 잡아끌었다.

그녀는 그 힘을 감당하지 못해 침대 위로 넘어졌다. 그는 그 찰나의 순간을 놓치지 않았다. 그녀의 위로 올라탄 하준은 허벅지 사이에 단영의 골반을 끼워 넣었다.

옴짝달싹 못 하도록 꽉 고정시켜 가뒀다. 탄탄한 근육으로 이뤄진 굵은 팔뚝이 기둥처럼 옆으로 박혔다.

정반대가 되어 버린 상황에 얼떨떨해진 단영은 토끼 눈으로 그를 올려다보았다. 처음 보는 오만한 눈빛이 쏟아져 내렸다. 낯설었다.

"벗겼으면."

건조하게 가라앉은 음성에.

"끝을 봐야지."

화가 난 듯, 약간의 짜증이 섞인 표정에.

"어딜 도망가."

당황한 단영은 말문이 막혀 어떠한 말조차 뱉을 수 없었다. 멍하니 하준을 보았다.

술, 취한 거…… 아니었어?

뒤늦은 배신감이 밀려왔다.

"오빠, 지금 취한 척한 거야?"

나오지 않을 것만 같던 말을 억지로 뱉었다.

"믿지 말라니까."

"……뭐?"

헛웃음이 터졌다. 뻔뻔하게 말을 뱉는 도하준이 기가 막혀서.

"다음은 침대가 될 거란 예고도 했고. 친절하게."

그러나 그 웃음은 금세 허공으로 사라졌다. 하준의 눈빛은 수컷 늑대처럼 빛났다. 커다란 창문을 뚫고 흘러들어 온 달빛에 그의 얼굴이 반사됐다.

날렵한 선으로 이루어진 이목구비가 또렷하게 보였다.

"매번 조심성 없이 빈틈 보여 주면 내 입장에선 고마운데."

한동안 말없이 그녀를 내려다보다 말고 몸을 숙였다.

상황 파악을 못 한 단영은 끔뻑, 끔뻑 눈을 깜빡였다.

"오빠 아니고 남자야. 슬슬 의식 좀 하자."

더 가깝게 다가온 입술 사이로 달뜬 숨결이 느껴졌다. 그녀가 들숨을 마셨을 때, 하준은 그 틈을 파고들었다.

"잠깐, 읍······!"

하준은 처음부터 틈을 주지 않을 생각이었다. 단영은 세차게 얼굴을 도리질하며 작은 주먹으로 하준의 가슴팍을 툭툭 쳤다. 밀어 내고자 안달이었지만, 그는 꿈쩍하지 않았다. 오히려 단영의 손목을 잡아채 힘주어 구속시켰다.

하준은 단영의 턱을 잡아 지그시 눌렀다. 여태까지의 입맞춤과는 판이하게 달랐다. 난폭하다면 난폭하고, 거칠다면 거친 키스였다.

폭포처럼 퍼부었지만 딱히 거부감은 없었다. 도하준을 알기 때문이다. 믿기 때문이다. 무례한 키스였지만 손가락 사이사이로 끼워 넣어 맞잡은 손은 여느 때보다 듬직했고, 믿음직스러웠다.

안심이 됐다.

따라가지 못해 어리숙한 단영의 입술이 유연해졌다. 입 안을 침범한 혀는 기다렸다는 듯이 전보다 더 거칠고 깊게 활개 치기 시작했다. 자신의 구역임을 입증시키기라도 하는 듯 치아를 훑고, 천장을 쓸어 냈다. 혀와 혀가 미끈하게 엉켜 가며 누구의 타액인지 모를 것이 목구멍을 타고 흘러갔다.

단영은 낯선 감촉에 찌르르, 전기에 감전된 것처럼 아찔했다. 꽤 오랜 시간이 지나고 나서야 그가 단영의 입술을 놓아 주었다.

"하아……."

단영이 참았던 숨을 몰아쉬었다. 지독하게 엉겨 붙었던 탓에 입술이 뜨거웠다. 단영은 습관처럼 입술을 감쳐물었다. 가만히 응시하던 하준이 눈가를 찌푸렸다. 그 모습이 뭐라고 예뻤다. 야했다. 입맛이 돈다.

별안간 그가 상체를 일으켜 세웠다.

단영이 건드려 둔 넥타이를 마저 올려 벗어 던졌다. 다음은 셔츠였다. 흰 셔츠 단추를 한 손으로 거침없이 풀어내기 시작했다. 단단한 근육으로 잘 잡혀 있는 맨가슴이 드러났다.

두 눈으로 직접 목격한 것은 처음이라 눈을 어디에 두어야 할지 모르겠다. 결국 단영이 슬쩍 시선을 피했다. 이건 장난이 아니다.

실전이다.

말로만 겁을 주던 예전과 달라도 판이하게 다른 상황이었다. 끈적하게 조성된 분위기만 봐도 알겠다.

키스 정도야, 하준과 몇 번 경험이 있었기에 괜찮았다. 하지만 성행위는 달랐다. 섹스는 무섭다. 경험하지 못한 일에 도전하는 것 자체가 단영에겐 공포로 다가왔다. 다시금 서서히 그가 밑으로 내려왔다.

"최단영."

그가 낮게 이름을 부르며 단영의 얼굴을 부드럽게 감싸 쥐었다. 눈 피하는 걸 허락지 않겠다는 듯, 정면을 바라보게 만들었다.

"눈 피하지 말고, 나 봐."

그의 얼굴이 점점 더 가깝게 다가온다.

"난 남자고."

"……."

"술도 마셨고."

"……."

"지금은 밤이고."

"……."

"넌 무방비한 상태로 내 아래에 누워 있어."

깊은 밤바다 같은 그의 눈동자가 진하게 일렁이는 게 점차 가깝게 보이기 시작했다.

"그러니까 지금부터 나는."

그러다, 어느 순간 움직임이 멈추었다.

"네가 아무리 애원해도 안 봐줄 거고."

마주친 그의 눈빛은 색정적이었다. 낯선 남자의 것이었다. 위험한 표식이었다.

"울어도 멈출 생각 없어."

차분히 내려앉은 그의 속눈썹이 훤히 다 보일 만큼. 누구라 할 것 없이 내쉬는 숨결 소리가 적나라하게 다 들릴 만큼 밀착된 상태에서 멈췄다.

그의 손은 허리를 배회하고 있었다. 기다란 손가락 하나가 단영의 흰색 티셔츠 안으로 비집고 들어섰다.

차가운 감촉이 살결에 닿자, 단영은 어깨를 바짝 오므렸다.

"……무서워."

무서웠다. 행복과 공포가 공존했다. 참 아이러니한 일이었다. 단영은 속눈썹을 파르르 떨며, 나약한 속내를 보였다.

"믿어."

"아깐 믿지 말라며."

그 말에 잠시 말문이 막힌 하준은 피식 웃었다.

"많이 아프지 않을까?"

"별로 안 아파."

"진짜?"

"아니."

단영이 콧잔등을 찡긋거렸다. 그가 손을 들어 아무렇게나 널브러져 있는 잔머리를 귀 뒤로 넘겨 주었다. 여전히 반대쪽 손으로는 허리를 자극하고 있었다.

"아프면 참지 말고 때려."

사근사근 속삭이듯이 타일렀다. 나름 설득력이 있었다.

"꼬집어도 되고."

"……."

"소리 질러도 돼."

단영은 못내 의심스럽다는 듯 물었다.

"그럼, 안 아파?"

"아마도."

"……."

"아닐, 걸."

그녀는 미간을 좁히며 인상을 찡그렸지만, 하준은 희미한 미소를 그렸다. 사선으로 올라가 있는 입술과 달리 검은 눈동자는 진중했다. 조금의 웃음기조차 없었다.

"그래도."

단영의 뺨을 다정하게 매만지며 낮게 읊조렸다.

"오늘만큼은 이기적이어도 괜찮다고 해 줘."

애원해도 봐주지 않을 거고 울어도 멈추지 않을 거라 했으면서 상황과 어울리지 못한 허락을 구걸하고 있다.

"마음 놓고 사랑할 수 있게."

애절하게. 온 마음 다해 간절하게.

"마음껏 예뻐할 수 있게."

심장이 터질 것만 같았다.

"허락해 줘."

찰나의 두려움이, 무서움이 사르륵 녹아 소멸됐다.

건조하게 갈라진 목소리가 인내의 한계를 대신 보여 주고 있었다. 단영은 올곧은 하준의 눈을 똑바르게 바라보았다.

흔들림 없는 눈동자는 오늘도 여전히 나를 사랑한다. 그렇게 생각하니 무서울 것이 없었다. 단영은 침대에 누운 채로 두 팔을 뻗었다.

"아……."

그 모습을 목격한 하준은 허리를 지분거리던 손을 멈추고 나지막한 탄식을 토해 냈다. 지독한 형벌과 다를 바 없던 지옥의 끝을 알렸다.

"이리 와."

아직 두려움이 채 가시지 않은 눈으로, 연약한 입술로.

"그래도…… 최대한 아프지 않게 노력, 은 해 줄 거지?"

안아 달라며 보채는 그녀의 모습은 여느 때보다 아름다웠다. 하준은 참기 힘들었는지 인상을 살풋 구겼다. 주먹을 쥔 손등 위로 핏줄이 확연하게 불거졌다.

"처음이니까, 불은 끄자. 오빠."

흰색 티셔츠를 입고 있는 그녀의 가슴에 불순한 시선이 머물렀다. 언뜻 비치는 브래지어. 붉게 물들어 있는 뺨. 앞섶이 울컥거리며 반응했다.

아무것도 들리지 않았다. 자체 음소거였다. 하준의 눈에는 종알거리는 그녀의 입술만 보일 뿐이었다. 무슨, 흥분이.

이 정도로…….

될 수가 있지.

더 이상의 망설임은 없었다. 아무래도, 긴 밤이 될 것 같다. 너를 안고, 또 안고 싶어 잠 못 들던 밤을 생각하면.

"일단. 벗어."

긁는 목소리는 애써 달아오른 거친 숨을 삼켜 냈다.

하얀 살결을 쓸데없이 가리고 있는 저 옷부터 없애 버리고야 말겠다
는 신념 하나로.

"벗고."

마음에도 없던 말을 무턱대고 뱉었다.

"생각해 볼게."

스물여덟. 옛날 같았으면 진작 결혼을 하고 아이를 가져도 이상할
것이 전혀 없을 나이다. 요즘은 이십 대 초반에도 진한 사랑을 나눈다
는데, 결코 문제 될 일은 없다. 호기심이 왕성한 나이에 누군가와 만나
지금과 같은 경험을 한 번쯤은 겪어 보고 싶지 않았던가.

하지만 스스로 세뇌를 시켜 보고 자기 합리화를 해 봐도, 막상 현실
로 닥쳐오니 이게 뭐라고 그렇게 긴장될 수가 없었다.

"……."

단영은 물끄러미 하준을 응시했다. 경직된 그녀의 눈빛이 현재 얼마
만큼 긴장하고 있는지 대신 알려 주고 있었다.

"싫어?"

그의 목울대가 울컥 잠겼다가 떠올랐다. 핏대 선 눈동자는 끝없는
기다림에 대한 잔혹함을 절실히 느끼고 있었다. 단영은 마음껏 예뻐해
주고 싶다던, 사랑하고 싶다던 그를 더는 물릴 수가 없다.

"……아니."

사실은 심장이 터져 버릴 정도로 좋았다. 적나라하게 피부로 와 닿
는 그의 거친 숨결과 체온. 가끔씩 머리를 쓸어 넘겨 주는 손길. 안심
이 될 때까지, 허락이 떨어질 때까지 용케 버텨 주고 있는 그의 인내심
도.

"싫지 않아."

온전히 받아 내 보고 싶다. 그곳이 어디가 될진 모르겠지만, 현재에 집중하자. 내 감정과, 그에게 예쁨받고 싶은 욕심에 집중해 보자. 단영은 가까스로 다짐한 결심을 물리지 않으려 애썼다.

"만세."

"응?"

"만세 하자."

그가 얇은 팔뚝을 손짓으로 툭툭, 쳤다. 그제야 뒤늦게 의미를 알아차린 단영이 픽, 하고 웃었다.

"내가 애야?"

가벼운 그 말 한마디에 긴장이 풀렸다. 단영은 어색하게 주춤거리며 두 팔을 들어 올렸다.

"애 같았으면 처음부터 건드릴 생각조차 안 했어."

그가 단영의 티셔츠 양옆 끝을 잡았다. 이내 스르륵 말려 올라갔다. 서늘한 체온이 살결로 느껴지자, 그녀가 몸을 움찔 떨었다. 티셔츠가 브래지어 경계선까지 올라왔을 때, 그가 잠시 움직임을 멈추고 납작한 배를 가만히 바라보았다.

"후으……."

하준의 잇새로 쏟아진 앓는 소리가 입 안을 긁어냈다. 그가 시선을 천천히 위로 올렸다. 살포시 떨리는 시선이 정통으로 마주쳤다. 하준이 씩 웃었다.

"떨린다."

단영이 놀란 눈을 했다.

"오빠도, 떨려?"

의연한 모습이라 아무렇지 않구나, 생각했는데.

"나도 남잔데."

510

"······."

"가만두고 배겨?"

아······.

"생일 선물 포장 뜯기 전 기분이야."

그 또한 긴장한 기색이 역력했다.

"그건 설레는 거잖아."

"그게 그거지."

그러나 떨린단 말과 다르게 그의 행동은 일관적이었다. 하준은 머뭇
거림 없이 티셔츠를 마저 벗겼다. 목 부분에서 간당간당하게 말려 올라
간 티셔츠는 부드럽게 긴 머리를 통과했다. 하준은 손에 들려 있던 그
녀의 옷을 침대 위에 내려놓았다. 그러고는 가만히 감상하듯 눈으로만
단영의 상체를 훑었다.

순결한 흰색 브래지어였다. 비록 봉긋 솟아오른 가슴을 가리고 있었
지만, 그렇게 야할 수가 없었다. 그는 손으로 납작한 배를 쓸어 내며
감상평을 말했다.

"······뭐가 이렇게 예뻐."

단영은 속으로 저녁을 먹지 않고 그를 기다린 것에 안심했다. 하지
만 그 안심은 오래가지 못했다. 그가 상체를 숙였다. 고개를 틀며 단영
의 입술을 삼켰다. 처음과는 다르게 부드럽고 조심스러운 키스였다. 잘
익은 망고를 입 안에 넣은 듯, 사르륵 녹았다. 낯선 흥분도 함께였다.

그는 키스하며 단영의 가슴을 한 손으로 그러쥐었다. 가슴을 움켜잡
은 무게감에 단영은 흠칫거렸다. 입술을 뗀 그가 조심스러운 입맞춤을
남기기 시작했다. 이마. 눈꺼풀. 콧등. 하나하나 정성스레 입을 맞추며
내려갔다.

마지막 종착지는 목덜미였다. 단영은 머리털이 쭈뼛 서는 기분이 들
어 눈을 질끈 감았다. 그의 머스크 향수 냄새가 더 진하게 느껴졌다.

목덜미를 물고 빠는 색정적인 감촉에 정신을 차릴 수 없었다.

그가 브래지어를 위로 밀어 냈다. 불쑥 튀어나온 가슴은 그 차제만으로도 무척이나 음외했다. 쿵쾅거리며 펌프질하기 바쁜 가슴을 그대로 꽉 움켜쥐었다.

두 다리를 가르고 들어온 허벅지가 은밀한 곳을 정확하게 꾹 눌렀다. 솜털 하나하나가 곤두섰다. 정신이 녹아내릴 것 같다.

"으읏."

분명 바지를 입고 있는데도 자극은 선연했다. 처음 느껴 보는 감촉이었다. 어떻게든 터져 나오려는 신음을 참으려 우직하게 벌어진 하준의 어깨를 꽉 잡았다. 근육 때문에 더한 힘을 주어야 했다.

한참 부족한 경험을 뒤로하고, 저만치 아래에 잠겨 있던 본능부터 일깨워졌다. 척추가 저릿했다.

얼마 동안 가슴살만 문지르던 손이 별안간 등 뒤로 쑥 들어왔다. 그가 후크를 가볍게 풀어냈다. 상체를 꽉 조이고 있던 브래지어가 힘없이 풀어지자, 숨통이 트였다. 괜히 창피하고 쑥스러웠다. 젖가슴을 보이기 싫어 그의 목덜미를 두 팔로 꼬옥 감싸 안았다. 볼륨 있게 솟은 단영의 가슴이 납작한 근육으로 이뤄진 가슴에 착 눌렸다. 하준의 얼굴이 쇄골에 푹 잠겼다.

다행인지, 불행인지 단영은 억지로 얼굴을 떼어 내진 않았다.

그의 손이 다시 원점으로 돌아왔다. 하지만 이번엔 달랐다. 하준은 그녀의 목덜미에 잠긴 채, 쇄골 부분을 물고 빨며 손가락 사이로 유륜을 끼워 넣었다. 솟은 돌기를 집요하리만큼 살살 돌렸다.

으읏, 참아 애쓰던 야릇한 음성이 제멋대로 툭 튀어나왔다. 젖가슴이 파도처럼 물결쳤다. 음란했다.

커다란 손은 가슴을 쉴 새 없이 주물럭거렸고, 탄탄한 그의 허벅지는 집요하게 밑을 노리며 비벼 댔다. 그가 움직일수록 대뇌가 번쩍거리며 반응했다. 머리끝부터 발끝까지 찌릿찌릿했다. 단영은 쉬지 않고 찾아오는 자극을 참지 못해 몸을 비틀었다.

"움직, 이면."

안 된다는 듯이 중심부를 짓누르고 있던 허벅지에 더 힘을 주었다.

"더 자극받는데."

푹 잠긴 음성은 평온했다.

목 뒤를 감싸 안아 누르고 있던 단영의 팔 힘이 약해졌다. 그 틈을 타, 하준이 얼굴을 내렸다.

"보지 마!"

"가리지 마."

엇갈린 요구가 동시에 터졌다. 급하게 두 손을 들어 가슴을 가려 봤지만.

"이미 다 봤어."

늦었다. 그가 손목을 아프지 않게 잡아 옆으로 내렸다. 진작 정신이 가출한 상태라 불가항력이었다. 힘없이 그의 손길에 따라 움직였다.

"착하다."

하준은 피식 웃는 것으로 대답을 대신하며 얼굴을 숙였다. 흥분과 긴장으로 솟아오른 가슴을 한입 가득 물었다. 그가 혀를 굴리며 유두를 빨았다. 치아로 은근하게 깨물기도 했다. 사탕을 녹여 먹듯이. 갈수록 혀 놀림이 더욱 농밀해졌다. 자극은 배가되었다. 아래위 할 것 없이 찌르르, 전기가 일었다. 단영이 입술을 감쳐물었다.

"하악……."

단영의 고개가 절로 뒤로 젖혀졌다.

별안간 하준의 상체가 위로 올라왔다. 팔에 힘을 주어 체중을 버텼다. 이제 막 준비 운동을 끝낸 남자의 힘줄이 솟았다.

도망칠수록 더한 구속이 따라왔다. 하준은 눈 하나 깜빡이지 않고 그녀의 젖가슴을 빤히 응시했다.

나른하지만 욕구를 품은 강한 눈빛이 쏟아져 내렸다. 가진 자의 여유일까. 맛 좋게 익은 과실을 어떻게 하면 더 맛있게 먹을 수 있을까 고민하는 사람처럼 보였다.

그의 놀던 반대쪽 팔이 움직이기 시작했다. 가슴은 스킵한 채, 허리 라인을 쓸고 내려갔다. 기다란 손가락이 허리를 스칠 때마다 마른침이 꿀떡꿀떡 삼켜졌다. 야릇한 감각은 골반을 배회할 때에 더욱 증폭됐다.

그가 엄지손가락으로 골반 옆을 지그시 눌렀다.

"아······!"

단영은 바로 반응했다. 만족스럽다는 듯이, 하준은 은근하게 미소를 그리며 속삭였다.

"솔직하네."

세월 좋은 소리나 뱉으면서.

"그런 태도 좋아."

그러는 동안에도 손은 점점 더 아래로 내려갔다.

바지 경계선에서 잠시 멈추는가 싶더니, 힘을 주어 안으로 쑥 밀어 넣었다. 머릿속에선 침입자의 경고음이 윙윙 울렸다.

"오, 오빠 거기는."

안 돼. 멈추라는 소리가 차마 터져 나오질 못했다. 먹힐 리 없었다.

"거기는 뭐."

매서운 재규어의 눈빛을 한 채로 단영을 꿰뚫었다. 은밀한 부위를 덮고 있는 속옷 위로 그의 손길이 느껴졌다. 조금 더 아래로 내려갔다. 보나 마나.

"젖었잖아."

확인 사살 하며 정중앙을 정확하게 짚었다.

"그런데 멈추라고?"

그가 나지막하게 으르렁거렸다. 속력을 내기 시작한 남자를 말리는 방법이 과연 있을까. 단영은 별다른 항변 한번 해 보지 못하고 입술을 다물었다.

별안간 하준이 바지 밖으로 손을 빼내었다. 그러고는 몸을 일으켰다.

"잠깐 숨 돌리고 있어."

그에게선 망설임을 찾아볼 수 없었다. 침대 옆 협탁 위에서 낚아챈 콘돔 포장지를 입으로 물었다. 그 상태로 셔츠를 마저 풀더니 벗어 던졌다. 기세 좋은 상체 근육이 제 존재감을 드러내기라도 하듯이 위용스럽게 빛을 발했다.

그가 정장 바지 버클에 손을 대었다. 툭, 툭. 하나하나 벗겨지는 소리가 들렸다. 차마 눈 뜨고 볼 수 없던 단영이 숨을 크게 내쉬며 이루어지지 못할 말을 뱉었다.

"오빠, 오늘은……."

"한 번만."

하준이 천천히 눈꺼풀을 밀어 올리며 경고했다.

"한 번만 더 멈추란 소리 해 봐."

그의 나체를 처음으로 목격한 단영은 충격에 빠졌다.

하루도 관리를 빼먹지 않았다는 것을 증명시켰다. 그가 숨을 내쉴 때마다 잘 잡힌 가슴 근육이 들썩였다. 단영의 조심스러운 시선이 느릿느릿 내려갔다. 그의 몸은 어느 곳도 나무랄 데가 없었다. 특히.

"봐."

콘돔이 씌워진 상태로 단단하게 용솟음친 그의 것을 확인하자, 단영은 아연실색했다. 저 커다란 것이 들어왔을 때 감당해야 할 통증의 정도는 상상 불가였다. 두려웠다. 그가 자신감 가득 찬 투로 말한 이유를 알 것도 같았다.

"상태가 이런데, 그 이상을 어떻게 참으라고."

하준은 침대 위로 다시 돌아왔다. 지금부턴 실전이었다. 단영은 속눈썹을 파르르 떨며 지푸라기라도 잡는 심정으로 하준의 굵은 팔뚝을 잡았다.

"오빠, 나 무서워."

"멈출 생각 없어. 이제 와서 약한 소리 하지 마. 늦었으니까."

단호하게 말했다. 그러나 이내 얄궂은 미소를 걸치며 단영이 입고 있던 바지 단추를 한 번에 풀어냈다. 순식간에 벌어진 일이었다. 단영은 세차게 도리질 쳤다.

"안 돼, 절대 안 돼. 벗기지 마. 제발 보지 마!"

완강했다.

"언제까지."

"……어?"

"언제까지 보지 마."

"지금은. 일단 지금은 안 돼."

정신 자체가 완전히 암전됐을 때. 벗기는 줄도 모르고 허우적거릴 때. 차라리 그때 벗겨.

"아. 지금은."

뒤늦게 의미를 알아차린 하준은 귀엽다는 듯이 나지막하게 픽, 하고 실소를 터트리며 고개를 끄덕였다. 아예 방법이 없는 것은 아니었으므로 그렇게 하겠다고 허락했다.

그가 손가락으로 속옷을 살짝 옆으로 밀어 냈다. 단영은 여전히 그의 팔을 두 손으로 꽉 잡고 있었다. 못 믿겠다는 속내였다. 허튼짓을 했을 시에 언제라도 막아 세우려는 의도였다.

그 뜻을 모를 리 없던 하준은 한 손으로 그녀의 두 손을 단숨에 잡아 침대 위로 고정시켰다. 움직이지 못하게 만들었다. 다소 강압적인 행위가 위압스럽게 느껴졌다.

그다음은 수월했다. 속옷을 옆으로 밀어 낸 채로 단번에 작은 돌기를 찾아냈다. 그 중점을 꾹 눌러 원을 그렸다.

"아, 안 돼…… . 으윽."

이미 축축하게 젖어 버린 부위였다. 안 된다며, 쑥스럽다고 난리를 쳤지만, 이성보다 먼저 반응한 육체를 숨길 순 없었다. 아마, 이 상태를 들키기 싫어 더욱 완강하게 굴었던 걸 테지.

하준은 그녀의 울먹임을 못 들은 척하며 은밀한 곳을 문지르기 시작했다. 손가락으로 쓸어 내며 물었다.

"정말, 안 돼?"

들어갈 듯, 말 듯. 입구에서만 배회하며 놀리듯이 물었다.

"안, 안…… ."

"아. 안 되는구나."

열감이 그득했다. 그녀의 몸은 진작 안달 난 상태였다. 언제라도 받아들일 준비가 되어 있었다. 그의 손가락이 위로 올라왔다. 흥분되어 부풀어 있는 중점을 엄지손가락으로 살짝살짝 눌렀다. 건드릴 때마다 온몸이 찌르르 전율했다.

단영은 최대한 신음을 참으려 인상을 구겼다.

"오, 오빠…… ."

참다못해 그를 불렀다. 표정만 봐도 알겠다. 음탕한 속내를 말하기 어려워 움찔거리고 있는 것도 다 알겠다. 하준은 이쯤에서 괴롭힘을 그만 멈추기로 했다. 그의 손가락이 촉촉한 물기를 머금고 있던 중심 사이로 미끈하게 침입했다.

"하악!"

물기를 잔뜩 머금고 있어 생각보다 아프진 않았지만, 처음 느껴 보는 감각에 정신을 못 차리겠다. 단영은 손톱을 세워 하준의 어깨를 더 세게 잡았다. 앞이 캄캄했다.

좁은 곳에 손가락을 넣었다 빼는 속도가 초반엔 더디고 느렸다.

"좋아?"

이성이 탁해졌다. 직구로 던진 질문에 제대로 된 답을 내놓기가 어려웠다.

그 망설임을 아직 부족하다 잘못 이해한 모양인지, 하준의 손가락은 뜨거운 곳을 점차 빠르게 들락거렸다. 하윽, 학, 학. 그럴수록 단영의 신음도 잦아졌다. 색정적인 그녀의 반응이 하준을 더 흥분케 했다.

"후으……."

그는 한숨 섞인 신음을 토해 내며 마음을 차분히 다잡았다.

"아잇! 아파……!"

그때였다. 침입자가 늘었다.

손가락 한 개에서 두 개로. 처음은 뻑뻑했다. 단영은 갑작스레 밀려온 통증에 눈가를 살짝 찌푸렸다.

"참아, 봐."

이기적인 말이었다.

"좋아져."

하지만 얼마 가지 않아 그의 말처럼 점차 부드러워졌다. 그의 손가락이 움직였다. 그녀가 조심스레 눈꺼풀을 밀어 올렸다. 진한 밤바다 같은 눈동자는 한순간도 감긴 적이 없었다. 그저 단영만을 오롯이 담고 있다. 꿰뚫어 버릴 것처럼 덮쳤다.

욕구와 욕망. 가지고 싶어 죽겠다는 듯이 관통하는 서늘함.

등골이 왠지 모르게 오싹해졌다.

그가 다시 가슴을 삼켰다. 치아로 아프지 않게 물고, 감칠맛 나게 혀로 굴리자 온몸에 힘이 풀렸다. 아래로 와 닿는 손길이 야릇하다. 확실히 전보다 빠르게 움직이기 시작한 손놀림은 더없이 야했다. 찌걱거리며 색정적인 소음을 자아냈다. 넣었다 뺐다를 반복하며 엄지손가락으로는 끊임없이 정점을 문질렀다.

"봐 봐."

몽롱하다. 수치심과 창피함은 이미 저편으로 멀어졌다. 하지만 감각이 멀어진 것은 아니었다. 환장할 것 같았다. 미쳐 돌아 버릴 지경이었다. 너무 좋았다. 이 기분을 왜 이제 와서 깨달은 건지 야속하게 느껴질 정도로. 앞으로 얼마만큼 더 흥분될지 가늠조차 못 하겠다. 단영은 점차 바닥을 보여 가는 스스로가 무서웠다.

"좋지."

속력을 늦추지 않고 지속적으로 높여 오던 그의 손가락이 질 벽 어딘가에 다다랐다. 쾌감 또한 마찬가지였다. 어디라고 콕 집어 말할 순 없었다. 질 내벽을 긁어 내려오며 다시금 들락거리려던 그 순간.

"하윽⋯⋯!"

울컥, 하고 애액이 쏟아져 흘렀다.

단영의 허리가 활처럼 휘었다.

두 허벅지가 파들파들 떨렸다. 잠시 움직임을 멈춘 하준의 손가락이 질 안에서 쑥, 하고 빠져나왔다. 차가운 공기가 스산하게 들어왔다.

정신이 아득해졌다. 쾅쾅 못질하던 심장이 서서히 평온을 되찾아 갈 때쯤, 단영이 물었다.

"끝, 이지?"

하준이 멈췄다. 단영의 질문에 화답하듯, 단번에 속옷 양옆을 잡아내렸다.

"혼난다 했지."

단영은 허벅지를 겹쳐 올리며 은밀한 곳을 보이지 않으려 안달이었다.

"이제부터 집중해."

그 말이 지나치게 야했다. 준비를 마친 하준은 단영의 몸을 눈으로만 감상하기 시작했다. 새하얀 살결이 티 없이 깨끗했다. 그의 서늘한 눈빛이 몸 구석구석을 점령했다. 그것만으로도 단영은 희롱당하는 느낌을 받았다.

그의 커다란 몸이 단영을 가두었다. 무릎을 세워 자세를 고쳐 잡았다.

"다리 벌려."

무리였다. 무례하면서도 위험한 그 말이 어째서 섹시하게 느껴지는 것일까. 이만하면 미친 것이 아닐까.

"더."

단영의 다리가 마지못해 느슨히 벌어졌다. 다시금 심장이 뛰었다. 흥분보단 두려움이 앞섰다. 그다음 행해질 행위가 무엇인지 대충 가늠됐기 때문이다.

"힘 풀어."

크고 단단한 무언가가 입구에 스쳤다. 이제, 이 순간을 지나면 되돌릴 수 없다.

"그래야 덜 아파."

통증을 완화시킬 수 있는 방법을 친절하게 알려 줬음에도, 단영은 되레 머뭇거리며 허벅지를 오므렸다. 하준은 묵직한 숨을 내쉬고는 힘으로 허벅지를 벌렸다.

"거짓말 아닌데."

"……."

"못 믿네."

그가 귓가로 입술을 가져다 댔다. 물렁한 혀가 귓속으로 들어왔다. 예민한 부위였다.

"하웃."

움찔. 등이 허공으로 튀어 올랐다. 이젠 그의 작은 손짓 하나, 감촉 하나만으로도 치솟아 오르는 흥분 덕분에 도무지 주체할 수가 없었다. 버들버들 떨며 그의 두 팔을 잡았다.

아랫부분에서 묵직한 기운이 감돌았다. 단영이 허리를 비틀자, 움직이지 못하도록 허벅지로 꽉 고정시켰다. 그가 남성을 입구에 가져다 대고 위아래로 문지르기 시작했다. 경험이 없는 그녀를 배려해, 최대한 아프지 않도록 윤활제를 만들어 냈다. 낯선 감촉이 느껴지자, 단영에겐 부끄러움보단 불안감이 불쑥 찾아왔다.

"적당히."

귓가로 내려앉은 저음이 한 글자, 한 글자 박혀 들었다.

"아프게 할게."

앞뒤가 맞지 않는 말이었다. 하준은 단영의 둔부를 움켜 들고는 바짝 앞으로 당겼다. 몸이 바짝 밀착되었다. 아랫부분이 서로 맞물렸다. 하준은 페니스를 잡아 위치를 맞추었다.

하준이 서서히 허리를 움직였다. 좁은 구멍 안으로 그의 것이 조금씩 진입하기 시작하자, 통증이 동반됐다. 단영의 인상이 과격하게 찌푸려졌다.

"아으."

뻑뻑했다. 충분히 축축했지만, 비교할 수 없을 만큼 단단하고 커다란 그의 것을 거뜬히 받아 내기란 무리였다.

"힘, 풀어."

하준이 한쪽 눈가를 구기며 힘겹게 말을 뱉었다. 3분의 1 정도만 겨우 넣었다 뺐다를 반복했다. 단영이 몸에 힘을 풀 때를 노려 조금씩 들어섰다. 조금씩 유연해지는 느낌이었다. 단영은 이 정도에서 그친다면 참을 수 있다고 생각했다.

"아직 긴장 풀지 마."

다음을 미리 예고하는 그의 말에 단영이 숨을 흡, 하고 참았다.

"그렇다고 너무 힘주진 말고."

어려운 조건이 붙었다. 단영이 어떻게 해야 하나 고민하는 동안, 페니스의 반 정도가 들어섰다. 단영이 인상 쓰며 눈을 꽉 감았다.

"오, 오빠. 더, 더 아픈데? 언제, 언제……."

그 순간, 하준이 단영의 귓불을 무는 동시에 허리를 뒤로 빼며 반동을 준비했다. 그리고 얼마 지나지 않아, 단번에 삽입해 왔다. 악! 커다란 교성이 방 안에 가득 울렸다. 숨이 넘어가기 일보 직전이었다. 단영의 눈가에 그렁그렁 눈물이 맺혔다. 그는 웃으며 눈물이 맺혀 있는 부근에 입을 맞추었다. 단영이 고통을 견딜 수 있도록 움직임 없이 기다려 주었다.

"아파?"

입술을 잘게 맞추며 물었다. 단영은 원망스러운 눈으로 하준을 응시했다.

"움직이지 마……."

배 안에서 꿈틀거리는 것이 전부 다 느껴졌다. 단영은 신경 하나하나가 경직되는 걸 체감했다. 어찌해야 할지 몰라 하반신에 힘을 바짝 주었다. 하준이 인상을 찡그렸다.

"간신히. 참고, 있는데."

말이 뚝뚝 끊겼다. 지금도 많이 참고 있는 건데. 하준은 입술을 꽉 깨물며 눈을 가늘게 떴다.

"말했, 지."

"……흐윽."

"울어도 안 봐줄 거라고."

단영은 눈물이 맺혀 있던 눈을 슬쩍 떴다. 송골송골 땀 맺힌 이마가 보였다. 온 힘을 다해 참고 있느라 잔뜩 구겨진 얼굴이었다.

그 순간, 그가 단영의 허리를 단단히 잡아 고정시켰다.

"그거 참고 최대한 점잖게 굴고 있잖아."

신사처럼 말하는 듯싶더니, 그는 말과 다르게 참을성 없이 골반을 움직였다. 그를 꽉 잡고 놔주지 않던 내벽이 순식간에 무기력해졌다. 그만하라며 말려 보기도 전에 그의 것이 무자비하게, 그보다 더 거칠게 들어섰다. 매번 져 주던 도하준은 없었다. 한 치의 양보도 없었다. 푹 푹 삽입할 때마다 단영은 더한 통증을 감내해야 했다. 입술에서 피가 날 정도로 꽉 씹으며 버텼다.

그는 박자를 적절하게 이용할 줄 알았다. 숨을 내쉬는 순간을 놓치지 않았다. 고통은 말로 다 할 수 없었지만, 점차 그것에 동반되는 쾌감이 느껴졌다. 통증은 서서히 줄어들었고, 뒤를 바짝 따라온 흥분에 잠식됐다.

"아, 아, 아……!"

철썩철썩. 외설스러운 소리가 방 안 가득 울려 퍼졌다. 그가 요동하며 치고 빠져나갈 때마다 아랫배가 저릿했다. 마치, 소변이 마려운 기분이었다. 덕분에 들어오는 일은 더 이상 힘겹지 않았지만, 자극은 갈수록 거세졌다. 통증이 줄어들었다 해서 완벽하게 지워진 것은 아니었다. 미미한 고통과 함께 찾아오는 야릇한 감각에 정신이 혼미해졌다.

아프다가도 좋고, 좋다가도 아팠다. 이중적인 이 느낌은 대체 무어란 말인가.

"쓸데없는 생각. 집어치우고, 느끼는 것에만 집중해."

하준은 꾸역꾸역 숨을 삼켜 내며 말했다. 다시 한번 격하게 찔었다. 그것으로 멀어져 간 단영의 정신을 붙잡았다. 그러고는 힘이 다 빠져 축 늘어진 단영의 다리를 잡아 들며 말했다.

"감아."

흔들리지 않도록. 앞으로 더한 움직임을 예고하는 말이었다. 단영은 어색한 몸짓으로 다리를 교차시켜 그의 등을 감쌌다. 그는 다시금 강하게 허리를 튕기기 시작했다. 적응할 새도 없었다. 빠르게 치고 빠지다, 느릿하게 움직이며 돌리기도 했다. 질척이는 소음이 음탕했다.

"으으…… 앗, 아, 하악!"

배우지도 않았는데, 단영의 육체는 무섭도록 적응해 나가기 시작했다. 하지만 그의 격정적인 움직임에 맞춰 가기엔 턱없이 부족했다.

"천, 천천히. 아웃, 조금만 천, 천히 해, 줘, 아!"

별안간 그가 움직임을 멈추었다. 숨을 거칠게 내쉬며 날카로운 눈빛으로 단영을 직시했다. 그러다 이내 단영의 두 팔을 잡아당겼다. 그 힘 때문에 그녀의 상체가 허공으로 붕 떠졌다. 여전히 삽입된 상태였다. 그는 단영의 엉덩이를 가뿐하게 들어 올려, 제 허벅지 위로 안착시켰다.

"으앗."

덕분에 더 깊숙하게 들어왔다. 아랫배가 뭉근했다. 쉬는 시간은 없었다. 그가 두 손 가득 엉덩이를 잡은 채로 들었다 놨다를 반복했다. 치고 올라오니 몸이 들썩였다. 푹푹 찌르며 들어오는 그의 것이 새삼 더 크게 느껴졌다. 전보다 더 생경한 감각에 몸 어딘가가 움찔움찔 떨렸다. 조금의 틈조차 없이 꽉 밀착됐다. 홧홧하게 달아올랐다. 골반 위로 내려앉을 때마다 내벽을 긁었다. 제멋대로 휘젓고 있었다.

단영은 두 팔로 하준의 목을 감싸 아이처럼 매달렸다. 체력이 따라 주지 않았다. 흐느적거리는 몸을 주체할 수 없어 턱을 그의 어깨에 기대었다. 그녀의 반응 속도를 알아차린 하준이 움직임을 느리게 했다.

"힘들어?"

다정한 그의 음성에, 단영이 절레절레 얼굴을 흔들었다.

"기분은."

"……좋아."

하도 신음을 흘린 탓에 목소리가 갈라졌다. 하준은 다 괜찮다는 듯이 단영을 꼭 안았다. 커다란 손으로 기다란 머리칼을 부드럽게 쓰다듬었다.

　"그럼, 됐어."

　"나, 잘 참았어?"

　"그래."

　연약한 등을 천천히 다독여 주던 하준이 조심스레 단영을 침대 위로 눕혀 주었다.

　"그러니까. 조금만 더 잘 참아 봐."

　"응?"

　허릿짓이 다시 또 격해졌다. 엉덩이가 빠르게 들썩였다.

　"아, 앗……!"

　그에 반사적으로 단영이 다리를 휘감았다. 전보다 훨씬 더 꼼꼼하게 맞닿았다.

　"……이제 못, 참겠으니까."

　하준이 겨우 말을 뱉었다. 순간, 다음 이어질 말을 예감한 단영의 눈동자가 불안으로 뒤흔들렸다.

　"더 세게 할 거야."

　지금보다 더? 단영이 입을 열 시간은 없었다. 하준은 무자비한 힘으로 단영을 짓눌렀다. 전의 빠르기는 생각조차 나지 않을 정도의 속도였다. 지치지도 않는지, 몸놀림은 더욱 격해졌다. 낯부끄러운 신음을 애써 참아 보려 아랫입술을 꽈악 깨물었다.

　"그, 그만."

　"안 돼."

　"……으읏."

　"여태까지, 솔직해 놓고, 왜, 참아."

말이 끊기는 부분마다 깊고 거칠게 찔러 들어왔다.

계속 앓는 소리를 내는 단영이 못마땅한 모양인지, 그는 한 손으론 침대를 짚고, 다른 손으론 젖가슴을 움켜잡은 채로 속력을 올리며 박아 넣었다.

"아악! 하, 그만…… 으, 으앗!"

"더."

"오, 오빠. 제발, 그만……!"

"더 해 봐."

그는 침대 위에서마저 흔들림이 없었다.

"제발, 제발, 하으윽……."

"최단영은 솔직해질 때가 제일 예뻐."

"응, 으읏, 하, 하아…… 하아!"

신음 소리가 신호였다. 그는 치밀어 오르는 욕구를 참지 않고 모조리 발산시켰다. 단영의 긴 머리카락이 우윳빛 침대 위로 너저분하게 펼쳐졌다. 하준은 그 모습을 나른한 눈빛으로 관망했다.

"망가트리고 싶어."

그의 음성이 건조하게 갈라졌다.

"오, 오빠. 나 죽을 것 같아……."

"죽더라도 나한테 잠겨 죽어."

묘하게 풀어진 눈이 색정적이다. 이따금씩 구겨지는 인상은 자극적이다. 처음 보는 그의 이색적인 모습에 단영은 또 한 번 가슴이 찌릿, 했다.

머릿속이 새하얘졌다. 그는 멈추지 않고 허리를 움직였다. 그러면서 단영의 손목을 꽉 움켜잡아 당겼다. 서로가 서로를 맞잡게 됐다. 그러자, 더는 들어갈 수 없을 정도로 내벽 끝까지 그의 것이 가득 찼다. 밀고 들어오다, 다시 빠져나가는 순간의 시간도 놀랍도록 단축됐다.

온통 땀범벅이었다. 침대 시트는 엉망이 되어 있었고, 격한 흥분과 환락이 동반돼 한계에 다다르자, 이젠 신음 소리도 나오지 않았다. 단영은 꺽꺽거리며 살기 위해 가까스로 숨만 내뱉었다. 도저히 못 참겠다. 찌걱거리는 소리가 물처럼 찰랑거리는 소리로 뒤바뀐 순간이었다. 넘치다 못해 산산조각이 났다. 화산이 폭발하듯, 단영은 몸을 바르르 떨며 축 늘어졌다.

"하아, 흐윽……."

서로를 맞잡아 당기고 있던 손이 풀어졌다. 단영이 버티지 못하고 먼저 손을 놓은 것이다.

하지만 시간이 지나도 그의 빠른 속도는 줄어들 기미가 보이지 않았다. 진작 절정을 느낀 단영과 달랐다. 하준은 단영의 골반을 강하게 잡아챘다. 그 행위는 한참이나 지속됐다.

"후으……."

드디어 하준도 한계가 온 모양이었다. 묵직한 숨결이 흘러나왔다. 탁, 탁, 탁. 끊어 치는 소리가 더 짧아졌고, 그보다 빨라졌다. 아픈 만큼 좋았다. 이젠 어떻게 돼도 상관없다는, 발칙한 마음마저 들었다. 지금 이 순간, 죽어도 좋을 것 같다는 생각이 들었을 때쯤, 빠른 속도가 한계점을 넘어갈 때쯤 그가 단영의 허리를 강하게 잡아당겼다.

"아, 앗! 으응……!"

교성이 터졌고, 그와 동시에 남성이 다시 한번 강하게 파고들었다. 그녀가 숨을 쉴 때마다 그의 것을 수축하며 이완하는 행위가 쉴 새 없이 이어졌다.

그의 잇새로 짙게 가라앉은 거친 숨소리가 흘러나왔다.

움찔, 움찔. 아랫배 안에서 무언가가 꿈틀거리는 게 느껴졌다.

단언컨대, 그가 무너지는 일은 없을 거라 여겼다. 하지만 그 생각을 단번에 묵살시켰다. 한쪽 팔로 몸을 지탱하던 하준이 아이처럼 무너져 내렸다. 단영을 껴안고 있던 팔 힘이 무섭도록 강해졌다. 그 힘은 아팠지만, 여실히 사랑받고 있음을 온전하게 느낄 수 있었다.

하아…… 단영은 손 하나 까딱할 힘도 없었으나, 젖 먹던 힘을 다해 두 팔을 들어 올려 하준을 안아 주었다. 토닥, 토닥. 그의 넓은 등을 다독였다.

내 품에서만 무너져 줘.

내 앞에서만 부서져 줘.

욕심이 났다.

그날 밤은, 누가 먼저랄 것도 없이 죽도록 사랑하고, 마음껏 사랑받을 수 있었던, 그런 날이었다.

《2권에서 계속》